HEYNE BÜCHER

Das Buch
Es ist Liebe auf den ersten Blick. Und es bleibt eine tiefe Liebe – »… bis daß der Tod uns scheide«. Als die 20jährige Sascha diesen Schwur ablegt, weiß sie nicht, wie nah der Tod ist. Ein wenig neiderfüllt blicken alle auf Rico und Sascha, die eine wahre Bilderbuchehe führen. Doch ihr Glück hat eine Schattenseite, die beide immer dichter an den Rand des Abgrundes treibt. Nicht einmal die engsten Freunde ahnen, daß sich vor ihren Augen eine Katastrophe anbahnt.
Mit *Keiner schlafe* ist der Autorin das fast Unmögliche gelungen: eine erschütternde Lebensgeschichte mit so erfrischender Heiterkeit, Situationskomik und lebensbejahendem Humor zu erzählen, daß man sich in einem Wechselbad der Gefühle wiederfindet, dem man nicht mehr entrinnen kann. Die Lektüre wird zu einem Schwanken zwischen Lachen und Weinen. Ohne Selbstmitleid, aber mit großem psychologischem Fingerspitzengefühl und bewundernswerter Offenheit hat Johanna Carlany die Lebensgeschichte ihres Mannes zu einem packenden Roman gestaltet, der zugleich das Porträt einer intensiv liebenden, starken und mutigen Frau ist.

Die Autorin
Johanna Carlany ist in Deutschland geboren und aufgewachsen. Seit dem Tod ihres Mannes lebt sie in Übersee und beschäftigt sich dort mit Studien und Forschungen auf dem Gebiet der Medizin. Ihre Hobbies sind Innenarchitektur, Philosophie, Musik, Literatur und Fotografie. Vor allem aber schreibt sie leidenschaftlich gerne. Inzwischen hat sie ihren Debüt-Roman ins Englische übersetzt.

JOHANNA CARLANY

KEINER SCHLAFE

Roman

WILHELM HEYNE VERLAG
MÜNCHEN

HEYNE ALLGEMEINE REIHE
Nr. 01/9850

Von der Autorin überarbeitete Ausgabe

Umwelthinweis:
Dieses Buch wurde auf
chlor- und säurefreiem Papier gedruckt.

6. Auflage

Lizenzausgabe mit Genehmigung des
Franz Schneekluth Verlages
Wilhelm Heyne Verlag GmbH & Co. KG, München
Printed in Germany 1998
Umschlagillustration: Tony Stone Bilderwelten /
John Bradley Hamburg
Umschlaggestaltung: init, Büro für Gestaltung, Bielefeld
Satz: Wolfgang Taschner, Wörthsee
Druck und Bindung: Ebner Ulm

ISBN 3-453-09940-0

Unglück hat mich gelehrt,
Unglücklichen Hilfe zu leisten.

Vergil, Äneis I, 630

Für meine Eltern,

die mir viel mehr als nur das Leben
geschenkt haben.

1

Ich hatte Rico morgens die Haare geschnitten. Dabei entdeckte ich Hautabschürfungen an seinem Hals.

»Das sieht mir aber verdächtig nach einem Waschmittelekzem in voller Blüte aus.«

»Nein.«

»Was ist es denn sonst? Geht doch genau hinten am scheuernden Hemdkragen entlang?« forschte ich weiter.

»Ist kein Ekzem.«

Später, beim Frühstück, versuchte ich es dann noch einmal mit meinem Ekzem.

»Nein. – Ist kein Ekzem.«

Pause. Es folgte ein Blickkontakt, dem er nicht standhalten konnte.

»Ist nichts Schlimmes, – wirklich nicht, Sascha.« Dabei streute er im Zeitlupentempo Salz auf das warme Frühstücksei.

Ich ließ meine Augen nicht von ihm. Ich mußte die Wahrheit wissen.

»Da hat dein Junge sich aufgehängt ...«

Ich holte tief Luft. »Na, ein Glück! Ich dachte schon, es wäre vielleicht doch etwas Schlimmes.«

Nun versuchte ich auch noch witzig zu sein. Das gefiel meinem Mann an mir besonders gut. Situationskomik stand bei ihm hoch im Kurs. Dabei war meine Kehle wie zugeschnürt. Tränen liefen über mein Gesicht.

»Wie konntest du *das* tun?« Ich verstand Rico einfach nicht.

»Ich habe es ja nicht ernst gemeint, Sascha«, sagte er kleinlaut.

»Nicht *ernst* gemeint? So etwas *ist ernst!* Wer sich aufhängt, bringt sich um. Und das ist nicht nur ernst, das ist todernst. Kein Spiel, bei dem man mogeln kann oder mit dem man einfach aufhört, wenn es einem keinen Spaß mehr macht. Irgendwann verlierst du dabei, und zwar deinen kostbarsten Besitz – dein Leben.«

Er stocherte im versalzenen Frühstücksei. Er mochte keine versalzenen Eier.

Obwohl ich diese Situation schon unzählige Male in allen nur denkbaren Variationen durchlebt hatte, es wurde trotzdem nicht leichter. Im Gegenteil. Es wurde immer schlimmer, immer unerträglicher. Anfangs waren es ja nur vage Vorstellungen, so nach dem Motto: »... wäre doch eigentlich ganz nett, sich mal umzubringen, oder?«

Dann wurde er konkreter: »Man müßte mal ...«

Wenig später kam die Detailplanung. Da war der Ideenreichtum dank der außergewöhnlichen Intelligenz meines Mannes schon sehr eindrucksvoll.

Im Normalzustand jedoch war es für Rico das Wichtigste, kerngesund zu leben, seinen Körper zu pflegen und möglichst bis zur Vollendung eines biblischen Alters vor Fitneß zu strotzen. Frühsport war absolute Pflicht, auch dann, wenn Hundenarren ihre Lieblinge gerne dazu überredet hätten, ihren Blasenausgang zuzukneifen. Rico mußte laufen. Zum Frühstück gab es bei uns Müsli und Joghurt, als Mittagessen frisch gepreßten Gemüsesaft, Pumpernickel und Kräuterquark und abends ein kurz gebratenes Steak, Käse und Früchte. »Vitamine braucht der Mann.« In unserer Küche rangierte totes Schwein unter Erbsünde. Jede zweite Woche aßen wir strikt vegetarisch. Und wenn es noch so grauslich schmeckte, Hauptsache, es war gesund.

Ein Mensch mit einem derart ausgeprägten Gesundheitsbewußtsein bringt sich doch nicht um.

Und trotzdem, die Planung ging weiter. »Sieh dir bloß mal meinen tollen Pillenvorrat an. Wenn ich dir erst erzähle, wie ich die zusammengeschnorrt habe, wirst du staunen.«

Ich staunte.

Noch am selben Abend sind mir dann sämtliche Pillen in den Toilettenabfluß gerutscht. Ein kleiner Unfall sozusagen. Ricos ertragreiche Beute von fast zweihundert Valium, Limbatril, Frisium, Omca und deren Verwandten hat sicher gereicht, um die gesamte Rattenpopulation der städtischen Abwasserkanäle in einen Dauerschlaf zu versenken.

Ich war sicher, daß er, rasend vor Wut über meine Ungeschicklichkeit, schimpfen würde. Aber nein: »Werde ich eben mal ein paar neue Tricks ausprobieren. Ich habe mir da schon so einiges ausgedacht.« Unfaßbar! Für ihn war es ein Sport, eine Herausforderung.

Vielleicht nahm ich das alles ja viel zu ernst. Schließlich gab es Stunden und Tage in unserer Ehe, die an Zauber nicht zu überbieten waren. Wir lagen an einem Seeufer, blinzelten in die Sonne, ließen Steinchen über das seichte Wasser hüpfen, diskutierten den Himmel und die Erde und so ziemlich alles, was es dazwischen noch so gab. Luftschlösser bauen, Experimente besprechen, Zukunftspläne schmieden und Blödsinn machen. Wir konnten ja so albern sein. Jeder sagte: »Hast du ein Glück!« – Ja, das hatte ich.

Dann fand ich E 605 im Gehäuse unserer Unterwasserkamera. Dabei wußte ich genau, daß die Kamera weder von Blattläusen noch von Drahtwürmern befallen war.

»Was, um Himmels willen, ist *das*?«

»Man kann ja nie wissen«, meinte Rico. »Der kluge Mann denkt eben an alles.«

»Ja! Vor allem an eine Obstmadeninvasion im 3. Stock eines Appartementhauses mitten in der City. Weißt du eigentlich, wie umwerfend man sich bei einer E 605-Vergiftung fühlt?«

So genau hatte er sich das wohl nicht überlegt. Vor allem wollte er es nicht ausgerechnet jetzt und hier von mir vorgehalten bekommen. Tatsachen, die ihm wie nasse Lappen um die Ohren gehauen wurden, mochte er nicht. Es war ja ohnehin nur für alle Fälle.

Damals waren wir gerade ein paar Monate verheiratet.

Doch das Problem war geblieben, auch nach 16 Jahren Ehe. Nur die Methoden waren raffinierter geworden, die Balanceakte zwischen Leben und Tod immer gefährlicher.

Er hatte es mir gerade wieder bestätigt: »Nein! Kein Ekzem! – Da hat dein Junge sich aufgehängt.«

Obwohl ich mit meiner Kraft am Ende war, versuchte ich ihm während der nächsten Stunden klarzumachen, daß er seine Versuche, dieses Spiel mit dem Tod, nicht ewig fortsetzen könne. Rico war jedoch der Meinung, daß ich mich inzwischen daran gewöhnt haben müßte. Und außerdem sei das Ganze ohnehin völlig ungefährlich, weil ich ihn ja doch immer wieder retten würde. Darauf konnte er sich zum Glück verlassen.

»Weißt du, Sascha«, erklärte er mir, »sterben möchte ich oft wirklich sehr gerne. Es ist, als wenn man es von mir erwartet. Nur tot sein, das will ich nicht. Kannst du mir glauben. Wirklich nicht. Nie!«

Eine Begründung für diese Widersinnigkeit gab er nicht.

»Du, das eine zieht das andere aber unweigerlich nach sich. Du kannst eben nicht mal schnell für fünf Minuten sterben, ohne danach für immer tot zu sein.« Es war alles so unbegreiflich. Ich versuchte ja, mich in seine Situation hineinzuversetzen. Versuchte, seine Gedanken und Gefühle, seine Ängste und Zwänge nachzuvollziehen. Doch ich konnte es nicht.

Rico erzählte mir, wie so oft schon, von diesem unwiderstehlichen Zwang, sterben zu wollen. Es war beinahe wie eine Verpflichtung, die er einlösen mußte. Um jeden Preis. Andererseits war ihm die Vorstellung des Tod-Seins ein Greuel. Er hatte noch soviel vor in seinem Leben. Die nächsten hundert Jahre würden nicht einmal für das Wichtigste reichen. Und trotzdem: »Stell dir mal vor, Sascha: ich in einem Sarg. Schwere Eiche mit Messinggriffen. Liege da einfach so rum. Mausetot. – Du, vergiß bloß nicht, mir ein paar Bücher mit reinzulegen, damit es mir nicht langweilig wird, wenn ich tot bin.« Er fand das auch noch komisch.

Dennoch schien ihm an diesem Sonntag klar zu werden, daß unser Leben einen kritischen Punkt erreicht hatte. Es ging so nicht weiter. Er ahnte, daß selbst ich ihm bald nicht mehr helfen konnte.

Plötzlich huschte ein Leuchten über sein Gesicht. Rico hatte eine Idee. Er verschwand im Haus und kam mit der eselsohrig abgebeteten Bibel seiner Großmutter in der einen Hand und einem Seil in der anderen auf die Terrasse gelaufen. Das Seil schwang er nach Westernart wie ein Lasso über seinem Kopf und rief: »Damit wir mir dieses Mal wirklich glauben können, verbrenne ich diesen Strick jetzt und gleich und auf der Stelle. Und ich schwöre dir auf Omis Bibel, daß dein Junge so etwas nie mehr tun wird. – Ist das nicht toll?«

Wenn ich ihm doch nur hätte glauben können.

Neben uns brannte der Strick, der uns einmal als Fockschot gute Dienste geleistet hatte. Dazu tranken wir Champagner aus schweren Kristallkelchen.

»Das ist Lebensart!« freute sich Rico.

Das Gefühl, wie neu geboren zu sein. Eine Euphorie ohnegleichen.

– Und wir beide haben daran geglaubt, haben daran glauben wollen.

Dann kam die Erschöpfung.

Bleiern und ausgehöhlt sackte ich auf der Gartenliege zusammen. Rico brachte mir ein Kissen, streichelte liebevoll mein Gesicht und zog sich die Schuhe für seinen Waldlauf an. Er war ja topfit und wollte sich diesen Zustand um jeden Preis erhalten. Offensichtlich freute er sich wieder einmal seines neu gewonnenen Lebens.

Als ich ihn durch das hintere Gartentürchen in den Wald davonstürmen sah, versuchte ich mir unsere Zukunft vorzustellen. Doch sie wollte einfach keine Form mehr annehmen. Alles verschwamm vor meinen Augen.

Warum weinte ich denn schon wieder?

Wir hatten doch genau das, was wir uns immer erträumt hatten.

– Nur eines hatten wir nicht, das wurde mir in diesem Augenblick klar: Wir hatten keine Zukunft. Wir waren an einem Punkt angekommen, an dem es weder vor noch zurück ging. Es gab keinen Ausweg mehr. Wir waren am Ende.

Ich fühlte plötzlich, daß ich etwas Unwiederbringliches verloren hatte. Etwas in mir schien zerbrochen zu sein. Die gemeinsame Euphorie von vorhin war in einen handfesten seelischen Notstand umgeschlagen. Ich sah das Seil vor mir, das wir verbrannt hatten. Als ich es zu fassen versuchte, war es nicht mehr greifbar. Nur kalte Asche rieselte durch meine Finger. Eine tiefe, unergründliche Trauer packte mich und ließ mich nicht wieder los.

Wie ein warmer Sommerwind kam Rico von seinem Waldlauf zurück. Seine zerzausten blonden Locken schimmerten im Sonnenlicht. Er strahlte mich an. Seine Erlebnisse in Gottes freier Natur sprudelten aus ihm heraus. Er begegnete mir wie ein Wesen von einem anderen Stern. In meiner eigenen kleinen Welt aber war das Licht für immer erloschen. »Aufgehängt!« hämmerte es in meinem Kopf. – »Aufgehängt!«

Rico spürte nichts von meinem Elend. Er war glücklich. Und wie überwältigend er aussah! Einfach zum Verlieben: aufregend und voll blühender Lebensfreude. Warum hatte ich nur nicht mehr die Kraft, mich mit ihm zu freuen, sein Glück zu teilen? Wie gerne hätte ich diesen Augenblick mit ihm genossen!

Man glaubt ja gar nicht, was ein einzelner Mensch während eines kurzen Waldlaufes alles erleben, überlegen und planen kann. Mehr vom Realitätssinn verdorbenen Zeitgenossen hätten Ricos Ideen für mindestens drei Leben gereicht. Bei uns war es nur eine Tagesration. Die Solaranlage im Garten zum energiesparenden Tee- und Eierkochen sowie einen mit speziellen Kathoden verspannten Vorratsraum zur Frischhaltung unserer Lebensmittel – der natürlich gleichzeitig unseren Forschungszwecken dienen sollte – wollten wir sofort in Angriff nehmen. Auch die Identifizierung und Katalogisierung der Pflanzen am Seeufer duldete eigentlich keinen Aufschub. Das Beste wäre, ich würde gleich damit anfangen.

Weitere Projekte zur Weltverbesserung und technischen Revolutionierung mußten leider noch ein bißchen warten, denn erst einmal wollte Rico duschen gehen und dann ins Bett. Er war müde.

Auch ich war müde. Aber es war keine Müdigkeit, die sich durch einen tiefen, erholsamen Schlaf beheben ließ. Ich war des Kämpfens müde, des Rettens und vor allem der Angst.

Als Rico nach seinem Mittagsschlaf die Tür öffnete, sah ich sein eingefallenes, graues Gesicht. Jeder Funke von Fröhlichkeit war in ihm erloschen. Stumpfe, glanzlose Augen starrten ins Leere. Gebeugte Haltung, seine Arme hingen kraftlos herunter. Was für ein erbärmlicher Anblick! Vor mir stand ein gebrochener Mann. »Aufgehängt!« hämmerte es wieder in meinem Kopf. – »Aufgehängt!«

Zwischen Tee und tröstenden Worten erfuhr ich im Laufe dieser Nacht eine neue Horrorversion von Ricos Träumen. Was hatte er durchgemacht! Er tat mir entsetzlich leid.

Im Traum war er – wie so oft schon – unterwegs gewesen, um ›seine Leiche‹ zu verstecken. Diese Tote hatte ihn schon seit seinen frühesten Kindheitserinnerungen verfolgt. Er hatte sie zwar nicht ermordet, dessen war er sich ganz sicher. Er war eigentlich überhaupt nicht an ihrem Tod beteiligt gewesen. Ja er ahnte noch nicht einmal, wie sie gestorben war. – Und doch: Irgendwie war er schuldig. Er wußte es genau. Alle wußten es. Und sie alle jagten ihn, ihn und seine Leiche. Er mußte sie verstecken. Nacht für Nacht, Traum für Traum.

Die Leiche war, seit er denken konnte, immer dieselbe: eine junge Frau mit schulterlangen, blonden Haaren, die geheimnisvoll rötlich schimmerten. Ihr Gesicht konnte er nie erkennen. Ihr Körper war zart, und trotzdem viel zu schwer für Rico. Er war ja noch ein Kind.

Manchmal fand er, nachdem er sie in seinem Traum meilenweit geschleppt hatte, ein sicheres Versteck für sie. Dann wachte er zwar furchtbar erschöpft, doch beinahe zufrieden auf. Heute aber waren seine Verfolger ihm so dicht auf den Fersen gewesen, daß sie schon auf ihn einschlagen konnten. Da riß der Arm seiner Leiche ab, an dem er sie über den modrigen Waldboden gezogen hatte. In seiner Verzweiflung wußte er nicht wohin. Es war grauenvoll!

Rico lag in meinen Armen und weinte hemmungslos. Er konnte gar nicht mehr aufhören.

Ich weinte mit.

Der Mond schien auf uns herab. Vor uns knisterten dicke Holzscheite im Feuer. Bläulich-violette Flammen züngelten in die Höhe, vergingen im Nichts. Flammen sind das Zeichen unserer Vergänglichkeit. Mit Tränen in den Augen sieht man ihnen an, wie unsere Vergänglichkeit immer näher kommt.

Durch die offene Terrassentür hörten wir Placido Domingos Stimme das *Nessun dorma* singen: »*... guardi le stelle che tremano d'amore e di speranza.*«

Keiner schlafe – wie wahr: »*... blickst nach den Sternen, die flimmern von Liebe und Hoffnung.*«

Wir hatten unsere Liebe. – Aber wo war unsere Hoffnung? Was konnte ich noch tun, um Rico zu helfen?

Ja, wenn wir noch einmal von Neuem beginnen könnten. Den Tag zurückholen, an dem wir uns vor sechzehn Jahren begegnet waren. Den Tag, an dem alles begann.

2

Es war Mai. An jedem Baum und Strauch, an jedem noch so kleinen Stengelchen brachen Knospen hervor. Die Pracht der Blüten war schöner als je zuvor – meinte ich.

Nur in mir wollten die Knospen ihren Blütenzauber nicht entfalten. Dabei wollte ich doch so gerne wie der Frühling selbst in all meiner Pracht erblühen. Und das nur für ihn! Er war es, der mein Denken und Tun, ja mein ganzes Leben bestimmte in diesem Wonnemonat Mai. Er, *mein Ehemann*. Ich kannte ihn zwar noch nicht, aber das hielt ihn nicht davon ab, in meiner Phantasie allgegenwärtig zu sein.

Schließlich hatte ich mir alles ganz genau überlegt, hatte ihn mit äußerster Sorgfalt wie ein Mosaik zusammengetüftelt und mit genau den Herrlichkeiten ausgestattet, die mir erstrebenswert und wichtig schienen.

Als erstes mußte er weit gereist und welterfahren sein. So etwas mochte ich besonders gerne, weil Reisen den Horizont doch so ungemein erweitert – hatte ich gehört. Also sollte er den Globus mindestens einmal umrundet haben und danach als eine gekonntgemischte Taschenversion aus Marco Polo, James Cook und Thor Heyerdahl zurückgekehrt sein, mit möglichst ähnlich gelagerten Interessen, versteht sich.

Wie er das erreicht hatte, das war seine Sache. Nur: bitte nicht mit Vaters Geld! Darauf mußte ich bestehen, denn ein Kind aus reichem Hause durfte er auf keinen Fall sein. So etwas verdirbt den Charakter, und auf Charakter legte ich nun mal den allergrößten Wert. Was unsere Zukunft in finanzieller Hinsicht betraf, so hatte ich ohnehin keine brauchbare Vorstellung. Ich wußte nur: wenn schon Geld, dann wollten wir es uns gemeinsam verdienen.

In meinem Elternhaus herrschte die Ansicht, daß eine solide Ausbildung die einzig wertvolle Basis für ein erfolgreiches Leben sei. »Was ihr gelernt und erlebt habt, Kinder, das kann euch niemand wieder nehmen.« – Soweit meine Mutter zum Thema Mitgift.

In diesem Sinne bekamen wir Bücher statt Bettlaken und eine fröhliche, ereignisreiche Kindheit anstelle von achthunderter Tafelsilber. Mein zukünftiger Mann mußte mich also nehmen, wie ich war. Aufpreise waren in unserem Familienbudget nicht vorgesehen.

Mein sehnlichster Wunsch war natürlich der nach Gemeinsamkeit. Nur der Himmel weiß, warum ich ihm ausgerechnet all die Hobbies zugedacht habe, von denen ich selbst nichts verstand.

So sollte er ein erstklassiger Schwimmer sein, olympiaverdächtig, wenn irgend möglich. Ich selbst schwamm anmutig wie ein Mauerstein und ging ebenso zuverlässig unter.

Dann sollte mein Mann reiten können, reiten wie der Teufel. Ohne Sattel, mit offenem, wehendem Hemd. Eine Hand fest am Zügel, die andere lässig in die Hüfte gestützt. Das fand ich herrlich. An den vorprogrammierten Schlüsselbeinbruch dachte ich weniger. Nie in diesem Leben hätte ich selbst es gewagt, den Schwerpunkt meines Körpers auf so einem hohen Tier herumzubalancieren. Nein, mein Lebensglück lag wirklich nicht auf dem Rükken der Pferde. Seins jedoch sollte genau dort zu finden sein. Schließlich legte ich allergrößten Wert auf Sportlichkeit. Nur bitte keinen Fußball! Statt dessen sollte er segeln, und zwar leidenschaftlich gern. Pralle weiße Segel auf blauem Meer im leisen Wind bei strahlendem Sonnenschein. So sollte – unter anderem – unsere gemeinsame Zukunft aussehen.

Als sichtbares Zeichen seiner außergewöhnlichen Intelligenz sollte er bergeweise Bücher mit in unsere Ehe bringen. Lieber kein Hemd am Leib, aber Kisten voller Wissen. Auf Äußerlichkeiten legte ich ohnehin keinen Wert. Das heißt, eigentlich doch, denn eines stand fest: Er durfte unter keinen Umständen gut aussehen oder besonders charmant sein. Kurz, es war nichts erwünscht, was von seinen wirklichen Qualitäten hätte ablenken können. Wir wollten ja etwas schaffen in unserem Leben, darum konnten wir uns nicht mit zeitraubenden Flirts aufhalten. Auch Frauen, die ihn mit diesem berüchtigt-feurigen Blick ›Was für ein Traum von einem Mann‹ anhimmelten und ihn dann mindestens einmal ausprobieren mußten, konnten wir uns nicht leisten. All das lenkte nur vom Wesentlichen ab. Also: Durchschnittsgesicht, mit einem ordentlichen Stich ins Häßliche.

Natürlich mußte er technisch, wissenschaftlich und geistig eine ausgesprochene Spitzenbegabung sein. Bloß kein Mittelmaß! Wir wollten lernen und diskutieren, die Welt um uns herum verstehen und, wenn möglich, verbessern.

Damals war ich siebzehn.

Nebenbei sollte er klassische Musik lieben und ein Naturfreund sein (aber bitte kein Jäger!). Künstlerisch mußte er überdurchschnittlich talentiert sein, sprachbegabt und schöngeistig. Das alles war ebenso selbstverständlich wie seine erstklassige Erziehung, hochkarätige Bildung und vorzügliche Umgangsformen.

Doch ich wollte nicht unrealistisch sein. Darum gestand ich ihm ein paar Jahre Vorsprung zu. Nur kein Greenhorn! Und er mußte sich bitte beeilen. Ich hatte mir nämlich vorgenommen, mich im Mai meines achtzehnten Lebensjahres mit ihm zu verloben.

Inzwischen war ich achtzehn, und das schon seit dem Juli des letzten Jahres. Mein Kummer wuchs mit jedem Tag, denn es zeichnete sich noch nicht einmal schemenhaft ein männliches Wesen am Horizont ab. Die Zeit wurde langsam knapp.

Dann kam der 15. Mai. Ich fuhr gegen meinen Willen zu einem Tanztee, um anschließend an einem Diskussionsabend teilzunehmen. So etwas hatte es noch nie gegeben. Ich und mit Fremden tanzen, vielleicht noch mit potentiellen Langweilern. Trotzdem fuhr ich an diesem Sonntag in die Stadt. Ein paar Kommilitonen warteten am Bahnhof in Frankfurt auf mich.

»Das gibt es ja gar nicht, daß *du* kommst!«
Ich wunderte mich ja selbst.
Ein Tanztee war für sie die herrlichste Sache der Welt. Für mich war es ein verlorener Sonntag nachmittag, den ich lieber zu Hause auf der Terrasse mit meinen Eltern bei Tee und Kuchen verbracht hätte. Bücher um meine Decke herum verstreut, neben unserem blühenden Kirschbaum, warmen Sonnenschein auf meinem Bauch.
Und mit genau dieser Kirschblüten-Bücher-Sonnenschein-Sehnsucht im Gesicht saß ich dann auch beim Tanztee. Jeder, der es wagte, seine Schritte in meine Richtung zu lenken, bekam eimerweise Vorwürfe in seinen Weg geschüttet.
Plötzlich ging ein strahlender Stern vor mir auf. Umwerfender Charme. Seidenweiche, blonde Haare über hoher Denkerstirn gewellt. Himmelblau strahlende, lebhafte Augen. Schlanke Hände. Tadellose Manieren im lichtgrauen Anzug verpackt. Ich konnte gar nicht mehr wegsehen.

Tanzstunde war für mich ein absolutes Greuel gewesen. Im Saal rumhüpfen, als wenn ich nichts Wichtigeres zu tun hätte. Zum ausgeleierten Klavier, das sich im Dreivierteltakt quälte, mir mit einem Pickelgesicht die Beine verheddern. Das war nichts für mich. Nach meinem sechzigminütigen Fehlstart mußte dieses Fach von meinem Ausbildungsplan gestrichen werden. Das tat mir jetzt entsetzlich leid. Ich hätte ihm so gerne imponiert. Aber die Konversation der ersten drei Minuten war den Umständen entsprechend eingleisig: »Oh, Verzeihung!« – ich.
»Oh, bitte!« – er.
»Entschuldigung!« – ich.
»Es hat nicht weh getan.« – er (gelogen).
Es sah nicht so aus, als ob seine Zehen sich in meine Füße verlieben könnten.
Endlich hatte sich der Walzer zu Ende gedreht.
Ich war mir so böse: ›Den bist du los! So etwas Zauberhaftes wird dir in deinem Leben nie wieder begegnen.

Und was machst du? – Zertrittst ihm die Knochen. Konntest du nicht woanders hintreten? So ein Mann läßt sich doch nicht von einer einsilbigen Gans grün und blau trampeln. Und überhaupt: kein einziger gescheiter Satz! Wozu hast du eigentlich nächtelang vor dem Spiegel Konversation geübt? Nur damit er jetzt seine Großzehen ins Krankenhaus trägt?‹

Instinktiv spürte ich seinen Blick auf meinem Haar. Er mußte dort wohl schon länger geruht haben. Ich hatte auf seine Füße gesehen. Sie taten mir so leid.

»Woran denken Sie gerade?«

Ich wurde erst einmal knallrot. Das Blut schoß in mir nach oben und konnte dort nicht weiter. Ich glaube, ich hatte plötzlich hohes Fieber. Am liebsten wäre ich weggelaufen.

Doch dieser Mann besaß hervorragende Antennen. Genau in dem Moment spürte ich, wie seine Hand ganz sanft meinen Arm umfaßte. Sein behutsamer Griff lief kribbelnd durch meinen ganzen Körper, sogar bis an die Stellen, an denen es noch nie gekribbelt hatte.

»Bitte nicht weglaufen! Beim nächsten Tanz wird es bestimmt schon besser gehen.« Anderer Eltern Söhne hätten das nicht gesagt. Aber er war ja nicht der Sohn anderer Eltern. Er war mein Traummann!

Dann kam ein Foxtrott. Den Foxtrott mochte ich. Zu Hause, in meinem Zimmer, hatte ich mit wachsender Begeisterung zu diesen Rhythmen getanzt. Die Lautstärke des Radios dabei immer dicht am Trommelfellschaden entlang. Dann war der Putz von der Decke heruntergefallen. Meine Mutter wußte, warum. Mein Vater meinte, es sei zu wenig Zement in der Mischung gewesen.

Nun tanzte ich Foxtrott mit dem Mann meiner Träume. Ich schwebte in seinen Armen. Die Welt um uns herum entschwand. Es gab nur noch ihn und mich.

»Wo haben Sie das bloß gelernt?«

Ich mochte es ihm nicht gestehen, jedenfalls noch nicht gleich. Leider fühlte ich mich nämlich ein bißchen fehl am Platz, so stoffnah neben ihm. Bisher war ich eine reine

Theoretikerin der Liebe gewesen. Jetzt aber, da der Mann meiner Träume in Lebensgröße vor mir stand, wußte ich nicht so recht, was ich sagen sollte. Also sagte ich erst mal nichts. Selbst dafür hatte er ein reizende Erklärung:

»Ich glaube, Sie sind noch etwas schüchtern.«

Mein Blick, der sich inzwischen schon bis zu den Knöpfen seines Jacketts hinaufgewagt hatte, stürzte sofort wieder auf seine Füße herunter. Endlich fiel mir doch etwas ein: »Eigentlich bin ich ja hier, weil ich eine Einladung zum *Abend für junge Hörer* im Funkhaus nebenan habe.«

»Das ist schön.« – Aber das war es gar nicht.

»Ich würde Ihnen meine Einladung gerne schenken.« – Ich mußte morgen unbedingt meine Gehirnfunktionen durchleuchten lassen. Irgend etwas konnte bei mir doch nicht stimmen. Wenn er nun ja sagte ...

Er sagte ja.

Umständlich kramte ich nach der Karte und lächelte verzerrt. Eigentlich hätte ich lieber geweint. Ich suchte langsamer. Vielleicht überlegte er es sich ja noch einmal.

Es half nichts. Ich gab ihm die Karte und ging. Ich hatte ihn nicht verdient – und er mich erst recht nicht.

Ich flüchtete zur Damentoilette. Dort hätte ich ihn fast umgerannt. Als ich auf seinen Zehen stand, kannte ich mich wieder aus.

»Ich fürchte, wir werden die Einladung verfallen lassen müssen.«

Ich strahlte ihn an.

Als er galant die Toilettentür für mich öffnen wollte, fragte er: »Wollten Sie nicht hier hinein?«

»Danke, jetzt nicht mehr.« Was sollte ich auf einer Damentoilette? Über mir öffnete sich doch gerade der Himmel.

»Na, dann können wir ja gehen.«

Ich fragte nicht einmal, wohin. Ich ging einfach mit.

Betörender Blütenduft, zarte Vogelstimmen und ein Labyrinth aus Büschen und Sträuchern, hinter denen sich Bänke versteckten. Der Botanische Garten war ein Paradies für Verliebte. Malträtierte Borken uralter Bäume trugen die unverkennbaren Zeichen: Hier hatten Generationen von Verliebten ihre Herzen für immer verloren. Nun gehörten wir auch dazu.

Ich hatte nicht geahnt, daß es mit einem Menschen, den man ein paar Stunden zuvor noch nicht einmal kannte, so viel zu besprechen gab. Da war Gott und die Welt – und da waren Schlafprobleme. Die hatte er schon immer gehabt. Ich dagegen kannte damals nur zwei mögliche Ursachen für Schlaftstörungen: ein zu spannendes Buch oder ein besonders kniffliges Problem.

»Haben Sie denn keine Probleme mit dem Einschlafen?«

»Nein, eigentlich nur mit dem Aufwachen«, gestand ich meinem noch ganz neuen Freund unter einem duftenden Magnolienbäumchen.

»Ja und wie machen Sie das mit dem Einschlafen?« wollte er von mir in die Geheimnisse meiner Nächte eingeweiht werden.

»Das ist ganz einfach. Das können Sie auch.« Ich war ja so ahnungslos. »Sie legen sich einfach hin, denken an etwas Schönes, und schon fangen Sie an zu träumen. Die Gedanken gehen einfach weiter. Sie nehmen sie mit in Ihren Schlaf.«

Ich war so überzeugt von dem, was ich sagte. Was wußte ich schon von den Leiden und dem Elend des Lebens, insbesondere seines Lebens?

Wenig später wurden wir dann zum erstenmal ›wissenschaftlich‹. Er erklärte mir die Funktion eines Geigerzählers, und ich erzählte ihm vom Multitalent der weißen Blutkörperchen.

Er traute seinen Ohren nicht. »Interessieren Sie sich etwa auch für alles in der Welt?«

»Aber ja! Alles, was sich irgendwie erklären läßt, würde ich schon gerne herausfinden. Und das, was sich nicht erklären läßt, das fasziniert mich natürlich noch weitaus mehr.«

Er hatte mich gefunden: Seine Traumfrau. Seit Jahren suchte er unermüdlich nach – wie er es nannte – einer Frau mit Substanz.

In Gedanken hatte er mich gerade eben geheiratet. Ein nie gekanntes Glücksgefühl durchflutete meinen Körper. Kein Zweifel, ich war im siebenten Himmel.

Nun gingen wir Hand in Hand – das war neu. Allmählich wickelte sich Dunkelheit um die Baumgipfel und senkte sich auch auf uns herab. Wir merkten es nicht. Es war schön, daß wir nicht mehr ständig über andere Besucher stolperten. Die zeigen frisch Verliebten ja gerne ihre gerümpfte Nase. Dabei sind sie bloß neidisch.

Wir strahlten uns an, und niemand störte uns dabei. Nur der Mond sah gütig von oben zu. Er kannte die Verliebten dieser Welt. In seinem Blick lag kein Neid.

Nach dieser Nacht würde in meinem Leben nichts mehr so sein, wie es einmal war. Ich fühlte Ricos Hand auf meiner Schulter. Das reichte.

»Wenn ich tot bin, brauchst du nur so wie jetzt in die Sterne zu schauen, dann bist du mir ganz nah.«

Ich mußte mich verhört haben. Verliebte sind unzurechnungsfähig, das wußte ich aus persönlichen Erfahrungen mit meiner Schwester. Ich hätte ihn zu gerne gefragt: »Hast du ›tot‹ gesagt?« Aber ich traute mich nicht.

»Du zitterst ja. Ist dir kalt?« fragte er liebevoll. Schon hatte er sein Jackett ausgezogen und mich sorgsam darin verpackt. Nun kämpfte ich nicht nur gegen meine Ratlosigkeit, sondern auch noch gegen seinen betörend herben Duft, in den er mich eingewickelt hatte. Ich wußte doch sonst immer genau, was ich sagen mußte. Warum war ich denn jetzt so sprachlos? Ich mußte mir dringend etwas einfallen lassen.

»Du zitterst ja immer noch.«

»Mir ist aber nicht kalt. Nur innerlich ein bißchen. Vielleicht sollte ich mal ein Medikament für …«

»Um Himmels willen! Hast du dich erkältet?« Seine Fürsorge überschlug sich geradezu.

»Nein! Nein. Ich muß nur mal ein Mittel für meine Ohren schlucken, glaube ich. Ich scheine nämlich an einem akuten Verhörfehler zu leiden.«

»An einem was?«

»Einem Verhörfehler! Ich könnte doch schwören, du hättest eben gesagt, wenn du tot bist, soll ich in den Himmel schauen.«

»Ja, und ...?«

»Hast du denn nichts Besseres zu tun, als dir gerade jetzt den Stern auszusuchen, auf dem du in siebzig, achtzig Jahren einmal sitzen möchtest?«

Er nahm mich in seine Arme und hielt mich einen glücklichen Augenblick lang fest. Dann sprang er auf und begann aus voller Kehle zu singen: »*Once I had a secret love that lived within the heart of me. All too soon my secret love became impatient to be free. So I told a friendly star the way that dreamers often do just how wonderful you are and why I'm so in love with you.*«

Auf den Brettern, die die Welt bedeuten, wäre nur ein Feuermelder im Leerfegen der Sitzreihen erfolgreicher gewesen. Aber Rico kannte den Text.

Ich sang natürlich kräftig mit. Erstens wegen der wundervollen Melodie, und zweitens weil ich meine irren Gedanken an seinen Platz im Himmel verscheuchen mußte. Das Lied hatte ja hoffentlich keine Beziehung zu seinem *friendly star*.

Dabei tanzte Rico mit mir über den Kiesweg. Von einem blühenden Magnolienbäumchen zum anderen. Doris Day hatte sich mit diesem Lied nur dreieinhalb Minuten lang aufgehalten. Wir machten daraus einen Endloshit. Das Glücksgefühl, in seinen Armen dahinzuschweben, vertrieb meine Sorgen.

Dann hatte ich Kieselsteinchen im Schuh, die trotz intensiven Nicht-dran-denken-Wollens penetrant weiter piekten. Ich zog Rico auf eine Bank und sank wieder in seine Arme.

Seine Stimme kringelte sich samtweich in mein Ohr: »Ich liebe dich! – Ich liebe dich über alles!«

Endlich!

Dieses Geständnis gefiel mir natürlich weitaus besser als die dumme Sache mit dem Stern. Seit Monaten hatte ich diesen Augenblick herbeigesehnt. Noch nie hatte jemand zu mir gesagt, daß er mich liebe. Bis auf meine Eltern, aber erstens sagten sie das anders und zweitens waren sie ja voreingenommen.

Nun lag ich in seinen Armen und hatte zunächst nichts Wichtigeres zu tun, als mich um die Kieselsteinchen in meinem linken Schuh zu kümmern. Warum hatte mir bloß niemand gesagt, wie ich mich jetzt verhalten mußte? Wo war nur meine Schlagfertigkeit geblieben? – Nichts zu finden.

Trotzdem, irgend etwas mußte ich jetzt sagen!

»Dein Anzug ist totschick!«

Etwas Dümmeres fiel mir wohl nicht ein. Ich hätte alles gegeben, nur um meinen angeblichen Charme wiederzufinden.

Er gestand mir, daß dieses Meisterstück der Schneiderkunst sein einziger Anzug war. Neben ihm besaß er nur noch eine Jeans mit Ersatzkniescheiben aus Wasserbüffelleder und eine Manchesterhose mit blankgesessenem Hosenboden. Außerdem war der Anzug fast neu, das heißt, er war erst zwölf Freundinnen alt. In meinem Kopf fingen rote Lämpchen an zu blinken. Zwölf Freundinnen! Dabei war das Beste noch nicht einmal runter von dem Stoff.

Und ich war die Nummer dreizehn.

Ganz klar; ich hatte mich in den Falschen verliebt. Zwölf Freundinnen in einem Anzug! Wer weiß, wie viele es vor diesem Kleidungsstück waren. Und so etwas wollte mein Traummann sein! Dieser Mensch war ein notorischer Ableger. Sonst nichts.

Sofort zog ich seine Jacke aus und gab sie ihm zurück. In diesen Zwölf-Frauen-Anzug wollte ich nicht länger eingewickelt sein. Selbst wenn ich an einer nassen, komplizierten Rippenfellentzündung elend eingehen würde. Mir doch egal! Die Männer hatten ja bewiesen, daß sie meiner Liebe nicht würdig waren.

Wie gerne hätte ich geweint. Aber den Gefallen tat ich ihm nicht.

Unter der Bank suchte mein linker Fuß verzweifelt nach seinem Kieselstein-Schuh, konnte ihn aber nicht finden.

Wenn das die viel besungene, erste große Liebe war, konnte ich dem Himmel danken, daß ich sie hinter mir hatte.

Ich mußte hier weg. Bloß weg von diesem Casanova-Verschnitt. Weg vom Duft der Magnolienblüten. Und weit, weit weg von seinem *friendly star*.

»Suchst du etwas?« – Auch noch einschmeicheln, wie?

»Jaah!« Dieses Wort hatte ich beinah so gut wie eine Ohrfeige klingen lassen.

Damit mein Fuß nicht nackend davonhumpeln mußte, ging ich auf Tauchstation.

Rico auch.

Beulenreibend richteten wir uns langsam wieder auf. Jeder bedauerte seinen Schädelknochen. – Ich wollte ja gleich nicht zum Tanztee.

»Zeig mal deine.«

Niemals! Dieser Gefühlsmörder kriegte meine Beule nicht zu sehen! Der nicht!

»Es tut mir so leid, daß ich dir weh getan habe.« Zärtliche, liebevoll-betörende Stimme. Seine Hand berührte leicht meine Schulter.

Das könnte ihm so passen! Dieser Blender! Aber ich fiel auf seine Tricks nicht mehr herein! Das andere Dutzend Frauen vielleicht. Ich nicht!

»Braucht dir nicht leid zu tun. Bis ich heirate, ist die Beule wieder weg.«

Er wollte sich gerade freuen, da giftete ich los: »Aber wenn ich einmal heirate, dann mit Sicherheit nicht so einen wie dich! Ich heirate nur einen Mann, der mehr Anzüge als Frauen hat! Und nicht umgekehrt!«

Ich war so schön in Fahrt und wollte ihm noch ein paar Nettigkeiten an den Kopf werfen, die mir gerade eingefallen waren. Jetzt, da ich nicht mehr durch diese dumme Verliebtheit geistig behindert war, konnte sich meine Schlagfertigkeit endlich wieder richtig austoben.

Doch was machte dieser unverschämte Kerl?

Er lachte. – Lachte aus vollem Herzen. Es war einfach nicht zu fassen! Oh, was nahm ich mir diesen Casanova übel!

»Ach das ist es! Du warst ein bißchen eifersüchtig.«

»War ich nicht!« – War ich doch.

»Ich habe dir das vielleicht nicht richtig erklärt. Sieh mal, das ist so: Ich hatte mir vorgenommen, mich in diesem Frühling zu verlieben.« – Er also auch. – »Und deswegen habe ich mich ein wenig umgesehen. Im Februar schenkte mir meine Großmutter diesen Anzug zu meinem 26. Geburtstag. Seitdem hatte ich an jedem Wochenende eine Verabredung. Schwestern von Studienkollegen, abgelegte Freundinnen von Freunden, et cetera p.p.«

Ich fiel offensichtlich unter »et cetera p.p.«. Jedenfalls hatte er in den letzten zwölf Wochen genau zwölf weibliche Wesen kennengelernt.

Sie alle paßten anfangs recht gut in sein Wunschbild, das im Gegensatz zu meinem äußerst bescheiden war.

Erstens sollte sie intelligent, klug und wissenschaftlich fundiert gebildet sein. Humor und Situationskomik waren gefragt. Zweitens sollte ihr Gang ihn an eine Bachstelze erinnern. Drittens sollte sie eine Augenweide, ausgesprochen liebevoll und geistreich sein. Sie durfte sich die Haare nicht färben und kein Make-up benutzen. Viertens und letztens mußte sie einen Ottomotor verstehen, zerlegen und wieder zusammenbauen können. Funktionsfähig, bitte.

Meistens verliebten sie sich am Samstag in ihn. Am Sonntag waren sie alles: klug und liebevoll, umwerfend intelligent, natürlich ungeschminkt und geistreich sowieso. Auch mit der Bachstelze wollten sie es gerne versuchen. Einen Ottomotor hatte leider keine von ihnen dabei. Aber selbstverständlich konnten sie. Und wie.

Ab Montag kümmerte die Romanze dann langsam vor sich hin. Grauer Alltag und so. Am Dienstag ging es mit der liebevollen Intelligenz leider schon rapide den Berg hinunter. Die Klugheit wurde fadenscheinig wie die Ferse einer alten Socke. Von der wissenschaftlichen Bildung war nur noch ein Bildungsnotstand übriggeblieben. Am Mittwoch konnte er sich seine Bachstelze samt Ottomotor an den Hut stecken. Und irgendwann zwischen Donnerstag und Freitag war es dann jeweils aus mit der großen Liebe. Noch nicht einmal für einen Kuß hatte die Zeit im siebenten Himmel gereicht.

Warum hatte ich mich bloß so aufgeregt? Diese zwölf Freundinnen waren gar keine Freundinnen. *Ships that pass in the night.* Mehr nicht.

Ich war kein Schiff, das in der Nacht vorüberglitt. Ich war seine Traumfrau. Ich brauchte auch keine Probezeit bis Donnerstag. Mich hatte er bereits nach ein paar Stunden geheiratet. Er wußte sofort, daß ich die Richtige war.

Nun wußte ich es auch. Endgültig! Ich hatte nämlich schon zwei Ottomotoren eigenhändig zerlegt. Einer davon war zwar nur ein Zweitakter gewesen, aber immerhin.

Allerdings würde ich mit dem Bachstelzengang meine Probleme haben. Woher sollte ich wissen, wie ich aussah, wenn ich ging? Storch im Salat, Perlhuhn auf Freiersfüßen – ich hatte keine Ahnung. Sobald wie möglich würde ich am Bach auf Beobachtungsposten gehen.

Ich war noch damit beschäftigt, mich davon zu überzeugen, daß ich wirklich seine ›Frau mit Substanz‹ war, da unterbrach er meine Gedanken.

»Würdest du vielleicht eines meiner kleinen Gedichte hören wollen?«

Und ob ich wollte. Ich hatte noch nie jemanden gekannt, der Gedichte schrieb.

Rico zog ein ramponiertes Heftchen aus seiner Innentasche, schlug wahllos eine Seite auf und las:

Welch Kind sieht in die Wolken weit
Und meint
Es fühle seine Einsamkeit
Und weint.

Welch Kind sucht seine Grenzen sich
Und hütet Werte sorgsam still.
Dann lauscht es stets bereit auf dich,
Weil weise Worte es erfahren will.

Ist es denn nur jenes Kind das fragt,
Das klare Fragen tapfer stellt?
Oder ist es auch das Kind das sagt,
Ich habe keinen Platz in dieser Welt.

Was ging in diesem Mann vor?

»Hat dir bestimmt nicht gefallen ...«

»Gefallen? – Es hat mich zutiefst beeindruckt. Eine traurige Faszination in Versen. Wann hast du es denn geschrieben?«

»Im Internat. Ich war vielleicht acht oder so. Findest du es zu naiv?«

»Nein. Nein – auf keinen Fall. Beim Zuhören hatte ich das Gefühl, ich müßte meinen Arm schützend um dieses Kind legen und ihm seinen Platz in dieser Welt zeigen. Du, sag mal, warst du damals traurig?«

»Traurig? Ich weiß nicht. – Nein. Jedenfalls nicht mehr als heute auch. Das heißt, eigentlich bin ich heute gar nicht traurig, nicht richtig traurig jedenfalls. Ganz im Gegenteil. Verstehst du?«

Nein, ich verstand ihn leider nicht. Dieser strahlende, lebensfrohe junge Mann, der mir von seiner *secret love* vorsang und mit mir zwischen blühenden Magnolienbäumchen tanzte. Was wußte ich schon von ihm?

»Erzähl mir doch bitte ein bißchen von dir, ja?«

Da erlebte ich sie zum ersten Mal, diese freimütige Ehrlichkeit, die ich während der nächsten sechzehn Jahre immer wieder bewundern sollte. Rico war wie ein offenes Buch. Und er blätterte sogar die Seiten noch selbst um.

Sein Leben faszinierte mich.

Natürlich hatte er die Welt bereist. Nein, nicht mit Vaters Geld – Vater hatte ja keins –, sondern als Ingenieurs-Aspirant auf einem Schiff der Hamburg-Amerika-Linie.

Eigentlich war er in der Tiefe seiner Seele ein musischer Mensch. Er malte, schrieb Gedichte und Prosa, las und dachte außergewöhnlich viel nach. In die schroffe Welt hartgesottener Seeleute paßte er ebensogut wie eine Mimose in eine Hundsblumenwiese. Aber er hielt zwei Jahre lang durch. Schließlich wollte er die Welt sehen und verstehen lernen – genau wie ich es von ihm erwartet hatte.

Sein Seefahrerleben hatte zwei Seiten: eine technische und eine menschliche. Die technische fand in der Backofenatmosphäre des Maschinenraumes statt und sollte ihm für sein nachfolgendes Ingenieursstudium wertvolle Erfahrungen einbringen. Die menschliche Seite hielt er hinter seiner Kajütentür versteckt. Dort nagte sie am Hungertuch.

Inzwischen war Rico im vorletzten Semester; Allgemeiner Maschinenbau, Fachbereich Apparatebau und Verfahrenstechnik. Aber: »Eigentlich habe ich überhaupt keine Lust, Ingenieur zu werden.«

»Was? Und das fällt dir erst ein, nachdem du jahrelang in diversen Hörsälen den Stoff deiner Manchesterhose plattgesessen hast?« Ich konnte es nicht fassen.

»Nein. Das wußte ich eigentlich schon immer, lange bevor ich zur See fuhr. Aber ich sollte ja einen handfesten Beruf erlernen. Und wenn ich fertig bin, kann ich immer noch etwas anderes anfangen. Das, was mir wirklich Freude macht, kann ich beruflich sowieso nicht ausüben.«

»Wer sagt das?«

»Meine Eltern. Sie meinen, für einen künstlerischen Beruf bin ich viel zu untalentiert. Weißt du, bei uns zu Hause sind sie alle Künstler. Mein Vater ist Bildhauer. Meine Mutter war Schauspielerin. Meine Stiefmutter malt. Einer meiner Brüder hat gerade ein Stipendium bekommen und beginnt im Herbst ein Studium für Malerei an der Villa Massimo in Rom. Und meine Schwester ist beim Theater.« Eine schwere Belastung für einen Ingenieur in spe wider Willen.

»Vielleicht kannst du ja deinen erlernten Beruf zum reinen Brotverdienst degradieren. Und nach Feierabend wird aus dem Halbblut-Ingenieur ein Vollblut-Künstler.«

Die Idee gefiel ihm. »Meinst du, das geht?«

»Warum denn nicht? Ich bin ganz sicher, daß du Talent hast. Möglicherweise kannst du damit kein Brot verdienen, jedenfalls nicht, solange du noch in der Lage bist, es selbst zu beißen. Aber dafür bist du ja schließlich Ingenieur.«

»Meine Eltern sagen, ich bin vielleicht ein Techniker, aber kein Künstler.«

»Das eine schließt das andere doch nicht aus. Nehmen wir mal an, du wärst ein Genie wie Leonardo da Vinci – nur so zum Spaß. Du weißt ja, was der alles fertiggebracht hat. Von seinen Mammutgemälden will ich gar nicht reden. So etwas Gigantisches muß ja nicht sein.«

»Ich weiß nicht recht.« Er war skeptisch.

Ich dachte an seinen Nachholbedarf in Sachen Selbstbewußtsein und schlug noch einmal kräftig zu: »Auch da Vinci war, genau wie du, ein Mensch mit philosophischen und naturkundlichen Begabungen, sowie einem hervorragenden technischen Gespür. Leider hat er dir bereits die Erfindung von U-Boot und Flugzeug weggeschnappt. Nun mußt du dir wohl etwas anderes ausdenken. Naja, fünfhundert Jahre nach ihm wird dir doch bestimmt das eine oder andere einfallen.«

Das würde es. Ich sollte in meinem Leben noch oft darüber staunen, was ihm alles einfallen würde.

Noch nie hatte ich mit einem Menschen, der nicht zu meiner Familie gehörte, so wunderbar diskutieren können. Kein Zweifel, Rico war ein ganz außergewöhnlicher Mensch. Eine hoch empfindsame Seele. Sensitivste Antennen, besonders zum Empfang unausgesprochener Worte geeignet. Feinnervig bis zum Untergang. Ein Selbstbewußtsein so filigran wie das zarteste Spinnennetz. Die personifizierte Sensibilität. Ein Mann, der sich vorbehaltlos öffnete. Aber wehe ihm, wenn er sich dem oder der Falschen öffnete!

Zu meinen Füßen, unter beiseitegeräumtem Kies, vollzog Rico für mich gerade die Entwicklung von Einsteins Relativitätstheorie anhand der entsprechenden Formeln nach. Die relativistische Massenveränderlichkeit hatte ich bereits verdaut. Jetzt kauten wir die berühmte Äquivalenz von Masse und Energie $E=mc^2$ durch.

Da drang plötzlich aus weiter Ferne ein Glockenschlag an mein anderweitig beschäftigtes Ohr. »Das war eine Kirchturmuhr. Weißt du eigentlich, wie spät es ist?«

Er hatte auch keine Uhr, aber: »Sehr spät kann es nicht sein. Wir sind ja noch gar nicht lange hier.«

Doch um den Mond zu sehen, mußte ich mich jetzt in die entgegengesetzte Richtung drehen als zu der Zeit des *friendly stars*. Einsteins revolutionierende Erkenntnisse verblaßten schlagartig bei dem Gedanken an meine armen Eltern, die zu Hause neben dem Telefon vor Angst vergingen.

Das Tor des Botanischen Gartens war gigantisch und geschlossen. »Wenn Einstein nicht schon vor elf Jahren gestorben wäre, könnten wir ihm jetzt beweisen, daß er Unrecht hat? *Der Begriff der absoluten Ruhe ist als physikalisch sinnlos zu bezeichnen.* – Soll er sich bitte mal das Tor hier vornehmen. Da herrscht absolute Ruhe. Ruhiger geht's schon gar nicht mehr«, regte ich mich auf.

»Der Garten ist eingemauert«, stellte mein Physiklehrer nach fachmännischem Rundblick fest.

Irgendwie fand ich die Idee, mit meinem Traummann eingemauert zu sein, natürlich hinreißend. Ich konnte mir gar nichts Schöneres vorstellen. Beinahe wie Aida und Radames in ihrer Gruft, nur nicht so schlimm, weil oben offen.

Plötzlich kam der Schein einer Taschenlampe auf uns zu. Dann sahen wir einen Schäferhund, der verdächtig an einer Kette zog. An deren anderem Ende hatte ein Nachtwächter mit zweihundertfünfzig Pfund Lebendgewicht festgemacht.

»Naaa ... – Imma langsam mit de ollen Ferde. Wollta raus?«

Der erste Teil galt dem Hund, der zweite uns.

»Das Tor ist zu«, jammerte ich, aber das wußte er schon.

»Un ick hannen Schlüssel dafüa!«

Der Schäferhund bellte nicht, er verzog nur die Nasenlöcher. Eine ausgesprochen ungemütliche Mischung. In seinem Stammbaum lungerten sicher etliche Wölfe herum. Ich krallte mich am grauen Stoff neben mir fest. Da zeigte mir mein zukünftiger Mann zum ersten Mal, wie ihm die Herzen aller Zwei- und Vierbeiner gleichermaßen zuflogen. Er ging auf den Schwergewichtler zu und legte ihm freundlich seine Rechte in die Pranke. Die Linke widmete er dem Nackenfell der Bestie, worauf diese anfing, vorne zu grunzen und hinten mit der Rute auszuschlagen. Ich war tief beeindruckt.

»Guten Abend! Verzeihen Sie bitte, aber wir haben uns ...«

Der Nachtwächter ließ ihn gar nicht ausreden.

»Is schon jut. Ick kenn det. Ha' ick doch alle Neese lang. Wat jloom se denn, wofüa ick hia nachts uff de Beene bin? – Woll 'n bißken ßu doll jetriem, wa? Naja, ma warn ja ooch ma jung.«

Mein zukünftiger Mann wollte gerne das Thema wechseln: »Sagen Sie bitte, sind Sie zufällig aus Berlin?«

Der Satz schlug ein wie ein Blitz im trockenen Heuboden. Unser Berliner Nachtwächter konnte gar nicht mehr aufhören, sich zu freuen, und nahm uns mit in sein Häuschen.

»Nee, nee. Det mit de Trammbahn, det könn se vajessen. Da looft nischt mea. Jarr nischt. Nu jeht nua noch een Taxi.«

Er bot uns sein Ungetüm von Schaukelstuhl, seinen kalten Tee und sein Telefon an. Nie wieder würde ich einen Trottel einen Nachtwächter nennen.

Zuerst telefonierte er für uns einen Taxifahrer heran. »Is ooch im Wedding jroß jewordn.«

Dann durfte ich meine Eltern anrufen.

Meine Mutter hat einen siebenten Sinn für die Liebe, aber auch für die Probleme und Sorgen anderer Menschen. Und natürlich kannte sie meine Wunschliste in Sachen Ehemann. Wir waren sie ja Punkt für Punkt gemeinsam durchgegangen. An einigen Stellen meinte sie zwar, daß ich vielleicht zu sehr nach den Sternen gegriffen hätte. Ein paar weniger gute Eigenschaften hätten es auch getan. Im großen und ganzen aber ließ sie mir meinen Mann, wie er war.

»Na, war's schlimm?« wollte Rico wissen. Er hatte inzwischen seine Schuldgefühle in das Fell des Wolfshundes massiert.

»Nein. Im Gegenteil, es war richtig schön! Und mein Vater wartet nachher am Bahnhof auf mich.«

»Wie kommst du denn zu *den* Eltern?«

Das hatte ich mich selbst schon oft gefragt.

Der Taxifahrer kannte Leute wie uns. Nach einem kräftigen Schulterklopfen der beiden Berliner Kleiderschränke und einem »Nacht Justav!« – »Nacht Emil!« riß er den Schlag auf: »Valiebte und Besoffne hinten rinn und ßu jemacht.«

Wir liefen Hand in Hand zum Bahnsteig. Der Zug stand schon zur Abfahrt bereit. Ich sah meinem Traummann noch ein letztes Mal in die Augen. Es lag unendlich viel Sehnsucht in unseren Blicken. Er streichelte liebevoll über meine Haare. Aber unseren ersten Kuß wollten wir nicht mit einem ängstlichen Seitenblick auf die Kelle eines Schaffners erleben. Ganz dicht an meinem Ohr fühlte ich seine Stimme: »Jetzt nicht ... Wir haben noch unser ganzes Leben vor uns.«

Dann küßte er mich aufs Ohrläppchen. Das war beinah noch schlimmer.

Behutsam half er mir in den Zug.

»Die Tü-ren schlie-ßen!« – Und schon trennte uns eine Glasscheibe.

Er winkte mir noch zu und rief: »Also dann am Mittwoch um vier Uhr unter den Arkaden! Ich freue mich! Institut für Thermodynamik, kannst du dir das merken?«

Mein »Ja!« konnte er schon nicht mehr hören. Der Zug entfernte mich von ihm. Schneller und immer schneller. Unaufhaltsam.

Zum ersten Mal in meinem Leben hatte ich das Gefühl, daß etwas mit mir geschah, auf das ich keinen Einfluß mehr hatte. Ich schloß die Augen, wollte den Rest der Welt, die Wirklichkeit um mich herum nicht sehen. Ich wollte *ihn* festhalten. Für immer.

Was war mit mir geschehen? Vor zehn Stunden hatte ich genauso in einem Zug gesessen, und dann ...

Nein, das war in einem anderen Leben gewesen.

Wie sich doch an einem einzigen Tag die ganze Welt verändern konnte. Ich war *ihm* begegnet, *meinem Mann!* Endlich war er da.

Sein Leben lief wie ein Film vor mir ab:

Er war im Februar 1940 in Dresden geboren. Als er gerade zwei Jahre alt war, verlor er seine leibliche Mutter durch einen tragischen Skiunfall. Er konnte sich überhaupt nicht mehr an sie erinnern. Mit seiner Großmutter flüchtete er später in Richtung Westen. Kurz darauf heiratete sein Vater ein zweitesmal und brachte seinen kleinen Sohn mit in die Ehe. Dann kamen weitere Geschwister zur Welt. Die Familie lebte jetzt in einem winzigen Dorf in der Nähe von Frankfurt. Ricos Verhältnis zu ihnen war gespannt. Es gab Probleme.

Für mich gab es keine Probleme. Ich hatte am nächsten Tag frei. Und zwar aufgrund des einstimmigen Beschlusses meiner Mutter. »Schlaf dich ruhig aus, mein Kind. Die erste Liebe erlebst du nur einmal in deinem Leben. Das bißchen Wissen, das sie dir heute beibringen wollen, ist reine Zeitverschwendung. Diesen Tag sollst du genießen, weil du ihn niemals wieder vergessen wirst.«

An Schlafen war natürlich überhaupt nicht zu denken. Noch nie bin ich so wach gewesen. Ich malte mir meine Zukunft aus, unsere Zukunft. In den rosigsten Farben, versteht sich. Das Dasein der Königskinder war, verglichen mit unserem Glück, nur ein trauriger Abklatsch.

Wie sollte ich nur die nächsten 56 Stunden überleben? Meine Mutter schlug ein bißchen Privatunterricht im Tanzen vor. Am Nachmittag wollte sie die wichtigsten Schritte mit mir einstudieren.

Ich stieg erst einmal in ein Duftbad, dessen Etikett versprach, daß ich dem Bade als eine berauschende Mischung aus Venus, Kleopatra und Brigitte Bardot entsteigen würde.

Doch es hat bei mir nicht gewirkt. Meine Haut sah den Äpfeln, die wir nach jedem Winter aus ihrem dunklen Versteck im Keller holten und zu Mus verkochten, weitaus ähnlicher als dem knackigen Busen der Bardot. Dafür aber duftete ich geradezu betörend – fand ich.

Als mein Bruder vom Schuleschwänzen nach Hause kam, rümpfte er die Nase: »Ich hole erst mal einen Kanister Dieselöl, damit du wieder ein bißchen menschlicher riechst.« Danach beschloß er, in seinem Zimmer zu warten, bis ich verduftet war.

Ich liebte meinen Bruder Bodo und wollte ihn natürlich nicht vergraulen. Also weihte ich ihn in mein Geheimnis ein: »Du wirst bald einen großen Bruder haben.«

»Ist unsere Mutter schwanger?«

»Aber nein! – *Großer* Bruder habe ich gesagt.«

Ein großer Bruder war sein persönlicher Herzenswunsch. Zwei ältere Schwestern seien eine unzumutbare Belastung für seine männliche, allgemeine und auch sonstige Entwicklung, hatte Bodo wiederholt verkündet.

»Kann er radfahren?«

Sicherheitshalber sagte ich: »... türlich! Was denkst du denn?«

Ich wollte doch, daß die beiden sich verstehen, und für Bodo fing der Mensch nun mal erst beim Radfahrer an.

Als Bodo geboren wurde, war ich fünf Jahre alt. Er war winzig klein, und ich liebte ihn. Spontan tauschte ich ihn gegen meine Bakelitpuppe ein. Sie war nichts im Vergleich zu diesem Baby. Zwei Nachteile hatte er allerdings: Ich mußte mir nun vor dem Spielen die Hände waschen, und ich durfte ihn nicht streicheln, wenn er schlief.

»Aber erzählen kann ich ihm doch etwas, oder?« fragte ich meine Mutter, denn er war ja eigentlich ihr Spielzeug.

So begann ich ihm Geschichten zu erzählen. Für ihn erfand ich das kleine Zwieselchen, ein hauchdünnes Mädchen, dessen Gesicht eine Blüte war. Ich glaube, ich hatte mich da etwas an den Cosmea orientiert, die an unserem Gartenzaun wuchsen. Zwieselchen erlebte alles, was sich ein kleines Wesen nur wünschen kann. Sie konnte durch die Luft schweben, die Wolken kitzeln bis es regnete oder die Sonne anlachen, damit sie strahlte. Sie (ich) sang für Bodo und fütterte ihn mit zerdrückten Bananen und Traubenzucker.

Als das kleine Zwieselchen mit einem Schiff verunglückte und an Land gespült wurde, machte das mächtigen Eindruck auf Bodo. Natürlich erholte es sich wieder und wurde von einem Delphin gerettet. Auf dessen Rükken glitt es über die Meere zurück nach Cuxhafen.

Außenstehende konnten nie begreifen, warum mein Bruder gar so unmögliche Berufswünsche hatte. Jeder kleine Junge wollte Lokomotivführer werden. Er nicht. In der frühen Phase seines Lebens wurde er natürlich Förster. Danach, und da fühle ich mich leider ein bißchen mitverantwortlich, wurde er Schiffbrüchiger. Er war überhaupt nicht mehr davon abzubringen. – Ach, mein kleines Zwieselchen! Ich wünschte, du wärst niemals an Land gespült worden …

Bodo freute sich über seinen großen Bruder längst nicht so, wie ich es von ihm erwartet hatte. Er sah dieses unbekannte Element in meinem Leben mit äußerster Skepsis. Seit er mir ausgeredet hatte, meinen Vater zu heiraten, bangte er diesem Tag entgegen. Ein Störenfried! – In unserer Familie!

»Wozu brauchen wir ihn eigentlich? Bis jetzt sind wir ja auch ganz gut ohne ihn ausgekommen.« Mein Bruder sah tiefgreifende Veränderungen auf sich zukommen.

»Eines Tages möchte ich ihn heiraten, weißt du. Und ich bin ganz sicher, daß du dich glänzend mit ihm verstehen wirst.«

Bodo war sich da gar nicht so sicher.

Leider würde mein Mann ihn tatsächlich bitter enttäuschen. Tagsüber waren sie zwar die besten Freunde. Aber nachts nahm Bodo ihm übel, daß Rico lieber mit meiner Hand in seinem Nacken schlafen wollte als mit ihm im undichten Wigwam am Rande des Steinbruchs.

Daß eine Uhr so schleichen kann!

Um unvorhergesehenen Beinbrüchen, grippalen Infekten und möglichen Lebensmittelvergiftungen vorzubeugen, blieb ich auf Anraten meiner Mutter auch am Dienstag zu Hause. Unser Frühstück fand erst kurz vor dem Mittagessen sein abruptes Ende.

»Mein Gott, Kind, guck mal auf die Uhr!«

Dabei sprudelte ich als Quelle der Informationen über meinen zukünftigen Ehemann wie ein Geysir im Yellowstone Park – ohne die Ruhepausen zwischendurch, versteht sich. Jetzt schälte meine Mutter Kartoffeln in Eilverfahren, putzte gleichzeitig Gemüse und panierte Hühnerbrüstchen. Sie war ein Genie mit fünf Händen und drehte sich in ihrer Küche wie ein Brummkreisel. Ich immer dicht hinter ihr. Aber statt ihr zu helfen, redete ich ihr ständig in den Kragen.

Am Mittwoch morgen traute ich mich zum ersten Mal wieder unter Menschen. Meine Mutter wußte inzwischen fast alles über Rico und riet mir, zu meinen Vorlesungen zurückzukehren. Ich glaube, sie wollte endlich wieder ihre Ruhe haben.

Als ich zur ersten Vorlesung auftauchte, zitterten alle. Ich nicht. Ich hatte die Klausur vergessen. Erst als ich vor dem leeren Bogen saß und in ebenso leeren Schubladen meines Gehirns kramte, wurde mir klar, daß auch ich besser gezittert hätte.

Mit meinem Nebenmann bestand ein stilles Abkommen, uns gegenseitig ungefragt aus der Patsche zu helfen. Er schob mir seinen fertig ausgefüllten Bogen rüber. Ich saß da und las.

»Nicht träumen! – Abschreiben!« zischte er mich an.

Ich gehorchte und schrieb ab. Leider auch seinen Namen. Damit lag er dann mit zwei fehlerfreien Klausuren recht gut im Rennen.

Um drei Uhr litt ich unter Atemnot, und um Viertel nach drei war ich ein Fall für den Notarzt. Trotzdem steuerte um 15 Uhr 55 eine Straßenbahn der Linie 7 mit mir auf der ersten Sitzbank das Institut für Thermodynamik an. Als ich ausstieg, war das beinahe mein vorzeitiges Ende. Kein Baum, kein Strauch und schon gar keine Akazien. Noch nicht mal ein Grasbüschel. – Was nun?

Zum Sterben blieb mir nicht genug Zeit. Schon stand mein Traummann vor mir. Noch viel, viel traumhafter, als ich ihn in Erinnerung hatte, weil er im Sporthemd und den Jeans mit aufgesetzten Wasserbüffelkniescheiben einfach umwerfend aussah.

»Wo sind denn hier die Akazien?«

»Nicht Akazien! *Arkaden,* meine kleine Bachstelze. Arkaden, Rundbögen, Bogengänge. Hier direkt über uns.«

»Stimmt.« Jetzt fiel es mir wieder ein. – Leider fiel mir noch etwas ein: die Sache mit der Bachstelze. Ich hatte sie ganz vergessen.

Wir fuhren in den Stadtpark. Entenfütterer, Hundeherrchen und -frauchen sowie Verliebte teilten sich den Schatten unter den Bäumen mit Babies auf blauen und rosafarbenen Decken. Ich lag im duftenden Gras. Die Sonne überschüttete uns mit ihrem Gold. Ich konnte wieder tief durchatmen. – Was für ein Mai!

»Ich möchte dich etwas fragen.«

»Ja, bitte.« Ich blinzelte ihn durch tanzende Mücken hindurch an.

»Willst du mich heiraten?«

Der Satz hatte einen Klang! Erst einmal kringelten sich die Worte um mein Ohr, trauten sich gar nicht hinein. Dann aber trat die Wirkung ein.

Was für ein Mai!

Ich sagte nur: »Ja.«

»Wenn wir uns beeilen, schaffen wir es noch vor Ladenschluß.«

»Was?«

»Beim Juwelier die Ringe zu kaufen. Ich habe vor, morgen zu deinen Eltern zu fahren und sie um deine Hand zu bitten. Eigentlich hätte ich mich ja lieber heute schon mit dir verlobt, aber ich muß ja erst deine Eltern fragen.«

Ich mußte träumen! In Wirklichkeit konnte so etwas gar nicht passieren. Noch nicht einmal im Film.

Der Juwelier sah mit seiner Lupe, die sich an einem breiten Lederriemen am Schädelknochen festhielt, eher wie ein Hals-Nasen-Ohrenarzt im Angriff auf unsere Rachenmandeln aus. Augenbrauen, besagte Lupe und Nasenflügel des HNO-Juweliers fingen bedrohlich an zu zittern.

»Also heute wollen Sie sich verloben? Und das fällt Ihnen um halb sechs ein. Früher ging es wohl nicht? So was wie letzte Woche vielleicht?«

Mein Beinahe-Verlobter war entrüstet: »Da haben wir uns ja noch gar nicht gekannt.«

Sofort rutschten wir vom Stand eines potentiellen Kundenpaares für goldene Eheringe in die undefinierbare Masse der Wahnsinnigen ab.

Vom Bahnhof aus riefen wir meine Eltern an.

»Mami, kann Rico morgen früh um elf zu uns kommen? Er möchte gerne mit euch sprechen.«

Mein rechtes und sein linkes Ohr teilten sich den Hörer.

»Aber Kind, morgen ist doch Himmelfahrtstag.«

Neben mir fühlte ich etwas zu Boden sacken. Ich glaube, Rico war sein Herz in die Jeanshose gerutscht. Aber mein Fast-Verlobter richtete sich rasch wieder auf, als er mit halbem Ohr weiterhörte. »Bring ihn doch lieber gleich mit nach Hause. Oben im Gästezimmer kann er sich richtig ausschlafen, und morgen früh können wir alle gemeinsam frühstücken. – Sonst schläfst du ja doch die ganze Nacht wieder nicht, stimmt's?«

»Gnädige Frau, ich küsse Ihre Hand. Ich freue mich sehr!« sprach er formvollendet in den ihm zustehenden Teil der klebrigen Muschel. So etwas hatte meine Mutter schon lange nicht mehr gehört.

3

Mit dem strahlendsten Lächeln der Welt, Schulmappe in der Linken und einem am Wegrand gepflückten Klatschmohnstrauß in der Rechten, trat Rico vor meine Eltern.

»Guten Abend. Ich bin Rico Peer Ortmund. Ich liebe Ihre Tochter und möchte Sie um Saschas Hand bitten. Ich verspreche Ihnen, daß ich dieses wundervolle Geschöpf lieben und ehren werde, solange ich lebe.«

In achtzehn Jahren hatte ich meine Mutter noch nie sprachlos gesehen.

Ja, so fing es an.

Er wollte sich gerne noch am Mittwoch mit mir verloben.

Wir haben uns noch am Mittwoch verlobt.

Eine Woche später beschloß meine Mutter: »Jetzt reicht's!« Das ging in die Richtung, in der mein Vater in seinem Sessel saß. »Die Kinder rasen hin und her und kommen überhaupt nicht mehr zur Ruhe. Kein richtiges Essen, zu wenig Schlaf. Der arme Junge haust in einer winzig kleinen Kammer ohne Licht und Sonne mitten in der Stadt. So geht das nicht weiter.«

Am nächsten Tag zog mein Verlobter bei uns ein. Aus dem Buckelford meines Vaters schleppten wir das Umzugsgut ins Dachgeschoß. Kisten voller Bücher. In einem ramponierten Koffer hatte sich das Hemd versteckt, das zu dem grauen Anzug gehörte. Daneben lag die Manchesterhose mit dem blanken Po. Die Jeans hatte Rico an. Zwei verwitterte Sporthemden kamen zum Vorschein, die die nächste Wäsche nicht überstehen würden, dazu drei Unterhosen, ursprünglich von einem älteren Dicken für einen älteren Dicken angeschafft (seinem Großvater, wie ich später herausfand). Ein Paar braune Schuhe mit schiefen Absätzen und mehrfach zusammengeknubbelten Schnürsenkeln. Ricos Besitz stimmte auffallend genau mit meiner Wunschliste in Sachen Ehemann überein.

Die Extras: dreizehn Wurzeln ehemals gigantischer Bäume, die inzwischen verfeuert waren – sehr dekorativ und staubig. Ein verhungerter Kaktus aus den Anden. Leider hatte Rico vergessen, das arme Ding einzutopfen. Er lebte trotzdem noch.

Ein ausgestopftes, totes Krokodil, das in seinen glücklicheren Tagen einmal in den Mangrovensümpfen der Küsten Australiens auf Beute gelauert hatte. Inzwischen war es von Ricos Bruder knallrot angestrichen worden. Das wehrlose Reptil war einer kreativen Phase des angehenden Künstlers zum Opfer gefallen. Ein Dauerschaden, der sich auch mit Vim, Wasser und mehreren Zahnbürsten nie wieder beheben lassen würde.

Ein mickeriges Kaninchen namens *Crazy Bunny* im Drahtverhau, das sein Freund war. Eine angebrochene Rolle Klopapier und ein elektrischer Rasierapparat mit Haarschneidevorsatz. Eine Schulmappe mit Inhalt. Und ein Sack voller Sorgen – aber den sahen wir nicht gleich.

An diesem Tag begannen die glücklichsten zwei Jahre im Leben von Rico Ortmund.

Meine Eltern sind Eltern aus Berufung. Sie können gar nicht anders. Und auch wenn dieser Junge äußerlich noch so überwältigend strahlte, rüttelte er doch all ihre Beschützerinstinkte wach. Das größte Stück Fleisch: »Er hat ja gar nichts zuzusetzen!« Immer eine Kaltschale mit frischen Früchten zwischendurch: »Den Vitaminmangel sieht man ihm schon an der Nasenspitze an.« Drei Paar neue Schuhe: »Sonst läuft er sich noch einen Wirbelsäulenschaden an, guck doch bloß mal.« Eine Familienflasche Biovital: »Wie soll er denn lernen, ohne Nahrung fürs Gehirn?« Und natürlich Wäsche: »Mein Gott, Kind!« Nach einer Woche war sein schnuckeliges kleines Himmelszimmer nicht mehr schnuckelig, nur noch klein.

Auch seine Unordnung war bei uns mit eingezogen, und seine überschäumende Individualität. Ihre ersten Opfer waren die Bilder, die mein Vater in unseren fröhlichen Kindertagen einmal zu seiner Entspannung und unserer Freude in Öl gemalt hatte. Er wollte kein Künstler sein, aber er zauberte glückliche Harmonie auf die Leinwand, und wir liebten seine Bilder.

»Himmels willen!« schimpfte Rico und klärte uns über die künstlerische Entgleisung von Sonntagsmalerei auf. Statt auf die Blumen meines Vaters guckten wir jetzt an unseren Wohnzimmerwänden mit einer Lupe – weil sehr klein – auf ausgeschnittene Klees und Monets, van Goghs und Chagalls und auf Kandinskys *Blauen Reiter* aus einem Ausstellungskatalog.

Mein toleranter Vater hat wohl nie begriffen, warum ein blaues Pferd im Passepartout wertvoller sein sollte als seine gelben Sonnenblumen in Öl. Ich auch nicht, aber wir haben nichts gesagt, denn wir waren ja keine Künstlerfamilie.

Als mein gerade frisch Verlobter bei uns zu Hause eingezogen war, hatte meine Mutter jeden von uns an einer Hand gefaßt und gesagt: »Ihr werdet doch vernünftig sein, Kinder?! – Ich verlasse mich auf euch.« Damit war das Thema abgehakt. Für immer. Waren wir vernünftig?

Rico schlief oben unterm Dach im Himmelszimmer. Dort standen zwar zwei Betten in der Schlafecke, aber als Spielwiese waren sie nicht besonders geeignet. Außerdem hatten nach wenigen Tagen seine Bücher, Kollegmappen und Zeichnungen die Hälfte eingenommen, die mir für meinen Teil der Unvernunft zugestanden hätte.

Zum Thema Schlafprobleme hatte ich in wenigen Nächten mehr gelernt als in meinem ganzen bisherigen Leben. Wenn Rico schlief, durfte keine andere Menschenseele im gleichen Raum dieselbe Luft atmen.

Bei uns im Himmelszimmer war er rundum glücklich. Er hatte alles, was er zum Leben brauchte. Wenn er auf den kleinen Balkon am Giebel trat, stand er schon beinah im Wald. Und durch ein riesiges Dachfenster sah er den Himmel, nichts als Himmel, so weit das Auge reichte. Sonnenaufgänge waren sein Lebenselixier. Hier genoß er sie von seinem Kopfkissen aus.

Sein Freund *Crazy Bunny* war oft zu Gast. Für ihn war Ricos neues Zuhause der Himmel auf Erden, war es doch mit japanischer Grastapete geschmückt. »Rtsch-rtsch-rtsch!« Das schmeckte *Crazy Bunny*.

Wenn Rico morgens seine Tür öffnete, irgendwann zwischen sechs und zwölf, je nachdem, stand ein tragbarer Korbtisch für ihn davor. Das lukullische Angebot variierte je nach Saison. Natürlich gehörte auch eine brennende Kerze dazu. Einmal war sie umgefallen, und wir wären beinah abgebrannt. Danach wurde das Lebenslicht für Rico täglich in einer Wasserschale serviert, denn ohne Kerze ging es nun mal nicht.

Eine Mutter aus Berufung eben. Es machte ihr unendlich viel Freude, Rico zu verwöhnen. Er saugte ihre Liebe auf wie ein trockener Schwamm das Wasser, konnte gar nicht genug kriegen.

Und mein geliebter Bruder Bodo, wohnhaft auf der gleichen Etage oben unterm Dach? War der denn nicht eifersüchtig – und mit Recht? Ih – bewahre! Er hätte sich doch gar nichts Besseres wünschen können. Endlich war seine Mutter mal ein bißchen von ihm abgelenkt.

In unserem Wettlauf ins Erwachsenendasein hatte er mich ohnehin längst eingeholt. Wenn nachts oben die Fußbodendielen knackten, dann war das nicht etwa seine tugendhafte Schwester, die ihren Verlobten besuchte. Oh nein!

Einmal fand unsere Mutter einen Büstenhalter in seinem Zimmer. »Gehört Sascha.« – Er war ja nicht dumm, hatte nur kein Augenmaß. Seine liebe Schwester Sascha besaß nämlich noch gar keinen, weil sie keinen brauchte. Das heißt, einen hatte sie doch, zum Angeben mit eingebauter Schaumgummipolsterung.

Den ersten Kuß meines Lebens genoß ich am Tag unserer Verlobung, dem besagten Mittwoch nach dem historischen Sonntag. Erst steckten wir uns gegenseitig unsere Ringe an den dafür vorgesehenen Finger der linken Hand. Dann kam der Kuß.

Das hatte ich nicht erwartet!

Noch nie hatte ich von einem Kuß gehört, der wie ein elektrischer Schlag in jeder Zehen- und Haarspitze gleichzeitig ankommt. Um zu prüfen, ob es sich dabei um ein einmaliges Erlebnis oder um ein Ereignis handelte, das sich jederzeit beliebig wiederholen ließ, brauchte ich Erfahrung. Und die sammelte ich von nun an mehrmals täglich. Manchmal auch vor dem Schlafen, aber das war keine gute Idee. Abends schlich ich anstelle des Sandmännchens, auf das ja kein Verlaß war, ins Himmelszimmer. Bei der Gelegenheit hätte ich dann gerne meine Kußkenntnisse noch ein bißchen aufgefrischt.

Nichts zu machen.

Rico wollte – Rico mußte schlafen.

Wir hatten herausgefunden, daß es ein einziges relativ sicheres Schlafmittel für ihn gab. Er drehte sich auf die rechte Seite, ich saß links vor seinem Bett im Sessel. Meine rechte Hand lag in seinem Nacken; vierter bis siebenter Halswirbel und erster Brustwirbel mußten bedeckt sein.

»Ja! Das tut gut! Nun kann ich bestimmt bald schlafen.«

Aber wehe mir, ich schlief ein!

Ich hatte doch diese dumme Angewohnheit: Wenn ich gerade eben hinüberdämmerte – noch nicht ganz der Wirklichkeit entrückt, aber auch noch nicht in die Welt der Träume eingetaucht –, stieg ich eine Treppe hinab. Sie führte direkt ins Traumland.

Leider fehlte die letzte Stufe.

Beim Stolpern zuckte dann jedesmal mein ganzer Körper.

Danach war an Ricos Schlaf nicht mehr zu denken. Meistens gleich für ein paar Nächte im voraus, wegen des beim Zucken verlorengegangenen Vertrauens.

Aber es gab Mittel und Wege, sich wachzuhalten. Ich fand sie und kultivierte sie. Meine Methode lief wie ein Uhrwerk: leise, zuverlässig, störungsfrei. Somit durften wir mehr als sechs Monate nach unserer Verlobung immer noch behaupten, daß wir noch nie zusammen geschlafen hatten. – Und brauchten dabei nicht einmal rot zu werden.

Die Familie meines Verlobten hatte ich an unserem dritten gemeinsamen Wochenende kennengelernt. Was für ein Erwachen aus süßer Verliebtheit!

Obwohl Familie Ortmund nur knapp sechzig Kilometer von uns entfernt wohnte, wären wir mit Bahn, Bus, Umsteigen und Warten gut und gerne fünf Stunden unterwegs gewesen.

»Das ist unzumutbar«, beschloß mein Vater und gab Rico den Schlüssel seines klapprigen Buckelfords. Mein Verlobter hatte ja schon seit sieben Jahren einen Führerschein – aber bisher noch keine Gelegenheit gehabt, seine Fähigkeiten auszuprobieren, wie sich leider zu spät herausstellte.

Die Funktionen unseres Oldtimers waren auf Gas und Hupe reduziert. Dafür hatten wir eine eingebaute Vorfahrt. Immer mit Bleifuß durch die Dörfer. Im Rückfenster sah ich plötzlich eine Wolke von Federn, als ob jemand ein Kissen aufgerissen hätte.

»Huhn? – Nein!« So etwas hatte Rico nicht gesehen.

In aufgelöstem Zustand traf ich bei meinen zukünftigen Schwiegereltern ein. Ein verwunschenes Häuschen duckte sich zwischen durcheinandergewachsene grüne Buschmassen, damit niemand merkte, wie sehr es sich nach einer neuen Schicht Farbe sehnte. Dem Garten hätte man dringend mal ein paar Stunden Arbeit widmen müssen.

Rico hatte uns telefonisch angesagt: »… also dann zum Mittagessen, ja?«

Sein Vater lag noch im Bett und hörte uns nach ein paar Minuten.

»Geht hinten rum. Ich penne noch«, empfing uns seine gähnende Stimme durch das offene Schlafzimmerfenster. Ricos Mutter saß mit dem Kulturteil der Sonntagszeitung und einer Tasse Kaffee im Wohnzimmer. Die Geschwister schliefen noch.

Ich staunte. So lebten also Künstler.

Nun stand ich in einem Wohnzimmer, vollgepfropft mit Bildern, gemütlicher Unordnung, Büchern und Sesseln aus acht verschiedenen Epochen.

Es trat eine Pause ein, die meiner oberflächlichen Betrachtung gewidmet wurde. Rico gab seiner Mutter einen flüchtigen Kuß auf die Wange, die sie ihm entgegenhielt, und sagte: »Das ist Sascha, meine Verlobte.«

Er zog mich etwas näher, damit sie mich auch im Detail besser beurteilen konnte. Sie sah an mir hoch und wieder runter und meinte: »Thhhü, thhhü, thhhü, ihr seid also verlobt. – Ach Gott, wie niedlich, hi,hi!«

Durch ihr gekünsteltes Lachen wurde unsere Verlobung samt dem sich an meiner Hand schon heimisch fühlenden Ring zu einer netten kleinen Frühlingslaune degradiert. Erst jetzt wurde mir bewußt, daß meine Eltern unsere Verlobung genauso ernstgenommen hatten wie wir selbst.

Nach dieser kurzen Unterbrechung ging seine Mutter wieder zum Kulturteil über. »Hast du die Theaterkritiken gelesen, Rico?« – Hatte er leider nicht. – »Also wirklich, dieser Kittner. Thhhü, thhhü, thhhü. Wir müssen unbedingt versuchen, noch Karten für sein Kabarett zu bekommen. Du solltest auch zusehen, daß du kulturell nicht noch tiefer sinkst. Wann warst du eigentlich das letzte Mal im Theater?«

Es fiel ihrem Sohn im Moment nicht gleich ein. Meistens ging er nämlich abends in einer Getränkefirma zum Flaschenpacken, um sich Essenmarken, Bücher und Straßenbahnkarten kaufen zu können. Wenn er dort fertig war, hatten die Bühnen das Licht schon ausgeschaltet.

Dann kam Väterchen aus dem Bett. Ich hätte ihm sofort um den Hals fallen können. Lieb, verknautscht, rührend, etwas tapsig und richtig schön verschlafen. Herzlicher Blick auf mich: »Dich bewundere ich gleich. Muß mir erst das Gesicht putzen. Bei diesem ollen Zigeuner hier brauche ich das nicht. Der kennt seinen alten Herrn.«

Schulterklopfend drückte er seinen Sohn an sich. Eine Augenweide! Gleiche Bewegungen, gleiche Reaktionen, gleiche Körperhaltung. Eine jüngere Ausführung ohne Falten und ohne Bart, eine ältere mit Falten und mit Bart. ›Mein Mann an unserem dreißigsten Hochzeitstag‹, schoß es mir durch den Kopf. Hätte ich mir irgendwann einmal Gedanken über die Art und das Wesen meines Schwiegervaters gemacht, dann wären meine kühnsten Wünsche soeben in Erfüllung gegangen.

Er mußte gemerkt haben, daß ich nicht gerade über ein besonders gutes Stehvermögen verfügte, und drückte mich in einen Sessel. Nun liebte ich ihn noch mehr.

»Geh mich erst mal landfein machen.« Aber nicht ohne vorher seine Frau über den Kulturteil hinweg zu küssen. Zwischen den beiden schienen die Funken der Erotik Purzelbäume zu schlagen.

Das frisch geputzte Gesicht stand ihm gut. Zum Glück hatte er das Verknautschte nicht ganz rauswaschen können. Wohlwollend betrachtete er mich. »Da hat sich der olle Zigeuner aber ganz was Feines ausgesucht. – Glückwunsch, mein Junge! Komm mal her, mein Mädchen, und gib seinem alten Herrn einen Kuß.« – Viel zu gerne.

»So, und nu knurrt mir der Magen. Kommt Kinder, hauen wir uns was in die Pfanne.« Wir kamen sofort, es war ja schon halb zwei. Ricos Mutter blieb sitzen. So ein Kulturteil ist ja doch recht umfangreich.

Die Wohnküche war groß, sonnig und gemütlich. Aber hier mußte dringend einmal durchgeputzt werden.

»Willste mir Tisch decken helfen, mein Mädchen?«

Und ob ich wollte. Für ihn hätte ich alles getan. Aber vorher mußte ich erst einmal die Reste von gestern abend abräumen und, wie ich merkte, auch abwaschen. Mit dem, was sich sonst noch im Ausguß türmte, wurde das Geschirr für den Frühstückstisch knapp.

Nach und nach krochen die Sprößlinge aus den Federn. Gähnend, Kopffell und Rücken kratzend – wofür hatte der liebe Gott ihm zwei Hände gegeben – erschien Ricos Bruder Mario, 22, der für die blutunterlaufenen Augen und Schuppen des Krokodils verantwortlich war, im Türrahmen.

»Frühstück schon fertig? – Tach Bruderherz. Was machst du denn hier?« Das Auge, mit dem er mich hätte sehen müssen, war wohl noch verklebt.

Bruderherz war so enttäuscht. »Hat Mutter dir denn nicht gesagt, daß wir kommen?«

»Mutter, hast du mir gesagt, daß Rico kommt?« rief er durch die offene Tür ins Wohnzimmer.

»Ich? – Glaube nicht ... – Na ja.« Aber das von Kittners Kabarett, das sagte sie ihm sofort. Damit stand die Bedeutung unseres Besuches, vor allem aber der Vorstellung von Ricos junger Braut in seinem Elternhaus mütterlicherseits fest.

Der Duft von Eiern mit Speck, frischem Toast und Kaffee trieb auch die restliche Brut ans Tageslicht.

»Ach der Rico ... geht's dir denn?« fragte seine Schwester Claudia im T-Shirt, das fast bis zum Knie reichte und deshalb als Nacht- und Taghemd diente. Sehr praktisch. Erst auf den zweiten Blick sah sie mich, kombinierte, obwohl noch gar nicht richtig wach, und setzte ihren Mund fest auf den ihres Bruders, nach dem Motto: Wollen doch mal sehen, wer hier die älteren Rechte hat.

»Sie ist beim Theater«, erinnerte mich Rico, als er wieder frei über seinen Mund verfügen durfte. Ich hätte zu gerne geantwortet: ›Das merkt man!‹, aber ich war ja wohlerzogen und sagte: »Guten Tag.«

Ricos kleiner Bruder war erst 14, deshalb durfte er frech sein. Er war frech. Aber die Familie nannte sein schlechtes Benehmen ›aufgeweckt‹. Dafür bekam er am Tisch von allem das Beste.

Zur Verteilung von Eiern und Speck gab uns nun auch Ricos Mutter die Ehre. Zierlich, hager, frisurlos – ihre Haare hingen glatt bis auf die Schultern herunter – und trotzdem etwas Besonderes. Ganz versteckt besaß sie eine unauffällige Eleganz. Man mußte ein paarmal hinsehen, um sie zu finden.

Ich konnte nichts dagegen tun, ich bewunderte sie. Die Ruhe in dieser Unordnung! Lauter ungewaschene, ungekämmte Kinder am Tisch. Sie selbst hatte noch keinen Handschlag getan.

Ob ich wohl auch einmal so leben könnte?

Unsere Füße steckten noch unter dem schweren Holztisch, als Freunde zum Mittagessen kamen. Man merkte sofort: sie waren eingeladen, wir waren nur angesagt.

»So Kinder, nu rückt mal 'n Stück«, sagte Ricos Vater, aber Mutter wollte den Sherry mit ihren Freunden lieber im Wohnzimmer trinken. In der Küche stand ihr wohl zuviel rum. Alle verdrückten sich, auch diejenigen, die nicht zum Sherry ins Wohnzimmer gingen.

Ich hatte noch in der Küche zu tun. Angetrocknete Reste, verklebte Honig- und Marmeladengläser, hier lechzte alles nach einem Putzlappen. Den Parkplatzmarkierungen auf dem Holz rückte ich mit Wasser und Seife zuleibe.

Das Abflußrohr unter der Spüle hatte ein Loch. Diesen Schaden hatte man durch Unterstellen eines Eimers behoben. Für Großeinsätze wie meinen reichte er nicht aus. Reparaturen beschränkten sich in diesem Hause offensichtlich auf das Auswechseln von kaputten Glühbirnen.

Als ich fertig war, suchte ich Rico in diesem Urwald von einem Garten. Statt Blumen wuchs hier überall Unkraut, aber auch das blüht ja sehr schön. Wir gingen unter knorrigen Bäumen spazieren. Hier ein ausgetrockneter Brunnen, da eine verfallene Bank, drüben ein Mühlstein als Tisch. Ein Garten wie aus einem Märchenbuch.

»Hier mußt du als Kind unendlich glücklich gewesen sein«, sagte ich zu Rico, denn ich kannte doch seine Vorliebe für die unberührte Natur.

Seine Antwort zerschmetterte meine romantische Märchenwaldstimmung mit einem Schlag. »Ich habe hier ja nie gewohnt.«

»Nicht?« fragte ich bestürzt. Das hier war doch sein Zuhause, sein Elternhaus.

»Weißt du, ich bin im Internat aufgewachsen. Ich war doch das schwarze Schaf, so was wie ein schwer erziehbares Kind. Und ...«

»*Was? – Du?*« Den unverschämten Flegel von Halbbruder vorhin am Tisch nannten sie aufgeweckt, und Rico sollte schwer erziehbar gewesen sein?

Wir setzten uns auf den Mühlsteintisch. Dort hörte ich zum ersten Mal die Geschichte seiner Kindheit. Der schwer erziehbare Junge, weil durch die Ankunft wichtigerer Kinder nicht mehr einzuordnen, kam mit knapp acht Jahren ins Internat, genau an dem Tag, an dem seine Eltern in ihr neues Haus zogen.

Im Internat war Rico zwar ein hervorragender Schüler, aber er hatte Probleme. Man fand bald heraus, daß er sich nicht dazu eignete, mit anderen ein Zimmer zu teilen. In einem Internat aber werden alle Zimmer von allen Schüler geteilt. Trotzdem, mit Rico ging das nicht. Er konnte nicht schlafen, und wenn er doch einmal einschlief, dann schrie er im Traum und schlug wild um sich. Die Lehrer hätten ihn am liebsten wieder nach Hause geschickt, aber da hatte man keine Verwendung für ihn. Außerdem war er ihr bester Schüler. Letztendlich steckten sie ihn in eine Rumpelkammer auf dem Dachboden. Obwohl sie winzig war und durch die kleine Dachluke kaum Licht hereinfiel, richtete Rico sich dort oben sein Leben ein. Eigene Werke in Zeichenkohle an den Wänden, eine vom Rektor geliehene Gitarre, ein paar im Wald gefundene interessante Steine und bizarre Wurzeln. Hier schrieb er nachts seine Gedichte bei Kerzenlicht.

In jeder freien Minute verschwand er im Wald. Anfangs hatte er deswegen viel Ärger gehabt. Aber dann merkten seine Lehrer wohl, daß er gar nicht anders konnte. Er brauchte die Stille, die Freiheit und die Nähe der Natur wie andere Schüler ihre tägliche warme Mahlzeit. Mit der Zeit akzeptierten sie das und ließen ihn laufen. Oft blieb er tagelang verschollen, aber sie hatten aufgehört, nach ihm zu suchen. Die Natur war sein Element, der Wald sein Zuhause. Ihm würde schon nichts passieren. Seine Lehrer hätten einen Orden dafür verdient, daß sie diesem Jungen seinen Freiraum ließen.

Einmal lieh er sich am Wochenende ein Fahrrad. Er wollte seine Eltern überraschen. Das ist ihm gelungen.

»Wo kommst du denn her? Mit dir haben wir überhaupt nicht gerechnet.« Seiner Mutter fiel offensichtlich nichts

Besseres zum Thema ›Willkommen daheim‹ ein. Er war nun wirklich das Letzte, was sie an diesem Morgen gebrauchen konnte. Sie hatte liebe Gäste eingeladen, und man war gerade dabei, ein sonniges Wochenende zu genießen.

Ihren Freunden gefiel der kleine Junge nicht, der nach zwanzig Kilometern auf einem viel zu großen Fahrrad ein wenig ramponiert auf die elterliche Veranda stürmte. Er paßte so gar nicht in das Bild, das die ach so goldigen kleinen Geschwister boten, die überall herumkrabbelten.

»Ein verstockter Junge. Thhhü, thhhü, thhhü. Manchmal direkt unheimlich.« Und zu essen war auch nicht genug da.

So fuhr er wieder zurück in seine Rumpelkammer. Nun verstand ich auch sein Gedicht.

Ich war auf einem anderen Stern aufgewachsen. »Keine Perlen vor die Säue werfen«, hatte unsere Mutter uns unter anderem mit auf den Weg gegeben. Einmal angenommen, wir hatten uns vorzüglich benommen – das durfte sie ja von uns erwarten – waren höflich, zuvorkommend, bescheiden, hilfsbereit und lieb gewesen, und jemand mochte uns trotzdem nicht, dann trat automatisch die oben genannte Lebensweisheit in Kraft. Wir, ihre Kinder, waren die Perlen. Die Leute, die uns nicht leiden konnten, die Säue. Das gefiel mir! Obwohl sie das damals sicher mehr bildlich aufgefaßt haben wollte.

In diesem Sinne habe ich mich nie mit Menschen rumgequält, für die ich mich krummlegen mußte, um ihnen zu gefallen. Mochten sie mich nicht, waren sie für mich erledigt. Nicht so mein Mann. Ständig war er Leuten hinterher, von denen er hoffte, daß sie ihm vielleicht ein liebes Wort schenken würden. Er hat nur Enttäuschungen erlebt.

Nach dem Abitur mußte Rico leider in sein Elternhaus einziehen. Mit dem Fingerspitzengefühl eines Nilpferdes legte man eine Matratze für ihn auf den Fußboden im Zimmer seines Bruders Mario. Beinahe wäre es zum Brudermord gekommen. Mario war ein reiner Nachtmensch, das stand ihm als werdendem Künstler zu. Kein brutzelndes Brathuhn im Rohr hatte das Recht, eine historische Schaffensphase zu stören, von einem unerwünschten Halbbruder ganz zu schweigen.

Eine Woche später mußte Rico unter Schimpf und Schande seine Sachen packen. »Mach du erst mal eine Lehre. Zu etwas anderem taugst du ohnehin nicht. In der Welt der Arbeiter werden sie dir deine nächtlichen Wutausbrüche schon austreiben.« Für ein Studium war ohnehin kein Geld da.

»Da ist ja mein Mädchen! Wo habt ihr euch denn verkrochen?« Das war die Stimme von Ricos Vater. Als er uns umarmen wollte, merkte ich, daß er ein bißchen zuviel Sherry getrunken hatte. Welche Rolle mochte er wohl in der Lebenstragödie seines Sohnes gespielt haben?

»Ich bin ein bißchen tüttelich – *hick* – aber das macht nichts. Komm, mein Mädchen, willst bestimmt mein Atelier sehen.«

Und ob ich das wollte, obwohl ich das bis zu diesem Augenblick noch nicht gewußt hatte.

An einem Häuschen, das sich so gut hinter dichten Bäumen versteckt hielt, daß ich es nicht einmal bemerkt hatte, stiegen wir außen eine schmale Eisentreppe hinauf. Ein Atelier war mir bis dahin kein richtiger Begriff gewesen. Die Werke meines Vaters waren auf einem umgekippten Gartenstuhl entstanden.

Hier oben fehlte eine Dachhälfte, das heißt sie war durch Glas ersetzt worden. Im Fußboden gähnte eine offene Falltür, über ihr baumelte ein Flaschenzug. Rico konnte seinen Blick überhaupt nicht mehr von dieser Vorrichtung abwenden. Er war wie hypnotisiert. Ich verstand nichts von Flaschenzügen und fragte, ob der wohl für die ins Loch gestürzten Unfallopfer dort bereit hing.

»Nich doch, mein Mädchen. Wer ins Loch fällt, ist dämlich und hat selber schuld«, klärte der freischaffende Künstler mich auf, immer haarscharf am Abgrund entlang balancierend. »Damit hieve ich erst mal mein Zeug hoch, und wenn wieder eine Venus von Milo fertig ist, darf sie damit zur – *hick, 'tschuldigung* – zur Hölle fahren.«

Mein bildhauender Schwiegervater faszinierte mich. Und das Atelier auch. Daß man so viel Unordnung auf so wenig Raum zusammenpferchen konnte. Außer ins Loch der Falltür konnte man eigentlich nirgends richtig hintreten. Säcke mit Materialien, Werkzeuge, halb- und unbehauene Steine, ein Kanonenofen mit zwei Jahren Asche drumrum. An jedem nicht anderweitig besetzten Eckchen Holz pinnten Skizzen, Zeichnungen und Photographien von und für seine Werke sowie rausgerissene Zeitungsabschnitte, die die Arbeit und das Leben des Künstlers würdigten.

Ich traf eine wichtige Entscheidung für meine Zukunft: Sollte irgendwann in meinem Leben einmal eine künstlerische Ader in mir erwachen, nie würde ich Bildhauer, Maler, Töpfer oder so etwas werden. Was für ein deprimierender, herzzerreißender Beruf! Man schafft etwas – ein einmaliges Werk – ein wahres Meisterstück. Und dann muß man es verkaufen, um essen zu können.

Zwischen verschmierten Farbtöpfen war ein kleiner Kinderkopf zu sehen. So anmutig, so bildhübsch, ich konnte gar nicht mehr wegschauen. »Der ist ja zauberhaft! Ob ich mir den wohl einmal aus der Nähe ansehen darf?«

Es kostete einige Mühe, bis sein Erzeuger sich zu dem kleinen Kerl durchgearbeitet hatte. Der Kopf war wohl schon vor langer Zeit in Vergessenheit geraten. Spinnweben an den Ohren, Fledermausabwürfe überall auf den Locken, mit Farbe bekleckerte Bäckchen. Die heruntergelaufenen Farbtropfen sahen aus wie Tränen, die niemand getrocknet hatte. Dieses kleine Wesen strahlte eine unendlich traurige Faszination aus, die mich völlig in ihren Bann zog.

»Der gehört genau zu der Sorte Kind, das ich unter den Augen seiner Mutter stehlen würde«, sagte ich nachdenklich.

»Brauchste nich, mein Mädchen. Brauchste nich. Hast ihn ja schon. Ist zwar inzwischen ein bißchen ausgewachsen, so an die 24 Jahre größer, aber immerhin. Ist noch genau der gleiche Zigeuner.«

Ich sah zu Rico hinüber, der immer noch an der Falltür zur Hölle stand, und drückte das kleine Wesen aus Gips fest an mich. Ich hätte so gerne gefragt, ob ich ihn behalten dürfte, aber ich traute mich nicht.

»Na, mein Mädchen, hast ihn wohl sehr gerne, was?«

Ich nickte nur.

»Nimm ihn mit. Nimm se. Alle beide. Den da auch«, lachte er und zeigte verschmitzt auf seinen Sohn, der die ganze Zeit über nur damit beschäftigt war, schweigend in den dunklen Abgrund zu starren.

Als wir zu den anderen zurückkamen, zeigte Ricos Vater auf die kleine Skulptur in meinem Arm und sagte: »Mein Mädchen soll ihn haben. Hab ihn ihr geschenkt.«

Die Dame des Hauses meinte nur: »Ach Gott, na ja. Wir brauchen ihn ja nun wirklich nicht.« Trotzdem sah ich ihr an, daß sie ihn lieber behalten hätte, wegen des künstlerischen Wertes.

»Gib her, mein Mädchen, ich werde meinem Sohn erst mal den Kopf waschen.« Ricos Vater wollte mir das kleine Wesen aus dem Arm nehmen, aber ich gab ihn nicht mehr her.

Um halb sechs wurde das Mittagessen serviert, zu dem die Freunde eingeladen waren. Danach half ich Ricos Mutter in der Küche, das Schlachtfeld aufzuräumen. Sie war inzwischen etwas häuslicher geworden, ja sogar ein wenig mütterlich. Oder bildete ich mir das nur ein?

»Nun, mein liebes Kind«, aber das klang nicht umarmend wie Vaters »mein Mädchen«, sondern mehr von oben herab. Sie hätte genauso gut »mein dummes Hascherl« sagen können, das hätte wenigstens zum Tonfall gepaßt. »Du mußt nicht denken, weil du dich einmal verliebt hast, ist nun alles Friede, Freude, Eierkuchen.« – Dachte ich ja gar nicht! – »Es tut mir leid, daß ich dir das sagen muß, aber mit Rico kannst du nicht leben. Mit dem kann keiner leben. – Denk an meine Worte. Ich meine es nur gut mit dir.«

Ich dachte an ihre Worte, während ich in schmierigen Schüsseln herumwusch.

In dem Augenblick wurde die Tür aufgerissen. Eine Hand packte mich und riß mich fort. Die Hand gehörte zu meinem Verlobten.

»Komm, wir fahren!« Er zerrte mich aus dem Haus.

»Aber ich muß mich doch verabschieden. Was ist denn passiert?«

»Wir fahren!« sagte er barsch. Die Autotür brach fast aus den Angeln.

»Ich möchte deinem Vater doch wenigstens auf Wiedersehen sagen«, versuchte ich es noch einmal, aber schon heulte der Motor auf.

Ich sollte seine Familie in den nächsten vierzehn Jahren nur einmal wiedersehen.

Wortlos fuhren wir durch den Wald. Die Abendsonne hatte die Landschaft mit Gold besprenkelt. Rico fuhr langsam, sehr langsam. Modriger Geruch stieg dampfend aus dem Waldboden auf.

»Es riecht wie im Grab«, hörte ich seine Stimme leise neben mir. Jetzt wagte ich endlich, ihn wenigstens von der Seite anzusehen. Ich erkannte die kleine Skulptur sofort wieder. Auch sie hatte Tränen im Gesicht.

»Ich finde, es riecht wie Waldboden an einem Sommerabend«, sagte ich. Dann kehrte das Schweigen zurück. Bis zu diesem Tag hatte ich Waldbodengeruch sehr gerne gehabt.

Als wir fast zu Hause waren, bog er plötzlich in einen Waldweg ein und fragte: »Gehst du mit?«

Ich hätte gerne nein gesagt, denn ich war für einen Sonntag zur Vorstellung bei meinen Schwiegereltern angezogen. Aber es gab Wichtigeres im Leben als ein Paar neue Schuhe, ein zartweißes Kleid und keine Jacke zum Warmhalten. Die hatte unsere überstürzte Abfahrt verpaßt.

Wir sprachen kein Wort. Rico stierte vor sich hin. Was konnte bloß vorgefallen sein? Wollte er jetzt die halbe Nacht mit mir durch den Wald irren?

Plötzlich blieb er stehen, faßte mich an beiden Schultern und schüttelte mich grob. Dann schob er mich mit durchgedrückten Ellbogen so weit wie möglich von sich: »Ich frage dich jetzt zum letzten Mal: Willst du mich heiraten? Ja oder nein?«

Pause – wegen des Schocks.

Warum zweifelte er an meiner Liebe?

»Du weißt, daß ich mich nur mit dem Mann verlobe, den ich auch heiraten werde.«

Rico ließ mich los und trottete wortlos tiefer in den Wald hinein. Ich hinterher. Es wurde langsam dunkel. Er stapfte weiter, immer weiter. Plötzlich stolperte er über eine Baumwurzel.

Als ich mich über ihn beugte, hielt ich sein tränennasses Gesicht in meinen Händen. »Alles machen sie mir kaputt!« schluchzte er. »Kaputt! Kaputt!« und hämmerte mit beiden Fäusten auf den Waldboden ein. Einige Maiglöckchen wurden die unvermeidlichen Opfer. Er mochte Blumen, doch er schlug trotzdem weiter auf sie ein.

»Zum ersten Mal in meinem Leben habe ich einen Menschen, zu dem ich wirklich gehöre! Und der zu mir gehört. Nur zu mir! Ich habe eine richtige Familie, in der ich meinen festen Platz habe. Und dann kommt diese Schlange und vergiftet alles. *›Es tut mir ja leid, dir das sagen zu müssen, mein liebes Kind, aber mit Rico kann man nicht leben.‹*« Seine Stimme säuselte gehässig. Nein, gelauscht hatte er nicht. So etwas konnte er gar nicht. Er ging nur unglücklicherweise gerade an der Tür vorbei.

Ich streichelte seinen Kopf. »Mach dir doch darüber keine Gedanken. Sie kennt dich eben nicht. Jedenfalls nicht so wie ich.«

Sein Zeh tat ihm weh. Auf mich gestützt, humpelte er zum Auto zurück. Das war ein langer Weg. Als wir endlich zu Hause ankamen, schlug meine Mutter entsetzt ihre Hände vors Gesicht.

»Mein Gott, Kinder! – Seid ihr verunglückt?«

»Nein, wir sind bloß noch ein bißchen im Wald spazierengegangen.«

»Ach so ...«, wunderte sie sich. Ihr siebenter Sinn hinderte sie daran, Rico zu fragen, ob seine Eltern sich gefreut hätten. Die Antwort wäre uns schwer gefallen. Denn ›gefreut‹ durfte man das wohl nicht nennen. Eigentlich mochte ich Ricos Familie. Aber zwischen meiner Sympathie und ihnen stand mein Verlobter.

Rico hatte sich den Zeh verstaucht. Er mußte gesalbt, gekühlt, hochgelegt und geschont werden. Trotzdem färbte er sich blau. Ricos Seele hatte sich auch verstaucht. Sie wollte bitte auch gesalbt, gekühlt, hochgelegt und geschont werden. Meine Mutter merkte, daß sie trotzdem blaue Flecken bekam. »Unser Junge hat Probleme.« Aber seine Seele war viel schwieriger zu behandeln als sein Zeh. Man kam einfach nicht ran.

Als Kind meiner Mutter krank zu sein, war himmlisch: duftende Bettwäsche, frische Blumen auf dem Nachttisch, leise Radiomusik am Bett. Verwöhnt werden bis zum Geht-nicht-mehr. Bei uns zogen sich die Krankheiten hin, mochten gar nicht wieder weggehen. Essen gab es ausschließlich nach Wunsch. Ich nahm meinen symptomlosen grippalen Infekt meistens wegen des Schaumomeletts mit Himbeeren, eine ihrer Spezialitäten. Die Himbeeren wurden extra für meine Krankheiten eingekocht, damit ich mich unabhängig von der Erntezeit anstecken konnte.

Rico äußerte keine speziellen Wünsche. Er konnte ja noch gar nicht wissen, was ihm alles schmeckte. Also kochte sie das Beste vom Besten, und er futterte. Zwischendurch gab es kleine Leckereien: Erdbeermilch auf Vanille-Eiswürfeln mit Sahne; Krabbencocktail mit Mandarinen; eine Miniaturtorte mit der Aufschrift: *›Gute Besserung Rico‹* in Zitronencreme. Wer mochte da schon gesund werden?

Als es seinem Zeh besser ging, machte Rico ausgedehnte Waldspaziergänge mit meiner Mutter, die er *›mein Mütterlein‹* nannte. Sie konnten herrlich gemeinsam lachen, schweigen und reden. Er humpelte ohnehin nur noch, wenn jemand zusah. Ansonsten flitzte er wieder wie ein Wiesel. Zur Uni aber wollte er trotzdem nicht. Sein Zeh hatte einen langfristigen Schaden genommen, der Rico am Hören von Vorlesungen hinderte. Die Schmerzen hielten bis zu den Ferien gut durch.

Inzwischen hatten wir erfahren, daß er dieses Semester wiederholen mußte. Er hatte, wie in den vorigen Semestern auch, hauptsächlich durch Abwesenheit geglänzt. Dieses Mal nahmen ihm die Dozenten sein Desinteresse übel. Sie wußten zwar genau, daß er im Rennen ganz weit vorne lag, aber sie hätten eben auch schrecklich gerne einen schriftlichen Beweis dafür in ihren kompetenten Händen gehalten. Von 28 Klausuren war er nur zu dreien angetreten. – »Warum bist du denn bloß nicht hingegangen?« – »Ich kann ja nicht an alles denken.« – Die drei waren zwar hervorragend ausgefallen, aber es hätten eben ruhig noch zwei Dutzend mehr sein dürfen.

»Er hat viel durchgemacht. Vielleicht tut es ihm gut, wenn er es ein paar Monate lang ein bißchen leichter hat«, sagte meine Mutter nachdenklich.

»Wir sollten ihm ein Auto kaufen. Das Zugfahren, die ewige Warterei an den Haltestellen und auf den Bahnhöfen ist bestimmt nicht gut für ihn«, sagte mein Vater.

So kam Rico zu einem Urlaubssemester und einem verrosteten Fiat 500 mit Klappverdeck.

Von seinen atemberaubenden Fahrkünsten hatte ich nichts erzählt. Ich konnte doch nicht ahnen, daß ich so schnell wieder in ihren Genuß kommen sollte. Nun fuhren wir gemeinsam in die Stadt und zurück. Nach unserem ersten Reisetag meldete ich mich zum Führerschein an. Ich wollte so gerne am Leben bleiben.

In Rekordzeit beherrschte ich die Führung eines Kraftfahrzeuges bis zu 7,5 Tonnen. Verkehrsregeln, die Berechnung von Bremswegen, Ge- und Verbotsbestimmungen lernte ich im Schlaf.

Nur mit der Prüfung klappte irgend etwas bei mir nicht. Als ich am Steuer saß – ja, ich weiß eigentlich gar nicht, was mit mir los war – klapperten plötzlich meine Zähne wie ein loses Schutzblech. Dann fingen meine Knie auch noch an zu zittern. Und das war leider mit einem gleichzeitigen idiotischen Hüpfen des Fahrschulautos verbunden. Der Prüfer brüllte mir ins Genick, ich solle machen, daß ich wegkomme.

Als ich die 25 Meter zur Fahrschule zu Fuß zurückging, wurde mir zum ersten Mal in meinem Leben bewußt, daß ich Nerven hatte. Ich mußte meinen Führerschein haben. Um alles in der Welt! Ich wollte doch unbedingt selbst fahren dürfen. Schön sinnig, wie mein Vater.

Vierzehn Tage später fiel mir das heißersehnte graue Stück Wachspapier dann geradezu in den Schoß – nachdem meine Mutter mich vorher ausreichend mit Baldrian versorgt hatte. Bis dahin krallte ich mich weiterhin im Tuch unseres Beifahrersitzes fest.

Es regnete an sieben Stellen durch das Sonnenverdeck, und immer hatten wir nasse Füße. Aber was konnte man für fünfzig Mark schon mehr verlangen?

Mein Bräutigam wollte mir unbedingt die Stätten seiner Jugendsünden zeigen. Wir fuhren nach Hamburg. Ich zitterte wie Espenlaub. Im Überholen waren wir natürlich stark. So ein LKW machte seine 70/75 Sachen. Wir schafften 78 kmh, bergab und mit Rückenwind. Die LKW-Fahrer lachten auf uns herunter. Die hatten ja genügend Reserven unter der Haube.

Wider Erwarten kamen wir dann doch in Hamburg an und gingen als erstes zum Fischmarkt. Ich hatte noch nie ein so buntes Gemisch aus nicht zusammenpassenden Menschen gesehen. Herren im Smoking neben Bettlern mit ihrem gesamten Besitz in einer Tragetüte. Jemand zog am Band einen großen, toten Fisch hinter sich her. Als wir ihm später zufällig wieder begegneten, hingen nur noch der Kopf und die Gräten am Bindfaden.

Nachdem wir fast unsere gesamte finanzielle Habe in Bananen und Fisch angelegt hatten, blieb gerade noch genug Geld für das notwendige Benzin und eine dunkelrote Rose für mich. Mit dieser Blüte in meiner Hand und stolzgeschwellter Brust – weil ich doch so unendlich glücklich war – schlenderten wir durch die Reihen von Marktschreiern, Übriggebliebenen der letzten Nacht, potentiellen Käufern und Betrunkenen.

Da sprach uns eine Zigeunerin an. Kohlrabenschwarze Haare, Augen und Fingernägel. Sie wollte uns unsere Zukunft mangels Kaffeesatz aus der Hand lesen und entriß jedem von uns einen Arm. Ich nahm meinen sofort wieder zurück. Ich mag es nicht, wenn fremde Menschen mich anfassen. Außerdem wollte ich nichts von irgendeiner fernen Zukunft wissen. Hier und heute war ich glücklich. Das genügte mir.

Rico war leider nicht so schnell und ließ zu, daß sie einen ausführlichen Blick in das Innenleben seiner Linken warf.

Funken sprühten aus ihren Augen. Sie fletschte die Zähne, wie eine wilde Bestie vor dem Angriff. Ihr feuerrotes Kopftuch rutschte auf ihre Schultern. Sie schrie: »Mörder! Mörder! Selbstmord! Mörder!« Dann stürzte sie Hals über Kopf davon, als ob der Teufel persönlich an ihren Fersen hinge.

Von dieser Weissagung hat Rico sich nie wieder erholt.

Ich auch nicht.

Irgendwann fing das Küssen, vor allem aber das Aufhören, an weh zu tun. Erst ein bißchen. Dann immer mehr. Es wurde höchste Zeit, daß wir unsere sexuelle Zukunft planten. Wir wälzten die entsprechende Fachliteratur zu diesem Thema. Wir waren ja Büchermenschen. Am zuverlässigsten schienen immer noch Kondome zu sein. Aber woher nehmen? Da erinnerte Rico sich, daß er einen Automaten, der für derartigen Bedarf zuständig war, in der Bahnhofstoilette gesehen hatte. Die Angelegenheit gestaltete sich allerdings weitaus schwieriger, als man uns in den Büchern hatte weismachen wollen. Über eine Woche lang lungerten wir nun täglich längere Zeit in der zugigen Halle am öffentlichen Männerabort herum. Ich außen vor, leider tatenlos. Rico drinnen, wild entschlossen.

Um alles in der Welt wollte er dem Gummi-Automaten eine Sparpackung mit zwei Exemplaren für 50 Pfennig unbeobachtet entlocken. Für Otto Normalverbraucher nur eine lässige Handbewegung – nebenbei. Nicht so für Rico! Die Packung mußte dem Automaten, wie bereits erwähnt, *unbeobachtet* entnommen werden, denn: »Wenn mir dabei jemand zusieht, dann ist die Würde des ganzen Geschehens für immer zerstört.« Soweit der angehende Liebhaber.

Wenn wir so weitermachten, dann konnte ich mir meiner Jungfräulichkeit auf Jahre hinaus sicher sein. Hätten sie doch bloß eine automatische Bezugsquelle in der Damentoilette aufgestellt. Aber an so etwas dachte bei der Bahnhofsdirektion natürlich kein Mensch. Logik steht bei den Behörden nicht in der Dienstvorschrift.

Dann mußten wir unseren Beschaffungsplan für eine Woche auf Eis legen. Ich hatte mir beim Rumstehen vor dem zugigen Abort kalte Füße und die dazugehörige Erkältung geholt. Es war mittlerweile November. Als ich im Bett lag, bei Schaumomelett mit Himbeeren, den neuesten Hits der Beatles und Wick-Einreibungen, hatte mein verhinderter Geliebter auch keine Lust mehr, weiterzumachen. Die Sache ging schließlich uns beide an.

Kurz vor dem ersten Advent war es dann plötzlich soweit: Völlig unerwartet fand er sich mutterseelenallein vor dem Automaten. Kein Kunde, nicht mal die Toilettenfrau – vermutlich hatte sie schon täglich auf ihn gewartet. Da mußte er leider feststellen, daß er kein Fünfzigpfennigstück dabei hatte.

Inwischen hatten wir auf Grund unseres akuten Beschaffungsproblems schon mehrmals Sterne gesehen beim Küssen. So hatten sich denn die kleinen dehnbaren Objekte, an die partout nicht ranzukommen war, ihren Kosenamen *Sternchen* verdient.

Dann half uns der Zufall auf die Sprünge. Meine Schwester Nelli, fünf Jahre älter und schon immer viel erwachsener als ich, war seit einiger Zeit Lehrerin an einer Mädchenschule. Als solche war sie unter anderem turnusmäßig für Großeinkäufe zuständig. Kurz vor Weihnachten gab es besonders viel zu besorgen. Und da sie inzwischen ein bißchen schwanger war, nahm sie mich mit zum Großmarkt.

Ich konnte ja nicht ahnen, daß meine Hilfsbereitschaft so fürstlich belohnt werden sollte. Ich schlenderte mit ihr durch die Reihen. Plötzlich lugte mir von einem Regal in Augenhöhe eine Packung mit dem ebenso kostbaren wie unerreichbaren Gut entgegen. *De Luxe – Super soft – Elektronisch getestet*. Genau das Richtige für unsere Bedürfnisse.

Ich war wie gebannt. Dann fing ich an zu pfeifen. Das hörte sich bei mir nach einem akuten Asthmaanfall an, weil ich nicht pfeifen kann. Aber ich dachte, pfeifen lenkt ab. Mich, und Nelli auch. Trotzdem mußte ich mit ihr weiter durch die Kosmetikabteilung schlendern und die Rundumerneuerung unserer Gesichtshaut *en gros* und *en detail* besprechen. Aufklärungsmäßig waren wir bereits beim Einfluß von chemischen Schadstoffen in der Luft auf die Epidermis der reifen Frau angekommen.

Ich wurde fast verrückt. Was interessierten mich die Probleme meiner Haut?

Endlich war es soweit. Ich hatte inzwischen meinen Plan vorbereitet. Wir waren an der Kasse fertig. Nellis Auto war bis unter das Dach vollgepackt. Da rief ich entsetzt: »Lieber Himmel! Mein Einkaufsbeutel!« und rannte los. Sie war ja schwanger und mochte nicht rennen. Am Eingang rief ich wieder: »Lieber Himmel! Mein Einkaufsbeutel!« Ich hatte ihn hinter Tausenden von Camelia-Binden gut versteckt. Ihm würde schon nichts passieren.

An der Kasse sagte ich dem netten Herren von vorhin: »Die hat meine Schwester noch vergessen. Ich zahle bar.« Als ich schon fast durch die Tür war, rief er mir noch etwas nach, aber ich hörte gar nicht mehr zu. Ich mußte schnellstens nach Hause.

Dort verpackte ich meine Beute als Weihnachtsgeschenk, drapierte es mit Tannenzweigen, Nüssen und Marzipan auf einem bunten Teller und trug das Ganze erhobenen Hauptes vor meinen Herrn und Gebieter.

Geschenke mochte Rico gerne. Als er das Papier aufriß, bekam er große Augen und las: »Blausiegel. 500 Stück ...«, dann sah er mich nachdenklich an: »... und wenn es uns nun keinen Spaß macht?«

Daran hatte ich allerdings nicht gedacht.

Ich fürchte, diese Packungsgröße war wohl eher für Puffmütter und Automatenbesitzer als für den Endverbraucher gedacht.

Wie dem auch sei, jetzt hatten wir jedenfalls erst einmal ein schönes Polster. Aber irgendwie hatte die Toilettensteherei uns doch ein bißchen den Spaß an der Freude verdorben. Nun, da Hunderte von Gelegenheiten in ihrem Versteck darauf warteten, ausprobiert zu werden, hatten wir andere Dinge im Kopf. Klausuren waren zu schreiben, und Weihnachten stand vor der Tür.

Am Morgen des Heiligen Abends bereitete Nelli mir die größte Überraschung des ganzes Festes. Ich biß gerade genüßlich in ein Brötchen, als sie mich mit anzüglichem Blick fragte: »Sag mal, wozu hast du eigentlich 500 Kondome gekauft? Die haben bei der Schulverwaltung vielleicht Augen gemacht.«

»A-a-a-ach d-d-das. War für'n Jux. – Luftballons bei 'ner Party und so, weißt du«, brachte ich noch ziemlich unbeteiligt heraus. Und dann verschluckte ich mich doch an dem Brötchen. Beinahe wäre ich erstickt.

Nun wußten wir wenigstens den Namen für das, was wir vorhatten. Die deutsche Sprache ist ja in dieser Hinsicht ausgesprochen einfallslos. Man muß bei uns erst mal über die Grenzen lauschen, um sich an den passenden Ausdrücken zu erfreuen. Es dauerte immerhin noch einige Zeit, bis wir uns wieder so richtig in Stimmung geküßt hatten. Nach dem ersten *Jux* war ich mir dann gar nicht mehr so sicher, ob ich uns bei meinem Großeinkauf nicht doch etwas überschätzt hatte. Ich sah schon die kichernden Erben vor mir, die an unserem Lebensende vor einem Berg von Kondomen hocken würden.

Liebevoll brachte Rico eine Familienpackung Watte an mein Bett und vertröstete mich auf das nächste Mal.

»Wir haben ja noch unser ganzes Leben vor uns.«

4

Inzwischen hatte Rico angefangen, sein Studium ernstzunehmen. Mutters Einfluß. Nur ich hätte es beinahe geschafft, ihn für längere Zeit aus dem Verkehr zu ziehen.

Seine Locken mußten dringend zum Friseur. »Kannst du mir nicht mal eben die Haare schneiden? Ich habe da diesen Vorsatz zu meinem elektrischen Rasierapparat.« Geld sparen wollten wir ja auch.

Haare hatte ich noch nie geschnitten. An so etwas traut man sich ja nicht so ohne weiteres heran. Was ist, wenn nachher etliche Haare fehlen, vielleicht sogar ganz wichtige?

Nun sollte ich mich also an seidigen blonden Locken versuchen. »Viel kannst du nicht falsch machen«, sagte er noch so nebenbei.

Die kleine *Combina Belcut* war eine Wucht. Kraftvoll im Schnitt. Sehr handlich. Leicht im Ansatz – und schnell …

Ja. –

Da war es dann leider passiert. Die Stelle, an der der Atlas auf dem Epistropheus sitzt, also zwischen Nacken und Hinterkopf, die bleibt sogar bei Glatzenträgern bis zum bitteren Ende verschont. Bei Rico war sie nun als erstes kahl. Wären damals die Punks schon erfunden worden, hätte man die restlichen Haare einfach grün anstreichen und diese Leute zu ihrem neuen Mitglied beglückwünschen können. Wir hätten also, mit ein wenig Weitblick, wirklich bahnbrechend in Sachen Mode sein können.

Ein Blick in den Spiegel eines Badezimmers der späten Sechziger jedoch ließ uns bei Ricos Anblick nicht an Mode denken, sondern an eine Naturkatastrophe.

Er selbst sah die Sache ganz locker: »Beim nächsten Mal vielleicht nicht so doll aufdrücken, dann bleiben noch kleine Stubbelchen stehen, weißt du? Nun ist's relativ kurz geworden. Am besten, du gleichst den Rest an.«

Ich hätte am liebsten geweint. Einen derart edlen, feinen Charakterkopf so zu verhunzen. Es ging aber auch so furchtbar schnell. Na, was sollte ich machen? Ich glich den Rest an. Nun war er bis über die Ohren nackt.

»Sei nicht traurig, Sascha. Das wächst ja wieder«, tröstete er mich. – Er mich!

Als ich meiner Mutter das Ergebnis meiner Bemühungen vorstellte, schlug sie die Hände vors Gesicht. Dahinter fing sie an zu lachen. Dann wollte sie ihren Schwiegersohn für mindestens zwei, drei Wochen zu Hause behalten.

Aber: »Nein! – Wegen der paar Haare? Setz ich mich eben nach hinten.« Er war so gar nicht eitel, machte überhaupt kein Theater wegen seiner äußeren Erscheinung. Naja, wer so aussah wie er hatte das auch nicht nötig.

Weitere Haarschnitte waren über etliche Monate hinweg nicht erforderlich. Doch als ich dann endlich wieder ein paar Haare fand, denen ich mit Schere und Maschine zu Leibe rücken konnte, war ich sehr vorsichtig geworden. So begann ich mich zu unserem Familienfriseur hochzuschneiden.

Auch meine Mutter machte in dieser Zeit eine unerwartete Karriere. Sie wurde zum Ingenieurszuhörer ersten Grades. Sämtliche Probleme technischer, physikalischer und anderer Art, die auf einen angehenden Maschinenbauer zukommen konnten, wurden ihr auf Waldspaziergängen oder zu Hause an der Nähmaschine dargelegt. Die Daumenregel des Drehstroms, die Fließeigenschaften von Kühlmitteln, die Berechnung der biegekritischen Drehzahl einer Welle; sie kannte sich schon ganz gut aus.

Inzwischen war sie fast soweit, daß wir sie zu den Klausuren schicken konnten. Unsere Mutter entwickelte sich während der letzten beiden Semester zu einem wandelnden *Dubbel* – das war der Mensch, der die Bibel des Ingenieurs geschrieben hatte.

Nur mit der Kerntechnik, da hatte sie ihre Probleme. Sein Mütterlein zum Thema *Schnelle Brüter*: »Junge, warum denn bloß so schnell? Und immer im Kreis rum. Da wird einem ja schon beim Drandenken schwindlig.«

Sie machte ihm Schulbrote mit aufgemalten Grüßen und Wünschen auf dem Butterbrotpapier. Und sie war immer für ihn da. Rico liebte sie. Es war – wie gesagt – die glücklichste Zeit seines Lebens. Auch für mich. Ich war verliebt. Ich war verlobt. Mehr wollte ich nicht.

Gleich nachdem Rico bei uns eingezogen war, hatte er mir ein kleines Taschenbuch geschenkt: *Madame Curie*. Das war von ihrer Tochter Eve Curie so interessant geschrieben, daß ich es nicht mehr aus der Hand legen konnte. Allerdings war das schon mehr als fünf Jahre her.

»Was? Du hast die *Madame Curie* schon gelesen?« Am liebsten hätte er sich gleich noch einmal mit mir verlobt. Aber das war nicht nötig.

So wie diese Marie Curie sollte ich mich, wenn irgend möglich, entwickeln. Das ging zum Glück nicht. Ich eifere keinen Vorbildern nach. Vor allem gefiel mir die Sache mit der Pechblende nicht – aber wirklich gar nicht. Die arme Frau hatte während ihrer Arbeit doch tatsächlich 60 (in Worten: sechzig!) Tonnen Pechblende schleppen müssen. Das heißt, eigentlich waren es sogar 120 Tonnen, denn 60 Tonnen schleppte sie in ihr Labor und 60 wieder hinaus. Dabei lassen wir das eine Zehntel von einem Gramm Radium mal außer acht, das sie im Laufe der Jahre aus dieser Masse Dreck herausgearbeitet hat.

Nein, ich wollte keine Marie Curie werden. Auch ihre anderthalb Nobelpreise reizten mich nicht. Ich wollte Sascha Ortmund, und ich wollte glücklich werden. Also wehrte ich mich.

»Erstens hatte Madame Curie oder besser Marie Salome Sklodowska eine kreuzunglückliche Kindheit mit einer schwindsüchtigen Mutter, die so anschmiegsam war wie ein Fisch im antarktischen Eismeer. Und zweitens war sie nur elf Jahre mit ihrem Pierre verheiratet. Dann ist er unter die Räder gekommen.«

»Wenn du die elf Jahre schaffst, dann hast du auch einen Nobelpreis verdient.« Diese Bemerkung knallte mit der Wucht eines Vorschlaghammers mitten in meine Träume von unserer glücklichen Zukunft.

Dann fanden wir einen neuen Verwendungszweck für unsere *Sternchen*. Das heißt, eigentlich nur einen neuen Grund, sie zu benutzen. Ich hatte gerade ein weiteres Studienfach belegt: *Spermatologie*. Faszinierend!

»Was ist das denn?« wollte mein an allem interessierter Verlobter wissen.

»Die Lehre von den Spermien, besonders von der Fertilität, also der Fruchtbarkeit des Mannes. – Da staunst du, was?«

Aber anstatt zu staunen, wollte er nun auch in Spermatologie machen. Zu Weihnachten hatte ich von meinen Eltern ein Mikroskop bekommen. Mein eigenes Mikroskop! Ich fürchte nur, sie hatten sich bei den Verwendungsmöglichkeiten dieses sündhaft teuren Gerätes ursprünglich etwas anderes vorgestellt.

Nun konnten wir uns zu Hause in meiner Laborecke unserem eigenen, ganz privaten Sperma-Kurs hingeben. Beim ersten Mal wollte Rico dem Blickfeld meines Mikroskopes nicht glauben. »Das muß Dreck sein. Wir sollten mal das Objektiv putzen.«

Wir brauchten nicht zu putzen. Ich kannte mich doch aus.

»Das sind Spermien! Ehrenwort.«

Mißtrauischer Blick, erst auf mich, dann wieder in das Mikroskop. »Sehen aus wie Kaulquappen, aber nicht wie zukünftige Menschen«, wunderte Rico sich. »Und aus so etwas bist *du* entstanden?«

Ich glaube, ich sank zum ersten Mal in seiner Achtung. Das wollte ich nicht. »Du auch! *Omnia rerum principia sunt.* – ›Der Ursprung aller Dinge ist klein.‹ – Stammt nicht von mir. Hat Cicero gesagt.« Nun sah Rico mich wieder mit anderen Augen, den gewohnten Augen der Liebe. Na also!

Soweit der ganz private Teil meiner Ausbildung. Der Teil des Kurses, bei dem alle anderen auch mitmachen durften, war ebenfalls nicht zu verachten. Als Übungsmaterial bekamen wir natürlich nur tierische Spermaproben. Wer wollte schon wertvolle zukünftige Menschen an uns verschwenden?

»Wie beim Sezieren. Immer kriegen wir tote Chinesen oder den Abfall«, maulte mein Nachbar.

Ich meinte, sie hätten uns wenigstens sagen können, daß es menschliche Proben wären. Erstens hätten wir es ja nicht gemerkt, und zweitens hätte es unser Selbstbewußtsein so richtig schön aufgeplustert.

Aber nein: »Vom Bullen. Bitte, meine Damen und Herren, fertigen Sie von jedem Präparat auf Ihrem Tisch ein Spermiogramm an.«

Da kicherten wir dann in unsere Okulare: »Kopf, Hals, Verbindungsstück, Schwanz – Gott sei Dank! Der Bulle kann's!« Vorausgesetzt natürlich es war alles dran an seinen Spermien, und sie schwammen quicklebendig durch ihr Lebenselixier.

Fehlte ihnen jedoch ein Stückchen ihrer Anatomie, oder sie krochen lustlos im Blickfeld herum, so bescheinigten wir dem Unglücksvieh: »Der Bulle kommt in die Wurst«, wünschten ihm herzliches Beileid, versahen das schicksalhafte Reagenzglas mit einem schwarzen Kreuz und übergaben damit das Leben der armen Kreatur dem deutschen Kochtopf. Was sind wir doch für eine grausame Rasse.

Zu Hause hatten wir ja auch ein Tier. *Crazy Bunny* war sein Name, obwohl er gar kein Hase war. Er war das verschreckte Kaninchen aus dem Drahtverhau (siehe Umzugsgut). Inzwischen war er zu Amt und Würden gekommen. Sein Lebendgewicht hatte sich dank meiner Mutter verdoppelt. Vom Drahtverhau hatte er es zu einem Karnickelpalast mit eigener Veranda und angemalten Dachziegeln gebracht. Dafür hatte mein Vater gesorgt. *Crazy Bunny* fühlte sich bei uns ebenso wohl wie sein Freund Rico.

Einmal saßen wir auf unseren Decken im Garten, ein paar Dutzend Bücher um uns herum, und lernten.

»Wollen wir *Crazy Bunny* nicht mal zu uns holen?« fragte sein bester Freund Rico.

Ich fand die Idee nicht so gut: »Und was machst du, wenn er mit drei Sätzen davonhüpft?«

»Das tut er nicht. Er ist mein Freund.«

Wir holten *Crazy Bunny* zu uns und setzten ihn zwischen unsere Bücher. Dort fraß er Gras und fühlte sich wohl.

»Siehst du!«

Als er satt war, hüpfte er mit drei Sätzen davon. Aber ich sagte nicht: »Siehst du.«

Während der zwei Jahre in meinem Elternhaus wußten wir kaum, was seelische Probleme waren. Nur zweimal ging Rico in den Steinbruch. – Ich hinterher. Aber es waren recht halbherzige Motive, die ihn dorthin gezogen hatten. Beide Male kam er sofort wieder mit mir zurück und freute sich seines Lebens. Wir mußten uns wohl geirrt haben.

Und trotzdem: »Unser Junge hat Probleme«, bemerkte meine Mutter immer wieder.

Abschlußprüfung. Plötzlich sah Rico seine Studentenzeit in einem neuen Licht. Schön war sie gewesen, interessant und aufschlußreich. Wie immer im Leben, wenn etwas zu Ende geht, glänzten die guten Seiten in nie gekannten leuchtenden Farben.

»Studienzeit – glückliche Zeit«, behaupteten die, die sie hinter sich hatten. Aber man konnte sagen, was man wollte: Beigebracht hatten sie ihm etwas. Das Dumme war nur dieses Mißtrauen. Sie glaubten ihm nicht. Nein, schriftlich wollten sie es sehen, mündlich wollten sie es hören und, wenn irgend möglich, auch noch praktisch erleben.

Ein schwarzer Anzug mit drei Oberhemden wurde angeschafft. Eins davon gehörte jeweils in die Schultasche zwischen die Pausenbrote, für alle Fälle. Examenspausenbrote waren natürlich mit sonstigen Pausenbroten überhaupt nicht auf eine Stufe zu stellen. Sie waren Gourmetgenuß im Westentaschenformat.

Dann wartete meine Mutter zu Hause auf seinen Anruf.

Das Schicksal einer Mutter ist es, zu warten. Auf Kinder, die zu spät kommen; auf ihre Lieben, die bei Schneematsch abends mit dem Auto unterwegs sind; auf die, die noch nicht am Tisch sitzen, während sie die Schüsseln beschwört, damit die Kartoffeln nicht kalt werden; auf Ergebnisse von verhauenen Arbeiten; und darauf daß die Sonne scheint und sie Wäsche aufhängen kann. Wer das Warten nicht gelernt hat, kann nicht Mutter werden.

Wenn sie nervös war, putzte sie Fenster, meistens das neben dem Telefon. Aber Rico rief ja an. Immer.

»Na, mein Junge, wie war's?« In fröhlichem Tonfall mit einer gelangweilten Nuance, wenn irgend möglich.

»Weiß nicht, mein Mütterlein ... Vielleicht nicht so gut. Man kann das nicht so sagen.« Niemals würde er von sich behaupten: »Das hab' ich wirklich toll gemacht!«

Am Tag der Abschlußfeier war Rico ein bißchen krank. Er hatte zwar kein Fieber, aber er fühlte sich elend. Meine Eltern und ich wandelten bereits in großer Garderobe umher. Es war alles sehr festlich, und deshalb war tiefschwarz Vorschrift.

Rico mochte sich noch nicht anziehen. »Weck mich in einer halben Stunde oder so noch einmal.«

Als ich wieder an sein Bett kam, war er verschwunden. Wir durchsuchten das ganze Haus. Mein Vater konnte es nicht glauben: »Ein Mensch geht doch nicht verloren! Ein ausgewachsener Mensch!«

»Er hat Angst.« Meine Mutter kam der Sache schon näher.

»Aber wovor denn bloß? Anderer Leute Kinder haben auch schlechte Zensuren. Davon geht die Welt nicht unter.« Für meinen Vater waren miserable Leistungen nur ein willkommener Grund, seine Kinder zu trösten. Er hatte da ein hausinternes System entwickelt. Das ging so: Wer von uns Kindern eine Klassenarbeit mit der Note *Eins* nach Hause brachte, bekam eine Mark. Das war viel Geld damals. Natürlich taten andere Väter das auch. Aber jetzt kommt's: Wer von uns eine *Fünf* schrieb, der bekam fünf Mark. Und das war, glaube ich, bahnbrechend in der Kindererziehung. Bodo hatte das System mißverstanden und daraus eine lukrative Einkommensquelle gemacht.

Schließlich legten wir unsere Festgarderobe wieder ab und durchkämmten den Wald. Jeder bekam ein Planquadrat zugeteilt. Mein Vater zog das richtig generalstabsmäßig durch, inklusive Sammelpunkten und Nachrichtenübermittlung per Ballonhupe vom Autofriedhof. – Wie oft würde mir seine Hilfe später fehlen …

Es dämmerte bereits. Ich war in Tränen aufgelöst, konnte kaum noch etwas erkennen und stolperte schon über meine eigenen Füße. Plötzlich lag ich am Boden. Ich war über etwas Weiches gefallen.

»Ach! Der Herr Ingenieur! Was machst du denn hier?«

Aber er sagte mir nicht, was er machte. Er sagte gar nichts mehr. Für ihn sprach eine leere Literflasche Wodka. Mein Vater mußte ihn mit einer Schubkarre nach Hause holen.

Nun hatte er auch die Symptome, die zu seinem morgendlichen Elendsgefühl paßten. Fast wäre er an einer Alkoholvergiftung gestorben.

Der Abschlußball am Wochenende fand ebenfalls ohne uns statt. Drei Tage später brachte der Postbote einen billigen braunen Umschlag. Nachporto: eine Mark. Man hatte die Briefmarke vergessen.

»Liebesbrief für dich!« Ich schnüffelte am minderwertigen Papier. »Kein Parfüm dran.«

Rico war noch leidend. »Mach du auf. Mir ist schlecht.«

»Guck mal! Dein Diplom! Prüfungsergebnis: *sehr gut – Summa cum laude.* – Was sagst du nun?«

Er sagte nichts. Ihm war bloß schlecht, und nun auch noch umsonst. Er hätte ruhig hingehen können. Warmer Händedruck des Dekans. Neidvolle Blicke aller nur ›Bestandenen‹. Feierliche Gratulation mit Sektfrühstück. Das wäre bestimmt besser gewesen als das einsame Besäufnis mit billigem Fusel im Wald, von den Nachwehen ganz zu schweigen.

»Sag mal, hast du denn nicht gemerkt, daß du so gut warst? So etwas spürt man doch, wenn man alles weiß.«

Leider nicht. »Ich dachte immer, ich wäre durchgefallen, weil keiner was zu mir gesagt hat.«

Selbstbewußtsein – das Rückgrat der Seele …

Sucht man wirklich mal dringend einen Arbeitsplatz, ist immer gerade Rezession. Jahrelang liest man nur von dem großen Boom. Wenn es dann endlich soweit ist und man zusteigen möchte, ist er leider gerade zerplatzt wie ein bunter Luftballon. Und auf frisch ausgeschlüpfte Ingenieure mit Diplomen, auf denen die Tinte noch nicht trocken war, wartete nun wirklich niemand.

Was hatten wir anzubieten? Einen Feld-, Wald- und Wieseningenieur, der keine besonderen Kenntnisse, keine Erfahrungen, null Berufsjahre, drei mickerige Sprachen, noch keine Frau – bloß eine Verlobte, aber die war nie gefragt – und keinen Doktortitel für den gehobenen Eindruck auf der Visitenkarte hatte. Ich schrieb mir die Finger wund an den Bewerbungen. Von dem tollen Examensabschluß mit Auszeichnung hatten wir auch nichts, weil er nicht auf die Visitenkarte paßte.

Jeden Tag zur Postbotenzeit ließ meine Mutter sich von ihrem Schwiegersohn in spe zum Einkaufen fahren, oder sie ging mit ihm spazieren. Sie waren jeden Morgen unterwegs. Und damit es nicht auffiel, dauerten die Ausflüge auch schon mal länger. Unsere Nachbarin hatte den Hausschlüssel und fing die dicken Briefe weg. »So bleibt ihm wenigstens die Hoffnung«, meinte meine Mutter.

Dann wollte Rico mit mir *Die Leiden des jungen Werther* durchnehmen. Ich mochte dieses Werk des großen Meisters Goethe schon als Pflichtlektüre in der Schule nicht. Jetzt konnte ich es erst recht nicht mehr ertragen. Ich brütete gerade über Pathophysiologie, und was es da alles an krankhaften Entgleisungen des menschlichen Körpers zu lernen gab, konnte einen schon das Grausen lehren.

Bei Goethe kommt ein frisches, kerngesundes Jüngelchen daher, macht sich an die verheiratete Lotte ran und wünscht, ihr Ehegespons Albert solle sich bitte in Luft auflösen.

Wo kämen wir denn da hin? Man stelle sich nur mal vor, daß jeder Grünschnabel so denkt, der noch nicht trocken hinter den Ohren ist. »Ich mag den *Werther* nicht. Basta.«

»Er ist aber wichtig für deine Bildung«, klärte Rico mich auf. Er war immer sehr um meine Allgemeinbildung besorgt. »Stillstand ist Rückschritt«, und darum mußte es weitergehen.

»Ich mag den *Werther* trotzdem nicht. Wir können ja gemeinsam *Die Feuerzangenbowle* durchnehmen. Da haben wir wenigstens was zu lachen. Der Bömmel gefällt mir am besten. ›Wat is een Dampfmaschin? Da stelle mer uns janz dumm. Und da sage mer so: En Dampfmaschin, dat es ene jroße schwarze Raum.‹ Der Bömmel spricht auch viel mehr auf deine Bildung an mit seiner *Dampfmaschin*.«

Werther gegen Bömmel. Ich biß mit meinem Bömmel auf Granit. Nun gab es nur noch: *Werther* oder Ehekrieg. Also dann lieber Krieg, und auch gleich richtig!

»Wo nimmt der *Werther*, dieser Milchreisbubi, überhaupt das Recht her, sich selbst über den eigenen Haufen zu schießen? Hat der denn nichts Besseres zu tun? – Stell dir bloß mal vor: Aus Trotz! Nur weil er sein Spielzeug, die Lotte, nicht bekommt. Warum nimmt er sich nicht eine unbesetzte Frau, heiratet sie und ist glücklich, bis daß der Tod sie scheidet? – Aber nein! Die muß es sein! Der Kerl hat ein schönes, schmerzfreies Leben gar nicht verdient!« Ich war so wütend auf diesen schmachtenden Typen.

Rico merkte langsam auch, daß ich mich für den Menschen nicht mehr erwärmen würde. Ich mochte seinen *Werther* nicht. Er wollte meine *Feuerzangenbowle* nicht anrühren. Der einzige Ausweg aus diesem Dilemma war ein Kompromiß. Der hieß *Penthesilea* von seinem hochverehrten Heinrich von Kleist.

Da fiel es mir wie Schuppen von den Augen: Tod war angesagt. Sterben, in welcher Form auch immer. Ob sich nun dieser *Werther* eine Kugel in den Kopf schießt oder die Königin der Amazonen von Achill getötet wird, woraufhin der sich über seine Untat fast um den Verstand grämt. Hauptsache, es wird gestorben.

Bei meinem Bömmel stirbt natürlich keiner. Eine schwere literarische Unterlassungssünde.

Mir war aber nicht zum Sterben zumute. Ganz im Gegenteil: Ich wollte leben! Leben! Leben! Wollte lachen. Wollte glücklich sein.

Unser erster Streit. Doch ich glaube, es war mehr als das. Es war der erste von vielen Tagen, die auf uns zukommen sollten und die Rico so treffend zu *Umbringetagen* deklarierte.

Er trabte davon in Richtung Wald.

Und ich?– Ja, was machte ich? Eigentlich wäre ich gerne ein bißchen eingeschnappt gewesen. Ich meinte, das stünde mir zu. Warum nicht *Feuerzangenbowle* statt *Werther?* Warum nicht leben statt sterben? War das denn so verkehrt?

Aber mit meinem Beleidigtsein klappte es nicht so. Die richtige Stimmung wollte einfach nicht aufkommen. Es sah ja niemand zu. Das verdarb mir den ganzen Spaß an der miesen Laune. Wer mault schon gerne ohne Publikum? Meine Eltern waren für drei Tage verreist und ... – Mein Gott, das war's! Rico war tagsüber allein gewesen.

Sofort flitzte ich hinter ihm her in den Wald. Ich brauchte gar nicht lange zu suchen. Er kletterte in einem Baum herum und knotete einen Strick an einem dicken Ast fest. Ich sah von unten hoch und wußte nicht genau, ob ich lachen oder weinen sollte.

»Und nun?« fragte ich nach oben. Er hatte mich noch gar nicht bemerkt, war richtig verbissen in seine Knoterei. »Möchtest du dich aufhängen oder lieber mit mir spazieren gehen?«

Ich hatte ja nun wirklich erwartet, daß er sich spontan für einen Spaziergang mit seiner Braut entscheiden würde. Aber nein, er mußte erst mal nachdenken.

Die unmöglichsten Gedanken schossen mir plötzlich durch den Kopf: Wenn der Strick nun zu kurz ist und ich Rico nicht auffangen kann. – Ich muß meinen Eltern sofort ein Telegramm schicken, denn das Telefonieren mit der DDR dauert zu lange. – Lieber Gott, wenn er ohne Strick um den Hals wieder runterkommt, will ich jeden Tag den schmachtenden *Werther* mit ihm lesen. Ich verspreche es! Amen.

Ich starrte nach oben, als ob ich Rico hypnotisieren wollte. Aber er sah mich gar nicht an. Er war nur in das baumelnde Seil verliebt.

Plötzlich hörte ich mich schreien. Was ich schrie, konnte ich nicht verstehen, aber es wirkte. In zwei großen Sprüngen, geschmeidig wie ein Leopard, war er am Baumstamm und kletterte herunter.

Was sollte ich jetzt tun? Wenn ich nach innen horchte, dann hörte ich nur eine gähnende Leere in mir. Meine Knie schlotterten und waren für einen Waldspaziergang nicht mehr zu gebrauchen. Ich fühlte mich hundeelend.

»Was sagst du nun?« fragte er kleinlaut.

Ja, was sagte ich nun? Wir wollten in zwei Wochen heiraten. Unser Aufgebot hing schon im Schaukasten am Standesamt. Ich hatte mein Hochzeitskleid entworfen und gemeinsam mit meiner Mutter den Stoff gekauft. Sie war mit dem Nähen fast fertig; ein Traum aus zarter Seide, darüber ein Meer aus Chiffon.

»Wo zum Teufel hast du den Strick her?«

»Habe ich heute morgen hergebracht.« Er sagte ja immer die Wahrheit.

»Was? – Da hatten wir uns doch noch gar nicht gestritten!« Ich war außer mir.

»Nein, aber da wußte ich schon, daß ich in den Wald gehen würde. Der Streit – es war ja gar kein richtiger Streit eigentlich –, also der war ja nur so nebenbei, weißt du.«

Jetzt mußte ich überlegen. Was war vorgefallen?

Nichts. – Jedenfalls nichts von Bedeutung. Vielleicht hatte er Angst vor der Ehe. »Wollen wir die Hochzeit verschieben, Rico? Du, es spielt wirklich keine Rolle für …«

Er riß mich herum und schüttelte mich grob. »Wenn du mir das antust, dann hänge ich mich wirklich auf. Und zwar sofort!«

Ich sah ihn prüfend an: »Sag mal, Rico, hast du so etwas schon mal gemacht?«

»Mmm.«

»Mmm ja oder mmm nein?«

»Mmm, ich glaube.«

»Mmm, ich glaube ja, oder mmm, ich glaube nein?«

»Jaaa! – Ja! Ja! Ja!« platzte es aus ihm heraus. »Ich kann doch nichts dafür. Ich muß es tun! Ich kann nicht anders. Ich muß! Ich muß! Ich muß!« Er lag in meinen Armen und weinte wie ein Kind.

In dieser Nacht erzählte er mir zum ersten Mal von seinen Träumen, von dem Grauen, wenn er ›seine Leiche‹ versteckte, von den entsetzlichen Erlebnissen, die ihn im Schlaf verfolgten. Und immer war er schuldig.

»Meinst du, daß du dich wegen der Leiche in deinen Träumen umbringen willst? Weil du ihr entkommen willst? Weil du sie nicht mehr ertragen kannst?«

»Nein. Das glaube ich nicht. Jedenfalls nicht wirklich. Ich glaube vielleicht, ich muß mich umbringen, weil ich schuldig bin.«

»Schuldig? Woran? Warum willst du sterben. Du hast doch nichts getan.«

Er wußte es auch nicht.

Ich blieb die ganze Nacht lang an seinem Bett sitzen.

Zwei Wochen später haben wir geheiratet.

Zu unserer größten Überraschung platzte ein Termin zu einem Vorstellungsgespräch für Rico mitten in unsere Hochzeitsvorbereitungen. Firma Becker, ein alteingesessenes Unternehmen im Apparatebau, suchte vier junge, dynamische Ingenieure. Dieses Team sollte für den Aufbau und die Inbetriebnahme von Großanlagen im In- und Ausland verantwortlich sein. Um sofortigen Rückruf wurde gebeten. Aber Rico mußte sich erst von dem Schreck erholen und in seinen geliebten Wald gehen.

»Die Chance deines Lebens!« jubelte ich.

»Aber der Sitz der Firma ist in München, 380 lange Kilometer von zu Hause weg. Das schaffen wir nie.«

»Wohl nicht, wenn du morgens hin- und abends wieder zurückfahren willst. Das könnte ein bißchen knapp werden. Müßten wir vielleicht umziehen.« Ich sagte das so leicht hin. Dabei hatte ich diesen Gedanken noch nie richtig zu Ende gedacht. Und Rico sowieso nicht. Er weigerte sich einfach.

Dann überschlugen sich die Ereignisse. Der Chef der Firma Becker rief an und wollte Rico sprechen. Der war im Wald, aber das sagte ich nicht. »Und wer sind Sie?«

»Wenn Sie Ende nächster Woche wieder anrufen, dann bin ich seine Frau«, klärte ich ihn auf. Das imponierte ihm. Nun, genau deswegen hatte ich es ja gesagt.

Trotzdem hätte ich besser meinen Mund gehalten, denn nun kam das dicke Ende: »Wenn Sie seine Frau werden, dann würden wir uns freuen, auch Sie zum Vorstellungsgespräch hier bei uns begrüßen zu dürfen.«

Das hatte ich nicht erwartet. »Wissen Sie, ich suche ja gar keine Stelle.« Aber es half nichts. Ich mußte trotzdem mit.

»Bei der Einstellung unserer Herren, die viel reisen müssen, legen wir größten Wert darauf, auch die Ehefrauen kennenzulernen. – Sie werden verstehen. – Wir möchten es vermeiden, eine teure Ausbildung und Einarbeitung zu finanzieren, nur um nachher einen unzufriedenen Mann im Team zu haben, dessen Frau unglücklich ist, weil er so selten nach Hause kommt.«

Da wußte ich, wie sich ein Insekt im Netz einer Spinne fühlt.

Am nächsten Morgen saßen wir im Zug; Erster Klasse. Solche Abteile hatte ich bisher nur von außen bewundert: Weiche Polster, warme Farben, Kopf- und Fußstützen, geräuschhemmendes Interieur.

»Dieser Reisestil gefällt mir«, versuchte ich den angehenden Berufstätigen aufzumuntern. »Ich glaube, wir nehmen den Job.«

Rico war sich da gar nicht so sicher. Der Job hatte ja überhaupt nur Nachteile. Mit dem schicksalhaften Zeitungsinserat in der Hand zählte er sie auf: »*Junge, dynamische Ingenieure (auch Berufsanfänger) für den Aufbau eines selbständigen Teams im Fachbereich Erektion und Inbetriebnahme gesucht.* – Wie bist du eigentlich darauf gekommen, aufgrund dieser Anzeige eine Bewerbung zu schreiben?«

Ich war noch mit Kichern beschäftigt, wegen der Erektion. Also wirklich ... So etwas in die Zeitung zu setzen!

Rico fand das überhaupt nicht komisch, denn ich hatte ihm den Schlamassel ja eingebrockt.

»Aber du hast unterschrieben.« Warum sollte ich immer alleine die Schuld tragen?

»Ja, weil du es mir vorgelegt hast.«

Wir hätten uns jetzt eigentlich richtig schön streiten können. Die Gelegenheit war günstig. Aber ich wollte nicht. Bei mir regten sich ganz andere, neue Triebe.

Ich kam mir auf einmal vor wie ein junges Küken, das soeben seine Eierschale aufgebrochen hatte. Zum ersten Mal erblickte es die Welt. Sah eine unglaubliche Weite, sah Perspektiven, die es nie erahnt hätte. Es atmete Freiheit. Plötzlich stand es auf eigenen Füßen. Trug selbst die Verantwortung für das, was es tat. Traf Entscheidungen, nahm das Leben in die eigene Hand. Das Küken war ja so aufgeregt!

Zwar fühlte ich instinktiv, daß mir die wunderbare, weiche Geborgenheit meines mit Liebe und Fürsorge ausgepolsterten Elternhauses unendlich fehlen würde. Und trotzdem, wie ein Vogeljunges, das zum ersten Mal seine Flügel spreizt, dachte ich ans Fliegen.

Ein neuer Abschnitt in meinem Leben hatte begonnen. Ich beschloß und verkündete: »Den Job nehmen wir.«

Rico war außer sich. Erstens wollte er den Job nicht, – nicht diesen und auch keinen anderen. – In meinem Gehirn leuchtete plötzlich ein Signallämpchen. Es hörte gar nicht mehr auf zu blinken. Was wollte es bloß? – Und zweitens hatte ich ja keine Ahnung, was für ein elender Job das war. »Ein Erster-Klasse-Ticket! Das ist doch mehr als verdächtig. Das schreit zum Himmel! Mit Speck fängt man Mäuse!« unkte der Ingenieur wider Willen.

»Und mit Erster-Klasse-Tickets fängt man Erster-Klasse-Personal«, bremste ich seine so schön in Gang gekommene Weltuntergangsstimmung.

Ich hatte Freiheit gerochen, und ich wollte den Job.

Eine Stunde nachdem wir angekommen waren, hatten wir den Job. Ein kleines, exquisites Mittagessen im *Nur für Gäste*-Bereich der Kantine schloß sich an.

Im *Personal*-Bereich wurde zwischen »Mahlzeit«-«Mahlzeit«-Gemurmel in die Würstchen gehauen, die sich in der Bohnensuppe versteckten. Wir hatten es nicht nötig, nach Würstchen zu suchen. Wir doch nicht!

An einem sonnigen, weißbezogenen Tisch mit unverbaubarem Blick auf den gemächlich dahingleitenden Fluß reichte uns ein junges, frisch gestärktes Mädchen die Weinkarte.

Nun hatte ich die Wahl. Nein, nicht wegen der Weine, sondern wegen meines neu erworbenen Wissens. Ich konnte still sein, schweigen und die Herren wählen lassen. Oder aber ich konnte angeben, weil ich Ahnung hatte. Bei uns war nämlich tags zuvor der Weinhändler im Haus gewesen, um uns wegen der Getränke zum Hochzeitsfest aufzuklären.

Ich wußte alles: Vom lieblichen *Müller Thurgau* bis zum *Kröver Nacktarsch,* vom ausgereiften Zweiundsechziger bis hin zum miesen, sauren Tafelwein für einsfünfzig.

Und da sollte ich still sein? Die Gelegenheit war viel zu günstig. Morgen hatte ich vielleicht das meiste schon wieder vergessen – bis auf den *Kröver Nacktarsch* natürlich. Außerdem war ich so sehr im Überschwang meiner Gefühle: Ricos Job, unsere Hochzeit, unsere Zukunft.

Also gab ich an, kommentierte die Weinliste rauf und runter. Aus Kröv war zum Glück keiner dabei. Alle waren von mir begeistert. Ich auch. Nur Rico staunte. Ich flehte den Himmel an, man möge ihm von dort mitteilen, er solle auf keinen Fall verraten, daß ich keine Weinkennerin war.

»Du verstehst doch gar nichts von Weinen. Seit wann kannst du denn mitreden?« Irgend etwas mußte mit der Verbindung nach oben nicht geklappt haben.

»Seit gestern.« Bodo hatte mir einmal geraten: »Wenn's brenzlig wird, sagst du einfach die Wahrheit. Dann glaubt dir kein Mensch.« – Kein Mensch glaubte mir. Alle lachten und fanden mich bezaubernd. Aber ich mußte vorsichtiger werden. Noch so einen Fauxpas, und sie würden mich vielleicht nicht mehr so bezaubernd finden.

»Ja, und dann trinken Sie kaum einen Schluck?« wollte Ricos zukünftiger Chef von mir wissen.

Achtung, Sascha, jetzt wird's haarig. »Ach, wissen Sie, Herr Dr. Kleinsorge, mein Verlobter hat ja auch noch nie eine industrielle Großanlage von innen gesehen. Trotzdem trauen Sie ihm zu, daß er sie aufbauen und in Betrieb nehmen kann.«

Er war entzückt und ich heilfroh, daß mir das gerade noch eingefallen war. Aber von nun an würde ich still sein.

Nordseekrabben in Avocadohälften. Ich aß genau so wie Knigge es vorgeschlagen hatte, obwohl der bestimmt nie versucht hat, das zarte grüne Fruchtfleisch aus einer nicht mehr ganz intakten Schale ebenso störungsfrei wie anmutig herauszukratzen. Unter dem Tisch trat ich nebenbei ein paar vergessene Manieren in das Schienbein des erfolgreichen Kandidaten.

»Also, dann sehen wir uns am kommenden Montag, dem 6. Mai, dem ersten Arbeitstag des neuen Teams«, sagte Ricos Chef, als er uns zum Abschied die Hand reichte.

Wir waren kaum draußen, da schimpfte Rico los: »Das hast du nun davon! Aber du wolltest den Job ja unbedingt haben!«

Dabei dachte ich, nach einer achtmonatigen, unbezahlten Zeit der Arbeitslosigkeit wäre jeder Job ein funkelnder Stern am Himmel der Hoffnung. Vor allem freute ich mich für Ricos Selbstbewußtsein, wenn die unvermeidliche Frage der Hochzeitsgäste nach der Zukunft des jungen Paares an ihn gerichtet wurde.

Die Vorbereitungen für unsere Hochzeit saßen uns, vor allem mir, im Nacken. So hatten wir noch nicht einmal Zeit, den von Firma Becker spendierten Fünf-Sterne-Palast auszuprobieren. Dort hatte man zwei Einzelzimmer auf unterschiedlichen Etagen für uns reserviert. – Spielverderber!

Trotzdem waren wir weitsichtig genug, uns am Bahnhof einige Lokalzeitungen zu kaufen. Am nächsten Morgen mietete Rico telefonisch unser erstes eigenes Nest.

»Hört sich sehr gut an. Mitten im Grünen. Kein Verkehrslärm. Reines Villenviertel. Gute Luft und viele Vögel«, meinte Rico. Und die Miete paßte zu unserem Geldbeutel: 125 Mark kalt. »Bitte für ein Jahr im Voraus!« – Lieber Himmel!

Aber ich wollte ja unbedingt fliegen lernen. Saß auf meinem ach so kuschelig weichen, schützenden Nestrand und wollte abheben. Ich war gar nicht mehr aufzuhalten.

Rico hatte seine Familie zu *Personae non gratae* erklärt. Allesamt.

»Aber du kannst doch nicht ohne deine Eltern heiraten. Stell dir das mal vor!« Der Gedanke war mir entsetzlich.

»Und stell du dir mal vor, daß ich *mit* meinen Eltern heirate. *Ich meine es ja nur gut mit dir, mein liebes Kind. Mit Rico kann man nicht leben*!« – Da war sie wieder, diese gehässig-säuselnde Stimme. Nein, er würde ihr nie verzeihen.

»Sie werden nicht über meine Hochzeit informiert. Ich lasse es nicht zu, daß sie zu meiner Trauung in die Kirche kommen. Und merke dir eins, Sascha: Für meine Beerdigung gilt das gleiche. Ich will sie da nicht sehen. Versprich mir das! – Versprich es mir hier in meine Hand. Jetzt sofort. Noch bevor ich dir mein Jawort gebe.« Es war ihm furchtbar ernst.

Eine Hochzeit ohne die Eltern des Bräutigams. Ich konnte mir das gar nicht vorstellen. Sein Vater würde mir besonders fehlen. Ich wäre gerne mit seinem Segen getraut worden. Statt dessen würde ihnen vom Postboten eine Heiratsanzeige zugestellt, während wir uns in der Kirche ewige Treue schworen. So wünschte es der Bräutigam.

Aber noch waren wir nicht in der Kirche.

Unser Polterabend sollte klein und gemütlich werden. Er wurde ein Volksfest. Zu viele Leute schienen zu viele Schüsseln mit Sprung zu haben. Das Poltern wollte gar kein Ende nehmen. Noch Jahre später versuchten Untertassenviertel und Teekannenhenkel in unserem Vorgarten Wurzeln zu schlagen. Selbst ›Justav ausm Botanischn Jartn‹ war angerückt; mit Schaukelstuhl! Sein Hochzeitsgeschenk, das schwere, handgeschnitzte Monstrum aus seinem Nachtwächterhäuschen sollte während der nächsten anderthalb Jahrzehnte mein Zufluchtsort werden. Dorthin würde ich mich während vieler trauriger Stunden verkriechen.

Wir hatten Justav noch einige Male ›die Ehre jejeben‹, denn er fühlte sich für unser Glück alleinverantwortlich. Schließlich hatte er uns zwei Jahre zuvor eingeschlossen, damit wir uns verlieben konnten.

Dann fuhr auch noch ein gemieteter Omnibus vor, angefüllt mit Gelächter, Musik und meinem halben Semester, sowie dem angeschlagenen Mensageschirr von drei Studentengenerationen.

Das war zu viel.

Mein Bräutigam wollte – er mußte ins Bett! Erstens hatte er mit einem solchen Trubel nicht gerechnet – ich auch nicht –, und zweitens war er ihm nicht gewachsen. Seine Ruhe wollte er haben. Nichts als seine Ruhe.

Sollte ich nun als liebende Braut mit ins Bett gehen?

Ein Blick auf Rico genügte. Ich kannte diesen grauen, eingefallenen Gesichtsausdruck. Der Held des Abends war am Ende. Es gab Tage und Nächte, da konnte er eigenhändig zehn Bäume ausreißen und tat es auch. Er konnte tanzen und Luftsprünge machen, bis die Sonne sich wieder über den Horizont schob.

Heute war nicht so ein Tag.

Als liebende Braut ging ich mit ihm ins Himmelszimmer, setzte mich an sein Bett und legte meine Hand in seinen Nacken. Vierter bis siebenter Halswirbel, erster Brustwirbel.

Nach einer halben Stunde atmete er gleichmäßig und ruhig. Ich wartete noch bis zur ersten Tiefschlafphase. Dann stürzte ich mich unten wieder in den fröhlichen Trubel unseres Polterabends.

»Wo ist denn dein zukünftiger Ehemann?« wollten alle von mir wissen. »Im Bett!« Bodos Lebensphilosophie bewährte sich wieder einmal. Niemand glaubte mir. Meine Eltern wußten natürlich sofort Bescheid.

»Ach, der arme Junge«, seufzte seine Schwiegermutter.

»Na, besser im Bett als im Wald«, sagte sein Schwiegervater.

Als der Morgen mit dem Grauen schon fast fertig war, konnten wir bei uns daheim langsam wieder etwas durchblicken. Meine Eltern: »Jetzt brauchen wir auch nicht mehr schlafen zu gehen. Das macht nur müde. Aber leg du dich wenigstens noch ein Stündchen hin.«

Ich wollte zwar nicht, aber als ich wenig später neben meinem ruhig und tief atmenden Bräutigam im großen Sessel saß, schlief ich sofort ein. Eine Stunde später schlug er die Augen auf, rekelte sich und war glücklich: »Wie lieb, daß du mich heute nacht nicht allein gelassen hast.« Ich nahm ihn in meine Arme und sagte nichts. Ich brachte es nicht übers Herz, ihn anzulügen und schon gar nicht, ihm die Wahrheit zu sagen.

Dann kam der Schock. In der Nacht hatte der Scherbenhaufen vor unserer Haustür groß ausgesehen. Jetzt, im Morgensonnenschein, brauchten wir Bergsteigererfahrung. Man glaubt ja gar nicht, in wie viele tausend Teile ein einziger alter Kaffeepott zerspringen kann.

»Am besten bestellen wir einen LKW«, meinte mein Vater.

»Und ein paar kräftige Arbeiter gleich mit«, schlug meine Mutter vor. »Die armen Kinder schaffen das nie. Und heiraten sollen sie ja auch noch.«

Mein Bräutigam freute sich: »So viele Scherben! Das sind mindestens zweieinhalb Tonnen Glück!«

Er hielt die mit dem LKW angerückten Arbeiter von ihrer Scherbenschaufelei ab, weil er ihnen unbedingt immerzu Korn nachschenken wollte. Sie konnten viel vertragen und waren begeistert: »Was für ein Bräutigam!« Sie wünschten mir Glück, denn bei diesem Mann müßte ich das ja haben, sagten sie.

Dann hatten wir einen Termin auf dem Standesamt: Freitag, 3. Mai, elf Uhr dreißig. Zum ersten Mal durfte ich mit meinem neuen Namen unterschreiben: *Sascha Ortmund.*

Am nächsten Morgen war das Leben für Rico unerträglich. Immer neue Gäste strömten vorn zur Haustür herein und brachten gute Laune mit. Wegen des akuten Platzmangels strömten die gleichen Gäste wenig später hinten zur Terrassentür wieder hinaus. Im Schatten der Bäume trafen sie auf die schon vorher Angereisten, die bereits wußten, wo die flüssigen Vorräte lagerten. Alles freute sich auf das große Ereignis. Dann kam meine Friseuse.

Das war zuviel.

»Ich muß erst mal in den Wald gehen, sonst werde ich noch verrückt«, sprach's und nahm seine jägergrüne Windjacke, Wanderstiefel und Fernglas.

»Vergiß nicht, du hast in zwei Stunden etwas vor!« rief ich noch hinter seinem Rücken her. Aber Rico war mit seinen Gedanken schon bei den braunäugigen Rehdamen, die im Wald auf ihn warteten.

Blumen und Pakete türmten sich. Unser schönes großes Haus war über Nacht zu klein geworden. Die Neuankömmlinge wollten gerne den Bräutigam begrüßen.

»... ist gleich wieder da«, vertröstete ich sie.

»Der holt bestimmt den Brautstrauß«, strahlte meine Patentante.

Mehrere Schrecksekunden.

»Papi, weißt du, wo Rico meinen Brautstrauß bestellt hat?«

Armer Vater! Gästeliste mit Sitzplatzaufteilung für den Autokonvoi unterm Arm. Sektflaschen vor dem Bauch, die ihr Kondenswasser über seinen schwarzen Anzug tropfen ließen. »Wozu denn noch mehr Blumen? Wir haben doch schon genug.« Er dachte immer so schnurgerade.

Ich hatte schon ein paarmal trocken geschluckt bei dem Gedanken, jetzt sämtliche Gärtnereien am Ort anrufen zu müssen: »Ach, entschuldigen Sie bitte, aber wissen Sie, ich heirate gleich und wollte mal fragen, ob mein Bräutigam bei Ihnen vielleicht einen Brautstrauß für mich bestellt hat?«

Nun wählte ich einen Traum in Weiß: Rosen, Flieder und Orchideen.

Die Zeit wurde langsam knapp. Auf allen weiblichen Köpfen erkannte man die Spuren der geschickten Hand meiner Friseuse. Nur mein Kopf war außen so wirr wie innen. Wo blieb bloß mein Traummann? Er würde von meinem Brautkleid, in dem ich nun aufgeregt durch die oberen Gemächer lief, überwältigt sein. Ich konnte an keinem Spiegel vorbeigehen, ohne nicht schnell einen Blick hineinzuwerfen. Das sollte ich sein?

Ja, das war ich. Der schönste Tag im Leben einer Frau war auch für mich gekommen. Jede Braut ist wunderschön. Jede Braut hat Träume. Was erwartete ich eigentlich von der Zukunft, von meinem Mann? So viele Gedanken schossen durch meinen Kopf. Doch da war einer, der sich immer mehr in den Vordergrund drängte: Paß gut auf ihn auf! Ich erinnerte mich an die Worte meiner Mutter: »Unser Junge hat Probleme.«

Aber erstmal hatte ich Probleme. Wo war mein Bräutigam? Ich war oben ganz allein; eine Braut mit Schmuck und Schleier, die bereit war, zum Traualtar zu gehen und ihr Leben für immer in die Hand eines anderen Menschen zu legen.

Die Glocken begannen zu läuten – unsere Hochzeitsglocken.

Das glückliche Kribbeln, das ich erwartet hatte, war nirgends zu spüren. Plötzlich hatte ich Angst. Panische Angst! Sie bohrte sich mit tausend kleinen Spitzen in mich hinein, und ich konnte mich nicht dagegen wehren.

Unten klappten schon die Autotüren. Mein Vater kam und fragte: »Na, soll ich mal wieder mit der Schubkarre losgehen?« Da brach ich in Tränen aus.

Der Krisenstab trat zusammen. Die Vorsitzende, meine Mutter, faßte beim Klang unserer Hochzeitsglocken folgende Beschlüsse:

1. Der Brautvater fährt mit den Hochzeitsgästen und ein paar Kisten Sekt zur Kirche, schenkt ein und tut so, als ob nichts ist. – Mein Vater und so tun als ob ...

2. Der Bruder der Braut läuft in den Wald und sucht den Bräutigam. –

Das war schon besser. Bodo haßte seinen guten Anzug und war froh, einen Grund zu haben, ihn noch einmal gegen seine Lederhose einzutauschen.

Aber: »Mitbringen werde ich ihn nicht! Das sage ich euch gleich. Ich werde ihn über den bevorstehenden Hochzeitstermin informieren. Mehr nicht. Ich habe es nicht nötig, einen Mann zu bitten, meine Schwester zu heiraten. Wenn er nicht will, finden wir morgen einen anderen.«

»Morgen ist es zu spät!« schimpfte meine Mutter. »Lauf endlich los!«

Alle anderen waren bereits auf dem Weg zur Kirche. Meine Mutter und ich blieben allein zurück.

Wie soll eine Brautmutter ihre sitzengelassene Tochter trösten?

Die kluge Frau vollbrachte selbst dieses Wunder: »Stell dir bloß mal vor, seine Eltern wären hier ...«

Ich stellte es mir vor – »Lieber Himmel!« – und fühlte mich schlagartig besser. Wir saßen auf der Terrasse, plauderten und tranken Sekt, als wenn wir an diesem Tag überhaupt nichts Besseres vorgehabt hätten. Das Glockengeläut tönte herrlich bei uns am Berg.

Um elf Uhr sollten wir getraut werden. Um Viertel nach elf rief der Pastor an und wollte wissen, ob die Hochzeit ausfiele. Meine Mutter, ganz Würde: »Ich bitte Sie, sich solange zu gedulden, bis das Brautpaar erschienen ist. Wir haben uns leider etwas verspätet.« Auch durch das Telefon hörte man die Glocken. Der Pastor stand ja direkt darunter.

Ich hörte Schritte auf das Haus zukommen und sprang auf. Aber es war nur Bodo, der angetrabt kam und verkündete: »Keine Fährte aufgenommen.«

Meine Mutter wollte es nicht glauben: »Wozu haben wir dich zu den Pfadfindern geschickt? Lauf noch mal los.

Aber guck gefälligst da, wo er ist, und such nicht bloß so im Wald herum!«

Als Bodo über den Gartenzaun sprang, hätte er seinen verlorenen Schwager fast umgerannt. Plötzlich stand Rico vor mir, schwang einen kleinen Maiglöckchenstrauß mit vielen grünen Ranken und strahlte: »Heute heiraten aber viele Leute. Die Glocken läuten ununterbrochen! Ich hab' oben im Wald gesessen und zugehört. Es war ja so schön, Sascha!«

Mit einer Stunde Verspätung erschien das Brautpaar in der Kirche. Unser Trauzeuge spielte ein für uns komponiertes Trompetensolo. Aber da hatte ich schon fertig geweint.

Wir schworen vor Gott, daß wir uns lieben und ehren würden, bis daß der Tod uns scheidet. Da merkte ich, daß ich vergessen hatte, meine Hochzeitsschuhe anzuziehen.

Dann hörten wir unseren Trauspruch, den Rico mit ungeahntem Weitblick ausgesucht hatte:

Der Wind bläst, wo er will, und du hörst sein Sausen wohl, aber du weißt nicht, woher er kommt und wohin er fährt.

Johannes 3,8

Vor meiner Ehe hatte ich jedem Hochzeitsauto hinterhergeschaut. Ich hatte die beiden strahlenden Menschen darin aus vollem Herzen beneidet. »Der schönste Tag des Lebens.« Aber ist es nicht zu allererst ein schicksalhafter Tag? Ein Tag mit einer tiefgreifenden Endgültigkeit?

Der Tag der Hochzeit ist ebenso entscheidend wie der Tag der Geburt und der des Todes. Der Auftakt eines Lebens zu Zweit ist gleichermaßen dramatisch. Wir müssen – genau wie nach der Geburt – das Laufen lernen in dieser Zweisamkeit. Und ebenso wie in unseren ersten Lebensjahren werden wir uns stoßen, werden fallen, und wir werden uns sehr weh tun. Wir werden, genau wie damals, bluten und blaue Flecken bekommen, sogar Narben zurückbehalten. Manche Wunden werden nie vollkommen verheilen, einige werden unser Leben zeichnen.

Auf dem Heimweg fuhren wir zu dem Floristen, den ich wegen meiner Blumen hätte anrufen müssen. Rico kam mit einem märchenhaften Bouquet aus 20 roten Rosen heraus – eine Rose für jedes meiner Lebensjahre. Ich glaube, ich war eine der ganz wenigen Bräute, die drei Sträuße für ihr großes Ereignis bekam. Die Orchideen, mit denen ich zum Traualtar ging, die Maiglöckchen von Rico aus dem Wald und meinen offiziellen Hochzeitsstrauß.

Während unseres ersten Tanzes hätte ich, der Tradition gehorchend, meinen Brautstrauß über die Köpfe unserer Gäste werfen müssen. Die nächste glückliche Braut hätte ihn gefangen und sich gefreut.

»Was meinst du, welchen sollen wir werfen, Rico?«

»Also den Weißen behalten wir, bis er verblüht ist. Die Maiglöckchen nehmen wir mit ins Bett. Und die Rosen, die hebst du auf, damit du sie in meinen Sarg legen kannst.«

5

Ruhiges Appartement mit Küche, Diele, Bad in vorzüglicher Wohnlage – so war unser erstes Nest von seinem Besitzer in der Zeitung angepriesen worden.

Die Wohnlage war vorzüglich. Unsere neue Adresse: Eichendorffstraße Nummer 10, Ecke Schillerstraße. Die beiden großen Dichter durften stolz sein auf diese Ehre. Knorrige Bäume schützten elegante Villen aus unterschiedlichen Epochen vor neugierigen Blicken. Altes Geld lebte hier in vornehmer, zurückgezogener Eleganz unter sich. Gepflegte Gärten mit frischgekämmten Rasenflächen. Unkraut hätte es gar nicht erst gewagt, hier Wurzeln zu schlagen. In dieser Gegend durfte sich nur der niederlassen, der einen Namen hatte, ob in der Pflanzenwelt oder unter den Menschen.

Nun wohnten wir auch hier.

Vor unserem Haus blühten Magnolien mit Japanischer Kirsche um die Wette. Pfingstrosen so groß wie Kinderköpfe. Ein Meer von weißem Flieder erinnerte mich an meinen Brautstrauß. Und der Duft! Ich mußte ihn immer wieder tief einsaugen. Natürlich verliebte ich mich sofort in das Anwesen. Allein die Auffahrt! Hochherrschaftlich.

»Wie schön! Hier bleiben wir!« jubelte ich. Selbst die Sonne fühlte sich verpflichtet, unseren feierlichen Einzug in glänzendes Gold zu tauchen. Wir traten ein. Eigentlich hätten an diese Stelle Fanfarenklänge gepaßt, aber ich hörte keine.

Gedämpftes Licht versuchte, sich durch bleiverglaste Fensterbilder, für die mancher Priester sein Leben lang auf Knien gebetet hätte, doch noch einen Weg in diese Eleganz zu bahnen. Eine im Halbkreis angelegte Marmortreppe führte nach oben. Die wertvollen, dicken Teppiche lagen sogar noch übereinander. Sie verschluckten jeden Mucks, der es gewagt hätte, sich hier laut zu machen.

»Suchen Sie etwas?«

Mein Gott, hatte die Frau uns erschreckt! Warum mußte sie bloß so quieken? Wir merkten ohnehin, daß sie vornehm war.

»Wir wohnen hier«, klärte ich sie auf. Bei meinen Worten biß ihre Vornehmheit in eine saure Zitrone. Sie wollte uns so schnell wie möglich aus ihrem Gesichtsfeld entfernen, darum zeigte sie uns den Weg. Sie lief, als wenn ihre Füße Angst hätten, den Boden zu berühren.

Nach der Marmor- und einer mit nackten Engeln beschnitzten Holztreppe ging es eine Wendeltreppe hoch. Damit nicht genug, stieß sie plötzlich mitten in einem Flur die Wand auf und entfernte sich. Sieh da: Eine Tapetentür! So einer Einrichtung war ich bisher nur auf Schloß Schönbrunn begegnet, und da war sie zur unsichtbaren Anlieferung von Feuerholz und Dienstboten angebracht worden.

Wir erklommen eine Hühnerleiter, die zum Dachboden führte. Dort fühlte sich wenigstens unser Schlüssel in seinem Loch endlich heimisch. Hier waren wir nämlich bei uns.

Rico hatte ursprünglich vorgehabt, mich über die Schwelle zu tragen, aber das war technisch nicht möglich. Als ich einen Fuß durch die Tür geschoben hatte, stand ich bereits in Küche, Diele und Bad. Doch das ahnte ich natürlich nicht. Dann drängte der neue Mieter persönlich von hinten nach und schob mich in das Zimmer.

»O Gott!« Rico stand das nackte Entsetzen im Gesicht. Er sagte nur: »... zwölf Monate ...« und hörte sich an wie jemand, der soeben zu einem Jahr Knast ohne Bewährung verurteilt worden war.

Ich mußte leider lachen. Es gab ja nur zwei Möglichkeiten, und ich lachte nun mal lieber. Rico wollte sofort ins Auto zurück. Keine Minute länger in diesem Loch. An den Fluß fahren und endlich durchatmen.

Ich wollte lieber hierbleiben und ausmessen. Es mußte sich doch etwas aus diesem Stück Spitzboden mit eingezogener Bretterwand machen lassen.

Wir fuhren an den Fluß. Ich glaube Rico hoffte, daß diese Mißgeburt von einem Appartement inzwischen wachsen würde.

Auch ich war natürlich enttäuscht. »Warum hat er nicht annonciert: *Schlüsselloch auf Dachboden zu vermieten, Wasseranschluß und zwei Steckdosen vorhanden. Für Mieter über 1,20 Meter Körpergröße zu 80% unbewohnbar.* Dann hätten wir wenigstens Bescheid gewußt.«

Rico sagte traurig: »Wären wir bloß zu Hause geblieben.« Dann sagte er lange nichts. Wir gingen nebeneinander am Flußufer entlang, aber unsere Gedanken gingen in verschiedene Richtungen.

Ob dies wohl der vielzitierte Ernst des Lebens war? Hatte er gerade eben für uns begonnen?

Rico blickte an einem hohen Brückenpfeiler empor und murmelte: »Wenn ich von dort runterspringe, dann ist alles gut.«

Nein! Bitte nicht! Wir waren allein. Im Umkreis von Hunderten von Kilometern kannte ich keine Menschenseele. Was sollte ich jetzt bloß tun?

Der erste Tag unserer Ehe. Wie viele Hände hatten wir in den letzten Tagen geschüttelt. Sie alle hatten uns Glück gewünscht. War dies unser Glück? »Ein Leben lang ... bis daß der Tod uns scheidet.« – Ich hatte nicht gewußt, daß der Tod so nah sein konnte. Dabei stand er oben am Brückenpfeiler und lockte. Als ich meine Tränen heruntergeschluckt hatte, sagte ich: »Davon wird das Appartement auch nicht größer.«

Ich wollte Rico in meine Arme nehmen. Irgend etwas mußte ich doch tun. Er fühlte sich wie eine Marionette an, der man die Fäden abgeschnitten hatte. Ich streichelte sein Gesicht. Es war aschfahl und eingefallen. Es kam mir vor, als wenn ich versuchen würde, das Zifferblatt einer Kirchturmuhr zu streicheln. Es war genauso unbeweglich und unerreichbar. Plötzlich sagte er, ohne mich anzusehen: »Kommst du mit?«

Auch ich wollte unbedingt hier weg. Aber – »mit«? In die dreckige Dachkammer? In unser mit Hochzeitsgeschenken vollgepacktes Auto? Zurück nach Hause? Wo gehörten wir jetzt eigentlich hin?

Mitten in meine Gedanken hinein sagte Rico: »Wenn du mich wirklich liebst, dann kommst du mit.«

Ich hatte es geahnt, irgendwie gefühlt. Aber glauben? Nein, glauben wollte ich es nicht. Ein wirres Entsetzen machte sich breit und ließ kaum Platz für einen klaren Gedanken. Nur das Wort *Zuhause* zog sich wie ein roter Faden durch diese Wirren. Ich mußte mit ihm zu meinen Eltern zurückfahren. Nur dort war er sicher.

»Heinrich von Kleist brauchte nicht allein zu sterben, denn Henriette Vogel liebte ihn mehr als ihr eigenes Leben. Auch Stefan Zweig hatte das nicht nötig, weil er eine Frau hatte, die ihn genug liebte. – Und was ist mit uns? Du hast gesagt, du liebst mich.«

Es war ein Liebesbeweis – ach was: der Liebesbeweis schlechthin! – gemeinsam in den Tod zu gehen.

Tausend Gedanken schossen wie Blitze durch meinen Kopf. Zwei Jahrzehnte lang hatten meine Eltern Liebe, Vertrauen, Hoffnung, Zuversicht und Träume in mir geweckt. – Und wozu das alles? – Damit ich mich jetzt als Liebesbeweis von einer Brücke stürzte? Zusammen mit einem Mann, dem ich gestern als strahlende Braut vor dem Traualtar ewige Treue geschworen hatte?

»Ich merke schon, du liebst mich nicht«, sagte Rico enttäuscht und ließ mich stehen. Ging einfach weg ...

Und ob ich ihn liebte! Ich liebte ihn mehr als mein Leben. Aber deswegen durfte ich mein Leben doch nicht wegwerfen.

Alles um mich herum verschwand in einem dichten Nebel.

»Guck mal, Mami, die Tante weint. Wenn ich ihr was von meiner Schokolade gebe, hört sie dann auf?«

Neben meinem Gesicht fühlte ich die kleine Hand, die dem Stimmchen gehörte. Sie steckte mir ein angelutschtes Stück Schokolade in den Mund. Und ich nahm sie dafür in meine Arme.

»Hörst du jetzt auch bestimmt auf?«

Ich nickte.

Gestern vor der Kirche hatte ich den Kindern Süßigkeiten zugeworfen. Wie sich das Leben doch innerhalb eines Tages ändern konnte.

Rico war weit und breit nicht zu sehen.

Eine Uferpromenade an einem sonnigen Sonntagnachmittag im Mai ist wie Sommerschlußverkauf, nur lustiger.

Liebespärchen, die den Rest der Welt nicht wahrnehmen wollten. – Ich war auch verliebt.

Junge Paare, die die Anschaffung einer Eßzimmereinrichtung besprachen. – Ich war auch jung verheiratet.

Eltern, die ein stolperndes Windelpaket befühlten und bei Trockenheit fragten: »Mußt du mal A-a machen?« – Ich wollte auch Kinder haben.

Zwei zufriedene alte Menschen mit schneeweißen Haaren und Stock. Beide humpelten links. – Wäre es nicht viel schöner, wenn wir als Liebesbeweis eines Tages auch beide links humpeln würden, anstatt uns jetzt gemeinsam von einer Brücke zu stürzen?

Unter den vielen Menschen war das Suchen hoffnungslos. Ich ging zum Auto zurück. Oder besser dorthin, wo wir es abgestellt hatten. Nun war es weg.

Alles, was wir mitgenommen hatten, war im Auto geblieben. Rico hatte den Schlüssel. Zum ersten Mal stand ich mit leeren Händen da. Bis dahin hatte ich nicht geahnt, was das bedeutet. Ich setzte mich auf einen Stein, starrte zur Brücke hoch und betete, daß Rico nicht plötzlich dort oben auftauchen würde.

Spätabends, als am Flußufer nur noch die Verliebten flanierten, trudelten langsam die ersten Betrunkenen ein. Es wurde Zeit für mich zu gehen. Eine Stunde später kam ich an unserem Haus in der Eichendorffstraße an, aber bei uns brannte kein Licht. Wir waren nicht da. Auch unser Auto nicht.

Ich setzte mich hinter die Hecke und wartete. Zum ersten Mal in unserer Ehe wurde mein Mann vor meinem geistigen Auge zu Grabe getragen. Ich suchte den ganzen

Himmel ab, um seinen *friendly star* zu finden. Vielleicht würde ich ihn ja dort wiedersehen. »Wenn ich tot bin, brauchst du nur in die Sterne zu schauen, dann bist du mir ganz nah.«

Ich habe in dieser Nacht alle Gedanken gedacht, die es zu denken gab, und alle Tränen geweint, die es zu weinen gab. Seitdem bin ich nie wieder an einem Menschen vorbeigegangen, der nichts besitzt als eine Plastiktüte, in der er seine Habe bei sich trägt. Ich muß doch dafür sorgen, daß er mindestens genug Geld hat, um jemanden anrufen zu können. Und er braucht Taschentücher. Ich weiß, wie man sich fühlt, wenn man beides nicht hat.

Morgens um halb acht fuhr unser Auto vor. Dreimal hatten böse Blicke bereits versucht, mich aus der Hecke zu scheuchen. – »So etwas! In dieser Gegend!« – Aber da ich für eine Pennschwester nicht das passende Äußere aufweisen konnte, sagten die Passanten nichts.

Sie guckten bloß. – Aber wie!

Nun stand Rico vor mir. Ich rappelte mich hoch. Er half mir dabei. Sehr galant. Er war überhaupt ganz zauberhaft. Gestern nachmittag war er ein Stückchen – »... vielleicht so acht Kilometer. Weißt du, im Auto merkt man das ja nicht so« – am Flußufer entlang gefahren. Ich hatte ihn wirklich zutiefst enttäuscht.

Dann war er auf einen gemütlichen kleinen Gasthof gestoßen. »Richtig rustikal, mit Kamin und mittelalterlichem Blasebalg. Der hätte dir gefallen, meine kleine Sascha! Zwei Meter Durchmesser, mit einer Kette an der Decke befestigt. Funktionsfähig sogar, stell dir das mal vor!« schwärmte er.

Dort hatte er ein herzhaftes Abendbrot bestellt, erst mal nur für sich. Ich war noch nicht eingetroffen, aber er rechnete jeden Moment mit mir. Er war ja in die gleiche Richtung gefahren, in die wir auch zu Fuß unterwegs gewesen waren. Es war also nur eine Frage der Zeit. Aber sein Magen rebellierte, und er konnte schließlich nicht den ganzen Abend bei einem Glas Wein hocken.

Dann luden ihn die Leute vom Nachbartisch ein, bei ihnen zu sitzen. Er hätte so traurig ausgesehen. Nun ja, schließlich war er ja auch sehr enttäuscht von mir. Er erzählte ihnen von seinem Malheur und tat ihnen unheimlich leid. Gestern geheiratet, und heute läßt ihn seine Frau im Stich. Konnte dieses dumme Geschöpf sich das nicht früher überlegen? So einen Traum von einem Mann. Sie konnten mich wirklich nicht verstehen.

Als sie mit dem Bedauern fertig waren, nahm er sich ein Doppelzimmer und ging ins Bett. Die Hoffnung auf mein Erscheinen hatte er beinahe aufgegeben, aber er wollte mir trotzdem ein Bett anbieten können, falls ich mich besinnen und doch noch kommen würde.

»Warum bist du eigentlich nicht gekommen, Sascha?«

Ja, warum?

Ich fuhr ihn zu seinem ersten Arbeitstag in die Firma. Zum Abschied küßte er mich. »Wenn du mich heute abend abholst, dann möchte ich bitte ein anderes Gesicht sehen!«

Erst einen Monat später, als er mich in den gemütlichen, kleinen Gasthof mit dem rustikalen Kamin mit Blasebalg einlud, um sein erstes Gehalt zu feiern, würde er mich fragen, was ich denn in dieser Nacht eigentlich gemacht hatte.

Er wunderte sich: »Und warum bist du nicht ins Hotel gegangen?«

»Weil ich nichts bei mir hatte, kein Geld, gar nichts.«

Das war ihm überhaupt nicht aufgefallen, aber: »Ich kann ja nicht an alles denken.«

Für mich hieß es erst einmal auspacken und einnisten. Mit jedem Karton, den ich nach oben unters Dach schleppte, kamen mir neue Ideen. Mit ein bißchen Phantasie konnte dort ein kleines Paradies entstehen. Es wäre ja auch das erste Mal gewesen, daß ich beim Anblick von vier leeren Wänden nichts damit hätte anfangen können.

Unser erstes Nest wollte ich wie eine Schiffskabine einrichten. Darum kroch ich nun in den Ecken herum und nahm Maß. Das runde Fenster am Giebel stand unserer Schiffskabine gut zu Gesicht und wurde zum Bullauge erklärt. Davor legte ich unsere beiden dicken Schaumgummimatten auf den Boden. Leider nicht Kopf-an-Kopf, aber immerhin Kopfende-zu-Kopfende. Zwischen der Küche – bestehend aus einem Wandbrett mit Steckdose –, der Diele und dem Bad gab es natürlich keine Tür. Sie wäre technisch nicht machbar gewesen, da die ausgestreckten Füße des jeweiligen Toilettenbenutzers die Diele bereits in ihrer Gesamtlänge durchquerten, um dann unter dem Wandbord der Küche zu ruhen.

Für eine Privatsphäre blieb hier nicht viel Platz. Dafür genossen wir den Luxus einer energiearmen Lüftungsanlage in der Toilettenecke. Dort fehlte nämlich ein Dachziegel und zwar direkt über dem Steiß des Sitzenden.

Als ich meinen Mann abends zum ersten Mal nach dem Schock der Erstbesteigung in unsere Schiffskabine zurückholte, traute er seinen Augen nicht. Mit ein paar Tricks, ein wenig gedämpftem Licht und einer Menge frischem Flieder aus dem häuslichen Garten – der war ja wohl in der Kaltmiete mit drin – sah es beinah so aus, als ob man hier wohnen könnte.

Ricos neue Arbeitsstelle war phantastisch. Das junge, dynamische Team bestand aus vier Berufsanfängern mit gleichen Problemen, Geldsorgen und Zukunftsplänen.

Wie ein Goldfisch im großen Teich genoß er die Freiheit seines interessanten Jobs und wider Erwarten sogar die Berufstätigkeit. Ich schöpfte Hoffnung. Trotzdem lag mir die erste Nacht in meinem neuen Leben schwer auf der Seele. Ein Gefühl der Unsicherheit war in mich hineingekrochen, das sich weder verdrängen, noch ignorieren lassen wollte. Es blieb mit permanenter Bosheit allgegenwärtig, wie ein Tiger, der auf Beute lauerte und zum Sprung bereit hinter mir kauerte.

Ich war vorsichtig geworden, in Worten und in Gesten. Diese Vorsicht stand leider meinem angeborenen Frohsinn im Wege.

An den Wochenenden beharrte Rico darauf, daß wir nach Hause fuhren. Insgesamt acht Stunden auf der Autobahn waren ein stolzer Preis für elterliche Liebe. Aber es ging nun mal nicht ohne. Als wir zwei Wochen nach unserer Hochzeit wieder in mein Elternhaus zurückkamen, glaubte ich zu träumen. Heinzelmännchen hatten mein Mädchenzimmer in ein wunderschönes eheliches Schlafgemach verwandelt. Zum ersten Mal schliefen wir dort nebeneinander, wie ein richtiges Ehepaar.

Nachts im Traum erwachte plötzlich Ricos Kampfgeist. Sein erster Volltreffer war gleich von Erfolg gekrönt. Ich landete auf dem Teppich. Ein wenig benommen stieg ich wieder ins Bett und wollte meine Hand wie gewohnt in seinen Nacken legen. Da gewann er auch schon die nächste Runde. Ich mochte keinen Zweikampf, also verbrachte ich den Rest der Nacht im Himmelszimmer. Ich mußte nachdenken.

Dann färbten sich die Blätter. Der Herbst hatte eine farbenprächtige Melancholie. Mein Mann auch. Wenn die Sonne schien, schillerten beide in den zauberhaftesten Tönen. Ohne die Sonnenstrahlen schlich sich dumpfe Trostlosigkeit ein. Alles verging. Jedes Blatt, das sich im Frühling so vielversprechend entfaltet hatte, verwelkte, starb, wurde vom Wind aufgewirbelt und verweht.

Auch in unserer Ehe färbten sich die Blätter. Ich hatte mich inzwischen an der neuen Uni eingelebt, aber das half mir bei meinen Problemen zu Hause nicht weiter. Wenn Rico abends heimkam, mußte er sich hinlegen. Dann hatte absolute Ruhe zu herrschen. Das Umblättern einer Seite konnte ihn rasend machen. Um zu lernen, mußte ich umblättern. Also bezog ich mit meinen Büchern einen Posten auf dem Klo.

Gegen Mitternacht wachte Rico meistens auf. Danach war an Schlaf nicht mehr zu denken. Immer wieder mußte ich an die Worte meiner Mutter denken: »Unser Junge hat Probleme.« Die Stunden der Nacht brachten sie an den Tag.

Nach unserem ersten Boxkampf im Ehebett hatte er mir wieder von seiner Leiche erzählt. Diese zierliche Frau ohne Gesicht, die als Tote so furchtbar schwer und unbeweglich war. Rico schleppte sie mit sich herum. Nacht für Nacht. Dann kamen seine Verfolger, und um sich ihrer zu erwehren, mußte er zuschlagen. Je kräftiger, desto besser. Eine nächtliche Flucht konnte die andere an Grauen noch überbieten. Der Horror kannte keine Grenzen.

»Was meinst du, sollten wir nicht mal zu einem Psychotherapeuten gehen?« Ich hatte mit dem roten Tuch vor der Nase des wilden Stiers gewedelt. Rico kannte sie. Er kannte sie alle. Woher bloß?

»Ach, weißt du, ich habe dir doch erzählt, daß das nichts Neues ist. Damals in Hamburg bin ich nach solchen Geschichten auch schon mal ins Krankenhaus gekommen. Da habe ich sie kennengelernt. Alle! Nie wieder! Nie, nie, nie wieder! Du mußt mir helfen. Du bist die einzige, die das kann.«

Am nächsten Tag kaufte ich ein. Abends besaß ich so viele Bücher, daß der Direktor eines Irrenhauses neidisch geworden wäre. Ich hatte zu lernen. Irgendwo mußte die Antwort liegen, verborgen in seinen Träumen. Ich schleppte alles an, was ich zum Thema *Psyche* auftreiben konnte. Oft saß ich bis zum Zapfenstreich in der Bibliothek und ackerte das duch, was ich mir nicht leisten konnte.

Meine größten Hoffnungen setzte ich auf Freud. Der Vater der Psychoanalyse mußte eine Antwort wissen. Als Chef aller Traumdeuter mußte er mir helfen können. Hätten wir gerade das Jahr 1900 geschrieben, ich hätte meinen Rico eingepackt, und wir wären nach Wien gereist.

Alles, was ich von Freud in die Finger bekam, verschlang ich. In der verstaubten Ecke eines Antiquariats fiel mir eine ramponierte, abgegriffene Erstausgabe in die Hände, auf deren Deckel stand: *Traumdeutung von Dr. Sigm. Freud.* Darunter resümierte der Verfasser: *Flectere Si Nequedo Superos, Acheronta Movebo* (Beug' ich die Himmlischen nicht, die Unterwelt werd' ich bestürmen).

Ich sah diesen Fund als meine Fahrkarte zum Erfolg.

Freud schrieb einleitend: *Auf den folgenden Blättern werde ich den Nachweis erbringen, daß es eine psychologische Technik gibt, welche gestattet, Träume zu deuten, und daß bei Anwendung dieses Verfahrens jeder Traum sich als ein sinnvolles psychisches Gebilde herausstellt, welches an angebbaren Stellen in das seelische Treiben des Wachens einzureihen ist.*

Wenn das stimmte, dann lag dort die Antwort auf unsere Geheimnisse. Warum die Leiche im Traum? Warum der Wunsch nach dem Tod? Beides gehörte zusammen. Eins baute auf dem anderen auf. Wer war zuerst da? Die Leiche oder der Wunsch nach dem Tod?

Freud hatte sich besonders mit der Problematik von psychischen Schäden im Kindesalter befaßt. Vielleicht lag dort unsere Lösung. Nur noch ein paar Schritte …

Dann wurde Sigmund Freud zur ersten großen wissenschaftlichen Enttäuschung meines Lebens. Plötzlich fing er nämlich an, unser ganzes Denken und Handeln auf unsere Sexualität zu beziehen. Ja, es gab gar nichts anderes mehr. Wir bestanden überhaupt nur noch aus Sexualität – so Freud. Jeder noch so banale Versprecher wurde unter seiner geistigen Fuchtel zur *Freudschen Fehlleistung* deklariert. Wie jemand der Knackwurst auf seinem Teller mit Messer und Gabel zuleibe rückte, wie dabei das Sauerkraut beiseitegeschoben wurde. Alles war – mit ein bißchen gutem Willen und sehr viel Phantasie! – auf das Sexualleben des jeweiligen Knackwurstessers zu beziehen. Ich mochte gar nicht mehr weiterdenken. »Sexualität liegt immer zugrunde«, lautete sein berühmter Ausspruch. Nun traute ich diesem Freud nicht mehr über den Weg.

Da plötzlich fiel es mir wie Schuppen von den Augen: Ich hatte mich festgebissen, in eine Therapie verrannt, die in eine Sackgasse führte. Warum war ich nicht schlicht und einfach dem Rat des guten alten Bömmel aus der *Feuerzangenbowle* gefolgt und hatte mir gesagt: »Da stelle mer uns janz dumm …«

Was hatte sich geändert? Was hatte meinen Mann verändert? Was fehlte ihm?

Die Antwort war so simpel: Seine geliebte Natur und die Fürsorge meiner Mutter, also Freiheit und Geborgenheit.

Von dem Tag an holte ich ihn abends von der Firma ab. Wir fuhren hinaus in den Wald und stromerten durch das Unterholz, bis wir blaugefroren waren. Er umarmte die Bäume, die Rehe liefen ihm nach, und wir stiebitzten das Tannengrün für unseren Adventsteller. Bei Schneesturm, Hagel und bitterstem Frost waren wir unterwegs.

Wenn ich Rico im Wald beobachtete, wußte ich genau, was er vermißt hatte. Hier war er zu Hause. Er brauchte Weitblick, er mußte die Natur fühlen und riechen. In unserem Nest in der Eichendorffstraße stieß sich sein Weitblick grün und blau.

Warum war ich bloß nicht früher darauf gekommen? Ich hätte es doch merken müssen! Auch daß er über sich fast nur noch in der dritten Person sprach. «Dein Junge ist in der letzten Nacht fünfmal aufgewacht und nicht wieder eingeschlafen.« – »Der rechte Schuh von deinem Jungen ist verschwunden.« – Mein Junge …

Weihnachten stand vor der Tür. Wir fuhren für zwei lange, glückliche Urlaubswochen in den Taunus. Unsere Wochenenden dort waren leider mit dem Anbruch der glitschigen Jahreszeit zu einem ebenso natürlichen wie abrupten Ende gekommen. Als wir am zweiten Advent zu Hause ankamen, traute meine Mutter ihren Augen nicht.

»Die Kinder sind ja völlig heruntergekommen«, sagte sie zu meinem Vater. Beide waren entsetzt. Er weniger, weil er sich zu sehr freute; sie mehr, weil sie tiefer blickte.

Nun lebten wir wieder im Paradies.

Als ich Rico gleich nach unserer Verlobung davon überzeugen wollte, daß die Genialität eines Leonardo da Vinci der seinen in etwa gleichkam, hatte mein Vater eine *Zukunftsecke* für die Experimente seines Schwiegersohnes in unserem Keller eingerichtet. Wir waren seinerzeit mehr von den nicht-explosiven Erfindungen ausgegangen.

Am 4. Advent war Rico in seinem Element. Mit rußgeschwärztem Gesicht, glühend roten Ohren und angekokeltem Pullover trat er zum Zwischenbericht neben den halbgeschmückten Tannenbaum und verkündete: »Gleich ist es soweit.«

Dann knallte es dumpf, und das Licht ging aus. Unser Kellerfenster lag in Nachbars Garten, samt Anschlägen, Scharnieren und einem Stück Mauerwerk. Fünf von unseren sieben Sicherungen waren durchgeschlagen. Wir hatten nur zwei in Reserve. Aber zu Weihnachten brannten ja sowieso überall Kerzen.

In unserer Münchner Schiffskabine hatten sich meine handwerklichen Fähigkeiten richtig austoben können, vor allem die, von denen ich nichts ahnte. Elektrische Anschlüsse verlegen, Spanplatten sägen, tapezieren, Polsterbezüge nähen. Ich konstruierte Bücherregale für schräge Wände und installierte eine indirekte Beleuchtung. Nun schien bei uns immer die Sonne, auch dann, wenn jemand vor dem Bullauge stand. Aus mir könnte vielleicht noch mal etwas werden – dachte ich.

Rico war anderer Meinung. Schweißen hatte ich nicht gelernt. »Was soll denn mal aus dir werden, wenn du nicht schweißen kannst?« fragte er besorgt, als ich ihm meine nicht vorhandenen Kenntnisse gestehen mußte. Meine erste Schweißnaht nannte er *zusammengebraten*, meine letzte auch. Aber ich lag immer im Winkel. Da war ich einsame Spitze.

Der Boden vor unserem feudalen Eingang stand den Mäusen, Akten und Wegwerfmöbeln zu. Trotzdem belegten wir ihn. Schließlich versperrte das Gerümpel unseren Zugang und mußte deshalb ein bißchen beiseiterücken. Dabei entstand gerade genug Platz, um eine Duschkabine aufzustellen. Der Mensch lebt ja erst, wenn er geduscht hat, und das Waschbecken im sogenannten Bad war leider für jegliche Art des Waschens ungeeignet, da zu klein. Im Winter mußten wir uns natürlich erst mal Mut zusprechen, bevor wir den Sprung auf den eiskalten Boden wagten. An Warmwasser war überhaupt nicht zu denken. Nur der Pfarrer Kneipp hätte sich über uns gefreut. Alle anderen meinten, wir wären verrückt.

Inzwischen hatten wir noch etwas Wichtiges dazugelernt: *Kaltmiete* bedeutete, daß sich das entsprechende Anwesen unter keinen Umständen erwärmen ließ. Wir besaßen zwar einen kleinen Heizlüfter, aber der lag im täglichen Clinch mit der für ihn zuständigen Sicherung. Die beiden mochten sich nicht. Wenn unsere Atemluft, die uns wie Sprechblasen vor den Gesichtern stand, gerade etwas durchsichtiger wurde, sagte es in der Steckdose meistens ›bufffff‹, und wir fielen zurück in tiefste Steinzeitfinsternis. Dann zählte ich ab – »Eck, Speck, Dreck, und du mußt weg« –, weil ich schneller war, vor allem aber, weil ich wußte, wo ich mit »Eck« anfangen mußte. Danach schlich Rico, in Decken gewickelt wie ein alter Mohikaner, hinunter ins himmlische, weil warme Erdgeschoß. Dort mußte er einen der ernst dreinblickenden toten Herren in Öl samt Goldrahmen vom Haken heben, um an den Sicherungskasten zu kommen.

Gleich zu Anfang meiner Aufräumaktion auf dem Dachboden hatte ich eine interessante Entdeckung gemacht. Ich stapelte gerade alte Akten unter die Ziegel und dachte an nichts Böses, da riß ein Bindfaden und schüttete das ganze Innenleben der staubbedeckten DIN-A5-Mappen vor meine Füße. Nun mußte ich gucken. Das war ich dem Schicksal und dem Bindfaden schuldig.

Im Schneidersitz hockte ich im Mäusedreck und staunte. Eine berühmte Schauspielerin, die gleich um die Ecke wohnte, hatte in unserem Haus während der letzten vier Jahre drei Abtreibungen vornehmen lassen. Ich dachte, ich müßte wirklich mal vorbeigehen und sie fragen, ob ich ihr ein paar von unseren *Sternchen* leihen solle. Vielleicht hatte sie ja mit den gleichen Schwierigkeiten zu kämpfen wie wir in unserer Sturm- und Drangzeit und war das Rumstehen vor dem Bahnhofsklo leid.

Sofort erwachte reges Interesse für die anderen Herzchen, die hier eingestaubt waren. Was für Berühmtheiten!

Aufgrund meiner neuen Kenntnisse sah ich die Luxusvilla inzwischen mit weniger verklärtem Blick. Das Abtreiben ging offensichtlich weiter. Direkt unter unseren Füßen. Und das Geschäft blühte.

Ein weißes Emailleschild mit der Aufschrift *Frauenarzt* hatten wir natürlich nicht am Haus. Bei uns war alles gediegen und vornehm. Ein Messingklingelknopf. Sonst nichts. Wer zu Ortmunds wollte, mußte werfen und vor allem zielen können. Kieselsteinchen lagen unten in der Auffahrt bereit. Sie brauchten nur noch das Bullauge oben in der Giebelspitze zu treffen.

Nach dem Weihnachtsfest bei meinen Eltern im Paradies war es bei uns mit großer Beständigkeit bergab gegangen. Ricos Euphorie über seinen Job hatte bereits nach den ersten paar Monaten angefangen, zu bröckeln. Ein halbes Jahr später wackelten bereits die Fundamente. Mein Halbblut-Ingenieur hatte die Nase gründlich voll vom Spießertum der arbeitenden Bevölkerung. Die graue Masse, die sich morgens durch das Firmentor schob, war ihm zuwider. Aber nicht nur die Masse brachte ihn zur Verzweiflung.

Das Team hatte eine eigene Sekretärin: drall, bauernschlau, vollbusig und gerissen. Diese Mischung hatte bei Rico den gleichen Effekt wie der enge Kontakt mit einer Kreuzspinne. Das Schlimme war, daß sie hinter ihm her war. Darum tippte ich seine Berichte nachts zu Hause, denn wenn sie in seiner Nähe auftauchte, packte ihn das nackte Entsetzen.

Nun hatte er nicht nur nachts seine Leiche, sondern zu allem Überfluß am Tag dieses Vollweib. Und nebenbei hatte er ja auch noch mich.

Wie gesagt, es ging bergab bei uns. Das Team war aktiv, reiste durch die ganze Welt und war froh über die Möglichkeiten, die dieses internationale Ingenieursleben bot. Rico mochte nicht reisen. Er wollte zu Hause bleiben und sich ausruhen. Es war nicht mehr zu übersehen: »Unser Junge hat Probleme.«

Dann kam meine Mutter. Sie wußte, wann sie gebraucht wurde. Rico war selig; sein Mütterlein! Wir brauchten sie so dringend, aber leider hatten wir keinen Platz für sie. Gastfreundlich war unsere Schiffskabine nicht. Aber das wußte meine Mutter ja. Also schlief sie auf dem Boden zwischen Akten, Gerümpel und Mäusen auf ihrem mitgebrachten Ziehharmonikabett. Sie haßte Mäuse. Es war bitterkalt und zugig unter den Dachziegeln. Vor allem durfte sie nachts nicht aufs Klo wegen der Geräusche. Sie blieb trotzdem. Mit all ihrer Liebe umsorgte sie meinen Mann, der inzwischen nicht mehr zur Arbeit ging. Er war krank. Keiner wußte, was ihm wirklich fehlte. Aber er war elend und sah schlecht aus. Mit bewundernswerter Güte päppelte sie ihn auf. Sie zauberte für ihn ganze Menüs auf der einen winzigen Kochplatte. Wenn er schlafen wollte, nahm sie meinen Platz auf dem Klodeckel ein und schrieb, strickte oder las. Und wenn wir abends ins Bett gingen, kroch sie auf dem Eisboden unter ihre Decke, ekelte sich vor den Mäusen und kniff die Blase zu.

Vier Wochen später hatten wir eine neue Wohnung. Wir suchten ja schon seit Monaten, aber entweder paßte der Preis nicht oder die Gegend, die Abstandszahlung oder die Bedingungen, die Größe oder die Vorauszahlung. Für ihre Kinder bekam meine Mutter alles, was sie wollte.

Nun besichtigten wir unser neues Reich: Ein Wohnzimmer mit Panoramafenster nach Süden, ein kleines Schlafzimmer, eine geräumige Wohnküche mit Speisekammer, ein Bad mit eingebauter Dusche sowie fließendem Warm- und Kaltwasser, einen eigenen Flur mit Sicherungskasten, eine richtige Wohnungstür mit Briefschlitz und einer Klingel nur für Ortmunds. Und das Ganze für einhundert Mark inklusive Gasheizung. Am Tag darauf war Rico wieder arbeitsfähig. Er tanzte mit mir auf der Straße und kaufte einen Mammut-Blumenstrauß für sein Mütterlein, der wegen Platzmangels auf dem Dachboden verblühen mußte. Er umarmte die ganze Welt. Zwei Tage später flog ein junger, dynamischer Ingenieur zur Behebung eines Störfalles nach Brasilien.

Bevor meine Mutter wieder nach Hause fuhr, zog sie noch für eine schöne, lange Nacht zu mir ins Allerheiligste. Aber wir konnten nicht schlafen. Wir besprachen unser Thema Nummer Eins: »Unser Junge hat Probleme.«

Unsere finanzielle Lage war nicht gerade rosig, aber es würde schließlich nicht mehr lange dauern, bis sich meine Aufzucht endlich rentieren würde. Außerdem fegte mein Vater zwischendurch immer mal die Miesen von unserem Konto. Er fing das ganz vorsichtig an: »Na, wie sieht's denn aus mit den roten Zahlen?«

Ein paar Tage später waren meine Sorgen dann jeweils von unserem Konto auf sein Konto umgezogen. Jedesmal schwor ich mir: Eines Tages zahlst du es ihm zurück.

Vor einem Umzug braucht man natürlich Heinzelmännchen. Sie rückten an mit Campingliegen, Malerleiter, Tapetenrollen, Nähmaschine, Stoffballen, ausrangiertem Elektroherd und Kühlschrank sowie diversen Möbeln im geliehenen VW-Bus. Mein Vater hatte ein paar Tage Urlaub genommen und sich mit meiner Mutter auf den Weg gemacht, damit seine Tochter nur ja nicht in eine halbfertige Wohnung einziehen mußte. Meinen Eltern lag unser unvorbereiteter Einzug in die Eichendorffstraße noch schwer im Magen, obwohl sie die kleinen Pointen gar nicht kannten.

Eine Woche später zogen wir um.

Rico kam aus Brasilien gerade rechtzeitig zum Sektkorkenknall zurück. Wir waren fertig und stolze Mieter einer richtigen kleinen Wohnung. Meine Mutter hatte sogar das Wunder vollbracht, uns ein Telefon legen zu lassen. Bei einem halben Jahr Wartezeit für Neuanschlüsse war das eine reife Leistung. Aber sie hatte es eben satt, mich nicht anrufen zu können.

Natürlich hatte die Wohnung auch Nachteile, der größte war die Küche. Meine Mutter hatte uns früher maßlos verwöhnt. In ihrer Küche wurden Wunder vollbracht, bei denen der Chefkoch des *Ritz* blaß geworden wäre. Nie ging etwas schief. Alles war reinste Gourmetkost. Sie selbst war die einzige, die je an ihrem Essen rummäkelte.

»Vielleicht ein winziges Tröpfchen Tabasco, das hätte noch gefehlt.« – »Die Suppe ist zu suppig.« – »Es ist nicht genug Zucker an der Bratensauce.«

Ich dagegen ahnte nicht einmal, daß sie überhaupt Zucker in eine Bratensauce streute. Ich hätte ihn mehr in Zitronenspeisen vermutet. Aber sie wußte es besser. Sie wußte alles. Sie war eben eine Meisterin ihres Fachs. Was ein Salvatore Accardo mit dem Geigenbogen war, das war sie mit dem Kochlöffel.

Aber genetisch muß leider irgend etwas schiefgelaufen sein.

Sie hatte mir zwar ihren guten, alten Herd mitgebracht, doch nicht ihr Talent. Nun nannte ich vier Kochplatten und einen Backofen mein eigen. Trotzdem gab es bei uns immer noch Eier. Die konnte ich zwar sehr gut variieren, aber nur bis zu einem gewissen Maß. Dann ging es wieder von vorne los.

»Was meinst du, Sascha, sollen wir mal was Richtiges essen?«

In weiser Voraussicht hatte meine Mutter mir drei Kochbücher mit in die Ehe gegeben.

1. *Und die Liebe geht doch durch den Magen* – Gourmet-Gaumenfreuden. Einer ihrer wenigen Fehlgriffe.

2. *Das Große Neue Kochbuch* – von ›Aal grün‹ bis ›Zwiemilchernährung‹. Da ging es dann am Ende bereits um die Zufütterung der Nachkommenschaft, sollte die Muttermilch nicht mehr reichlich genug fließen. Ein bißchen viel für eine unschuldige Seele wie mich, fand ich.

3. *Einfache Gerichte für jeden Tag* – das war schon eher meine Kragenweite. Auf Seite 16 fand ich das Menü meines Herzens: Klopse, bestehend aus Mett, einem Ei und einem alten Brötchen. Erbsen- und Möhrengemüse aus der Dose. Kartoffelbrei von Pfanni zum Anrühren. Bald kochte ich wie ein Weltmeister.

Rico war begeistert: »Phantastisch! Meine kleine Sascha kann alles! Einfach alles!« Er ließ meine Kreationen genußvoll über seine Geschmackspapillen gleiten. Da wurde ich dann mutig. Experimentierte mit Salz und Pfeffer, manchmal zum besseren, manchmal nicht so sehr. Aber es war immer eßbar.

Dann hat Rico mich bitter enttäuscht. Ich hatte mich gerade richtig eingekocht; konnte den Kartoffelbrei nun auswendig und fühlte beim Kneten der Klopse bereits, wie sie einmal schmecken würden. Ich war also perfekt, wie man so sagt.

Da mümmelte er eines abends richtig lustlos auf jeder einzelnen Erbse herum.

»Sag mal, schmeckt es dir nicht?«

»Mmmm, nicht so richtig ...«

»Zuviel Salz? Zuwenig? Oder was?« – Pause.

»Ich dachte, vielleicht könntest du mal was anderes kochen.«

Da versteh einer die Männer! »Vor sechs Wochen hast du gesagt, es schmeckt *phantastisch,* und jetzt auf einmal magst du meine Klopse nicht mehr.« Dabei war mir das Gericht von Seite 16 mit jedem Tag besser von der Hand gegangen. – Nun fing ich wieder von vorne an. Es war mühsam, sehr mühsam.

Bloß gut, daß wir gleichzeitig mit unserem Herd auch das Telefon bekommen hatten. Bei manchen Menüs mußte ich mehrmals anrufen.

»Mami, wir haben Gäste zum Tee. Was soll ich wohl backen?«

»Mach Windbeutel, Kind, die sind einfach.« Da kannte sie Kind aber schlecht. Mit dem Hörer zwischen Schulter und Kinn bekam ich Anleitungen zum Abbrennen.

»Zieh den Holzlöffel über dem Kochtopf hoch, und wenn der Teig dranbleibt, ist er fertig.«

Ich zog. »Hast du abbrennen oder anbrennen gesagt?«

»Abbrennen! Kind, ab-brennen! Aber nicht das Haus, nur den Teig.«

Nun war er leider angebrannt. Das Ergebnis dieses offensichtlich miserablen Rezeptes konnte man nur mit Hammer und Meißel essen. Was hätte Sigmund Freud wohl zu meiner Sexualität im Windbeutelbereich gesagt?

Rico hatte sich von seinem Tief erholt und bei der Firma Becker wieder den Anschluß gefunden. Vor allem hatte er dort inzwischen einen Verbündeten, seinen Kollegen Otto. Ein Freund fürs Leben, wie man ihn nur selten findet. Für Rico ein Schlüsselerlebnis. Nun plante und reiste er. Wir schwebten auf Wolken. Bloß keine Fragen stellen! Aber ich blieb wachsam und beobachtete ihn. Wir lebten nun schon mehrere Monate ohne Zwischenfall.

Auch gesellschaftlich ging es mit uns steil bergauf. Wir konnten es uns leisten, einzuladen; seine Arbeitskollegen, meine Studienfreunde. Wir hielten Hof, und wir genossen es. Früher hatten wir nur eine hochherrschaftliche Auffahrt. Und wenn unsere Gäste den Aufstieg zu uns endlich geschafft hatten, dann konnten wir ihnen als Gastgeber nichts weiter als eine ausgewachsene Klaustrophobie anbieten.

Das war jetzt alles anders.

Wasser hatte schon immer eine ganz besondere Anziehungskraft auf Rico gehabt. Darum schafften wir uns, in Ermangelung einer richtigen Yacht, ein kallrotes Schlauchboot an. Es trug den verheißungsvollen Namen *Inka-S*, wegen der Form, die ganz, ganz entfernt vorne eine gewisse Ähnlichkeit mit den flotten kleinen Booten der Inkas erkennen ließ.

An einem Freitag kam die neue Errungenschaft aus dem Katalog für den Hobbysportler per Bahnfracht bei uns an. Zwei Stunden später war eine zusammentelefonierte Mannschaft von vierzehn Leuten bereit, sich mit uns auf das große Wasser zu wagen.

Ich hatte meine Bedenken: »Vierzehn Leute? In der Beschreibung heißt es: ›Das Sportboot bietet Platz für acht.‹«

Rico konnte Pessimismus nicht ausstehen. »Die meisten sind relativ schlank. Und der eine oder andere kann ja auch am Ufer entlanggehen.« – Na, die Jungs würden sich freuen.

Am Samstagmorgen trafen wir uns am großen Wasser, einem kleinen Stausee, den schon andere Gummibootbesitzer für ihre Zwecke entdeckt hatten. Unsere Anschaffung wurde ausgewickelt und mit Bier begossen. Zur stilgerechten Taufe lag eine Flasche Sekt zum Kühlen am Band im Wasser.

Als das Schlauchboot ausgerollt am Ufer lag, wurde mir sofort klar: Man hatte uns belogen. Ausgestreckt war es klein. Im aufgeblasenen Zustand würde es zwei Mann mit Picknickkorb beherbergen. Mehr nicht. Eine Pumpe gehörte natürlich nicht dazu. Statt dessen lag ein Zettelchen dabei, das uns sagte, die Pumpe müßten wir unter der Nummer 30523 gesondert bestellen.

Gummibootbesitzer sind stolze Menschen, weil sie sich von der Masse am Ufer abheben, indem sie in See stechen. Dieses Vergnügen teilen sie nur ungern. Erst zwölf Pumpenbesitzer später war einer von ihnen bereit, uns seinen Fußblasebalg zu leihen. Und das auch nur, weil er ebenfalls seit gestern *Inka-S*-Besitzer war. Nur, er hatte die Nummer 30523 mitbestellt. Und der Kollege hatte noch einen Vorteil: Er war ein Ein-Mann-Unternehmen. »Ich wollte es erst mal allein ausprobieren.« – Manche Leute kommen eben gleich mit einem anständigen Klacks von gesundem Mißtrauen auf die Welt.

Auf zwei Boote verteilt waren wir unschlagbar. Allerdings war die Sache mit den acht Personen glatt gelogen.

Rico war der Held des Tages, schoß Purzelbäume im Wasser und fing mit der bloßen Hand einen Fisch, der schon so lange tot war, daß noch drei Tage später jeder, dem Rico die Hand schüttelte, nach verfaultem Fisch roch. Auf dem Lagerfeuer schmorten die Würstchen und Kartoffeln. Rico spielte Gitarre, und wir sangen Seemannslieder. Mitten in der Nacht rettete er zwei ertrunkene Bierflaschen vom Meeresgrund.

Alle staunten: »Was für ein Mann!«

Seine überschäumende Lebensfreude steckte alle an. Niemand dachte daran, nach Hause zu fahren. Je zwei Leute lagen in je zwei Gummibooten und hofften darauf, ein bißchen abgetrieben zu werden. Alle anderen lachten am Lagerfeuer über Ricos unerschöpflichen Frohsinn.

Am Sonntagmorgen machte er sich auf. »Gehe auf Beutefang. Bin gleich wieder da.«

Eine Stunde später war er zurück. Die Beute: fünf Brathähnchen (heiß), sechzig Brötchen (ofenfrisch), Butter, Schinken, Käse, zwei Kisten Bier (kalt), drei Liter Milch für die Damen und eine dunkelrote Rose für mich.

Alle waren begeistert: »Weißt du eigentlich, was für einen Prachtkerl von einem Mann du hast?«

Ja, das wußte ich.

Noch am gleichen Abend schluckte der Prachtkerl fünfzig Schlaftabletten.

6

Der 21. Juli 1969 war ein bedeutungsvoller Tag in der Geschichte der Menschheit – und auch in der Geschichte meiner Ehe.

Zum ersten Mal setzte ein Wesen von unserem Planeten seinen Fuß auf ein anderes Gestirn. Der Mensch hieß Neil Alden Armstrong und war gemeinsam mit seinen Kollegen Aldrin und Collins in der Raumfähre *Apollo 11* zum Mond geflogen.

Die ganze Welt konnte dieses Ereignis auf dem Fernsehschirm verfolgen. Aus diesem Grunde waren die Preise für Fernsehapparate gestiegen wie die Quecksilbersäule des Fieberthermometers bei einem Patienten mit Beulenpest. Nun kauften wir uns auch einen Fernsehapparat.

Atemlos hypnotisierten wir die graue Mattscheibe, als Mister Armstrong in seinem Raumfahrtanzug wie ein winterfest eingepackter Bär auf dem Mond herumhüpfte. Wahrlich ein weltbewegendes Ereignis. Nach dieser Piониertat würde nichts mehr so sein, wie es einmal war. Unsere Generation hatte das All, ja sogar ein anderes Gestirn erobert. Wir waren stolz. Bis auf die unvermeidlichen Meckerer – die meckern ja immer: »Zum Mond könn'n se fliegen, aber mein'n Toaster könn'n se angeblich nich reparieren«, schimpfte eine Nachbarin im Treppenhaus.

Rico und ich waren ganz besonders angetan, weil uns ein gewisser Patriotismus mit dem Mond verband. Schließlich hatte er unsere Liebe beschienen, hatte uns bewacht und beschützt.

Wir liebten den Mond.

»Was meinst du, Sascha, sollen wir auch mal hinfliegen?« fragte mein Mann, so wie andere Männer fragten: »Wollen wir nicht auch mal ins Kino gehen?«

»Nein danke.«

»In unserem Zeitalter ist doch wirklich etwas los«, freute Rico sich. »Stell dir nur mal vor, seit knapp siebzig Jahren gibt es den Motorflug. Es ist kaum 52 Jahre her, da ist Charles Lindbergh über den Atlantik geflogen. Und heute stehen wir auf dem Mond. Vor noch nicht einmal hundert Jahren saßen die Leute abends noch bei Kerzenlicht und Petroleumfunzeln.« Und mit einem verklärten Blick auf Mister Armstrong. »Du weißt ja, daß die Russen vor zehn Jahren zum erstenmal auf dem Mond waren, und zwar mit ihrem unbemannten Raumschiff *Lunik 2* und einer ruhmlosen Bruchlandung. Und nun läuft ein Mensch dort oben herum. Also wir sind wirklich zu beneiden.« Nichtsdestotrotz weinte Rico seinem vergangenen Leben nach, in dem er als alter Cherokese durch die Wälder Nordamerikas geritten war.

Doch, es war wirklich eine interessante, aufregende Zeit, in der wir lebten. Und darauf mußte natürlich angestoßen werden. Der Sekt perlte im hohen Kelch. Wir sahen uns in die Augen und waren glücklich. Aber erst einmal tranken wir auf die erfolgreiche Rückkehr der Astronauten.

Dann fragte Rico mich ganz nebenbei: »Weißt du eigentlich, daß ich homosexuell bin?«

Und was sagte ich? – »Ach, das macht nichts«, und klopfte ihm kameradschaftlich auf die Schulter.

Er sah mich ungläubig von der Seite an, dann strahlte er, legte seinen Arm um mich, und wir widmeten uns wieder dem Mister Armstrong, der an die 400 000 Kilometer entfernt seine himmlischen Luftsprünge machte.

Ich glaube, es war wegen dieser unfaßbaren Dimensionen, der Euphorie über das technische Wunder, wegen der Aufregung, das alles miterleben zu dürfen. Dieses eine kleine Wort *homosexuell* ging zwischen all den Superlativen einfach unter.

Doch als ich nachts im Bett lag, da begann es mit stechender Grausamkeit ein Loch in meine Seele zu sägen. Meine Welt begann zu schwanken, ja aus ihren Fugen zu rutschen. Ich hielt es im Bett nicht länger aus. Wie ein

Embryo in die Ecke von Justavs geerbtem Schaukelstuhl gekauert, wartete ich auf den Morgen. Wenn man todmüde ist, ist es immer Morgen. Wenn man darauf wartet, kommt er überhaupt nicht.

Als sich endlich die ersten Vögel in der Kastanie vor unserem Fenster plusterten, ging ich duschen. Heiß und kalt und das Ganze nochmal. Das Wort blieb trotzdem, es ließ sich nicht wegspülen.

Wir lebten seit über drei Jahren zusammen, waren jetzt fünfzehn Monate verheiratet, und ich hatte nichts gemerkt. Was hätte ich eigentlich merken sollen? Wie stellt eine Frau das fest?

Ich hätte gerne meine Mutter angerufen, aber erstens war es zu früh, und zweitens war sie keine Expertin auf diesem Gebiet. Wegen Hitlers Einfluß auf ihre Erziehung kannte sie nur die *Röhmer*. – »Igittigitt!« – Und die durften, wenn überhaupt, nur hinter vorgehaltener Hand auftauchen.

Ich schrieb einen Morgengruß an meinen Mann und ging in den Englischen Garten. Ich mußte nachdenken. Aber es reimte sich einfach nichts mehr zusammen.

Schoßhündchen, Bernhardiner und mopsgepudelte Rehdackelpinscher tollten ohne Leine zu ihrer Morgentoilette. Forsche alte Herren, die keinen Stock brauchten, kamen im Marschschritt daher. Und natürlich die unvermeidlichen Läufer, die liefen ja immer. Rico kam auch vorbei. Leichtfüßig, sportlich, braungebrannt, einfach toll. Seine seidigen Haare schimmerten in der Morgensonne. Ein Mann wie ein Traum ...

Er sah mich nicht, und ich sah ihn erst zu spät. Vielleicht war es besser so. Mit dem Glockenschlag stand ich in der Bibliothek. Ich suchte wie eine Besessene alles, was die Uni zu diesem Thema angeschafft hatte. Dann wußte ich genug.

Wie ein begossener Pudel trottete ich davon, mochte nicht in die Vorlesung, aber auch nicht nach Hause gehen. Jetzt nicht und später auch nicht. Statt dessen kaufte ich ein Weißbrot und teilte es mir mit den Enten. Die Enten hatten Hunger, ich nicht. Bei den Tieren kamen solche Entgleisungen nicht vor. Jedenfalls nicht mit Absicht. Klar, so mitten im Übermut, da machte sich ein kleiner Springbock schon mal an einen anderen kleinen Springbock heran. Mehr nicht. Sie kannten ihren Platz im Leben.

Ich hätte so gerne mit einem Menschen gesprochen. Aber unsere Freunde, unsere Bekannten, sie alle waren uns beiden zugetan. Wie konnte ich es wagen, einen von ihnen einzuweihen? Das war Verrat, Verrat an unserer Ehe. – Und überhaupt, vielleicht wußten sie es ja schon ...

Jetzt wollte ich doch nach Hause. Jetzt mußte ich nach Hause – unbedingt! Weinen konnte ich dort besser. Unterwegs lief ich einem gestreßten Autofahrer direkt vor die Stoßstange. Der sprang aus seinem Wagen und schrie mich an: »Wohl lebensmüde, was?«

Ich konnte ihm die Frage nicht gleich beantworten und sagte nur: »Nächstes Mal bitte nicht bremsen.«

Da mußte er lachen, nahm tröstend meine Hand und meinte: »Das hätte ich mir nie verziehen. Eine Frau wie Sie!«

Eine Frau wie ich ... Was war ich denn für eine Frau? Ich war Ricos Frau. In guten und in schlechten Tagen, bis daß der Tod uns scheidet. War das denn so unmöglich?

Sicher, wir hatten unsere Probleme. Aber die hatten andere auch. An den Problemen konnten wir reifen. Ich wollte wissen, daß ich lebte und dazu gehörten eben bestimmte Entbehrungen, Kränkungen und Enttäuschungen. »*Vergiß die schweren Stunden; was sie dich gelehrt haben, das vergiß nie*«, hatte meine Mutter mir einmal geschrieben. Wenn ich die schweren Stunden nicht bewußt erlebte und auch erlitt, wie konnte ich mich dann an den guten Stunden erfreuen? Ich würde sie vielleicht gar nicht erkennen.

Mitten in meine Tränen hinein kam Rico ins Zimmer gestürmt. Er sollte am nächsten Morgen für ein paar Tage in die Türkei fliegen und war schnell aus dem Büro gekommen, um tausend Dinge zu erledigen. Als er mich sah, fragte er liebevoll: »Hast du dich gestoßen, meine kleine Sascha?«

Ich sagte schnell »ja« und war ihm dankbar, denn so eine gute Ausrede wäre mir in der Eile bestimmt nicht eingefallen. Da ich zusammengekauert im Schaukelstuhl hockte, tippte er auf das rechte Schienbein. Ich ließ ihn pusten. Es ging durch und durch, grenzte schon ans Unerträgliche.

Nein, ich konnte es nicht mehr aushalten. »Sag mal, wie hast du das eigentlich gestern gemeint? Du bist *homosexuell*? Wie kommst du darauf?«

Er sah mich an. Er konnte ja nicht lügen. Jede Art der bewußten Verdrehung von Tatsachen war ihm fremd. Also würde ich jetzt die Wahrheit erfahren. Die nackte Wahrheit. In all ihren Einzelheiten. Und mit einer Ehrlichkeit und Offenheit, die ich noch nie bei einem anderen Menschen erlebt hatte. Ob ich ihr wohl gewachsen sein würde?

»Weißt du, das hat mir jemand gesagt.«

»Wer?«

»Jemand, der mich vom Internat aus ein paarmal mit in die Stadt genommen hat. Er fuhr ein knallrotes Kabriolett.«

»Und?«

»Nichts und. – Er war im Schulvorstand.«

»Sonst nichts?«

»Nein, sonst nichts.«

»Und wie kamst du gerade gestern darauf?« wollte ich wissen.

»Na ja, ich habe mir vorgestellt, wie die drei Astronauten dort oben nun schon fünf Tage lang auf allerengstem Raum zusammenleben müssen. Weißt du, ich habe nämlich immer Probleme, wenn Menschen mir zu nahe kommen, hauptsächlich Männer. Ich kann das nicht ertragen, werde fast verrückt dabei. Dann stehen mir alle Haare zu Berge, wie elektrisiert. Furchtbar ist das! Nur der Otto, das ist ein richtiger Freund. Da macht mir das nichts aus. Mit dem könnte ich sogar Sirtaki tanzen.«

Ich rief Otto an: »Geht ihr heute abend mit zum Tanzen?«

Otto: »Biste verrückt? Mitten in der Woche?«

Wir gingen gemeinsam zum Tanzen, bis morgens um vier.

Am Wochenende war Rico aus der Türkei zurück, glücklich und voller Lebensfreude. Wir hielten hof. Natürlich nicht im Wohnzimmer, wie andere Leute. Nein! Am Wasser, denn als stolze Gummibootbesitzer durften wir uns keinen Sonnenstrahl entgehen lassen.

Dieselbe Clique. Auch der einzelne *Inka-S-* und Fußpumpenfreund war wie immer dabei, denn ohne ihn ging es nicht mehr. Kartoffelsalat, Apfelsaft, Bier, Gurken, Steaks, Bauernbrot, jeder brachte etwas mit, die meisten auch gleich noch ein paar Freunde.

»Gekocht wird an Bord«, verkündete Kapitän Rico und warf den Spirituskocher an. Bevor ich mich mit meinem warnenden Pessimismus unbeliebt machen konnte, sagte es »Zssssst!«, und der Seemann versank mitsamt seinem Spirituskocher und drei Dutzend Wiener Würstchen in den Fluten. Die beiden wulstigen Ränder des Bootes schwammen noch, wegen des cleveren Dreikammersystems. Aber eine Kombüse für Schlauchboote hatte noch niemand erfunden.

Der Sommer war wundervoll. Rico begann zu malen. Liebevolle kleine Zeichnungen, riesengroße Skizzen. Zwei Landschaften in Öl. Und er malte mich. Im Gras mit Buch und Sonnenbrille. Am Wasser mit Blumen im Haar.

Er schrieb Gedichte. Harmonische Vierzeiler voller Poesie, und einen Einakter, der in der Tierwelt spielte. Wir lasen mit verteilten Rollen. Mir hatte er das Reh zugedacht. Er war ein Albatros. Fliegen, in hohen Lüften davonsegeln. Etwas Schöneres konnte er sich gar nicht vorstellen.

In den seltenen Nächten, in denen er wirklich gut schlief, schwebte er in seinen Träumen, genau wie dieser Albatros. Er zog einen Silberschweif hinter sich her. Sehr lang, oft sogar hinderlich, und trotzdem war der Silberschweif ein wichtiger Teil seines Traumes, denn er verband den Albatros mit der Welt, auf der ich stand, auf ihn wartete und den Silberschweif hielt.

Es war ein glücklicher Sommer.

Wir hatten eigentlich nur eine einzige Sorge: Meine Allgemeinbildung! Kopfschüttelnd wurde sie regelmäßig kommentiert: »Was soll bloß mal aus dir werden? Du studierst und studierst. Bald machst du dein Examen, und was bist du dann? Eine Schmalspur-Wissenschaftlerin. Wie lange hast du dich zum Beispiel schon nicht mehr um die *Antigone* gekümmert?«

Ja, wie lange nicht? Ein paar Jahre hatte ich mich bestimmt schon nicht mehr um sie bemüht. Dafür hatte ich anderes, für mich Wichtigeres gelesen, wie die Werke von Thomae und Pongratz über Psychologie. Und einen dikken Wälzer von Professor Schmidt aus Kiel, der umfangreiche Studien über den Schlaf erarbeitet hatte.

Sophokles konnte diesen wissenschaftlichen Koryphäen nicht das Wasser reichen, weil er in bezug auf unsere Probleme einfach zu wirklichkeitsfremd war. Dafür aber lag er bei Rico im literarischen Rennen ganz vorn. Mit wer weiß wie vielen Toten und drei wirklich schön dramatischen Selbstmorden war Sophokles mit seiner *Antigone* einsame Spitze.

Da konnten solche Kreaturen wie mein geliebter Bömmel natürlich nicht mithalten. Aber ich konnte das viele Sterben in der großen Literatur nun mal nicht vertragen. Pflichtlektüre mußte sein, doch für meine Seele brauchte ich meinen Bömmel und seine literarischen Verwandten. Sie alle gaben nun Anlaß zu ernster Besorgnis.

»Wenn du wenigstens mal wieder *Die Judenbuche* lesen würdest.« – Zwei Tote, ein Selbstmord. Dann einigten wir uns auf Shakespeares *King Lear* in englischer Sprache. Da wurde zwar auch schön viel gestorben, aber es murkste sich wenigstens keiner selbst ab. Rico war die Weltuntergangsstimmung sehr willkommen, und ich konnte mein Englisch ein bißchen entrosten.

Die Tage wurden kürzer und grauer. Erinnerungen an die sonnigen Wochenenden am See in einem Schlauchboot mit geflicktem Boden mußten bis zum nächsten Sommer eingemottet werden. Aber in diesem Jahr würde ja alles anders sein. Wir hatten eine große, sonnige und warme Wohnung. Ich kochte abends ein paar kleine Lekkereien. Nichts Weltbewegendes natürlich, aber gehaltvoll und weder Ei noch Klops. Unser Leben war heller und freundlicher geworden.

Dachte ich.

Mitten in der Nacht traf mich ein Faustschlag der Güteklasse Muhammad Ali alias Cassius Clay. Ich hatte die Wahl: entweder bewußtlos werden oder ducken. Ich tat beides. Erst tauchte ich auf den Bettvorleger ab, dann wurde ich bewußtlos. Danach war mein Kinn ein bißchen aus den Angeln gehoben. Und ich konnte mich auf Probleme mit den O's, A's und U's gefaßt machen.

Als ich mich endlich aufrappelte, sah ich Rico vorwurfsvoll an, aber umsonst. Er schlief. Wo war denn bloß der gezielte Kinnhaken hergekommen? Ich kroch unter mein Deckbett zurück und wollte gerade die Lage analysieren, da schlug Cassius Clay wieder zu. Aber diesmal war ich vorgewarnt und wich seiner Linken aus.

Am Morgen danach war die Welt wieder in Ordnung. Wenn meine blauen Flecken nicht gewesen wären, hätte man einen ruhigen, erholsamen Schlaf vermuten können.

Aber die blauen Flecken waren da. Sehr sichtbar. Und es wurden immer mehr.

Rico verging vor Kummer über seine hinterhältigen Anschläge auf sein geliebtes Weib. Aber was sollte er machen? Tagsüber streichelte er meine Blessuren. Nachts schlug er neue dazu.

Nach einer Woche hatte ich etwas dazugelernt: Schlafprobleme. Ein nie gekanntes Phänomen in meinem Leben. Nun hatte ich sie auch. Bei der kleinsten Matratzenschwingung sprang ich aus dem Bett. Manchmal sprang ich auch, wenn sich noch gar nichts bewegt hatte. Kein Zweifel, wir mußten etwas tun. Es ging nicht mehr so weiter. Außerdem stand ich mitten in den Prüfungen für mein Examen. Die denkbar schlechteste Zeit, um mich zu einem Nervenbündel zusammenschlagen zu lassen.

Wozu hatten wir ein helles Köpfchen und einen Werkzeugkasten? Ein Grenzzaun! Das war die Lösung. Schönes stabiles Holzbrett mitten durch das Ehebett. Hoch genug, damit keine Querschläger herüberkamen. Am Kopfende bohrten wir kleine Löcher zum Erzählen in das Brett, wie bei einem Lautsprecher. Und eine große Öffnung, durch die meine Hand paßte, wenn ich sie zum Einschlafen in Ricos Nacken legte. Das Problem war gelöst.

In der folgenden Nacht konnte ich plötzlich nicht mehr atmen. Schreien auch nicht. Und mich auch nicht bewegen. Jetzt mußte ich sterben. Ich war mir ganz sicher. Ich riß meine Augen weit auf und sah, wie Rico auf mir kniete, beide Hände fest um meinen Hals gepreßt. Wenn ich doch wenigstens hätte schreien können! Aber es kam kein Ton.

Dann ließ er mich ebenso plötzlich wieder los, setzte im sportlichen Sprung über die Grenze und schlief weiter.

Am nächsten Morgen wußte er von nichts. Er wunderte sich nur über meine scheußlichen Würgemale am Hals. »Du lieber Himmel! Am besten trägst du einen Schal. Das sieht ja schlimm aus.«

Ich trug einen Schal, ich mußte ja zur Prüfung. Aber der Schal verdeckte nur die äußeren Blessuren.

Am Abend feierten wir unseren anderthalb-Jahre-Hochzeitstag. Achtzehn dunkelrote Rosen legte mein liebevoller Mann mir in den Arm. Er strahlte vor Glück und sagte: »Wenn ein Mensch es schafft, dann bist du es. Du mußt nur gut auf deinen Jungen aufpassen. Dann kann uns gar nichts passieren.«

Der nächste Tag sollte der schlimmste in meiner jungen Ehe werden. Ich kam abends nach Hause, war todmüde und hungrig. Meine Füße sehnten sich nach der Wohnzimmercouch, mein Magen nach einem warmen Tee und meine Seele nach meinem Mann. Die Prüfungen waren anstrengend und lang gewesen.

Ich ging ins Bad, um mich frischzumachen. Ein bißchen dunkler als sonst, dachte ich. Aber ich war eben auch besonders müde.

Plötzlich hörte ich ein Krächzen hinter mir in der Fensternische. Als ich um die Ecke guckte, fing ich an zu schreien. Ich hatte doch noch nie einen Menschen gesehen, der sich aufgehängt hat. Blau im Gesicht, gurgelnde Würgelaute. Mit beiden Händen versuchte er verzweifelt, sich am Strick hochzuhalten. Seine Beine strampelten ins Leere.

Mit einem Klimmzug war ich oben an dem Abflußrohr, das sich von der Wohnung über uns durch unser Bad schlängelte. Ich riß mit aller Kraft an dem Schlachterhaken, an dem Ricos Strick festgeknotet war. Da stürzte plötzlich alles mit mir zu Boden: mein halbtoter Mann sowie der Segen aus dem abgerissenen Rohr.

Als ich mich über Rico beugte, streichelte er meine Wange und röchelte: »Das hast du gut gemacht. Ich wußte, daß ich mich auf dich verlassen kann.«

Bis auf seine elende Gesichtsfarbe und ein wenig Übelkeit ging es ihm relativ gut. Er freute sich, daß ich ihn so schön gerettet hatte, ließ sich von mir verwöhnen und war eigentlich zufrieden, sogar glücklich.

Krampfhaft versuchte ich, meine Gedanken zu ordnen. Mein Innenleben fühlte sich genauso hohl an wie eine Zitrone, der man den Saft herausgepreßt hatte. Tausend kleine Pfeile bohrten sich in mein Gehirn. Was sollte ich bloß tun?

»Komm, trink mit mir, meine kleine Sascha! Auf das Leben!«

Eben noch hing dieses Leben, auf das ich nun mit ihm trinken sollte, an einer Wäscheleine am Toilettenabfluß der Leute über uns. Seine Hände hatten gerade genug Kraft gehabt, ihn solange zu halten, bis ich kam. Nun lag er auf der Couch wie Caesar beim Festmahl und ließ sich von mir Wein einschenken.

»Komm, Sascha, sei doch kein Frosch!«

Ich nahm das volle Glas und hielt die Hand, die es mir reichte. Ich drückte sie ganz fest an mein Gesicht. Ich mußte sie fühlen, spüren, wie warm und lebendig sie war. Ich hörte mich schluchzen. Immer lauter. Mein ganzer Körper bebte. Das volle Glas fiel zu Boden. Der Wein, mit dem wir auf das Leben anstoßen wollten, versickerte blutrot im Teppich. Ich wußte nicht, ob das ein Omen war. Ich wußte überhaupt nichts mehr. Nur, daß ich nicht mehr aufhören konnte zu weinen. Es ging einfach nicht.

Ich hatte soeben einen unserer ersten handfesten *Umbringetage* erlebt.

Es würden noch viele folgen.

»*Speremus pariter, pariter metuamus amantes*«, sagte Ovid. Er hatte recht: Hoffen und fürchten zugleich muß jeder, der liebt. Und ich liebte! Ich liebte Rico mehr, als er je ermessen könnte. Aber würde meine Liebe stark genug sein, um diese Kämpfe zu überstehen? Wogegen kämpfte ich überhaupt? Ich kämpfte gegen den Tod. Er war rücksichtslos, hinterlistig und unsichtbar. Ich konnte ihn nicht greifen. Wenn ich versuchte, ihn zu packen, war er nicht mehr da.

Wo war er jetzt? – Nachdem er das angerichtet hatte?

Rico trank zufrieden seinen Wein und freute sich über sein Leben. In seine Zufriedenheit hinein bestürmte ich ihn: »Warum hast du dich aufgehängt? Du mußt es mir sagen!«

»Ich weiß es doch selbst nicht, Sascha. Mir war einfach so. Aber jetzt ist ja alles gut. – Also laß uns bitte nicht mehr davon reden.«

»Laß uns bitte nicht mehr davon reden« – als ob wir uns über die Farbe meiner Bluse gestritten hätten, und nun laß uns bitte nicht mehr davon reden.

Ich spürte eine entsetzliche Angst in mir hochkriechen. Sie lähmte mich, sie erschütterte die Grundfesten meines Daseins. Er hätte tot sein können! Er paar Minuten später, und es wäre vorbei gewesen, sagte diese Angst. Noch nie war ich dem Tod so nahe gewesen. Was sollte bloß aus uns werden?

Rico hatte herrlich geschlafen, war frisch und sprudelte vor Lebensfreude. Ich hatte die ganze Nacht über in der Kummerecke in Justavs Schaukelstuhl gehockt, in meiner mittlerweile schon zur Gewohnheit gewordenen Embryostellung. Als er strahlend ins Wohnzimmer stürmte und sich auf das wundervolle Wochenende freute, wußte ich noch nicht einmal, daß Wochenende war.

An diesem Abend gingen wir zum Ball der Ingenieure. Rico war der Traum aller Frauen. Niemand konnte ihn an unwiderstehlichem Charme, ausgelassener Fröhlichkeit und Energie auf der Tanzfläche überbieten. Er war der König der Nacht.

Leider paßte ich nur als Spielverderberin an seine Seite. ›Wie kommt dieser Traum von einem Mann denn bloß zu so einer lahmen Ente?‹ fragten die Blicke, die von oben herab auf ein nichtssagendes Häufchen Elend trafen. Bei solch einer Mißgeburt von Ehefrau wollten sie ihn gerne für alles entschädigen, was der arme Mann bei mir versäumt haben mußte.

Zwischendurch kam Rico immer wieder zu mir. Voller Liebe streichelte er mein Gesicht und wollte mit mir tanzen. Aber leider mußte ich immer mal für eine Stunde oder länger zur Toilette, um meine Weinkrämpfe wieder in den Griff zu bekommen. Sie schüttelten mich jedes Mal gerade dann, wenn ich ihn ansah. Statt seiner kessen Fliege sah ich doch immer diese elende Wäscheleine, die um seinen Hals geschlungen war.

Während meiner langen Sitzungen auf dem Klo fragte ich mich, ob ich überhaupt noch in der Lage war, mich, meine Nerven, meine Reaktionen zu kontrollieren. Ich fühlte, daß ich auf einer langen Rutsche saß. Ihr Ende konnte ich nicht sehen. Ich wußte nur, es ging steil bergab. Die Geschwindigkeit nahm zu. Schneller, immer schneller. Ich konnte weder anhalten, noch abspringen. Ein Zurück gab es nicht. An den Händen, die sich mir hilfreich entgegenstreckten, raste ich vorbei, ohne sie greifen zu können. Ich schrie, aber niemand konnte mich retten.

Es war schier unvorstellbar, und trotzdem: Rico ging es besser. Nach einem *Umbringetag*, wie er seine Pflichtübungen in Sachen Selbstmord nannte, fühlte er sich jedesmal ausgesprochen wohl. Dieser liebenswerte, lebensfrohe Mann riß einfach jeden mit, der in seinen Lebenskreis trat. Er zog die Menschen an wie ein Magnet. Vielleicht mußte er so intensiv leben, weil er fühlte, daß ihm nicht viel Zeit vergönnt war.

Die Welt lag uns zu Füßen. Wir eroberten sie. Rico eroberte mehr, ich weniger. Er schmiedete Pläne: »Ich meine, wir sollten uns einen Bauernhof kaufen, Pferde züchten und nebenbei quadratische Tomaten anbauen wegen der besseren Verpackungsmöglichkeit.«

Ich hatte das unbestimmte Gefühl, daß dazu ein bißchen mehr als ein in Hypotheken versinkendes Gehöft mit morschem Dachstuhl, ein klappriger Hengst und eine mickrige Stute erforderlich waren. Aber Pessimismus war nicht gefragt. Es wurden ja auch schon wieder neue Eier ausgebrütet.

»Du, Sascha, ich habe da eine Anzeige gelesen. Einfach toll! *Burg preiswert zu verkaufen.*«

Ich war skeptisch. »Und was steht sonst noch drin?«

»*Ansehen lohnt sich.* Ich glaube, wir sollten die Burg kaufen. Stell dir bloß mal vor: Du als Burgfräulein! Wir beide ganz alleine in einer Burg mit Verlies und Zugbrücke, mit Turm und Rittersaal, mit alten Rüstungen auf den Treppen, die dann nachts die Stufen runterpoltern, wenn sie von einem Geist angestoßen werden. Und wenn wir tot sind, können wir selbst dort spuken. In unserer eigenen Burg, Sascha! Ist das nicht großartig?« Rico war ganz aus dem Häuschen. Er zog bereits ein.

Ich hätte gerne einige Bedenken an den Mann gebracht. Zum Beispiel kalte Füße, undichtes Dach, verschimmelte Wände, Wasserrohrbruch, morsche Fenster. Aber der Burgherr hätte gar nicht zugehört. Er lebte doch bereits dort.

»Du bekommst deine eigene Bibliothek, ich bekomme meine und zusätzlich werden wir noch eine gemeinsame für die schöngeistigen Werke einrichten. Und in den Katakomben hat jeder von uns sein Labor. Dann brauchen wir nur noch eine Sickergrube. Du kannst sagen, was du willst, Sascha, die muß sein!«

Rico rief sofort den Makler an. Wenn irgend möglich wollte er sein neues Zuhause umgehend in Augenschein nehmen, spätestens aber morgen früh.

Der Makler war sauer. Rico verstand den Mann nicht. »Soll sich doch freuen, wenn er einen Kunden für ein solches Objekt hat.« Wahrscheinlich freute er sich ja auch, aber eben nicht um fünf Minuten nach Mitternacht. Zu einer solchen Stunde dachte ein gestreßter Makler bestimmt eher an eine Katastrophe als an einen Verrückten, der eine Burg kaufen wollte.

Am nächsten Morgen waren wir an dem phantastischen Objekt verabredet. Gut zwei Autostunden von unserer Wohnung und somit leider auch von unseren täglichen Einsatzpunkten entfernt. Auf einsamen, kurvenreichen Straßen, versteht sich. Novembernebel. Rutschiges Laub auf buckligem Asphalt. Dann sahen wir das Prachtstück. Agatha Christie wäre begeistert gewesen.

Eine Burgruine aus dem 13. Jahrhundert mit allem Komfort: Eingestürztes Dach, verrottetes Holz, bröckelndes Mauerwerk, leere Fensterhöhlen. Der klassische Fall für ein Abbruchunternehmen.

Da hatte ich mich aber geirrt.

»Du siehst das falsch, meine kleine Sascha. Warte erst mal, bis im Mai die Sonne scheint. Dann wirst du schon sehen.«

Nun schaltete sich der Makler persönlich ein, weil er bis Mai mit dem Verkauf nicht warten wollte. Am besten jetzt und hier und bar auf die Hand. Er hielt sie uns schon hin, aber wir hatten im Augenblick nur 17 Mark 50 dabei. Trotzdem sah er in uns genau den Typ Käufer, der dumm genug war, sich in dieses Objekt zu verlieben. Ich wäre ja auch ganz gerne dort eingezogen. Ich gebe es zu. Aber eben nur, wenn ich eine gute Million rumliegen gehabt hätte, mit der ich partout nichts anzufangen wußte.

Rico war verliebt bis über beide Ohren. Er hatte die Sickergrube entdeckt. »Stell dir bloß vor, das viele Geld, das wir sparen, weil wir die nun nicht mehr bauen müssen. Und guck doch bloß mal: Der Rittersaal. Hier können wir Feste feiern bis zum frühen Morgen!«

»Vergiß bloß nicht, auf den Einladungen zu erwähnen, daß unsere Feste ohne Fenster und oben offen gefeiert werden.«

Das nahm Rico mir übel. Darum ließ er mich links stehen und wandte sich dem Makler zu. Der war wenigstens auf seiner Seite. Sie verhandelten bereits über den Preis: »Äußerst günstig! So etwas finden Sie nie wieder. Wo bekommt man schon eine Burg für 200 000 Mark?«

Der Preis schlug mir in die Kniekehle.

Ach nein, es war gar nicht der Preis. Es war der Fußboden, der unter mir nachgegeben hatte. Ich hing mit schwerer Schlagseite in einem Loch aus vermodertem Holz. Die beiden nahmen mich gar nicht wahr, denn es ging gerade um den Ziehbrunnen.

»Einen eigenen Ziehbrunnen! Stell dir das mal vor, Sascha! – Sascha? Wo bist du denn?«

»Hier! Hier unten!« Ich war ein bißchen eingeklemmt.

Rico hatte leider auf der falschen Höhe nach mir geforscht. Als er mein Bein aus dem Loch befreit hatte, schwärmte er immer noch von dem romantischen Ziehbrunnen. Vor meinem geistigen Auge holte ich dort gerade Wasser. Ganz unromantisch: Zwei Mäntel übereinander, Fellmütze auf dem Kopf, damit meine Ohren nicht abfroren, dicke Stiefel, die mit mir im Schnee versanken. Zwanzig Minusgrade. Aber ich brauchte das Wasser, weil ich Oberhemden waschen mußte.

»Du Rico, ich glaube, ich eigne mich nicht zur Burgfrau.«

Das war ein Schlag ins Kontor. Er hatte sich schon so gefreut. Natürlich sah er ein, daß ein bißchen was getan werden mußte. Schließlich hatte nur ein Raum ein einziges halbwegs wettertaugliches Fenster. Auch mit Bädern brauchten sich die Architekten damals noch nicht rumzuschlagen, aber wozu gab es denn die guten alten Zinkwannen? »So ein Ding kriegen wir beim Trödler für ein paar Mark nachgeschmissen«, klärte der Burgherr in spe mich auf.

Die Küche bestand aus eingefallenem Mauerwerk, von dem nur noch der halbe Schornstein stand. »Ein offener Kamin in der Küche! Kannst du dir etwas Schöneres vorstellen, meine kleine Sascha?«

Ich konnte. »Ganz so weit offen braucht das Ding ja nun auch wieder nicht zu sein.«

Ich wollte die Burg nicht und bereitete Rico damit die größte Enttäuschung seiner Ehe.

Eine Woche lang ging es hin und her bis in die frühen Morgenstunden. Natürlich rief nun auch der Makler mehrmals täglich an. Er wollte uns durch den heißen Draht garkochen. Vor allem durfte er seine anderen Interessenten nicht länger hinhalten. Wir mußten uns entscheiden. Und zwar schnell.

Ich entschied mich.

Rico konnte mich einfach nicht verstehen. Da ich doch nun auch bald mit dem Studium fertig war und Geld verdienen würde, könnten wir endlich raus aus dem Dreck – eine sonnige, warme Wohnung im dritten Stock mit Panoramafenster zum Süden. Die Abzahlung der Hypothek war ohnehin ein Kinderspiel.

Wir kauften das wahnsinnig günstige Objekt nicht. Wir nicht und auch kein anderer. Rico hat mir die Burg nie verziehen.

Zu Weihnachten waren wir endlich wieder für ein paar erholsame Tage im Schoß der Familie. Doch meine Mutter merkte sofort, daß ich mich verändert hatte. Und das nicht nur, weil ich ausschließlich Rollkragenpullover trug. Ich hatte doch seit einiger Zeit diese verrückte Idee, daß jeder, der einen Blick auf mich warf, auf meinen Hals starrte. Und wenn dann noch jemand wagte, auf Armlänge an mich heranzukommen, geriet ich in Panik, weil ich dachte, er wollte mich erwürgen.

Es war verrückt. Ich und Phobien! Früher hätte ich mich ausgelacht. Jetzt lachte ich nicht mehr. Statt dessen liefen mir Schweißperlen den Nacken hinunter. Was sollte ich bloß tun? Ich wußte mir einfach keinen Rat mehr. Und das Würgen ging ja weiter. Zwar nicht regelmäßig, aber gerade oft genug, um meine Panik zu schüren.

Es half auch nicht, daß diese Attacken den armen Rico zur Verzweiflung trieben. Wenn er mich ansah, brach er in Tränen aus und jammerte: »Eines Morgens wache ich auf, und du bist tot.« Vorerst aber war ich noch nicht tot, nur ein wenig angeknackst. Und weil ich ihm so entsetzlich leid tat, überschüttete er mich mit den schönsten Seidenschals. Ich besaß die wundervollsten Farben, die exquisitesten Muster, in allen Variationen. Ich hatte sogar Pendants, einen großen und einen kleinen, passend zueinander. Ich machte Mode. Es dauerte gar nicht lange, da liefen in meiner näheren Umgebung alle mit schicken Halstüchern herum. Nun fiel ich wenigstens nicht mehr auf.

Trotzdem, ich schlief gefährlich. Und langsam bekamen wir Angst. Wir waren an einem Punkt angekommen, an dem wir die Situation nicht mehr im Griff hatten. Wir mußten etwas tun und zwar schnell. Also suchten wir uns schweren Herzens nun doch einen Psychiater. Damit lagen wir wieder genau im Trend, denn in Amerika hatte bereits jeder, der etwas auf sich hielt, seinen *Shrink*.

Nun gingen wir auch diesen Weg. Ein langer, ein mühsamer Weg. Es war gut, daß wir nicht wußten, was uns erwartete.

Der Facharzt war gründlich und korrekt. Köperliche Untersuchung, Blutanalyse, Fitneßtest. Rico konnte es gar nicht besser gehen. Der Arzt diktierte in unserer Gegenwart auf sein Bandgerät: »30jähriger männlicher Patient, athletischer Körperbau. Keine Anzeichen von pathologischen Veränderungen. Reflexe regelrecht. Tremor und Nystagmus negativ. Herz, auch unter Belastung, sowie Lunge und Atemvolumen o.B. Subjektives Befinden o.B. Labortests ebenfalls ohne Befund, und überhaupt alles o.B. – Warum sind Sie eigentlich hier?«

Der letzte Satz galt nicht mehr dem Tonband, sondern uns.

Ja, warum waren wir da? Wir hatten uns vorgenommen, vorerst nichts von den Würgemord-Ambitionen zu erzählen. Man kennt die Leute ja nicht und weiß nie, wie sie reagieren. Also hatten wir uns auf eine harmlose Umschreibung geeinigt: Schlafstörungen.

»Nehmen Sie was ein?«

Am liebsten hätte ich gesagt: Nur sporadisch. Das heißt meistens nein, aber wenn, dann so zwischen fünfzig und hundert Tabletten. – Aber ich sagte nichts. Rico war der Patient, und er mußte entscheiden, was er sagen wollte.

Er sagte: »Nein.«

»Na, dann stehlen Sie mir gefälligst nicht meine Zeit und nehmen Sie Schlaftabletten. Weiß der Himmel, wieviele Millionen von Deutschen Tabletten einnehmen, weil sie nicht schlafen können. Stellen Sie sich vor, diese zig Millionen würden mir die Bude einrennen. Wo kämen wir denn da hin?«

Während er noch schnauzte, schob er uns bereits zur Tür hinaus. Ich sagte schnell: »Ins Irrenhaus«, weil ich wütend war.

»Wie meinen Sie?« Nun wurde er hellhörig, weil doch das Irrenhaus sein persönliches Metier war.

»Ich sagte, wenn die zig Millionen Deutschen alle in Ihre Praxis zur Konsultation kämen, dann würden Sie im Irrenhaus landen.«

Whummm! Das war die gepolsterte Tür zu seinem Ordinationszimmer. Draußen am Schild las ich noch einmal sorgfältig, laut und mit dem Finger nach, damit mir ja kein Fehler unterlaufen konnte: »Facharzt für Neurologie und Psychiatrie.« Also doch.

Im Auto fing Rico an zu weinen. »Stell dir vor, ich hätte dem gesagt, daß ich dich immerzu würge. Der hätte mich doch sofort auf Nimmerwiedersehen ins Kittchen verfrachtet.«

Der Gedanke war mir leider auch schon gekommen.

»Weißt du, Rico, der Typ ist ja nicht der einzige seines Faches. Andere Leute haben auch das Schild ›Psychiatrie‹ an ihrer Haustür hängen.«

Wir fuhren in ein romantisches Restaurant im Grünen, das wir uns nicht leisten konnten, und aßen die Speisekarte rauf und runter. Das waren wir unseren Seelen schuldig.

Trotzdem befolgten wir den Rat des Experten. Man kann ja nie wissen. Unsere Hausärztin versorgte Rico mit den besten Mitteln, die die Rote Liste zu bieten hatte. Der Effekt war, daß mein armer Mann morgens weder wußte, wie er hieß, noch wer er war. Seine Horrorträume und nächtlichen Attacken blieben uns trotzdem mit schöner Regelmäßigkeit erhalten. Als er in wichtigen Konferenzen zweimal eingeschlafen war und einen Auffahrunfall zu seinen Gunsten verbuchen konnte, gingen wir davon aus, daß die Pillen auch nicht des Rätsels Lösung für uns waren.

Dazu kam noch, daß Rico nun auch am Tage oft sehr aggressiv war. Üppig bewachsene Blumentöpfe, wertvolle geerbte Kristallgläser, eine fast volle Flasche Whisky, auch noch *Black Label*, Messer und Gabel sowieso. Alles flog immer genau in die Richtung, in der mein Kopf sich gerade aufhielt. Besonderer Beliebtheit erfreuten sich volle Teller. Das Geschirr wurde langsam knapp bei uns.

Wenn ich daran dachte, wieviel Mühe mir das Kochen bereitete, weil ich eben nie eine gute Hausfrau werden würde. Und das alles, nur damit ich nachher Spinat auf Rührei, Boeuf Stroganoff mitsamt Spätzle und auch gleich noch das Pflaumenkompott mit Quarkspeise von Tapeten und Teppichböden kratzen durfte. Da kam dann schon manchmal der große Weltschmerz über mich.

Als mich an einem Sonntagmorgen die schwere Rohrzange nur um ein paar Millimeter verfehlte und statt dessen durch das geschlossene Panoramafenster flog, gaben wir die vorgeschlagene Therapie als zu kostspielig auf.

Neuer Anlauf. Das war leichter gesagt als getan. Schließlich gab es in Deutschland Krankenversicherungsgesetze. Eines davon ordnete an, daß man für den Facharzt einer Fachrichtung nur einmal pro Quartal einen Überweisungsschein bekommt. Also griffen wir erst einmal tief in unsere Taschen, um unser Bargeld zu zählen. Dann gingen wir trotzdem hin.

Ein weißhaariger Herr mit einem gutmütigen Bulldoggengesicht reichte uns in einer lederbezogenen Bibliothek seine Hand und fragte freundlich: »Na, wo drückt denn der Schuh?«

»Also vor allem im Bett, Herr Doktor.«

»Interessant. Interessant.«

Dann erzählte Rico ihm von seinen Schlafproblemen. Ein bißchen Lebensgeschichte wollte der ältere Herr auch gerne hören. Schon waren wir verraten und verkauft, denn: er war ja auch zur See gefahren! Welch ein Zufall. Er hatte die Christliche Seefahrt noch unter ganz anderen Gefahren genossen. Adolf war sein Führer gewesen, und eigentlich hätten wir den auch behalten sollen. Dann ginge es uns heute besser. Dabei wußte ich gar nicht, daß es uns schlechtging. Und der Herr Facharzt selbst sah nun wirklich nicht so aus, als wenn er sich die Butter auf das Brot kratzen müßte.

Während der nächsten Sitzungen erfuhren wir alles über die großen Seeschlachten im Atlantik. Bald kannten wir die Formationen der feindlichen Konvois, die Einsatzpläne unserer U-Boote und sogar die abgeschossenen und von selbst untergegangenen Schiffe persönlich mit Namen. Selbstverständlich hörten wir auch, wieviele Männer und Mäuse jeweils an Bord gewesen waren, wenn der stählerne Sarg für immer in den Fluten versank. Wir wußten überhaupt alles. Nur nicht, wie es mit uns weitergehen sollte. Zwischen zwei Sitzungen rief ich den Kapitän a.D. an und fragte, wie er sich Ricos Therapie insgesamt vorstelle und wann er wohl gedenke, damit anzufangen. »Meine liebe Frau Ortmund. Das ist meine Therapie. Wenn Ihr Mann erst einmal gelernt hat, zuzuhören, ist er auch geheilt. Bisher redet er mir noch viel zu oft dazwischen.«

1235 Mark später erklärte ich die Schiffsuntergangstherapie für erfolglos und beendet.

Dr. Mackenbach stand auf dem Schild an der Haustür. Der Name bei dem Beruf! Darüber konnte sich unsere Albernheit schon mal halbtot lachen.

Aber vielleicht war er ja unsere Rettung. Denn eine Rettung brauchten wir, und zwar dringend. Aus lauter Furcht, daß Rico mich wirklich umbringen könnte, saßen wir nun meistens nachts im Wohnzimmer und hielten uns gegenseitig wach.

Zwischendurch hatten wir so gut wie alles Mögliche und Unmögliche versucht. Getrennte Schlafzimmer wären ja die einfachste Lösung gewesen. Aber wenn ich nicht neben ihm lag, dann schlief Rico überhaupt nicht ein. Meine Hand gehörte nun mal in seinen Nacken und nicht ins Wohnzimmer. Unser Grenzbrett konnten wir uns auch sparen, denn er setzte mit schlafwandlerischer Sicherheit ebenso einfach wie elegant darüber und ging mir trotzdem an die Gurgel. Dann merkten wir, daß die schlimmsten Attacken in den frühren Morgenstunden zu erwarten waren. Also gingen wir mit den Hühnern ins Bett und standen um drei Uhr morgens wieder auf.

Aber diese Tricks waren langfristig gesehen Krücken, an denen unser Leben dahinhumpelte. Richtig laufen würden wir so nicht können.

Unterwegs hatten wir uns über diesen Dr. Mackenbach so richtig schön in Stimmung gelacht. Als wir seine heiligen Hallen betraten, kicherten wir immer noch wie zwei, die gerade aus dem Kindergarten ausgebüxt waren.

Herr Dr. Mackenbach wollte natürlich gerne wissen, wie es uns ginge. Da packte Rico aus.

Ich saß daneben und konnte es nicht glauben.

Wir hatten ja alles: Uns, unser Glück, unsere Liebe, unsere Ehe, unser gemütliches Zuhause, unsere Karriere – er seine mehr, ich meine weniger, aber das war ja nur eine

Frage der Zeit. Wir waren zufrieden und rundum glücklich. Es hätte uns überhaupt nicht besser gehen können.

Ich staunte nur so.

»Und was haben Sie für Probleme?« wollte Dr. Mackenbach wissen, weil ich es doch am Telefon so furchtbar dringend gemacht hatte.

»Probleme? – Probleme?« Rico suchte angestrengt in seinem Gehirn nach. »... also Probleme in dem Sinne haben wir eigentlich nicht. Es geht uns wirklich gut. Manchmal schlafe ich zwar nicht so besonders, aber das kommt ja bei anderen Leuten auch mal vor.«

Mackenbach warf einen vielsagenden Blick in meine Richtung und wollte nun von mir wissen, ob ich vielleicht Probleme hätte, weil ich ja unbedingt den Termin bei ihm haben wollte. Am liebsten hätte ich gesagt: Bis auf die unzähligen blauen Flecken und Würgemale an meinem Hals fehlt mir auch nichts. Aber das sagte ich nicht.

Vor allem deshalb nicht, weil Rico in diesem Moment von dem, was er sagte, ganz und gar überzeugt war. Er war glücklich und zufrieden. Jetzt gerade, in diesem Augenblick. Aber wie würde es heute nacht aussehen?

Dr. Mackenbach gab sich viel Mühe mit uns, fragte vorwärts, rückwärts, seitwärts. Es ging uns immer besser. Unser großes Glück war schon gar nicht mehr auszuhalten.

Da hat er uns freundlich verabschiedet und gemeint: »Es ist für mich eine richtige Wohltat, auch einmal ein Gespräch zu führen, das nicht in die tiefsten Abgründe menschlicher Existenz blicken läßt.« Er hatte mir großzügig verziehen und reichte uns seine Hand: »Es hat mich gefreut, Sie kennenzulernen.«

An der Rezeption mußten wir einen Augenblick warten, weil wir die Rechnung am besten gleich bezahlen sollten. Da führten zwei Polizisten einen völlig verstörten Mann herein. Er hatte seine Frau gewürgt. Sie selbst stürmte hinterher. Hysterisch keifend bestand sie darauf, daß alle Anwesenden ihren Hals aus nächster Nähe in Augenschein nahmen. Man mußte dreimal hinsehen und konnte trotzdem nichts erkennen.

Da hätte sie mal einen Blick auf meinen Hals werfen sollen. Aber den hatte ich unter modischer Seide gut versteckt.

Unsere Sorgen nahmen kein Ende. Ich hatte aber auch nicht den Mut, Herrn Dr. Mackenbach noch einmal anzurufen. Ich fürchte, er hätte sich dann nicht mehr so über uns gefreut.

Wir hatten nur eine Chance: Wir mußten den Grund für Ricos Probleme finden. Die Ursache, eine tiefgreifende Katastrophe in seinem Leben.

Er konnte sich an keinen schweren Schock, kein furchtbares Erlebnis erinnern. Nichts Gravierendes jedenfalls. Sicher, er hatte gelitten, aber das waren Minischocks im Vergleich zu dem, was wir suchten. Doch vielleicht war es ja gerade das: Viele einzelne Begebenheiten, die ein Mosaik bildeten. Wir gingen sein ganzes Leben durch, schrieben jede Kleinigkeit auf, ordneten alles in Erlebnistabellen ein. Von wertvoll – schön – interessant bis hin zu grauenvoll – erschütternd – unerträglich.

Immer wieder brach seine geradezu panische Angst durch, verlassen zu werden. Sie zog sich offensichtlich durch alle Phasen seiner Entwicklung bis hinein in unsere Ehe. Wie oft hatte ich über seine Drohung: »Wenn du mich verläßt, bringe ich dich um«, gelacht. Inzwischen war mir das Lachen vergangen. Kein Wunder, daß dieser Mann kein Selbstbewußtsein, kein seelisches Rückgrat, kein dikkes Fell hatte entwickeln können. Bei seinen Erfahrungen war er darauf angewiesen, daß ein Nachbar, der ihn gestern freundlich gegrüßt hatte, das auch heute und morgen wieder tat. Sollte dieser Nachbar es wagen, mit seinen Gedanken vielleicht gerade woanders zu sein und Rico nicht zu grüßen, konnte er damit schon einen *Umbringetag* auslösen.

»Niemand mag mich!« – »Die ganze Welt verstößt mich.« – »Alle sind gegen mich.« Rico hatte tausend Erklärungen für einen solchen Fauxpas. Dabei war es doch nur ein Versehen, ein Moment der Geistesabwesenheit, was übrigens bei mir selbst häufig vorkam. Ricos Antwort darauf war ganz einfach: »Dann bringe ich mich eben um.«

In seinem Tagebuch fand ich eine Eintragung, sein in Worte gefaßter Seelennotstand: *Das Leben war schon immer so und wird es immer bleiben. Es fällt mir doch so schrecklich schwer, mich selber lieb zu haben.*

Bei der Aufstellung seines seelischen Lebenslaufes wurde mir klar, daß seine ersten 26 Jahre, bevor ich ihn kennenlernte, ein Kampf ums Überleben gewesen waren. Die Jahre danach ebenfalls ...

Warum wollte er sich umbringen? Warum wollte er mich umbringen? Er liebte das Leben. Er liebte mich. Es war alles so widersinnig.

Als ich bei unserem Blumenhändler ein paar Stiele für meine Ikebanaschale aussuchte, sagte er zu mir: »Wissen Sie eigentlich, daß Sie die glücklichste meiner Kundinnen sind? Ich kenne keinen anderen Ehemann, der seiner Frau so oft rote Rosen schenkt. Und mit wieviel Liebe er sie auswählt. Sie wissen ja gar nicht, was für ein Glück Sie haben.«

Doch, ich wußte es. Was er aber nicht wußte, war, daß mein Mann mir die roten Rosen immer dann schenkte, wenn er mich in der Nacht zusammengeschlagen oder gewürgt hatte.

Rico war auf einer Dienstreise in Saudi Arabien, während ich mich durch die Endphase meines Examens kämpfte. Am Abend meines letzten Prüfungstages rief er mich an. Er war völlig verzweifelt, weil er sich umbringen wollte, ja umbringen mußte. Er konnte nicht anders. Ein ganzes Wochengehalt lang habe ich mir am Telefon die Seele aus dem Leib geredet. Er weinte, er schrie. Er schwieg und er schluchzte. Aber wir haben es geschafft. Er brachte sich nicht um, sondern ging ins Bett.

Noch in der gleichen Nacht setzte ich mich ins Auto und fuhr zu meinen Eltern in den Taunus. Ich mußte mit Ricos Vater sprechen. Und wenn ich auf Knien vor ihm liegen würde. Es war mir egal. Von meinen Eltern aus rief ich am nächsten Morgen bei ihm an. Leider hatte ich es gewagt, die Nachtruhe der Künstlerfamilie bereits um neun Uhr zu stören. Kein guter Start.

Ich bat ihn um ein persönliches Gespräch, dringend und allein. »Bitte, Vater! Ich flehe dich an. Es ist lebenswichtig!«

Am Nachmittag trafen wir uns in einem Café in Frankfurt. Natürlich war er nicht ohne seine Frau gekommen. Eisige Winde wehten zwischen unseren Kaffeetassen.

Seit fünf Jahren hatten wir weder voneinander gehört, noch uns gesehen. Unsere Verlobung, die wir ohne sie gefeiert hatten, und schlimmer noch unsere Hochzeit, von der sie erst zu spät erfahren hatten, standen unserer Sympathie nun im Wege.

Ich ersparte ihnen und mir die üblichen Höflichkeitsfloskeln. »Bitte helft uns! Ich muß wissen, was in Ricos frühester Kindheit passiert ist. Es geht um das Leben eures Sohnes.«

»Thhhü, thhhü, thhhü, was hat er dir denn da wieder alles vorgeschwindelt? Du weißt, wie theatralisch er sich aufführt. Du solltest ihn inzwischen kennen.«

Genauso hatte ich es mir unterwegs ausgemalt, falls sie eben doch mitkommen würde.

»Erstens schwindelt mein Mann nicht. Das solltet ihr besser wissen als ich. Er kann gar nicht schwindeln, weil er mit seinem normalen Leben schon so viele Schwierigkeiten hat, daß er sich auf ein Verheddern von Tatsachen überhaupt nicht konzentrieren könnte. Und zweitens ist er nicht theatralisch. Er hat Probleme, und zwar sehr ernste! Sein Leben ist in Gefahr, und er wird es verlieren, wenn ihr mir nicht sagt, was damals vorgefallen ist.«

Mit abgespreiztem kleinem Finger gabelte sie Alaska-Torte von ihrem Teller. Ausgerechnet Alaska. Dort war es auch nicht kälter als bei uns am Tisch.

Ich mußte es anders versuchen. »Vater, bitte sag du mir doch, was damals vorgefallen ist. Es geht um deinen Sohn. Irgend etwas ist mit diesem Kind passiert. Etwas ganz

Grauenvolles. Etwas, das seine Seele auffrißt, das sein Leben zerstört. Bitte, hilf mir doch!«

Plötzlich donnerte er los: »Das ist vorbei. Es geht dich nichts an!« Er sprang auf und stürmte aus dem Café.

Sie ließ die Torte Torte sein und giftete so laut über den Tisch, daß alle anderen Gäste neugierig gucken mußten: »Wenn du es noch einmal wagst, in unserer Vergangenheit rumzuschnüffeln, dann kannst du was erleben!« Weg war sie.

Also doch. Ich hatte es ja geahnt. Es gab etwas, das sie mit aller Macht verheimlichen wollten. Es mußte furchtbar sein, und es mußte sie schwer belasten. Das war mir in diesem Moment klar geworden.

Mit meiner Mutter saß ich abends zu Hause am Kamin. Wir waren sicher, daß die Katastrophe in Ricos allerfrühester Kindheit zu suchen war. Und wir glaubten auch, daß seine leibliche Mutter, vor allem aber ihr plötzlicher Tod, eine entscheidende Rolle dabei gespielt hatten.

Meine Mutter: »Stell dir nur mal vor: Ein winzig kleines, hilfsbedürftiges Kerlchen von gerade zwei Jahren verliert seine Mutter. Er muß einen Knacks bekommen haben. Ganz gleich, was damals vorgefallen ist. Selbst wenn er nur seine Nestwärme, seine Sicherheit und Geborgenheit durch ihren Tod verloren hat. Das Trauma ist unermeßlich für so eine empfindliche Seele. –

Und trotzdem, Kind, irgend etwas stimmt da nicht. Überleg doch mal: Ein Skiunfall! Mitten im Sommer! Im dritten Jahr des Zweiten Weltkrieges in Dresden. – Und warum mauern seine Eltern, als wenn es um ihr Leben ginge?

Nein, wir müssen uns darauf konzentrieren, herauszubekommen, was damals wirklich passiert ist. Nur so können wir ihm helfen.«

Morgens um vier mußte ich meine Mutter mit meinen Sorgen allein am Kamin zurücklassen. Es tat uns beiden so weh. Ich fuhr wieder in Richtung München. Um acht Uhr sollte Ricos Maschine in Riem landen. Ich wartete am Flughafen auf ihn.

Seine Großmutter hatte ich nur einmal gesehen. Sie starb, kurz nachdem wir uns verlobt hatten. Eine versteinerte Frau mit einem ebenso versteinerten Gesicht. Sie hatte mit der ganzen Welt gebrochen. Ihr Blick war hart wie Stahl, ihre Worte wie Donnerschläge, ihr Streicheln wie eine Ohrfeige. Diese Frau hatte ihren kleinen Enkel nach dem Tod ihrer einzigen Tochter aufgenommen. Sicher war sie herzensgut, aber ihr harter Panzer hatte keine Gefühle mehr an die Oberfläche gelassen.

Sie war froh über Ricos Wahl. »Versprich mir, Sascha, daß du gut auf ihn aufpaßt!« befahl sie mir. Ich fragte mich, ob ich unter den jetztigen Umständen wenigstens von ihr die Wahrheit erfahren hätte. Sie trug ein Geheimnis in ihrem Herzen, und sie hatte es mit ins Grab genommen. Es war wirklich zum Verzweifeln. Die Menschen, die uns etwas hätten sagen können, schwiegen. Diejenigen, die etwas hätten wissen müssen, kannten wir nicht.

7

Rico kam als seelisches Wrack aus Saudi-Arabien zurück. Er war nicht mehr in der Lage, zur Arbeit zu fahren. Ja, er war nicht einmal mehr in der Lage, zu leben. Er aß nicht. Er schlief nicht. Er sprach nicht. Er stand auch nicht mehr auf. Er weinte nur leise vor sich hin oder starrte ins Leere. Sogar seine nächtlichen Angriffe blieben aus, als ob alle Lebenskraft aus seinem Körper und seiner Seele gewichen wäre.

Ich saß stundenlang auf einem Fußkissen vor seinem Bett und streichelte sein Gesicht. Es war aschfahl und eingefallen. Er wurde jeden Tag weniger.

Unsere Hausärztin hatte ihn nach seiner Rückkehr besucht und krankgeschrieben. »Wir haben nur zwei Möglichkeiten: Ich weise ihn in eine Anstalt ein, oder Sie pflegen ihn selbst. Wir müssen uns aber darüber im klaren sein, daß wir ihn aus der Anstalt wahrscheinlich nicht zurückbekommen. Ich kenne diese Fälle. Eine Therapie gibt es nicht. Sie können nur beten.«

Es wäre mir unmöglich gewesen, meinen Mann in die Obhut fremder Menschen zu geben. Sie kannten ihn nicht. Sie wußten nicht, was er brauchte, wie er sich fühlte. Aber wußte ich selbst es denn überhaupt noch? Ich war mir nicht mehr sicher.

Dann reiste meine Mutter an. Sie fühlte, wenn sie gebraucht wurde. Gepäck wie üblich. Koffernähmaschine, eine Reisetasche voller Einmachgläser, zwei Kuchen in einer Hutschachtel. Sie machte im Zug die nettesten Reisebekanntschaften, denn sie alleine war ihrem Gepäck nie gewachsen.

Nun fuhr sie im Mercedes mit Chauffeur vor. Der Besitzer war ihr Abteilnachbar und Chef einer Firma für Haushaltswaren. Ihr mütterlicher Charme, vor allem aber ihre praktischen Kenntnisse seines Faches rissen ihn zu wahren Lobgesängen hin, als er sie mit ihrem Gepäck bei mir im Wohnzimmer ablieferte. Am nächsten Tag war sie zum Mittagessen mit anschließender Firmenbesichtigung bei ihm eingeladen.

Leider mußte er auch weiterhin ohne ihren reichhaltigen Erfahrungsschatz auskommen, denn als sie ihren Schwiegersohn sah, stand ihr das blanke Entsetzen im Gesicht.

»Wenn wir ihn so weitermachen lassen, ist er in zwei Wochen tot.«

Wie oft schon hatten fremde Menschen das enorme geistige Potential meiner Mutter erkannt. Man hat ihr Karrieren, Anerkennung und sogar ein Vermögen geboten. – Nichts zu machen. Sie war unsere Mutter, das war ihre Karriere. In unserem Erfolg fand sie ihre Anerkennung. Unser Glück war ihr Vermögen. Der Rest der Welt schrumpfte auf Erdnußgröße zusammen, wenn es um ihre Familie ging.

Mit ihrer fürsorglichen Liebe stürzte sie sich nun auf Rico. Sie wusch diese Handvoll Elend. Sie streichelte ihn. Sie gab ihm zu trinken. Sie nahm ihn in ihre Arme und hielt ihn fest. Sie wiegte seinen Kopf hin und her wie ein Kind. Und sie schob ihm die Bettpfanne unter, während ich mich ausruhte.

Erst nachdem meine Mutter bei ihm war, merkte ich, wie müde ich selbst war. Ich schlief die ersten 24 Stunden durch. Danach konnten wir uns in seiner Pflege ablösen. Langsam, ganz langsam schafften wir es, ihn mit kleinen Leckerbissen zu füttern. Zu trinken gaben wir ihm meistens Rotwein mit Traubenzucker und gequirltem Eigelb. Das tat ihm gut. Er fing an zu schlafen. Nicht tief und auch nicht lange, aber es war doch ein Anfang. Einer von uns beiden saß immer an seinem Bett, Tag und Nacht.

Drei Wochen nachdem sein Mütterlein gekommen war, stand er das erste Mal auf. Er war elend wie nach einer schweren Krankheit. Er sprach kaum, war geistesabwesend, als wenn er nicht mehr zu uns gehörte. Er litt unbeschreiblich.

Dann bekam meine Mutter eine Lungenentzündung. Ich bettete sie hinten in unser Auto und fuhr sie nach Hause. Unsere Gästecouch bestand aus einer dicken Schaumgummimatratze im Wohnzimmer, die ich mit Möbelstoff bezogen hatte. Sie war für eine komplizierte Lungenentzündung ungeeignet. Und krank sein sollte man wirklich lieber im eigenen Bett.

Ein paarmal mußte ich unterwegs anhalten und ihre Wadenwickel erneuern. Dazu mußte ich mir jeweils Tankstellen suchen, die draußen einen Wasserhahn hatten, denn ich konnte Rico, der neben mir im Sitz kauerte und kein Wort sagte, nicht eine Minute aus den Augen lassen. Er wirkte genauso wie damals, am ersten Tag unserer Ehe, als er von der Brücke springen wollte. Eine Marionette, der man die Fäden abgeschnitten hatte.

Meine Mutter phantasierte hinter mir in ihren Fieberträumen. Mein Mann versuchte neben mir ganz leise vor sich hinzusterben. Selbst Bodo sagte: »O Gott!«, als er meine halbtote Fracht vor der Haustür begrüßte. Und Bodo sagte nicht so schnell »O Gott«.

Nachdem meine Mutter das Schlimmste überstanden hatte, fuhr ich mit Rico zurück. Ein krankgeschriebener Patient hat schließlich zu Hause im Bett zu liegen und nicht in der Welt herumzukutschieren. Sein Zustand war unverändert. Ab und zu sagte er ein paar Worte, aber ein Gespräch war nicht möglich. Die Verbindung riß einfach ab.

Seine Lethargie war wie eine Mauer, hinter der er sich mit seinen Verletzungen verschanzt hatte. Nur sah man seine blutenden Wunden nicht. Bei ihm blutete die Seele. Wenn ich sein eingefallenes, todtrauriges Gesicht sah, erkannte ich immer wieder meinen kleinen Kinderkopf. Auch aus seinem Gesicht waren die Tränen nicht mehr wegzudenken.

Wo war dieser vor Lebensfreude übersprudelnde Mann, dieses Energiebündel, diese nie versiegende Quelle von Ideenreichtum und Unternehmungslust geblieben? Normalerweise hatten wir nie genug Zeit, uns alles zu erzählen. Nun herrschte Totenstille. Nur das Ticken der Uhren, leise Geräusche aus den Nachbarwohnungen. Ein Staubsauger, das Bellen eines Hundes.

Aber es gab ein Zeichen, ein winziges Fünkchen Hoffnung. Rico hatte angefangen, mit seinem Kopf immer wieder meine Hand zu suchen. Wie ein kleiner Welpe, der unbedingt gestreichelt werden wollte, kuschelte er sich solange an mich, bis meine Hand seinen Kopf umfaßte.

Und es gab noch einen Lichtblick: Die Natur. Draußen vor unserem Fenster wurde es Frühling. Warme Sonnenstrahlen verzauberten die Welt. Tulpenkelche, Apfelbäume, Quitten und Flieder, alles begann zu blühen. Auch die kleinen Frühlingsblumen spielten mit in dieser Ouvertüre zu einem Neubeginn. Sie bedeckten die braune Erde mit einem Teppich aus frohen Farben.

Unsere Jahreszeit stand vor der Tür. Im Frühjahr und im Sommer ging es Rico immer besser als im Herbst und Winter. Vielleicht lag hier unsere Chance. Ich mußte nur noch ein bißchen Geduld haben.

Inzwischen hatte ich mich mit Literatur eingedeckt. Das Radio durfte nicht eingeschaltet sein und der neue Fernsehapparat erst recht nicht. Wir lebten in totaler Abgeschiedenheit. Ich ging nicht mehr in die Uni, noch nicht einmal zu meiner festlichen Abschlußfeier. Was für ein Segen, daß ich meine Prüfungen gerade noch hinter mich gebracht hatte, bevor unsere Misere begann.

Nun wühlte ich mich durch die Fachliteratur. Eines der Bücher, die ich für wichtig hielt, war von der französischen Psychologin Germaine Guex erarbeitet worden. Es hieß *Névrose d'abandon* – Verlassenheitsneurose. Mein Kopf rauchte über dem französischen Wörterbuch, denn meine Sprachkenntnisse eigneten sich ausschließlich dazu, mich dafür zu schämen.

Trotzdem mußte ich unbedingt Wort für Wort verstehen. Hoffte ich doch, bei ihr wenigstens einige Antworten auf meine vielen Fragen zu finden. Sie nannte unsere Probleme beim Namen: Todestrieb, Identitätsverlust und Absolutheitsbedürfnis, Objektverlustangst und Trennungsangst. Aufgrund ihrer Erkenntnisse begann unser Dilemma klar umrissene Formen anzunehmen. Vor allem kam bei ihr immer wieder die ›Rache an der Vergangenheit‹ und das ›Auf-die-Probe-Stellen‹ als besonderes Merkmal vor. In manchen Passagen hatte ich das Gefühl, daß sie unser Leben beschrieb.

Ich ergriff diesen Strohhalm und hielt ihn fest. Drei Jahre später würde Madame Guex eine Neufassung ihrer Erkenntnisse herausbringen, die 1982 auch in deutscher Sprache unter dem Titel *Das Verlassenheitssyndrom* (ISBN 3-456-81232-9) erschien. Aber da wäre es für meinen Mann zu spät gewesen. In dem Augenblick, in dem dieser todtraurige Kinderkopf in meinem Schoß lag, mußte ich wissen, wie ich ihm helfen konnte.

Es ging Rico zwar ein bißchen besser, aber er konnte die Wohnung nicht verlassen. Er konnte eigentlich überhaupt nichts, vor allem nicht allein sein. Er brach in Panik aus, wenn ich nur die Badezimmertür hinter mir zumachen wollte. Also saß er auf dem Klodeckel, während ich duschte. Der Vorhang mußte offen bleiben. Jedesmal spritzte ich ihn voll. Ich konnte es nicht mitansehen; dieses Häufchen Elend und dann auch noch pitschnaß. Sein Anblick war erbärmlich.

Danach saß er in der Küche, während ich für ihn kochte. Doch wenn sein Essen fertig war, guckte er nicht einmal auf den Teller. Dabei hatte ich mir so viel Mühe gegeben. Später, wenn ich über meinen Büchern saß, lag er im Wohnzimmer auf der Couch neben mir, bis wir ins Bett gingen.

An Einkaufen war überhaupt nicht zu denken. Eine Freundin besorgte mir einmal in der Woche die wichtigsten Dinge. Frische Lebensmittel bestellte ich telefonisch und ließ alles an die Wohnungstür liefern. Selbst mein Prüfungszeugnis bekam ich, genau wie Rico damals, im billigen Kuvert per Post zugestellt – aber ohne Auszeichnung.

Rico weigerte sich, eine Menschenseele zu sehen. Er konnte es nicht ertragen, wenn es an der Tür klingelte. Ich fertigte alle im Flüsterton und in Windeseile ab. Wenn ich zurückkam, bebte sein ganzer Körper. Es dauerte lange, bis er sich wieder beruhigte.

Wir lebten wie auf einer kleinen Insel. Die Welt um uns herum hätte genausogut Tausende von Meilen entfernt sein können. Die meiste Zeit über saßen wir im Wohnzimmer auf der Couch. Sein Kopf lag in meinem Schoß, während ich krampfhaft versuchte, in der Literatur etwas zu entdecken, das uns weiterhelfen konnte.

Auch Madame Guex konnte letztendlich nur Fingerzeige geben. Ihre Diagnosen, Erkenntnisse und Erfahrungen waren phantastisch, ihre Erfolge – jedenfalls damals noch – mäßig bis entmutigend.

Es war Anfang Mai, als Rico mich nachts weckte. Er redete plötzlich wie ein Wasserfall, konnte gar nicht mehr aufhören. Dabei schlug er mit beiden Fäusten auf sein Kopfkissen ein.

»Du mußt mich in eine Nervenheilanstalt bringen! Unbedingt! Sofort mußt du mich dorthin bringen! Wenn du es nicht tust, bin ich morgen tot. Du mußt es tun! Hörst du? Sofort!«

Er flehte. Er bettelte. Er schluchzte und drohte.

Es war gar nicht so einfach, einen Platz in einer Anstalt für ihn zu bekommen. Trotzdem mußte ich alles daransetzen. Rico wußte, wovon er sprach. Er hatte Angst. Panische Angst – und zwar vor sich selbst.

Nervenheilanstalt. Schon das Wort schnürte mir die Kehle zu. Aber ich mußte realistisch sein. Die Einweisung war Ricos Wunsch, seine einzige Rettung. Er fürchtete, daß ich allein nicht mehr in der Lage war, ihn am Leben zu halten. Ich hatte mich damit abzufinden.

In meiner Tasche steckte das Formular für seine Einweisung: *Herr Rico Ortmund war vor drei Monaten wegen einer paranoiden Schizophrenie in meiner Behandlung. Inzwischen ist eine Einweisung wegen extremer Suizidgefahr dringend erforderlich. Mit kollegialem Gruß – Bender.*

Die paranoide Schizophrenie saß wie ein Stachel in meinem Herzen. Wie konnte dieser Dr. Bender so etwas schreiben? Außerdem war Rico nicht bei ihm in ›Behandlung‹, sondern in einem Spezialkurs für autogenes Training. Ich übrigens auch, denn ich mußte immer dabei sein, sonst wäre Rico gar nicht erst hingegangen. Den Menschen, die es auf seine Seele abgesehen hatten, trat er grundsätzlich nur unter dem Schutz seines persönlichen Leib- oder besser Seelenwächters entgegen. Diesen Posten hatte ich inne.

So brutal die Worte auf dem Stück Papier mir auch entgegenschlugen, ich war auf diesen Dr. Bender angewiesen. Ich brauchte diese Einweisung, brauchte sie dringender als alles andere auf der Welt. Sie war Ricos Garantieschein gegen den Tod. Es war doch völlig egal, was da stand. Hauptsache, er war in Sicherheit.

Unsere Hausärztin war gerade zwei Tage zuvor in Urlaub gefahren. Sie war vorher noch einmal zu uns gekommen, hatte einen hilflosen Blick auf das erbarmungswürdige Bündel Mensch neben mir geworfen und gemeint: »An seinem Zustand wird sich sowieso nicht viel ändern.« Dann hatte sie ihn wieder für einen Monat krank geschrieben.

Zu Hause beim Packen seines Koffers hatte ich mir immer wieder eingeredet: Nur nicht nachdenken! Wenn du jetzt anfängst, dir die Wirklichkeit vor Augen zu halten, wirst du verrückt. Ich hatte ja bis dahin nicht gewußt, wie man sich fühlt, wenn man den Menschen, den man mehr liebt als sein Leben, ins Auto setzt, um ihn in einer Nervenheilanstalt abzuliefern.

Vor einiger Zeit hatte ich eine Reportage gehört, in der Frauen von Strafgefangenen über ihre Gefühle, ihre Probleme und ihr Schicksal berichteten. Ich sah mich nun im gleichen schwankenden Boot wie sie. Wie würden unsere Freunde, der Arbeitgeber, die Umwelt reagieren? Was käme danach? Konnte Rico je wieder ein ganz normales Leben führen? Würde dieses Stigma ihn nicht für immer zeichnen?

Im Auto hatte er seinen Kopf in meinen Schoß gelegt und die Augen geschlossen. Wenn ich nicht schalten mußte, lag meine Hand auf seiner Wange. Sie war feucht. Er hatte sich schutzsuchend neben mir in den Sitz gekuschelt wie ein Tier, das zur Schlachtbank gefahren wurde. Und ich fuhr ihn selbst dorthin. Würde ich mir diesen Schritt jemals verzeihen können?

Von außen sahen alle Irrenhäuser, wie sie im Volksmund so schön heißen, gleich aus. Mindestens hundert Jahre altes Gemäuer, schmutziggrau und unheimlich. Gitterfenster und dicke Türen, weil man die armen Opfer natürlich gern behalten wollte, wenn man sie einmal einkassiert hatte. Kein Pfleger mit geringeren Abmessungen als ein Schwergewichtsboxer. Personal und Patienten in trostlosem Stein eingemauert, hinter schwerbewachtem Gittertor verschlossen.

An einer breiten Einfahrt stand *Erlenhof*. Nichts weiter. Nur *Erlenhof*. Wir fuhren einen breiten Kiesweg entlang, rechts und links blühten Rhododendronbüsche. Dann der Wegweiser A4. Das war unsere Abteilung, wie man mir am Telefon gesagt hatte.

Ich streichelte Ricos Gesicht in meinem Schoß. In wenigen Augenblicken würde er zwischen die Mühlräder eines Irrenhauses geraten. Es war unfaßbar.

Als ich den Motor abgeschaltet hatte, stieg er aus und ging, ohne sich nach mir umzusehen, durch die Büsche, die den Besucherparkplatz vom Gebäude trennten. Ich holte seinen Koffer und ging ihm nach.

Hinter den Büschen wartete er auf mich. Er sah mich an, ganz klar, ganz vernünftig, und sagte ruhig: »Du mußt mir versprechen, daß du mich nicht allein läßt! Du mußt unbedingt bei mir bleiben. Versprichst du das?«

Was sollte ich sagen? Natürlich wollte ich ihn nicht allein lassen. Aber es war mehr als zweifelhaft, daß sie auch mich einweisen würden, nur damit ich bei ihm bleiben konnte. Wenn ich nun »nein« sagte, vielleicht wollte er wieder mit mir zurück.

Ich sagte: »Ja.«

Erst jetzt fiel mir auf, daß wir vor einem hellen, zweistöckigen Bungalow standen, der nur aus Glas zu bestehen schien. Fenster, wohin ich auch sah. Und kein einziges Gitter. Vielleicht war diese Einrichtung genau das Richtige für Rico.

Die Glastür am Eingang war natürlich verschlossen, und es dauerte eine Weile, bis drinnen alle entsprechenden Knöpfe gedrückt waren, damit wir uns einschleusen konnten. Gitter gab es zwar keine, aber dumm waren sie trotzdem nicht. Alles dickes Panzerglas, und man konnte nur in die erste Tür eintreten, wenn die zweite geschlossen war und umgekehrt. Mal eben schnell zum Zigarettenholen ausbüxen, ging leider nicht.

»Einweisung!« befahl eine Stimme durch ein Dutzend kleiner Löcher im Glasfenster. Sie war die Anmeldung. Jedenfalls stand das über ihrer Stirn auf dem Fensterrahmen. Ich reichte ihr das gewünschte Papier durch ein Schälchen, dessen Konstruktion von einem Fahrkartenschalter abgeguckt worden war.

Wir wurden von einem Gorilla im weißen Anzug in einen grün getünchten Raum geschubst und unserer Lasten entledigt; Koffer, meine Handtasche, Ricos Schnürsenkel, sein Gürtel, sein Taschenmesser. Mein Seidenschal und meine Strumpfhose mußten auch dran glauben.

Ich konnte es nicht fassen! Was ging hier vor?

Den Gorilla hatten wir bisher hauptsächlich von hinten kennengelernt. Nun rannte ich hinter diesem Rücken für zwei Personen her und schnauzte an seinen Wirbeln hoch. »Bevor Sie uns unser Eigentum stehlen, bestehe ich darauf, mit dem zuständigen Arzt zu sprechen!«

Schon hatte er die Tür hinter seinem Kreuz und vor meiner Nase zugeknallt. Das war haarscharf.

Eingesperrt! Richtig eingesperrt! Die Tür hatte natürlich innen keinen Griff, sonst wären wir ja gleich ausgerissen.

Der Raum war eine Sonderausführung, die speziell für Selbstmörder dekoriert war. Kein Stuhl, dem man ein Bein hätte ausreißen können. Kein Tisch, mit dessen Platte man sich den Schädel einschlagen konnte. Nichts. Noch nicht einmal ein Aschenbecher zum Werfen. Bloß gut, daß ich eine notorische Nichtraucherin bin. Denn sonst hätte ich bestimmt dringend eine Zigarette gebraucht.

Wie gerne hätte ich jetzt getobt, obwohl ich gar keine Patientin war. Ich fühlte mich belogen und betrogen. Keine Menschenseele, mit der ich ein Wort hätte wechseln können. Befehle durch Löcher in Panzerglas. Ein taubstummer Gorilla, der uns unser Eigentum vom Leib gerissen hatte. Wo waren wir hier bloß gelandet?

Dicke Schaumgummikissen waren am Boden festgeklebt, damit wir nicht auf die Idee kamen, uns gegenseitig damit zu ersticken. Wir hockten uns darauf nach Korkenzieherart nieder. Eins war klar: Wer Rheuma oder andere körperliche Gebrechen hatte, durfte nicht noch gleichzeitig mit einem kaputten Nervenkostüm daherkommen. Eins ging nur, entweder – oder.

Nachdem ich unsere Aussichten auf eine erfolgreiche Flucht mangels Gelegenheit erst einmal auf später verschieben mußte, konzentrierte ich mich auf Rico. Ein Häufchen Elend in Schaumgummi versunken. Und er murmelte etwas.

»Was hast du gesagt?«

»Hier bleib ich nicht. Hier bleib ich nicht. Hier bleib ich nicht«, kam es ununterbrochen.

Also, wenn jemand wirklich irgendwann in seinem Leben gerne mal verrückt werden wollte – nur so zum Spaß –, dann war der Erlenhof mit seinen Einrichtungen genau der richtige Platz. Ich war fast soweit. Noch ein bißchen Heulen und Zähneklappern in variierender Lautstärke über ein verstecktes Stereosystem hereingeblasen. Eines, das auch die schmerzhaften Frequenzen gut drauf hat, vielleicht so bis zu den hohen Pfeiftönen von zehn Kilohertz, bei denen dem verehrten Zuhörer das Gebiß schnattert. Schon konnte sich der erfolgreiche Kandidat gratulieren.

Die Kamera, die von der Decke aus jede unserer Bewegungen weiterpetzte, hatte ich sofort ausgekundschaftet.

Sie war schließlich der einzige Wandschmuck in dieser Trostlosigkeit von beruhigendem Grün und deshalb gar nicht zu verfehlen. Ich glaube, der KGB hatte seine Methoden zum Weichklopfen unwilliger Verräter vom Erlenhof abgeguckt.

Ich kochte. Vor Wut, vor Verzweiflung und vor Hilflosigkeit. Auf das Häufchen Elend neben mir konnte ich nicht zählen. Er war anderweitig dringend beschäftigt, malte er sich doch gerade in den interessantesten Farben aus, wie er sich nach seiner Freilassung am besten erfolgreich um sein Leben bringen könnte. Wie gerne hätte ich die beruhigend grünen Wände eingetreten. Aber ich hatte keine Wahl. Also warteten wir.

Inzwischen murmelte Rico nicht mehr. Er wimmerte. »Hierbleibichnicht. Hierbleibichnicht«, und hörte gar nicht mehr auf, noch nicht mal zum Luftholen. Sein Gesicht war schon blau angelaufen. Ich kniete mich vor seine Füße, nahm seinen Kopf in beide Hände und preßte ihn an meine Schulter. Was sollte ich denn sonst machen?

Nach zwei Stunden wurde die Tür aufgestoßen. Der Gorilla wedelte mit einer Zwangsjacke vor unserer Nase hin und her. In dem Moment wußte ich zwar noch nicht genau, wen er damit locken wollte, aber ich reagierte trotzdem schon mal. In weiser Voraussicht trat ich ihm gegen das Schienbein und schrie: »Wenn Sie meinen Mann anfassen, schlag ich Ihnen den Schädel ein!«

Ich sagte ihm noch nicht, wie genau ich das machen wollte. Vor allem, weil ich es selbst noch nicht wußte. In dem Moment wußte ich nur eins: Ich war wild entschlossen.

Nun wußte er es auch. Sein Schienbein hatte es nach oben an sein Gehirn durchgefunkt. Er machte die Tür von draußen zu, mitsamt seiner Zwangsjacke. Später einmal würde ich erfahren, daß die dick aufgetragene Bescheinigung für Ricos Einweisung zu diesem idiotischen Auftritt geführt hatte. Ein paranoider Schizophreniker in akuter Suizidgefahr kommt nun mal in die Zwangsjacke, ob er will oder nicht. Ein Selbstmord in einer Irrenanstalt verdirbt die Statistik. Und was das betrifft, da sind die Besitzer dieser Häuser sehr eigen. Ein Toter ist ein Haar in der klaren Suppe ihrer Mißerfolge.

Um halb zwölf waren wir angekommen. Nun schlug es vier. Langsam kroch der Verdacht in mir hoch, daß sie uns weichkochen wollten. Da hatten sie sich aber geirrt! Vor allem in mir. Ich lief zu absoluter Höchstform auf. Noch nie war ich so schön in Fahrt gewesen.

Plötzlich ging die Tür auf. »Zu Frau Dr. Heller rechts rum!« Der Gorilla kriegte die Zähne also doch auseinander. Es geschahen noch Zeichen und Wunder. Vor allem Wunder, und das sollte diese Frau Dr. Heller jetzt erleben. Die durfte sich freuen.

Meinen Rico im Schlepptau, stürmte ich in das Allerheiligste der Stationsärztin. Ich glaube, sie wollte mir ursprünglich einen Platz anbieten, aber die Höflichkeitsfloskeln konnte sie sich sparen. Ich wollte sie stehend verspeisen.

»Was bilden Sie sich eigentlich ein? Das ist Freiheitsberaubung. Uns fünf Stunden lang einzusperren. Das werden Sie uns büßen! Merken Sie sich das! Und wenn Sie sich einbilden, Sie kriegen meinen Mann, dann sitzen Sie auf dem falschen Pferd. Er ist freiwillig hergekommen und geht genauso freiwillig wieder mit mir nach Hause. Und zwar jetzt sofort. Sie können ihren Gorilla ruhig ranpfeifen. Mit so einer gehirnlosen Masse werde ich ohne hinzugucken fertig.«

Sie sagte kein Wort, sah mich nur an. Naja, sie kannte Leute wie mich. Schließlich hatte sie beruflich mit Irren zu tun. Als ich zwischendurch einmal Luft holen mußte, sagte sie: »Guten Tag. Ich bin Margret Heller.«

Wenn ich ein bißchen Zeit gehabt hätte, dann hätte ich mich bestimmt geschämt. Aber ich war ja noch nicht fertig. Noch lange nicht.

Als ich mich einigermaßen ausgetobt hatte, schlug sie vor, meinen Mann ruhigzustellen.

»Ruhigstellen? Er braucht nicht ruhiggestellt zu werden. Er ist ja ruhig. Helfen sollen Sie ihm! Dazu sitzen Sie ja hier!«

»Vielleicht sollten wir ihn erst einmal beobachten«, schlug sie vor.

»Das haben Sie ja nun lange genug getan. Erst mit dem Spion in der Wand Ihrer Ausnüchterungszelle, und jetzt hier vor Ihrem Schreibtisch. Und nun nehme ich ihn wieder mit nach Hause.«

Sie war eine zierliche Frau mit dem traurigen Gesicht eines Kätzchens, das man bei Regenwetter draußen vergessen hatte. Eigentlich hätte sie mir leid tun müssen, aber ich war viel zu wütend, um anderen Gefühlen einen Platz einzuräumen. Wie konnte ich in dem Moment auch ahnen, was für eine wichtige Rolle diese Frau noch in meinem Leben spielen sollte?

Sie war auch so zäh wie ein Kätzchen. »Lassen Sie Ihren Mann wenigstens heute hier.«

Aber ich war auch zäh: »Heute heißt, daß ich ihn morgen früh wieder mitnehme.« Und ich sagte noch ganz schnell: »Abgemacht!«, damit sie sich nicht noch eine andere Interpretation für ihr ›heute‹ ausdenken konnte. Es war schon nach fünf. Wir brauchten also nur fünfzehn Stunden auszuharren. Morgen früh um Punkt acht würde ich wieder in dieser als Glaskasten getarnten Folterkammer vorsprechen.

Ich verbuchte meinen Teilsieg mit Wohlwollen. Jetzt war ich sogar in der Lage, ihr ganz jovial meine Hand zu reichen, gab ihr aber noch mit auf den Weg, daß sie für meinen Mann wirklich nicht die Richtige wäre, bevor wir uns entfernten.

Natürlich bestand ich darauf, Rico in sein Zimmer zu begleiten.

Bloß gut, daß ich gekämpft hatte! Denn hier war alles, aber auch alles dazu eingerichtet, ihn in den Wahnsinn zu treiben. Keine Wände. Überall Glas. Offensichtlich wollte man jedem Patienten ganz tief in die Neurose blicken können. Was für ein Elend!

Hier krochen sie rum. Männlein und Weiblein, alle auf dem gleichen Flur. Warum auch nicht? Sie waren jenseits von Gut und Böse. Es war so egal.

Zur Fütterung der Raubtiere waren wir gerade rechtzeitig gekommen. Als Vorspeise gab es Omca und Valium, als Nachspeise Valium und Omca. Deswegen dösten die meisten im permanenten Dämmerzustand vor sich hin. Trotzdem rannte eine Frau immer wieder mit dem Kopf gegen die Wand. Eine andere lag auf dem Boden und weinte. Ein Mann stand neben seinem Eingangsloch – die Türen waren für diesen Wohnbereich wohl noch nicht geliefert worden – und schlug mit seinem Schuh auf ein Schild ein, das dort hing. *Rauchen verboten* stand darauf. Vielleicht war er ja passionierter Raucher und konnte das Schild nicht leiden.

Rico teilte seinen Glaskastenbereich mit zwanzig anderen Patienten. Und das meinem Rico! Wenn er nicht bereits als paranoider, schizophrener Selbstmörder aktenkundig gewesen wäre, morgen früh hätte man das gleich nachholen können.

Trotzdem war er längst nicht so erschüttert wie ich. »Du holst mich ja sowieso morgen früh hier raus. Die paar Stunden überlebe ich schon.«

»Ich verspreche dir: Morgen früh um Punkt acht Uhr bin ich hier!«

»Nein!« schrie er entsetzt. »Nein! – Das darfst du nicht!« Er warf seinen Kopf an meine Schulter und weinte bitterlich.

»Du darfst mich nicht verlassen. Bitte, bitte verlaß mich nicht!« Sein ganzer Körper bebte.

»Rico, ich kann doch nicht hierbleiben! Das erlauben sie nie!«

»Aber draußen im Auto!« schluchzte er. »Du mußt das Auto vor mein Zimmer fahren, und ich bleibe hier am Fenster stehen. Wenn ich winke, dann antwortest du mir mit dem Blinker. Du darfst aber nicht einschlafen! Sonst denke ich, du bist nicht mehr da. Dann werde ich verrückt.«

»Ich verspreche es. Ganz bestimmt. Ich fahre nur schnell zum nächsten Geschäft und hole mir ein bißchen Käse und Brot für die Nacht.«

»Nein!« schrie Rico wieder. »Das darfst du nicht! Wenn dir unterwegs was passiert! Dann kommst du nicht wieder, und ich bin hier lebendig begraben.« Er war die Panik in Person. Ich versuchte, ihn so gut wie möglich zu beruhigen und versprach, daß ich die ganze Nacht lang blinken würde. Als ich sein Zimmer verließ, saß er auf seiner Bettkante, wie ein Reisender, der auf den Zug wartet. »Meinen Koffer nimmst du gleich wieder mit. Kein Stück von mir darf hierbleiben. Gar nichts. Bring sofort alles zum Auto und fahr vor mein Fenster!«

Kein Abschied. Nichts. Uns würden ja nur zwei Glasscheiben trennen.

Auf dem Weg in die große Freiheit sprach ich noch kurz in der Küche vor. Dort sägten sie gerade Weißbrote klein. Aber abzugeben hatten sie natürlich nichts. Wo gäbe es denn so etwas? Erstens war ich keine Patientin, und zweitens war ich nicht angemeldet.

Unterwegs mußte ich an dem großen Servierwagen vorbei, der die zugeteilten Portionen zu den Patienten fuhr. Da vergriff ich mich an mehreren Tellern. Aber das fiel, glaube ich, unter Mundraub. Ich mußte schließlich durchhalten. Es ging um Leben und Tod.

Rico hat das ihm zugeteilte Bett überhaupt nicht benutzt. Er stand die ganze Nacht lang am Fenster und winkte. Ich blinkte zurück. Manchmal winkte er so verzweifelt, daß ich die Lichthupe aufblitzen ließ. Ich hatte keine Schwierigkeiten, ihn zu sehen, denn der Glaskasten war taghell erleuchtet.

Und auch mein Mundraub – die drei Scheiben Brot im Vorbeigehen – war mir vorzüglich bekommen. Nichts zu spüren von dem Versprechen: »... wenn du etwas stiehlst, bleibt es dir im Halse stecken.«

Innerlich entschuldigte ich mich zwar bei den geprellten Patienten. Falls sie ihre Omca-Vorspeise noch nicht intus hatten, konnten sie sich beschweren. Danach hätten sie ohnehin nicht mehr gemerkt, daß ihnen etwas fehlte.

Omca und Valium, die Allheilmittel für die kranke Seele. Damit wurden sie alle außer Gefecht gesetzt. Schön hoch dosiert, damit Ruhe herrschte. Aber was hatte ich denn erwartet?

Vielleicht, daß man sich um die ganz individuellen Probleme meines Mannes kümmerte. Warum er sich umbringen wollte. Was dahinter steckte. Und vor allem, wie man ihm helfen konnte. Wenn alle Leute, bei denen das Nervenkostüm von Motten zerfressen war, nur mit den Allheilmitteln abgespeist wurden, dann blieb der Mottenfraß trotzdem erhalten. Die Löcher wurden noch nicht einmal notdürftig gestopft.

Aber wenn ich ganz ehrlich war, dann hatte ich mehr als das Stopfen von Löchern erwartet. Vielleicht hatte ich sogar insgeheim gehofft, daß sie hier in diesem Hause einen psychoanalytischen Blick auf Rico werfen und sagen würden: »Ach so, na, das haben wir gleich!«

Doch als ich die vielen elenden Gestalten die Flure entlangschleichen sah, war jede Illusion mit ihnen davongeschlichen. Hier wurde nicht geheilt. Hier wurde ruhiggestellt. Dann wurde noch abgewartet und beobachtet. Entweder ging es dem Patienten irgendwann besser – oder auch nicht.

Hier wußten sie kein Zauberwort, das helfen konnte, meinen Mann zu heilen, ihn von seiner seelischen Not zu befreien. Dies war eine Aufbewahrungsanstalt für geistig nicht mehr anwesende Menschen, sonst nichts.

Im Radio wurde eine Verdi-Nacht gesendet, so ganz nach meinem Geschmack. In Opern wird immer so schön gelitten. Und wenn man spürt, daß es anderen auch nicht besser oder sogar noch schlechter geht, kann man seine eigene Misere schon leichter ertragen. Zur Aufhellung meiner Stimmung stellte ich mir noch vor, daß ich ja genausogut in einer bitterkalten Winternacht bei minus 15 Grad und Schneesturm hier ausharren könnte. Einen leeren Magen gab ich mir auch noch zu bedenken. Danach ging es mir richtig gut. Ich lehnte mich zufrieden in meinem Autositz zurück und sah mich nun im Parkett der Mailänder Scala in elegante Garderobe gehüllt die schönsten Stimmen der Welt genießen.

Hatte ich in dieser Nacht nicht an die Konsequenzen, an das Morgen, das Danach gedacht? Daran, wie es weitergehen sollte?

Nein. Nicht einen einzigen Augenblick. Ich wußte nur: Hier konnte Rico nicht bleiben. Das wäre das Ende gewesen. In dieser Atmosphäre konnte ihm niemand helfen. Ich wollte alles tun, wirklich alles, wenn ich ihn nur erst wieder bei mir zu Hause hatte. Ich würde es schon schaffen.

Als ich mich am nächsten Morgen durch die Löcher im Glas bei Frau Dr. Heller anmeldete, ließ sie mir ausrichten, sie wünsche mich nicht zu sprechen. Ich sei uneinsichtig.

Nun, das durfte sie halten, wie sie wollte, denn in dem Moment trat Rico in die Schleuse. Noch ein Schritt, ein Knopfdruck, und die Freiheit lag ihm zu Füßen.

Nie wieder haben wir eine so durchschlagende, langfristig wirksame Therapie für ihn gefunden, wie diese eine Nacht im Irrenhaus.

Wir fuhren in die Berge. Sie lagen zum Greifen nah und leuchteten viel zu einladend in der Morgensonne, um sie ungenutzt dort liegen zu lassen. Unterwegs kauften wir ein Bauernbrot, sieben Sorten Käse, Butter, zwei Pfund Tomaten, eine Gurke und drei Flaschen Milch. Dann machten wir Picknick an einem bewaldeten Seeufer.

Der Himmel versprach einen wundervollen Tag. Er hielt sein Versprechen. Während ich unförmige Scheiben von dem noch ofenwarmen Bauernbrot mit drei Lagen Käse auf Buttermassen versorgte, rannte Rico von einem Baum zum anderen. Er umarmte und küßte jeden Stamm. Dann zog er sich aus und sprang ins Wasser. Dort tobte er wie ein liebestoller Delphin herum. Seine Freude war überwältigend. Als wenn seine Seele aus einem langen, einsamen Winterschlaf erwacht wäre.

Auch ich fühlte mich auf einmal froh und leicht. Ich konnte mein Glück kaum fassen.

»Bist du denn nicht müde?« Schließlich hatte er ja die ganze Nacht über nur am Fenster gestanden.

»Nein, Sascha! Nein! Ich könnte die ganze Welt umarmen!«

Aber dann umarmte er erst einmal mich. Von unserem fünfhunderter Sternchenvorrat hatten wir leider kein einziges Exemplar dabei. Die Dinger waren ja nie zur Hand, wenn man sie dringend brauchte. Wer konnte aber auch mit so etwas rechnen? Seit über einem halben Jahr hatten wir keine Verwendung mehr für sie gehabt. Aber was soll's, es würde wohl auch mal ohne gehen. Trotzdem mußte ich in Zukunft dafür sorgen, daß wir immer einen kleinen Vorrat im Auto mitführten. Man konnte ja nie wissen.

Die Vögel hatten sich verabredet, um uns eine Freude zu bereiten. In den Baumwipfeln, die wie Dächer über uns hingen, plusterten die kleinen Kerle ihr Federkleid und ölten ihre Stimmchen. Noch nie hatte ich die Laute der Natur mit so viel Andacht wahrgenommen. Wir lagen aneinandergekuschelt im Gras und lauschten. Kleine zarte Wolkenfetzen glitten über uns hinweg. Wir waren glücklich.

Es war der 5. Mai. Am Tag zuvor hätten wir eigentlich unseren zweiten Hochzeitstag feiern dürfen. Aber das fiel mir erst ein, als Rico auf unserem Heimweg vor einem Blumengeschäft anhielt und mit 48 dunkelroten Rosen zurückkam.

Er legte mir diesen Riesenstrauß in den Arm und sagte: »Für jeden Monat unserer Ehe schenke ich dir eine Rose, und nochmal 24 für die letzte Nacht.«

An diesem sonnigen Maitag läutete das Schicksal den schönsten Sommer unserer Ehe ein. Aber man erkennt das Glück nicht immer gleich, wenn es einem die Hand reicht.

8

Wir genehmigten uns noch einen Tag Urlaub, bevor wir uns beide ins Arbeitsleben stürzen wollten. Ein bißchen Erholung stand uns zu, meinten wir. Nach dem Frühstück wollten wir an den See fahren. Wir waren beide fast startklar. Aber erst gab es fritierte Bananen mit Käse und Ananas überbacken auf Toast. So hatte ich es jedenfalls geplant, als Rico von einem ausgiebigen Parklauf zurückkam.

Die Bananen brutzelten im goldgelben Fett, der Toast duftete. Auf dem Tisch brannten schon die Kerzen. Rico stürmte herein und mußte sofort mit mir tanzen. Er platzte vor Übermut. Als er seine Arme um meinen Hals warf, versuchte ich noch den Topf mit den Bananen aufzufangen. Aber es war zu spät.

Neben meinen Turnschuhen schmolz der Plastikfußboden unter dem heißen Fett. Von den Ärmeln meines Trainingsanzuges stieg ein widerwärtig stinkender Qualm auf. Wie kochende Chemiefasern, aber mit Beigestank.

Rico schlug vor: »Am besten ziehst du die Jacke gleich aus. Guck mal, der ganze Stoff hat sich schon aufgelöst.« Er griff ein Stück von dem qualmenden Ärmel und zog es hoch. Dabei hatte er dann auch gleich einen Fleischklumpen von meinem Arm mit abgezogen.

Ich dachte immer, daß Verbrennungen furchtbar weh tun. Aber erst einmal fühlte ich gar nichts und wollte die Bananen servieren. Da merkte ich, daß ich meine Hände nicht bewegen konnte. Trotzdem war ich davon überzeugt, daß ich höchstens ein kleines Loch in der Hautoberfläche hatte, wenn überhaupt.

Dann wurde ich bewußtlos.

Danach konnte ich das Servieren von fritierten Bananen vergessen. Ich lag auf der Intensivstation für Verbrennungen und tat jedem, der kam, um den Schaden zu besichtigen, entsetzlich leid. Meine Unterarme hingen mit Verbrennungen dritten Grades in unförmigen Apparaten, die sie stützen, aber nicht berühren sollten. Zum ersten Mal in meinem Leben war ich wirklich außer Gefecht gesetzt. Ich konnte noch nicht einmal mein Ohrläppchen kratzen, wenn es juckte. Und meine Wunden taten ja auch weh, aber eben längst nicht so, wie ich es hätte erwarten können.

Ich selbst hatte den Schaden wegen meiner mißlichen Gesamtlage bis dahin nicht in Augenschein nehmen dürfen.

»Der Schock kommt früh genug. Laßt ihr noch ein bißchen Zeit und Hoffnung«, hörte ich sie flüstern, wenn sie dachten, daß ich schlief. Meine Ohren waren vom kochenden Fett verschont geblieben, also wußte ich Bescheid.

Eines Morgens traten sie dann an. Zeit und Hoffnung hatte ich nun genug gehabt. Sie kamen in großer Besetzung und hatten einen Psychiater und ein Fotoalbum dabei, das mit abschreckenden Beispielen vollgeklebt war. Ich sollte mir mal zu Gemüte führen, wie Brandwunden aussahen, wenn sie aufgehört hatten, Brandwunden zu sein.

Dann beäugten mich alle Umstehenden, weil sie erwarteten, daß ich hysterische Schreikrämpfe kriegen würde. Ich habe sie bitter enttäuscht. Natürlich hatte ich schon vorher geguckt. Man interessiert sich ja schließlich für seine Blessuren. Und wenn jeder Wildfremde offiziell die Erlaubnis zum Gucken hatte und dabei Oh- und Ahhh- und Mein-Gott-Töne spuckte, dann mußte ich als Betroffene ja auch langsam mal wissen, was Sache war.

Nachts, bei violetter Notbeleuchtung, als der Wachhund zum Topf mußte, hatte ich mich aufgerichtet und den Schaden in Augenschein genommen. Durch die mehr oder weniger unterdrückten Schreckenslaute war ich vorgewarnt. Ich erwartete also von vornherein keine schöne, glatte Kinderpopohaut. Aber, ehrlich gesagt, ich hatte es mir schlimmer vorgestellt. Ich konnte zwar den Knochen erkennen, und alles sah mehr nach verkohlten Bratwürstchen als nach menschlichen Unterarmen aus. Aber es gab nun wirklich schlimmere Sorgen – die mir auf Wunsch auch auf der Stelle eingefallen wären – als zwei durch kochendes Öl entstellte Unterarme.

Von dem Tag an kassierte ich eine Besichtigungsgebühr von fünfzig Pfennig pro Auge eines jeden Betrachters. Zu irgend etwas mußte die ganze Sache ja gut sein. Sie kamen trotzdem gucken. Der große Meister für Verbrennungen hielt sich grundsätzlich ein Auge zu, wenn er an mein Bett trat. Geizkragen! Dabei verdiente er ein Vermögen an meinen Armen.

Inzwischen durfte ich mich bei Wohlbefinden aufsetzen. Ich befand mich nur noch wohl. Rico hatte Bücher gebracht. Alles, was ich mir an Literatur schon immer gerne gegönnt hätte, lag nun um mich herum verstreut. Er erfand einen kleinen Mechanismus für mich, auf dem das Buch stand und mit dem ich es bei Bedarf an meine Füße ziehen konnte, um mit dem großen Zeh die Seiten umzublättern. Sehr praktisch. Alle beneideten mich um diesen Traum von einem Mann. Rico lief zu absoluter Höchstform auf.

»Wozu hast du einen Ingenieur geheiratet?« Er war einfach zauberhaft. Und sein Ideenreichtum! Also sollte ich wirklich einmal ein Krüppel werden, dann saß ich mit ihm genau auf dem richtigen Dampfer.

Weil ich weder einen seelischen Schaden vorweisen konnte noch an Hautverpflanzungen interessiert war, durfte ich sehr bald nach Hause. Es wurde auch höchste Zeit. Die Nachbarin meiner Eltern hatte mir nämlich eine Brandsalbe geschickt. *Combudoron* von *Weleda* – mit ihren besten Wünschen für meine Arme. Leider war die Salbe homöopathisch und deshalb in der Klink verpönt. Wie die Habichte mußten wir aufpassen, wenn Rico meine Wunden heimlich damit bestrich. Man mußte nämlich so früh wie möglich mit dieser Salbe anfangen. Meine Arme sind dieser klugen Nachbarin heute noch dankbar.

Natürlich war meine Mutter schon vor mir in unserer Wohnung eingetroffen. Ihr armes Kind! Beidseitig geschient. Aber sie merkte sehr schnell, daß ich nicht nur ins heiße Fett, sondern auch in einen Glückstopf gegriffen hatte. Ich wurde verwöhnt wie eine Bienenkönigin, konnte nichts tun und brauchte mich noch nicht einmal mit einem schlechten Gewissen herumzuschlagen. Besser konnte es mir gar nicht gehen.

Also, wenn ich mir irgendwann einmal eine wirklich exklusive Krankheit aussuchen dürfte, dann würde ich bestimmt wieder meine verbrannten Unterarme nehmen.

Natürlich hatte die Krankheit auch gewisse Nachteile. Der allerschlimmste war der Gestank. Verbranntes Fleisch, 24 Stunden am Tag. In der Klinik war mir das gar nicht so aufgefallen. Erstens dachte ich immer, es stinken hauptsächlich die anderen – ich glaube, das denken wohl alle, die irgendwie riechen. Und zweitens hatte man anscheinend ein speziell für unsere Bedürfnisse konzipiertes Superlüftungssystem installiert.

Zu Hause aber war ich mir unerträglich – und den anderen bestimmt auch. Sie trauten sich bloß nicht, etwas zu sagen. So ergab es sich ganz automatisch, daß wir Freiluftfanatiker wurden. Der Sommer richtete sein Wetter auf unsere Bedürfnisse ein. Es hätte nicht schöner sein können.

Probleme gab es natürlich nachts. Was nützte das offene Fenster, wenn mir die stinkenden Arme direkt vor der Nase herumlagen. Der Not gehorchend, steckten wir sie abends in große Müllsäcke und banden oben zu. Doch es dauerte nicht lange, und die verbrannten Arme schrien nach Luft. Sie fingen an zu meutern und suppten, weil sie nicht eingesperrt sein mochten. Es war ein Hin und Her. Mal gewannen meine Arme, dann wieder meine Nase. Sie konnten sich nicht einig werden. Und ich lag immer genau dazwischen.

Aber es wurde ja besser. Und als ich nicht mehr ständig in die Klinik mußte, nahm Rico – ja, er war wirklich wieder einer der jungen, dynamischen Ingenieure im Beckerschen Team! – seinen Jahresurlaub, und wir fuhren alle nach Hause in den Taunus.

Es war ein Sommer im Paradies. Ich war noch nie so gerne krank. Solange ich denken konnte, hatte ich mir gewünscht, daß es mir einmal langweilig würde. Man hörte immer alle möglichen Leute über diese schreckliche Langeweile klagen, und ich wollte schließlich auch mal wissen, wie sich das anfühlte. Als ich noch in der Klinik lag, hatte ich mir vorgenommen: Jetzt oder nie. Mit dieser Krankheit schaffst du es.

Aber es wurde wieder nichts daraus. Ich konnte lesen, konnte denken, herumlaufen, lachen und mich freuen. Ich hatte immer zu tun. Außerdem wurde ich ständig mit Schaumomelett und frischen Himbeeren gefüttert. Ich mochte gar nicht wieder gesund werden.

Das Beste von allem aber war mein Mann. Mit der Zuverlässigkeit des Sonnenaufganges konnte ich meinen Rico im Glück jeden Tag von neuem genießen. Er schwärmte von seinem Mütterlein, lobte meinen Vater über den grünen Klee und freute sich seines Lebens.

Wenn wir im Wald spazierengingen, blickte er nur zu den Bäumen hinauf, um sich an ihrem Laub zu erfreuen. Nicht ein Mal fand er einen Ast so einladend, daß er sich gern daran aufgehängt hätte. Kein einziger *Umbringetag*. Keine bösen Träume. Keine Frontalangriffe auf meinen Hals.

Also, wenn eine Nacht in diesem Erlenhof das vollbracht hatte, dann trug das Haus die Bezeichnung Nervenheilanstalt wirklich zu recht.

Nun wollte ich Mutter werden. Unbedingt!

Wir waren glücklich, also wurde ich leichtsinnig. Man vergißt ja auch sehr schnell. Seelische Probleme gehörten einer verschwommenen grauen Vergangenheit an. Monatelang hatte ich das Wort ›umbringen‹ nicht mehr gehört. Rico war geheilt. Wir hatten eine Zukunft.

Zwölf Kinder zu haben war mein sehnlichster Wunsch. Dafür war neben meiner Mutter vor allem Curt Goetz mit seinem *Haus in Montevideo* verantwortlich. Seit Bodo seine Windeln gegen Lederhosen eingetauscht hatte, vermißte ich dieses Baby unsagbar. Sicher, ich hatte statt des zahnlos lächelnden kleinen Wunders im himmelblau bezogenen Wäschekorb dann einen Bruder, einen richtigen Freund bekommen. Aber ein Baby! Das war doch eine ganz andere Sache.

In meine Puppenmuttersteinzeit konnte ich damals natürlich nicht zurückfallen. Wenn so ein kleines Wesen erst einmal in den eigenen Armen gestrampelt hatte, war man eben für alle Zeiten verdorben. Seit Bodo zwei Jahre alt war, hatte ich versucht, meine Mutter zum Nachschub zu überreden. Aber: nichts zu machen. Sie hätte bei Bodos Geburt um ein Haar ihr Leben verloren, darum verweigerte der Arzt uns weitere Babies.

Nun war ich selbst dran. Ich konnte es gar nicht abwarten. Wegen meiner Verbrennungen war mir meine erste Arbeitsstelle verlorengegangen. Ich hatte meinen Einsatz dort wegen Ricos Krankheit verschieben müssen. Somit hatte ich meinen Dienst noch gar nicht angetreten, als das mit dem Öl passierte. Folglich nahm man übel. Mein zukünftiger Chef besuchte mich im Krankenhaus, warf einen kurzen Blick auf meine schwarzbraunen Bratwurstarme und verlor sofort jedes Interesse an mir. Es war ohnehin eine große, unpersönliche Klinik, auf deren Stationen der Individualismus und die Patientenseele am Stock gingen.

Als ich wieder in der Arbeitswelt mitspielen konnte, hielt das Schicksal für mich einen Job wie ein Schaumomelett mit Himbeeren bereit. Ich forschte ja für mein Leben gerne. Und in dieser Klinik durfte ich das nach Herzenslust tun und bekam sogar noch Geld dafür. Wozu so eine kleine Verbrennung doch gut sein konnte. Nun hatte ich nicht nur Zeit für meine Fortbildung, sondern auch für die Pflege meines Gluckentriebes.

Zielstrebig arbeitete ich auf meine Mutterschaft hin. Natürlich nicht ohne eine gewisse Diplomatie. Wer fällt bei einem so wichtigen Unternehmen schon mit der Tür ins Haus?

Erst einmal kaufte ich die gerade neu etablierte Zeitschrift *Eltern,* drapierte sie gut sichtbar zwischen Teetassen, Milchkännchen und Gebäck. Dann blätterte ich so auffällig und lieblich summend wie möglich darin herum. Rico hatte zu der Zeit jedoch nur Augen für unseren Elektronikkurs.

Eine neue Ära war gerade für uns angebrochen. Wir hatten das enorme Potential der Elektronik entdeckt. Nun schlugen wir uns mit Dioden herum, die bei zunehmender Durchlaßspannung einen stark ansteigenden Durchlaßstrom zeigten. Unterhalb des Schwellenwertes allerdings arbeitete die Diode jeweils recht hochohmig.

Ich las gerade einen interessanten Artikel über die Vorteile der Milupa-Kindernahrung. Die Kleinen waren aufgeweckt, zeigten einen guten Appetit und entwickelten sich prächtig. Auch dazu wurden Graphiken und Verlaufskurven geliefert. Sie sahen der Strom-Spannungs-Kennlinie für eine Silicium-Diode zum Verwechseln ähnlich.

Auf unserem Wohnzimmer-Eß-Experimentier-Tisch ging es nun hart auf hart. Integrierte Schaltkreise und Halbleiterkristalle gegen Penatenöl und Storch-Moden.

Ricos Herzenswunsch war ein Oszillograph. »Ein eigener Oszillograph! Stell dir bloß mal vor, Sascha, was wir damit alles machen könnten.«

Mein Herzenswunsch war ein Baby. ›Ein eigenes Baby! Stell dir nur mal vor, was wir mit dem alles machen könnten!‹ – Aber das sagte ich nicht. Noch nicht. Er war gerade zu sehr in seine npn-Transistoren verliebt.

Während ich blätterte, lauschte ich mit halbem Ohr seiner Vorlesung über Transistoren. »Hörst du auch gut zu, Sascha? Du weißt, bei deiner Abschlußarbeit kann ich dir nicht helfen. Du mußt schon eine bißchen aktiver werden.«

Ich war ja aktiv, aber eben auf einem anderen Gebiet.

– Jetzt oder nie: »Was hältst du eigentlich von Kindern, Rico?«

»Was für Kindern?« Er guckte nicht mal hoch.

»Unseren Kindern!«

Pause.

Es war ja doch ein gewaltiger Schritt von den Transistoren bis zur Brutpflege. Ich spürte, wie nun Ricos Gehirn, genauso wie die Elektrode, unterhalb des Schwellenwertes besonders schwerfällig arbeitete. Ein kühler Schauer lief an meinen Wirbeln entlang. Hatte ich einen Fehler gemacht?

Nach gründlicher Überlegung kam endlich eine Antwort: »Laß uns erst mal unseren Elektronikkurs fertig machen. Wir haben ja noch unser ganzes Leben vor uns.«

Ich wollte ihn nicht drängen, also wartete ich einen Tag, bevor ich wieder anfing zu bohren. Dieses Mal war es nicht der Elektronikkurs. »Vielleicht sollten wir uns erst einen Hund anschaffen und sehen, wie wir überhaupt mit der Erziehung klarkommen.«

Zwei Tage später brauchten wir eine größere Wohnung oder besser gleich ein Haus, und das sollten wir erst einmal abzahlen, bevor wir ans Brüten denken konnten. Ich vertagte meinen Babywunsch auf einen späteren, hoffentlich günstigeren Zeitpunkt.

Inzwischen besaß ich die ersten drei Monatshefte der *Eltern*-Zeitung und konnte an keinem Kinderwagen vorbeigehen, ohne einen zerfließenden Blick unter das Verdeck zu werfen. Von den Babies selbst war ja meistens nichts zu sehen, weil die Kissen so dick waren. Nun spielte ich mit dem Gedanken, mir auch einen Kinderwagen zu kaufen. Wenn ich das Kissen kräftig genug aufschütteln würde, dann könnte ich mir einbilden, daß ich …

Ach, ich war ja verrückt!

Was wollte ich eigentlich? Ich sollte mit dem zufrieden sein, was ich im Augenblick hatte: Unser Glück, unsere Liebe, unsere Gesundheit. Alles andere würde sich schon finden.

Trotzdem piekte ich winzige Löcher in unsere *Sternchen*. Manchmal muß man dem Schicksal eben ein bißchen auf die Sprünge helfen.

Nach einem wundervollen Weihnachtsfest in unserem Elternhaus beschloß Rico, daß er unsere Wohnung unter keinen Umständen weiter ertragen könne. Zu klein, zuviel Beton drumrum, kein Weitblick, keine Vögel am Fenster, keine Rehe vor der Haustür, bloß Autos. Es war überhaupt ein ganz unmöglicher Zustand. Ich glaube, auch die furchtbare Erinnerung an seine Krankheit hatte ihm unsere liebgewordenen vier Wände vergrault.

Das Allerschlimmste waren die Nachbarn. Leider ließen sie sich weder vermeiden, noch abschalten oder sonst irgendwie ungeschehen machen. Sie hörten nachts laute Musik – wir natürlich auch, aber das war ja nun ganz etwas anderes.

Dann zogen wir aus. Rico war fest entschlossen. Keinen Tag länger wollte er sich in dieser Hölle aufhalten. Vor allem war er gerade über das absolut ideale Wohnobjekt gestolpert – nach seiner Burg, versteht sich, der er immer noch intensiv nachtrauerte. Mindestens einmal pro Vierteljahr sprachen wir in dem gruseligen Gemäuer vor, damit Rico seinen Verlust auch richtig genießen konnte.

Kurz nach Weihnachten hatte ich im großen Rittersaal, in dem wir unsere Feste feiern wollten, ein riesiges Spinnennetz gefunden. Solche Ausmaße hatte ich noch nie gesehen. Und das Schönste war: Überall in den zarten Fäden hingen winzige Schneeflöckchen. Gerade frisch gefallen.

In dem Augenblick, als der einzige Sonnenstrahl des Tages durch das Loch im Dach auf dieses kleine Wunder der Natur fiel, drückte ich auf den Auslöser meiner Kamera, die fast immer mitreiste. Wenige Monate später gewannen wir mit dieser Photographie den ersten Preis in einem Wettbewerb. Zur Ehre kam obendrein noch ein Scheck von 2000 Mark ins Haus. Eine Werbeagentur hatte das Bild gekauft. Nun war der Wert von Ricos Burg natürlich ins Unermeßliche gestiegen.

»Du brauchst also nur noch neunundneunzig solcher Bilder zu machen, und wir können die Burg kaufen!« freute er sich über unseren Erfolg. Ich mochte ihm nicht sagen, daß dieser Wettbewerb nur einmal im Jahr ausgeschrieben wurde und seine Burg deshalb noch 99 Jahre ruinenselig vor sich hindämmern mußte, bevor wir sie wiederbeleben konnten.

Nun zogen wir also um, aber, wie gesagt, vorerst leider noch nicht in seine Burg, sondern in das Obergeschoß eines eben errichteten Zweifamilienhauses. Rico war außer sich vor Freude. Unten im Haus wohnte niemand, auch kein bellender Hund und keine ballspielenden Kinder. Und es würde auch in absehbarer Zeit kein Mensch dort einziehen, hatte ihm der Besitzer versprochen.

Rechts vom Haus, direkt unter unserem Wohnzimmerbalkon, lag eine Weide. Auf ihr kauten 28 Kühe in der warmen Wintersonne wieder. Eine von ihnen mußte gerade mal. Bloß gut, daß wir nicht unten wohnten! Auf der anderen Seite unseres neuen Zuhauses stand hoch erhobenen Hauptes die Dorfkirche. Eine ländliche Idylle, wenn man bedachte, aus welcher Betonwüste wir anrückten.

Inzwischen besaßen wir so gut wie alles. Vom Elektronik- und Photolabor bis zu einer Bibliothek, die mehr an einen Buchladen erinnerte als an den stolzen Besitz eines Privatmannes. Werkzeugkisten, bei deren Anblick so mancher Autohofbesitzer neidisch werden durfte. Auch ein halbfertiger Computer zog mit uns in die neue Wohnung, so groß wie ein ausgewachsenes Klavier und auch so schwer. Elektronisch hatten wir es bisher zwar erst auf die vier Grundrechenarten bringen können. Trotzdem platzten wir vor Stolz über das Monstrum, weil es eine Neuheit und selbstgebaut war. Alle lachten über unseren Computer. An ihrer Stelle hätte ich auch gelacht.

Ein Problem gab es: uns fehlte Stauraum. Wir hatten so viel unterzubringen und keine Schränke. Am Eingang zu einem Hinterhof in München entdeckte ich ein Schild: *Altmöbel zu verkaufen*. In dieser Baracke sollten meine kühnsten Träume in Erfüllung gehen. Der Inhaber, dem Aussehen nach ein arbeitsloser Ganove, hatte gerade eine Ladung ausrangierter Schränke von der Bundeswehr reinbekommen.

Es handelte sich dabei um schwer ramponierte Holzklötze von einem Meter Breite, gut einem Meter Höhe und einer respektablen Tiefe. Sie hatten unten zwei große Schubfächer, darüber zwei kleine, den Rest füllte ein Großraumklappfach. Also idealer ging es nun wirklich nicht mehr.

»Wolln se ein'n habn?« fragte der Ganove, der mich mit der gleichen Achtung beehrte wie die Pfützen in seinem Hof. Bei jedem seiner Worte rutschte ein bißchen Asche von einer feuchtgenuckelten Zigarre, die in seinem Mundwinkel hing, auf seinen Bierbauch ab.

»Ich nehme sie alle.«

Rico schwärmte ich vor: »Du kannst dir ja gar nicht vorstellen, was diese Möbel für ein Potential haben! Echtes Holz! Unverwüstlich!« Daß bereits ganze Armeen versucht hatten, diese Tatsache zu untergraben, erwähnte ich vorerst nicht.

Otto hatte sich freiwillig zum Umzugskommando gemeldet, weil er nicht wußte, was ihn erwartete. Er konnte sich für meine Holzklötze überhaupt nicht erwärmen, denn er sah wohl ihren tieferen Sinn nicht so richtig.

»Biste verrückt? Weißte überhaupt, wieviele Schubladen das sind?«

Ich wußte es. Ich konnte ja rechnen. Aber er moserte trotzdem weiter, mochte sich gar nicht wieder beruhigen. »Zwanzig olle Klotten! Das sind achtzig verdammte Schubkästen! Wenn de das nächste Mal umziehst, sag mir bloß Bescheid, damit ich rechtzeitig verreise.« – »... und dann auch noch nach oben ziehen!« fiel ihm gerade noch ein.

»Vierzig von den Schubladen sind klein«, wollte ich ihn trösten, aber er war viel zu schön in Stimmung gekommen, und die wollte er sich auf keinen Fall verderben lassen. Vor allem hätte er gerne unsere anderen Umzugsfreunde angesteckt. Die aber hatten an meinen Klötzen inzwischen die komische Seite entdeckt – wegen der vielen üppigen Busen. So etwas hatten sie überhaupt noch nicht gesehen. Ehrlich gesagt, ich auch nicht.

Als meine Anschaffung dort im matschigen Bauschutt stand, schäbig und angeschlagen, mit nackten, eingerissenen Pin-up-Girls auf der abgeblätterten Farbe, da mußte ich selbst all meine Phantasie zusammenkratzen, um in ihnen die eleganten Schrankwände wiederzuerkennen, die ich ursprünglich daraus bauen wollte. Vielleicht hatte ich mich mit meinem Großeinkauf doch ein bißchen übernommen.

Meine Mutter hatte sich inzwischen unseren Freund Otto zur Brust genommen. Ein paar Flaschen Bier und etliche Mettbrötchen später schleppte er unsere Schubladen bereits im Akkord.

Mein lieber Mann war nun schon über vier Stunden unterwegs, um ein Paket Schrauben zu besorgen, das wir in den nächsten Wochen irgendwann vielleicht einmal brauchen würden. Wahrscheinlich ließ er sich bei der Gelegenheit auch gleich noch die Vor- und Nachteile eines elektrischen und eines Zweitakt-Rasenmähers erklären. Ich glaube, Rico mochte Umzüge nicht.

Erst sein Magen rief ihn in unsere Mitte zurück. Da stand er nun, zwischen Kisten und Kasten, Computer und gemietetem Umzugslastwagen, warf einen traurigen Blick auf das Ganze und sagte: »Hier bleibe ich keine zwei Monate.«

Ich dachte, ich hätte mich verhört.

– Wir blieben keine zwei Monate.

Das Haus hatte etwas Nacktes, Ungeschütztes, aber das war nur äußerlich. Innen hatte es vor allem keine Heizung. Wir drehten uns an den Thermostaten die Finger krumm. »Laß mich noch mal ran!« Aber es half nichts. Die Heizungsanlage im Keller war nämlich noch nicht installiert worden. Der Februar war bitterkalt, und unser Vermieter nirgends aufzutreiben. Nach einer Woche waren wir stolze Besitzer von einem Dutzend Wärmflaschen, sieben Heizkissen und zwei Wärmedecken.

Wir hätten genausogut in Ricos Burg ziehen können. Viel kälter wäre es dort bestimmt auch nicht gewesen. Und in den alten Ruinen hätten wir wenigstens gewußt, wer nachts spukte. Bei uns wußten wir es nicht. Nur daß es spukte, das wußten wir genau. Es war beinah wie in Thorold Dickinsons Film *Gaslicht*. Die Nachttischlampe fing an zu flackern. Es raschelte. Es polterte. Stimmen hörten wir auch, nur zu verstehen war nichts. Autotüren klappten. Eine Maschine, die sich verdächtig nach einem Zahnarztbohrer anhörte, heulte auf. Dann herrschte plötzlich absolute Stille.

Immer genau in dem Moment, in dem wir unsere Ohren auf feinste Geräuschempfindlichkeit eingestellt hatten, machte es »Whummmmm« – »Whummmmm« – »Whummmmm« ...

Mir blieb das Herz stehen. Rico auch: »Nie wieder ziehen wir in die Nähe einer Kirche! Nie, nie wieder!«

Wir schliefen gerade ahnungslos in unserer arktisch-attraktiven Aufmachung inklusive Fellmützen und Fäustlingen unter je drei Federbetten versteckt, als plötzlich unsere Schlafzimmertür aufgetreten wurde. Vor unseren Nasen wedelte ein Uniformierter mit einem Hausdurchsuchungsbefehl. Das war ja mal etwas anderes. Rico war kreideweiß und blieb unter seiner Decke versteckt liegen. Ich meinte, wenn ich den Polizisten ein bißchen zur Hand ginge, dann fänden sie vielleicht schneller, was sie suchten.

Sie fingen an, unsere Kartons aufzureißen. Aber das war eigentlich nicht nötig. »Lassen Sie mal! Ich gebe Ihnen meine Packlisten, da steht hinter jeder Nummer ganz genau, was in dem jeweiligen Karton drin ist. Dann können Sie sich die Mühe sparen.«

Die Jungs sahen mich ungläubig an. Ich gab mich ganz jovial. Was sollten sie bei uns schon finden? Mein einziges Vergehen, an das ich mich so auf die Schnelle erinnern konnte, war, daß ich heimlich Löcher in unsere *Sternchen* gepiekt hatte. Aber deswegen würde der Staatsanwalt doch keine Wagenladung Polizisten anrücken lassen. Das Anpieken von Kondomen war schließlich eine reine Privatsache, fand ich.

Plötzlich fragte der Chef des Einsatzkommandos: »Was läuft eigentlich unten im Erdgeschoß?«

Davon wußte ich nicht viel. »Also eigentlich nichts. Nur ab und zu polterte es nachts. Aber der Hausbesitzer hat meinem Mann ja gesagt, daß er zwischendurch schon mal ein paar Sachen hier anliefern läßt.«

Das Interesse an mir und meinen sorgfältig geführten Packlisten erlosch schlagartig. Zehn Paar Stiefel polterten die Treppe hinunter. Ich hinterher. Das mußte ich sehen.

Ein Fuß trat die untere Wohnungstür ein.

Wir standen im Schlaraffenland.

So ein Warenlager hatte ich überhaupt noch nicht gesehen: Fernsehapparate, Stereoanlagen, Kameras, Pelzmäntel. – Und wir holten uns oben Frostbeulen. Wenn ich das gewußt hätte! – Feinste Lederwaren. Schmuck, der in einer überquellenden Truhe dem Schatz eines Seeräubers zum Verwechseln ähnlich sah. Und sogar Goldbarren. Zwei Polizisten hebelten eine Kiste auf; sie war randvoll mit gebündelten Geldscheinen.

Später stellte sich heraus, daß Rico unsere Wohnung von einem Gangsterboß gemietet hatte, dem das Haus gar nicht gehörte. Dem ursprünglichen Eigentümer war es vor der Nase weg versteigert worden, der neue wollte im Frühjahr fertigbauen lassen.

Wer konnte aber auch mit so etwas rechnen?

Unsere nächste Wohnung war ein Glücksfall. Wieder erster Stock in einem Zweifamilienhaus. Aber schon von außen sah es einladend und anheimelnd aus. Alte Bäume, ein schöner Garten, von dem uns die Hälfte zustand – auch was die Arbeit betraf.

Das Dorf, in dem wir nun wohnen sollten, war ebenfalls ein großer Schritt nach vorne. Wir stiegen von dreihundert auf dreitausend Seelen hoch. Die Häuser kuschelten sich in ein gewundenes, von dicht bewaldeten Hügeln umgebenes Tal. Die Sonne schien den ganzen Tag über irgendwo in eines unserer Zimmer. Und wir hatten eine Zentralheizung! Es war Luxus in Reinkultur.

Ich hatte Otto extra früh genug Bescheid gesagt. Versprochen ist versprochen. Aber dann verschob er doch seine Dienstreise um drei Tage, weil ihm meine Schubladen inzwischen wohl auch ans Herz gewachsen waren.

»Ich komme aber nur zum Schleppen, wenn deine Eltern auch wieder mitspielen.«

»Natürlich ziehen sie mit um! Was denkst du denn?«

Am Wochenende sollte es losgehen.

Zwei Tage vor unserem Großeinsatz waren wir bei einer Kollegin von mir zum Abendessen eingeladen.

»Ganz zwanglos, bei Kerzenlicht«, hatte sie gesagt. »Nur eine liebe Nachbarin, mit der ich seit Jahren befreundet bin.«

Wir traten ein, ganz das strahlend glückliche Ehepaar. Und wer saß dort als liebe Nachbarin meiner Kollegin?

Ich starrte auf den Sessel.

Die Liste der Menschen, denen ich in diesem sowie in keinem meiner nächsten Leben zu begegnen wünschte, war zwar nicht lang, aber diese Frau führte sie als einsame Spitzenreiterin.

Sie sagte: »Margret Heller. Ich freue mich sehr, Sie kennenzulernen.« Das hat sie wirklich gesagt. Und es klang noch nicht einmal ironisch.

Nach diesem Satz verzieh ich ihr alles, was in unserer gemeinsamen unrühmlichen Vergangenheit vorgefallen war. Rico konnte diese Frau in seiner Erinnerung nicht finden. Ja, er suchte noch nicht einmal nach ihr. Er hatte von seiner Erlenhoferfahrung nur so viel in sein Gedächtnis hineingelassen, wie er gebraucht hatte, um sich nicht wieder umzubringen.

Erst plauderten wir ungezwungen, dann bekam unser Gespräch Tiefe. Diese Frau hatte wirklich etwas zu sagen; sie war klug und interessant, ja sogar weise.

Rico übernahm galant die Rolle des Kavaliers, schenkte Wein ein und bot uns geröstete Erdnüsse an, nachdem er selbst genug gegessen hatte. Einmal verschwand er kurz zu meiner Kollegin in die Küche, um Nachschub zu holen.

Bevor ich meine wirren Gedanken ordnen konnte, sagte Frau Dr. Heller: »Es ist besser, wenn wir gar nicht davon reden. Vielleicht später einmal. – Allein.«

Allein. – Sie hatte offensichtlich vor, uns wiederzusehen. Da versteh mir einer die Psychologen.

Die neue Wohnung war ein Traum. Großer Südbalkon, von drei Räumen aus zu begehen. Sonniges Wohnzimmer mit Winkeln und Erkern. Schnuckeliges Schlafzimmer, ein großes Experimentier- und bei Bedarf Gästezimmer. – Und ein Kinderzimmer.

»Das wird unser Abstellraum«, beschloß der Vater in spe.

»Mal sehen, vielleicht fällt uns noch etwas Besseres ein«, sagte ich.

Mein Vater strich die Armeeschränke für dieses Zimmer sonnenblumengelb. »Dann ist es egal, ob es ein Junge oder ein Mädchen wird«, flüsterte er mir zu. Die Tapete hielten wir in einem zarten Primrose-Ton. Zwar wären mir Teddybären mit lustig bunten Luftallons in den Fäustchen lieber gewesen, aber ganz soweit waren wir noch nicht.

Bisher hatten wir weder unseren Elektronikkurs abgeschlossen, noch einen Hund erzogen, geschweige denn ein großes Haus gebaut und abgezahlt. Meine Argumente waren dünn. Das wußte ich wohl. Aber Frauen wird ja nicht umsonst nachgesagt, daß sie erfinderisch sind, wenn sie etwas durchsetzen wollen.

»Sag mal, Rico, sollten wir nicht Nelli und ihre Familie einmal einladen? Es ist das erste Mal, daß wir genug Platz haben, um sie alle unterzubringen.«

Rico mochte Nelli gern, und sie ihn sowieso. Ich hatte noch keinen Menschen getroffen, der seinem Charme widerstehen konnte. Aber zwischen meiner Schwester und mir gab es – nun, sagen wir – Meinungsverschiedenheiten.

Sie hatte sich verliebt und verlobt, dann geheiratet, inzwischen ihre beiden Kinder bekommen, mit ihrem

Mann ein Haus gebaut, ihren Beruf weiter ausgeübt und keine Probleme gehabt. Nie war sie mehr als ein paar Schritte von dem Schutz ihres Elternhauses entfernt gewesen, denn unsere Eltern hatten ihr die Hälfte ihres eignen Grundstücks geschenkt, damit der Hausbau für die junge Familie erschwinglich wurde. Nie hatte sie wirkliche Sorgen mit ihrem Mann oder ihren Kindern. Noch nicht einmal richtig krank sind sie gewesen. Das Gefühl, daß es nicht mehr weiterging, daß man am Ende war, hatte Nelli nicht kennengelernt.

Darum war ihr mein Leben ein Rätsel geblieben. »Ich verstehe dich nicht. Wenn du unglücklich bist, dann mußt du Rico eben in die Binsen jagen. – Wenn du ihn nicht in die Binsen jagst, dann bist du auch nicht unglücklich.«

So einfach war das – in ihren Augen. Dabei war ich gar nicht unglücklich. Aber ich hatte Sorgen. Und vor allem hatte ich Angst.

Mein Bruder Bodo sah uns anders, viel flexibler. Er war inzwischen neunzehn und nahm alles mit, was das Leben ihm zu bieten hatte: Autorennen, Pfadfinderferien, Liebeskummer, Schuleschwänzen. Schließlich wollte er Schiffbrüchiger werden. Und für dieses Berufsbild gab es noch keinen festumrissenen Ausbildungsplan. Wegen seiner außergewöhnlichen Intelligenz hatte er keine allzu großen Probleme in der Schule. Seine Lehrer sagten ihm zwar mangelnden Fleiß nach, aber weil er trotzdem nicht merklich nachhinkte – außer wenn er wollte – konnten sie ihm nicht so recht an die Lederhose.

Unsere geschwisterliche Liebe war uns durch alle Phasen des Lebens hindurch erhalten geblieben. Bodo kam uns mehrmals im Jahr besuchen. Ob auf dem Dachboden in der Eichendorffstraße oder in unserer ersten Wohnung, er hatte sich überall wohlgefühlt.

Leider konnte er nie lange bleiben. »Wenn du wenigstens mal was Anständiges kochen würdest, dann könnte man ja über eine Woche reden. Aber so! Als Schwester bist du unschlagbar. Als Frau würde ich dich verstoßen.«

Er kannte eben seit der Muttermilch nichts anderes als Gourmetfreuden zu Hause. Außerdem kam er mit dem Fahrrad angereist und brauchte für die knapp vierhundert Kilometer gute zwei Tage. Dadurch verkürzte sich die Zeit bei uns automatisch.

Es war Mai, und alles blühte, als Nelli kam. Das war natürlich nicht unser Verdienst, aber es half. Sie fühlte sich schon wohl, bevor sie das Haus betreten hatten. Ihre drei Männer um sich geschart, füllte sie unsere Wohnung mit Familienleben. Unsere beiden kleinen Neffen waren mit ihren fünf und drei Jahren genau das richtige Kaliber für Rico. Ihr Erlebnishunger, ihre Abenteuerlust und ihr Sinn für Unsinn entsprachen so ziemlich genau seinen eigenen Wünschen.

Um sich und ihnen einen Gefallen zu tun, hatte Rico eine Kutsche mit zwei Ponys gemietet. Schließlich mußte er seinen Neffen etwas bieten.

»Ponys sind sehr launisch!« warnte uns der Besitzer.

Wie ein römischer Krieger stand Rico hoch auf dem Wagen und feuerte die Ponys an: »Hossssa! – Hossssa!«

Die Kutsche rührte sich trotzdem nicht. Erst als ich mit einer Handvoll Zuckerstückchen vor der Deichsel herging, kam endlich Leben und auch ein bißchen Bewegung in die Minirösser.

Unter anspornenden Rufen und wildem Peitschenknallen zockelten wir über Waldwege dahin. Rico mochte keine vorgeschriebenen Routen, also mußte es querwaldein gehen. Damit hatte er den verkappten Streithengsten aus der Seele gesprochen. Nun legten sie los.

Plötzlich stoppte ein markerschütterndes Wiehern und gleich darauf ein berstendes Krachen, das sich verdächtig nach Genickbruch anhörte, unsere rasende Fahrt. Im ersten Moment konnten wir nicht genau sagen, welche Genicke gebrochen waren. Jeder glaubte zunächst an sein eigenes.

Ein Baumstamm hatte quer über unserer Rennbahn gelegen.

Die lieben Tierchen waren auf der einen, wir und die Kutsche auf der anderen Seite des gefallenen Baumes zum Stehen gekommen.

»Wir müssen den Baum drunter wegziehen«, sagte mein Schwager, weil er praktisch dachte.

»Wir müssen umkehren«, sagte Nelli, weil sie Angst hatte.

»Wir müssen Hilfe holen«, sagte ich, weil ich auch Angst hatte.

»Wir jagen die Gäule drüber, daß die Schwarte kracht«, sagte Rico. Was Rico sagte, wurde gemacht. Schließlich verstand er etwas von Pferden.

Ponys zurück, »Marsch! – Marsch!« Sie wollten zwar nicht, aber wer konnte diesem Mann schon widerstehen. Und: »Hosssssa!«

Die Schwarte krachte – genau wie Rico gesagt hatte –, und die Deichsel auch. Zwei der Räder machten sich selbständig und mähten eine Reihe unschuldiger Maiglöckchen nieder. Die Kutsche selbst lag plattnasig vor dem Baumstamm. Und die Ponys, die zeigten jetzt, wie sie flitzen konnten, wenn sie wollten. Geistesgegenwärtig wetzte mein Schwager hinter ihnen her. Aber Gäule, auch die Miniaturausgaben, sind verdammt schnell, wenn sie weg wollen.

Meine Idee war gut.

Als wir wieder allein waren, fragte Rico mich: »Sag mal, Sascha, es wäre doch eigentlich ganz schön, wenn wir auch ein paar Kinder hätten. Was meinst du?«

Na also.

Aber: »Zuerst müssen wir natürlich mal einen Namen finden.«

Daran hatte ich überhaupt noch nicht gedacht. Ich war mir auch gar nicht sicher, daß die Namensgebung wirklich der erste Schritt zum Kinderkriegen ist. – Da war doch noch etwas anderes ...

Aber wir hatten einen Anfang gemacht.

»Ich möchte gerne, daß er Peer heißt«, sagte ich schnell. Ich hatte doch immer nur meinen kleinen Kinderkopf vor Augen.

»Wie kommst du denn darauf? Wir kennen doch überhaupt keinen Peer.«

»Nein? – Mein Mann, der Vater unseres kleinen Sohnes, heißt Rico Peer, und deshalb soll unser Sohn Peer heißen.«

»Also ich weiß nicht«, grübelte er. »Ich wäre für Candide. Ja. Ich glaube, ein Sohn, der Candide heißt, der würde uns stehen.«

»Candide ... – Candide ... – Candide ...« Ich sprach den Namen unseres Sohnes in unterschiedlichen Tonlagen aus, weil ich ausprobieren wollte, wie er mir gefiel. Doch er kam bei mir irgendwie nicht so richtig an. ›Candide, komm mal Nase putzen.‹ – ›Du hast aber fein A-a gemacht, Candide.‹ – »Also Rico, ich weiß nicht.«

»Ist dir überhaupt bewußt, warum ich diesen Namen für unseren Sohn gewählt habe?«

Das hörte sich sehr verdächtig nach einer Fragestunde in Sachen Allgemeinbildung an. Dabei hatte ich mir unseren Auftakt zum Kinderkriegen eigentlich etwas anders vorgestellt. Trotzdem antwortete ich gehorsam:

»Voltaire, Francois Marie Aouet, 1694 bis 1778. Er schuf seinen *Candide* im Jahre 1759 und beschrieb in dem Roman die Abenteuer dieses anfangs geradezu unerschütterlich gutgläubigen Helden. – Und wenn wir eine Tochter bekommen, dann soll sie doch wohl nicht etwa Cunégonde oder zu gut deutsch Kunigunde heißen, wie Candides verwelkte Frau?« Mir gefiel die Richtung, in die sich die Planung der kleinen Ortmünder entwickelt hatte, überhaupt nicht.

»Bloß nicht Kunigunde! Scheußlich! Nein, unsere Tochter heißt natürlich Candida«, meinte Rico.

»Nein!« rief ich entsetzt. »Ich will keine Tochter haben, die so heißt wie ein Fußpilz!«

»Was hast du denn? Candida kommt aus dem Lateinischen und bedeutet: die blendend Weiße, die Lautere. Das ist ein sehr schöner, bedeutungsvoller Name«, behauptete der noch immer nicht werdende Vater.

»*Candida albicans* ist eine besonders widerwärtige und hartnäckige Art von Sporenpilz, allgemein als *Soor* bekannt. Therapieresistent bis zum Geht-nicht-mehr. Du kannst ihn bei infizierten Patienten an sämtlichen Schleimhäuten und auch an der Hautoberfläche bewundern. – Aber nicht in unserer Wiege!« Also wenn das so weiterging, dann konnte ich meine ganze Mutterschaft an den Nagel hängen.

Wir waren in eine Sackgasse geraten. Vielleicht sollten wir die Sache andersherum aufziehen und erst einmal schwanger werden. Aber zu diesem Teil des Kinderkriegens war der noch nicht werdende Vater leider schon zu müde.

»Vielleicht morgen. – Oder nächste Woche.«

Also gingen wir erst einmal Arm in Arm in das künftige Kinderzimmer und richteten es vor unserem geistigen Auge ein. Die Wiege sollte so stehen, daß die Sonne sie streicheln konnte. Unseren Wickeltisch wollte Rico unbedingt selbst konstruieren.

»Was da heute angeboten wird, ist ja ausgesprochen traurig. Die Leute sind so einfallslos.« Er aber hatte Einfälle: ausklappbarer Abfalleimer, versenkbarer Korb für die Windeln, Hebebühne für Babypflegemittel, ausschwenkbares Tablett. Über dem Wickeltisch ein von Rico selbst entworfenes, laubgesägtes Mobile mit erzieherisch wertvollen Figuren. Unser Baby würde den Himmel auf Erden vorfinden. Rico war in seinem Element, nahm Maß, skizzierte mit leichter Hand und machte Notizen.

Dann ging er ins Bett und nahm achtundvierzig Schlaftabletten der Marke *Mogadan*, die er sich von einer Dienstreise aus England mitgebracht hatte.

Als ich merkte, was die Uhr geschlagen hatte, war es leider schon fünf Minuten vor zwölf. Die ganze Nacht lang hantierte ich mit Magensonde und Franzbrannt-Einreibungen, Spritzen und Riechsalz, mit Eisbeuteln für den Kopf und heißen Wickeln für seinen zitternden Körper. Es war grauenvoll!

Stundenlang versuchte ich den Vater von Candide und Candida von einer Seite auf die andere zu drehen, um ihm den letzten Rest des *Mogadans* aus dem Magen zu spülen. Zum Glück hatte er ein außergewöhnlich starkes Herz. Manchmal fragte ich mich, wie er diese Torturen überhaupt aushalten konnte.

Trotz meines inzwischen wirklich schon reichen Erfahrungsschatzes in Sachen Lebensrettung wurde es jedesmal schwieriger. Ich geriet immer mehr in Panik. Irgendwann einmal würde ich zu spät kommen. Irgendwann einmal würde ich nicht an seiner Seite sein, um ihn zu retten. Irgendwann ...

Wann würde das sein?

Leider wußte ich inzwischen nur zu gut, daß der Tod immer auf uns lauerte. Unberechenbar und ohne Warnung schlug er zu. Unsere glücklichsten und unsere traurigsten Stunden waren ihm ebenso recht wie eine tiefe seelische Katastrophe. Der Tod war nicht wählerisch.

Am späten Vormittag war Rico endlich soweit. Er hatte das Schlimmste überstanden. Nun durfte er schlafen. Als er tief und ruhig atmete, nahm ich ihm schnell noch Blut ab, damit ich den Schaden der letzten Nacht besser einschätzen konnte. Dann ging ich duschen und fuhr in die Klinik. Aber ich konnte keinen klaren Gedanken fassen. Ich war hin- und hergerissen zwischen dem Mann meines Lebens und meinem kleinen Kinderkopf.

Woher nahm ich eigentlich die Gewißheit, daß unser heißersehntes Baby wirklich das ach so wundervolle Zuhause vorfinden würde, das ich ihm wünschte? Konnte ich denn davon ausgehen, daß Rico mit der Verantwortung für sein Kind die Selbstmorde ersatzlos streichen würde?

Seine *Umbringetage* hatte er nach dem Erlenhof leider nur einige Monate ausgesetzt. Seit wir in unserer sibirischen Behausung gezittert hatten, waren sie zu neuem Leben erwacht. Herbst und Winter waren nun mal nicht seine Jahreszeiten. In der Eiseskälte unserer neuen Wohnung war die Situation schlichtweg grauenvoll gewesen:

Kein Telefon, kein Krankenhaus weit und breit, keine Menschenseele in der Nähe, die ich kannte. Dann streikte bei minus 26° auch noch unser Wagen. Rico wäre mir beinah unter den Händen gestorben.

Aber das Schlimmste war, glaube ich, der Schock, daß die Umbringerei überhaupt wieder angefangen hatte. Nun würden sich in ein paar Monaten erneut die Blätter färben. Und trotzdem versuchte ich mit aller Macht, meine egoistischen Babywünsche zu verwirklichen. Hatte ich überhaupt das Recht, ein kleines, hilfloses Wesen in diese Welt zu setzen? Mit dem, was ich ihm zu bieten hatte?

Nein, unsere Babys mußten noch ein Weilchen auf ihren Klapperstorch warten. Sie würden das bestimmt verstehen. Sie sind ja vernünftiger, als man denkt.

Aber wie sollte ich das meinem Gluckentrieb beibringen?

Rico erholte sich überraschend schnell von den Nachwehen seines *Mogadan*-Konsums. Es war ein Wunder, wie wohl er sich nach einer solchen Katastrophe immer wieder fühlte.

9

Alle Leute fuhren in den Süden. Jahr für Jahr kamen sie braungebrannt, gut erholt und zu neuen Taten bereit aus irgendwelchen sonnigen Gefilden zurück. Das mußten wir auch einmal probieren.

»Wir sind keine Massentouristen, bedenken Sie das bitte«, klärte Rico die Frau hinter dem Schreibtisch im Reisebüro auf. Nun wußte sie nicht so recht: »Ja, was wollen Sie denn? Strandnähe, deutsches Essen, deutsches Bier und ein Hotel mit Disco?« Weil sie das ja alle von ihr wollten.

»Aber nein. Wir brauchen eine ruhige, einsame Bucht, eine freistehende Privatvilla oben auf einem Felsen, der ziemlich steil zum Wasser abfällt. Von allen Zimmern unseres Hauses aus muß man einen Blick über das Meer haben. Zum Privatstrand muß eine Treppe hinunterführen. Ach ja, einen Koch und ein Hausmädchen brauchen wir auch.«

Damit waren wir für Neckermann gestorben. Wie immer gestalteten sich unsere Wünsche so ganz anders als die der unkomplizierteren Mitmenschen.

Trotzdem, wir fanden unser einsames Haus auf dem Felsen mit Privatstrand und Treppe sowie atemberaubendem Weitblick über das tiefblaue Meer. Mit dem Koch und dem Hausmädchen konnte man leider nicht dienen. Aber es gab eine Señora aus dem Dorf, die im Notfall aushalf. Wir waren ein Notfall.

Alle hatten davon geschwärmt, wie unglaublich preiswert dieses Spanien doch war. »Billiger als zu Hause!« Wir bezahlten ein Vermögen. Und freuten uns trotzdem; unser erster Urlaub. Ein verspäteter Honeymoon am blauen Meer.

»Zum Teufel mit den paar Kröten!« sagte Rico. Das sagt man ja immer, wenn man die Kröten nicht hat.

Unsere Planung war an Perfektion nicht zu übertreffen. Wir packten einen beinahe kompletten Haushalt, sowie genug Lebensmittel für eine Überquerung der Sahara mit ungewissem Ausgang ein. Des weiteren reisten 82 Bücher mit. – »Man weiß ja nie genau, wonach einem gerade zumute ist«, meinte Rico. *Die Leiden des jungen Werther* fuhren auch mit an die Costa Brava. Spanische Reiseberichte mit speziellem Akzent *Kulturhistorische Schätze* durften auf keinen Fall fehlen, denn: »Wir können unseren Fuß nicht auf alte Kulturstätten setzen, ohne zu wissen, daß es alte Kulturstätten sind.« Nein, das konnten wir natürlich nicht.

Meine Mutter machte sich Sorgen: »Kind, stell dir bloß vor, wenn ihm dort etwas passiert. Du weißt ja gar nicht, an wen du dich wenden kannst. Ich habe richtig ein bißchen Angst um euch.«

»Mach dir doch keine unnötigen Gedanken. Was soll uns denn schon passieren? Alle Leute fahren in Urlaub und kommen heil wieder.«

Dabei wußten wir beide genau, woran wir dachten. Meiner Seele schlotterten ja auch die Knie, wenn ich mir die vielen Möglichkeiten vor Augen hielt. Der Tod schlug immer dann zu, wenn man ihn am wenigsten erwartete. Nach diesem Telefonat packte ich noch einen zweiten Koffer mit Notfallmedizin. Meine Magensonde sowie anderes lebenswichtiges Handwerkszeug fuhren auch mit in Urlaub.

Spanien war wundervoll. Die Sonne, das Meer, die Einsamkeit. Ich hätte am liebsten ganztägig im Schatten der Palmen auf unserer Terrasse gelegen und auf das Meer geschaut. Das Rauschen der Wellen unter uns war Balsam für meine Seele, die Ruhe ein Geschenk des Himmels. Ich konnte mir nichts Schöneres vorstellen.

Doch da hatte ich mich geirrt. Die Kultur rief, wir mußten folgen. Der erste Ruf führte uns nach *Ampurias*, einer alter Ruinenstadt. Sie wurde um 580 vor Christus im hohen Norden Spaniens unter dem Namen *Emporion* gegründet. Ein beeindruckendes altes Gemäuer, das Rico schmerzlich an seine geliebte Burg erinnerte. Hier in Ampurias hatte man durch ausgedehnte Grabungen noch eine zweite Siedlung, eine hellenistische Stadt aus dem zweiten und ersten Jahrhundert vor Christi Geburt ausgebuddelt. Und natürlich war auch Caesar mit von der Partie. Ohne ihn lief damals nichts in diesem Teil der Welt. Seine Leute hatten westlich der hellenistischen Stadt eine römische Kolonie gegründet, die wesentlich größer als die Altstadt war.

Drei historische Städte übereinander! Das war schon eine reife Leistung. Ich kletterte über Jahrtausende alte Ruinen und photographierte. Rico saß mit Skizzenblock auf bröckelndem Mauerwerk und zeichnete. *Ampurias* war wirklich eine Reise wert.

Trotzdem sehnte ich mich nach unserer Terrasse. Das hatte außer den Blasen an meinen Füßen noch einen anderen Grund, aber den habe ich niemandem verraten. Ich träumte dort unter südlicher Sonne von unseren Babys. Ganz ungestört hielt ich sie in Gedanken in meinen Armen. Ich sprach sogar mit ihnen.

Es hatte mich erwischt. Ich mußte bei mir einen handfesten Brutfimmel diagnostizieren. Und den konnte ich in dieser südländischen Pracht und Herrlichkeit mit weitem Blick auf blaues Meer so richtig schön pflegen. Ich zerfloß vor Sehnsucht.

Leider nicht für lange. Dann wurde ich von Rico zur leitenden Assistentin der Unterwasserfilmerei ernannt. Die Tatsache, daß ich nicht schwimmen konnte, wurde aus der Welt geschafft, indem er sie ignorierte: »Du nimmst Schwimmärmel und bleibst hauptsächlich an der Oberfläche«, bestimmte er. Ich betete, daß er recht behielt.

Wir waren ein hervorragendes Team. Rico trieb mir die Prachtexemplare vor die Linse, und ich drückte ab oder ließ die Filmkamera surren. Je nachdem, zu welchen Staraufnahmen die Fische bei mir vorstellig wurden.

Dieser Mann war im Wasser in seinem Element. Allein die Freude, ihn so glücklich zu sehen, trieb mich jeden Tag wieder ahnungslos ins kühle Naß. Er glitt geschmeidig über den Meeresboden, dirigierte mit geschickter Hand ganz vorsichtig die schillernden Exemplare auf mich zu. Inzwischen war ich eine richtige Expertin für Unterwasseraufnahmen geworden. Belichtung, Reflexe, alles hatte ich im Griff.

Dann wendete sich das Blatt. Wir waren schon mindestens eine Stunde bei der Arbeit, da merkte ich plötzlich, daß wir vergessen hatten, meine Schwimmärmel aufzublasen. Ich schnappte nach Luft, aber es war keine da. Also schnappte ich Wasser. Je mehr ich schnappte, desto tiefer sank ich. Alles um mich herum drehte sich wie ein Karussell. Und bevor ich mich überhaupt besinnen konnte, war ich ertrunken.

Als mein Lebensretter mir genug Wasser aus den Lungen gedrückt hatte, kam ich langsam wieder zu mir. Das war das vorläufige Ende meiner Karriere im Filmgeschäft.

Mir wurden ein paar Tage Schonzeit auf der Terrasse zugestanden. Dort warteten bereits unsere Kinder sehnsüchtig auf mich. Sie wollten einfach nicht mehr von meiner Seite weichen.

In Ermangelung richtiger Babys adoptierten wir einen streunenden Kater. Winzig klein, kaum eine Handvoll, und ausgesprochen liebesbedürftig. Rico hatte ihn aus einer Felsspalte gerettet und sah in ihm nun das ideale Lebewesen für unser Versuchsprogramm in Sachen Kindererziehung. Ich selbst hatte keine Ambitionen in pädagogischer Hinsicht. Ich brauchte nur etwas zum Streicheln.

Abends hielt Rico mir Vorträge über die See und ihre Bewohner. Im offenen Kaminfeuer grillte ein knuspriges Hähnchen. Die Sterne der südlichen Nacht funkelten über uns.

»Was meinst du, Sascha, sollten wir uns nicht morgen mal nach einem Ferienhaus wie diesem für uns hier in der Gegend umsehen? Teuer kann das ja nicht sein.«

Wieder war ich der Spielverderber. – Schade.

Trotzdem erzählte Rico mir in dieser Nacht von seinen Freunden, den Delphinen. Ich war immer wieder fasziniert von dem unendlichen Wissen meines Mannes.

»Kannst du dir vorstellen, daß die Delphinbabys zwölf Monate lang nur im Schatten ihrer Mutter schwimmen? Sie werden ein ganzes Jahr lang von ihr gesäugt. Nie weichen sie von ihrer Seite. Anfangs haben die Babys mit dem Atmen Probleme, weil die Lungen noch nicht genug entfaltet sind. Dann drückt ihre Mutter sie immer etwas länger unter Wasser und läßt sie nicht zum Luftholen an die Oberfläche, bis sie mit der Zeit mehr und mehr Lungenkapazität entwickeln. Man hat früher geglaubt, daß die Mütter ihre Babys ertränken wollten, aber das war natürlich Unsinn. Eine Tiermutter würde so etwas nie tun. Sie würde ihr Junges niemals im Stich lassen. – Und umbringen? – Also ganz unmöglich!«

Dann entstand eine lange Pause mit vielen Gedanken, die wie Wellen kamen und wieder vergingen. Ich fühlte es genau: Rico dachte an seine Kindheit.

»Ich meine, Sascha, wenn wir erst einmal genug Geld haben, dann kaufen wir uns eine Segelyacht und betreiben für den Rest unserer Tage Delphinforschung. So wie Jane Goodall mit ihren Schimpansen. Das wird dir gefallen! An Land brauchen wir dann eigentlich nur noch selten zu kommen. Wir leben hauptsächlich auf dem Wasser. Nur wir beide, du und ich, und das große weite Meer. Was meinst du?«

Es war ein wundervoller Urlaub. Sorglos, glücklich, sonnig und voller Harmonie. Rico schwärmte begeistert: »Das machen wir von jetzt ab mindestens zweimal im Jahr.«

Nur gut, daß wir nicht wußten, was ihm bevorstand. Er würde sein geliebtes Spanien nie wiedersehen.

Braungebrannt, frohgelaunt und todmüde von der langen Reise fuhr ich den Wagen vor unsere Haustür, stellte den Motor ab und seufzte erleichtert: »Wenn wir noch zehn Minuten weiter weg gewohnt hätten, dann wäre bestimmt ein Unglück passiert. Meine Blase meutert schon seit mindestens siebzig Kilometern.«

»Meine auch. Der Apfelsaft vom letzten Parkplatz ist angekommen. Aber bitte: Ladies first. Bei uns herrscht doch Ordnung«, stellte Rico lachend fest.

Während ich meine Autotür öffnete und meine Beine ausstreckte, sagte ich: »Wäre es nicht herrlich, Rico, wenn es jetzt einen Knall geben und wir schon im Bett liegen würden?«

»Knall? – Es wird gleich einen Knall geben. Aber dann liegen wir nicht im Bett, sondern ich zerschmettert vor dem Zug!« Sprach's und war auch schon ausgestiegen. Die Dunkelheit hatte ihn sofort verschluckt.

Ließ mich einfach hier sitzen.

Nach *dem* Urlaub!

Wie vom Donner gerührt, umklammerte ich das Steuer.

Mit allem hatte ich während der letzten tausend Kilometer gerechnet; Achsenbruch wegen Überladung, an Altersschwäche oder Hitzschlag verendeter Motor, Ärger mit dem Menschen vom Zoll, der unsere siebzehn Liter geschmuggelten Anisschnaps roch oder unseren illegalen spanischen Kater ohne Personalpapiere fand. Mindestens aber eine Reifenpanne, das konnte man doch erwarten.

Nichts. Sämtliche Schutzengel müssen für uns um die Wette geflogen sein. Noch vor zehn Minuten hatten wir das Lied von seinem *friendly star* gesungen, im Kanon. Und das alles, damit Rico sich jetzt vor einen Zug warf?

Eine Eisenbahnstrecke ist kein gutes Terrain, wenn man einen Selbstmord verhindern möchte. Das Getriebe knurrte mich an, als ich den Rückwärtsgang einlegte und … Ja, wohin fuhr ich eigentlich? Wo sind denn Bahngleise überhaupt? Sie sind doch endlos!

Ich versuchte mein Glück am nächsten Bahnübergang und kroch seitlich in jedes Gestrüpp. Äste und Zweige schlugen mir erbarmungslos ins Gesicht. Ich rief so verzweifelt nach Rico, daß ich glaubte, diesen Ruf müsse er hören. – Selbst wenn er schon tot war. Ich weinte in meinen Rocksaum. Ich hatte doch wieder kein Taschentuch dabei.

Sollte er etwa zum Bahnhof gelaufen sein?

Dort war es totenstill. Es war ja schon spät. Ich kletterte über einen Zaun, der selbst für Elefanten ein würdiges Hindernis gewesen wäre, und rannte die Gleise entlang. Mit Schotter garnierte Eisenbahnbohlen sind furchtbar, wenn man es eilig hat. Aber ich rannte weiter. Ich rannte ja um sein Leben.

Plötzlich wurde mir klar, daß ich vielleicht in die falsche Richtung hetzte. Im gleichen Augenblick hörte ich hinter mir ein ohrenbetäubendes Getöse, das einem Erdbeben zum Verwechseln ähnlich war. Bevor ich mich umdrehen konnte, schleuderte mich eine unbändige Kraft durch die Luft. – Dabei dachte ich immer, man würde Züge schon von weitem hören.

Dann spürte ich als erstes, daß mein linker Fuß höllisch weh tat. Dazwischen fehlte mir ein Stück meines Lebens. Etwas Warmes tropfte von meinem Kinn auf meine Hand, und ich hatte einen widerlich bleiernen Geschmack im Mund.

Als ich aufstehen wollte, gehorchten mir weder mein Fuß noch mein Gehirn. Ich kippte seitlich weg und dachte gerade noch »... wie ein halb gefüllter Wassersack.« Dann herrschte Stille. Den Aufschlag brauchte ich zum Glück nicht mehr mitzuerleben.

Es muß wohl eine ganze Zeit gedauert haben, bis ich wieder auftauchte.

Mühsam raffte ich meinen zerschundenen Körper hoch und dachte: »Wenn ich den Schmerz einfach ignoriere, müßte es gehen.« Und es ging. Langsam zwar, sehr langsam, denn mein Fuß schrie bei jedem Schritt auf. Aber ich hörte gar nicht hin. Mein Kopf streikte sowieso. Er hatte mit sich zu tun.

Nach einer Ewigkeit kam der Bahnhof schwankend auf mich zu. Als ich auf unseren verlassenen, mit Urlaub vollgestopften Wagen zuhumpelte, wirkte er gar nicht so verlassen und war auch längst nicht mehr so vollgestopft. Im gleichen Augenblick setzte sich auffallend schnell ein schmutziggrauer VW-Bus in Bewegung. Das Licht hatte der Fahrer nicht eingeschaltet. Statt dessen legte er sich auf die Hupe. Das Signal galt wohl seinem Kumpel. Ich mußte meinen Kopf mit beiden Händen festhalten, damit er nicht zersprang. Der angehupte Kollege, von dem ich bisher nur die Hosenbeine kennengelernt hatte, wand sich mühsam, Po voran, unter meinem Lenkrad hervor. Er war gerade soweit. Mein Motor lief.

Dann hatte er mich voll im Visier. Er mochte mich nicht. Ich ihn auch nicht. Ich hätte ihn gerne gehauen. Aber er war schon drei Schritte weg, in Richtung auf den nicht mehr anwesenden VW-Bus. An der Stelle, wo der Mann gerne zugestiegen wäre, bremste er nun schlagartig ab. Der Groschen fiel bei ihm wohl etwas langsamer.

Plötzlich brüllte er los. Was er sagte, kam bei mir nur sehr dünn an, wie durch einen Wattebausch. In ein paar Sätzen war er dicht neben mir. Ich mußte seine Fuselfahne riechen. Nun war mir noch schlechter. Als ich mich neben meinem Auto übergeben mußte, machte der Kerl eine wegwerfende Handbewegung und verschwand. Ich war es offensichtlich nicht wert, daß er sich mit mir duellierte.

Als ich endlich zu Hause vorfuhr, lag mein lieber Mann unter der alten Eiche neben unserer Haustür ausgestreckt in einem Gartenstuhl und schlief den Schlaf der Gerechten. Unser spanischer Kater kuschelte sich in seinen Schoß. Es gab keinen friedlicheren Anblick. Nur ich paßte so gar nicht in dieses Bild einer schönen, heilen Welt.

Unser Kater wachte zuerst auf, um mich zu begrüßen. Er freute sich vorbehaltlos. Rico dagegen forderte eine umgehende, lückenlose Auskunft über mein Aussehen sowie meine nächtliche Abwesenheit und überhaupt: »Man könnte fast glauben, der Knall, den du dir gewünscht hast, hat dich wirklich erwischt.«

Dabei war es stockdunkel. Er hatte noch gar keine Gelegenheit gehabt, mich in voller Schönheit zu bewundern.

Mir war nicht nach Lachen zumute. »Stimmt. Nur lag ich nach dem Knall nicht wie gewünscht in unserem Bett, sondern mit ausgerastetem Gehirn und Fuß auf spitzen

Schottersteinen. Außerdem sind wir jetzt unsere Kameras und Urlaubsfilme, all unsere Reisepapiere, Schecks, das restliche Geld und das meiste Gepäck los. Nur das kaputte Schlauchboot ist noch da.«

Rico war überzeugt, daß es sich dabei um einen netten kleinen Scherz meinerseits handeln sollte, lachte herzlich und gestand mir: »Weißt du, Sascha, ich bin gar nicht erst zu den Schienen gegangen. Ich glaube, es wäre ohnehin kein Zug mehr gekommen. Und auf einmal fand ich die Idee sowieso nicht mehr gut.«

Leider änderte er später seine Meinung dann doch wieder. In den nächsten Monaten würde ich einen siebenten Sinn für den Fahrplan der Deutschen Bundesbahn entwickeln und hatte nicht nur sämtliche Züge im Kopf, sondern auch ein Fingerspitzengefühl für Verspätungen und Sonderfahrten.

Ein paar Tage danach aßen wir zu Hause in aller Gemütlichkeit Pekingente mit Ananas und Reis. Plötzlich fiel ich um. Einfach so, ohne Vorwarnung. Ich dachte noch: »Mein Gott, ist mir schlecht«, und dann dachte ich nichts mehr.

Als ich wieder aktiv am Leben teilnehmen konnte, hörte ich ein Martinshorn und fand mich als Grund dafür auf einer Trage im Krankenwagen. Rico saß mit in Falten gelegtem Gesicht neben mir und hielt meine Hand.

Im Krankenhaus waren alle sofort ganz rührend um mich besorgt. Blutdruck? Ja doch, hatte ich. Reflexe? Hatte ich bestimmt auch. Mir fehlte eigentlich nichts. Mir war nur so schlecht. »Wie schlecht? Wollen Sie sich übergeben?«

»Ja, danke.« Aber es war noch nicht genug Pekingente da, und deshalb lohnte es sich nicht richtig. Trotzdem wollte ich gerne weitermachen. Um mir das Ganze ein wenig zu erleichtern, setzte ich mich auf. Wer übergibt sich schon gerne im Liegen? Die Idee war nicht gut, denn nun tauchte ich geistig wieder ab.

Als ich nach meiner Zwangserholungspause langsam wieder mitspielen wollte, hörte ich Rico hinter einer weißen Wand.

»Ja, ja, das habe ich mir schon gedacht.«

»Hat Ihre Frau das schon öfter gemacht?« fragte eine männliche Stimme.

»Also in dieser Form bisher noch nicht. Jedenfalls hat sie noch nie versucht, sich vor einen Zug zu werfen, wenn Sie das meinen.«

Ja, genau das meinte er. Sie besprachen offensichtlich gerade meinen stark ramponierten Allgemeinzustand. Die dumme Sache mit meinem nächtlichen Alleingang an den Schienen war ja erst fünf Tage her und hing mir noch sehr nach. Selbst ein Laie sah, daß mir der Zweikampf, auf den ich mich eingelassen hatte, nicht bekommen war. Mein linker Fuß war noch in Gips verpackt.

Nun wurde mir schwarz vor Augen. Aber nicht, weil ich mich wieder von dieser Welt zurückziehen mußte, sondern vor Wut. Ich wurde nämlich gerade eben zu einer potentiellen Suizidkandidatin gestempelt. Ausgerechnet ich!

Rico kam und warf einen mitleidigen Blick auf mich. Er sah in mir nun die arme verhinderte Selbstmörderin und küßte meine Stirn.

Dann schob man mich in ein Zimmer, veranstaltete einen unprofessionellen Striptease mit mir und wickelte mich in ein weißes OP-Hemd. Jeder Handgriff saß. Einmal dachte ich, sie brechen mir den Kopf ab. Aber das stimmte nicht.

Dann wurde die Tür zugeknallt.

Warum müssen Türen eigentlich immer geknallt werden? Die Patienten wissen auch so, daß sie mitten in die Kaffeepause geplatzt sind. Sie können ja riechen.

Beim stillen Überdenken meiner Lage wünschte ich zum ersten Mal, daß ich ein kleines bißchen dichter an den Schienen gewesen wäre. Aber dieser Gedanke war so flüchtig, daß er sich gar nicht in meinem Kopf einnisten konnte.

Auf Samtpfötchen schlich eine Stimme an mein Ohr; mütterlich, liebevoll, einfühlsam. Vielleicht war ich ja gestorben und gerade dem ersten Engel begegnet.

Die Stimme blieb. – Ich war nicht tot. Leise und vorsichtig tastete sie sich an mich heran. Und sie gehörte auch keinem Engel, sondern einer Patientin, der ich ihre Einzelzimmeratmosphäre vermasselt hatte. Sie bemühte sich wohl schon etwas länger um mich. Sie streichelte meine Hand, und ich schlief ein. Ich hatte mich noch nicht einmal bei ihr vorgestellt.

Am nächsten Morgen wurde mir klar, warum ich ein OP-Hemd anhatte. Meine Seele sollte herausoperiert werden. Alle kamen und stocherten in ihr herum. Doch ich hatte auf Stockfisch geschaltet und war stumm. Trotzdem mußte ich aufpassen, denn wie ich den Laden inzwischen kannte, würden sie mir bestimmt gerne die Ohren amputieren, um weiter innen nach möglichen Gehirnschäden zu forschen.

Ich blieb stumm und machte meinen Mund überhaupt nicht mehr auf, noch nicht einmal zum Essen. Trinken wollte ich. Aber dazu brauchte ich den Mund nicht aufzumachen. Ich hatte ja einen Strohhalm.

Eine verstockte Suizidkandidatin. Das gefundene Fressen für die hauseigenen Nervensägen. Sie kamen in Scharen angetrabt, ließen mich überhaupt nicht mehr in Ruhe. Je weniger ich sprach, desto mehr interessierten sie sich für mich.

Ich wollte das bei nächster Gelegenheit unbedingt einmal im normalen Leben ausprobieren. Ob das da wohl auch funktionierte oder ob die lieben Mitmenschen einen einfach links liegen lassen würden? Ich hatte ja noch nie so bewußt und mit konstanter Bosheit meine Schotten dicht gemacht.

Dann kam Rico. Bei ihm wollte ich nicht mauern. Aber was sollte ich sagen? Und sobald ich den Mund aufgemacht hätte, wären die Nervensägen wie die Aasgeier gekommen, um tiefer in meine Seele reinzuhacken. Das wollte ich nicht. Außerdem nahm ich ihm übel, daß er mich ans Messer geliefert hatte. Mir seinen Selbstmord in die Schuhe zu schieben! Das war schon ein harter Brocken.

Also schlief ich. Fest, ruhig und tief atmend. Liebevoll beugte er sich ganz dicht zu mir herunter. Ich hätte so gerne meine Arme um seinen Hals geschlungen.

»Sie schläft. Ihre Frau schläft fast immer. Sie tut mir so leid«, sagte mein Schutzengel neben mir leise.

Rico freute sich über ihre Anteilnahme und überschüttete sie mit seinem Charme. Er lachte mit ihr, versprühte Humor und war überhaupt nicht zu bremsen. Auch von ihr nicht, die immer »pssst – pssst« sagte. »Wir dürfen Ihre Frau nicht stören. Ich glaube, es geht ihr sehr schlecht.«

Rico brachte einen tragbaren Fernsehapparat, drei Blumensträuße für Bräute, meinen Trainingsanzug, Turnschuhe, 21 Bücher (Goethes *Werther* war auch dabei – immer dieser *Werther!*), einen Radiowecker, die halbfertigen Ärmel und die Wolle der Jacke, die ich gerade für ihn häkelte, und je eine Wurzel und einen Stein für die Dekoration meines Bett-Tischchens.

Kein Nachthemd, keine Seife, keine Zahnbürste – auch keine Binden, dabei wußte er doch Bescheid.

Ich hörte fasziniert zu. Ein Mann wie ein Traum. Er flirtete unverbindlich, plauderte vergnügt, erzählte lustige Geschichten aus unserem Leben und berichtete über die Eßgewohnheiten unseres Katers und warum wir ihn nicht kastrieren ließen. Kein Wort über mich.

Wenn ich nicht ich gewesen wäre, hätte mich diese amüsante Unterhaltung richtig aufgemuntert. Aber ich war ich. Und ich litt. Nicht nur wegen der Unterhaltung.

Rico hatte sich verabschiedet. Es war still geworden. Da spürte ich wieder die Hand dieses Engels von einer Frau auf meinem Arm.

»Ich heiße Maria Stein, und ich weiß, daß Sie nicht schlafen. Aber wenn Sie nicht sprechen möchten, dann lassen Sie Ihre Augen schön zu und ruhen sich weiter aus. Ich passe schon auf Sie auf.«

Sie war viel zu lieb, als daß ich mich weiter vor ihr verschließen konnte. Außerdem war sie mir zugetan. Diese Frau wollte nichts von meiner Seele. Sie wollte auf mich aufpassen. Ich hatte plötzlich das Gefühl, daß ich genau diesen Schutz brauchte.

»Das ist lieb von Ihnen. Aber woher wissen Sie, daß ich nicht schlafe?« Meine ersten Worte an sie nach vierundzwanzig Stunden.

»Wenn Sie schlafen, dann weinen Sie. Sie weinen ganz leise vor sich hin, man kann es kaum hören. Jetzt weinen Sie nicht.«

Warum hatte ich nichts davon gewußt?

»Sagen Sie, warum wollten Sie sich eigentlich umbringen?«

Jetzt fing ich doch an zu weinen, obwohl ich gar nicht schlief. Es ging ja auch ohne. Natürlich wußte sie, daß ich mich mit einer Lokomotive der Deutschen Bundesbahn angelegt hatte. Eine Visite ist ja so etwas wie eine öffentliche Veranstaltung. Vom Bauchnabel bis zur Brustwarze und was es sonst noch gibt, alles wird auf der Bühne des Krankenzimmers freigelegt. Sie hatte Extrasystolen. Ich war zwar stumm, aber nicht taub. Und diesen Herzstolperern konnte man weder medikamentös noch mit guten Worten beikommen. »Vielleicht die Wechseljahre. Warten Sie mal ab.«

Mein Schutzengel Maria sprach weiter sanft auf mich ein: »Sie haben einen zauberhaften Mann. Noch nie ist mir ein so fröhlicher, interessanter Mensch begegnet. Er sprüht ja geradezu vor Charme und Lebensfreude. Richtig raumfüllend. Man muß ihn einfach gerne haben. Sie haben wirklich keinen Grund, sich das Leben zu nehmen. Sie sollten glücklich sein.«

Frau Stein streichelte immer noch meinen Arm. Es tat mir so gut.

»Das ... das war ein Unfall!« schluchzte ich. »Bitte glauben Sie mir doch!« Sie glaubte mir. Sofort. Und sie streichelte weiter meinen Arm, hielt meine Hand. Auf einmal fragte sie: »Sagen Sie mal, haben Sie Herzschmerzen?«

Jetzt mußte ich nachdenken. – Herzschmerzen ...? – Ich hatte mich in der letzten Zeit mehr auf meinen Kopf konzentriert. Im Brustkasten gluckste es zwar ab und zu, als wenn sich Luftblasen durch eine Wasserleitung zwängten, aber sonst?

»Warum Herzschmerzen?« wollte ich wissen.

»Sie haben auch Extrasystolen. Jedenfalls fühlt sich das so an. Ich habe ja zehn Jahre Erfahrung damit.«

Als sich die nächste Nervensäge an meiner Seele vergreifen wollte, fuhr sie ihn an, daß er sich gefälligst erst einmal um mein Herz kümmern sollte, bevor er in meiner Seele herumstocherte.

Am nächsten Morgen wurden wir beide an ein Überwachungs-EKG angeschlossen. Nun lagen wir da; jede mit acht fünf Zentimeter langen Nadeln in der Brust. Wir trauten uns kaum noch zu atmen. Zum ersten Mal war ich froh, daß die Natur meinen Busen vergessen hatte. Meine Bettnachbarin dagegen war gut versorgt worden und hatte zwei stramme Buben gestillt. Sie mochte noch weniger atmen als ich.

»Das haben wir nun davon. Hätte ich bloß meinen Mund gehalten«, schimpfte sie.

Natürlich hatte ich Extrasystolen. Lehrbuchreife sogar. Deswegen hatte diese erfahrene Frau sie auch sofort aufgespürt. Aber sie nützten mir nichts. Als ich am Nachmittag aufwachte, stand Frau Stein mitsamt ihren Drähten an meinem Bett und schüttelte aufgeregt meinen Arm.

»Sie müssen mir unbedingt die Telefonnummer Ihrer Eltern geben. Stellen Sie sich vor, Sie sollen morgen früh auf die Geschlossene verlegt werden. Wenn Sie erst mal in der Nervenklinik sind, dann ist es aus! Glauben Sie mir! Wir müssen etwas unternehmen, und zwar sofort!« Dann klingelte sie Sturm.

Als die Schwester anfangen wollte zu motzen, rief Frau Stein: »Ich muß sofort meinen Mann anrufen! Es ist furchtbar dringend!«

Sie war so überzeugend hysterisch, daß sie umgehend von ihrem Überwachungs-EKG abgenabelt wurde. Mit ihrem Portemonnaie und den Kabelenden in der Hand lief sie den Flur entlang zum Telefon. Beim Laufen taten die Nadeln im Busen noch mehr weh.

Vier Stunden später trafen meine Eltern ein. Bis zu diesem Anruf hatten sie mich auf einer Dienstreise vermutet. Rico hatte ihnen das erzählt, als sie mich am Telefon sprechen wollten. »Man muß sie ja nicht unnötig aufregen«, würde er später erklären.

Nun standen sie unter Schock. Bei einer am ganzen Körper grün und blau gefärbten Tochter sahen sie rot.

Meine Mutter war Schocks gewohnt. Sie organisierte umgehend meine Entführung. Der Stationsarzt wurde herangeläutet.

»Wir nehmen unsere Tochter mit.«

»Das geht nicht! Sie wissen ja gar nicht, worum es hier geht.«

»Wir nehmen unsere Tochter mit, und zwar sofort. Ob es Ihnen paßt oder nicht.«

»Aber so lassen Sie sich doch erklären ... Sie haben ja keine Ahnung.« Er strampelte mit Händen und Füßen.

»Ich sagte Ihnen bereits zweimal, daß wir unsere Tochter mitnehmen. Entweder geben Sie uns jetzt die Papiere zum Unterschreiben, oder wir gehen ohne Unterschrift.« Wenn meine Löwenmutter sich etwas in den Kopf gesetzt hatte, dann saß es. Vollkommen sinnlos, sich dagegen zu wehren.

»Wenn Sie eine Kollegin schon so schlecht behandeln, dann gnade Gott Ihren anderen Patienten.«

Nun staunte er. »Ja, das wußten wir ja gar nicht, daß Ihre Tochter ... Also, das tut mir wirklich schrecklich leid!«

Bei meiner Einweisung war ich als Hausfrau ohne Talent zu Buche geschlagen, offensichtlich in Ermangelung besseren Wissens. Und mich hatte ja niemand gefragt. Ich war bloß suizidverdächtig. Genau deswegen hatten sie mich schon nach ein paar Stunden wieder von den langen EKG-Nadeln erlöst. Meine schönen Extrasystolen, lehrbuchreif oder nicht, paßten doch gar zu gut in mein depressives Gesamtbild und wurden nun *vegetative Dystonie* genannt.

Meine Bettnachbarin durfte ihre Extrasystolen auch weiterhin als Extrasystolen erleiden. Da sie über vierzig war, konnte sie einen möglichen Herzmuskelschaden als Ursache aufweisen.

Meine Mutter unterschrieb alles, was für meine rechtmäßige Entführung erforderlich war. Dann packten meine Eltern ein: Fernsehapparat, Trainingssachen, 21 ungelesene Bücher, den Stein, die Häkelärmel und den Radiowecker. Die Wurzel mußte wegen Platzmangels zurückbleiben. Seitdem liegt dieses schöne, knorrige Exemplar bei Maria Stein im Vorgarten. Mein Schutzengel ist meine Freundin geworden.

Mein Vater fuhr vorsichtig, wegen meiner blauen Flekken. Ich lag hinten im Auto und wurde mit Hühnersuppe aus der Thermoskanne versorgt. Wir kamen erst nach Mitternacht zu Hause an. Meine Eltern hatten mich sofort mit zu sich in den Taunus genommen, denn Rico war inzwischen auf einer Geschäftsreise im Ausland. Er hatte sich darauf verlassen, daß ich in der Klinik in den besten Händen war. Dort wußte man ja über meinen Zustand genauestens Bescheid.

Am nächsten Morgen wurde meine Mutter aktiv. Zur Teezeit brauchte ich nicht mehr schmucklos in die Welt zu blicken, denn nun besaß ich eine Halskrause, um die Queen Elisabeth I. mich beneidet hätte. In meinem Innenleben war nämlich ein Halswirbel angebrochen und hatte sich verschoben.

Außerdem durfte ich jetzt einen echten Gehirnschaden mein eigen nennen. Eine Blutung hatte dort auf ein paar Zellen gedrückt, die ich dringend zum Denken benötigte. Trotzdem wollte ich unter keinen Umständen ins Krankenhaus.

Meine Mutter konnte sich nichts Schöneres vorstellen, als mich zu Hause gesundzupflegen. Es war alles wie gewohnt: Schaumomelett mit Himbeeren, Liege im Schatten des Kirschbaumes. Sie hat sogar für mich gesungen. – Es klang wie Himmelsmusik mit Harfenspiel.

Zu jedem Frühstück lag auf meinem Tablett auch ein kleiner Morgengruß von ihr. Einmal schrieb sie neben winzige gepreßte Blüten, die sie auf zartes Japanisches

Papier aufgeklebt hatte: *Für die guten und die weniger guten Zeiten Deines Lebens, mein Kind: Auch dieses wird vergehen.*

Das hätte ich mal hinter der Spanischen Wand wissen sollen.

Nachdem ich wieder gesund war, kam eine schwierige Zeit auf uns zu. Rico hatte die Eisenbahnschienen und ihr enormes Potential für seine Zwecke entdeckt.

Hatte ich sein Auto gehört? – War er zu den Schienen gelaufen? – Wo war er jetzt? – Welcher Zug fuhr gerade in seine Richtung?

Ich war der Verzweiflung nahe.

Es gab natürlich zwischendurch auch gute Tage. Aber es mußte etwas geschehen. Letztendlich entschlossen wir uns dann doch zu einer Psychoanalyse mit anschließender Therapie.

Wir hatten gerade die ersten drei Sitzungen hinter uns, dann kam Rico von einer kurzen Dienstreise aus Rußland zurück und konnte seinen Arm nicht mehr bewegen. Drei Tage zuvor war er kerngesund abgeflogen. Während er die Anlage besichtigte, hatte er plötzlich starke Schmerzen bekommen, vor allem im Bauch, aber auch im Kopf und im Nacken. Inzwischen ging es ihm wieder etwas besser. Nur essen mochte er nicht, und sein rechter Arm rührte sich seitdem nicht mehr. Die Winkelstellung hatte er sich von einem Bumerang abgeguckt.

Rico würde später einmal sagen: »Das war der Anfang vom Ende.«

Zunächst aber sahen wir eher belustigt auf diesen steifen Ellenbogen. So schlimm konnte es ja nicht sein. Er hatte sich weder gestoßen, noch sonst irgendwie verletzt. Es war also nur eine Frage der Zeit, und diese kleine Unpäßlichkeit würde vorüber sein.

Der Orthopäde punktierte das steife Gelenk ebenso schmerzhaft wie erfolglos. Danach verordnete er einen Gipsverband. Rico wurde krankgeschrieben. Bevor der Gips richtig trocken war, ging der linke Ellenbogen in die gleiche Stellung und rostete ebenfalls ein. Nun trug er beide Arme im Gips. Damit wurde es für ihn schwierig, ohne helfende Hände fertig zu werden. Ich kannte mich ja aus mit doppelseitigen Verletzungen.

Sein Mütterlein kam und schüttete all ihre Liebe über ihm und seinen Gipsarmen aus. Er wurde verwöhnt, gepflegt, geduscht, rasiert, gefüttert, an der Nase gekratzt, ins Bett gebracht und zugedeckt. Und seine Seele balsamierte sie gleich mit ein. Sie wußte nur zu gut: »Unser Junge hat Probleme.«

Als die Gipsschalen ein paar Wochen später entfernt wurden, sah es traurig aus. Der Muskelschwund war beeindruckend. Sämtliche Kraft war aus seinen Armen gewichen. Seine Gelenke waren noch genauso unbeweglich wie vorher.

»Vielleicht sollten wir ihm die Arme brechen«, schlug der Orthopäde halbherzig vor. Als er mein entsetztes Gesicht sah, lenkte er schnell ein: »Ich meinte ja auch nur ...«

»Und was versprechen Sie sich davon? Doch nur, daß er dann zu seinen jetzigen Problemen auch noch gebrochene Knochen hat.« Manchmal mußte man wirklich am Verstand seiner Mitmenschen zweifeln.

Ohne Gips lebte es sich natürlich leichter. Rico war zwar unbeholfen, aber mit ein bißchen Geduld würde es sicher irgendwann besser werden. Sein Mütterlein wurde dringend zu Hause gebraucht. Nach vier Wochen lief das Leben ohne sie dort auch nicht mehr so reibungslos ab. Sie fuhr für eine Woche in den Taunus zurück.

Kaum war sie dort angekommen, hatten wir neue Sorgen. Ricos Füße schwollen plötzlich an, von den Zehnägeln bis hinauf zum Knie. Ödemen von diesem Ausmaß war ich bisher weder persönlich noch im Lehrbuch begegnet. Einfach beängstigend! Die Schmerzen grenzten ans Unerträgliche. Seine Füße waren vollkommen unbeweglich. Der Orthopäde schlug wieder sein Allheilmittel Gips vor. Und ich war auch noch dumm genug, das zuzulassen.

In der Nacht wurde Rico fast wahnsinnig vor Schmerzen. Seine Beine waren weiter angeschwollen. Er kam in seinen Gipsverbänden beinahe um. Ich bestellte einen Krankenwagen und fuhr mit ihm in die nächste Klinik.

Aber nein: – »Wo denken Sie hin? Das Abnehmen von Gipsverbänden ist doch kein Notfall! Was bilden Sie sich eigentlich ein? Wir haben hier wirklich Wichtigeres zu tun!«

Also fuhren wir beide auf dem gleichen Weg wieder nach Hause. Ich holte die Werkzeugkiste und eine große Wanne mit Wasser und zersägte die nun fast aufgeweichte weiße Gipsschale selbst.

Es war grauenvoll! Rico schrie, weil sich ihm bei jeder Berührung die Haarspitzen krümmten. Ich konnte vor Tränen kaum noch etwas sehen und durfte dennoch nicht aufhören zu sägen. Ich wollte ihm doch helfen, und trotzdem bereitete ich ihm nun Höllenqualen. Nach zwei Stunden war die Folterung vorüber. Wir hatten es geschafft.

Seine Schwellungen waren so katastrophal, daß die Haut überall aufgeplatzt war. Er mußte entsetzlich gelitten haben.

Wir waren beide so erschöpft, daß wir auf dem Teppich im Wohnzimmer zwischen Gipskrümeln, vollgeweinten Taschentüchern, Werkzeug und Wasserlachen einschliefen. Als ich eine halbe Stunde später aufwachte, zitterte Rico vor Schüttelfrost. Er hatte hohes Fieber, phantasierte und rief immerzu meinen Namen.

Seit wir die Probleme mit seinen Füßen hatten, konnte er keinen Schritt mehr laufen. Der Orthopäde hatte uns zwar freundlicherweise Krücken mitgegeben, aber leider keine Beschreibung über deren Benutzung für einen Patienten, der seine Arme nicht bewegen konnte. Rico war also nur noch Huckepack durch die Wohnung gereist. Eigentlich ging das viel besser, als ich erwartet hatte, denn er half tatkräftig mit, indem er sich so gut es ging an mir festklammerte. Mit einem halb Bewußtlosen war das schon schwieriger.

Als ich ihn endlich im Bett hatte, konnte ich keinen klaren Gedanken mehr fassen; dieses Häufchen Elend leichenblaß in den Kissen liegen zu sehen und mir meiner eigenen Hilflosigkeit bewußt zu werden, war zuviel. Ich weinte hemmungslos.

Morgens um sechs holte ich unsere neue Hausärztin, die im Nachbarhaus wohnte. Sie warf einen Blick auf ihn und rief den Krankenwagen. Wir fuhren gleich in die Uniklinik, denn dort kannte ich die Ärzte persönlich.

Doch zu meinem größten Entsetzen waren sie genauso hilflos wie ich. Medikamente, die er schlucken sollte, gab er sofort wieder von sich. Auf die erste Injektion reagierte er mit einem schweren Schock.

Ich stand daneben und dachte: Das alles ist nur ein schrecklicher Traum, der gleich vorüber ist. Ich brauche keine Angst zu haben. Ich schaue ja nur zu. Klinikalltag – sonst nichts.

Ich sah alles aus nächster Nähe mit an, hörte die Anordnungen der Ärzte, die um sein Leben kämpften:

»Herzmassage!«

»Sauerstoffmaske!«

»Defibrillation! – Maske weg! – Alle weg vom Bett!«

Jemand setzte die handtellergroßen Elektroden auf seinen Brustkorb auf. Dann ein Knacken, das ich bis in meine Zehenspitzen hinein spürte. Ich sah, wie sein Körper sich aufbäumte.

Ein kurzes, schrilles Piepen des Monitors. Dann ein langes, schrilles Piepen.

Aus.

Totenstille ...

»Nichts«, sagte der Arzt am EKG.

»Noch mal alles weg!«

Das gleiche Knacken. Wieder bäumte Ricos Körper sich auf. Ein langes Piepen vom Monitor. – Ich hielt den Atem an. – Wieder ein Piepen. Und noch eins.

Wenn ich weiteratme, hört das Piepen auf, dachte ich. Also atmete ich nicht.

Piep-pip ... – Piep-pip ... – Piep-pip.

»Ich glaube, wir haben ihn«, sagte der Arzt, der die Elektroden des Defibrillators noch in seinen Händen hielt. – »Frau Ortmund! Hören Sie? Frau Ortmund!«

Vielleicht sprach er mit mir. – »Ja?«

»Frau Ortmund, ich glaube, wir haben ihn wieder«, sagte er zu mir und drückte mich auf einen Hocker. »Die Gefahr ist noch nicht vorüber, aber wir dürfen hoffen, daß er am Leben bleibt.«

»Wer?« fragte ich.

Da packten mich vier Arme und verfrachteten mich auf die nächste Liege. Ich glaube, die Anwesenden zweifelten in diesem Moment nicht nur an meinem Stehvermögen.

Was hatte ich mir eigentlich gedacht? Was hatte ich gefühlt?

– Nichts.

Ich hatte gehofft, daß ich aufwachte. Nur darauf hatte ich gewartet.

Die Tatsache, daß mein Mann vor meinen Augen starb, war überhaupt nicht bis in mein Bewußtsein vorgedrungen. Rico lag doch neben mir im Bett und schlief. Ich brauchte nur meinen Arm auszustrecken ...

Später, als er etwas stabiler war, schoben sie meine Liege von der Wand neben sein Bett. Ich konnte seine Hand halten, fühlte die Kanüle, die in seiner Vene steckte, spürte seinen schwachen Puls. Erst jetzt packte mich die Angst. Panische Angst. Fast hätte ich laut geschrien.

Ich kuschelte meinen Kopf an seinen nackten Oberarm. Nun starb er vor meinen Augen. Immer wieder. Das Piepen des EKG-Monitors blieb plötzlich aus. Ich hörte das Knacken des Elektroschocks, die Befehle der Ärzte. Und immer wieder starb mein Mann ...

Zeit und Stunde hatten für uns jegliche Bedeutung verloren. An einem Mittwoch morgen waren wir in der Uni angekommen. Zehn Tage später, an einem Samstag nachmittag, fuhr ich das erste Mal nach Hause. Rico war morgens von der Intensivstation in sein Zimmer verlegt worden. Es ging ihm weiterhin sehr schlecht, doch sein Zustand war inzwischen relativ stabil.

Eine Diagnose konnte noch nicht gestellt werden. Die meisten Blutwerte waren im pathologischen Bereich, die anderen gerade an der Grenze. Doch was Rico zu bieten hatte, paßte in kein klinisches Bild. Heftigste allergische Reaktionen machten jeden Therapieversuch zunichte. Bei den Visiten und zwischendurch standen Schwärme von Ärzten an seinem Bett und blickten ratlos auf seinen entstellten Körper. Es war ein Trauerspiel.

Natürlich versuchten sie, mit allen nur denkbaren Methoden hinter das Geheimnis seiner Krankheit zu kommen. Er wurde durchleuchtet, ausgesonded, untersucht und von oben und unten, von vorne und hinten gespiegelt. Und wenn sich für die Spiegelungen keine passenden Körperöffnungen mehr finden ließen, dann schnitten die ratlosen Ärzte eben selbst noch ein paar Löcher dazu. Es kam ja gar nicht mehr darauf an. Ich konnte es nicht ertragen, wie sie ihn quälten. Er war am Ende.

Keine Diagnose. – Keine Therapie.

Wie sollten sie einen Feind bekämpfen, den sie weder kannten noch greifen konnten? Die Ärzte wußten nicht mehr weiter. Wenigstens aber wußten sie, daß sie lieb zu Rico sein und vorsichtig mit ihm umgehen mußten. Das war schon viel wert.

Sein Krankenzimmer war ein Geschenk des Himmels und des Klinikleiters, es war das VIP-Paradegemach für wichtige Menschen. Nun waren wir alles andere als wichtig, trotzdem durften wir dort einziehen. Ein solches Krankenzimmer hatte selbst ich noch nicht gesehen. Geräumig, sonnig, mit großer Terrasse, geschmackvollen Bildern und hübschen, duftigen Vorhängen. Es erinnerte eher an eine First-Class-Suite im Ritz mit den gemütlichen Clubsesseln, der Fernsehecke, der Schrankwand und dem barocken Schreibtisch. Selbst an eine bequeme Couch hatte man gedacht.

»Sie müssen allerdings 250 Mark pro Tag dazuzahlen. Das ist ein Sonderpreis für Sie. Mehr können wir leider nicht machen. Alles andere sind Doppelzimmer oder die ganz spartanisch einfachen Einzelzimmer. Und die wollten Sie ja nicht für Ihren Mann.«

»Zum Teufel mit den paar Kröten«, hatte Rico gesagt, als wir die Luxusvilla in Spanien mieteten. Und dieses hier war wichtiger. Denn es dürfte gar nicht lange dauern, und die Blessuren an seiner armen Seele würden sich melden. Dann war die Umgebung, in der er lag, entscheidend, ja fast schon eine Frage von Leben und Tod. Ich kannte doch meinen Mann.

»Kein Problem«, kommentierte ich großzügig die 250 Mark. Zehn Tage, vielleicht noch vierzehn, dann hatten wir das Schlimmste überstanden, und ich konnte ihn wieder mit zu mir nach Hause nehmen. – Zum Teufel mit den paar Kröten.

Als ich an diesem Abend nach zehn Tagen wieder nach Hause kam, stellte ich mich erst einmal für zwanzig Minuten unter die Dusche. Das tat gut. Natürlich hatte ich in der Klinik alles gehabt, bis auf frische Kleidung. Statt dessen hatte man mir weiße Kittel gegeben.

Nun zog ich meinen langen, wallenden Kaminrock an und genoß bei Kerzenlicht meine erste richtige Tasse Tee. Dabei sah ich unsere Post durch. Die Gipskrümel auf dem Teppich zu meinen Füßen mußten noch ein bißchen warten.

Es war auch ein Brief der Firma Becker dabei. Was die wohl wollten, dachte ich. Dann traf mich der Schlag des Schicksals.

… und da nach unseren Informationen in absehbarer Zeit keine Aussicht auf eine Wiederherstellung Ihrer Arbeitsfähigkeit besteht, kündigen wir unseren Arbeitsvertrag mit Ihnen zum 15. Dezember dieses Jahres. Das bereits an Sie überwiesene Weihnachtsgeld bitten wir umgehend zurückzuzahlen, da Ihr Arbeitsverhältnis nicht, wie in unseren Satzungen festgelegt, bis zum 1. April des folgenden Jahres aufrechterhalten wird.

Mit freundlichen Grüßen – gezeichnet …

Nun hätte ich mir gerne einen Cognac gegönnt. Leider mochte ich keinen Alkohol, also trank ich Malzbier. ›Das Getränk für die werdende Mutter‹ stand auf dem kleinen Werbeaufkleber. Jetzt konnte ich endlich weinen.

10

Gleich nach Mitternacht rief der diensthabende Arzt aus der Klinik an. »Ich glaube, es ist besser, wenn Sie kommen. Ich möchte Sie zwar nicht beunruhigen, aber Sie verstehen vielleicht ...«

Ich verstand.

In panischer Hast riß ich ein paar Sachen aus dem Schrank. Meinen Mantel warf ich über das Nachthemd und saß auch schon im Auto. Zum Glück konnte ich fast die gesamte Strecke bis zur Klinik über die Autobahn jagen.

Nie zuvor war ich mit 150 Stundenkilometern dahingerast. Ich war fast allein auf weiter Strecke. Zwar hatte ich selbst ein wenig Angst vor der Courage meines rechten Fußes, aber ich wollte doch nicht zu spät kommen. Ich konnte einfach nicht zu spät kommen. Rico durfte nicht sterben.

Am Himmel funkelten Millionen von Sternen. Ob einer davon wohl sein *friendly star* war, von dem er mir in unserer ersten gemeinsamen Nacht vorgesungen hatte?

Von einigen Ärzten war mir immer wieder gesagt worden: »Sie müßten sich doch inzwischen daran gewöhnt haben.« Aber an das Sterben konnte ich mich nicht gewöhnen. Es versetzte mich jedesmal wieder neu in Panik.

Ich mußte doch etwas tun können – ihn festhalten!

Wenn ich bei ihm bin, kann ihm nichts passieren! glaubte ich.

Diese Experten konnten gar nicht ermessen, was in einer Frau vorging, die den Mann, den sie liebt, verlor. Da standen plötzlich keine zwei Paar Schuhe mehr vor dem Bett. Neben der Wanne hing nur noch ein Badetuch. Seines war nicht mehr da, es wurde nicht mehr gebraucht. Eine halbfertige Zeichnung lag im Regal. Er würde sie nie mehr vollenden. Und an seiner Serviette waren noch die Abdrücke seiner Lippen vom letzten Frühstück. Sein letztes Frühstück ...

Gewöhnen kann man sich an vieles, aber nicht an das Sterben. Nicht daran, daß der Mensch, mit dem man gestern noch den Vogelstimmen gelauscht hatte, diese Stimmen nie mehr hören wird.

Vielleicht lernt man irgendwann einmal den Tod zu akzeptieren. Aber sich an das Sterben gewöhnen? – Nein, niemals!

Unser Leben lief vor meinen Augen ab: Damals, als ich ihn zum ersten Mal sah – sechseinhalb Jahre war das nun her. Mein Gott! – Was war inzwischen alles passiert!

Dennoch fiel mir auf, daß es die vielen kleinen Gesten waren, die in meiner Erinnerung auftauchten; ein Blick, ein Streicheln, ein gemeinsam entdeckter Regenbogen, ein Lachen. Die Natur hat es so eingerichtet, daß sich nur die schönen Erlebnisse in unserer Erinnerung widerspiegeln. Wo waren die schlimmen, die bangen Momente? Das Grauen, das Entsetzen, der Kummer? Ich mußte ein bißchen suchen – und fand trotzdem nichts. Es bleibt immer nur das Schöne zurück, an dem man sich dann ein ganzes Leben lang erfreuen darf.

Als ich nach einer Ewigkeit in der Klinik ankam, ging es Rico sehr schlecht. Er war nicht mehr bei Bewußtsein.

»Wir haben kaum noch Hoffnung«, flüsterte der Arzt, der mich angerufen hatte. »Wir sind mit unserem Latein am Ende. Vielleicht, wenn Sie bei ihm bleiben ...«

Rico lag wieder auf der Intensivstation. Schläuche überall, wo ich ihn streicheln wollte. Unzählige Geräte tickten und piepten neben ihm. Sie überwachten jeden Atemzug.

Ich setzte mich an sein Bett und legte meinen Kopf in seine leblose Hand. Dann hörte ich plötzlich meine Stimme, die tränenerstickt unsere Lieblingsarie für ihn sang: »*Nessun dorma!* – Keiner schlafe! ... Entweiche o Nacht! Geht unter, Sterne! Geht unter, Sterne! Im Morgengrauen siege ich! – *Vincerò!* – Siege ich ...!«

Als die Nacht endlich entwich und die Sterne untergingen, schickte die Sonne ihre ersten Strahlen durch die kahlen Äste auf sein Bett. In dem Moment streichelte er mit seinen Fingerspitzen mein Haar. Ich hätte so gerne mit ihm gesprochen, aber er war zu schwach. Er war am Ende – doch er war am Leben. Und solange er atmete, gab es Hoffnung. Ein kleines Fünkchen nur, aber das reichte schon.

Ich blieb bei ihm. Nach fünf Tagen durften wir wieder in das gemütliche VIP-Zimmer umziehen. Nachts lag ich auf der Couch und lauschte auf seinen Atem. Ich stand immer wieder auf, fühlte seinen Puls und streichelte sein Gesicht. Es war eingefallen, um Jahrzehnte gealtert. Zwischendurch schlief ich natürlich auch ein wenig. Nur nach Hause fuhr ich nicht mehr und auch nicht zur Arbeit.

Ich hatte mir telefonisch unbezahlten Urlaub geben lassen. Kein schöner Abschied von einem Job, der mir ans Herz gewachsen war. Am 1. Dezember wollte ich meine neue Stelle antreten. Das Angebot war kurz vor unserem Urlaub gekommen.

»So eine Chance kannst du einfach nicht ausschlagen!« hatte Rico mich gedrängt. Ich liebte meine Arbeit, hatte wundervolle Kollegen und sogar einige Freunde unter ihnen gewonnen. Es hätte von mir aus noch sehr lange so weitergehen können. Als sich diese ›Chance meines Lebens‹ bot, war ich eigentlich traurig. Ich wollte mich nicht entscheiden müssen und wäre so gerne geblieben.

Dann besprach ich die Sache mit meinem Chef. Er meinte: »Für uns ist es natürlich sehr schade. Aber Sie würden es sich nie verzeihen, wenn Sie dieses Angebot nicht nutzen.«

Ich nutzte es und ging wieder in die Forschung. Aber statt in einem eigenen kleinen Wirkungskreis sollte ich nun auf einer breiten Ebene arbeiten. Vortragsreisen gehörten ebenso zu meinem neuen Aufgabenbereich wie die Leitung von Fortbildungsveranstaltungen. Auch auf internationalen Kongressen sollte ich Referate halten. Kein Zweifel, es war eine interessante Aufgabe.

Rico freute sich: »Stillstand ist Rückschritt, und ich brauche eine Frau, die zeigt, was sie kann.» Er war so gerne stolz auf mich. Ich dagegen war mir nicht einmal sicher, ob ich diesen enormen Anforderungen überhaupt gewachsen sein würde. Ich war nun mal keine Abenteuerin, dafür liebte ich meine Familie, mein Privatleben und meine häusliche Ruhe viel zu sehr.

Jetzt hing plötzlich alles in der Luft.

Ich saß am Bett meines Mannes und dachte über unsere Zukunft nach: seine, unsere gemeinsame, meine. Hatten wir überhaupt noch eine Zukunft? Würde er diese Krankheit überleben können?

Er mußte sie überleben!

Stundenlang redete ich auf sein armes Ohr ein, sprach ihm Mut zu, erinnerte ihn an unsere gemeinsamen Erlebnisse, erzählte ihm von unseren Zukunftsplänen. Sicher bildete ich es mir nur ein, trotzdem glaubte ich, daß es ihm half. Zumindest ging es langsam bergauf mit ihm. Er wollte trinken. Ich konnte schon richtig mit ihm sprechen. Jeden Tag ein wenig mehr. Nun sah er bereits die seltenen Sonnenstrahlen, die sich ihren Weg durch den Nebel bahnten. Er bat mich, ihm von der Terrasse die schönsten Herbstblätter zu bringen; braune, gerollte, goldgelbe, zerknitterte. Als ich nach zehn Tagen zum ersten Mal wieder in unsere Wohnung zurückfuhr, bat er mich, seinen Zeichenblock und die Rötelstifte mitzubringen. Er hat sie nie angefaßt. Er hätte sie ja gar nicht halten können.

Ich war kaum eine halbe Stunde fort, als Ricos Vater in der Klinik vorsprach. Erst wollten die Ärzte ihn gar nicht zu ihm lassen. Als Vater Ortmund dann doch das Zimmer betreten durfte, schloß Rico seine Augen. Er sprach kein Wort mit ihm. Er reagierte nicht. Er rührte sich nicht. Sein Vater fuhr unverrichteter Dinge wieder ab. Nur den Schock, den er beim Anblick seines Sohnes bekam, den nahm er mit.

Ich hatte keiner Menschenseele gesagt, wo Rico war. Es durfte ohnehin niemand zu ihm. Die Beckers ging es nichts mehr an, mit denen würde ich später abrechnen. Seine Kollegen wollte ich nicht anrufen, um ihnen nicht die Möglichkeit zu geben, ihm ein paar freundliche Zeilen zu schicken und so ganz nebenbei ihr Beileid zu seiner Entlassung auszudrücken.

Außer meinen Eltern, mit denen ich täglich telefonierte, wußte niemand, wo wir zu erreichen waren. Ich konnte mir also nicht erklären, wie sein Vater etwas von der Krankheit und dem Klinikaufenthalt seines Sohnes erfahren hatte.

Obwohl Rico kein Wort mit ihm gewechselt hatte, kam plötzlich Leben in unser Zimmer. Am Sonntag nachmittag ignorierte eine Dame das deutliche Verbotsschild für Besucher an unserer Tür. Sie stellte sich als *Cordelia* vor. Nur Cordelia, sonst nichts. Vornehme Eleganz im Blaufuchs mit passender Kopfbedeckung, todschickes weinrotes Wollkleid, schlichter, aber sehr wirkungsvoller Brillantring. Sie trat aus einer anderen Welt in die Arena unseres Überlebenskampfes. Ihr geschmackvolles Blumenbouquet und die sorgfältig ausgewählten Bücher legte sie auf den Couchtisch.

Wer war diese Frau?

»Du kennst mich sicher nicht mehr, Rico. Aber ich erinnere mich noch wie heute an dich. Du warst ein ganz kleiner Hupfer und wolltest immer auf meinem Schoß sitzen. Weißt du noch?«

Was für eine Frage! Woher sollte er das wissen? Er hielt meine Hand und drückte sie. Er war so schutzbedürftig. Hoffentlich tut sie ihm nicht weh, schoß es mir durch den Kopf. Vermutlich dachte er das gleiche.

»Ich bin deine Tante Cordelia, die Freundin deiner Mutter.«

Seit ich mich mit Ricos Eltern öffentlich verbal duelliert hatte, suchten wir verzweifelt nach Menschen, Hinweisen, irgend etwas aus seiner Vergangenheit, vor allem aus dem Leben seiner leiblichen Mutter. Es war nicht nur unsagbar schwer, es war schlicht unmöglich. Ohne konkrete Fakten, Namen oder Kontakte waren wir nur in Sackgassen hineingelaufen.

Und nun stand sie plötzlich vor uns: »… die Freundin deiner Mutter«. – Warum jetzt? – Warum hier?

Ganz einfach: Selbst in einer Millionenstadt gibt es eine Buschtrommel, und die hatte verkündet, daß in der Uniklinik dieser erschütternde Fall lag. Ein junger, bildhübscher Mann mit erschreckender Symptomatik. Keine Diagnose. Keine Therapiemöglichkeit. Vor allem aber – keine Hoffnung. Sein Name: Rico Ortmund. – Auch Ärzte gehen ja zu Cocktailparties. Cordelia hatte noch in der gleichen Nacht, in der sie es erfahren hatte, Ricos Vater angerufen und ihn gefragt, ob es womöglich sein Sohn wäre, der dort langsam vor sich hinstarb. Das konnte er leider auch nicht sagen. Darum war er selbst gekommen, um nachzusehen. Das alles erfuhren wir von dieser Tante Cordelia. Ihr schlechtes Gewissen war mit den Händen greifbar. Um uns nicht die Möglichkeit zu geben, selbst Fragen zu stellen, redete sie ununterbrochen, ohne noch irgend etwas Konkretes zu sagen. Rico stand der kalte Schweiß auf der Stirn. Er drückte meine Hand und flüsterte: »Sie soll gehen. Bitte.«

Seine Tante Cordelia sah ihn verwundert an, nahm ihren teuren Blaufuchs von der Sessellehne und ging zur Tür. Ich begleitete sie. Von dieser Frau wollte ich noch sehr viel wissen. Vielleicht war sie unsere Rettung. Sie hatte Ricos Mutter gekannt. Sie mußte wissen, was damals passiert war.

An der Tür war sie plötzlich zu Eis erstarrt. Ich erfuhr weder ihren Familiennamen, noch wo sie zu erreichen war. Ich kämpfte mit der Verzweiflung einer Ertrinkenden: »Ich muß mit Ihnen sprechen! Unbedingt! Nicht hier und jetzt, aber sehr bald. Ich muß etwas von Ricos Mutter erfahren. Es ist lebenswichtig! Bitte!« Ich flehte sie an.

»Ich weiß nichts. Gar nichts. Und ich möchte Sie bitten, daß dieser Besuch unter uns bleibt. Ich mußte ihn einfach sehen, meinen kleinen Rico. Mehr nicht.« Weg war sie. Wie ein Stück Seife in der Badewanne entglitt sie mir.

Rico war völlig erschöpft, vor allem aber seelisch aufgewühlt. »Was wollte sie? Warum ist sie gekommen?« Er war verzweifelt und fing an zu weinen.» Sie sollen mich in Ruhe lassen. Alle! Hörst du! Alle!«

Ich hätte gerne mit ihm über diese Frau gesprochen, aber es war unmöglich. Sie hatte ihm seine letzte Kraft genommen. Ich mußte warten. Irgendwo hatte ich ihr Gesicht schon einmal gesehen. Es war anders gewesen – und doch ... Ich kannte sie. Nicht persönlich, aber ich würde schon noch dahinterkommen. Ich mußte sie wiederfinden.

Warum mauerten sie alle? Was hatten sie zu verbergen? Diese Frau hatte es gewagt, jetzt, in dieser Situation, in unser Leben einzudringen, um den Sohn ihrer verstorbenen Freundin zu sehen. Früher hatte er auf ihrem Schoß gesessen. Warum half sie ihm heute nicht? Was war bloß passiert mit diesem Kind? Was konnte so grauenvoll sein, daß alle Beteiligten wie ein Ring von Verschwörern schwiegen? Wir hatten uns unsere Köpfe an dieser Mauer des Schweigens schon so oft blutig geschlagen.

Rico blieb fast ein dreiviertel Jahr im Krankenhaus, mit einer kurzen Unterbrechung. Zum Weihnachtsfest hatte ich ihn mit nach Hause nehmen dürfen. Während der Festtage kann eine Klinik außer ein bißchen Notfallmedizin und einer besonders traurigen Atmosphäre ohnehin nichts anbieten. Die vier Kerzen auf seinem Couchtisch hätten ihn nur noch schmerzlicher an die fröhlichen Feiertage bei uns zu Hause erinnert. Ich redete mit Engelszungen, und die behandelnden Ärzte erlaubten mir schließlich, ihn am 23. Dezember abzuholen.

Mit einem Koffer voller Infusionsflaschen und Notfallmedizin saß ich neben ihm im Krankenwagen. Als mir bewußt wurde, wie viele Schläuche ich ständig beobachten, zum Teil spülen und neu anlegen mußte, kroch eine eisige Kälte in mir hoch. Hoffentlich hatte ich mir nicht zuviel zugetraut.

Ein paar Tage zuvor waren meine Eltern mit Bodo zu uns gekommen. Weihnachten war, seit ich denken konnte, der Höhepunkt unseres Jahres gewesen. Das bevorstehende Fest aber hatte eine ganz besondere, tiefe Bedeutung für uns. Das Leben meines Mannes hing an einem seidenen Faden. Es gab eigentlich wenig Grund, das Fest der Freude zu feiern.

Trotzdem wurden es außergewöhnlich schöne, besinnliche Weihnachtstage. Überall brannten Kerzen. Meine Mutter zauberte die feinsten Köstlichkeiten, die sogar Rico in kleinen Häppchen zu sich nehmen konnte. Eine beschauliche Ruhe hatte sich über unser gemütliches Heim gelegt. Vor allem aber waren wir unendlich dankbar, daß wir alle zusammensein konnten.

Gemeinsam mit meiner Mutter stapfte ich am Heiligen Abend in aller Frühe zur Kirche. Wir waren ganz allein in dem festlich geschmückten Gotteshaus. Jede sprach ihr eigenes stilles Gebet. Auf dem Heimweg hielten wir uns aneinander fest, nicht nur wegen der Schneeglätte.

Nach den Feiertagen brachte ich meinen Mann wieder in die Klinik zurück. Dort versuchten die Ärzte immer noch verzweifelt, eine Ursache für seine Krankheit, vor allem aber eine Therapie für ihn zu finden. Seine Beschwerden waren unverändert: schwerste Verdauungsprobleme, massive Leber- und Nierenfunktionsstörungen, erschreckende Ödeme, stark geschwollene Gelenke, die sich weder aktiv noch passiv bewegen ließen. Er konnte nicht allein essen, noch nicht einmal trinken, geschweige denn sich im Bett umdrehen. Seit dem Beginn seiner Krankheit hatte er dreißig Kilogramm verloren. Sein Zustand war erbärmlich.

Dann probierten die Ärzte als letzte Möglichkeit die Wunderdroge Cortison. Anfangs vertrug Rico sie relativ gut. Zwar vollbrachte sie bei ihm nicht die erhofften Wunder, aber man hatte wenigstens das Gefühl, etwas zu tun. Und man konnte doch nie wissen, vielleicht war dieser Patient ja ein Spätzünder.

Er war kein Spätzünder. Dafür hatte das Schicksal sich seiner wieder erinnert. Ich saß an seinem Bett, als es passierte: Ein Magendurchbruch mit allen dazugehörigen Komplikationen, inklusive zwei Notoperationen.

»Die Magenschleimhaut ist dünn wie Pergamentpapier. Ein typischer Cortisonfall«, sagte der Chirurg.

Es blieb ihm wirklich nichts erspart.

Ich hatte zwischendurch an anderen Fronten noch ein paar eigene Kämpfe auszufechten. Ganz oben auf meiner Abschußliste stand natürlich die Firma Becker. Die sollten mich kennenlernen. Krankheit als Kündigungsgrund! Das wäre ja noch schöner. Gesetzeswidrig war das!

Ich rief Herrn Dr. Kleinsorge persönlich an.

»Meine liebe gnädige Frau ...«, das ging mir ganz besonders gegen den Strich, weil sie das immer dann sagten, wenn sie sich schämten und trotzdem nicht helfen wollten. »Es tut mir aufrichtig leid. Sie wissen, daß Sie mir besonders ans Herz gewachsen sind. Und wir haben Ihren Gatten als Mitglied unseres Teams wirklich sehr geschätzt.« – Schwätzer! – »Aber das ist eben Firmenpolitik. Da kann man nichts machen.«

Das wollten wir doch erst mal sehen.

Ich verklagte die Firma Becker auf Wiedereinstellung.

Als Antwort bekam ich einen unfreundlichen Brief der Beckerschen Rechtsabteilung. Ich hätte mich strafbar gemacht, indem ich dem Arbeitgeber verschwiegen hätte, daß mein Mann an paranoider Schizophrenie leide, suizidverdächtig sei und bereits mehrmals in verschiedene Nervenheilanstalten zur Behandlung eingewiesen werden mußte.

Wahrscheinlich räumte Väterchen Staat schon ein paar Mörder beiseite, damit ich meinen rechtmäßigen Platz hinter Gittern einnehmen konnte.

Die Detailinformationen in Sachen Anamnese hatten sich die Beckers übrigens von unserer Krankenkasse ergaunert. Außerdem wäre Herr Ortmund seinen Pflichten als Arbeitnehmer nicht ausreichend nachgekommen. Und dann kauten sie mir schriftlich jeden einzelnen Krankheitstag der letzten vier Jahre vor.

Eigentlich brauchte Rico nach diesem Brief dort ohnehin nicht mehr aufzukreuzen. Trotzdem war mein Gerichtstermin Mitte Februar. Rico wußte bisher nichts von seiner Kündigung. Er hatte ohnehin genug zu leiden. Und er selbst fragte zum Glück nie nach der Firma. Er kämpfte in einer anderen Welt. Alltagsprobleme hatten dort keinen Platz.

Während meines Gerichtstermins konnte ich endlich einmal wieder etwas für meine Allgemeinbildung tun. Man demonstrierte nämlich für mich den sogenannten *kurzen Prozeß*.

»Ist Ihr Mann wieder arbeitsfähig?«

»Nein, Euer Ehren.«

»Wann wird er wieder arbeitsfähig sein?«

»Das weiß ich leider nicht, Herr Richter.«

»Also ist die Firma Becker gesetzlich dazu berechtigt, das Arbeitsverhältnis zu kündigen, denn ein Arbeitgeber ist nicht verpflichtet, einen Posten für einen Mitarbeiter vakant zu halten, der nicht zur Verfügung steht.«

»Aber mein Mann ist doch während einer Geschäftsreise krank geworden!« versuchte ich verzweifelt die vorgefaßte gesetzliche Meinung zu erweichen.

»Das tut nichts zur Sache. – Der Antrag auf Wiedereinstellung wird abgelehnt. Beschlossen und verkündet!«

Der Hammer des Gesetzes schlug krachend auf den Richtertisch ein. Nun hatte man Rico sogar im Namen des Volkes gekündigt.

Doch ein paar Monate lang würde er wenigstens noch sein Krankengeld bekommen. – Das dachte ich zumindest. Dann aber kam statt des Schecks ein blauer Brief. Behörden schrieben ja immer in Blau, damit der brave Bürger schon vor dem Öffnen wußte, was ihm bevorstand. Man teilte uns mit, daß das Krankengeld bis auf weiteres beschlagnahmt war. Begründung: Herr Ortmund senior hatte sich einer Hüftgelenksoperation unterziehen müssen. Leider war er weder versichert noch selbst finanziell in der Lage, die Kosten zu übernehmen. Rico als sein ältester Sohn, vor allem aber als einziges Mitglied der Familie mit einem festen Einkommen und gesicherten Vermögensverhältnissen, war somit gesetzlich verpflichtet, für alle enstandenen Kosten aufzukommen.

Immer drauf auf das Elend! Ich war an einem Punkt angelangt, an dem ich gerne an der Welt verzweifelt wäre.

Mein Mann litt unsägliche Qualen, und jeden Tag starb ein kleines bißchen mehr von ihm. Sein Zustand war hoffnungslos. Seinen Platz in diesem Leben hatte man ihm im Namen des Volkes genommen. Und für einen Vater, der nicht einmal bereit war, seinem Sohn die grausamsten seelischen Qualen zu erleichtern, durften wir nun einen Krankenhausaufenthalt in einer teuren Privatklinik bezahlen.

Dabei ging ich selbst finanziell an Krücken. Es blieb ja nicht bei den 250 Mark pro Tag. Tausend Kleinigkeiten läpperten sich da zusammen, obwohl ich zum Glück keine Arzthonorare bezahlen mußte.

Inzwischen hatte ich wenigstens einen Bankmanager, der vor Großzügigkeit strotzte. »Meine liebe Frau Ortmund, ich weiß, daß Sie alles tun werden, um diesen Schuldenberg abzutragen. Das genügt mir. Schließlich dürfen Sie nicht vergessen, daß Ihr geborgtes Geld unser Geschäft ist.«

Nichts vom Risiko für seine anderen Kunden, vor die er sich schützend stellen mußte, indem er sich hinter ihnen versteckte.

Den finanziellen Sorgenaustausch mit meinem Vater hatte ich an dem Tag stillschweigend beendet, an dem ich mein erstes Gehalt bekommen hatte. Ich richtete uns bei einer anderen Bank ein neues Konto ein. Auf dem alten, mit dem er korrespondiert hatte, blieben zwischen zehn und fünfzehn Mark stehen. Er brauchte sich also keine Sorgen mehr um seine Tochter zu machen. Wenn er das momentane Ausmaß meiner Schulden gekannt hätte, dann hätte er unser geliebtes Elternhaus mit Kirschbäumen und herrlichem Berggrundstück, seinen Buckelford mitsamt den Macken sowie seine Nachtstunden verkauft.

Mit dem blauen Brief ging ich zu einem Freund, der sich gerade als Anwalt niedergelassen hatte. Er warf einen Blick darauf und meinte: »Sascha, du hast viel größere Probleme, als du denkst. Wenn ihr keine Gütertrennung habt, dann bist auch du dran. Dein Gehalt, euer gesamter Besitz, euer letzter Sessel, auf dem du dich ausruhst – mal bildlich gesprochen – kann dir weggepfändet werden. Eure einzige Rettung ist eine sofortige Gütertrennung. Du mußt alles besitzen und Rico nichts. Dann kannst du den Karren aus dem Dreck ziehen. – Vielleicht ...«

Mein Mann war in einer seelischen Verfassung, die wirklich nur noch zum Sterben reichte. Wie sollte ich ihm da erklären, daß er bitte einen Vertrag unterschreiben solle, der ihn von heute auf morgen zum Bettler degradierte. Er hatte doch schon alles verloren, seine Gesundheit, seine Zukunft, seine Hoffnung, seine Karriere, alles.

Es ging nicht.

Also ließ ich weiter pfänden. Irgendwann würde diese Pechsträhne schon vorübergehen, hoffte ich.

Doch bevor es soweit war, bekam ich noch schnell einen Zahlungsbefehl vom rechtmäßigen Hausbesitzer des sibirischen Anwesens. Drei Monatsmieten verlangte er, plus alle entstandenen Kosten und Nebenkosten. Sogar den von der Polizei eingetretenen Bretterverschlag vor dem Haustürloch stellte er mir in Rechnung. Ich rebellierte schon gar nicht mehr.

Aber es stand schlecht um mich. Ich ging finanziell, körperlich und auch seelisch langsam zugrunde. Die Brokken, die das Schicksal mir vorwarf, konnte ich nicht mehr zerkauen. Sie waren einfach zu groß. Ich mußte etwas tun, damit ich nicht unterging.

Darum schrieb ich all die Nackenschläge auf, die mich nicht getroffen hatten. Meine Liste mit nicht eingetretenen Katastrophen war phantastisch. Also was mir da alles vom Schicksal erspart geblieben war: Wasserrohrbruch, Autounfall, Erdbeben, Diebstahl, Blitzschlag, Knochenbrüche, Bürgerkrieg. Es nahm überhaupt kein Ende.

Außerdem gab es eben auch wirklich schöne Dinge in meinem Leben. Ich hatte einen interessanten Beruf und war an meinem neuen Arbeitsplatz unerwartet erfolgreich. Wie oft bekam ich nach einem Vortrag von einem Teilnehmer im Auditorium Blumen überreicht. So etwas hob meine moralische Untergangsstimmung ungemein.

Ich fuhr natürlich immer noch jede Nacht in die Klinik. Manchmal wurde es sehr spät, denn meine neue Arbeit war kein Schaumomelett mit Himbeeren mehr. Es gab viel zu tun, sehr viel. Oft kam ich erst nach Mitternacht bei Rico an. In der Klinik hatten sie unglaublich viel Verständnis für unsere Situation. Sie halfen uns, wo sie nur konnten. Als erstes hatte ich einen Schlüssel für seine Terrassentür bekommen und brauchte niemanden zu stören, wenn ich nachts ankam.

Rico wartete immer auf mich, ganz gleich, wie spät es wurde. Ich kuschelte meinen Kopf so dicht wie möglich an seinen Körper, denn ich wollte seine Nähe spüren. Er sollte fühlen, daß ich bei ihm war. Doch er wurde immer elender und war nur noch selten ansprechbar. Trotzdem wußte er genau, daß ich bei ihm war. Ich streichelte ihn, bis er einschlief. Dann legte ich mich auf die Couch und versuchte auch zu schlafen. Aber das ging längst nicht mehr so gut, wie ich es von mir gewohnt war. Meine Gedanken ließen mich nicht zur Ruhe kommen, auch wenn ich noch so müde war.

Ich mußte zugeben, daß ich Angst hatte; vor dem nächsten Tag, vor einem Brief, wenn das Telefon klingelte. Doch das Schlimmste war das Bewußtsein, meinen Mann zu verlieren. Ich hatte jetzt vor allem Angst. – Ich und Lebensangst! Das war neu.

Eines Abends, auf meinem Weg in die Klinik, so gegen elf Uhr, war ich am Ende. Ganz plötzlich. Ich saß im Auto, zitterte am ganzen Körper und konnte nicht aufhören zu weinen. Ich hielt am Straßenrand neben einer Waldlichtung und konnte einfach nicht mehr weiter. Meine kleine Welt bröckelte vor meinen Augen auseinander. Mein Mann verlor sein Leben. Ich verlor ihn. Alles, was ich zu halten versucht hatte, war mir entglitten, auch meine Babys. Meine Liebe zu Rico war nicht stark genug, um ihn bei mir zu halten. Ich wußte keinen Ausweg, konnte keinen klaren Gedanken mehr fassen. Ich konnte nur noch weinen.

Die Weinkrämpfe wurden immer schlimmer. Ich stieg aus und ging über die Lichtung in den Wald hinein. Die Nacht war schwarz. Selbst unser geliebter Mond wachte nicht mehr über uns. Auch er hatte uns verlassen. Unter regennassen Bäumen stolperte ich durch modriges Unterholz, weiter und weiter in das Dunkel hinein. Der kühle Nachtwind huschte gespenstisch durch die Äste. Der Schrei eines Käuzchens ließ mich erschauern. Krampfhaft versuchte ich, meine Gedanken zu ordnen. Was hatte ich bloß falsch gemacht?

Plötzlich wußte ich es: Ich hatte mich an meinen Mann geklammert, hatte ihn mit aller Kraft festgehalten. Ich wollte, daß er am Leben blieb.

Vielleicht hatte ich kein Recht dazu. Ich hatte ihn doch während der letzten Monate täglich beobachtet. Sein Lebenskreis war auf zwei Quadratmeter Bettlaken in einem fremden Zimmer in einer Klinik zusammengeschrumpft. Aus einem blühenden, lebensfrohen Menschen war ein körperliches Wrack geworden.

Es hatte ihn im letzten Winter nicht einmal mehr interessiert, ob ich in einer Schneewehe steckengeblieben war. Er wollte nicht wissen, wann die Birke vor seiner Terrasse neue Blätter bekam. Eine Schneewehe war ein Hindernis in einer fernen Welt. Die Birke mußte selbst wissen, was sie zu tun hatte. Seine Leiden ließen ihm keinen Freiraum für ein anderes Denken, ein Denken über den Rand seines Bettes hinaus.

Mit welchem Recht klammerte ich mich mit aller Kraft an seinem Leben fest und ließ ihn dafür leiden? Selbst ich mußte irgendwann einsehen, daß er einfach nicht mehr leben konnte. Ich mußte aufhören, ihn an mich zu binden. Ich durfte ihn nicht mehr an die Freuden unseres gemeinsamen Lebens erinnern. Ich durfte ihn nicht zum Weiterleben zwingen, nur damit ich meinen Mann behalten konnte.

Mir fiel ein Gedicht von Friedrich Hebbel ein: *Ich und Du.* Darin heißt es: *Du tratst aus meinem Traume – aus deinem trat ich hervor. Wir sterben, wenn sich eines – im andern ganz verlor.*

Vielleicht lag darin der Sinn unseres Lebens, unserer Ehe. Wir hatten uns ineinander verloren. Meine Gedanken waren schon seit langem seine Gedanken. Unser beider Leben waren nicht mehr zwei verschiedene, voneinander unabhängige Leben. Wir waren eins geworden. In unseren Gefühlen, unserem Denken, in allem. Wenn Rico Schmerzen hatte, litt ich mit. Wenn er traurig war, weinte ich auch. Unsere Empfindungen waren nicht mehr voneinander zu trennen.

Möglicherweise war das die höchste Form der Erfüllung in einer Ehe. Wir sahen uns nicht mehr nur an, wie am Anfang unserer großen Verliebtheit. Jetzt blickten wir vor allem in die gleiche Richtung, erkannten dieselben Ziele. Wir hatten die gleichen Pläne und Wünsche. Wir waren wirklich eins geworden. – Seine *Umbringetage* und meinen Gluckenspleen einmal ausgenommen. Unsere Ehe hatte ihre Erfüllung gehabt. Mehr war uns offenbar nicht vergönnt.Schon früher, in den lebensfrohen Zwischenräumen seiner aktiven Selbstmordzeit, hatte ich oft gedacht: Vielleicht muß er so intensiv leben, weil er fühlt, daß ihm nicht viel Zeit bleiben wird. Mein Mann ... – Wenn ich ihn losließ, mußte er sterben. Trotzdem mußte ich ihn jetzt loslassen. Er mußte sterben dürfen. Er hatte ein Recht darauf.

Das Weinen hörte langsam auf. Ich rieb mir das Gesicht trocken, als mein Blick auf die Uhr fiel. Vier Uhr morgens. Ich war bis auf die Knochen durchgefroren und hatte es kaum bemerkt.

Es wurde Zeit für mich, nach Hause zu fahren. Eine Tasse Tee, ein heißes Bad, dann ein warmes Bett, eine Stunde Schlaf, und die Welt hätte wieder anders ausgesehen. Der Gedanke war verlockend.

Ich war vielleicht zwei Kilometer in Richtung Heimat unterwegs, als mich plötzlich eine panische Angst packte. Sie traf mich wie ein Blitzschlag. Plötzlich wußte ich: Ich durfte nicht nach Hause fahren!

Mit quietschenden Reifen wendete ich und raste in die Klinik. Schon von der Terrassentür aus sah ich den Grund meiner Panik. Rico hing an einem Stück Binde, das er sich um den Hals geschlungen hatte, am Bettgestell. Sein Kopf lag seitlich noch ein bißchen auf der Matratze auf. Seinen Körper hatte er aus dem Bett fallen lassen. Seine Füße lagen verdreht auf dem Boden.

Er war bewußtlos, war blau im Gesicht – aber er röchelte noch.

Ich warf ihn auf sein Bett zurück. Trotz meiner Panik gelang es mir, die Schlinge von seinem Hals zu schneiden. Dann übergab er sich. Ich hielt seinen Kopf mit nassen Handtüchern fest. Es war wie früher, nur schlimmer, weil er so furchtbar hilflos war.

Als er wieder ein wenig ansprechbar war, weinte er: »Du siehst doch, ich kann nicht mehr leben. Warum läßt du mich nicht sterben? Ich möchte so gerne tot sein. Kannst du das nicht verstehen?«

Doch, dieses Mal konnte ich ihn verstehen. Vielleicht hatte ich ihn durch meine Gedanken im Wald überhaupt erst so weit gebracht? Wie sollte ich ihm jetzt bloß noch helfen? Als ich ihm eben die Schlinge von seinem Hals geschnitten hatte, war das eine reine Reflexhandlung gewesen. Ich hatte mir nicht einmal die Zeit genommen, vorher nachzudenken. Ich konnte nicht anders. Ich mußte ihn retten.

»Doch, Rico, ich verstehe dich. Aber wenn du wirklich sterben mußt, dann bitte nicht so. – Ich will bei dir sein, und wir wollen beide wissen, daß es das Ende ist. Wir haben zusammen ein wundervolles Leben gehabt. Unsere Liebe ist tiefer und intensiver, als die meisten Menschen es sich erträumen können. Darum laß uns bitte auch diesen letzten Schritt gemeinsam gehen«, bat ich ihn.

»Nein!« schluchzte er. »Dann ist das ganze Sterben umsonst!«

Ich verstand ihn nicht. Aber ich konnte ihn auch nicht fragen. Sein Kopf lag in meinem Schoß, er schluchzte herzerweichend. Als die Sonne seinen ausgemergelten Körper mit den ersten Strahlen des neuen Tages streichelte, schlief er endlich ein.

Ich ging unter die Dusche und fuhr wieder zur Arbeit.

Alle wunderten sich, wie ein Mann, der seit Monaten das Bett nicht verlassen konnte, zu einer gebrochenen Kniescheibe und einem ausgerenkten Fußgelenk kam. Hinter vorgehaltener Hand wurde gemunkelt, ob da vielleicht etwas bei der Punktion des Kniegelenkes falsch gelaufen war? Und wo war überhaupt der Verband, den man ihm danach angelegt hatte? Also dieses Bein war ihnen wirklich ein Rätsel.

Uns nicht. Aber wir verrieten nichts.

Drei Wochen später holte ich meinen Mann nach Hause. Es war Ende Mai, und ein dreiviertel Jahr Krankenhausatmosphäre dürfte selbst einen gesunden Menschen um den Verstand bringen. Ich hatte ein langes Gespräch mit dem Professor der Inneren geführt, und er gab zu: »... wir können nichts mehr für ihn tun. Ihn kann nur noch ein Wunder am Leben erhalten.«

Ich hatte die Wahnsinnsidee, dieses Wunder zu vollbringen. – Oder aber auch nur den Wunsch, daß Rico zu Hause, bei mir sein sollte, falls er wirklich sterben mußte. Zu Ende gedacht hatte ich diesen Gedanken natürlich nicht.

Die Freude, ihn wieder neben mir im Bett liegen zu sehen, seine Nähe und seinen Atem zu spüren, meine Hand in seinen Nacken legen zu können, verdrängte alle Sorgen. Erst allmählich merkte ich, was ich ihm mit seiner Heimkehr zugemutet hatte. In der Klinik war alles seinen geregelten Gang gelaufen, die Pflege, das Füttern, die medizinische Versorgung. Außerdem brauchte er nur zu klingeln, wenn er etwas brauchte.

Und zu Hause? Fürs erste nahm ich Urlaub. Ich wollte jede Minute mit ihm genießen. Außerdem gierten bei uns sämtliche Ecken nach dem Staubsauger, von Fenstern und Wäsche ganz zu schweigen. Bis auf zwei Großeinsätze meiner Eltern war alles liegengeblieben. Ich selbst war während der letzten neun Monate nur noch zu Stippvisiten nach Hause gekommen. Mein Leben hatte sich zwischen Klinik und Arbeit abgespielt. Für Alltägliches, wie Schmutz und Staub, war in meinem 24-Stunden-Tag kein Platz mehr geblieben.

Nun lief alles wie am Schnürchen. Rico schlief sehr viel. Wir hatten aus der Klinik starke Schmerzmittel mitbekommen, die ich ihm jederzeit bei Bedarf spritzte. »Geben Sie ihm, was er braucht. Lassen Sie ihn nicht mehr leiden«, hatte man mir mit auf den Weg gegeben. Nein, leiden lassen wollte ich ihn wirklich nicht.

Sobald er eingeschlafen war, sagte ich unseren toten Fliegen, Spinnweben und Flusen den Kampf an. Ich fuhr sogar zwischendurch schnell ins Dorf zum Einkaufen. Ich wollte Rico mit den leckersten Delikatessen verwöhnen. Viel frisches Obst, Joghurtspeisen, Quark mit Früchten, ein kleines Kalbsfilet mit Spargel. Krankenhauskost, und sei sie von noch so kompetenten Ernährungswissenschaftlern zusammengestellt, ist immer langweilig. Nun versuchte ich Ricos Leidenschaft für exotische Gaumenfreuden zu wecken. Ich las ihm jeden Wunsch von den Augen ab, selbst wenn er sie nicht öffnete.

Es war wie ein Geschenk des Himmels, ihn wieder auf Händen tragen zu dürfen. Zweimal täglich reiste er huckepack in die Badewanne. Im warmen Wasser ging es ihm am besten. Wir mixten richtige Cocktails aus den einzelnen Kräuterbädern: anregend, schmerzlindernd, beruhigend, durchblutungsfördernd.

Dann war unsere Schonzeit vorüber. Der Ernst des Lebens begann. Ich mußte morgens früh aus dem Haus und kam erst abends spät wieder. Rico lag die ganze Zeit über auf einem Dauerbecken im Bett. Seine Verdauungsprobleme schrien immer noch zum Himmel. Nach einer Woche war er wund.

Damit er nicht verhungerte, hatte ich ihm jeweils mehrere kleine Mahlzeiten auf einem Tisch neben seinem Bett zurechtgestellt. Beim ersten Versuch, einen Teller Mangomus mit Sahnehäubchen zu erreichen, lag alles am Boden. Es war ein Trauerspiel.

Vor allem aber brauchte er seine Spritzen. Er wimmerte vor Schmerzen, wenn ich endlich abgehetzt von der Arbeit kam. Dann war erst einmal intensive Krankenpflege an der Nachtordnung. Ich rieb seine wunde Haut dick mit Penatencreme ein, ich spritzte, spülte Schläuche. Ich fütterte und streichelte.

Wir hatten zwar eine Gemeindeschwester, die sich täglich um ihn kümmern sollte, aber sie war die Frau des Schlachters. Und sie benahm sich auch so. Gleich beim ersten Mal faßte sie Rico derart grob an, daß sie ihm die Schulter ausrenkte. Er schrie vor Schmerzen, und sie schnauzte ihn auch noch an.

Da nahm ich sie mir vor: »Wenn Sie mir vorher gesagt hätten, daß Sie schlechte Laune haben, dann hätte ich Sie gar nicht erst zu meinem Mann gelassen.«

Aber sie hatte keine schlechte Laune. Sie war so. Darum durfte sie nicht wiederkommen.

Nachts, wenn ich mich neben meinen Mann legte, sprachen wir beide über das Leben – und über den Tod. Dann falteten wir gemeinsam unsere Hände, jeder eine Hand mit der des anderen, und wir beteten. Nicht das Vaterunser. Nein, wir sprachen richtig mit Gott, andächtig und aufrichtig.

Eines Abends fragte Rico mich, ob ich nicht den Pastor bitten könnte, ihn zu besuchen. Seine Bitte traf mich wie ein Messerstich. Er wollte doch wohl jetzt nicht sterben? Dann schämte ich mich, weil ich nicht von selbst darauf gekommen war. Ein Geistlicher hatte ja ganz andere Möglichkeiten und vor allem Erfahrungen, einen Schwerkranken zu trösten. Ich versuchte alles nur mit Gefühl und Verstand. Aber das war längst nicht genug.

Am nächsten Tag rief ich den Pastor in unserem Dorf an und bat ihn um einen Besuch.

»Liegt Ihr Mann im Sterben?«

»Noch nicht – glaube ich. Nein ...«

In dem Falle sollte ich mich doch bitte erst einmal zu ihm ins Pfarramt bemühen. Er wüßte ja gar nicht, worum es ginge. Und telefonisch ließe er sich ohnehin nicht einfach herumkommandieren. Er hätte schließlich Wichtigeres zu tun.

Also ging ich am Samstag zu ihm und erzählte ihm, daß mein Mann seit fast einem Jahr schwer krank wäre und nun zu Hause läge und um seinen Besuch gebeten habe.

Da sagte dieser Mensch doch tatsächlich: »Aber Sie sind ja nicht von hier. Sie sind bloß zugezogen. Außerdem habe ich Ihren Mann in den achtzehn Monaten, seit Sie hier wohnen, nicht in meinem Gottesdienst gesehen, nicht einmal zu Weihnachten, wo sich selbst die schwarzen Schafe in der Kirche einfinden. Ich halte nichts von Vier-Rad-Christen.«

Und damit ich nicht erst fragen mußte, erklärte er mir gleich, wen genau er damit meinte: »Viermal im Leben lassen sie sich in die Kirche fahren: Zur Taufe, zur Einsegnung, zur Trauung und zur Beerdigung. Und dazwischen lassen sie den lieben Gott einen guten Mann sein. Kommen nur angelaufen, wenn es ihnen gerade mal schlecht geht.«

Nun reichte es mir. »Bemühen Sie sich nicht, Ihren Frust und Ärger weiter in Schwung zu bringen, Herr Pfarrer. Wir werden den lieben Gott auch weiterhin einen guten Mann sein lassen. Nur von seinem Bodenpersonal möchten wir uns trennen. Haben Sie zufällig zwei Formulare für unseren Kirchenaustritt zur Hand?«

Hatte er nicht. Auch sonst hatte er nichts mehr für uns übrig.

Am darauffolgenden Montag traten Rico und ich aus der Kirche aus; kleiner DIN-A-5-Bogen, einfache Ausfertigung, nur ausfüllen und unterschreiben. Drei Minuten später waren wir, rein bürokratisch gesehen, offizielle Heidenmenschen. Inzwischen hatte ich schon eine ganz schöne Summe an Kirchensteuern zu zahlen. Dieser unwürdige Hirte Gottes hatte mir finanziell, sicher ohne es zu wollen, einen großen Gefallen getan.

Wir beteten natürlich trotzdem weiter, denn an unserem Glauben als solches änderte sich nicht viel. Nur unsere Einstellung wurde vielleicht etwas weltlicher. Bei unserem Abendgebet hielten wir uns nun an solche Größen wie den Altmeister deutscher Dichtkunst und sprachen gemeinsam:

Über allen Gipfeln
Ist Ruh'
In allen Wipfeln
Spürest du
Kaum einen Hauch;
Die Vögelein schweigen im Walde.
Warte nur, balde
Ruhest du auch.

»Was Goethe damit wohl gemeint hat? ›Ruhest du auch ...‹ – Ich glaube, er meinte, daß ich endlich sterben kann. Erst dann hat man wirklich Ruhe«, sagte Rico leise. »Und weißt du, was Lucius Annaeus Seneca der Jüngere geschrieben hat? *Der Tod ist die Erlösung von allen Schmerzen und völliges Auflösen, über ihn gehen unsere Leiden nicht hinaus. Er versetzt uns wieder in den Zustand der Ruhe, in dem wir uns befanden, ehe wir geboren wurden.* – Ja ...«

Unsere Situation war untragbar. Wie gerne hätte ich mich mit meinem Mann in mein Elternhaus verkrochen. Geborgenheit im Schoß unserer Familie. Aber dort herrschte zu dieser Zeit auch der Notstand. Meine Mutter war krank. »So etwas mache ich in drei Tagen ab«, hatte sie mir am Telefon gesagt, bevor sie zur Operation in die Klinik fuhr. Nun war sie schon seit Monaten schwer krank. Sie hätte mich so dringend gebraucht, und ich konnte ihr nicht helfen.

Mein neuer Job war eine doppelte Vollzeitbeschäftigung für eine ehrgeizige Karrierefrau, die zu Hause außer einem pflegeleichten Kaktus keine Verpflichtungen hatte. Ich war nicht ehrgeizig und schon gar nicht karrieresüchtig. Trotzdem war ich in diese Stellung hineingeschlittert.

Mit einem Auge weinte ich meiner ruhigen alten Arbeitsstelle nach. Das andere Auge strahlte natürlich, weil es auf das viele Geld schielte, mit dem ich nun versuchte, unser Konto wieder aufzufüllen. Ich verdiente jetzt dreimal soviel wie vorher. Dazu kamen Spesen, Kilometergeld und Sonderzahlungen. Es läpperte sich da ein recht stolzer Betrag zusammen. Mit meinem Monatseinkommen hätte ich gut und gerne eine fünfköpfige Familie ernähren können.

Und der neue Job hatte noch einen Vorteil: meinen Chef. Er war dem Bilderbuch *Der Uncharakteristische Vorgesetzte* entsprungen. Außen knallhart wie eine Kokosnuß, innen eine Mischung aus Tom Sawyer und Huckleberry Finn. Und wenn es um die Verteidigung seiner Mitarbeiter ging, war er ebenso erfinderisch, schlagkräftig und erfolgreich wie James Bond. Am Steuer seines uralten Käfers hätte man in ihm allerdings eher einen flower-power-treuen Hippie vermutet als einen international geschätzten Wissenschaftler.

Er hatte seinen fahrbaren Untersatz rechts rot und links grün angestrichen. Mir verriet er warum: »Damit sich die Zeugen widersprechen, wenn was passiert. – Stell dir vor, letzte Woche beim Kongreß wollte die Palastwache mich nicht durchlassen. Der Typ mit den Goldknöpfen meinte, er hätte die Anordnung, nur einem Verrückten mit einem roten VW Einlaß zu gewähren. Also habe ich kurz die Kurve gekratzt und bin rückwärts bei ihm vorstellig geworden. Da hat er dem Verrückten mit dem roten VW dann sämtliche Tore geöffnet.«

Bei seinem Namen durfte er sich zu den Verrückten zählen. Das muß man sich mal vorstellen, daß einer als ›*Loch*‹ durchs Leben geht. Da laufen sogar die notorischen Einfallspinsel zu ihrer Höchstform auf. Herr Professor Doktor Doktor Gernot Habakuk Loch selbst sah das ganz locker: »Früher hatte ich ja mal vor, meine Eltern zu verklagen. Doch was soll's! Sind auch nur arme Löcher.«

Aber wehe, es sagte jemand etwas gegen seinen VW-Käfer! Sofort wurde man wegen Majestätsbeleidigung ins Allerheiligste zitiert.

Nun zitierte er mich dorthin. Dabei hätte ich nie etwas gegen seinen *Beatle* gesagt, weil ich ihn toll fand.

Der Herr Professor saß hinter seinem Schreibtisch für sechs Personen, wie ein Frechdachs, der mal ausprobieren will, wie man sich im protzigen Ledersessel wohl so fühlt. Feuerrote Haare in Elektroschockfrisur gestylt. Ich glaube, er konnte nichts dafür, weil sie sich nicht bändigen ließen. Trotzdem wurde man bei seinem Anblick das Gefühl nicht los, daß der Mann zu oft mit dem Taschenmesser in einer Steckdose gepokelt hatte.

Er grinste mich an: »Setz dich.« Und als ich saß, sagte er verschmitzt: »Nun sitzt du im Dreck!«

Ich sprang auf. Bei ihm mußte ich unter anderem damit rechnen, daß er als Willkommensgruß einen nassen Schwamm im Sessel drapiert hatte. Das wäre dann der Tom Sawyer in ihm gewesen.

»Bleib sitzen. Ich spreche in Bildern. – Also du sitzt im Dreck.«

Er duzte uns alle, ganz gleich ob junger Hupfer oder pensionsberechtigt, drei gestotterte Doktortitel vor dem Namen oder Putzfrau mit Zuständigkeitsbereich Toilettenpapier. Solange wir unter seiner Fuchtel agierten, waren wir seine *Kinder*. Er selbst zählte ganze vierzig Lenze und maß 1,65 mit Schuhen. Trotzdem blieben wir alle beim *Sie.*«

»Woher wissen Sie das?« fragte ich.

»Der liebe Gott weiß alles. Loch weiß mehr. Würdest Urlaub brauchen, wenn ich das richtig sehe. So zwischen sieben bis siebzehn Wochen. Stimmt? – Stimmt! Aber Urlaub kriegste nicht. Diesbezüglich habe ich mich schon mit dem Vatikan in der Wolle gehabt.«

Seine oberste Dienststelle hatte er zum Vatikan ernannt, weil »genauso starrköpfig, eingemauert, unflexibel und weltfremd«.

Er hatte recht. Ich brauchte Urlaub, und zwar dringend.

»Also der Vatikan sagt nein. Somit brauchste mich gar nicht erst zu fragen, weil – ich sage natürlich auch nein. Säge mir ja nicht den Ast ab, auf dem ich gerade sitze. Wirste also krank werden müssen. Das beste ist, du nimmst eine Sache mit der Bandscheibe. So was zieht sich. Ein-, zweimal die Woche kommste angefahren. Zu Konferenzen, mal zum Bekakeln und so.

– Mensch, vergiß bloß nicht zu humpeln, wenn de kommst. Humpelt man eigentlich bei der Bandscheibe? – Nee, nee, warte, mußt so gehen, wie ein Flitzebogen. Hier, paß auf«, sprach's und sprang aus seinem Sessel hoch. Er kriegte seine Beine gar nicht schnell genug aus dem Papierkorb heraussortiert, in dem sie geruht hatten. Nun stützte er sich auf der Kante seines Schreibtisches ab. Die andere Hand lag quer im gebeugten Kreuz, seine Füße schlurften geräuschvoll über den Teppich. Er schielte mich aus der Schräghaltung an und strahlte siegesbewußt: »Na, wie bin ich?«

»Gut!« mußte ich zugeben. »Nicht zu übertreffen.«

»Nun du! Stütz dich auf mich, komm. Wenn mehr als zwei Meter zwischen dir und dem nächsten Möbel liegen, dann mußte die Anwesenden um Hilfe ersuchen. Das wirkt.«

Er war mit meiner Leistung unzufrieden. »Mehr Leiden im Gesicht! Du hast Schmerzen! So!« Er zog sämtliche Muskeln zusammen, um die Sorgenfalten eines Pekinesen auf sein Gesicht zu zaubern. Leider mußte ich kichern.

»Lach nicht! Wir sind schließlich nicht zum Vergnügen hier. Also los, nimm dich zusammen. Bist ein verdammt kluges Mädchen, da wirste doch wohl auch ein bißchen schauspielern können. Ich kenne Frauen, die fallen bei Bedarf auf Kommando in Ohnmacht. Also los! Noch mal von vorne.«

Als er nach mehreren Proben immer noch nicht zufrieden war, riß er eine Schranktür auf und schimpfte: »Hier! Aber den will ich wiederhaben, wenn de fertig bist mit der Bandscheibe.«

Er reichte mir einen Krückstock mit geschnitztem Griff und Elfenbeinintarsien. »Halt ihn bloß in Ehren. Ist vom Ur-Groß-Loch!«

Nun war ich *krank.*

Ich konnte mein Glück gar nicht fassen. Aber noch weniger konnte ich es fassen, daß Rico anfing aufzublühen. Ganz langsam. Er schlief immer noch sehr viel. Ich hatte mir Kisten voller Arbeit mit nach Hause genommen, saß stundenlang mit rauchendem Kopf zwischen Bergen von Büchern am Schreibtisch. Sowie ich den kleinsten Mucks aus dem Schlafzimmer hörte, war ich zur Stelle. Bald konnte ich Rico für kurze Zeit ins Wohnzimmer tragen und ihn dort auf die Couch betten. Jeder Mensch braucht mal eine Abwechslung, selbst wenn es nur eine andere Tapete ist.

Dann blieb er täglich länger bei mir im Wohnzimmer, fing an, sich aufzurichten, und saß schließlich schon eine Stunde und mehr in den Kissen. Sogar den Verbrauch an Spritzen hatten wir fast auf die Hälfte reduziert. Er fing auch an, sein Essen zu genießen. Wir hatten es nun schon auf sieben kleine Mahlzeiten am Tag gebracht.

Und er begann zu malen. Seine erste kleine Zeichnung war eine Rosenknospe für mich.

Kein Zweifel: Es ging bergauf bei Ortmunds.

11

Nun konnten wir unsere Tür zur Welt wieder einen kleinen Spalt weit öffnen. Als erster zwängte sich natürlich unser treuer Otto hindurch. Leider muß ich zugeben, daß ich unsere Freunde vernachlässigt hatte. Es gab während des letzten Jahres oft nicht einmal den einen Augenblick, in dem ich zum Telefonhörer hätte greifen können.

Oder ... nein. Vielleicht stimmte das gar nicht. Es gab einen anderen Grund. Anfangs hatte ich noch mit einigen von ihnen telefoniert. Aber auf die Frage: »Wie geht es Rico?« mußte ich unsere Misere in Worte fassen. Unsere Tragödie nahm Formen und Ausmaße an, denen ich nicht gewachsen war. Natürlich ging es nicht ohne Tränen ab.

In der Leitung hörte ich meistens das nackte Entsetzen knacken. »Das ist gar nicht möglich! Wir haben doch erst neulich mit euch am Lagerfeuer gesessen und Hähnchen gebraten. Das herrliche Wochenende am See, weißt du noch?« – Ja, neulich ...

Fassungslosigkeit kroch aus dem Hörer auf mich zu, tat sich mit meiner eigenen Fassungslosigkeit zusammen, setzte sich auf meine Hilflosigkeit und Trauer oben drauf. Und alle gemeinsam stopften sie mir dann einen Kloß in den Hals, den ich nicht mehr herunterschlucken konnte.

Am anderen Ende spürte man das irgendwann.

Themenwechsel.

»Stell dir bloß vor, unsere Susi hat ihr erstes Zähnchen bekommen. Sie sieht einfach süß aus. Gitti ist ja schon im Kindergarten. Jetzt trainieren wir ein paarmal pro Woche für den Stammhalter. Ich sage dir Bescheid, wenn ich wieder schwanger bin. Du sollst die erste sein, die es erfährt.«

Aber ich wollte nicht die erste sein, die von einer glücklichen Schwangerschaft erfuhr – noch nicht einmal die letzte. Ich wollte es überhaupt nicht wissen. Ich kämpfte meinen Kampf in einer anderen Welt; der Welt des Sterbens. Die Welt, in der man Leben schenkt, hatte mir die Tür vor der Nase zugeknallt.

Von anderen Freunden hörte ich: »Es war der schönste Urlaub unseres Lebens. Fünf Wochen Bahamas. Nichts als Sonne, Wind und Meer. Du, ich habe mich noch nie so phantastisch gefühlt. Sehe aus wie ein Filmstar, nahtlos knackig braun gebrannt. Und erst die Leute auf der Yacht unserer Freunde! Also du machst dir keine Vorstellung. Die hatten eine Lebensart!«

Dann mußte ich mir natürlich von sagenhaften beruflichen Erfolgen erzählen lassen. Wir waren ja alle in einem Alter, in dem man Karriere machte. Und unsere Freunde machten sie: »Jetzt hat Herbi endlich den Traumjob seines Lebens gefunden: ›Stellvertretender Technischer Direktor‹. Die Nummer eins geht nächstes Jahr in Pension. Du kannst dir ja denken, der Weg nach oben liegt direkt vor seinen Füßen.

Leider müssen wir nach Berlin ziehen. Ich weine jetzt schon, wenn ich an meinen Tennislehrer denke. So einen aufregenden Typen finde ich nie wieder. Du, der hat mir den Backhander beigebracht! – Na, und sonst natürlich auch noch so einiges.« Hihihi-Gekichere. Ich konnte schon nicht mehr hinhören.

Bei unseren Freunden ging es ebenso steil bergauf, wie es bei uns bergab ging. Und da wollten sie ganz bestimmt auch nichts von meinen Sorgen hören. Ich glaube, wenn sie den Hörer auflegten, ging ein Seufzer durch ihr wohlstandsträchtiges Leben: »Ein Glück, daß uns so etwas nicht passiert.«

War ich etwa neidisch? – Nein, ganz bestimmt nicht. Ich hatte nur keine freien Kapazitäten mehr, um in ihrer unbeschwerten Welt mitzuschwingen. Und genausowenig konnten sie sicher meine Gefühle nachempfinden. Meine Sorgen und Nöte paßten nicht in ihr Erfolgsleben. So wurde ich mehr und mehr zum Außenseiter.

Trotzdem war ich nicht allein. Ich hatte ja meine Eltern, die besonders in dieser schweren Zeit für meine Seelenmassage zuständig waren. Sie kannten das Leben aus jeder Perspektive. Sie hatten alles durchgemacht, hatten gelitten, gehungert, gebangt und gehofft. Sie wußten, wie ich mich fühlte und konnten mich verstehen. Wir telefonierten jeden Tag miteinander.

Eine der wenigen aus unserem Freundeskreis, mit der ich während der Krankenhauszeit regelmäßig gesprochen hatte, war Ottos Frau Anne, die inzwischen Mutter geworden war. Gesehen hatten wir uns zwar ewig nicht. Dazu blieb wirklich keine Zeit, denn in jeder freien Minute raste ich zu Rico in die Klinik. Aber mit ihr konnte ich wenigstens reden. Das heißt, wir verstanden unsere Probleme. Ich durfte ihr am Telefon etwas vorweinen, und sie sagte: »Sei froh, daß du nicht auch noch so einen kleinen Fuzzi-Knoten wie ich am Hals hast. Der Satansbraten ist nun acht Monate alt, aber glaubst du, der läßt mich einmal durchschlafen? – Niemals! Ich schwöre dir, der hat es auf meine Nerven abgesehen. Da nagt er dran, wie ein Biber an einem Baumstamm.«

»Aber er kann doch bestimmt schon lachen«, wollte ich wissen.

»Klar kann er. Und wie! Wenn er mir in die Brustwarzen beißt. Nächste Woche drehe ich dem Tyrannen im Windelpaket den Milchhahn zu. Bin doch nicht verrückt. – Sag mal, hast du es eigentlich mal mit Stutenmilch versucht? Verkehrt machen kannst du damit bestimmt nichts bei Rico. Und wer weiß, vielleicht hilft es sogar ein bißchen. Ich hab da schon die tollsten Sachen gehört.«

Das war eben der Unterschied zwischen den richtigen Freunden und denen, die nur in guten Zeiten welche waren. Diejenigen, die uns durch diese Phase begleitet hatten, waren Freunde fürs Leben. Und wir konnten sie an den Fingern einer Hand abzählen. Alle anderen waren Ballast. Wir hatten das früher nur nicht so gemerkt.

Neben Otto und Anne hatte ich meine Freundin Maria aus meinen drei Krankenhausnächten. Und ich hatte sehr liebe Freunde während meiner Arbeit im Institut gewonnen. Ich war wirklich nicht allein. Nur eines war seltsam:

Fast alle, mit denen mich nun eine tiefe Freundschaft verband, waren Menschen, die Verluste erlitten hatten, die schwere Leiden und Schicksalsschläge erlebt und sich trotzdem wieder aufgerichtet hatten.

Nun kam Otto uns besuchen. Ein Jahr lang hatte er seinen Freund nicht gesehen. Er hätte ihn fast nicht wiedererkannt. Dabei sah Rico inzwischen schon viel besser aus. Wenn ich noch an die Wochen vorher dachte, nachdem ich ihn – zum Sterben – nach Hause geholt hatte.

Ottos Antennen waren so empfindlich wie die Barthaare einer Katze. Von der Firma erzählte er nur Schlechtes. Eine psychologische Glanzleistung bei einem prallvollen Terminkalender, interessanten Reisen ins In- und Ausland und drei Gehaltserhöhungen innerhalb eines Jahres. »Der Saustall kann auch bald zumachen. Wir werden uns nach was anderem umsehen müssen. Weißt du, vielleicht sollten wir uns sogar selbständig machen. Was meinst du?«

Rico meinte im Augenblick noch gar nichts. Wir hatten es bisher nicht gewagt, an ein Morgen zu denken. Aber Otto erreichte auf seine Art Unglaubliches. Langsam fing Rico an, sich ernsthaft mit der Zukunft auseinanderzusetzen: »Also nach dem, was der Otto sagt, sollte ich vielleicht lieber bei Becker kündigen«, schlug er vor.

»Schon erledigt«, flötete ich wie nebenbei und lauschte mit meiner gesamten Trommelfellbreite auf seine Reaktion. Aber es kam keine. Also einfacher hätte ich mir die Bekanntgabe dieser Katastrophenmeldung gar nicht vorstellen können. Was für ein Freund!

Von meinem Zweikampf ›Ortmund gegen Becker & Co‹ vor dem Kadi erzählte ich nichts. Er hatte zu meinen weniger glänzenden Sternstunden gehört und war deshalb in den Familienannalen nicht weiter erwähnenswert.

Aber es gab auch Rückschläge. Als ich wieder in die Klinik fuhr, um meinen Zwischenbericht beim Chef der Inneren vorzulegen und den Ampullennachschub zu holen, sagte er mir, daß die Blutprobe, die ich Rico zwei Tage vorher abgenommen und ins Labor gebracht hatte, sehr traurig aussehe. Ich wollte es nicht glauben. Als ich mir die Ergebnisse ansah, wurde mir schwindlig. »Aber es geht ihm doch besser«, sagte ich verzweifelt.

»Das ist oft so. Kurz vor dem Ende glaubt man noch einmal, jetzt wird alles gut. Das subjektive Befinden, sogar der Appetit und die seelische Komponente, alles zeigt eine positive Tendenz. Und dann ...« – der Professor sah mich mitleidig an. In seinem Blick lag die wissende Überlegenheit eines Lehrers, der einem das ganze Jahr über prophezeit hat, daß man sitzenbleiben würde. Man wollte es nicht glauben, man hatte doch gebüffelt wie noch nie. Und trotzdem; er hatte es immer gewußt. Es war alles umsonst.

Dieses Gespräch hatte mich bis in die Tiefe meiner Seele aufgewühlt. Als ich in Gedanken versunken den Flur entlang zum Ausgang schlich, lief mir die Stationsschwester entgegen und schüttelte mir die Hand. »Ich hoffe, daß Ihr Mann es bald überstanden hat. Sonst gehen Sie selbst noch zu Grunde.«

»Danke, meinem Mann geht es besser. Viel besser!« gab ich spitz zurück. Sie war unglaublich lieb zu Rico gewesen, und ich war ihr von Herzen dankbar. Doch ich konnte diese Weissagungen zu seinem bevorstehenden Tod einfach nicht mehr verkraften. Wir wollten nach vorne blicken, wollten an die Zukunft denken, uns sogar ganz vorsichtig und zurückhaltend freuen.

Aber jedesmal, wenn wir glaubten, wir hätten wieder einen winzig kleinen Schritt geschafft, dann kam irgend jemand daher, der ganz von oben herab das Urteil sprach: »Ihr macht euch etwas vor. Ihr habt überhaupt keine Chance.« Es war, als wenn ich auf einer Rolltreppe, die nach unten führte, versuchte nach oben zu laufen. Das Schicksal holte mich immer wieder ein und zog mich erbarmungslos hinunter.

»Übrigens, Frau Ortmund, bevor ich es vergesse, die Frau von Schönfeld war noch einmal hier und hat sich nach Ihrem Mann erkundigt. Wir dürfen ihr natürlich keine Patientenadresse aushändigen. Sie wissen ja.«

Was interessierte mich eine Frau von Schönfeld? Ich blieb gar nicht stehen, war schon fast an der Tür, da rief sie hinter mir her: »Sie wollte, daß ich Ihnen etwas ausrichte.«

»Was?« fragte ich unwirscher, als ich eigentlich wollte.

»Sie möchten sie bitte anrufen, wenn Sie immer noch mit ihr sprechen wollen.«

»Wer ist diese Frau?« fragte ich.

»Baronin Cordelia von Schönfeld?« Sie sah mich ungläubig an. »Sie wissen doch, die berühmte Schauspielerin. Sie war damals hier und hat Sie und Ihren Mann besucht.«

›Seine Tante Cordelia‹. Ich hatte sie fast vergessen. Meine akute Sorge hatte der Krankheit meines Mannes gegolten, nicht mehr so sehr seiner Vergangenheit. Natürlich wurde diese Vergangenheit lebenswichtig, wenn ich an unsere neu gewonnene Zukunft dachte.

Die Stationsschwester gab mir einen Umschlag, auf dem mein Name stand. Er enthielt ein geschmackvolles kleines Billett aus exquisitem Papier mit goldgeprägten Buchstaben:

Baronin Cordelia von Schönfeld

Innen stand ihre Adresse und Telefonnummer. Und in eleganter Handschrift: »Bitte rufen Sie mich so bald wie möglich an. Ich bin immer für Sie zu sprechen. Ich glaube, es ist wichtig.«

Als ich im Auto saß, fielen meine Tränen auf die Goldschrift. Aber sie verlief nicht. Sie war echt.

Noch vor einem Jahr wäre ich sofort zu ihr gefahren. Jetzt aber mußte ich erst einmal nach Hause. Ich brauchte Abstand zur Klinik und vor allem zu unserer neuen Prognose. »Es besteht keine Hoffnung mehr, Frau Ortmund. Ihnen kann ich es – muß ich es sagen. Sie sind eine außergewöhnliche Frau mit einer unglaublichen seelischen Stabilität. Ich weiß, Sie können die Wahrheit verkraften.«

So, wußte er das. – Dann wußte er mehr als ich. Was glaubte er denn, wieviel Mühe es gekostet hatte, mich aufrecht zu halten. Oft kam ich mir vor wie eine Ertrinkende, die sich selbst am Kragen aus dem reißenden Fluß ziehen mußte. Ich hatte für meinen Mann dazusein, wenn er mich brauchte. In jeder Minute, zu jeder Nacht- und Tagesstunde; hoffnungsvoll, zuverlässig und ja nicht wankelmütig. Ich war sein einziger Halt in diesem Elend, sein Schutz vor der Welt, den Sorgen, ja sogar den Schmerzen. Meine Gratwanderung war gefährlich. Mich brauchte nur jemand scharf anzusehen, und ich konnte abstürzen. Und Rico mit mir ...

War es da zuviel verlangt, wenn wir erwarteten, daß die Welt uns in Frieden ließ?

Natürlich erzählte ich Rico nichts von seinen schlechten Blutwerten. Er fragte nicht, und ich hatte bereits für ihn mitgelitten. Für das Schicksal war der Fall abgehakt. Ich hoffte ohnehin, ihn bald zu meinen Eltern bringen zu können. Meine Mutter traute sich seine Pflege zu. Sie war eben tapfer.

»Wunderbar!« freute Professor Loch sich. »Fährste ihn hin, bleibst 'n paar Tage da, bis er sich häuslich niedergelassen hat. Dann kommste wieder und ›klick‹«, er schnippte mit den Fingern, »ganz plötzlich, auf der Rückfahrt, da ist die Bandscheibe wieder genau da, wo sie hingehört. Am Tage nach der wunderbaren Heilung tauchste hier auf, tust, als ob nichts gewesen wäre, und brauchst auch nicht mehr zu humpeln. Mensch, vergiß bloß nicht, mir den Stock vom Ur-Groß-Loch wieder mitzubringen. An dem hänge ich.«

»Klar doch. Den bringe ich natürlich sofort zurück. Aber was mache ich, wenn mir unterwegs etwas passiert; – ›... ist krank, fährt in der Weltgeschichte herum und baut einen Unfall‹ – hm?« fragte ich meine vorgesetzte Dienststelle.

»Biste tot, machste erst mal gar nichts. Biste nicht tot und nur angeknackst, dann rufste beim guten Vater Loch an. Der lügt dich dann schon wieder raus aus dem Schlamassel. Klar?« Er sah das alles nicht so eng.

Zunächst ging alles wunderbar. Ein Kranker hätte sich überhaupt kein schöneres Leben wünschen können. Knochen, Seele, Ödeme, Magen, alles wurde gleichzeitig verwöhnt. Und spritzen konnte sein Mütterlein auch. Darin war sie sogar besonders gut. Was konnte eigentlich noch schiefgehen?

Drei Tage später fuhr ich zurück. Mein schlechtes Gewissen gab für mich Gas. Ich hatte schon sieben Wochen gefehlt. Alles hatte schließlich seine Grenzen.

Nun arbeitete ich nicht, ich schuftete. Vielleicht konnte ich keine sieben Wochen aufholen, aber ich konnte es wenigstens versuchen. Unser trautes Heim beehrte ich nur noch zum Schlafen, arbeitete täglich vierzehn Stunden und mehr, und das sieben Tage in der Woche. Ich ging ganz auf in meinen Pflichten. Aber vielleicht war es auch nur eine Vogel-Strauß-Taktik. Wenn ich arbeitete, konnte ich nicht nachdenken. Arbeit war meine Droge gegen die Angst.

Als ich an einem langen Wochenende endlich zu meinen Eltern nach Hause fuhr, sah ich die Bescherung. Rico hatte sich prächtig erholt. Wir hatten ja täglich telefoniert, und er hatte mir immer von seinen Erfolgen vorgeschwärmt. Jetzt, nach fünf Wochen, stand er in voller Knospe, hatte drei Kilo zugenommen, konnte kleine Bewegungen allein bewältigen, brauchte nicht mehr gefüttert zu werden, hatte täglichen Erfolg auf dem Topf, war voller Zukunftspläne und sprudelte über vor Lebensfreude.

Aber meine Eltern! Ausgemergelt, verhärmt und elend hockten sie wie zwei aus dem Nest gefallene Vögelchen in ihrer Ecke. Natürlich sagten sie nichts. Aber innerhalb weniger Stunden wußte ich, was hier gelaufen war.

Ich hatte ihnen nicht nur einen todkranken Schwiegersohn ins Haus gebracht, sondern vor allem eine menschliche Tragödie. Nachdem ich abgefahren war, wollte Rico unter keinen Umständen mehr ohne mich in unserem Zimmer schlafen. Es lag in der ersten Etage über dem Schlafzimmer meiner Eltern. Er fürchtete, sie würden sein

Klingeln nachts vielleicht nicht hören. Also verließen meine Eltern ihr geliebtes Ehebett und zogen nach oben auf die gleiche Etage, um im Gästezimmer und somit in Ricos Nähe zu schlafen. Die Türen mußten offen bleiben.

Alle Räume jedoch, in denen tagsüber das Leben stattfand, lagen im Erdgeschoß. Morgens, bevor er zur Arbeit fuhr, trug mein Vater erst seinen Schwiegersohn und dann den Rollstuhl die Treppe hinunter.

Meine Mutter schob Rico von der Terrasse ins Wohnzimmer, vom Wohnzimmer in die Bibliothek und von dort in die Küche, wenn sie kochte. Dann mußte Rico sich hinlegen, weil er müde war. Meine Mutter rief meinen Vater im Büro an. Der kam nach Hause gerast, um seinen Schwiegersohn wieder nach oben ins Bett zu tragen. Dort fing Rico an zu weinen, weil er einsam war. Meine Mutter blieb an seinem Bett sitzen, bis er einschlief. Meistens aber konnte er nicht mehr schlafen, weil er sich zu sehr aufgeregt hatte. Meine Mutter rief wieder meinen Vater an. Der setzte sich ins Auto und war zehn Minuten später zur Stelle, um Rico, das Elend und den Rollstuhl die Treppe wieder hinunterzutragen.

Das ging meistens vier-, fünfmal am Tag hin und her. Dann hatte mein Vater sich verhoben. Er war schließlich nur stark, weil er stark sein wollte und nicht, weil er kräftig gebaut war. Von da an blieb Rico im Schlafzimmer meiner Eltern im Erdgeschoß, und meine Mutter schlief auf der durchgesessenen Eckcouch im Wohnzimmer, damit sie ihn hören konnte. Bis zu zehnmal stand sie nachts für ihn auf. Morgens war sie wie gerädert; die uralte Couch und nicht genug Schlaf. Dabei war sie selbst noch sehr elend nach ihrer schweren Operation. Und mein Vater zog sich am Treppengeländer mühsam nach oben, um in unserem Zimmer seine wohlverdiente Ruhe zu finden.

Kein Zweifel, ich hatte mir das Leben zu leicht gemacht, mich einfach aus der Verantwortung gezogen. Aus diesem Dilemma gab es nur einen Ausweg: Ich nahm Rico, seinen Rollstuhl und das Elend wieder mit. Meine Eltern waren untröstlich. Sie glaubten auch noch, sie hätten versagt.

Bei uns zu Hause setzte sich die menschliche Tragödie fort. Mein Einsatz als Krankenpflegerin war ja nur auf ein paar Nachtstunden und wenige Wochenenden beschränkt. Zwischendurch litt Rico unsäglich. Er brauchte dringend einen Menschen an seiner Seite, um seine tausend kleinen Wünsche zu erfüllen. Und wenn es nur ein Buch war, in dem er gerne etwas nachgeschlagen hätte. Zwar konnte er sich mit dem Steckbecken jetzt schon per Selbstbedienung helfen. Aber beim zweiten oder dritten Mal kippte ihm dann meistens die Bescherung von vorherigen Erfolgen ins Bett. Wir mußten eine andere Lösung finden.

Und wir fanden sie. Warum sollten nur die Fledermäuse ein Nachtleben genießen? Was die konnten, konnten wir schon lange. So ergab es sich, daß Rico tagsüber mit Ohropax-verstopften Ohren schlief und nachts aus dem Vollen schöpfte. Ein gutes System, weil er ohnehin viel schlief. Und die acht, neun Stunden, die ich pro Nacht zu Hause verbrachte, paßten hervorragend in seinen Rhythmus. In dieser Zeit nahmen wir mehrere kleine Mahlzeiten ein. Ich kochte für ihn, konnte ihn zweimal huckepack in die Badewanne tragen und ihm die meisten seiner Wünsche erfüllen.

Wenn er morgens gegen sechs Uhr einschlief, ging ich unter die Dusche. Danach verließ ich mit einem einigermaßen ruhigen Gewissen das Haus.

Die Sache hatte nur einen Haken: Mein Schlafbedürfnis kam eindeutig zu kurz. Ich kannte mich ja lange genug und wußte aus Erfahrung, daß ich eine ganz schöne Durststrecke aushalten konnte. Aber so ein, zwei Stunden pro Nacht, die brauchte ich – und die hatte ich nicht. Immer wenn ich gerade auf Zeitrafferschlaf geschaltet hatte, rief entweder sein Topf, sein Magen oder seine Seele.

Langsam wurde mein Nervenkostüm brüchig. Ein verkehrtes Wort, von wem auch immer, und ich fing an zu weinen. Einmal sogar bei einem Polizisten, der mich angehalten hatte, weil mein Bremslicht nicht leuchtete, wenn ich vorne auf das Pedal trat. Das war mir furchtbar peinlich. Nein, nicht wegen des Bremslichtes, aber was sollte der Mann von mir denken?

Er ließ keinen Zweifel darüber aufkommen, was er von mir dachte: »Immer diese grünen Witwen! Einmal im Vierteljahr wagen sie sich in die Großstadt, und schon werden sie hysterisch, weil sie dem Verkehr überhaupt nicht gewachsen sind. Warum bleiben Sie nicht zu Hause, wo Sie hingehören?« fauchte er auf mein Autodach. Dann knallte er meine Tür zu und vergaß, mir einen Strafzettel zu geben.

»Hysterisch«, hatte der Mann gesagt. Also wenn das der Eindruck war, den ich als Markenzeichen auf meiner Stirn trug, dann mußte ich mir dringend etwas einfallen lassen. Schließlich würde ich mich auf diese Weise am Ende noch aus meinem Goldesel-Job herausheulen.

An der Ausfallstraße lag ein großer Parkplatz. Ein bißchen zurückgesetzt, viele Büsche, hohe Bäume, kleine Einstellbuchten. Der Platz war wie für mich geschaffen. Abends auf meinem Nachhauseweg bog ich nun dort ab, legte meinen Sitz um und schlief ein. Ich war zuverlässig, wie ein Uhrwerk. Nach weniger als dreißig Sekunden war ich entschlummert, nach genau dreißig Minuten wachte ich auf; taufrisch, erholt und munter. Die Nacht konnte beginnen.

Aber es reichte nicht aus. Das merkte ich bereits nach einer Woche. Und weil es so schön war, wiederholte ich das Ganze nun morgens gleich noch einmal.

Leider war der Parkplatz sehr viel besser besucht, als ich vermutet hatte. Das war ein Kommen und Fahren. Türen knallten, Stimmen überall, und zwischendurch klopfte immer wieder jemand an meine Windschutzscheibe. Ich hätte mich genauso gut vor den Hauptbahnhof stellen können.

Aber ich schlief. Und wenn ich schlief, dann war ich nicht zu sprechen. Außerdem hatte ich von innen zugeriegelt, um eventuellen Möchte-gern-Mördern ins Handwerk zu pfuschen.

Zu Hause richteten meine Extratouren keinen großen Schaden an. Rico meinte, daß ich abends ein bißchen länger arbeiten müsse und dafür morgens etwas früher anfinge. Das System hatte nur Vorteile – dachte ich.

Dann wurde ich ins Allerheiligste zititert: »Kommen Sie bitte sofort zu Herrn Professor Loch! Er ist außer sich!«

Ich eilte. Ein Krach mit meinem Brötchengeber war das Letzte, was ich mir leisten konnte. Als seine Sekretärin die Tür hinter mir zugemacht hatte, fing er ohne Vorrede an zu schnauzen.

»Verdienste nicht genug Zaster?« Noch nicht einmal einen Platz hatte er mir angeboten. Es war ernst. Alarmstufe drei. – Mindestens.

»D-d-doooch!« Dabei bekam ich rote Ohren, weil ich gelogen hatte. Natürlich verdiente ich genug. Aber nicht genug, um meine Schulden zu bezahlen. Ob vielleicht mein Bankmanager bei ihm angefragt hatte? Das fehlte mir gerade noch. Eventuell gab es irgendwo im Kleingedruckten meines Vertrages eine Klausel, nach der der Vatikan nur schuldenfreie Mitbürger anstellte.

»Wenn du genug Zaster hast, bist du also auf einen Nebenverdienst nicht angewiesen. Oder?«

Ich erinnerte mich dunkel, daß ich für einen Nebenerwerb seine Genehmigung brauchte. – Aber ich hatte doch gar keinen Job nebenbei. Vielleicht wollte er mir ja einen anbieten? Aber warum war er dann so wütend?

Mein Po suchte an der Wand entlang nach einer Stelle, an der er sich aufstützen konnte. So ohne angebotenen Sessel stand ich doch sehr verloren in dem ehrfurchterregenden Raum.

Herr Professor Loch sah an mir hoch und wieder runter. Als er unten angekommen war, marschierten seine Blicke noch einmal nach oben. Nicht verstohlen bis frech, so wie sonst, oder mit einem Tom-Sawyer-Grinsen zwischen den Ohren. Nein. Todernst und bitterböse. Nach einer endlos langen Pause fragte er: »Hast du mir nichts zu sagen?«

Ich suchte angestrengt in meinem Gehirn. Kleine Sünden fand ich reichlich. Aber deswegen gleich ein Standgericht? Das war nicht seine Art. Nach seinem Blick zu urteilen, hatte ich mindestens die wissenschaftlichen Kronjuwelen ins Ausland verscherbelt.

Ich kratzte meine bereits leicht ergrauten Haare, zum Zeichen des ehrlichen Suchens, und sagte: »Also ich wüßte nicht ...«

»Aber ich weiß!« donnerte er los. »Was machst du nachts auf dem Nuttenparkplatz? Waaaasss?«

Nun hätte ich doch gerne gesessen. – »Nuttenparkplatz ...?«

Plötzlich wurde mir alles klar. Der Betrieb dort mitten in der Nacht. Das ständige Klopfen an meine Scheiben. – Aber darauf wäre ich nun wirklich nicht gekommen.

Ich mußte lachen. »Also ich schlafe da manchmal ein bißchen«, gestand ich und versuchte, an etwas Schlimmes zu denken, um das Lachen in den Griff zu bekommen. Ich wußte ja genug.

»Mit wem?« Er war noch genauso böse wie vorher.

»Allein natürlich.«

»Haste kein Bett?« fauchte er mich an.

Es hatte keinen Sinn. Ich mußte ihm die Wahrheit sagen.

Kurz vor Feierabend fuhr ein Möbelwagen vor. Von der Ladefläche wuchteten die Träger eine Schlafcouch, die von dem Tag an einladend in meinem Büro stand.

Zehn Minuten später war Gernot Loch persönlich zur Stelle. Kopfkissen und Wolldecke über dem Arm, ein paar Fellpuschen in der Hand befahl er: »Hier gehörste hin! Und nicht auf die Straße! Wehe dir, wenn ich dich noch ein einziges Mal auf dem Nuttenpa ...«

»Nein!« versprach ich schnell. »Ganz bestimmt nicht. Ehrenwort!«

Nun sättigte ich meinen Hunger nach Schlaf im Institut, morgens und abends je ein halbes Stündchen. Wenn das der Vatikan wüßte.

Trotzdem wurde mein Defizit immer größer, die Konsequenzen daraus waren unverantwortlich. Als ich an einer lebhaften Kreuzung eine rote Ampel übersah, mein Schutzengel aber zum Glück alle anderen Verkehrsteilnehmer rechtzeitig vom Asphalt geräumt hatte, wußte ich Bescheid.

Wir hatten einen Anfang gemacht. Wir durften hoffen, daß Rico wirklich wieder gesund werden würde. Aber so ging es nicht weiter. Wir konnten uns kaum vorwerfen, daß wir es nicht versucht hatten. Doch ich mußte eine andere Lösung finden. Irgend etwas Besonderes. Ein schönes Sanatorium vielleicht, im Stil eines gemütlichen Zuhauses, mit liebevoller Pflege, krankengerechter Ausstattung und interessanten Menschen. Denn eines wurde immer deutlicher: Rico sehnte sich nach Gesellschaft. Er konnte nicht mehr allein sein. Er war süchtig nach Gesprächen und Kontakten.

Drei Wochen habe ich gebraucht. Dann hatte ich genau das gefunden, was ich suchte. Der Prospekt versprach ein Paradies auf Erden. Sündhaft teuer natürlich – jedes Paradies hat seinen Preis –, aber außergewöhnlich erfolgreich im Aufrichten verknickter Gesundheiten. Da sollte sich der Manager vom Herzinfarkt erholen, die Ballerina von ihrem Ekzem und das Darm-Karzinom von einer Operation. Laut Prospekt hatte jeder Homo sapiens, sofern er über ein gesundes Bankkonto verfügte, das Recht und genug Grund, sich dort kurieren zu lassen.

Die Therapieform war mir damals nicht geläufig, aber da es sich nicht um irgendwelche drastischen Maßnahmen handelte, sondern um eine strikte Diät, bei der man Eiweiß- und Kohlehydratmahlzeiten trennte (sog. *Trennkost)*, konnten wir eigentlich nichts falsch machen. Außerdem legte man dort den allergrößten Wert auf das Aufpolieren des körperlichen und seelischen Wohlbefindens. Also besser konnte es doch gar nicht sein!

Rico zerfloß in seinem Kummer. »Da halte ich es keine drei Tage aus. Nicht eine Menschenseele, die ich kenne. Keiner versteht meine Probleme. Ich sterbe jetzt schon vor Heimweh und Sehnsucht nach dir. Bitte, bitte laß mich hier bei dir bleiben!« Er kuschelte seinen Kopf an meine Schulter und weinte bitterlich.

Doch wir hatten keine andere Wahl. Er sah mir zu, wie ich seine Koffer packte. Es war schlimmer als sein Umzug in den Erlenhof damals. Er war völlig verstört. »Du willst mich loswerden! Ich fühle es genau, du willst deinen Jungen nicht mehr haben! Du verstößt mich.« Er konnte sich überhaupt nicht wieder beruhigen.

»Aber nein. Du weißt genau, daß das nicht stimmt. Du brauchst liebe Menschen, die dir helfen und immer für dich da sind. Ich schaffe das einfach nicht. Darum habe ich dir das beste Sanatorium ausgesucht, das ich finden konnte. Du ...«

»Und dahin schiebst du mich jetzt ab!« Er schluchzte herzerweichend.

Der Abschied war eine Folter, 375 endlose Kilometer lang.

Wir wußten es nur noch nicht, aber wir fuhren geradewegs ins Paradies. In ausgedehnten Wäldern, auf einer Anhöhe stand wie in einem Märchenbuch das Sanatorium *Schloß Sonnenberg*.

Ein gepflegtes Anwesen eingebettet in Parkanlagen, soweit das Auge reichte. Exotische Blumenrondelle, kleine japanische Teehäuser, Swimmingpools mit Wasserspielen, Tennis- und Golfplatz. Am unteren Ende des Parks schimmerte das Wasser eines sanft dahingleitenden Flusses in der Sonne. Hier wäre ich auch gerne einmal gesund geworden.

In der eleganten Eingangshalle prasselten dicke Holzscheite im Kamin. Alles war in wohlige Wärme getaucht. Lederbezogene Clubsessel, wie ich sie bisher nur in alten englischen Filmen gesehen hatte, luden zum Entspannen ein. Dicke Perserteppiche, wohin man trat. In fein geschnitzten Vitrinen lagen goldgeprägte Erstausgaben alter Folianten zum Lesen aus. Durch eine riesige Glaswand sah man in das Hallenbad. Ich traute meinen Augen nicht: Dort wuchsen Palmen und tropische Gewächse zwischen den Liegen. Auf kleinen Tischen standen Getränke bereit, während wir sogar mit einem Glas

Champagner empfangen wurden. Ricos Augen leuchteten vor Glück.

Ich sah ihn an: »Na, was hab' ich dir gesagt? Hier oder nirgends wirst du gesund werden.«

Er drückte meine Hand: »Du bist die wundervollste Frau der Welt!«

Kein Ausfüllen endloser Formulare, kein Schlangestehen für die Bettenzuteilung, kein Gedrängel zwischen röchelnden Patienten. Wir hatten die Welt der Krankheit hinter uns gelassen. Hier wurden wir von der Aura strahlender Gesundheit umgeben. Man überreichte uns einen geprägten Lederordner mit dem Aufdruck: *Herr Rico Ortmund – Jupiter Suite* zur gefälligen Kenntnisnahme.

»Bitte hier entlang, Herr Ortmund. Der Herr Professor wird Sie in fünfundvierzig Minuten in Ihrer Suite aufsuchen.«

Dann schob ein Livrierter Ricos Rollstuhl in den Lift. Auch hier schimmerte uns blankgeputztes Messing entgegen.

Hätte ich die Jupiter Suite für Rico mit aller Liebe und sehr viel Geld selbst einrichten dürfen, dann wäre so ungefähr das Gleiche dabei herausgekommen. Dieses war kein Sanatorium, es war ein Fünf-Sterne-de-Luxe-Palast.

Als unser Gepäck hereingerollt wurde, freute Rico sich: »Hier bleibe ich!«

Auch ich wäre hier gern geblieben. Nur so zum Spaß, um mich ein bißchen auszuruhen. Die herrliche Stille, die entspannte Atmosphäre; eine gelungene Komposition aus Natur, Harmonie und Schönheit. Sogar die Orchideenrispen mit einem Willkommensgruß auf Ricos Nachttisch waren farblich auf seine Bettwäsche und die Gardinen abgestimmt. Das Angebot der Bücher in der schweren Eichenwand entsprach genau unserem Geschmack. Und unter der Pergola seines Balkons blühte für ihn die Blume, die er in Spanien so geliebt hatte: eine violette Bougainvillea. Ich hätte es ihm nicht schöner wünschen können.

Auf die Minute genau erklang nach einer dreiviertel Stunde ein zarter Gong an unserer Tür. Rico drückte auf den Öffner an seinem Bett. Ein weißhaariger Herr, dessen Erscheinung dazu ausersehen war, Vertrauen zu erwecken, stellte sich bei Rico als »Lambrecht, Ihr Arzt« vor, der von nun an immer für seinen Patienten da sein wollte.

Herr Professor Doktor Lambrecht, der Leiter des Sanatoriums, hatte sich bereits eingehend mit Ricos Krankengeschichte befaßt. Es gefiel mir, daß er keine unhaltbaren Versprechungen machte, wie sie seinem Haus gut zu Gesicht gestanden hätten. Trotzdem strahlte er Zuversicht und Hoffnung aus. In seinem Fach war er sachlich, korrekt und positiv.

»Wir werden unser Bestes tun. Sie können sich auf mich verlassen. Ruhen Sie sich aus, gnädige Frau – es sieht ganz so aus, als wenn Ihnen selbst ein bißchen Erholung guttun würde –, und machen Sie sich keine Sorgen mehr um Ihren Gatten«, gab er mir mit auf den Weg.

Der Abschied war, im Gegensatz zu dem, was mir als Schreckgespenst im Nacken gesessen hatte, kurz, schmerzlos und fröhlich. Unendlich erleichtert setzte ich mich ins Auto und fuhr in Richtung München zurück. Nach wenigen Kilometern packte mich plötzlich das heulende Elend. Kraftlos lag ich über dem Steuer und weinte mir die Augen aus. ›Hysterisch‹, fiel mir ein. Das hatte der Polizist neulich zu mir gesagt. Vielleicht hatte der Mann ja recht …

Ricos Aufenthalt im Schloß vollbrachte wahre Wunder – für uns beide. Ich befolgte den Rat seines Professors. Seit über einem Jahr schlief ich zum erstenmal wieder lange, tief und fest. Ich hatte vergessen, wie erholsam das war. Am nächsten Morgen setzte ich mich mit meiner ersten Tasse Tee in die überdachte Ecke unseres Balkons, freute mich über den Sonnenaufgang und fing an, diesen neuen Tag, ja einen neuen Lebensabschnitt zu genießen. Ich sog die kühle, klare Luft ein, lauschte der Morgenmelodie der Vögel, hörte in weiter Ferne einen Zug vorüberfahren und – ich machte mir keine Sorgen.

Dabei stand der Herbst vor der Tür. Es war das erste Mal in unserer Ehe, daß sich die Blätter färbten und ich keine

Angst hatte. Ich fühlte mich, als wäre ich neu geboren. Selten in meinem Leben habe ich Glück und Zufriedenheit so intensiv, so tief von innen heraus genossen.

Als ich am Wochenende zum Schloß Sonnenberg fuhr, staunte ich über das nächste Phänomen: Rico. Ich hörte sein fröhliches Lachen bereits, bevor ich in die Tropenhalle kam. Dort lag er am Pool. Seinen Zeichenblock auf den angewinkelten Knien, appetitlich zubereitete Papayastückchen in einer Schale, zwei Dutzend Bücher um seine Liege herum verstreut. Und immer war jemand in der Nähe, der sie ihm wieder einsammelte. ›Raumfüllend‹ hatte meine Freundin Maria einmal gesagt – selbst hier unter haushohen Palmen in dieser exotischen Tropenhalle.

Das Haus war auf Ehepartner als Wochenendbesucher eingestellt. In weiser Voraussicht waren sämtliche Suiten mit Doppelbetten ausgestattet. Viele der Patienten kamen ohnehin gleich als Ehepaare hierher, um sich gemeinsam behandeln zu lassen.

Am vierten Wochenende merkte ich, daß ich es mir durchaus leisten konnte, Rico schon etwas länger allein zu lassen. Er war einverstanden.

Auch zu Hause begann ich jetzt, mein Leben zu genießen. Der Luxus hatte wohl ein bißchen abgefärbt. Nun widmete ich jeden Tag eine halbe Stunde meinem Wohlbefinden. Eine würdige alte Dame hatte mir einmal gesagt: »Jede Frau braucht eine halbe Stunde am Tag nur für sich selber. Eine Dame braucht zwei Stunden.«

Nun, bis zur Dame schaffte ich es natürlich nicht. Aber ich war wenigstens wieder eine Frau. In der letzten Zeit war ich zu einer Art Neutrum zusammengeschrumpft, trug ausschließlich Anthrazit bis Schwarz und putzte meine Schuhe auf dem Klodeckel im Institut mit Papiertüchern. Mein Äußeres hatte ich auf den Status einer unscheinbaren grauen Maus absinken lassen. Mein einziger Schmuck waren meine obligatorischen Seidenschals, mein persönliches Markenzeichen.

Jetzt blühte ich auf. Wir hatten es geschafft! Entgegen allen Prophezeiungen und Katastrophen, Prognosen und

Rückschlägen. Rico lebte! Und er lebte in einer Umgebung, in der er nur gesund werden konnte. Dort hatte er alles, was ein kranker Mensch sich in seinen kühnsten Träumen nur wünschen konnte: Tägliche Unterwassermassagen, Schwimmen im warmen Solebad, Bestrahlungen, Gymnastik. Außerdem wurde nicht nur sein Körper verwöhnt, denn alle hatten ihn sofort ins Herz geschlossen. Er war der König Sonnenschein.

Dieses Erfolgserlebnis kam keinem anderen gleich. Sicher, in meinem Beruf war ich auch erfolgreich. Aber was war das schon, verglichen mit dem geretteten Leben dieses Mannes?

Dennoch war mein Goldesel-Job im Augenblick mein Rettungsanker. Trotz der phantastischen Aussichten auf Ricos glückliche, gesunde Zukunft war mir eine Sorge geblieben: meine finanzielle Notlage. Sie war, selbst wenn man sie äußerst wohlwollend betrachtete, ein Pulverfaß in einem Benzinlager.

Mein erster Weg führte mich zu meinem Bankmanager. »Tja, Frau Ortmund, nun haben wir die Schallmauer durchbrochen.«

Und damit war ich leider aus seinem Verantwortungsbereich herausgefallen. Er durfte mich mit allen Tricks, die er kannte, bis zu 99 999 Mark am seidenen Faden halten. Ein großzügiges Entgegenkommen bei einer Kundin, die außer schrottreifen Autos und einem Bombengehalt nichts an bankwürdigen Sicherheiten zu bieten hatte. Nun war der seidene Faden gerissen.

Mein zweiter Weg führte mich zu unserer Krankenkasse. Mit den Leuten hatte ich seit dem Beginn von Ricos Krankheit bereits etliche Nahkämpfe ausgefochten. Einige erfolgreich, andere weniger. Wir hielten uns die Waage. Die Sache mit dem gepfändeten Krankengeld hatte denen allerdings überhaupt nicht gefallen. Ich war in ihrer Achtung auf einen Platz unter Null abgesackt.

Es war aber auch wie verhext. Da lebten wir nun in einem Sozialstaat. Doch das Netz, das zum Auffangen von Härtefällen geknüpft war, hatte Löcher. Und die waren mit einer solchen Präzision für uns maßgeschneidert, daß wir genau durch diese Maschen hindurch ins Bodenlose fielen.

Das fing schon mit dem gepfändeten Krankengeld an. Wie war es möglich, daß man einem Todkranken, der in einem sündhaft teuren Klinikbett um sein Leben kämpfte, den sowieso nur tropfenden Geldhahn zudrehte? Und nach einem Jahr Krankheit wäre dann ja auch diese ohnehin spärliche Einnahmequelle weggefallen.

»Sie können ja zum Sozialamt gehen, wenn Sie wollen. Aber bekommen werden Sie dort bestimmt nichts, weil Sie ja selbst mehr als genug verdienen«, hatte man mir bei der Krankenkasse gesagt. Ich ging natürlich nicht zum Sozialamt. Das hätte mir gerade noch gefehlt.

Zum Klinikaufenthalt gab die Krankenkasse ganze dreißig Mark am Tag dazu. Und nun, nachdem wir das Schlimmste hinter uns hatten, sagte mir der Dienststellenleiter: »Sie hätten Ihren Mann damals, als wir alle wußten, daß er nicht wieder gesund wird, berenten lassen sollen.« – Das sagte er mir jetzt! – »Dann hätte Ihnen wenigstens seine monatliche Pension zugestanden. Nun ist es dafür natürlich zu spät, denn er ist ja ganz offensichtlich auf dem Weg der Besserung. Wir können also erwarten, daß er in absehbarer Zeit wieder in den Arbeitsprozeß eingegliedert werden kann.«

Da Rico aber gerade in diesem Augenblick nicht zu den ›Arbeitsfähigen‹ gehörte, war sein Sanatoriumsaufenthalt keine *Maßnahme zur Erhaltung seiner Arbeitsfähigkeit*, ergo ein nicht unterstützungsberechtigtes Privatvergnügen.

Wie auch immer man unseren Fall drehte, außer mir war niemand für diese mysteriöse Krankheit zuständig.

Nach Ricos wunderbarer Heilung brauchte ich nun also noch ein zweites Wunder, und zwar für die Genesung meiner Finanzen. Ich mußte mir etwas einfallen lassen. Meine zuverlässigste Informationsquelle für Unmögliches war Professor Loch, der inzwischen viel mehr war als nur mein Chef. Er war mein Freund.

»Ich weiß. Ich weiß. – Warum glaubste wohl, stehen mir die Haare zu Berge? Was? Die Situation ist, mal sehr positiv betrachtet, besch ... scheiden.« Er hatte mir bei meiner Steuererklärung geholfen. Also wußte er Bescheid.

Aber er hatte außer Schimpfworten eben auch Antworten: »Wir werden den Stier bei den Hörnern packen.«

Das *wir* tat mir so gut!

»Also ich habe folgendes ausbaldowert: Du bist gut. Aus dir kann man etwas machen. Muß man eben nur richtig anpacken. Die Seite kannste mir überlassen. Ich mache dich berühmt.« Dabei schlug er sich mit der Faust siegessicher gegen die stolzgeschwellte Brust.

»Waaas?« Nun standen mir die Haare zu Berge. »Bloß nicht! Ich will schuften wie ein Pferd, aber ich will meine Ruhe haben und um Himmels willen nicht berühmt sein!«

»Reg dich nicht auf! Ich sage das nur so. Du wirst deine Vorträge eben in einem anderen, größeren Rahmen halten. Das meine ich. Und guck nicht so, als wenn ich dir deine Ehre angemurkst hätte.«

Aus seiner Schublade zog er eine Einladungskarte zu einem Vortrag. Großartige Aufmachung, interessantes Thema; eine Jubiläumsveranstaltung.

»Sehr schön! Da sollten wir hingehen«, sagte ich.

»Werden wir! Werden wir!«

Nur sein Tom-Sawyer-Grinsen störte mich. Ich guckte noch einmal auf die Karte. Mir blieb das Herz stehen. Ich las:

Referentin: Sascha Ortmund

»Von langer Hand vorbereitet, mit Loch'scher Akribie. 280 Zusagen haste schon. – Naja, ich wußte doch, daß dir deine Schulden eines schönen Tages die Luft abdrehen würden. Es war nur eine Frage der Zeit, wann de dich endlich auf den guten alten Vater Loch besinnst. Hatte viel Zeit zum Überlegen. Nun bringe ich dich ganz groß raus!«

Als der Vortragsabend zwei Wochen später trotz meiner Stoßgebete dennoch anbrach, sagte Professor Loch zu mir: »Du machst das schon!« und klopfte mir aufmunternd auf die Schulter.

Warum in aller Welt brachten mir die Menschen immer so unendlich viel Vertrauen entgegen? Das fing schon an, als ich laufen lernte, und setzte sich bis in die Probleme meiner Ehe fort. »Du machst das schon«, hieß es immer wieder. Wenn ich selbst doch auch dieses Vertrauen in meine Fähigkeiten haben könnte.

Plötzlich sah ich mich vor über vierhundert gestandenen Akademikern, für die ich bestimmt ein rotes Tuch war; erstens Frau und zweitens jung.

Zweitens hätte man mir vielleicht gerade noch nachsehen können, wenn bloß erstens nicht gewesen wäre. Natürlich zitterte ich. Ich glaube, das nennt man Lampenfieber. Aber Gernot Habakuk Loch hatte mich nicht nur ins eiskalte Wasser gestoßen, sondern mir vorher das Sprungbrett mit guten Ratschlägen abgefedert: »Dein Fach beherrschst du – also brauchste keine Angst zu haben. Alles andere ist rein psychologisch. Konzentriere dich auf die ersten fünf Reihen. Da suchste dir zwei, drei wirklich nette Gesichter aus – ungefähr so wie meins –, und an die hältste dich. Die anderen Gipsköppe guckste gar nicht an, höchstens, wenn sie auf *nett* umschalten. Bis dahin redeste nur mit den drei Leutchen. Wie 'ne Unterhaltung sozusagen.«

Er war schon ein toller Freund. Mit seiner Schützenhilfe überstand ich die kritischen ersten Minuten. Danach lief alles wie von selbst.

Am nächsten Morgen erfuhr ich, warum er mich so gnadenlos ins kalte Wasser geschubst hatte: »Nun biste natürlich für den Vatikan unbezahlbar. Hab' ich denen gleich im Aufzug heute morgen verklickert. Jetzt schließen sie für dich noch eine zusätzliche Lebensversicherung ab. Eine Million, hab' ich schon mal so gesagt.«

Schräger Blick auf mich. »Nu werd nich gleich größenwahnsinnig. So was hat der Vatikan für alle hochkarätigen Köpfe. Musser, von wegen ›Verlust eines unersetzlichen Mitarbeiters‹. Lege deine Stirn nicht in Falten, davon verstehste doch nichts. Das ist hohe Finanzpolitik. Fällt alles unter *Abschreibung*. Deswegen biste heute keinen Pfennig mehr wert als gestern.

Aaaber – und nun kommt der Loch'sche *Casus Knacktus*! – Die Versicherungspolice tragen wir morgen zu deiner Bank. Damit ziehen wir den Karren aus dem Dreck.« Das spitzbübische Grinsen von Tom Sawyer strahlte über sein ganzes Gesicht.

Meine Kreditwürdigkeit war gerettet. Ich konnte mir Ricos Sanatorium mit über vierhundert Mark pro Tag so lange leisten, bis er wieder ganz gesund war. Tagsüber arbeitete ich, als ob es dafür einen Orden geben würde. Abends und an den Wochenenden hielt ich Fortbildungsveranstaltungen und Vorträge oder fuhr zu Kongressen. Diese Aktionen wurden jeweils extra bezahlt. Es war schon eine sehr stolze Summe, die ich da monatlich zusammenverdiente.

Meine halbe Stunde am Tag, die ich mir zum Frausein gegönnt hatte, mußte ich natürlich auch wieder streichen. Nun war ich ein Arbeitstier.

Einmal im Monat fuhr ich am Wochenende zum Schloß Sonnenberg. Rico konnte sich inzwischen schon selbständig bewegen. An Krücken zwar und noch sehr mühsam, aber es ging. Und es wurde ja jeden Tag etwas besser. Er fühlte sich wohl und hatte alles, wirklich alles, was er zu seiner Genesung brauchte.

Nie war er allein. Immer gab es Menschen, die sich liebevoll um ihn kümmerten. Sein Charme blühte wieder auf. Seine Lebensfreude war zurückgekehrt. Seine Aktivitäten wurden nur noch durch seine lahmen Knochen gebremst.

Nun wagte ich es endlich, ihm unseren Gütertrennungsvertrag vorzulegen. Diese Zeitbombe, auf der ich saß, hatte mich schon zu lange belastet. Mit jeder kleinen Sorge, die ich ablegen konnte, wuchs mein Glück. Doch es war vor allem diese überwältigende Gewißheit, daß es Rico immer besser ging. Ich schwebte auf Wolken.

Er kam mir bereits ohne Krücken entgegengehumpelt, als ich kurz vor Ostern die Einfahrt zum Schloß hinauffuhr. Aber er hatte sich verändert. Ich konnte es nicht genau erklären – als ob das Trompetenspiel seiner Freude mit einem Dämpfer musizierte.

Die Natur sprudelte vor Kraft. Alles ergoß sich im Überfluß auf dieses begnadete Fleckchen Erde. Genauso wie die wiedergekehrte Lebensfreude meines Mannes. Und doch …

Wir saßen in einem der romantischen kleinen Teehäuser neben den Wasserspielen. Rico nahm mich in seine Arme, und ich war einen endlosen Augenblick lang glücklich.

»Du Sascha … Ich habe mich verliebt.«

Ganz leise, aber sehr effektvoll durchschlug dieser Satz den seidenen Faden meines zarten Glücks.

Rico sah mich an. Ich wagte es nicht, in seine Augen zu blicken, mochte auch keine Fragen stellen. Nur allein wäre ich jetzt gern gewesen.

Eine Traube lachender junger Menschen tollte vorbei, und einer rief: »Kommt ihr mit, Rico? Wir gehen rudern.«

Rico wollte furchtbar gern. Und ich ließ ihn gehen. Er war sich nicht ganz sicher. »Dann bist du mir also nicht böse?«

Als Antwort gab ich ihm einen vorsichtigen Klaps, und er humpelte mit den anderen davon. Ihr fröhliches Lachen schallte vom nahen See zu mir herüber.

War ich ihm böse? – Nein. Es war eher ein Gefühl, als hätte mir jemand den Blumenteppich, auf dem ich glücklich unserer neu errungenen Zukunft entgegenschwebte, weggezogen.

Mein Mann war verliebt – und nicht in mich.

Ich hätte gerne geweint, aber ich mußte realistisch sein, mußte analysieren und konsequent nachdenken. Wie oft hatte ich mir in den vergangenen Jahren gewünscht, daß er mich betrügen sollte. Ja, ich hatte sogar einen Pakt mit dem lieben Gott geschlossen und ihn gebeten: »Laß zu, daß mein Mann mir bitte die gleichen Probleme bereitet, wie andere Männer. Er soll sich verlieben. Er soll mich betrügen. Ich kann alles verkraften. Aber bitte laß ihn wieder gesund werden.«

Dieses Gebet schickte ich sowohl an *Umbringetagen* als auch während der Klinikzeit regelmäßig gen Himmel. Offenbar war es dort angekommen. Rico war gesund geworden und brachte sich nicht mehr um. Also war das, was nun geschah, eigentlich gerecht.

Trotzdem tat es weh. Warum gerade jetzt? Es ging ihm besser. Er war wieder ein Mann und nicht mehr das erbarmungswürdige Häufchen Elend, das ich mit all meiner Kraft beschützen mußte. Wie gerne wäre ich nach mehr als anderthalb Jahren die erste Frau gewesen, die er wieder begehrte.

»Nein, lieber Gott, laß mir bitte noch ein bißchen Zeit. Ich möchte mein Glück ein wenig genießen dürfen, bevor ich es verliere.«

Aber Gott ließ doch nicht mit sich handeln! Wenn der Herr im Himmel beschlossen hatte, daß hier und jetzt die Stunde der Abrechnung gekommen war, wie konnte ich es wagen, mit ihm um ein paar Osterfeiertage zu feilschen?

War es denn nicht durchaus möglich, daß von jetzt an jeder seinen eigenen Weg finden mußte? Wie konnte ich überhaupt erwarten, daß ein Mann, der diese unermeßlichen Qualen erlitten hatte, genau dort wieder anfing, wo er an dem Tag aufgehört hatte, an dem die Hölle unter seinen Füßen aufgebrochen war?

Auch ich hatte mich verändert, hatte Erfahrungen gemacht, für die andere Menschen vielleicht ein halbes Jahrhundert und einen Weltkrieg brauchten. Ich war nicht mehr das schüchterne, achtzehnjährige Mädchen, in das er sich damals verliebt hatte. Ich hatte viel erlebt, hatte gelernt, zu leiden, zu bangen, zu hoffen, zu verzweifeln und trotzdem weiterzuleben. Ich wußte, wie man sich fühlte, wenn man alles verlor, wenn es nicht mehr weiterging. Konnte ich nach alldem wirklich erwarten, daß Rico in mir jetzt wieder seine Geliebte von damals sah? – Bestimmt nicht.

Während seiner Krankheit mußte ich zum Teil mit Brachialgewalt in Intimbereiche eindringen, die eine normale Partnerschaft niemals berühren würde. Womöglich brauchten die Wunden, die diese Berührungen hinterlassen hatten, erst einmal Zeit zum Heilen. Das konnte lange dauern. Es konnte sogar passieren, daß sie niemals heilen würden. Ich wußte es nicht.

Ich wußte nur, daß ich meinem Mann die Freiheit zugestehen mußte, die er brauchte, um sich in seinem neu gewonnenen Leben zu orientieren. Ich hatte kein Recht, als Mahnmal *die gehörnte Ehefrau* in seinem Weg rumzuhocken und ihm damit den Zugang zur großen Freiheit zu versperren. Auch wenn ich sehr traurig darüber war, daß es für uns kein Heute gab. Mir blieb wenigstens noch die Hoffnung auf ein Morgen.

Wie ein junger, übermütiger Grislybär kam Rico herangetollt. Sein Humpeln wirkte so natürlich in dieser pitschnassen Ausgelassenheit.

»Sascha, das war toll! Wasserkampf! Alle gegen alle. Wer die meisten naßspritzt, hat gewonnen. Dein Junge war der Beste! Stell dir vor!« Er mochte gar nicht aufhören zu schwärmen. »Es war ja so schön!« – Ob er vergessen hatte, daß er verliebt war? Nun wollte er mit mir in die Sauna gehen und dann im Tropenpool schwimmen. Mit mir. Nicht mit ihr.

Als wir gemeinsam schwitzten, brachte ich es endlich fertig, ihn wie nebenbei zu fragen: »Sag mal, wer ist eigentlich diese Frau, in die du dich verliebt hast?«

»Bist du auch wirklich nicht böse?« Ein tropfnasser, skeptischer Seitenblick traf mich, den ich genauso tropfnaß erwiderte. »Unsinn!«

»Also, wenn du wirklich nicht böse bist – großes Ehrenwort? –, dann stelle ich sie dir nachher vor. Ist natürlich noch ziemlich jung, weißt du. Ihr Vater ist mehrfacher Millionär, und sie fährt einen silbergrauen Bentley. Du wirst sie mögen, sie ist sehr nett.«

Als ich mich nach dem Schwimmen unter einer Palme auf der Liege ausruhte, stand sie plötzlich vor mir – an der Hand meines Mannes.

Ach du lieber Himmel! Wo hatte er denn dieses Häschen aufgegabelt? Sehr pausbäckig, vorne sowie hinten. Ungebändigte aschblonde Mähne und ein Schmollmündchen, obwohl sie eigentlich gar nichts zu schmollen hatte. Sehr sexy. Das mußte man ihr lassen. All das, was ich nicht hatte, das hatte sie im Übermaß – und umgekehrt, glaube ich.

Weil keiner etwas sagte, knuffte sie den armen Rico mit den Knöcheln ihrer von ihm gehaltenen Hand in die immer noch geschwollene Hüfte. Ich konnte es nicht länger mitansehen. Das tat ihm doch weh. Ich sagte rasch: »Guten Tag.«

Und sie: »Haeiii!«

Nun rührte auch Rico sich endlich. Bisher konnte er wohl nichts sagen, weil er wegen der Knuffschmerzen die Zähne zusammenbeißen mußte. »Das ist sie, Sascha. Sie heißt Adventura. Ist sie nicht niedlich?«

»Sehr niedlich«, bestätigte ich und kam mir vor, als wenn mein Mann und ich eine Preiskuh lobten. – ›Ach Rico, was hast du dir da bloß angelacht?‹ – Ich hätte ja zu gerne die Liste seiner Auswahlkriterien in Sachen Ehefrau abgefragt. Von wegen: Otto-Motor, Bachstelze, Egoismus und so. Ob sie wohl mit ihm *Die Leiden des jungen Werther* las oder die *Madame Curie?*

Adventura trat von einem Bein aufs andere, als ob sie dringend mal für kleine Mädchen müßte. Rico, Rico! Dieses Pin-up-Girl hatte man für die Titelseite des *Playboy* herangefüttert, aber nicht für dich. Sie mußte bei dem Wort ›Sorgen‹ erst einmal im Lexikon nachschlagen. Und wenn es dann vielleicht noch um ›Verantwortung‹ ging, konnte sie gar nichts finden, weil ihr Finger unter ›F‹ suchte. Nein, sie war keine Konkurrenz für mich. Vielleicht eine sexuelle Eintagsfliege. Mehr nicht. Ein Spielball, dessen Farbe man bereits vergessen hatte, wenn er über den Zaun in Nachbars Garten gefallen war.

Unser gemeinsamer Kavalier war inzwischen davongehumpelt, um eine Obstquarkspeise für mich und Schokoladenpudding für die Neue heranzuschaffen. Den Titel hatte sie sich selbst verliehen. Die ganze Sache fing an, mich zu amüsieren. Ich hätte natürlich längst nicht so jovial auf dem Pool-Divan herumgelegen, wenn Rico mit einer intelligenten, bildhübschen, geistreichen Millionärstochter vor mir aufgetaucht wäre.

»Geht es Ihnen schon besser?« fragte ich, weil ich gerne gewußt hätte, wie lange sie noch gedachte, hier gesund zu werden – und weil mir nichts anderes einfiel.

»Woher wissen Sie?« Ihr entsetzter Blick traf mich. Aber ehe ich antworten konnte, klärte sie mich bereits auf. Ihre dritte Abtreibung innerhalb eines Jahres war ihr nicht so gut bekommen wie die anderen beiden. – Ob Rico das wohl wußte?

»... und da hat Dääddie gesagt, daß ich mich hier erholen soll, bis ich nicht mehr möchte. Weil, Dääddie meint, ich bin noch so jung.« Ihr Blick zerfloß im Selbstmitleid. Und dann: »Kann ich ›du‹ zu Ihnen sagen? Ich meine, weil ich doch mit Ihrem Mann – hihihi – also sozusagen ...«

»Vielleicht später einmal.«

»Schade! – Aber es tut richtig gut, daß ich mit Ihnen reden kann. Sie sind wirklich eine tolle Frau. Ährlich!«

Was für ein Kompliment von der Neuen an die Alte. Nun wußte ich, daß mir in Zukunft wenigstens das Aufgabengebiet des seelischen Mülleimers sicher war.

Sollte Rico sich ruhig bei ihr austoben. Sie würden sich schnell genug satt haben. Im Augenblick jedoch konnte er bei ihr all das in molliger Fülle nachholen, wobei er sich mit mir nur blaue Flecken geholt hätte. Nicht daß ich etwa besonders großzügig war. Nein. Nur: Ich hatte wirklich nichts zu verlieren.

Nachdem sie den Schokoladenpudding in sich hineingeschaufelt hatte, wollte sie mit Rico Blumen pflücken. Ich sah den beiden nach wie eine Mutter, die ihren Kindern hinterherschaut. Hand in Hand sprangen sie in die Frühlingssonne hinaus. Der Strauß, den sie pflückten, war für mich.

Nach Ostern fuhr ich nicht mehr ins Schloß. Wir hatten vereinbart, daß Rico mir Bescheid sagen würde, wenn ich ihn wieder besuchen sollte. Schade. Die Wochenenden dort hatten mir gut getan. Wie Mini-Urlaube. Ich wäre gerne wieder hingefahren. Aber er sagte nichts.

12

Bodo wollte heiraten. Mein kleiner Bruder – ein Mann fürs Leben. – Ausgerechnet Bodo!

Ich war seine Trauzeugin.

Am Donnerstag vor der Hochzeit fuhr ich nach über drei Monaten zum ersten Mal wieder ins Sanatorium, um Rico abzuholen. Er freute sich wie ein Kind auf Bodos Hochzeit.

»... und meinen Smoking mit Ersatzhemd. Vergiß nicht meine beiden Fliegen mit dazugehörigem Kummerbund, weil ich noch nicht weiß, ob ich mich weinrot oder silbergrau fühle. Die guten Wildlederschuhe mußt du vorher schön mit dem Sprühzeug imprägnieren, falls mir beim Tanzen jemand drauftritt.«

›Er kann also schon wieder tanzen‹, dachte ich. Bei jedem Anruf kamen neue Wünsche dazu, und ich packte ein. Kurz vor meiner Abfahrt rief er noch zweimal an, weil er sich doch so freute.

Es war ein merkwürdiges Gefühl, ihn nach genau einhundert Tagen endlich wiederzusehen. Noch nie waren wir so lange getrennt gewesen. Ob er sich wohl verändert hatte?

»Unglaublich gut erholt hat er sich«, hatte Professor Lambrecht gesagt, mit dem ich regelmäßig telefonierte. »Sie können stolz sein. Was Sie vollbracht haben, grenzt an ein Wunder.«

Stolz war ich nicht, aber glücklich und zufrieden. Sicher war auch der Ausrutscher mit der kleinen Adventura inzwischen ohne große Nachwehen überstanden. Sie würde ihre drei ungeborenen Kinder in Schokoladenpudding ertränkt haben, und danach als geheilt entlassen worden sein. Gefragt hatte ich allerdings nicht nach ihr. Ich hoffte ohnehin, Rico bald nach Hause holen zu können.

Als ich seine Suite betrat, hatte ich mich so richtig schön in Stimmung gefreut. Er aber lag auf dem Bett und starrte an die Decke.

»Du bist ja noch gar nicht angezogen, mein Schatz. Was hast du, bist du krank?«

»Ja!«

»Was fehlt dir denn?«

»Habe Krankheitsgefühl.«

»Und wo?«

»Überall. Bin reiseunfähig.«

Ich verstand überhaupt nichts mehr. Eine Stunde später saß ich Professor Lambrecht gegenüber.

»Er mauert. Er will nicht weg. Plötzlich hat er Angst, daß Sie ihn nicht wiederbringen, Angst vor der Welt dort draußen. Nun ja, wenn man bedenkt, in welchem Zustand er hierhergekommen ist, dann kann man ihn sogar verstehen.«

Gemeinsam gingen wir zu meinem Mann. Ich versprach mit Engelszungen, daß ich ihn sofort nach der Hochzeit wieder herbringen würde. Versprach, daß er solange bleiben könne, bis er wieder völlig gesund wäre. – Nichts zu machen. Er blieb so liegen, wie er sich hingelegt hatte. »Samstag abend vielleicht oder Sonntag, dann könnte es sein, daß es mir besser geht. Vorher nicht.«

»Aber Rico. Ich bin doch Bodos Trauzeugin. Morgen früh um zehn muß ich mit ihm und Anette zum Standesamt gehen.«

»Das kannst du nicht. Muß er sich eben einen anderen Trauzeugen suchen.«

Es war hoffnungslos.

Die Stimme des Professors erklang neben mir: »Das Beste wäre, wenn Sie schon einmal ohne Ihren Mann losfahren, Frau Ortmund. Er ist offensichtlich noch nicht kräftig genug.«

Damit zog er mich von Rico weg, schloß die Tür hinter sich und setzte sich mit mir ins Wohnzimmer. »Wir warten am besten hier. Er wird sich bestimmt in ein paar Minuten besinnen. Dann kommt er mit.«

Wir warteten vier Stunden. Ich ging immer wieder zu Rico, streichelte ihn und versuchte ihn zu überreden, zu überzeugen. Ich legte mich zu ihm auf sein Bett, damit er meine Nähe spürte. Ich mußte es schaffen! Er hatte sich doch so gefreut ...

Dann gab ich auf und fuhr zu meinen Eltern in den Taunus – ohne Rico. Ich mußte an die Erkenntnisse von Madame Guex denken: *Das Verlassenheitssyndrom* – Immer wieder auf die Probe stellen – Das Absolutheitsbedürfnis – Die extreme Erwartungshaltung – Alles oder nichts.

Vierhundert Kilometer Umweg, nur um ihn zur Hochzeit abzuholen. Und er hatte mich nicht einmal angesehen. Aber deswegen weinte ich gar nicht. Es war mein Entsetzen über den labilen Zustand seiner Seele. Meine Angst vor der Zukunft. Wenn er so sehr blockierte, nur aus Furcht, aus dem Paradies vertrieben zu werden, wie wollte ich ihn dann jemals wieder auf den Boden der Tatsachen zurückholen? Mein finanzieller Tanz auf dem Hochseil war ja trotz meines Bombengehaltes nicht ausgestanden. Ich jonglierte immer noch mit jeder Mark, konnte vor Schulden kaum aus den Augen gucken.

Richtig schön verzweifelt kam ich spätabends in meinem Elternhaus an. Dort war Hochzeitsstimmung. Ganz so wie damals bei uns. Alle umarmten mich. Erst jetzt spürte ich, wie sehr es mir gefehlt hatte, daß mich monatelang niemand mehr in die Arme genommen hatte. Mir war, als müßte ich an jeder Schulter weinen.

Und der Duft! Das herrliche Essen! Seit ich nicht mehr ins Sanatorium gefahren war, trug mein Magen einen Trauerflor. Gewöhnlich verdrückte ich meine Butterbrote mit Käse nebenbei im Auto. Nachts verwöhnte ich mich manchmal mit einem Rührei, in guten Zeiten sogar mit Tomaten und Parmesankäse garniert.

Nachem ich einen Teil meines Defizits an Streicheleinheiten aufgeholt hatte, arbeitete ich gegen mein Manko im Verdauungsbereich an. Ich vergaß, daß ich vielleicht einmal eine Dame werden wollte und futterte alles, was mir vorgesetzt wurde. Aber dieser Magen wußte auch nicht, was er wollte. Monatelang knurrte er mich hungrig an. Nun verwöhnte ich ihn mit Gänseleber, Erdbeereis und Rehrücken. Und was tat er? Er maulte und lehnte mein lukullisches Sonderangebot ab.

Auf Schloß Sonnenberg hatte Professor Lambrecht mich zum Abschied gebeten: »Fahren Sie nach Hause und genießen Sie die Hochzeit. Denken Sie nicht an Ihren Mann, und telefonieren Sie nicht mit ihm. Wir kriegen ihn schon wieder auf die Beine. Das verspreche ich Ihnen. Ich rufe Sie an, wenn sich etwas ändert. Sowie er sich besinnt, setze ich ihn ins Auto und lasse ihn sofort zu Ihnen bringen.«

Es fiel mir unglaublich schwer, diesen Rat zu befolgen. Bestimmt fühlte Rico sich von mir im Stich gelassen. Am Freitag abend hielt ich es nicht mehr aus. Schon seit dem Sonnenaufgang litt ich unter Alpträumen. In der Telefonzentrale reagierte man äußerst merkwürdig: »Einen Augenblick bitte. Ich versuche, Herrn Professor zu finden.«

»Nein, bitte nicht. Ich möchte doch nur meinen Mann ...«, aber sie hatten mich schon in die Wartestellung abgehängt.

Dann hörte ich Lambrechts Stimme: »Es tut mir unendlich leid, Frau Ortmund, aber ich wollte Sie nicht beunruhigen. Und wir wissen ja auch noch gar nichts Genaues.«

»Was wissen Sie nicht? – Was ist mit meinem Mann?«

»Eben, genau das wissen wir nicht.«

»Was soll das heißen?« Meine Stimme war wie erstickt.

»Erschrecken Sie bitte nicht, aber Ihr Gatte ist – verschwunden –« Er horchte in die Leitung hinein, aber von meinem Ende kam kein Ton. Langsam sprach er weiter: »Er muß irgendwann am frühen Morgen fortgegangen sein. Das Schlimme ist nur – ach, es tut mir so leid, Ihnen das sagen zu müssen –, er ist gar nicht richtig angezogen. Als man ihn das letzte Mal sah, hatte er nur eine Turnhose und ein Unterhemd an, und er sagte, er ginge zum Paddeln. Wir haben den ganzen Tag lang die umliegenden Wälder abgesucht. Die Polizei hat mit Spürhunden gearbeitet, und wir haben einen Hubschrauber eingesetzt. Als es dunkel wurde, mußten wir die Suche leider abbrechen.«

»Ich komme sofort!« hörte ich mich sagen. Als ich aufsprang, drehte sich plötzlich alles um mich. Danach lag ich im Bett meiner Mutter. Sie hatte inzwischen ein langes Gespräch mit Professor Lambrecht geführt, in dem er ihr dringend ans Herz gelegt hatte, mich auf keinen Fall aus dem Haus zu lassen. Meine Anwesenheit im Schloß würde nichts ändern. Alles, was zu tun wäre, würde dort getan.

Sie gab mir ein Schlafmittel – Lambrechts Rat – und setzte sich zu mir auf die Bettkante. »Sag mal, mein Kind, wie lange willst du das noch durchhalten?« – Bloß gut, daß sie von den letzten Jahren nur das wußte, was ich sorgfältig für sie gefiltert hatte.

Ich schlief wirklich ein. Und mit mir leider auch die Hochzeitsstimmung. Am Tag zuvor hatte ich ein glückliches, vor Erwartungsfreude bebendes Haus betreten. Lachende Menschen, ein feuchtfröhliches Familientreffen. Jetzt war es totenstill geworden im Hochzeitshaus.

Gegen drei Uhr morgens stand ich leise auf und ging auf die Terrasse. Am liebsten wäre ich in mein Auto gestiegen und zum Schloß gefahren, aber das durfte ich meiner Familie nicht antun. Ich setzte mich auf eine Liege unter den Kirschbaum. Es war eine Sommernacht zum Verlieben. Außerdem war heute mein Geburtstag.

Leise sang ich unsere Lieblingsarie *Nessun dorma*: »Keiner Schlafe! – Blickst nach den Sternen, die flimmern von Liebe und Hoffnung! Entweiche, o Nacht! Geht unter, Sterne! Im Morgengrauen siege ich! *Vinceró! Vinceró!*«

Ich begann lautlos zu weinen, mochte gar nicht mehr aufhören. Plötzlich spürte ich eine Hand auf meiner Schulter. »Na, soll ich wieder in den Wald gehen und ihn für dich suchen? Weißt du noch, damals, bei deiner Hochzeit, unsere Mutter: ›Guck gefälligst da, wo er ist und such nicht bloß so im Wald herum.‹ – Damals ist er auch wiedergekommen.« Bodo streichelte meine Tränen fort.

Als die Sonne ihre ersten Strahlen auf unsere Terrasse warf, erwachten nicht nur die Vögel, sondern auch mein Lebensmut. Bodo hatte mich soweit gebracht; ich wollte zu seiner Trauung mit in die Kirche gehen. Das einzige, was mich ein bißchen beunruhigte, war meine Ruhe. Ich funktionierte wie aufgezogen, tat alles was ich von mir erwartete, war vorbildliche, aufmerksame Gastgeberin, liebevolle Schwägerin, und ich benahm mich, als sei die Welt in bester Ordnung.

Dann zog ich das Kleid an, das meine Mutter speziell für diesen Tag für mich genäht hatte. Zum Anprobieren brauchte sie mich nicht. Sie kannte ihre Tochter. Und wir hatten den gleichen Geschmack. Nur ein bißchen weit war es geworden, weil mir an bestimmten Stellen etliche Pfunde fehlten. Aber bei diesem Modell ließ sich das Problem mit ein paar Sicherheitsnadeln beheben. Sie stand neben mir, als ich in den Spiegel sah, schloß mich in ihre Arme und sagte: »Kind, du bist wunderschön!«

In dem Moment klingelte das Telefon. Es klingelte ja ständig, aber dieses Mal war es anders. Ich stürzte an den Apparat. Es war Rico! – Es war wirklich Rico!

Ich sollte ihn an der Autobahntankstelle abholen. Er wartete dort auf mich. Ich sollte selbst kommen und durfte niemanden mitbringen. Dann war die Leitung unterbrochen. Mit dem tutenden Hörer im Schoß saß ich da, als wenn mir jemand meine Flügel mitten im Flug abgebrochen hätte.

Da fingen die Hochzeitsglocken an zu läuten. Mein Vater kam mit seiner aufgeschlagenen Autokarte und sagte: »Das sind ungefähr zweihundert Kilometer von hier.« Und meine Mutter bestimmte: »Erst fahren wir gemeinsam zur Kirche. Die Trauung dauert ja nicht lange. Danach sehen wir weiter.«

Vorher rief sie noch schnell im Schloß an, denn dort hatte man die Suche mit dem ersten Sonnenstrahl wieder aufgenommen. Inzwischen waren zwei Hundertschaften der Polizei, noch mehr Freiwillige und sogar ein Team von Tauchern im Einsatz. Professor Lambrecht hatte meine Mutter nämlich nach meinem unplanmäßigen Abgang gefragt, ob eventuell, also nur so ganz entfernt, bei ihrem Schwiegersohn die Möglichkeit eines Selbstmordes in Erwägung gezogen werden müßte. Danach hatte sie ihm unsere Misere nur im ganz großen Bogen, stark untertrieben und ohne Detailschilderung, im Ein-Minuten-Referat durchgegeben. Anschließend war im Schloß die Hölle los.

Am Tag zuvor hatte ich mir noch Sorgen darüber gemacht, daß ich vielleicht während der Trauung weinen müßte. Jetzt stand ich fest eingekeilt zwischen meinen Eltern. Ein Mann, der an meiner Seite zur Kirche gehen konnte, war in der Eile natürlich nicht aufzutreiben gewesen. Über unsere Dreierformation hat sich der harte Kern der Kirchengemeinde die Zungen heiß geredet. In einem Hochzeitszug ging man nun einmal nicht zu dritt. – Was wußten die Menschen schon von unseren Sorgen?

Als wir uns setzten, sagte meine Mutter leise zu mir: »Kind, du hast ja zwei verschiedene Schuhe an.«

Das hätte sie besser nicht gesagt, denn nun war es mit meiner Fassung vorbei. Nach der Trauung konnten sie unter meiner Sitzbank die Kirche wischen.

Als wir uns vor dem Kirchenportal zum Photographieren aufstellen sollten, hielt ich es nicht mehr aus. Ich stürzte zum Auto meines Vaters, meinen Wagen hatten meine Eltern wohlweislich zu Hause gelassen. Auf ihre Rufe hörte ich nicht. Ich raste einfach davon – zur zweihundert Kilometer entfernten Autobahntankstelle.

Dort saß Rico auf einem Mäuerchen; schwarze, eingerissene Turnhose, schmutziges, durchlöchertes Unterhemd, ein Socken, keine Schuhe. Sein Anblick brach mir nicht nur das Herz, er brachte mich fast um den Verstand.

Ich sprang aus dem Wagen und schloß ihn in meine Arme, konnte ihn gar nicht mehr loslassen. Wir weinten beide hemmungslos.

Erst als die Leute neben uns stehenblieben, um sich ausführlich über uns zu wundern, fiel mir ein, was für ein merkwürdiges Paar wir waren. Rico zerlumpt und verdreckt, wie ein ausgesetztes Junges, das nirgends hingehörte; ich im langwallenden, pfirsichfarbenen Seidenkleid. Aber es war nicht das erste Mal, daß rechtschaffene Bürger Anstoß an uns nahmen – und auch nicht das letzte Mal.

Als ich mit meinem Mann spät am Nachmittag endlich zu Hause eintraf, hatte die Hochzeitsgesellschaft nicht nur das Festessen, sondern auch die Kaffeetafel vergnüglich ohne uns absolviert. Die Stimmung war nicht zu überhören, selbst bei geschlossener Autotür. In meinem Elternhaus wackelten wieder einmal die Wände. – Hochzeit eben. Meine Familie hatte Erfahrung im Festefeiern. Keiner der vielen Gäste in Hochzeitsstaat und -laune beachtete den humpelnden, unrasierten, zerlumpten Mann mit seinen geschwollenen Knien.

Rico war bitter enttäuscht. Er ging sofort ins Bett. Ich mußte mit, denn er war an einem Punkt angelangt, an dem er nicht allein bleiben durfte. Nach dem Motto ›Hätte ich mich bloß letzte Nacht umgebracht, dann wäre jetzt alles gut!‹ wollte er das am besten hier und gleich nachholen. Meine Mutter brachte uns aufgewärmtes Festtagsmenü ans Bett. Sie schloß ihren Schwiegersohn in die Arme und drückte ihn lange an sich. Rico weinte ihr königsblaues Samtjäckchen naß.

Die ganze Nacht über wurde unten gefeiert, getanzt und gelacht. Als der Morgen graute, machten sich alle zu einem Seifenkistenrennen am Berghang vor unserem Haus auf. Das war für Rico der Moment des Aufbruchs. Er konnte das Gelächter nicht eine Minute länger ertragen und ließ mir nicht einmal Zeit, mich anzuziehen. Ich konnte gerade noch ein Kleid aus dem Schrank reißen, das ich über mein Nachthemd zog. In wilder Panik zerrte er mich zu unserem Wagen. Nicht einmal meinen Eltern durfte ich Bescheid sagen.

Wir fuhren in Richtung Sonnenberg. Als wir dort ankamen, zitterte Rico am ganzen Körper und hatte hohes Fieber. Noch am gleichen Abend brütete er eine schwere

Lungenentzündung aus. Er war ja die ganze Nacht lang in seinem Unterhemd im feuchten Wald herumgeirrt. Ursprünglich hatte er vorgehabt, sich umzubringen, aber er wußte nicht recht wie. Morgens hatte er sich dann zur Autobahn aufgemacht, um sich vor einen LKW zu werfen. Doch statt ihn zu überfahren, war der Mann hinter dem Steuer auf die Bremse gestiegen und hatte Rico mitgenommen. Bevor er mit seinem 35-Tonner von der Autobahn abfuhr, setzte er diesen völlig verstörten jungen Mann an einer Tankstelle ab und gab ihm sogar noch Geld zum Telefonieren und »für 'ne Bockwurscht«. Er mußte ähnliche Lebenserfahrungen haben wie ich. Leider habe ich nie erfahren, wer er war. Ich hätte mich gerne bei ihm bedankt.

Auf Schloß Sonnenberg war Ricos schöne Zeit nun leider auch vorüber. Die Suche nach seiner Leiche hatte nicht nur das Unterholz, sondern auch seinen Ruf als König Sonnenschein zerstört. So etwas hatte es in diesem exklusiven Haus noch nicht gegeben. Nun warf man vor; mit Blicken, mit Gesten, ja sogar mir Worten. Und mein Mann war eine empfindliche Seele.

Schon die Affäre mit der kleinen Sex-Bombe Adventura hatte einen bitteren Nachgeschmack hinterlassen. Die beiden waren gar zu offenherzig miteinander umgesprungen. Und die Tatsache, daß ich fast gleichzeitig mit ihrem Erscheinen von der Bühne des Schloßlebens abgetreten war, hatte ihr übriges getan. Adventura wurde schließlich in Ungnade entlassen. Drei abgetriebene Kinder oder nicht, Skandale konnte sich ein so vornehmes Haus nicht leisten. Während sie verpackt und an ›Däädie‹ zurückgeschickt wurde, durfte Rico bleiben. Er war zum Opfer ihrer Unzucht erklärt worden. Außerdem war er wirklich krank, während sie nur gern noch ein bißchen länger genesen wollte.

Trotzdem war ich ihr dankbar. Sie hatte mit Sicherheit viel zum Wohlbefinden meines Mannes beigetragen. Außerdem war sie nichts weiter als das bedauernswerte Resultat ihrer traurigen Erziehung. Ich konnte ihr nicht böse sein. Und schon gar nicht, nachdem ich von Rico erfahren hatte, daß zwischen den beiden, außer einem ausgewachsenen Flirt, ohnehin nichts gelaufen war.

Natürlich hatten sie ihre Versuche auch in tiefere Regionen ausgedehnt. Aber als sie sich dann wirklich vor ihm entblätterte, mußte er entsetzt feststellen, daß sie Herpes hatte; und zwar an einer Stelle, an der man nun wirklich besser keinen Herpes hat. – Und das meinem Rico, dem Vollblutästheten.

Nach dieser trostlosen Hochzeitsfeier würde er nur noch ein paar Wochen im Sanatorium bleiben. Er erholte sich nur sehr langsam von seiner Lungenentzündung, denn sein Immunsystem war immer noch arg brüchig. Ein Überbleibsel der Cortisontherapie. In der ersten Woche konnte ich ihn gar nicht allein lassen. Es stand schlimm um ihn. Er schwebte in akuter Lebensgefahr.

Ich hatte ein langes Gespräch mit Professor Lambrecht. »Warum, um alles in der Welt, haben Sie mir nichts von seinen Selbstmordambitionen gesagt?«

Ja, warum? »Können Sie sich vorstellen, welche Chancen er dann hier bei Ihnen gehabt hätte? Vom Gärtner bis zum Liftboy hätte es jeder gewußt. Ein Blick hätte genügt, und dann hätte mein Mann es auch gewußt. Niemand wäre mehr daran interessiert gewesen, seine wirklich schweren Leiden zu pflegen. Alle hätten sich auf seine Seele gestürzt. Habe ich recht?« – Ich hatte doch meine Erfahrungen.

Er nickte nachdenklich.

»Und außerdem habe ich Sie zwei Monate nach seiner Ankunft hier bei Ihnen darum gebeten, daß ein erfahrener, einfühlsamer Psychotherapeut ein unverbindliches Gespräch mit ihm führt. Erinnern Sie sich, Herr Professor?«

»Ja, natürlich. Und das haben wir ja auch getan. Einen Monat später hat der Kollege Meinhard mir seinen Bericht übergeben. ›*... von geringfügigen Abnormalitäten abgesehen, als unauffällig zu beurteilen. Eine Behandlung halte ich für nicht erforderlich.*‹ Das hat er geschrieben.«

»Ist in seinem Bericht irgendwo von einer Suizidneigung die Rede?«

»Nein, nirgends.«

»Und dann soll ich daherkommen und dem Seelenexperten sagen: ›... ist zwar alles gut und schön, was Sie da schreiben, aber mein Mann bringt sich gerne um. Ist so eine Art Zeitvertreib bei uns, wissen Sie.‹ – Nein, Herr Professor. Außerdem war ich, nachdem ich den Bericht gelesen hatte, wirklich davon überzeugt, daß diese Phase unseres Lebens endgültig vorüber sei. Die schwere Krankheit meines Mannes haben wir erfolgreich bekämpft und dabei offensichtlich auch gleich unseren Erzfeind, den Tod, mit in die Flucht geschlagen – dachte ich.

Und dann glaubte ich eben wirklich, daß ein Mensch, der so entsetzlich gelitten und um jeden Tag, jede Stunde, oft sogar um jeden Atemzug gekämpft hat – ja, der bringt sich doch hinterher nicht um! Der kann sich doch nicht umbringen! Das ist doch der helle Wahnsinn!« Dabei hatte ich so sehr gehofft, daß dieses Gespräch ohne Tränen abgehen würde.

Dann wurde der Seelendoktor, eine Kapazität auf seinem Gebiet, noch einmal herangezogen: »Vielleicht sollte man eine Analyse machen.« Er traute sich das wohl zu, aber: »Sie müssen bestimmt mit drei-, vierhundert Sitzungen rechnen, möglicherweise mehr. Man kann das in diesen Fällen nie genau sagen. Da wird ganz tief im Inneren etwas passiert sein. Etwas, an das wir nicht so ohne weiteres herankommen. Und selbst nach einer solchen Analyse kann ich natürlich nichts versprechen. Es gibt Fälle, die trotz allem unheilbar bleiben. Sie allein müssen das entscheiden.«

Ich mußte das entscheiden.

Ich brauchte Bedenkzeit und Zeit zum Rechnen. Vierhundert Sitzungen. Das waren mindestens noch einmal anderthalb bis zwei Jahre auf Schloß Sonnenberg, denn »... ambulant hat so etwas bei Ihrem Gatten keinen Sinn. Die Atmosphäre der Umgebung, vor allem aber die ständige Aufsicht hier sind wichtig für ihn«, hatte Professor

Meinhard mich aufgeklärt. Mehr als anderthalb Jahre! Und das bei vierhundert Mark täglich. Dazu kam noch die Psychoanalyse selbst. Nach meinen Überweisungen für die letzten Bemühungen dieser Koryphäe würde das, was mich jetzt erwartete, einem finanziellen Genickbruch gleichkommen.

Ich besprach die mögliche Therapie mit Rico. Schließlich war er derjenige, der sich zu einer Analyse bereiterklären mußte. Also sollte er das letzte Wort haben. Nur vom chronischen Leiden meines Bankkontos erzählte ich ihm nichts. Er gab ja in Gedanken immer noch fleißig sein ›Krankengeld‹ aus und, wenn sich die Gelegenheit bot, noch eine ganze Menge mehr. Ich hatte nie den Mut aufgebracht, ihm von meinem Notstand zu erzählen. Und jetzt war bestimmt nicht der richtige Zeitpunkt dafür. Er lag so elend in seinen Kissen. Während der nächsten paar Wochen würde er noch nicht einmal reisefähig sein.

Rico wollte keine Analyse und erst recht keine Therapie. Er wollte nach Hause, zu mir, in meine Nähe. »Jetzt kannst nur du mir noch helfen.«

»Sobald du wieder aufstehen kannst, hole ich dich ab«, versprach ich ihm. Dabei zitterten mir vor Angst nicht nur die Knie. Unsere Zukunft lag vor mir wie eine Mount-Everest-Besteigung. Hoffentlich würde ich sein Vertrauen nicht enttäuschen. Ein furchtbares Gefühl der Verlassenheit kroch in mir hoch, bis in die Haarspitzen hinein. Unzählige Experten hatten sich in den letzten Jahren um ihn bemüht. Mit dem besten Willen und noch mehr Kenntnissen, Wissen und Erfahrungen hatten sie sich seiner angenommen. Und nun?

Nun legte mir das Schicksal das gleiche Bündel Elend wieder in die Arme. Wenn ich doch bloß jemandem hätte sagen können, welch entsetzliche Angst ich vor dieser Verantwortung hatte.

Alles begann wieder von neuem. Das gleiche Entsetzen, dieselbe Panik. Brachte er sich heute um? Oder erst morgen? Vielleicht ja heute nacht, wenn ich schlief? Oder auch erst, wenn ich zur Arbeit unterwegs war?

Als ich nach dieser Woche an Ricos Bett im Sanatorium nach Hause zurückfuhr, zog ich unterwegs eine Bilanz meines Lebens. Unter dem Strich sah es traurig aus, ja hoffnungslos. Tief im Inneren meines Herzens wußte ich, was auf mich zukam: Seine *Umbringetage,* meine Rettungsaktionen. Ich wußte aber auch, daß ich nicht mehr in der Lage sein würde, damit fertigzuwerden. Irgend etwas war in mir zerbrochen.

Ich hatte das zunächst gar nicht so gemerkt. Es war wohl eine Frage der physischen und auch der psychischen Kräfte. Sie waren in den letzten Jahren auf der Strecke geblieben. Nicht auf einmal. Immer nur ein bißchen. Und jedes Mal blieb etwas weniger für mich zurück. Jetzt war auf einmal nichts mehr übrig.

Ich hätte das vielleicht gar nicht so gespürt, wenn mich nicht plötzlich diese entsetzliche Angst vor der Zukunft zermartert hätte – einer Zukunft, der ich nicht mehr gewachsen war.

Auf meinem Weg von der Autobahn zu unserem Dorf gab es eine gefährliche Kurve. Und genau dort stand, wie in jeder gefährlichen Kurve, seit mindestens hundert Jahren ein Baum. Unzählige Autos hatten sich im Laufe der Zeit schon um seinen Stamm gewickelt. Es lagen immer wieder Blumen und Kränze dort.

Diesen Baum hatte ich mir ausgesucht. Nach all den Gedanken, die ich auf den letzten 350 Kilometern gedacht hatte, blieb er der einzig logische Ausweg.

Rico war meine größte Sorge. Aber er würde nach dem Schock über meinen Tod und der Abzahlung all meiner Schulden noch gut 1,8 Millionen Mark bekommen. – Bei Unfall zahlte die Versicherung des Vatikans nämlich das Doppelte. Davon konnte er sich alles leisten, was sein Herz begehrte: eine liebevolle Pflege bis an sein Lebensende, ein sorgenfreies Dasein, eine urgemütliche Villa an einem See. – Nur schade, daß ich sie nicht mehr für ihn einrichten durfte. Aber man kann wohl nicht alles haben, was man sich wünscht. – Dort durfte er forschen, lesen, segeln und abgelutschte Kirschkerne ins Wasser spucken. Ich war davon überzeugt, daß er es schaffen würde. Vor allem hatte ich das Gefühl, daß er vielleicht sogar seine *Umbringetage* aufgeben würde, wenn er genau wüßte, daß ich wirklich nicht mehr kommen konnte, um ihn zu retten.

Ja, ich konnte mir sogar vorstellen, daß er mich nach einer gewissen Zeit gar nicht mehr so sehr vermissen würde. Ich war zu ersetzen. Das hatte mir die Affäre mit der kleinen Adventura deutlich gezeigt.

Meine Eltern bereiteten mir mehr Sorgen. Aber wenn ich ihr Leben einmal ehrlich und möglichst emotionslos betrachtete: Was hatten sie eigentlich in den letzten Jahren von mir gehabt? Sorgen, Not, Kummer und Verzweiflung. War es da nicht sogar besser, wenn sie einmal richtig trauern durften? Und dann fing irgendwann für sie wieder ein normales Leben an. Ohne unvorhersehbare Katastrophen, ohne ständige Enttäuschungen und das lähmende Gefühl der Hilflosigkeit.

Vor allem war das Ganze ja ein Unfall! Ein tragischer Schicksalsschlag. Sie durften trauern, und alle Welt würde sie verstehen und ihnen die Hand reichen, um ihnen über diesen schweren Verlust hinwegzuhelfen.

Niemals würde jemand auf die Idee kommen, hinter meiner Kollision mit dem Baum etwas anderes als einen Verkehrsunfall zu vermuten. ›Die Tote fuhr mehr als 6 000 Kilometer im Monat. Sie war eine gute Autofahrerin. Aber wer weiß? Überhöhte Geschwindigkeit vielleicht, am Steuer eingeschlafen oder auch nur ein paar Tropfen Öl auf dem Asphalt. Gefahren lauern schließlich überall.‹

Meine Familie würde niemals unter dem Makel leiden müssen, den ein Suizid hinterläßt. Ich war ja keine Selbstmörderin. Ich, Sascha Ortmund, war das zigtausendste Verkehrsopfer dieses Jahres.

Auf der Strecke mit dem Baum war ich immer allein, auch heute. Ich trat das Gaspedal bis zum verschlissenen Teppichboden durch – … und fuhr schön in meiner Spur an dem Baum vorbei.

Ich mußte noch mal zurück, aber ohne aufzudrehen. Ich wollte mich ja nicht aus der falschen Richtung umbringen. Und nun mit ein bißchen mehr Anlauf das Ganze noch einmal.

Aber ich hätte es wissen sollen. Meinen alten Citroën warf nichts aus der Bahn, noch nicht einmal mein morsches Nervenkostüm. Die Geschwindigkeitsbegrenzung bestand auf 70km/h, wegen der Schleudergefahr. Ich konnte meinen Wagen mit allen Tricks bis auf 160 prügeln. Die gute alte Klapperkiste war zwar bereits tödlich vom Rost befallen, drei Türen hielten sich nur noch mit der Hilfe von Bindfäden in ihren Rahmen fest. Der Kofferraumdeckel flog in jeder scharfen Kurve auf. Und es regnete an allen Ecken durch. Nur aus der Kurve tragen ließ sich dieses Auto nicht. Ein bißchen Reifenquietschen – ja, aber das reichte nicht.

Dreimal habe ich es versucht. Dann hatte ich den Fingerzeig des Schicksals verstanden.

13

Ich hatte weiterzukämpfen. Es gab offensichtlich keinen anderen Ausweg für mich. Denn tatsächlich umbringen wollte ich mich natürlich auch nicht. Ich konnte eben nur nicht mehr weiterleben.

Aber ich lebte, und daran ließ sich wohl im Moment auch nichts ändern. Also krempelte ich meiner Seele die Ärmel hoch, kochte mir einen Tee und nahm mir den Postberg vor.

Es wird einem aber auch wirklich nichts im Leben geschenkt. Gleich der erste Brief war eine Kündigung. Wir sollten unsere Wohnung bitte innerhalb von fünf Wochen – vier wären ihm allerdings lieber – räumen. Herr Krause, der Hausbesitzer, machte hiermit seinen Eigenbedarf geltend. Das Ganze könne sehr zivilisiert und problemlos über die Bühne gehen. Sollten wir es jedoch wagen, Schwierigkeiten zu machen, dann würde er uns eben per Räumungsklage hinausexpedieren. Gründe habe er ja genug, meinte er; schließlich hatten wir die Gartenarbeit vernachlässigt.

Warum müssen die Leute eigentlich immer drohen, wenn sie im Unrecht sind? Das heißt, die Sache mit der Gartenarbeit stimmte natürlich, bis auf zwei Großaktionen meiner Freundin Maria und ihrer Mannen.

Ich wagte es nicht, Schwierigkeiten zu machen. Sie waren wirklich das letzte, was ich mir momentan leisten konnte. Bevor mir das Schicksal weitere Post mit ähnlich umwerfendem Effekt um die Ohren hauen konnte, fuhr ich zum Kiosk und kaufte sämtliche Wochenendausgaben mit einem dicken Annoncenteil. Nun hatte ich eine neue Aufgabe.

Spät in der Nacht traute ich mich dann an die anderen Briefe heran. Ein Absender mit interessanter Handschrift fiel mir sofort ins Auge: ›M. Heller‹.

Sie schrieb: ... *und hatte gehofft, daß Sie sich bei mir melden würden. Heute habe ich erfahren, daß Sie eine sehr schwere Zeit hinter sich haben. Das tut mir von Herzen leid. Ich hoffe sehr, daß Sie das Schlimmste überstanden haben und möchte Sie bitten, so bald wie möglich bei mir anzurufen. Bis dahin wünsche ich Ihnen alles Gute, viel Kraft und Zuversicht. – Ihre Margret Heller.*

Doch bevor ich mich um etwas anderes kümmern durfte, mußte ich auf Wohnungssuche gehen. Als erstes legte ich eine Wunschliste an. Ich mußte dafür sorgen, daß Rico ein Zuhause bekam, in dem sein Herz springen, seine Seele in Glück baden, sein Auge sich sattsehen und seine Ohren sich an den Klängen der Natur erfreuen konnten. Kompromisse durfte ich nicht eingehen. Er brauchte Ruhe, Geborgenheit, Frieden, Freiheit und viel Sonnenschein.

Danach wollte ich mich mit dieser peinlichen Erfahrung aus dem Erlenhof in Verbindung setzen. Es wurde Zeit, daß ich mich für mein Benehmen von damals entschuldigte.

Und wenn das Schicksal mir nun wirklich wieder die ganze Verantwortung für meinen Mann mit allen dazugehörigen Konsequenzen in den Schoß legte, dann mußte ich mich auf dem schnellsten Wege bei seiner Tante Cordelia melden.

Im Institut ging alles drunter und drüber. Meine Woche unplanmäßigen Urlaub, den ich mir telefonisch erbeten hatte, nahm der Vatikan mir äußerst übel. So etwas mochten sie auf ihren heiligen Stühlen nicht. Das war beinah so sündhaft wie krank werden nach dem Jahresurlaub oder nach Weihnachten. Es knisterte im ehrwürdigen Gebälk. Und das, während Professor Loch sich am Strand von Marokko das Fell verbrannte. Als ich beim *Papst* zur Schimpfaudienz vorgeladen wurde, verband ich meiner Seele vorsichtshalber die Ohren. Das arme Ding mußte ja nicht alles mitbekommen.

Zwei Tage später nahte die Stunde der Gerechtigkeit. Ich hatte gar nicht gewußt, daß Gottes Mühlen so schnell mahlen können. An diesem Abend hatte ich wieder einen Vortrag gehalten, und als ich kurz nach Mitternacht endlich aus dem Institut kam, hockte der *Papst* persönlich vor dem Portal.

Knittrige Pyjamabeine stützten sich wie eine ausgerastete Ziehharmonika auf ausgelatschten Filzpantoffeln ab. Oben trug der *Papst* eine altmodische, braunkarierte Hausjoppe mit Kordelverschlüssen. Er hatte sich zu Hause ausgesperrt.

Ich blickte genußvoll auf dieses Nachtgespenst nieder, das dort auf dem bombastischen Treppenaufgang zu unserem historischen Institut hockte. Es tat mir ja leid, aber meine Ehrfurcht war nun weg. Und weil ich ausnahmsweise einmal in der eindeutig besseren Position war, ließ ich ihn zappeln. Seine Methode, modifiziert nach Sascha Ortmund. Auch er ließ nämlich seine schwarzen Schafe rufen und dann im luftleeren Raum stehen, bis ihnen das schlechte Gewissen zu den Ohren herauskam.

Nach mehreren Schweigeminuten meinerseits sagte er: »T-tut mir l-l-leid, Frau Ortmund. Tschuldigung!«

Ich, weil ich ja dabei war, seine Methode noch zu verfeinern, sagte immer noch nichts. Ich blickte nur strafend auf den unangezogenen Menschen hinunter. ›Oh, bitte‹ mochte ich nicht sagen. Das wäre wie sechs Richtige im Lotto und man wirft den Schein weg. Etwas anderes als ›oh, bitte‹ fiel mir aber nicht ein. Außerdem legte ich wegen meiner armen Seele großen Wert darauf, diese Situtation noch etwas länger auszukosten. Also schwieg ich.

»T-t-tut mir l-l-leid, Frau Ortmund«, lallte er noch einmal.

Hatte ich da eben richtig gerochen? Der Mann hatte ja eine Fahne! Ich habe persönlich bestimmt nichts dagegen, wenn jemand etwas über den Durst trinkt. Aber dann soll er sich gefälligst auch im nüchternen Zustand wie ein Mensch benehmen.

Nun durfte ich für ihn ins Allerheiligste steigen. Zwölfter Stock. – Seit ich einmal ein Wochenende in einem steckengegebliebenen Aufzug verbracht hatte, mied ich den Luxus eines Lifts und ging nur noch zu Fuß, wenn ich nachts allein im Institut war. – Der *Papst* erklärte mir, daß sein Reserveschlüssel im Petunientopf seines Warteraumes vor sich hinrostete. Dort hatte er ihn schon des öfteren nachts abgeholt, um sein Büro aufzuschließen, wo er in seinem Schreibtisch oben links einen Wohnungsschlüssel aufbewahrte. Aber heute war der Hausmeister, der ihm sonst half, wieder mal nicht da. Und er selbst mochte sich nicht nach oben bemühen. Die späte Stunde – und seine Beine!

Nach der Schlüsselübergabe fuhr ich ihn nach Hause.

Am nächsten Morgen stand ein sündhaft teures Blumenbouquet auf meinem Schreibtisch. Daneben lag eine Schachtel Konfekt, die wohl eher für die Gattin eines Staatspräsidenten gedacht war. Eine Stunde später kniete ich hinter der Tür für *Damen* vor der Klobrille. Mein Magen und ich, wir waren nun mal auf Butterbrot mit Motorengeräusch eingestellt, und nicht auf Extravaganzen.

Auf dem Kärtchen stand nur: *Mit innigstem Dank*. Aber ich hätte ohnehin keinem Menschen ein Wort gesagt.

Am Donnerstag lag ein beeindruckender Umschlag in meinem Fach; ein Zwischenzeugnis. Und zwar eines, von dem man nur träumen konnte. Ich wußte gar nicht, daß ein einzelner Mensch so gut sein konnte: erstklassig und brillant, hervorragend und zuverlässig sowieso. Superlative wie Maschinengewehrsalven. Mit dem Papier hätte ich gleich noch einmal in den zwölften Stock steigen und eine Aufbesserung meiner Lebensversicherung anmahnen können. Dieses Schriftstück würde unserem guten Professor Loch sein Urlaubsende angenehm versüßen. Er war doch so gerne stolz auf seine Leute.

Nach meinen ersten fruchtlosen Versuchen, ein neues Zuhause für uns zu finden, besuchte ich Frau Dr. Heller. Zwischen uns funkte es sofort. Da war ein spontanes Verstehen ohne Worte. Derselbe geschärfte Blick, wenn es um Probleme ging. Ein Lachen, wo andere nicht eine Miene verzogen hätten. Bei unserer ersten gemeinsamen Tasse Tee begann eine Freundschaft fürs Leben.

Ich erfuhr, daß sie es im Erlenhof auch nicht lange ausgehalten hatte. »Wissen Sie, es war zwar eine moderne, helle Klinik, so wie man sie selten findet. Aber innen, da stand der Mief von hundert Jahren Irrenhausgeschichte. Als Sie damals zu mir kamen ... den Tag werde ich nie vergessen. Ich war noch nicht einmal eine Woche dort und schon der Verzweiflung nahe. Eine Station mit achtzig Patienten, und ich ganz allein dazwischen. Jeder einzelne von ihnen hätte eine intensive Therapie, vielleicht sogar eine Analyse gebraucht. Mindestens aber doch ein Gespräch.

Und was machte ich? Tabletten verordnen und Notfälle verhindern. Nicht um einen einzigen von diesen hilfsbedürftigen Wesen konnte ich mich kümmern, denn alles ging in der Anstaltsbürokratie unter.

Ich hatte mich geweigert, meine neu eingewiesenen Patienten in einem Raum ohne Türgriff einzusperren. Da wurde ich zum Chef bestellt. Von wegen alte Tradition und neue Besen. Er verkörperte natürlich die alte Tradition. Ich war der neue Besen.«

An dieser Stelle wollte ich mich entschuldigen. Es hätte gut gepaßt, aber sie winkte ab: »Ach wissen Sie, damals war ich wirklich verzweifelt, als Sie gingen. Vor allem, weil Sie mir überhaupt keine Chance gaben, Ihrem Mann zu helfen. Aber es hat nicht lange gedauert, da merkte ich, was für eine erfrischende und normale Reaktion Sie an den Tag gelegt hatten. Später habe ich dann vor mir selbst zugeben müssen, daß Sie sogar richtig gehandelt hatten, als Sie Ihren Mann nicht in der Klinik lassen wollten.

Was hätte ich denn machen können? – Gar nichts! Ein paar Tabletten und sehen, daß er sich nicht umbringt.

Aber helfen – nein, helfen konnte ich ihm nicht. Und wenn er Jahre dort geblieben wäre. Es war hoffnungslos.«

Nun erkannte ich wieder dieses traurige Gesicht eines Kätzchens, das im Nieselregen stand. Was für ein trostloser Broterwerb!

»Arbeiten Sie immer noch in einer Klinik?«

»Nein. Das Studium war interessant und aufschlußreich. Auch meine Erfahrungen im Beruf möchte ich nicht missen.

Aber bis ans Ende meiner Tage möchte ich das nicht machen. Also habe ich wieder von vorne angefangen. Jetzt arbeite ich an meinem Facharzt für Pädiatrie. Dann kann ich meinen kleinen Patienten mit ihren körperlichen und ihren seelischen Krankheiten helfen. Wenn überhaupt, dann kann man nur in diesem frühen Stadium Erfolge erzielen. Die Nervenheilanstalt selbst ist nichts als ein staatlich genehmigter Abstellplatz für gewesene Menschen. Zum Glück habe ich das gerade noch früh genug gemerkt.«

Und sie hatte noch etwas anderes gemerkt, nämlich daß ich Sorgen hatte. Und genau die konnte ich mit ihr besprechen. Um acht Uhr abends war ich auf eine Tasse Tee gekommen; wir tranken beide gerne Kräutertee. Um vier Uhr morgens hockten wir immer noch bei ihr auf der Couch. Zwischendurch hatten wir Eier gekocht und Butterbrote bestrichen. Sie war eine ebenso gute Hausfrau wie ich, bis hin zu den Tomaten mit Rührei und Parmesankäse.

So begann unsere Freundschaft.

Dann überschlugen sich die Ereignisse.

Ein Telefonanruf um Mitternacht trifft immer mitten ins Herz. Selbst dann, wenn der andere nur falsch gewählt hat.

»Ich bin Mrs. Thomson from London. Seit Wochen versuche ich, Sie zu erreichen. Aber weder by day noch by night haben Sie geantwortet. Nun konnte ich wieder einmal nicht einschlafen und dachte, vielleicht versuchst du dein Glück heute nacht. Und ich war ja so lucky!« freute sie sich.

Bevor ich mich mit ihr freuen konnte, hätte ich gerne gewußt, warum diese Mrs. Thomson mich so dringend sprechen wollte.

»You know, Ihr husband und meiner waren vor ungefähr zwei Jahren in Rußland. Nur für zwei Tage, glaube ich. – Wissen Sie, was damals dort passiert ist?«

»Nein, genau weiß ich das leider nicht«, mußte ich gestehen.

»Why? Ist Ihr husband auch tot?«

»... auch tot?« Was hatte das zu bedeuten? Ich war wie benommen. »N-nein. Aber er war sehr krank.«

»Yes. Das war meiner auch. Schon als er aus dem aeroplane stieg waren seine Gelenke eingerostet, völlig steif.«

»Das ist doch nicht möglich! Bei meinem Mann war es das gleiche. Am Ellenbogen fing es an. Ich sehe ihn noch vor mir!« rief ich aufgeregt in den Hörer.

»Yes, yes. His funny bones. Die waren es bei meinem husband auch. Das war der Anfang vom Ende.«

Genau das hatte Rico auch gesagt. – Mein Gott!

Nun war ich hellwach. Ich mußte vorsichtig fragen, durfte dieser Frau nicht weh tun. Und doch mußte ich alles von ihr erfahren. Sie hatte offensichtlich Ähnliches durchgemacht wie wir.

»Und Ihr husband? Ich meine Mr. Thomson?«

»Yes, well, mit den funny bones fing es an. Dann kamen die Füße und schließlich sein ganzer Körper. Er war steif wie ein Holzklotz – sagt man das so? – und voller Schmerzen. Alle Organe waren kaputt. Überall hingen Schläuche aus ihm heraus. Und jedesmal, wenn ich in die Klinik kam, ging es ihm schlechter. Vor allem wußte ja kein Mensch, was ihm fehlte. Und nach vier Monaten ist er dann endlich gestorben. Es war so grauenvoll, Mrs. Ortmund. Ich war richtig erleichtert, als er nicht mehr atmete. Stellen Sie sich das vor. – Können Sie sich das vorstellen?«

»O ja. Und ob, Mrs. Thomson.«

»Man sagte mir, er hätte eine innere Krankheit gehabt, irgendein Leiden, das keiner kennt. Alle meinten, ich solle froh sein, daß er es hinter sich hat. Und ich war auch froh. – Bis ich einen Anruf aus Chicago bekam. Eine Mrs. Latimer wollte wissen, ob mein husband vielleicht zufällig mit Mr. Latimer in Rußland war. To cut a long story short: Mr. Latimer ist ganz elend gestorben, genau wie mein husband.

Sie müssen wissen, Mr. Latimer war der Architekt der russischen Anlage, mein husband war der Banker und Ihrer der Ingenieur. Und alle sind sie sofort nach ihrer Rückkehr krank geworden. Das heißt, von Mr. Ortmund haben wir erst viel später und durch Zufall erfahren, als Mrs. Latimer seine Visitenkarte mit ein paar Notizen über die Anlage auf der Rückseite fand.

Als Mrs. Latimer mich hier in London besuchte, haben wir mit der Firma Becker in Deutschland telefoniert. Wir mußten unbedingt wissen, wie es Mr. Ortmund ergangen ist. – Well, da haben wir uns dann sehr gewundert. Mr. Ortmund hat gekündigt, they said, aber man wußte keine Adresse und auch nicht, wo er geblieben ist. Aber das war es gar nicht. Das Schlimmste war, daß man uns behandelte wie eine hot potato. Sie wissen, was ich sagen will.«

»Mein Gott ...!«

»Und nun möchten wir gerne von Ihnen wissen, was dort in Rußland passiert ist. Mrs. Latimer weiß noch, daß ihr husband über einen furchtbar penetranten Gestank in der Anlage geklagt hatte. Die Russen sagten daraufhin, es sei eine kleine Dichtung defekt gewesen, aber es wäre alles schon wieder behoben. Danach konnte Mr. Latimer sich kaum noch an irgendwelche Details erinnern – noch nicht einmal an seinen Rückflug. Und mein husband hat überhaupt nichts mehr gesagt. Wissen Sie irgend etwas von Ihrem Mann, Mrs. Ortmund?«

»Ich habe ihn anfangs oft gefragt, ob es auf dieser Reise Probleme gegeben habe. Aber bis auf diese schreckliche Übelkeit und seine Verdauungsschwierigkeiten konnte er sich an nichts erinnern.«

»Oh, yes, his tummy ...!« erinnerte sich Mrs. Thomson schmerzlich.

»Es tut mir leid, daß ich Ihnen im Augenblick nicht mehr sagen kann. Natürlich werde ich gleich morgen mit meinem Mann sprechen. Aber ich hatte von Anfang an das Gefühl, daß er sich kaum auf irgendwelche Einzelheiten dieser Reise besinnen kann.«

»Yes. Yes! Genau wie mein husband und Mr. Latimer. Just the same«, sagte Mrs. Thomson. »By the way, haben Sie Ihr Geld bekommen?«

Ich stutzte: »Welches Geld?«

»Nun, nachdem mein Mann gestorben war, habe ich mir einen Anwalt genommen, und der schrieb einen Brief an die Bank, bei der mein husband beschäftigt war. Die haben sofort die Kosten für die Beerdigung bezahlt. Das private Hospital hatten sie ja von Anfang an übernommen. No normal person hätte das bezahlen können. Und einen Monat später hatte ich dann 50 000 Pfund auf meinem Konto, mußte aber vorher unterschreiben, daß ich keine weiteren Forderungen stelle und weder gerichtlich gegen sie vorgehen noch einem Menschen etwas sagen würde. *Absolute secrecy!* Darauf haben sie bestanden.

Ich habe unterschrieben, Mrs. Ortmund. Ich brauchte das Geld. Unsere beiden Kinder sind noch klein. Mein Sohn ist sechs und meine Tochter vier. Ich bin zwar Sprachlehrerin für Deutsch, aber ich konnte es mir nicht leisten, das Geld zu verlieren. Und ein teures Gerichtsverfahren, um dabei vielleicht alles aufs Spiel zu setzen? No! Schließlich hatte ich keine Beweise. Das Geld hat die Bank mir offiziell geschenkt, eine nette Geste, die sie *Good Will* nannten. Und bei Mrs. Latimer war es das gleiche. Aber sie hat 200 000 Dollar, also fast doppelt so viel bekommen, obwohl sie keine Kinder hat.«

50 000 englische Pfund.

Das waren mehr als 300 000 Mark. Und Mrs. Latimer hatte über eine halbe Million für die Krankheit und den Tod ihres Mannes erhalten. Mir verschlug es die Sprache. So eine astronomische Summe zahlt ein Unternehmen doch nicht, ohne daß das schlechte Gewissen der Verantwortlichen zum Himmel schreit.

Tief in meinem Herzen hatte ich es ja schon lange geahnt: eine chemische Vergiftung! Diese uncharakteristischen Symptome, die zu keinem Krankheitsbild paßten. Diese schwersten allergischen Reaktionen auf jegliche Art von Chemotherapie. Und auch die absolute Therapieresistenz. Alles deutete doch darauf hin, daß ein hochpotentes Gift Ricos Körper angegriffen hatte; Leber, Nieren, Milz, Knochen, Pankreas, Herz, ja sogar sein Gehirn, mindestens aber das Kurzzeitgedächtnis ... Alles war in Mitleidenschaft gezogen.

Ich konnte gar nicht mehr aufhören, mir den Effekt dieser grauenvollen Vergiftung vorzustellen. Vor meinen Augen drehte sich alles im Kreise. Die entsetzlichen Schmerzen, die seelische Not, die Hoffnungslosigkeit. *Seine funny bones waren der Anfang vom Ende.* Genau das hatte auch Mr. Thomson gesagt ...

Wir aber waren nicht am Ende. Wir segelten zwar immer noch dicht an der Stelle entlang, an der auf alten Seekarten gewarnt wurde: *Beyond this point there are dragons.* Aber wir hatten wenigstens die Hoffnung, das Schiff unseres Lebens nun wieder so fest im Griff zu haben und in sicheres Fahrwasser zu lenken, daß wir von den Drachen nicht mehr unmittelbar bedroht wurden.

Als uns unser gemütliches kleines Nest gekündigt wurde, hatte ich meine lukrativen Wochenendseminare aufgeben müssen. Statt dessen ging ich auf Wohnungssuche. Es war nicht zu fassen, was für Löcher die Leute einem für horrendes Geld unterjubeln wollten. Schon für verwitterte Bruchbuden durfte man monatlich ein kleines Vermögen auf den Tisch des windschiefen Hauses blättern. Es war zum Verzweifeln.

Meine Vorstellungen von dem, was ich für meinen Mann und auch ein bißchen für mich suchte, waren klar umrissen: ein freistehendes Einfamilienhaus mit Blick über sehr viel Natur, einer Südterrasse und einem großen, wildwachsenden Garten sowie einer Garage im Haus. Das ganze in einer stillen Nebenstraße und in weitläufige Wälder eingebettet. Nachbarn durften nicht dichter als auf doppelte Rufweite an uns heranrücken.

»So was finden Sie nie«, sagte der Makler müde lächelnd.

»Du bist verrückt«, meinten unsere Bekannten.

Ich suchte trotzdem weiter.

An diesem Wochenende jedoch mußte ich die Jagdgründe des heißumkämpften Wohnungsmarktes meinen Mitsuchern überlassen. Nach dem Gespräch mit Mrs. Thomson konnte ich keine Minute länger warten. Ich wollte zu Rico fahren.

Diese anglo-amerikanische Neuigkeit warf ein völlig neues Licht auf unsere Probleme. In meinem Kopf schlugen die Gedanken Purzelbäume. Ricos Krankheit, ihre Folgen, alles erschien nun in einem anderen Licht. Bisher hatte ich unsere Misere mehr oder weniger als gottgegeben akzeptiert. Auf einmal war das ganze Dilemma der letzten Jahre ein hinterhältig verschleierter Arbeitsunfall.

Ich wollte Rico überraschen und fuhr schon vor fünf Uhr morgens von Zuhause ab, damit ich zum Frühstück bei ihm war.

Als ich ankam, traute ich meinen Augen nicht. Elend, abgemagert und kreideweiß lag er in seinen Kissen. Als er mich sah, fing er an zu weinen: »Ich dachte, du hast mich verlassen! Ich dachte, du holst mich nie mehr hier raus! Ich dachte, du willst deinen Jungen loswerden!«

Dabei hatte ich ihm am Telefon immer wieder erklärt, daß ich innerhalb von einem Monat ein neues Zuhause für uns finden müsse und deshalb an den Wochenenden nicht zu ihm kommen könne. Er war völlig am Ende. Sein Schluchzen schüttelte den ausgemergelten Körper in meinen Armen. Was hatte ich bloß angerichtet? Mein kleiner Kinderkopf, dem niemand die Tränen abgewischt hatte.

Es dauerte Stunden, bis er sich ein wenig beruhigt hatte. Dann ging ich zu Professor Lambrecht. Er wartete bereits auf mich: bekümmertes Gesicht, traurige Stimme, hilflose Gesten. So hatte ich diesen Mann noch nie erlebt.

»Ja, Frau Ortmund. Da sind wir nun an einem Punkt angekommen, an dem ich meinen Beruf an den Nagel hängen und statt dessen in meinem Gewächshaus Orchideen züchten möchte. Ich kann Ihnen keine guten Ratschläge mehr geben. Jetzt kann ich Ihnen noch nicht einmal mehr Hoffnung machen. Ihr Mann ist krank, sehr krank. Und so wie wir das hier beurteilen, wird ihn niemand heilen können.«

»Aber es ging ihm doch so viel besser. Man konnte innerhalb des letzten Jahres zusehen, wie er sich erholte.« Ich lenkte ab, weil ich die Wahrheit nicht hören wollte. Sie kam trotzdem auf mich zu.

»Das meine ich nicht. Ich spreche von seiner Seele. Tief, ganz tief in seinem Inneren ist etwas zerbrochen. Wir wissen nicht, was es ist, wir kommen überhaupt nicht mehr an ihn heran. Der Kollege Meinhard, ein wirklich erfahrener Therapeut – Sie haben ihn ja kennengelernt –, war seitdem jeden Abend bei Ihrem Mann.«

»Das habe ich nicht gewußt.« Ich war entsetzt, mochte ihm aber nicht sagen, was ich von seinem Kollegen Meinhard hielt.

War es denn nicht genau dieser anerkannte Leiter eines großen Psychiatrischen Landeskrankenhauses, seines Zeichens Lehrstuhlinhaber und Direktor eines Forschungsinstitutes gewesen, der uns schriftlich bestätigt hatte: *... von geringfügigen Abnormalitäten abgesehen, als unauffällig zu beurteilen. Eine Behandlung halte ich für nicht erforderlich.*

»Ja. Der Kollege sagte, dies sei ein außergewöhnlicher Fall, eine schwerste traumatische Störung, die er nicht erklären kann. Er schlägt vor, daß wir Ihren Mann langfristig in die Psychiatrie einweisen.«

»Nein! – Niemals!« schrie ich auf.

»Frau Ortmund. Bitte verstehen Sie doch. Es ist auch zu Ihrem persönlichen Schutz. Es fällt mir schwer, Ihnen das zu sagen ... – Der Kollege Meinhard glaubt, es bestehe durchaus die Möglichkeit, daß Ihr Mann Sie irgendwann einmal bedrohen könnte. ›Langfristige Einweisung‹ bedeutet also in seinem Falle, sehr langfristig. Sie verstehen.«

»O ja! Ich verstehe. Die Genehmigung dafür gebe ich Ihnen nie. Niemals! Solange er mich nicht umgebracht hat, gehört er zu mir, an meine Seite, in unser Zuhause. Mein Mann wird nicht eingesperrt wie ein wildes Tier. Außerdem sagen Sie ja selbst, es besteht kaum eine Hoffnung auf Besserung.«

»So gut wie keine ... Nein. Sagt zumindest der Kollege«, mußte Lambrecht zugeben.

»Na also. Bei Herrn Professor Meinhard in der Geschlossenen kann ihm niemand helfen. Und so kaputt, wie seine Seele jetzt ist, war sie bereits, als ich ihn vor acht Jahren kennengelernt habe. Wir haben so lange damit gelebt. Wir schaffen es auch in Zukunft.«

Ich mußte mit allen Mitteln verhindern, daß Rico in die Mühlen dieser oder irgendeiner anderen Psychiatrischen Anstalt geriet. Ein zweites Mal durfte ich nicht mit einer Spontanheilung wie im Erlenhof rechnen.

»Sie sind eine ungeheuer tapfere Frau.« Dabei sah Lambrecht mich traurig an.

»Nein. Ganz im Gegenteil. Wenn ich tapfer wäre, würde ich vielleicht einer Einweisung zustimmen. Ich bin aber nicht tapfer. Er ist *mein Mann,* und ich will ihn wiederhaben!«

Lambrecht war ratlos: »... ja, Frau Ortmund, Sie müssen das entscheiden. Sie ganz allein. Aber haben Sie sich einmal Ihre Zukunft ausgemalt? Realistisch? Mit allen Konsequenzen? Unvorstellbar, was Sie sich aufladen, wenn Sie diesen seelisch wirklich zerrütteten Mann – entschuldigen Sie bitte, wenn ich das so drastisch formuliere – mit nach Hause nehmen! Können Sie sich das überhaupt vorstellen?«

»Doch, Herr Professor. Ich kann mir das sogar sehr gut vorstellen. Unsere Zukunft wird nicht anders aussehen als unsere Vergangenheit. Ich habe ja meine Erfahrungen. Die einzige, wirklich erfolgreiche Therapie für meinen Mann ist Liebe. Und davon bekommt er bei mir zu Hause täglich eine Überdosis. In einer geschlossenen Anstalt bekommt er statt dessen Omca und Valium.«

Professor Lambrecht schüttelte den Kopf: »Und das trauen Sie sich zu? – Wie lange noch, Frau Ortmund?«

»Das weiß ich nicht, aber ich werde es herausfinden. Jeder Tag, jeder Monat, jedes Jahr ist ein Geschenk. Vielleicht hängt er sich morgen auf. Vielleicht vergiftet er sich in zehn Jahren. Ich weiß es nicht. Und das ist gut so. Bis dahin bleibt er jedenfalls bei mir und nicht hinter den verschlossenen Türen irgendeiner Anstalt.«

»Frau Ortmund, bitte rufen Sie mich an. Vielleicht einmal im Monat, ja? Ich muß wissen, wie Sie es schaffen.«

Ich versprach, ihn anzurufen, wenn ich es nicht mehr schaffen würde. Anstatt mir zum Abschied die Hand zu drücken, die ich ihm reichte, zog er mich an seine Brust und streichelte mein Haar: »Paß auf dich auf, mein tapferes Mädchen.«

Mitleid wirkte auf meine Tränendrüsen wie ein Abführmittel bei Amöbenruhr.

Die ganze Nacht lang kuschelte Rico sich an meinen Körper, wie ein Känguruhjunges, das in den mütterlichen Beutel zurückkriechen will. Und er war auch genauso hilflos und schutzbedürftig. Es war ausgeschlossen, daß ich ohne ihn abfuhr. Das wäre der Auftakt zur Katastrophe gewesen.

Zu Hause hatte ich bereits angefangen, unser Leben in Kisten zu verpacken. Zwar hätte Rico sich jetzt ohne weiteres selbst helfen und versorgen können. Ja es wäre ihm sogar möglich gewesen einzukaufen und spazierenzugehen. Doch nun hatte ich kein richtiges Zuhause mehr für ihn. Selbst zu meinen Eltern durfte ich ihn nicht bringen. Ich hatte die Wunde der Verlassenheit in ihm aufbrechen lassen. Und darum konnte nur ich ihm das zerstörte Vertrauen und die notwendige Sicherheit wiedergeben.

Erst als er am nächsten Morgen neben mir im Auto saß, entspannte sich sein Körper langsam. Nach wenigen Kilometern legte er seinen Kopf in meinen Schoß und schlief ein.

Ich machte mir keine Illusionen über unsere Zukunft. Unterwegs hatte ich genug Zeit zum Nachdenken.

Während des vergangenen Jahres hatte ich Hoffnung geschöpft; eines Tages würde ich Rico wie einen richtigen Ehemann nach Hause holen, ich würde meine Sorgen und Nöte, meine Ängste und Freuden mit ihm teilen können. Wir würden eine Ehe führen wie andere Paare auch.

Mit jedem Kilometer begrub ich diese Hoffnung ein bißchen tiefer. Was ich an diesem Tag nach Hause fuhr, war ein hilfloses Häufchen Elend.

Und mit dieser Hoffnung auf unser Glück begrub ich auch gleich meinen noch immer glühenden Kinderwunsch. In meiner Situation war es unverantwortlich, Kinder in die Welt zu setzen. Wo wären sie denn in den letzten Jahren geblieben, nur mal angenommen, mein Löcherpieken hätte Erfolg gehabt? Kinder brauchen Stabilität und Frieden, sie brauchen Harmonie und eine zuverlässige Liebesbeziehung – genau wie ich es in meinem Elternhaus gehabt hatte. Und all das konnte ich meinen Kindern nicht geben. Noch nicht einmal heute, von dem Morgen ganz zu schweigen.

Seit über zwei Jahren hatte ich mit meinem Mann nicht mehr richtig zusammengelebt. Wir würden mit Sicherheit nicht einfach dort wieder anfangen können, wo wir vor seiner Rußlandreise aufgehört hatten. Zu viel war inzwischen passiert. Wie sollte ich mich jetzt überhaupt verhalten? Ich mußte aufpassen, daß ich ihn nicht verletzte, ihn in alles einbeziehen, was ich tat. Er mußte eine Chance haben, langsam in das normale Leben zurückzukehren. Wir mußten die Gemeinsamkeit neu erlernen.

Dann kam alles ganz anders.

Ich hatte einen vollkommen anspruchslosen Mann nach Hause geholt. Rico hatte keine Wünsche, solange er nur bei mir bleiben durfte. Nachts schlief er eng an mich gekuschelt. Tagsüber sprach er kaum ein Wort. Und wenn ich ihn etwas fragte, dann waren die Antworten, sofern sie überhaupt kamen, einsilbig: »Ja.« – »Nein.« – »Ja, bitte.« – »Nein, danke.«

Es war schlimm, sehr schlimm! Das hatte ich wahrscheinlich dem großartigen Professor Meinhard zu verdanken. Ich kannte diese psychotherapeutischen Effekte. Aber sie waren eben noch nie so intensiv aufgetreten. Jedesmal wenn ein Nervendoktor angefangen hatte, in Ricos armer Seele rumzustochern, hatte ich erlebt, wie er seine Wunden einfach unter einer dicken Schutzschicht vergrub, damit niemand mehr an sie herankam. Er war zu verletzlich.

Das Resultat einer solchen Übung kauerte nun zwischen Bergen von Kisten und Kartons in einer halbverpackten Wohnung. Er saß stundenlang in einer Ecke, ohne sich vom Fleck zu rühren. Wenn das Telefon klingelte, verzog er keine Miene. Er kam gar nicht auf die Idee, den Hörer abzunehmen. Das Telefon klingelte in einer anderen Welt, zu der er keinen Zugang hatte.

Oft fing er einfach an zu weinen. Lautlos liefen die Tränen über sein Gesicht. Ansonsten saß er nur da, sein Blick verlor sich in einer unendlichen Leere. Er aß nur, was ich ihm in die Hand gab. Nichts tat er aus eigener Kraft. Er hätte glatt verhungern können und hätte es nicht einmal gewußt. Er lebte von der Realität zurückgezogen.

Mir war klar, daß ich ihn nicht lange allein lassen durfte, obwohl ich jetzt wahrscheinlich nicht damit rechnen mußte, daß er sich umbrachte. Der strahlende junge Mann, der sich noch vor wenigen Monaten in eine vollbusige Millionärstochter mit silbergrauem Bentley verliebt hatte, war zu einem willenlosen Häufchen Mensch zusammengeschrumpft, das ohne Wünsche, ohne Reaktionen und vor allem ohne Hoffnung dahinvegetierte.

Wäre ich doch bloß niemals zu Bodos Hochzeit gefahren! Bestimmt wäre alles anders gekommen.

Ich nahm Rico überall mit hin, auch ins Institut. Dort legte ich ihn auf die Couch in meinem Büro. Manchmal sagte er den ganzen Tag über kein Wort. Zwischendurch setzte ich mich immer wieder zu ihm, streichelte sein tränennasses Gesicht, gab ihm ein paar Häppchen zu essen und einen Schluck zu trinken. Wenn ich Vorlesungen außer Haus zu halten hatte, nahm ich ihn mit. Er blieb im Auto sitzen, bis ich fertig war.

Er las nichts, er hörte nichts. Seit seiner Rückkehr hatte er kein Buch in die Hand genommen. Normalerweise lasen wir mindestens ein Dutzend Bücher gleichzeitig und besprachen den Inhalt miteinander. Nun durfte nicht einmal das Radio spielen, denn er konnte keine Geräusche ertragen. Er hatte sich und seine Gefühle eingeigelt, damit sie niemand mehr verletzen konnte.

Selbst am Wochenende, wenn ich auf Wohnungssuche ging, stieg er nicht mit aus, um sich unser mögliches neues Zuhause anzusehen. Er starrte nur vor sich hin. Er blieb im Wagen sitzen, so sehr ich auch versuchte, ihn in unser Leben zurückzuholen.

Was macht man mit einem Menschen, der sich selbst lebendig eingegraben hat? Hilflosigkeit und Verzweiflung überfielen mich.

Dann kam, wie immer, wenn ich nicht mehr weiter wußte, meine Mutter. Sie brachte nicht nur all ihre Liebe, Wärme und Herzensbildung mit. Sie brachte vor allem eine Glückssträhne.

Als sie ankam, lächelte Rico zum ersten Mal. Es war nur ein Hauch von einem Lächeln, ein Bruchteil einer

Sekunde – aber es war ein Anfang. Trotzdem blieb er genauso einsilbig und unzugänglich wie vorher. Meine Mutter war den ganzen Tag über mit ihm allein; ein Gefühl, als wenn sie mit den Wänden spräche. Von Rico kam nur selten eine Reaktion. Wer Mutter sein will, muß warten können …

Sie hatte es gelernt zu warten. Aber sie hatte in ihrem Leben noch viel mehr gelernt. Sie konnte sich in die Probleme, Sorgen und Gefühle anderer hineinversetzen, als wären es ihre eigenen.

»So, mein Junge, es wird Zeit, daß wir Weihnachtskarten malen. Du weißt ja, zeichnen kann ich nicht. Erinnerst du dich noch an die Kuh, bei der ich die vier Beine nicht am Bauch unterbringen konnte? Also das Beste ist, du malst, und ich mache die Beschriftung.«

Das Wunder geschah; Rico nahm wirklich einen Stift in die Hand. Erst malte er ganz wenig, ein paar Striche nur, im Zeitlupentempo. Er brauchte Stunden. Dann schob er meiner Mutter die fertige Karte hin. »Nein, mein Junge, so malt Picasso. Du kannst das besser. Versuch doch noch mal.«

Er versuchte. Mit jedem Tag gewannen seine Karten ein bißchen mehr an Form und Farbe.

Die Anfänge seiner therapeutischen Malperiode waren das erschütternde Dokument seiner seelischen Not. Schwarz in Schwarz, Abgrund und tödliche Tiefe, dann – versteckt – schreiende, verzerrte Gesichter. Aber langsam, ganz langsam wurden die Bilder heiterer. Nach einem Monat malte er tatsächlich richtige Weihnachtskarten. Ein Kätzchen vor dem brennenden Kamin. Schneemänner mit Mohrrübennasen und Apfelfäusten. Ein Winterwald, in dem zwei Menschen spazierengingen – er und sein Mütterlein …

Und so ganz nebenbei hatte diese phantastische Frau noch ein paar weitere Probleme gelöst. Unter anderem bekam unser Hauswirt die volle Kraft dieser Löwenmutter zu spüren.

»Wir werden dann ausziehen, wenn wir etwas Passendes gefunden haben, Herr Krause, und keinen Tag früher. Das kann sehr schnell gehen. Das kann aber auch noch Monate dauern.«

Herr Krause hat sich nicht mehr gemuckst.

14

Dann wurde ich zu Professor Loch zitiert. »Hast noch immer keinen passenden Unterschlupf gefunden, was?«

»Nein. – Leider.«

»Aber ich!« Tom-Sawyer-Grinsen von einem Ohr zum anderen. »Da staunste, was?«

Und ob ich staunte. Ich hatte doch nicht geahnt, daß außer mir noch jemand suchte.

»Also paß auf: Ich kenne da einen, der einen kennt, der einen kennt, der einen kennt ... Das geht noch weiter so. Verstehste? Jedenfalls der letzte davon, der hat ein Haus, so was wie ein ausgebautes Wochenendhaus. Es liegt mitten im Wald und es müffelt, aber sonst hat es fast alles, was dein Herz begehrt, glaube ich.«

»Haben Sie es denn gesehen?«

»Türlich! Würde ich sonst meinen Mund so aufreißen? – Nicht nur gesehen; gerochen und gemietet! Also ich habe schon mal die Fenster aufgelassen. Nach dem Mittagessen fahren wir beide hin«, sprach's und warf im hohen Bogen ein Schlüsselbund auf die Schreibtischplatte. »Hol deinen Mantel.«

»Ich denke, wir fahren nach dem Essen?«

»Ja doch, ja. Erst fahren wir essen, ganz vornehm. Piekfeiner Laden. Da bin ich schon des öfteren eingekehrt, wenn ich Eindruck für den Vatikan schinden mußte. Von wegen Professor Doktor Doktor Loch und so. Nun hauen wir beide uns dort ganz gepflegt den Bauch voll.«

Ich bekam Rehrücken in Rotweinsauce verordnet, davor Lachs mit Spargel und danach ein Zitronen-Soufflé. Als Beilage gab es die Vor- und Nachteile unseres neuen Hauses.

»Ich habe es so gut wie gemietet und ...« – Seitenblick über den Rand seiner zweiundsiebziger Spätlese auf mich – »... naja. Ich hab schon mal unterschrieben. Sollte ja nichts dazwischenkommen, weißte. Und wenn du es wirklich nicht willst, läßt du mich einfach für verrückt erklären. Dann ist meine Unterschrift ungültig. Paß auf, das hört sich jetzt ziemlich happig an, aber es stärkt unsere Finanzen ungemein: Also dein trautes Heim liegt ungefähr neunzig Kilometer von hier entfernt.«

Er hatte recht, das hörte sich happig an. 180 Kilometer hin und zurück. Von meinen zigtausend Kilometern, die ich ohnehin pro Monat für den Vatikan auf der Straße lag, ganz zu schweigen.

»Zieh kein Denkergesicht. Kriegste nur noch mehr Falten. Hör lieber, was der gute Loch dir zu sagen hat. Also: Da es mehr als achtzig Kilometer sind, bekommste jeden Tag, an dem du dich ins Institut bemühst, einen Haufen Geld zusätzlich, von wegen Härtefall, langer Weg und so. Es gibt da eine Klausel. Hab' ich beim Vatikan für dich ausgegraben.«

»Ich weiß schon, das ist hohe Finanzpolitik, und davon verstehe ich nichts.«

»Eben. Eben. Wir müssen von den Schulden runter. Dir steht das Wasser bis zum Hals. Du mußt Geld scheffeln, daß es nur so klimpert. Brauchst allerdings – und da liegt der Hase im Pfeffer – meine Genehmigung für diese extrem hohen Kosten, die du nun zusätzlich verursachst. Aber ich bin ja ein guter Chef. Haste Glück. Werde dir also die Genehmigung erteilen.

Außerdem ist das Häuschen ... – also, was soll ich sagen? Bißchen verbaut, viele Ecken und Winkel, hier ein Erker, da 'ne Nische und woanders ein wenig rund. Du kannst den Himmel auf Erden draus machen, weil du Talent hast. Wenn du dir schon mal was vorstellen willst, dann nimm die Villa Kunterbunt, kreuze sie mit dem Knusperhäuschen von Hänsel und Gretel, und dann weißte schon so ungefähr.«

Die Hälfte der Strecke fuhren wir über eine Autobahn, auf der der Asphalt kaum trocken war, allein durch die Landschaft. Dann kam ein Stück Haupt- und Nebenstraße. Und schließlich fielen die Seitenstreifen auch noch weg. Sein rot-grüner Beatle quälte sich durch dichte Wälder bergauf und bergab.

Als wir in ›unsere Straße‹ einbogen, wurde der Traum eines jeden Wohnungssuchenden wahr. Insgesamt zehn Häuser, danach verschwand die Straße im Wald. Vor einem alten Gartentor trat er auf die Bremse. Von dem eventuell dazugehörigen Haus war nichts zu sehen, dafür aber plätscherte vor uns ein Bach, über den eine kleine Brücke zu einem Kiesweg nach oben führte.

»Hier?« fragte ich ungläubig. Er antwortete nicht, sprang aus seinem Wagen, lief zu meiner roten Seite und riß den Schlag auf: »Gnädige Frau, hier und heute geht der Traum Ihrer Träume in Erfüllung!«

Ich hatte mir ja schon viel gewünscht, aber dieses Haus übertraf alles. Winklig, verbaut und richtig schön versteckt zwischen alten Bäumen.

»Freu dich noch nicht so doll«, warnte Loch, der schlüsselschwenkend Hand in Hand mit mir zur Haustür schritt, »sonst weißte nachher nich, wie de dich steigern sollst.«

Der Eingang war finster und muffig. ›Indirekte Beleuchtung, Spiegelwand, Teppichboden.‹ Ich sah bereits alles vor mir. Zwei Zimmer, ein Bad, Heizungskeller und Garage gingen von dieser kleinen Eingangshalle ab. Eine freischwebende Treppe führte nach oben. Dort wurde es hell und luftig – wegen der offenen Fenster. Die oberen Stufen weiteten sich wie der Bauch einer schwarzen Mamba, die gerade einen Maulwurf verspeist hatte. Daran schloß sich eine Halle an, die meine Schöner-Wohnen-Ideen zu Höchstleistungen anspornte.

»Warte. Bin noch nicht fertig«, bremste Loch meine übersprudelnde Freude. »Das Lebe-Zimmer, in deutschen Landen allgemein bekannt als Wohn-Zimmer.« Seine Worte stolzierten in steifer Vornehmheit daher, als er mit beiden Händen eine Flügeltür aufstieß.

An dem Anblick konnte sich mein wohnungssuchendes Auge kaum sattsehen. Die ganze Südwand bestand aus Glasschiebetüren, davor eine Terrasse für hundert Personen (stehend). Und – ich wollte es gar nicht glauben – tief unter uns glitzerte ein riesiger See. Ich schob eine der Türen auf, trat hinaus und holte tief Luft.

Aus Alpträumen wacht man ja nie auf, aber aus diesem Traum würde ich bestimmt sehr schnell in die graue Wirklichkeit zurückgerufen. Darum mußte ich jeden Augenblick genießen. Ich warf meine Arme in die Luft und fing an zu singen und zu tanzen: »Once I had a secret love that lived within the heart of me ...«

Plötzlich stand Loch neben mir und sagte: »Mensch, endlich!«

»Was ›Mensch endlich‹?«

»Na, daß du dich in mich verliebst! Wurde aber auch höchste Zeit.« Er breitete seine Arme aus.

Ich konnte ihn beruhigen: »Nein, nicht in Sie; in das Haus habe ich mich verliebt.«

»Schade ...«

Was hatte ich angerichtet? Niemals war mir auch nur der Gedanke gekommen, daß dieser Mann oder irgendein anderer sich in mich verlieben könnte. War ich so naiv? So gedankenlos? Warum hatte er für mich gekämpft und gesorgt, war mein Retter in tiefster Not gewesen? Nur weil ich sein wissenschaftlicher *Pride and Joy* war, wie er mich nannte? Vielleicht nicht. Vielleicht hatte er andere Gründe.

Nun stand er ganz dicht vor mir, und er kam sogar noch dichter.

»Die Nachbarn«, fiel mir gerade noch ein.

»Keine da. Hab ich bereits ausbaldowert. Es gibt nur zugewachsene, und die können nichts sehen.« Er wich keinen Zentimeter zurück.

Vor neun Jahren hatte ich mich zum ersten und letzten Mal verliebt. Damals wollte ich. Unbedingt! – Und jetzt?

Ich war von oben bis unten mit Sorgen und Problemen zugepflastert. Durch diese Schicht drangen die Gefühle der anderen nicht hindurch, und meine eigenen konnten erst recht nicht heraus.

Ich liebte meinen Mann. Ich liebte ihn über alles.

Langsam ging ich rückwärts. Die Distanz zwischen Gernot Loch und mir wurde trotzdem nicht größer. Im Gegenteil. Was sollte ich bloß tun? Dieser Mann war mein Freund in allen Lebenslagen geworden. Zu ihm trug ich meine Sorgen. Er warf mir einen Rettungsring zu, wenn ich in meinem Kummer ertrank. Er lachte mit mir, wenn ich am liebsten geweint hätte.

Ich sah ihn an und sagte: »Nein, bitte nicht!«

Aber das sagt wohl jede Frau in meiner Situation. Darum verstand er: ›Ja, bitte ja.‹

Ich hatte nicht geahnt, daß ein Kuß so kraftvoll, so atemberaubend sein konnte. Die Stärke seiner Umarmung, das unbeirrbare Fordern seiner Lippen, dieses Verlangen seines Körpers. Dem war ich nicht gewachsen. Meine Gefühle waren irgendwo, irgendwann untergegangen. Jetzt sah ich mich auf der Terrassenmauer sitzen und weinen. Das fehlte mir gerade noch.

Er beugte sich über mich und streichelte zärtlich mein Gesicht: »Komm, Sascha, komm! Du sehnst dich doch genauso danach wie ich. Wir dürfen uns nicht länger quälen. Komm.«

»Ich kann nicht! Wirklich nicht!« Ich schluchzte und dachte: ›Lieber, guter Loch, ich habe genug Sorgen, mehr als genug. Wenn ich mich jetzt mit dir mitgehen lasse, dann ist es aus mit meiner mühsam zusammengeflickten Haltung. Ich darf nicht. Ich kann nicht!‹

Er zog mich behutsam hoch, legte seinen Arm um mich und ging mit mir ins Haus zurück. Ich fühlte mich in diesem Arm beschützt und geborgen wie seit langem nicht mehr. Und doch hatte ich Angst, Angst vor meinen Gefühlen.

Vor einer Tür blieb er stehen, sah mich an und sagte leise: »Sascha, bitte komm.«

Als er die Tür langsam aufschob, sah ich ein liebevoll aufgedecktes Bett, eine Vase mit roten Rosen auf der einen, eine Flasche Sekt und zwei Gläser auf der anderen Seite.

O nein! Das war eine Falle. Von langer Hand vorbereitet. Dies hatte nichts mehr damit zu tun, daß ich in einem

Anflug von Glücksgefühl so unbedacht auf der Terrasse getanzt und das Lied von der *Secret Love* gesungen hatte. Nein. Das hier war viel ernster.

Ich drehte mich um und lief zu seinem Auto hinunter, ließ ihn einfach stehen.

Meine Gefühle lagen wie ein Scherbenhaufen vor mir. Ich konnte keinen klaren Gedanken fassen. Doch das Schlimmste war, ich ahnte plötzlich, daß ich mich nicht mehr auf mich verlassen konnte.

Mein Körper hatte Feuer gefangen. Ich wurde von einer brennenden Sehnsucht erfaßt, die sich nicht löschen ließ. Und ich wollte sie auch nicht löschen. Sie taute Gefühle auf, die ich seit langem unter den Gletschermassen meiner Probleme verschüttet glaubte.

Trotzdem war ich traurig. Ich hatte soeben einen Freund verloren; meinen klugen, frechen, hilfreichen Tom Sawyer. Nun mußte ich mich entscheiden. Ich sollte seine Geliebte werden. Was auch immer ich tat, unsere kostbare Freundschaft, wie wir sie bis vor wenigen Minuten hatten, würde es nie mehr geben.

Oder irrte ich mich vielleicht? Hatte er nicht schon viel früher für uns entschieden? Hatte es diese platonische Freundschaft, an die ich immer geglaubt hatte, überhaupt jemals gegeben?

Unsere Freundschaft lief wie ein Film vor mir ab. – Natürlich! Deswegen hatte er sich damals so aufgeregt, als er mich auf dem ›Nuttenparkplatz‹ gesehen hatte. – So lange schon! Und ich hatte nichts davon gewußt.

Der Kuß, den ich eben erlebt hatte, war gar kein Kuß. Es war der Ausbruch eines angestauten Vulkans. Eine Explosion der Gefühle dieses gesunden, starken Mannes.

Wenn ich die Augen schloß, spürte ich wieder seinen Atem an meinem Hals, seinen Mund auf meinen Lippen, seinen Körper viel zu nah an meinem.

»Kannst wieder reinkommen. Hab' abgetakelt.« Mit seinem Tom-Sawyer-Grinsen stand er neben der Autotür und reichte mir die Hand. Als wir gemeinsam die Treppe hinaufgingen, sagte er verschmitzt: »No hard feelings.«

Und ich: »I hope not!«

Wir sahen uns an und fingen gleichzeitig an, loszuprusten. Dann hockten wir beide auf der obersten Stufe und konnten nicht mehr aufhören zu lachen. Es tat unendlich gut.

Ich hatte meinen Freund, meinen frechen, klugen Tom Sawyer wieder. Aber ›Vorsicht, Sascha, der Vulkan brodelt weiter‹. Ich mußte in Zukunft aufpassen, jedes Wort, jede Geste genau überlegen.

Dann saßen wir auf einem Mäuerchen, blickten auf den tiefblauen See hinuter, bibberten vor Kälte und wohl auch vor Sehnsucht nacheinander, als wir den Sekt tranken, den er eigentlich gern danach getrunken hätte.

»Dies ist das schönste Fleckchen der Erde«, sagte ich.

Er legte seinen Arm um meine Schulter, nicht mehr fordernd, nur noch wärmend und beschützend: »Ja, nicht? Da haben wir Glück gehabt. Willste mich also nicht für verrückt erklären lassen, weil ich den Mietvertrag unterschrieben habe?«

»Natürlich nicht. Ich kann mein Glück noch gar nicht fassen«, sagte ich. »Wie hoch ist eigentlich die Miete? Kann ich mir dieses Traumhaus überhaupt leisten?«

»Leisten kannst du dir bei deinem Schuldenberg noch nicht mal ein halbes Bett im Heim für obdachlose Männer. Aber laß man, es wird ja bald besser werden.

Also der Typ wollte sechshundert. – Sechshundert geben wir nicht, hab' ich gesagt. Wir geben dreihundert. So fing es an. Eine Stunde später habe ich dann bei vierhundert Mark Monatsmiete unterschrieben. Er kann in den ersten sieben Jahren nicht kündigen, ohne ein gleichwertiges Objekt zum gleichen Preis zu stellen. Und die Miete darf er nur im Rahmen der Inflation erhöhen.«

Ich staunte.

»Na ja, du mußt endlich mal zur Ruhe kommen! Als er mir deinen Vertrag gab, meinte er, ich sei ein Halsabschneider, aber sehr sympathisch. Was sagste nu?«

»Gar nichts.«

»Warum nicht?«

»Bin sprachlos.«

»Sag trotzdem was«, bat er.

»Danke! Es ist wundervoll!« Ich hätte so gerne meinen Kopf bei ihm angelehnt, aber ich durfte nicht. Bis vor einer Stunde wäre ich nicht einmal auf eine solche Idee gekommen. Jetzt war ich plötzlich süchtig nach dem Gefühl, behütet zu sein, seinen Arm zu spüren, der sich um meine Schultern legte. Als er vorhin mit mir ins Haus ging, als er mich führte – auch wenn es in die falsche Richtung war –, seit langem hatte ich mich nicht mehr so beschützt gefühlt. Ich hatte vergessen, was es hieß, nicht mehr selbst die Entscheidungen, alle Entscheidungen, treffen zu müssen. Ich sehnte mich so sehr nach seinem Arm.

Aber es ging nicht. Er war nicht mehr mein platonischer Freund. Und doch war ich unendlich froh, daß er überhaupt noch mein Freund war. Ich hatte wohl schon zu lange geschwiegen, denn er meinte grinsend: »Hab ja sowieso nur im Auftrag gehandelt.« Er schielte auf meine Reaktion.

»Im Auftrag?«

»Im Auftrag!«

Es kribbelte. Ich mußte unbedingt wissen, wer ihm einen solchen Auftrag erteilt hatte. Aber ich wollte ihm nicht den Gefallen tun und ihn fragen.

»Ich warte«, sagte er geduldig.

»Worauf?«

»Daß du endlich fragst, verdammt noch mal. – Also frage!« befahl er.

»Ich frage.«

»Na also. Weil ich ein guter, ehrlicher Mensch bin, werde ich's dir sagen: Im Auftrag vom ollen Lambrecht.«

»Herrn Professor Lambrecht vom Schloß Sonnenberg?« staunte ich. »Den kennen Sie?«

»Sag gefälligst nicht ›Sie‹ zu mir! Jedenfalls nicht, wenn kein Schwein zuhört. Haben wir Publikum, kannste meinetwegen auf ›Sie‹ umschalten. Ansonsten bin ich entweder ›du‹ oder beleidigt. Und denk dir schon mal einen tollen

Kosenamen für mich aus. Gnade dir Gott, du nennst mich auch nur einmal ›Gernot Habakuk‹!« drohte er grinsend. »Außerdem hört sich das ›Sie‹ so an, als ob du denkst, jetzt ist alles wie gehabt. Nichts ist wie gehabt. Meine Gefühle kennst du nun, und daran wirst du und kein Mensch auf dieser Welt etwas ändern. Kannste dich auf den Kopf stellen.«

»Also noch mal von vorne: Herrn Professor Lambrecht vom Schloß Sonnenberg? Den kennst *du*?«

»Ja doch, ja! Ist 'n Studienfreund vom ollen Loch.«

»Ach nein!«

»Ach ja! Dem Manne hab ich sogar schon auf den Schlips gepinkelt, so gut kenne ich den.«

»Was?«

»Na ja, das war nach meiner Taufe. Er ist mein Patenonkel und kam auf die goldige Idee, schönes, nacktes Baby auf dem Bärenfell und so. Also wickelten sie mich aus meiner Taufverpackung aus, und der olle Lambrecht hielt mich hoch. Da hab ich dann ... Bin eben nur mit leerer Blase ein wirklich photogenes Geschöpf.«

»Was ist die Welt klein!«

»Mußte eher sagen: Der liebe Gott weiß alles, Loch weiß mehr. Das paßt besser. Letzte Woche sehe ich Lambrecht nach etlichen Jahren zum ersten Mal beim ollen Loch wieder. Treffen der alten Verbindung und so. Wir kommen natürlich ins Erzählen. Und da fragt er mich, ob ich dich kenne. Ich sage: ›Und ob!‹ – Da meint Lambrecht: ›Paß mir bloß gut auf diese Frau auf. Die schafft das nicht mehr lange. Ihr Weg führt geradewegs in die Hölle. Sie weiß es nur noch nicht – oder vielleicht weiß sie es doch ...‹ – So, und nun will ich aufpassen und was machst du?« Ein vorwurfsvoller Hundeblick traf mich, als wenn ihm jemand den besten Knochen vor der Nase weggeschnappt hätte.

»Ich glaube, Professor Lambrecht hat etwas anderes gemeint«, sagte ich vorsichtig.

»Wollen wir ihn anrufen? Telefon haben wir schon.« Ein Spitzbube durch und durch.

»Wir haben Telefon? Das ist ja phantastisch! Ich möchte mir so gern die anderen Räume ansehen.«

Er lief vor, stieß die Schlafzimmertür auf und wartete darauf, daß ich staunte.

Und ob ich staunte. Das Bett war weg.

»Wie hast du denn das gezaubert?«

Freches Grinsen, weltumfassende Handbewegung: »Loch weiß nicht nur mehr, Loch kann auch mehr. – Er kann Betten zaubern.« Dann etwas kleinlaut: »War bloß ne doppelte Luftmatratze. Aufgeblasen, du weißt schon. Na ja, nu is die Luft raus ...«, aber er grinste trotzdem weiter.

Als wir wieder in seinen Wagen stiegen, legte er mir den Strauß duftender Rosen in meinen Arm und gab mir einen Kuß. Da ich meinen Kopf schnell zur Seite drehte – jetzt kannte ich mich ja aus –, landeten seine Lippen auf einer Stelle an meinem Hals, wo er mich besser nicht hätte küssen sollen. Das Feuer brannte lichterloh. Wir hatten es zwar gerade eben noch geschafft, es nicht außer Kontrolle geraten zu lassen. Doch was würde das nächstemal passieren?

Als wir ins Institut zurückkamen, hatten dort bereits die Putzfrauen das Zepter in der Hand. Und ich stand da mit meinen Rosen im Arm. Sie mußten auf meinem Schreibtisch weiterblühen, denn nach Hause konnte ich sie nun wirklich nicht mitnehmen. Zwei Putzfrauen hielten ihre Besen an, die eine fragte anzüglich: »Dea is aba schön. Woll von eim Verähra, was?«

»Nein, vom Chef«, antwortete ich.

Der staunte neben mir. Als wir meine Tür hinter uns angelehnt hatten – ›bloß nicht zumachen, Sascha, paß auf!‹ –, sagte er: »Das war toll. Hätte ich dir gar nicht zugetraut.«

»Ist nicht von mir. Ist ein Rat meines Bruders: ›Sag die Wahrheit, dann glaubt dir kein Mensch!‹ – Gut, nicht?«

»Hervorragend!« freute er sich. »Daß ich darauf nicht schon selbst gekommen bin. Versteh ich gar nicht, bin doch sonst so ein kluges Kerlchen«, und wollte mit seinem Po die Tür zudrücken. Aber ich war schneller, riß sie wieder auf und sagte ein bißchen zu laut: »Gute Nacht, Herr Professor.«

Nun mußte er gehen, ob er wollte oder nicht.

Zu Hause roch es nach Brathähnchen, Röstkartoffeln und Mandelsauce. Zwei Gourmetmahlzeiten an einem Tag. Was für eine drastische Wende seit meiner Käsebrotzeit mit Motorengeräusch! Aber mit meiner Mutter war eben auch unsere Glückssträhne gekommen.

Rico sah mich kaum an. Er malte. Ich setzte mich neben ihn und streichelte seine Hand. Mein Mann – mein Kind ...

Dann folgte ich dem Bratenduft. »Wie geht es ihm?« fragte ich meine Mutter, während sie meinen Rotweinverschnitt mit Traubenzucker und Eigelb mixte. Diesen Cocktail hatte sie mir verordnet, weil ich ja ›völlig vom Fleische gefallen‹ war.

»Mach dir keine Sorgen, mein Kind, wir schaffen das schon. Heute hat er ein Selbstbildnis gemalt. Sieh es dir bloß nicht an. Du erschrickst dich zu Tode. Dann haben wir ›Mensch-ärgere-dich-nicht‹ gespielt. Jeder hat sich selbst und zwei abwesende Mitspieler vertreten. Es hat ihm richtig Spaß gemacht.«

»Unglaublich! Früher hätte er dich allein für den Vorschlag, sich mit bunten Holzmännchen gegenseitig über ein Stück Pappe zu jagen, mit lebenslänglicher Verachtung gestraft.«

»Ich weiß ja, es ist alles sehr infantil, aber ich glaube, es ist der einzige Weg. Wir müssen ganz von vorne anfangen. Seine Zeichnungen sind besonders aufschlußreich. Daran kann ich unseren Erfolg in winzig kleinen Schritten messen.«

Ich nickte nachdenklich.

»Papi hat auch angerufen«, sagte sie. »Es ist alles in bester Ordnung. Sowie ich mir die Hände abgetrocknet habe, muß ich dich von ihm in den Arm nehmen. – Und Frau von Schönfeld hat dich für morgen zum Tee gebeten. Meinst du, du schaffst das? – Was gibt es denn bei dir für Neuigkeiten?«

»Och nichts. – Oder warte mal ... da war doch was? – Ach richtig: Wir haben ein Haus.«

Der Satz schlug ein wie eine Bombe. Mit dem Rotweinglas in der Hand tanzten wir von der Küche ins Wohnzimmer. »Rico, stell dir vor, wir haben ein Haus! Ein Haus! Ein Haus!« jubelten wir beide.

Er sagte nur: »Schön« und malte weiter.

Während des Abendessens schwärmte ich von unserem neuen Heim, nur vom See sagte ich nichts. Sie würden ihn schon noch früh genug sehen. Rico aß inzwischen mit gutem Appetit und hörte zeitweise sogar andächtig zu. Es war nicht zu fassen, was Mutterliebe vollbringen konnte.

»Und wann ziehen wir um?« wollte sie wissen.

»Sowie Papi Urlaub bekommt, würde ich sagen.«

Am nächsten Tag wurde ich bei Baronin von Schönfeld angemeldet. Auf dem Weg zu ihr nahm ich wieder eine Blutprobe mit in die Uniklinik. Ich hoffte immer noch auf irgendwelche magischen Ergebnisse, die uns weiterhelfen würden. Die Möglichkeiten spezifischer Analysen wurden ja ständig verbessert. Vielleicht hatten wir eines Tages wirklich Glück und fanden das Gift, das seinen Organismus zerstört hatte.

Eine Blutentnahme bei Rico kam einem Mordversuch ziemlich nahe. Seit er denken konnte, war ihm der Anblick von Blut unerträglich. Aber nicht so wie bei anderen Leuten, die ›kein Blut sehen können‹. Nein. Es war einfach unmöglich für ihn, den Anblick zu verkraften.

Leider hatte ich mit Rico immer noch nicht über Mrs. Thomson aus England sprechen können. Er war gar nicht in der Verfassung, eine solche Information aufzunehmen. Auch von meinem Besuch bei seiner Tante Cordelia wußte er nichts. Ich hatte einfach Angst, ihn irgendwelchen seelischen Belastungen auszusetzen. Aber vielleicht würde ich ja an diesem Nachmittag den Schlüssel zu seinem tiefsten Inneren finden.

Nun stand ich in einer Eingangshalle, die man auch als Ballsaal benutzen konnte. Der Butler hielt mir ein fein ziseliertes Silbertablett hin, damit ich meine Karte darauflegen konnte.

»Sagen Sie bitte nur, daß Sascha Ortmund hier ist.«

Im langen wildseidenen Kleid, das von den Schultern bis auf den Boden durchfloß und wie eine Schleppe hinter ihr herglitt, kam sie mir entgegen. Eleganz, Reichtum und schauspielerisches Können vereinigten sich in ihrer schillernden Erscheinung. Ob Ricos Mutter wohl auch so gewesen war?

»Schön, daß Sie endlich den Weg zu mir gefunden haben. Oder darf ich Sascha zu Ihnen sagen?«

»Natürlich dürfen Sie. Ich bin Ihnen unendlich dankbar, daß Sie mich eingeladen haben. Wissen Sie, Rico hat große Probleme, und es gibt nur eine einzige Möglichkeit, ihm zu helfen: Ich muß alles über seine Kindheit erfahren, vor allem über seine Mutter.«

Ich fiel ohne Umschweife mit der Tür ins Haus. Dabei hatte ich mir vorgenommen, daß ich ihr selbst die Möglichkeit geben wollte, das heikle Thema anzusprechen.

»Bitte, Sascha, willst du mich nicht auch Tante Cordelia nennen, so wie mein geliebter Rico? Wie geht es ihm überhaupt?« fragte sie mit sanfter Stimme.

»Ach wissen Sie, es steht wirklich nicht gut um ihn. Er hat furchtbar viel durchgemacht. Aber das Schlimmste ist seine Seele. Wir sind jetzt soweit, daß wir folgendes wissen: In seiner allerfrühesten Kindheit ist diesem kleinen Menschen irgend etwas Furchtbares zugestoßen, und zwar mit einer Macht und Grausamkeit, die man kaum ermessen kann. Ich bin ziemlich sicher, daß dieses schwere seelische Trauma unmittelbar mit dem Tod seiner Mutter zusammenhängt. Leider wissen wir nur, daß sie angeblich bei einem Skiunfall ums Leben kam. Und zwar im Juli 1942, also mitten im Krieg, in Dresden. Ja ...«

Kurze Pause. Ein Blickkontakt. Sie wich mir nicht aus. Dann sagte sie plötzlich: »Das ist nicht wahr.«

Endlich!

»Du mußt wissen, Ricos Mutter und ich waren eng befreundet. Sehr eng. Sie war äußerst begabt. Eine zarte, hochintelligente Frau und eine sehr empfindliche Seele. Und sie lachte gerne. Doch da war dieses ... Ja, wie soll ich sagen? – himmelhoch jauchzend, zu Tode betrübt. Weißt du, was ich meine?«

»O ja, ich kenne das nur zu gut von Rico. Aus heiterem Himmel, von einer Minute zur anderen«, stimmte ich ihr zu.

»Bei Tanja, seiner Mutter, war das manchmal sehr schlimm. Aber als sie dann schwanger wurde, war es ganz aus. Sie wurde richtig hysterisch. Sie wollte kein Kind haben. Ihre Figur, ihre Karriere, ihre Zukunft. Alles hatte ihr dieses Baby, so glaubte sie, verdorben, noch bevor es überhaupt seinen ersten Atemzug getan hatte. In ihrer Verzweiflung stürzte sie sich die Treppe hinunter. Ausgerechnet bei mir zu Hause. Natürlich haben wir das ganze als Unfall dargestellt. Aber das war es nicht. Sie wollte das Kind loswerden. Das war es.«

»Mein Gott, wie furchtbar!« Ich mußte an Ricos Gedicht denken, das er mir in unserer ersten Nacht im Botanischen Garten vorgelesen hatte: *... oder ist es auch das Kind das sagt, ich habe keinen Platz in dieser Welt.* – Dieses Kind hatte noch nicht einmal einen sicheren Platz im Leib seiner Mutter gehabt.

»Später zehrte der Krieg natürlich auch an unseren Nerven. Das kannst du dir sicher denken. Nachdem Tanjas Mann eingezogen worden war – er kam nicht an die Front, sondern in eine Schreibstube nach Berlin, also Angst brauchte sie damals mit Sicherheit nicht um ihn zu haben –, da passierte irgend etwas mit ihr. Ich weiß nicht, was es war. Ich weiß nur, daß es einer gigantischen seelischen Katastrophe gleichkam.

Jedenfalls stand sie eines Tages völlig aufgelöst vor mir und flehte mich an, ihren kleinen Sohn zu mir zu nehmen. Ich sagte nur: ›Aber Tanja, du weißt doch, daß ich morgen verreise. Wie soll ich da ein so kleines Würmchen in Pflege nehmen?‹ Sie sank auf einen Stuhl, als wenn dieser Satz einem Todesurteil gleichkäme. Der kleine Junge stand neben ihr und weinte. Noch nie habe ich ein Kind so weinen sehen. Die Tränen flossen über sein Gesicht, aber es kam kein Ton aus ihm heraus. Kein Schluchzen, nichts. Nur diese Tränen. Glaub mir, Sascha, ich bin diese Tränen nie wieder losgeworden.«

»Der kleine Junge auch nicht«, sagte ich nachdenklich.

Sie schluckte ein paarmal, bevor sie weitersprach. »Als ich dann fünf Wochen später von meiner Tournee zurückkam, war alles vorbei. Meine Freundin hatte sich umgebracht und war in aller Heimlichkeit beerdigt worden. Ihr Mann war wieder in Berlin. Nur der kleine Rico war übriggeblieben.

Ich holte ihn aus dem Krankenhaus ab und behielt ihn bei mir. Das war ich meiner Freundin schuldig. Und es hatte sich ja niemand gemeldet, der ihn nehmen wollte. Körperlich fehlte ihm wohl nichts, aber seelisch war irgend etwas in ihm zerbrochen. Er sprach fast nie, und wenn ich ihn etwas fragte, dann kam – wenn überhaupt – nur ›ja‹ oder ›nein‹. Sonst nichts. Er weinte oft Tag und Nacht oder er saß da und starrte in eine unendliche Leere. Er schlief kaum, und wenn, dann schrie er im Schlaf und schlug wild um sich. Sowie er wach wurde, fing er wieder an zu weinen. Dabei gab er keinen Ton von sich. Nur diese Tränen, die nie versiegten. Es war furchtbar, wie dieses Kind gelitten hat.

Dann stand er eines Morgens oben an der Treppe. Er konnte mich nicht sehen, und ich dachte, jetzt kommt er zum Frühstück herunter. Plötzlich macht dieses Kind einen Kopfsprung. – Einen Kopfsprung, Sascha! Die Treppe herunter! – Der kleine Kerl war damals noch keine zweieinhalb Jahre alt.

Dieser Selbstmordversuch eines so winzigen Menschen hat mich zutiefst erschüttert. Vor allem, weil er an der gleichen Stelle stattfand, an der seine Mutter, auf den Tag genau drei Jahre zuvor, versucht hatte, ihn ... ja, ihn loszuwerden. Als wenn er ihren Wunsch nachträglich erfüllen wollte.

Er hatte sich zum Glück nur schwere Prellungen zugezogen, obwohl er nicht einmal seine Händchen über seinen Kopf gehalten hatte. Und das machen ja nun alle Menschen, ob groß oder klein, ganz instinktiv.

Tja, mein Hausarzt riet mir dann, Rico in ein Heim zu bringen. Ich könne die Verantwortung für ein so verstörtes Kind nicht übernehmen. Und vielleicht würde es ihm in der Gesellschaft anderer Kinder besser gehen, meinte er. Außerdem konnte ich Rico wirklich nicht behalten. Ich war ja ständig unterwegs.

Von dort, so habe ich erfahren, hat ihn dann irgendwann Tanjas Mutter abgeholt. Sie war aus Breslau gekommen, damit sie sich um ihn kümmern konnte. Eine harte, versteinerte Frau; und der Tod ihrer einzigen Tochter hatte ihr natürlich den Rest gegeben.«

Alles wurde auf einmal so klar.

»Seine Mutter hat sich also bestimmt umgebracht! Daran besteht kein Zweifel?« Ich mußte ganz sicher sein.

»Ja, natürlich! Niemand wollte darüber reden. Jeder hat eine andere Version erfunden. Keiner sagte die Wahrheit. Aber eines ist sicher: Sie hat Selbstmord begangen. Gar keine Frage!

Außerdem hatte sie mir einen Brief geschrieben. Darin beschuldigte sie Rico, ihr Leben zerstört zu haben.«

»Mein Gott! – Und wo war er in dem Moment, als es passierte?«

»Man hat mir gesagt, er sei in der Klinik gewesen. Man hatte ihm die Mandeln herausgenommen – glaube ich.«

»Das stimmt nicht. Er hat seine Mandeln noch.«

»Ach ja? Na, vielleicht verwechsle ich das. Er war jedenfalls in der Klinik, als sie sich umgebracht hat. Das haben mir alle bestätigt. Du weißt ja, es war Krieg. Die Verhältnisse waren chaotisch. Niemand gab einem mehr eine richtige Auskunft. Und irgendwelche Polizeiunterlagen waren natürlich für jedes nicht offizielle Auge ohnehin tabu. Und überhaupt: Ein Selbstmord. Du lieber Himmel! – Aber einen Schock hat dieses Kind bekommen, Sascha. Dafür lege ich meine Hand ins Feuer.«

Das brauchte sie nicht.

Auch wenn ich die Wahrheit seit langem geahnt hatte, begreifen konnte ich sie trotzdem nicht. Ich war bestimmt die letzte, die gesagt hätte: ›Selbstmord? – Unmöglich! So etwas würde ich nie tun!‹ Ich hatte einiges gelernt in meinem Leben, darum wußte ich sehr gut, daß es Situationen geben konnte, in denen es wirklich nicht weiterging. – Wirklich nicht?

Ganz gleich, wie hoffnungslos die Zukunft aussehen mochte. Ein paar Tage später, manchmal schon ein paar Stunden später, sah die Welt schon wieder anders aus. *Wenn du denkst, es geht nicht mehr, kommt von irgendwo ein Lichtlein her,* hatte meine Mutter mir einmal geschrieben.

Meine Gedanken kreisten immer wieder um die gleiche Frage: Wo war der kleine Rico wirklich, als es passierte? Was wußte er von dieser mörderischen Tat? Welches grauenvolle Geheimnis hatte seine Seele für immer vergraben, damit es sie nicht völlig zerstörte?

Jetzt, nachdem endlich die Wahrheit – oder wenigstens ein Teil davon – ans Licht gekommen war, mußte ich unbedingt mit Margret Heller sprechen, aber sie war im Urlaub. Wir hatten uns inzwischen zweimal getroffen und die ganze Nacht hindurch geredet. Sie half mir, so gut sie konnte. Ich bekam von ihr die wichtigste Literatur verordnet, die ich durchackerte. Unter anderem auch das Buch von Madame Guex über das Verlassenheitssyndrom. »Was? Das hast du auch gelesen? Dann bist du aber schon sehr weit.«

Wie weit war ich eigentlich?

Als ich nach dem Gespräch mit seiner Tante Cordelia abends nach Hause kam, warteten zwei Überraschungen auf mich. Erstens: Unsere Wohnung war leer. Auf einem Zettel stand: »Als es anfing zu schneien, habe ich Rico zu einem Spaziergang überredet. Mach dir keine Sorgen. Wir sind bald wieder da. Dein Tee steht auf dem Stövchen, und im Backofen ist etwas Leckeres für dich.«

Spaziergang. Seit ich Rico zu Ostern im Schloß mit der pausbäckigen Adventura aus dem Hallenbad ins Freie hatte hüpfen sehen, war das nicht mehr vorgekommen. Jetzt stand Weihnachten vor der Tür.

Und nicht nur Weihnachten, sondern nach einem kurzen Klingelzeichen, das mir bekannt vorkam, meine zweite Überraschung.

»Papilein! Wo kommst du denn her?«

»Ich denke, wir ziehen um?« strahlte dieses Goldstück. Es war alles wie gehabt: geliehener Kleinbus, Malerleiter, Tapezierbrett, Farbtöpfe, mindestens einhundert gefaltete Kartons für den Umzug, Gläser mit Eingemachtem. Sogar ein Weihnachtsbaum war auf dem Dach festgezurrt. Was für ein Vater!

»Wir müssen uns doch beeilen. Zu Weihnachten muß alles fertig sein, damit wir im neuen Haus gemütlich feiern können.« Er rieb sich die Hände, weil der geliehene VW-Bus keine Heizung hatte.

Dann sah ich Rico. Er winkte übermütig, lachte und kratzte einen Schneeball zusammen, den er meinem Nakken zugedacht hatte. Ich mag keine Schneebälle im Kragen, aber für diesen einen hätte ich mein Hab und Gut hergegeben. Rico fiel mir um den Hals. Das mußte er, um seinen Schneeball richtig zu plazieren.

War das ein Gefühl! Seine rotgefrorene Nase an meiner Wange, während der frische Schnee langsam an meiner Wirbelsäule herunterschmolz.

Meine Eltern umarmten sich. »Unser Papi! Wir wollten doch in einer Stunde telefonieren«, strahlte sie.

»Ja, meine Kleine, da wunderst du dich. Ich hab gleich nach deinem Anruf gestern abend meinem Chef Bescheid gesagt. Jetzt kurz vor Weihnachten ist das ohnehin nicht mehr so schlimm im Büro. Heute morgen bin ich hingefahren, hab das Wichtigste erledigt. Und nun bin ich da.«

»Warum hast du denn nicht angerufen und gesagt, daß du kommst?« wollte sie wissen.

»Damit du keine Gelegenheit hast, dir Sorgen zu machen, wenn ich bei dem Schneetreiben unterwegs bin.«

Sie gingen Arm in Arm ins Haus. Zwei Menschen, die sich durch alle Höhen und Tiefen des Lebens treu geblieben waren. Nichts und niemand hatte ihre tiefe Liebe zueinander erschüttern können; kein Weltkrieg, nicht der Verlust ihres gesamtes Besitzes, keine Hungersnot, keine Todesangst und keine Strohmatratze in einem Flüchtlingslager, in dem die Ratten hausten. Selbst meine Probleme mit Rico nicht.

Von einem Augenblick zum anderen waren wir wieder eine richtige, ganz normale Familie. Rico plätscherte geräuschvoll in der Badewanne und sang: »O sole mio.« Mein Vater saß mit einer Zeitung, einem Becher Kakao und an der Heizung hochgelegten Füßen im Wohnzimmer, während ich mit meiner Mutter das Abendbrot machte.

Das heißt, sie machte und ich erzählte: »Stell dir vor, diese Tante Cordelia will nicht in der Lage gewesen sein, herauszufinden, wie Ricos Mutter sich umgebracht hat. Kannst du das verstehen?«

»Unsinn! Das glaube ich nicht. Die Nachbarn hätten auf jeden Fall gewußt, ob sie sich wieder eine Treppe heruntergestürzt oder ob sie Tabletten genommen hat. So etwas wissen die Leute. Diese Frau verschweigt uns etwas. Woher überhaupt dieser plötzliche Sinneswandel? Erst kein Wort, und auf einmal die Stunde der Wahrheit im barocken Teesalon! Irgend etwas stimmt doch da nicht, Kind. Was will sie von uns?«

»Gesagt hat sie nichts, aber ich glaube, ihr Gewissen plagt sie. Außerdem hat sie sich mit Ricos Vater angelegt. Sie meint, er hat kein Recht, seinem Sohn die Wahrheit zu verschweigen, wenn wir danach fragen«, berichtete ich.

»Hat er auch nicht! Kein Mensch hat das Recht, einen anderen so leiden zu lassen. Was ich an tiefem Schmerz in der Seele dieses armen Jungen miterlebt habe, kann man überhaupt nicht in Worte fassen«, sagte sie traurig.

Dann aber strahlte sie plötzlich: »Du, das ist jetzt alles vorbei. Im Kühlschrank steht eine Flasche Sekt. Wir haben es geschafft! Ich sage dir, wir haben es wirklich geschafft! Erst wollte er natürlich nicht, aber ich zog ihm seine Stiefel an, wickelte ihm seinen Schal um den Hals, steckte seine Arme in die Felljacke. Und als er fertig angezogen war, stand er tatsächlich auf und kam mit. Vielleicht zwanzig Minuten tappelte er neben mir her, sprach kein Wort, starrte nur vor sich hin. – Na, eben so wie immer.

Und plötzlich, als ob das Eis, unter dem er eingefroren war, zerbersten würde, fing er an zu erzählen. Von Oskar Kokoschka und warum er früher seine Bilder mochte, jetzt aber nicht mehr.«

»Und warum?« fragte ich.

»Kind, das weiß ich gar nicht. Irgend etwas Politisches, glaube ich. Du, ich war so aufgeregt, daß er überhaupt sprach, ich hab' mich auf das, was er sagte, gar nicht konzentrieren können. Es war so überwältigend, seine Stimme zu hören. Beinah als ob er uns neu geschenkt würde.«

Wir umarmten uns. Dabei schmorten wir uns jeder einen Rockzipfel an, weil wir uns zu dicht am Herd gefreut hatten.

»Warte erst mal, was dieses gewesene Häufchen Elend morgen sagt, wenn wir zu unserem neuen Haus fahren«, schwärmte ich.

»Warum? Erzähl doch. Ist da noch etwas, was ich nicht weiß?«

»Und ob: Es hat einen eigenen Bach und – jetzt kommt's: einen See!«

»Nein?«

»Ja doch!«

»Wer hat einen See?« Pitschnaß stand Rico im Türrahmen, ein Handtuch um die Hüften geschlungen, und strahlte.

»Du hast einen See, mein Schatz, und zwar unter deinen Füßen. Guck mal.«

»Ohhh!«

Beim Abendbrot mußte ich immerzu dazwischenreden, wenn die anderen etwas sagten. Ich konnte einfach nicht aufhören, es zu genießen, daß die erdrückende Stille endlich gebrochen war.

»Umzug im Winter ist eigentlich gar nicht so gut«, sagte meine Mutter, wegen des vielen Drecks und dem Schneematsch.

»Warum?« meinte mein Vater. »Laß doch schneien. Noch ziehen wir ja nicht um. Erst pinseln wir mal an. Und wenn wir damit fertig sind, ist der Schnee hart gefroren.«

»Ich fahr den Möbelwagen«, stellte Rico mümmelnd fest.

Lieber Himmel. Er hatte seit zweieinhalb Jahren nicht mehr hinter einem Steuer gesessen.

»Ist gut, mein Junge«, sagte sein Mütterlein und arbeitete hinter schneeweißen Haaren an Alternativvorschlägen.

Als ich das Haus am nächsten Tag wiedersah, glaubte ich zu träumen. Tief verschneit lag es glitzernd in der Mittagssonne. Über den Bach neigten sich lange Gräser, an denen gefrorene Wassertropfen hingen. Die Tannen neben der Auffahrt sahen aus wie Weihnachtsbäume. Vor unserer Haustür hockte ein Häschen.

Innen drin war es mollig warm – dabei war ich auf bitterkalt eingestellt. Dann las ich: »Viel Glück im neuen Heim! Eine Flasche Schampus liegt zum Kühlen im Garten versteckt. Bitte suchen.« Die Karte stand neben einem Weihnachtsstern mit 15 Blüten auf der oberen Treppenstufe. Ein würzig duftendes Brot, eine Tüte Salz und ein Glückspfennig lagen daneben. Der gute Loch!

Dann standen Rico und ich auf der Terrasse im tiefen Schnee und blickten auf den See hinunter. »Jetzt hat dein Junge alles, was er sich in diesem Leben gewünscht hat. Alles«, sagte er glücklich und legte seinen Kopf an meine Schulter. Ich streichelte ihn. Nur gut, daß der Frost uns in die Zehenspitzen biß, sonst hätte ich bestimmt geglaubt, daß ich träumte.

»Kommt schnell rein, Kinder! Ihr holt euch ja den Tod«, hörte ich meine Mutter hinter uns.

Rico wollte nicht mehr weg. Hätte die bewußte Luftmatratze noch im Schlafzimmer gelegen, dann wäre er bereits eingezogen.

Mein Vater arbeitete im Akkord. Vier Tage später hatte er fast das ganze Haus tapeziert, die Decken gestrichen und innen die Türen und Fenster lackiert. Ich war sicher, er hatte sich aus dem Wald ein paar Heinzelmännchen zur Hilfe geholt. Am nächsten Wochenende konnten wir umziehen.

Wir packten wie die Weltmeister. Rico war natürlich noch nicht belastbar. Außerdem lief im Fernsehen *Die Schatzinsel*. Jim Hawkins war gerade in den Klauen von Long John Silver gefangen. Bei so einem Film packte Rico doch kein Geschirr in Kartons.

Als *Die Schatzinsel* wie immer an der spannendsten Stelle unterbrochen wurde, schimpfte er wie ein Rohrspatz. Herrlich! Es war so schön, daß er wieder schimpfte.

Am Umzugsmorgen lag Rico noch im Bett, als aus dem Institut 21 Leute anrückten, allen voran Gernot Habakuk Loch. Dabei hatte ich nur drei von ihnen um ihre Hilfe gebeten. Der treue Otto war samt Werkzeugkiste im geliehenen LKW der Firma Becker angereist: »Wenn ihr wieder umzieht, bin ich auch schwanger. Ein sogenanntes Naturwunder«, moserte er, weil er nun mal gern über unsere Umzüge moserte. Anne bereitete sich, wie bei jedem unserer Wohnungswechsel, wieder einmal auf ein neues Baby vor. Dieses rein weibliche Privileg durfte Otto leider nicht für sich in Anspruch nehmen. Deshalb schäkerte er erst einmal mit meiner Mutter und wurde von ihr dafür mit Mettbrötchen gefüttert. Sie kannte seinen Geschmack. Außerdem war er ja ihretwegen gekommen und nicht wegen meiner achtzig Schubladen und zwanzig Holzklötze.

Dann stand Maria Stein in der Tür, umringt von ihren drei Männern. Jeder von ihnen in einer körperlichen Verfassung, die das Stemmen von Banktresoren erlaubt hätte. Inzwischen zogen uns insgesamt 29 Leute um. Mit Rico wären wir dreißig gewesen.

»Statt Brötchen und Würstchen hätten wir lieber eine Gulaschkanone besorgen sollen«, lachte meine Mutter, die sich wie immer für das leibliche Wohl aller verantwortlich fühlte.

Viel schlimmer als die fehlende Gulaschkanone war, daß Rico nicht aufstand. »Nur noch eine halbe Stunde«, stöhnte er.

Otto kam mit dem Schraubenzieher. »Raus, du fauler Hund! Sonst liegste am Boden.« Er fing an, das Bettgestell auseinanderzunehmen. Rico stand trotzdem nicht auf. Ich redete mit Engelszungen.

Er hatte Krankheitsgefühl. »Ich glaube, es ist besser, wenn wir morgen umziehen«, meinte er.

»Mein Gott, Rico. Morgen ist Sonntag, der 4. Advent. Dann ist keiner mehr hier, der uns hilft. Steh doch bitte, bitte auf!« Warum hatte ich bloß nicht daran gedacht; Rico mochte doch keine Umzüge.

Nun hockte er in der äußersten Ecke des Schlafzimmers auf dem Fußboden, in sein Federbett eingewickelt, der personifizierte Vorwurf. Von dort schnappte ihn sein Mütterlein, packte ihn ins Auto und fuhr ihn zu Anne. Nun hatte die wenigstens auch etwas von unserem Umzug.

Bei strahlendem Winterwetter, der Boden war hart gefroren, zogen wir trockenen Fußes ein. Nachts um elf holte ich Rico ins neue Heim. Er war immer noch böse, weil er trotz seines Krankheitsgefühls hatte aufstehen müssen.

Am nächsten Morgen erwachten wir im Paradies. Wir waren in einem mollig warmen Haus bis an die Fensterbretter eingeschneit. Meine Eltern hatten auf der Terrasse schon den Blick zum See freigeschaufelt. An der großen Glaswand war zweimal der Frühstückstisch gedeckt. Innen für uns mit Rührei und Toast. Draußen gab es Sonnenblumenkerne und Meisenkugeln für unsere gefiederten Gäste.

Als Rico, nun ohne Krankheitsgefühl, zu uns stieß, standen drei Rehe in unserem Garten. »Wenn man das jetzt malen würde, wäre es Kitsch in Reinkultur.« Ach war das schön, daß er wieder mitspielte.

Eingeschneit wie wir waren, abgeschnitten von der Welt, richteten wir unser Nest ein. Wir hämmerten, bohrten, sägten, packten aus und bauten auf. Rico sah im

Namen von uns allen fern. Ich bewunderte einmal mehr meine Eltern. Sie konnten wirklich alles.

Als die gestapelten Kistenberge immer kleiner wurden, sagte meine Mutter: »Jetzt sieht es schon richtig aufgeräumt bei uns aus. Letzte Nacht dachte ich, wenn nun ein Einbrecher kommt, weiß er gar nicht, was er stehlen soll.«

Am Nachmittag des Heiligen Abend, als Bodo und Anette eintrafen, waren wir wirklich fertig eingezogen, mit allem Komfort bis hin zum geschmückten Weihnachtsbaum und dreimal Kreuzschmerzen.

15

Das Haus hielt, was es versprach – und noch viel mehr. Es war das Paradies auf Erden.

Bei dem Ausblick hellte sich auch das traurigste Gemüt auf. Ein See mit versteckten Buchten, kleinen Inseln und dümpelnden Booten. Jeden Tag änderte das Naturschauspiel die Farbe des Wassers, von himmelblau bis sattgrün. Dann war es auf einmal tiefdunkel und plötzlich anthrazitgrau und unheilvoll, nur um ein paar Minuten später im Abendsonnenschein golden aufzuleuchten. Morgens lag der See meistens friedlich gekräuselt und glitzernd vor unserer Terrasse. Manchmal hingen Nebelschwaden über dem Wasser, wie achtlos hingeworfene Wattebäusche.

In der Ferne bildeten die Berge am anderen Ufer den geeigneten Rahmen zu diesem Gemälde. Mal trugen sie weiße Häubchen, dann strahlten sie im gleißenden Sonnenlicht. Sie konnten dunkel drohend vor dem Horizont hocken, zum Greifen nah, oder im Schattenspiel von Wind und Wolken den Eindruck erwecken, als wenn sie mit den Naturgewalten hin und her wankten.

Unsere hauseigene Tierwelt war Ricos ganzer Stolz. Zwar fütterten wir keine Exoten, aber wir konnten beinah mit allem aufwarten, was die Tierwelt unserer Heimat zu bieten hatte. Vom Hirsch bis zum Igel, von der Fledermaus bis zum Fuchs. Alle fanden sie irgendwo ein Loch in unserem Zaun, um uns im Garten zu besuchen.

Rico freute sich am meisten darüber, daß die gesamte Nachkommenschaft von *Crazy Bunny* nun bei uns wohnte. Beim morgendlichen Abzählen kam ich manchmal auf mehr als 20 Hasenkinder, die sich auf der Rasenfläche tummelten. *Crazy Bunny* – so Rico – hatte sich damals aufgemacht, um sich in unserer neuen Heimat niederzulassen und dem biblischen Spruch zu folgen: »Gehet hin und mehret euch.« Er hatte sich gemehrt. Und wie.

Natürlich hatte unser neues Heim auch Nachteile. Der Dorn im Auge war für Rico – ich wollte es gar nicht glauben – der See. Blau und friedlich lag er da, und trotzdem ...

Erstens: »Was nützt einem der schönste See, wenn man kein Boot hat?«

Zweitens: »Da sitze ich hier und vertrödle meine Zeit, während sich dort unten alle Welt auf ihren Segelyachten tummelt.«

Drittens: »Heute ist wieder Regatta. Ich würde bestimmt gewinnen. Aber dazu müßte ich natürlich erst mal ein Boot haben.«

Viertens – fünftens – sechstens ... und so weiter.

Ich mußte mit meinem Wagen zum TÜV. Diese Einrichtung war zweifellos und ausschließlich zum Zwecke der offiziellen Hinrichtung meiner Autos ins Leben gerufen worden. Ich übernahm sie jeweils aus vierter bis siebenter Hand. So brauchte ich nur etwas mehr zu bezahlen als der Mann vom Autofriedhof für den Schrott gegeben hätte. Bis zum nächsten TÜV würde sich mein Konto bestimmt schon wieder etwas erholt haben, dachte ich jedesmal. – Ich dachte jedesmal falsch.

Nun fuhr ich ebenso demoliert wie demoralisiert in den Prüfstand der Wahrheit und ergab mich in mein Schicksal.

»Also, ein paar Mängel müßten Sie noch beheben. Ich hab' Ihnen das hier angestrichen. Wenn Sie dann innerhalb eines Monats Ihren Wagen wieder vorführen, bekommen Sie die Plakette.«

Ich guckte den Herrn im grauen Kittel ungläubig an. »Ach, könnten Sie das wohl bitte noch einmal wiederholen?«

Im Geiste hatte ich für meinen bevorstehenden Autokauf achthundert Mark auf die hohe Kante meiner Schulden gelegt. Ich wollte endlich einmal ein Jahr auf meiner TÜV-Plakette haben, statt eines 50-Mark-Autos, das bereits auseinanderfiel, wenn ich die Tür zuknallte. Nun aber, wo dem alten Citroën, der mir damals das Leben gerettet hatte, noch einmal eine amtlich bestätigte Galgenfrist von zwei Jahren zugestanden worden war, packte mich der Leichtsinn.

Ich nahm die achthundert Mark und fuhr mit Rico hinunter zum See. Dort kauften wir ein Boot. Es war klein und wendig, ein richtiger Sportsegler mit zwei Finnen und zwölf Quadratmetern Segelfläche. Komplett mit Persenning und Liegeplatz kostete es 750 Mark und war, laut Rico, absolut kentersicher. Und ich habe das auch noch geglaubt.

Bei Sonnenschein tummelte mein Mann sich nun mit aufgeblähten weißen Segeln auf blauem Wasser. Bei Regenwetter hatte er angefangen, zu Hause zu forschen.

In dieser Mischung aus Knusperhaus und Villa Kunterbunt hatte sich mein Ideenreichtum auf dem Einrichtungssektor nach Herzenslust austoben können. Ich durfte alle Register ziehen: offene Raumteiler, Liegewiesen aus Schaumgummi, Spiegelwände, begehbare Kleiderschränke und ein wirklich außergewöhnliches Bett. Selbst den Verwendungsmöglichkeiten unserer Armeeschränke waren keine Grenzen gesetzt. Inzwischen war ich mit Bohrer und Hobel, Schweißgerät und Bandschleifer besser vertraut als mit dem Kochlöffel – was bei mir natürlich nicht viel heißen wollte.

Rico war jeweils nur kurzfristig für handwerkliche Tätigkeiten zu begeistern. Er wurde immer noch sehr schnell müde. Körperliche Arbeit strengte ihn über alle Maßen an. Und er war nicht belastbar, vor allem seelisch nicht. Das kleinste Problem warf ihn aus der Bahn. Ich durfte mir keine Unachtsamkeiten erlauben. Ein falsches Wort, ein verkehrter Ton, ein zweideutiger Blick, und Rico fiel in sich zusammen wie ein Kartenhaus im Wind.

Ich hatte das leider schon einige Male ungewollt erlebt. An einem schönen Sonntagmorgen zum Beispiel fühlte er sich besonders wohl. Ich also nach der Jetzt-oder-nie-Taktik meine Geschichte von Mrs. Thomson erzählt.

Entweder war ich zu ungeschickt vorgegangen, oder ich hatte die falschen Worte gewählt. Jedenfalls hatte ich es geschafft, innerhalb von wenigen Minuten eine mehrmonatige Katastrophenlage heraufzubeschwören. Rico konnte den Gedanken nicht verkraften, daß die Russen ihn vergiftet hatten.

Natürlich verstand ich seinen Ärger, diese rasende Wut darüber, daß man ihm sein Leben ruiniert hatte und ihn dann auch noch hatte fallenlassen. Aber so wie er es machte, ging es wirklich nicht. Am Montag rief er als erstes bei der Firma Becker an und brüllte seinen Zorn in jedes telefonisch erreichbare Ohr. Und immer wieder: »Mrs. Thomson hat aber gesagt ...«

Dabei hatte ich ihn auf Knien gebeten, diese Frau nicht ins Gespräch zu bringen. Sie hatte unterschrieben, daß sie schweigen würde. Durch die Annahme ihres Geldes hatte sie sich dazu verpflichtet. Nie und nimmer würde sie ihre und die finanzielle Sicherheit ihrer Kinder aufs Spiel setzen, nur um vielleicht für uns eine Aussage vor Gericht zu machen. Was wir brauchten, waren Beweise. Und die hatten wir nicht. Mr. Thomson war sofort nach einer Rußlandreise erkrankt und kurz darauf gestorben. Desgleichen Mr. Latimer. Auch Herr Ortmund war nach dieser Geschäftsreise schwer krank geworden, aber er war nicht gestorben. ›Was wollte dieser Mann eigentlich? Er war doch gar nicht tot.‹

Der Becker-Vorstand reagierte ebenso sauer wie heftig. Als erstes kam eine einstweilige Verfügung ins Haus, die es uns untersagte, Behauptungen aufzustellen, ohne stichhaltiges Beweismaterial dafür liefern zu können. Und dieses Beweismaterial hatten nicht wir, sondern die Firma Becker. Rico wollte sofort unseren Freund Otto aufhetzen, damit der diese Beweise an Ort und Stelle für uns requrieren könne.

Ich wollte es nicht glauben. »Das kannst du doch nicht machen! Otto und Anne haben drei kleine Kinder. Sie haben sich vor zwei Jahren ein Haus gebaut, das sie abzahlen müssen. Otto ist der einzige Brötchenbringer in der Familie. Stell dir mal vor, was passiert, wenn er seinen Job verliert.«

Aber Rico wollte sich das nicht vorstellen. Er wollte die Beweise haben, jetzt und sofort. Es ging hart auf hart. Rico schrieb an diverse Zeitungen und machte sich damit im Sinne der einstweiligen Verfügung strafbar. Amanda Thomson, mit der ich zuvor einen nahezu perfekten Plan ausgetüftelt hatte, wie wir die Firma Becker erfolgreich zur Kasse bitten könnten, legte in London den Hörer auf, wenn sie Ricos Stimme hörte. Die Beckers wollten uns auf etliche hunderttausend Mark Schadenersatz verklagen, weil wir wiederholt versucht hätten, ihren Namen zu beschmutzen. Und unser Anwalt sagte, ohne Beweise läuft gar nichts.

Das war das Ende unserer Schadenersatzforderungen für Ricos Krankheit.

Nebenbei hatte ich noch andere Sorgen.

Das Feuer, das ich an dem Tag, an dem ich unser Haus am See zum ersten Mal betrat, entfacht hatte, brannte lichterloh. Damals hatte ich noch geglaubt, unser Problem unter ›S‹ wie ›Sexueller Notstand‹ abheften und dort vergessen zu können. Doch da hatte ich mich in der Intensität der Gefühle meines Freundes Gernot Loch getäuscht.

Das Schlimme war, daß ich ihm nicht aus dem Weg gehen konnte. Unsere Arbeit, unsere Termine und unsere Forschungsprojekte waren eng miteinander verstrickt. Mein neuster Trick war meine Kleidung: dunkel, unauffällig und unweiblich; also weit und leger, keine erkennbaren Formen. Bis auf meine Seidenschals war ich eine schmucklose graue Maus.

Manchmal kam jedoch unsere alte Kumpelfreundschaft wieder durch. Ich sog sie auf wie ein Verdurstender seinen letzten Schluck Wasser in der Wüste.

»Haste Gummistiefel dabei?«

»Gummistiefel? – Wir fahren zum Kongreß, auf dem wir hochherrschaftlich einen Vortrag halten werden. Dort kann ich doch nicht in Gummistiefeln auftreten.« Ich verstand ihn wirklich nicht.

»Sollst ja nicht damit aufs Podium, sondern auf den Schuttabladeplatz.«

»Was soll ich denn auf einem Schuttabladeplatz?«

»Nach Schätzen suchen natürlich. Was glaubst du, warum wir uns zwei Stunden Vorschuß gegeben und ein Paket Butterstullen dabei haben? – Wir können schließlich nicht an einem Ort, dessen Lokalkultur wir nicht kennen, einen Vortrag halten. Sind wir etwa Kulturbanausen?« Ein schräger Blick fiel auf mich.

»Nein.«

»Na also! ›Sage mir, was du wegschmeißt, und ich sage dir, wer du bist.‹ In diesem Sinne werden wir uns zuerst ein umfassendes Bild des Menschenschlages erarbeiten, bevor wir den Mund aufmachen. – Ohne Gummistiefel biste natürlich unbrauchbar. Nimmste am besten die Gummigaloschen. Liegen vorne unter der Haube. Gehören nicht mir, liegen aber immer da.«

Das mußte man ihm lassen, er kannte sich aus auf den Müllkippen des Landes. Wir hatten unsere größten Erfolge bereits verbucht, bevor wir überhaupt offiziell in Aktion getreten waren.

Der Herr Professor in Anglerhosen – »vom ollen Loch« –, oben mit blütenweißem Hemd und Fliege sowie zum Zwecke der Schutzsuche aufgekrempelten Ärmeln. Sein Jackett hatte er über das Schild *Betreten verboten* gehängt. Ich stand barfuß im ›kleinen Schwarzen‹ da, weil der Mensch, der die Galoschen damals mitsamt dem Käfer verkauft hatte, die falsche Schuhgröße hatte.

An einer Autobahnraststätte wunderten sich später einige Leute darüber, warum sich eine junge Frau im eleganten schwarzen Kostüm Modder von ihren nackten Füßen wusch. Aber es kam ja öfter vor, daß sich brave Mitbürger über mich wundern mußten.

Wir hatten fette Beute gemacht. Herr Professor Doktor Doktor Loch besaß nun eine gußeiserne Ofenplatte aus dem Jahre 1818 mit deftiger Jagdszene, ein Butterfaß, eine Angelrute, die nicht in den Käfer paßte, und eine zerschrammte Arzttasche aus Krokodilleder mit einem Aufkleber vom *Hotel Pubb* in Karlsbad. Drinnen war sie randvoll mit durchweichten, vergilbten Familienphotos von todernsten Leuten, die man wohl schon vor fünfzig Jahren begraben hatte.

»Warum haben die Menschen eigentlich früher nie gelacht? Guck mal hier«, wollte er von mir wissen.

»Ich glaube, weil das Photographieren so lange dauerte. Wer kann schon dauerlachen?«

»Also wir beide, wir könnten. Laß uns mal lachen. Wollen sehen, wer zuerst hin ist.«

So hockten wir denn zwischen den Trümmern anderer Leute und lachten, bis wir nicht mehr konnten.

Ich hatte sämtliche 88 Tasten eines Klaviers abmontiert. »Guck doch mal, echtes Elfenbein!« Vom schweren Ebenholz ganz zu schweigen. Das Schachbrett, das ich für Rico damit bauen wollte, hatte ich bereits vor Augen. Von dem Klavier schraubte ich auch noch die beiden Leuchter ab, weil sie aus Messing und wunderschön waren. Für Rico fand ich auch noch einen antiken, bleischweren Schiffskompaß mit zerbrochenem Glas.

Ich war glücklich, zufrieden und – wie immer nach anstrengenden Vorträgen – geschafft, als ich an diesem Abend spät nach Hause kam. Von unterwegs hatte ich angerufen, um Rico zu sagen, wann ich eintreffen würde.

Er freute sich in den Hörer und verriet: »Ich habe eine Überraschung für dich, Sascha.«

Er also auch. Es war ein wundervolles Gefühl, seine fröhliche Stimme zu hören. Sie wirkte wie Balsam auf mich. Zu Hause rief ich schon von der Haustür aus nach ihm.

Keine Antwort. – Sicher hatte er sich versteckt.

Er hatte.

Anfangs dachte ich noch an einen Spaß, aber das Lachen verging mir schnell. Von Panik ergriffen, schrie ich nach ihm. Doch er antwortete nicht – weil er nicht mehr antworten konnte. Er lag zwischen den Heizöltanks im Keller, neben ihm vier leere *Dolestan*-Röhrchen. Das waren achtzig Schlaftabletten.

Als ich ihn zwischen den Tanks hervorgezerrt hatte, kniete ich vor seinem leblosen Körper und ...

Ich konnte es ja selbst nicht fassen, aber ich wußte auf einmal nicht mehr, was zu tun war. Wie gelähmt sah ich auf ihn herab und hörte mich um Hilfe schreien.

Dann wurde es plötzlich totenstill. Eine kostbare Minute nach der anderen verrann. Ich glaubte, eine Uhr ticken zu hören, obwohl im Heizungskeller keine war. Sie tickte: »Tu was! – Tu was! – Tu was! – Tu was! – Tu was! – Tu was!«

Aber ich tat nichts. Es war, als ob in meinem Gehirn plötzlich der Strom ausgefallen wäre. Kein klarer Gedanke. Kein Befehl. Nichts. An Handgriffe, die früher in solchen Situationen wie von selbst abgelaufen waren, konnte ich mich plötzlich nicht mehr erinnern. Ich kniete nur da, gelähmt vor Entsetzen.

Ich wollte einfach nicht glauben, daß nach allem, was wir durchgemacht hatten, das Schicksal so grausam sein konnte.

Wie lange ich so gesessen hatte, würde ich nie erfahren. Auf jeden Fall war es zu lange. Als ich endlich wieder denken, vor allem reagieren konnte, sah ich mich, wie ich neben ihm kniete und seinen Kopf in meinem Schoß streichelte. Kalter Schweiß rann in meine Hände. Ich küßte sein schneeweißes Gesicht.

Eine ganze Nacht und einen Tag lang kämpfte ich um sein Leben. Ich tat Dinge, die ich noch nie vorher hatte tun müssen. Er war dem Tod aber auch noch nie so nah gewesen.

»Mein Gott, Rico, warum hast du das getan?«

»Ich weiß doch nicht, Sascha. Ich mußte einfach.«

Er konnte nicht aufhören zu weinen. Ich weinte mit, nicht um ihm Gesellschaft zu leisten. Ich weinte um uns, unser Leben, unsere Ehe, unsere Zukunft, um alles, was wir uns so hart erkämpft hatten.

»War das deine Überraschung für mich?«

»Nein, Sascha. Nein! Als du angerufen hast, war noch alles in Ordnung. Da hab ich ja noch gar nicht gewußt, daß ich mich umbringen muß. Nein, meine Überraschung liegt in deinem Sessel. Ich habe dich gemalt. Du bist wunderschön geworden.«

So fingen unsere *Umbringetage* wieder an.

Mit dreißig war ich in Ehren ergraut.

Meine Mutter meinte: »Ist ja kein Wunder.«

Das Lehrbuch schrieb: ›*Canities praematura*, eine Stoffwechselstörung‹.

Allgemein jedoch stufte man meinen Kopf als interessant ein. Rico aber wollte keine Frau, die mit dreißig das Haupt einer Sechzigjährigen spazieren trug. Er bestand darauf, daß ich mir die Haare färbte. Früher wäre das ein Scheidungsgrund gewesen. Doch nun meinte er: »Eine grauhaarige Frau ist steinalt.« Und eine Steinalte wollte er wohl nicht.

Ich färbte mir die Haare nicht. Auch wehrte ich mich mit Händen und Füßen gegen sonstige Eingriffe in meinen von Gott gegebenen Alterungsprozeß.

An unserem Bootssteg lag eine bunte Mischung von Yachten aller Gehaltsstufen. Wir hatten mit unserem mikkerigen kleinen Äppelkahn die untere Hälfte der Skala ganz für uns allein. Bei Regen wurden wir naß. Bei Wind flogen unsere Jacken von Bord. Und wenn wir in Seitenlage gingen, dann kippte auch noch der Rest unserer Habe ins Wasser.

Nicht so bei den gehobenen Einkommen. Dort pflegte man jederzeit, Poseidon-unabhängig, geselliges Beisammensein. Man hatte Allwetterkajüten, die mit bequemen Eckcouchen und ausziehbaren Tischen für gediegenen Komfort sorgten. Gekocht wurde in einer Einbaukombüse für höchste Ansprüche.

»Das sind keine Segler! Das sind Caravanfahrer zu Wasser!« schimpfte Rico. Aber er freute sich trotzdem, wenn er eingeladen wurde, an Bord zu kommen. Bei einer solchen Einladung betrat er auch einmal die Teakholzplanken der Luxusyacht *Bella III.* Deren Kapitän hatte sein Vermögen mit den Gesichtern der Frauen verdient. Rico lobte den prominenten Schönheitschirurgen in den höchsten Tönen. Beim nächsten Mal mußte ich unbedingt seine Bekanntschaft machen. Darauf bestand mein Mann.

Als es soweit war, warf der Modearzt einen Blick auf mich und rief entsetzt: »Lieber Himmel! Sie müssen aber bald etwas unternehmen, sonst ist es für Sie zu spät. Das ist ein ganz kleiner Eingriff. Vielleicht nur ein paar Minuten, mehr nicht.«

Ich wollte meine Falten unbedingt behalten und klärte den Mann auf: »Wissen Sie, jede einzelne dieser Falten habe ich teuer bezahlt; mit Tränen, mit Kummer und mit Leid. Und da glauben Sie, ich würde Ihnen erlauben, die Zeichen, die das Leben in mein Gesicht geschrieben hat, innerhalb von wenigen Minuten einfach auszulöschen?«

Wir wurden nicht wieder auf die *Bella III* eingeladen. Ich glaube, er stufte mich als geschäftsschädigend ein, denn er hatte sich viele seiner Kundinnen am See geangelt.

Rico angelte auch am See, aber natürlich keine Kundinnen. Er angelte Menschen. Bei seiner Unternehmungslust und seinem Charme lagen sie ihm bootsstegweise zu Füßen. Er war der willkommenste aller Gäste, wo immer sein blonder Lockenschopf auftauchte. Das Beste war: Rico hatte Zeit. Außerdem wohnte er am See – ein nicht zu unterschätzender Vorteil. Sein Haus war nicht nur nah, sondern auch gemütlich, sonnig und gastfreundlich. Kaminfeuer, romantische Musik, zu essen und zu trinken, soviel man wollte. Bei ihm war in Küche und Keller zu jeder Nacht- und Tagesstunde Selbstbedienung.

Eine Frau hatte er übrigens auch. Die brauchte er, weil sie hinterher wieder aufräumen und Nachschub ranschaffen mußte. Er war ihr seltsamerweise sogar treu, obwohl er an jedem Finger zehn wirklich tolle Frauen hätte haben können.

Sie machte eigentlich eher den Eindruck eines traurigen Mauerblümchens. Selten genug war sie zu Hause, aber wenn sie da war, überschüttete er sie mit seiner Liebe. Sie blühte trotzdem nicht auf, schien ständig müde und abgespannt zu sein. Wie kam dieser Traum von einem Mann bloß zu einer so trübseligen Gestalt an seiner Seite?

Einen Vorteil schien ich allerdings zu haben: Jeder, der Probleme hatte, konnte sie bei mir abladen. Und Probleme hatten viele. Genau diese Menschen sammelte Rico ja. Er zog sie an wie ein Magnet, nur um sie mir dann bei meiner Rückkehr zum Nachtmahl zu servieren.

»Hör mal, Sascha, da mußt du dich wirklich mal ein bißchen anstrengen. Die Rosy hat unheimliche Sorgen mit ihren Eltern. Sind steinreich – du weißt schon, das große Möbelhaus an der Ausfallstraße, das gehört ihnen, unter anderem. Jetzt sagen sie plötzlich, Rosy sei egoistisch, verschwenderisch und faul. Stell dir das mal vor.«

Rosy war egoistisch, verschwenderisch und faul. Ihre Eltern hatten das ganz richtig erkannt. Ein paar dicke Sorgen und Arbeit bis über beide Ohren hätten Rosy in einer Woche kuriert.

Sie war natürlich nicht die einzige, die mich als seelischen Mülleimer mißbrauchte. An einem See können sich an Wochentagen, wenn alle Welt schuftet, ja nur diejenigen vergnügen, die sich ihre Brötchen nicht selbst verdienen müssen. Doch wer kann schon ununterbrochen sieben Tage in der Woche das süße Nichtstun genießen. Selbst das wird irgendwann einmal langweilig. Also machten sie sich Probleme, manchmal nur so zum Zeitvertreib.

Eine junge Nymphe wurde immer gerade dann unpäßlich, wenn Rico am See aufkreuzte. Also mußte er sie retten, einpacken, zu uns nach Hause fahren und sie dort versorgen, bis ich irgendwann kam. Dann fing sie an, mir den Inhalt ihres ach so schweren Herzens vor meine müden Füße zu kippen. Miserable Ehe – der Mann war ja nie zu Hause, dachte nur an seinen Beruf. Wegen seines schlechten Gewissens überschüttete er sie mit Brillanten und Pelzen, die sie schon nicht mehr sehen konnte. Außerdem schenkte er ihr eine schneidige Segelyacht und ab und zu einen niedlichen kleinen Sportwagen.

Eines Nachts reichte es mir. Weil ich nach einem 17-Stunden-Tag nicht sofort und vorbehaltlos bereit war, mich ganz auf ihre Sorgen zu konzentrieren, keifte sie mich an, daß ich bei meiner verbohrten Egozentrik ja überhaupt keinen blassen Schimmer davon hätte, wie schlimm das sei, wenn eine Frau in ihrer Ehe leiden müsse.

Da hab' ich sie kurzerhand auf die Straße gesetzt, mitsamt ihrem 3 000 Kilometer jungen Porsche und dem Brillantgehänge. Rico war entsetzt: »Wie konntest du nur? Sie hat vollkommen recht, du bist egozentrisch und verbohrt!«

Auch männliche Sorgenkinder schwemmte der See für mich an. Bei einem Typen mußte ich erschreckende Parallelen zu Ricos Problemen feststellen. Mir wurde himmelangst. *Napoleon* hieß er – so war er tatsächlich getauft –, und er war auch genauso klein, aggressiv und häßlich. Er lebte bei seinem Vater, einem Haustyrannen, und seiner Stiefmutter, einer Bilderbuchschönheit mit einem Herzen so warm wie das eines Alligators bei Nacht.

Auch Napoleon hatte seine Mutter unter mysteriösen Umständen verloren. Auch Napoleon litt unter Alpträumen. Auch Napoleon hatte die Masche mit dem Töten drauf. Allerdings hatte er seinen Geschmack dahingehend kultiviert, das unwürdige Leben seiner Mitbürger bei Bedarf vorzeitig beenden zu wollen. Sein eigenes war ihm viel zu kostbar, um damit herumzuspielen. Deshalb reiste er auch nur bewaffnet an. Und das meistens schon sonntags morgens um halb sechs, denn »Morgenstund hat Gold im Mund!« rief er unten vom Tor. Ich hätte ihn am liebsten erwürgt.

Ab und zu besprach ich mich in Sachen Napoleon mit meinem Gewissen, aber es war in seinem Fall außergewöhnlich schweigsam.

»Du bist doch sonst nicht so gemein«, wunderte Rico sich über mein sprödes Benehmen, mit dem ich den lieben Napoleon bedachte. Aber ich mußte so sein. Ich glaube, ich ließ manchmal sogar ein bißchen von meiner angestauten Wut über das Morden im allgemeinen und über Ricos Tötungsabsichten im besonderen an ihm aus.

Trotzdem hatte unser Leben am See etwas Kribbelndes, war immer neu und aufregend. Wir lernten zauberhafte, wertvolle Menschen kennen, die unsere Freunde wurden. Ich schätzte diese kameradschaftliche Atmosphäre besonders, weil ich während Ricos Krankheit gelernt hatte, wirkliche Freunde von parasitären Anhängseln zu unterscheiden.

Es kam immer wieder vor, daß wir an einem Uferhang anlegten und dem beruhigenden Platschen des Wassers an den Bootswänden lauschten. Dann fragte mich einer unserer Segelfreunde: »Sag mal, Sascha, warum hast du eigentlich so traurige Augen?«

Was sollte ich darauf sagen? ›Schau mal dort rüber, auf diesen Traum von einem Mann? Ja, der da, der gerade von sechs fröhlich lachenden Frauen umringt wird. Diesem strahlenden Sunnyboy habe ich gestern abend den Strick vom Hals geschnitten, mit dem er sich gerade erhängte. Du kannst die Würgemale unter seinem Halstuch noch erkennen.‹

Sollte ich das sagen?

Ich sagte es nicht. Keiner unserer Segelfreunde wußte etwas von unseren Sorgen. Bei uns zu Hause schien selbstverständlich immer die Sonne – so sehr wie mein Mann mich liebte.

Darum würden sie später auch nicht begreifen können, daß dieser Traum von einem Mann sich umgebracht haben soll. Sie waren doch noch am letzten Wochenende mit ihm um die Wette gesegelt. Als sie dann erfuhren, daß er wirklich tot war, haben sie ein Loch in seine herrliche Segelyacht gehackt, denn ohne ihn sollte auch sein Schiff nicht mehr weitersegeln.

Sie alle liebten diesen zauberhaften Mann und sagten zu mir: »Mit ihm hast du das große Los gezogen. Weißt du eigentlich, was für ein Glück du hast?«

Ich wußte es. – Aber ich wußte mehr.

Fiel ein *Umbringetag* auf ein Wochenende, dann hingen alle in der Luft. »Was ist denn mit Rico?«

»Fühlt sich nicht so besonders.«

»Hol ihn doch aus dem Bett, ohne ihn läuft ja hier nichts!«

Wie gerne hätte ich ihnen ihren Segelkameraden zurückgegeben. Aber sie mußten sich ein bißchen gedulden. So ein Selbstmord ist eine anstrengende Sache.

Im Boot waren Rico und ich ein unschlagbares Team. Ich war zwar alles andere als eine Segelbraut, und erst recht nicht, wenn der Wind wehte. Aber sowie es darauf ankam, legte ich mich mächtig in die Schoten. Wir hatten doch diese zwei magischen Finnen am Bootsrumpf, die unsere kleine Yacht unkenterbar machten. Deswegen war ich ja so mutig.

Eines schönen sonntags kamen Otto und Anne wieder mit ihrer Wagenladung voller Kinder zu uns.

»Wir gehen alle segeln«, beschloß Rico.

Anne und ich hielten nichts von Segeln mit Windelpaketen. Deshalb waren wir Miesmacher und durften auf der Terrasse bleiben. Aus dem geplanten Familienausflug auf dem Wasser wurde eine Herrenpartie mit Kater. Der mußte mit, weil er sich nicht wehren konnte.

Anne lag blinzelnd in der Sonne, und ich besprach meine Probleme mit ihr. Sie war eine der ganz wenigen, die unsere Sorgen kannte. Nebenbei streichelte ich meine Sehnsucht zweihändig in weiche Kinderhaut, konnte gar nicht genug kriegen.

Plötzlich fühlte ich eine dieser verrückten Fallböen, für die unser See berüchtigt war. Aus dem Nichts heraus stürzten geballte Windmassen vom Himmel ungebremst auf das Wasser.

Jedes Mal erinnerten mich diese ungebändigten Kräfte der Natur an Rico. Die Fallböen waren wie seine Selbstmorde: unvorhersehbar, unabwendbar, und wehe, man blickte im entscheidenden Moment in die falsche Richtung.

Ich sagte: »Jetzt sind sie baden gegangen.«

Anne meinte: »Die können doch gar nicht kentern, denke ich.« Das dachte ich ja auch.

Eine Stunde später standen zwei tropfnasse Männer und ein Kater mit triefendem Fell vor der Haustür. Von dem Tag an hatte ich sehr viel mehr Respekt vor dem Wasser.

Dann kam Rico eines Morgens zum Steg und traute seinen Augen nicht. Dort, wo unser Boot immer gelegen hatte, dümpelten nur noch ein paar angespülte Blätter. Die kleine Yacht war weg. – Gestohlen.

Er war fassungslos. Sein Leben war ein Leben auf dem See geworden. Seine Freunde, seine schönsten Stunden, alles hatte ihm dieses kleine Boot geschenkt.

In der darauffolgenden Woche brachte er sich gleich dreimal um. Er versuchte sogar, an seine Pulsadern zu kommen. Vielleicht hatte er vergessen, daß ihm bei dieser Art des Selbstmordes, ob nun erfolgreich oder nicht, jede Menge Blut um die Ohren spritzen würde. Er schrie wie ein Mensch, der gerade vom Eiffelturm in den Tod sprang. Dabei waren erst ein paar Tropfen aus der Schnittwunde gesickert. Für Fälle wie ihn hat der liebe Gott die Pulsadern so geschickt versteckt, daß nur selten ein potentieller Selbstmörder wirklich erfolgreich an sie herankommt.

Ricos Schrei ließ mein Knochenmark gefrieren. Ich war am Ende. Drei Selbstmordversuche hintereinander waren einfach zuviel.

Inzwischen hatte ich ihm erzählt, daß ich bei seiner Tante Cordelia gewesen war. Die schlimmen Einzelheiten wollte ich ihm, solange wie irgend möglich, ersparen. Das, was er unbedingt wissen mußte, brachte ich ihm wohldosiert bei.

»Weißt du, sie sagte mir, daß deine Mutter sich vielleicht umgebracht hat.« Ich lauschte.

»Hätten wir uns ja gleich denken können, nicht? Woher sollte dein Junge das denn sonst haben. Ein Erbschaden, sozusagen. Na zum Glück habe ich ja dich, und du rettest mich immer. Ich bin unendlich stolz auf dich. Aber eines verspreche ich dir, Sascha, richtig umbringen, also so, daß ich hinterher tot bin, das tue ich nie. Niemals!«

»Mein Gott, Rico, warum tust du es denn überhaupt? Ich versuche ja, dich zu verstehen, aber ich kann es nicht. Du hast doch keinen Grund, dich umzubringen, oder?«

»Nein, Sascha. Dein Junge braucht keinen Grund. Er muß es einfach. Er muß! Er muß!« Dann fing er an zu weinen. »Glaub mir, Sascha, ich will nicht tot sein. Wirklich nicht! Du mußt alles tun, damit ich nicht sterbe. Bitte!« Rico klammerte sich an mich wie ein Ertrinkender.

Ich glaubte ihm, wollte ihm viel zu gerne glauben. Und trotzdem brachte er sich um. Immer wieder – immer wieder.

Margret Heller kam an ihren freien Wochenenden zu uns hinaus an den See. Sie liebte die Ruhe, die Sonne und vor allem uns. Sie war uns beiden eine wirkliche Freundin geworden. Und ihr verhinderter Patient beriet sie nun beim Müsli- ebenso wie beim Autokauf. Der vor Lebensfreude sprudelnde Mann an ihrer Seite war für sie ein wohltuender Ausgleich für anstrengende Nachtdienste. Eine tiefe, innige Zuneigung verband diese beiden Menschen. Sie segelten gemeinsam oder sie wanderten im tiefverschneiten Winterwald.

Wenn Rico mit Margret zusammen war, genoß ich eine der wenigen Stunden vollkommener Entspannung. Ich wußte genau, in dieser Zeit brachte er sich bestimmt nicht um.

Dann fand ich eines abends ein kleines Büchlein von ihm unter meinem Kopfkissen. *Die Kunst des Liebens* von Erich Fromm, liebevoll eingewickelt und mit einer Widmung: ›Wenn du es gelesen hast, wirst du vielleicht verstehen, was ich meine. In ewiger Liebe – Dein Mann, dessen Liebe weit über den Tod hinausgeht.‹

Ich las das kleine Werk des hervorragenden Denkers mit großem Interesse. Trotzdem half es mir nicht weiter. Wie sollte es auch? Ich hatte einen Punkt erreicht, an dem meine Liebe nicht mehr entwicklungsfähig war. Sie war durch Panik gelähmt, von Angst zerfressen, in Hoffnungslosigkeit erstickt. Jede Minute quälte mich der Gedanke an Ricos nächsten Selbstmord. Was mochte er dieses Mal tun? Wo würde er sich verstecken. Welche Fallen stellte er mir? Was mußte ich noch alles tun, um diesen Feind unserer Liebe zu besiegen?

Ich schrie um Hilfe, nicht um gute Ratschläge von Erich Fromm.

Ohne Boot war das Leben nicht mehr lebenswert.

Da reichte mir das Schicksal die Hand zur Versöhnung.

Ich hatte während meiner Arbeit eine kleine Entdeckung gemacht. Nichts Weltbewegendes. Nur eine winzige Verbesserung einer praktischen Anwendung, sozusagen. Da wurde ich plötzlich zum Vatikan zitiert. Warmer Händedruck, liebenswürdige Gratulation, Blumenstrauß, Briefumschlag.

Auf schwerem Büttenpapier stand: *Das Genie erkennt, was alle anderen täglich sehen.* – Mit unseren besten Wünschen für Ihre Zukunft – zwei unleserliche Unterschriften.

Der Spruch hätte mich gar nicht so begeistert. Schließlich konnte man genauso schnell wieder in Ungnade fallen. Außerdem war das Zitat nicht auf dem Mist des Vatikans gewachsen. Ich hatte es nämlich früher schon mal gelesen.

Was mich wirklich faszinierte, war ein Stück Papier ohne Bütten, aber dafür mit dem Wasserzeichen der Dresdner Bank: ›12 000 Deutsche Mark an Überbringer‹ waren zu zahlen, und das war in diesem Falle ich.

Eine ganze Nacht lang habe ich mit mir gekämpft. Zum ersten Mal wurde mir bewußt, daß man sich nicht nur sorgte, wenn man kein Geld besaß. Plötzlich hatte ich Geld, einfach so vom Schicksal in meine Hand gelegt. Schon ging das Theater los.

Ich hatte drei Möglichkeiten:

Zum ersten konnte ich meinen Schuldenberg ein bißchen schrumpfen lassen – obwohl dieser Scheck dort weniger bewirkt hätte, als der berühmte Tropfen auf dem heißen Stein.

Zum zweiten konnte ich Rico all seine vielen kleinen Wünsche erfüllen. Er wußte nichts vom Ausmaß meiner finanziellen Not. Geld war ein bißchen knapp bei uns, soviel hatte ich ihm verraten. Das heißt, mußte ich ihm verraten, weil seine enorme Großzügigkeit mit unseren nicht vorhandenen Finanzen einige Male das Seil, auf dem ich tanzte, ins Schleudern gebracht hatte.

Zum dritten und zum letzten konnten wir von dem unverhofften Goldregen eine Segelyacht anschaffen.

Rico schlief noch, als ich am Samstag morgen zum Bäcker ins Dorf fuhr, um frische Brötchen zu kaufen. Neben mir stand ein würdiger Herr mit weißen Haaren und noch weißerem Segelanzug. Als er sein Wechselgeld einsteckte, sagte er zu mir: »Sind Sie nicht Frau Ortmund?«

»Bin ich. Und zwar schon seit über zehn Jahren.« So was hätte ich sonst nie gesagt. Aber der unverhoffte Reichtum war mir letzte Nacht ein bißchen zu Kopf gestiegen.

»Gut, daß ich Sie treffe. Wissen Sie, ich bin Ihrem Mann schon oft auf dem See begegnet. Ein wundervoller Mensch. Sprudelt ja geradezu über vor Lebensfreude. Ein echter Vollblutsegler, der mein altes Herz zum Hüpfen bringt. Und was hat er von meinem Drachen geschwärmt!«

»Ach, dann sind Sie also Herr Reichmann mit dem herrlichen Oldtimer, Segelnummer D 405! – Ja, in Ihre Yacht hat mein Mann sich verliebt, als er sie das erste Mal sah. So etwas findet man heute gar nicht mehr. Wie alt ist sie eigentlich?«

»Aus dem Jahre 1912, aber sehr gut erhalten. Ich habe sie jeden Winter in meine Fabrik bringen und dort überholen lassen. An meinem Schiff finden Sie keine morsche Planke. Wissen Sie, es tut mir so leid, daß das Boot Ihres Mannes gestohlen wurde.«

»Tja, es ist schlimm für ihn. Das kleine Boot war seine ganze Freude.« Beinah hätte ich Herrn Reichmann gebeten, daß er Rico an diesem Wochenende auf seine Yacht mitnehmen würde. Das wäre bestimmt der richtige Balsam für seine arme Seele gewesen. Aber dazu kam ich nicht.

»Wissen Sie, Frau Ortmund, deswegen spreche ich Sie ja an. Ich habe mir letzte Woche eine neue Yacht gekauft. Na ja, ist natürlich kein Vergleich mit meinem wundervollen Drachen, mehr ein schwimmendes Haus. Aber meine

Frau und ich, wir sind beide über siebzig. Letztes Jahr habe ich meine Firma verkauft, und nun wollen wir mit unserer neuen Yacht ganz Europa umsegeln. Das ging mit meinem Drachen nicht. Das alte Schiff ist sportlich, schneidig und sehr empfindlich – und es gehört auf diesen See. Seit dem er ten Weltkrieg lebt es hier. Damals gab es nur fünf Boote auf dem Wasser. Mein Vater hat es seinerzeit selbst hergebracht.

Es fällt mir wirklich schwer, mich von diesem Prachtstück zu trennen. Aber ich dachte, wenn vielleicht jemand wie Ihr Mann es kaufen würde, dann hätte es doch wenigstens einen Besitzer, der den Wert dieses herrlichen Oldtimers zu schätzen weiß, vor allem aber jemand, der es versteht und liebt.« Bei diesem Gedanken leuchteten seine Augen auf. Meine auch.

»Wieviel soll es denn kosten, Herr Reichmann?«

»Geschätzt ist es auf 25000. Aber ich dachte, wenn ich es Ihnen für fünfzehn überlasse und immer mal mit Ihrem Mann mitsegeln kann ... Was meinen Sie?«

»Das tut mir leid, Herr Reichmann, wir haben nur 12000 Mark.« Das sagte ich einfach so hin, ohne überhaupt nachzudenken. Dabei hatte ich gar nicht die Absicht, mit diesem seriösen Herrn zu schachern. Die Sache war ganz einfach: Entweder er nahm meinen Scheck, so wie er war, ohne Aufschlag, oder er behielt seinen Drachen. Ich durfte keine finanziellen Höhenflüge wagen.

Eine halbe Stunde später hatte ich die Yacht *Golden Spirit* gekauft. Jetzt war ich zwar nicht mehr der stolze Überbringer des Schecks, dafür aber der noch viel stolzere Überbringer eines Traumschiffes.

Als ich nach Hause kam, schlief der Kapitän noch den Schlaf des Ahnungslosen. Na, der würde Augen machen! Seit dem Tag, an dem wir dieses Schiff zum erstenmal dort unten auf dem See hatten dahingleiten sehen, schwärmte er davon: »Etwas Schöneres findest du auf der ganzen Welt nicht, Sascha. Diese Eleganz! Diese Würde! Das Schiff wäre die Krönung des Lebens für deinen Jungen.«

Als er aufwachte, fühlte er sich furchtbar elend. Er hatte entsetzliche Alpträume mit seiner Leiche durchgemacht. In der Nacht verfolgte sie seinen Schlaf, am Tag sein Leben. Wir waren uns inzwischen sicher, daß niemand anders als die Leiche schuld an seinen Selbstmorden war. Und wir waren uns ebenso sicher, daß diese Leiche nur seine tote Mutter sein konnte. Aber wir kamen trotzdem nicht weiter. Das einzige, was er ständig wiederholte, war: »Ich bin schuld. Ich weiß genau, es ist meine Schuld, daß sie tot ist.« Wie sollte ich diesem verzweifelten Mann sagen, daß seine Mutter wahrhaftig behauptet hatte, daß er schuld an ihrem Unglück, ja an ihrem Tod war? Ich brachte es nicht übers Herz.

Margret war der gleichen Meinung: »Damit bringst du ihn endgültig um. Selbstbewußtsein gleich null. Genug Schuldgefühle, um ein ganzes Priesterseminar damit auszustatten Und dann das? Nein!«

Nun weinte das Opfer dieses verantwortungslosen mütterlichen Selbstmordes wieder einmal in meinen Armen. Die Tränen rannen über sein Gesicht. Wie ein Kind – mein Kind.. dachte ich, während ich ihn streichelte. Und wie ein Kind mußte ich ihn auch behandeln. Sicher war es genau diese Phase, die ihm fehlte.

»Hör mal, mein Junge, wenn ich dir jetzt sage, daß ich eine Überraschung für dich habe, die du aber nur sehen kannst, wenn du aufhörst zu weinen, hörst du dann auf?«

Er schüttelte den Kopf.

»Versuch's doch wenigstens. Bitte!«

Es dauerte trotzdem eine ganze Weile, bis er sich ein wenig beruhigt hatte. Aber die Überraschung reizte ihn doch. »Was ist es denn?«

»Ach, nichts Tolles. Nur 'ne Kleinigkeit. Eine Art Liebesbeweis sozusagen.«

»Kann ich es gleich auspacken?«

»Nein. Du mußt dich noch ein paar Minuten gedulden.«

»Warum? Du hast doch gesagt, es ist ein Geschenk für mich.« Die Nachwehen seines Alptraumes verblaßten langsam.

»Ist ja auch dein Geschenk, aber ich habe es noch nicht eingepackt. Weißt du was, laß uns zum Frühstück an den Bootssteg fahren. Der Picknickkorb ist schon fertig. Unten am See lassen wir die Beine im Wasser baumeln, und ich werde dir alles erzählen. Ja?«

»Vergiß aber nicht, das Geschenk mitzunehmen.«

16

Es wurde ein Jahrhundertsommer. Während der restlichen Segelsaison hatten wir nur drei halbherzige *Umbringetage*, die keinen großen Schaden anrichteten, noch nicht einmal bei mir.

Der Besitzer einer sportlich eleganten Segelyacht fällt natürlich in eine ganz andere Kategorie Mensch. Das merkten wir innerhalb weniger Minuten. Er krabbelte nicht mehr in sein Schiffchen. Nein – er schritt hoch erhobenen Hauptes an Bord. Er zerrte auch keine muffigen, zerknüllten weißen Tücher hervor, die unter einer undichten Persenning eingeregnet waren. – Er setzte Segel, und zwar mit einem geräuschvollen Zug an seiner Schot. Und schon blähten sich vierzig Quadratmeter im leichten Sommerwind.

Auch die Segelbräute auf einer solchen Yacht brauchten sich nicht mehr ins Zeug zu legen. – Sie durften Winschen in Anspruch nehmen, die mit ihrem lauten Ratschen die Knochenarbeit übernahmen. Im Umgang mit Wind und Wellen wurde man jovial, denn man wußte ja, man konnte, wenn man wollte. Über eines darf man sich trotzdem keine Illusionen machen: Auch auf den großen Yachten bricht man sich sämtliche Fingernägel ab, selbst die ganz kurzen. Und man holt sich auch weiterhin überall blaue Flecken.

Ich holte mir meine blauen Flecken nicht nur auf der *Golden Spirit*. Kaum ließen meine *Umbringe*-Probleme an der Heimatfront ein wenig nach, lief ich an anderen Fronten voll ins Messer. Dabei wollte ich nicht kämpfen, konnte auch gar nicht mehr. Langsam kroch das Gefühl in mir hoch, daß meine Kraftreserven irgendwo ein Leck hatten. Vor allem dann, wenn ich wirklich einmal eine längere *Umbringe*-Pause hätte genießen können, ging meine Seele am Krückstock. Völlig unmotiviert fing ich plötzlich an zu weinen. Dann brachte ich tagelang keinen Bissen herunter. Ein andermal wieder war mir so schlecht, daß ich mich nicht auf den Beinen halten konnte. Es war immerzu etwas anderes, bloß nichts Gutes.

»Hast Liebeskummer«, diagnostizierte mein Freund Loch.

»Hab' ich nicht!«

»Haste doch!«

Dabei hatte ich bestimmt nicht! Mir war wirklich schlecht. So richtig schön von innen heraus. Aber er ließ sich natürlich keine Fehldiagnose unterjubeln. Wer tut das schon gerne? Ich war in ihn verliebt und damit basta.

Während eines Kongresses hatte er sich nachts einen Ersatzschlüssel zu meinem Hotelzimmer erschlichen. Plötzlich wachte ich auf. Er saß auf meiner Bettkante und wollte mich gerade küssen.

Nein! – Bloß nicht noch einmal so einen Kuß, sonst würde ich mit Sicherheit schwach.

»Wollte nur einen Schluck Schampus mit dir trinken. Sei mir nicht böse, Sascha. Nein? – Nein! – Gut.« – Ohne Sekt ging es anscheinend nicht.

Nein, böse war ich ihm nicht, aber es würde wohl nicht beim Sekttrinken bleiben. Mein Gewissen schlug Alarm: Ehebruch! Als ich Rico kennenlernte, erfüllte mich dieses Wort mit tiefster Abscheu. Dabei war es nicht einmal nötig, daß man mit einem anderen Mann schlief. Nein! Schon der Gedanke daran, daß man vielleicht, eventuell, unter Umständen gerne möchte – das war für mich damals bereits ein Ehebruch.

Damals wußte ich es. Und heute?

Nach meiner Frisch-Verliebten-Weltordnung hatte ich nun bereits Ehebruch begangen. Warum dann nicht auch gleich richtig, mit allem Drum und Dran? So wußte mein schlechtes Gewissen doch wenigstens, warum es ein schlechtes Gewissen war. Außerdem hatte Rico sich, seit er aus dem Sanatorium zurückgekommen war, einer totalen Askese verschrieben, zumindest auf diesem Gebiet.

Das Gefühl, wieder gesund zu werden, dominierte seine Gedanken und Taten. Diese Möglichkeit wollte er sich durch nichts und niemanden verderben lassen. Und schon gar nicht durch ein bißchen fleischliche Lust. Statt dessen sah ich auf seinen mahnend erhobenen Finger, der mir einredete, daß sich die buddhistischen Mönche durch diese Art konsequenter Enthaltsamkeit von allen Leiden dieser Welt befreit hätten.

»Sie meditieren, und sie denken über das Elend nach. Sie lesen viel, sie studieren, sie forschen.«

»... und sie segeln«, sagte ich resignierend.

»Wieso segeln? – Du begreifst überhaupt nicht, was ich meine.«

»O doch. Ich weiß genau, was diese orangebetuchten Mönche tun, denn im Prinzip ist es genau dein eigener Lebensstil. Deswegen dachte ich ja, sie würden auch segeln.«

»Dir fehlt einfach die nötige Reife für diese Dinge. Offensichtlich verstehst du davon nichts.«

Doch, ich verstand schon, den Buddha – und Rico auch.

Wir lebten also weiterhin asketisch, bis auf ein, zwei Mal pro Jahr, – vielleicht. Ansonsten machte Rico Waldläufe anstatt. Ich hatte uns damals bei meinem Großeinkauf mit Nelli wohl doch etwas überschätzt.

Und nun saß mein bester Freund und Retter in der Not auf meinem Bett und wollte genau das von mir, woran mein Mann kein Interesse mehr hatte. Sollte ich mir jetzt das Recht nehmen, diesen Teil von mir jemand anderem zu schenken? Dem Menschen, der meine Zuflucht war, wenn ich nicht mehr weiter wußte. Ich verdankte ihm so viel.

Außerdem wurde ich das Gefühl nicht los, diesen Freund maßlos auszunutzen. Wann immer ich meine Hand ausgestreckt hatte, war er da gewesen, um sie zu ergreifen. Nun streckte er mir seine Hand hin, und was tat ich?

Ich wußte es nicht. Es war eben doch ein großer Schritt. Man nannte ihn Fehltritt. »Du brauchst nichts zu tun, Sascha, was du nicht selbst wirklich möchtest.« Er war auf einmal sehr ernst. Kein Spitzbubengesicht. Er streichelte meine Haare und meine Schultern. Für letztere hatte der Stoff meines Nachthemdes nicht gereicht, deshalb lagen sie im Freien. Dort lagen sie schlecht.

Wie gerne wollte ich mich in seine Arme schmiegen. Noch einmal diesen Schutz fühlen, mit dem er mich umgab. Seine Kraft, die mich einhüllte und meine Sorgen nicht mehr an mich heranließ. Seine Nähe befreite mich aus meiner Stahlrüstung, die ich selbst nicht mehr durchbrechen konnte.

»Sascha, bitte, laß mich zu dir kommen.« Er legte seine Arme um meinen Hals und zog mich zu sich hoch. Meine Tränen weichten sein Oberhemd durch. Ich konnte mich selbst nicht mehr ausstehen. Von diesem Mann nahm ich mir immer genau das, was ich brauchte. Und was gab ich ihm dafür? – Nichts.

Ein bißchen wenig für einen Menschen, dessen Gefühle so intensiv waren. Ich spürte seinen Atem in meinem Nacken. Jede Faser seines Körpers bebte. Seine Hände streichelten meinen Rücken. Es war ein Streicheln voller Sehnsucht. Und er flüsterte in mein Ohr, genau an der Stelle, wo es am schlimmsten ist. Sein Verlangen war unbändig.

»Bitte, Sascha, laß mich endlich zu dir kommen. Ich will deine Nähe spüren. Ich will bei dir sein. – Für immer. Eines Tages werde ich dich heiraten und dich ein Leben lang beschützen, damit dir kein Leid mehr geschieht. Ich werde dich unendlich glücklich machen. Bitte, Sascha, laß mich doch …«

Ich durfte fertig weinen. Dann legte er mich behutsam auf mein Kissen zurück und sagte: »Für heute biste raus aus 'm Schlamassel. Aber ich versuch's wieder. Und eines Tages schaffe ich es. Kannste mir glauben. Sag mal, haste überhaupt schon einen Namen für mich?«

»Ja.«

»Ich höre.«

Pause – »Tom.«

»Waaas? Wie kommste denn da drauf?«

Ich erzählte ihm von Tom Sawyer und seinem Grinsen. Er war begeistert. »Ich mag Tom. Ist halt nur 'n bißchen einsilbig: Tom Loch. Meinste nich?«

»Hast ja genug akademische Titel, mit denen du deine Einsilben auflockern kannst.«

Meine Freundschaft zu Tom blieb weiterhin die Alma Mater meiner Seele. Zu ihm trug ich meine Sorgen. Er zog mich aus dem Morast, wenn ich darin unterging. Ich hatte seine Schulter, an die ich meinen Kopf anlehnen konnte, wenn ich nicht mehr weiter wußte.

In diesem Sinne blieb mir natürlich auch mein permanent schlechtes Gewissen treu. Tom gegenüber, weil ich ihn ausnutzte. Und Rico gegenüber, weil ich mit dem Gedanken der Untreue spielte. Vor Gott und der Welt hatte ich geschworen, daß ich zu meinem Mann halte, ›in guten und in schlechten Tagen‹. Und ich wollte diesen Schwur nicht brechen. So hatte ich mich an beiden schuldig gemacht, und ich litt entsetzlich darunter.

Aber nicht nur darunter. Der Jahrhundertsommer war vorüber. Die Blätter starben ab. Und mit ihnen starb wieder einmal Ricos Lebensfreude. Vielleicht war es aber auch meine Schuld? Ich weiß es gar nicht mehr genau. Das Tief kam jedenfalls, nachdem ich ganz leise und vorsichtig versucht hatte, ihn an die Arbeitswelt zu erinnern. Am See war er mit Abstand der kräftigste, mutigste und sportlichste aller Segler. An dem Morgen, an dem ich ihm seine geliebte *Golden Spirit* geschenkt hatte, war er vor Freude an ihrem langen Mast in schwindelnde Höhen hinaufgeklettert. Wie ein Äffchen, geschickt und flink. Vielleicht bestand ja doch irgendwann einmal wieder die Möglichkeit, daß wir Ricos enormes Potential und seine hervorragenden Qualitäten auch wochentags nutzbringend einsetzen konnten.

Ich hatte mit einem glühenden Eisen tief in eine Wunde gestochen, die noch nicht verheilt war. Nach sieben Jahren Krankheit kam ein solcher Vorschlag einem Todesurteil gleich. Eine seelische Katastrophe von ungeahntem Ausmaß bahnte sich an.

Rico hatte inzwischen wundervolle Dinge geleistet, besaß schon mehrere Urkunden für Gebrauchsmusterschutz und neuerdings sogar ein Patent. Nebenbei bemerkt verschlangen seine Experimente natürlich horrende Summen und brachten nichts ein. Doch die Forschungen waren der Nektar seines Lebens. Und auch für mich fiel Honig dabei ab. Ganze Nächte lang diskutierten wir, stellten neue Forschungsprogramme auf, wie wir am besten mit unseren Versuchsreihen vorgehen könnten. Unsere Gedanken liefen parallel, kreuzten sich, begegneten sich und liefen wieder zusammen.

Er malte die Folien und Graphiken für meine Vorlesungen. Ich tippte seine Versuchsberichte und Veröffentlichungen, machte die Photos, entwickelte und vergrößerte sie. Es war die ideale Ehe schlechthin, genau so, wie ich sie mir in meinen kühnsten Träumen als Siebzehnjährige vorgestellt hatte.

Aber da war eben immer wieder unser Problem. Es fraß, es nagte und es zerstörte mich. Die Formen variierten. Die Abläufe dramatisierten sich. Und ich rettete.

Dann wachte ich eines Morgens auf und hätte am liebsten geschrien vor Schmerzen. Mir war entsetzlich schlecht.

»Wie schlecht?« Rico war ehrlich besorgt.

»Ich glaube, du rufst lieber einen Krankenwagen. Irgend etwas in meinem Innenleben ist kaputtgegangen.«

»Warte mal, das haben wir gleich«, sagte er ruhig und ging in sein Studierzimmer. Eine Ewigkeit später – dabei war es bestimmt nur eine Viertelstunde – kam er wieder an mein Bett und eröffnete mir: »Du bist schwanger.«

»Ich bin was?« Vor Entsetzen zuckte ich zusammen. »Wie kommst du denn darauf?«

»Du bist im sechsten Monat schwanger. Dir war ja auch immer schlecht. Ich weiß es genau, habe nachgesehen.«

Nachgesehen. Ich konnte es nicht glauben. Ließ mich eine Viertelstunde lang hier fast verrecken, um in seinem

Kalender nach dem ›letzten Mal‹ zu suchen. Dabei war ich überhaupt nicht schwanger, nicht im sechsten und auch in keinem anderen Monat. Ich war krank.

Danach vernebelte sich die Welt. Kein richtiger Filmriß, nur ein geistiger Abstand, als wenn alles um mich herum in Watte gewickelt wäre. Rico trug mich ins Auto und schlug mir beim Einsteigen eine Beule an den Kopf. Dann lag ich allein auf dem Rücksitz, unfähig mich zu rühren oder zu rufen.

Endlich kam er aus dem Haus zurück, setzte sich hinter das Steuer und gab Gas. Mein Zeitgefühl war ausgelöscht. Dennoch wußte ich, daß wir Hunderte von Kilometern über die Autobahn jagten. Als er schließlich anhielt, war ich, nach meinem eigenen Ermessen, bereits tot.

Trotzdem trug er mich in ein Haus und legte mich auf eine harte Liege. Mir war erbärmlich kalt. Ich konnte gar nicht so schnell zittern, wie ich fror.

Dann wurde ich von brutalen Händen in die Luft gehoben und auf einen Untersuchungsstuhl gelegt. Ich wollte gerne schreien, damit sie wußten, wie weh sie mir taten. Aber ich konnte nicht.

Instrumente klapperten. Ich hörte gerade noch, wie ein Mann im weißen Kittel mich durch seinen Mundschutz hindurch anschnauzte: »Sind Sie verrückt geworden, oder warum kommen Sie mit einem perforierten Tumor in eine Abtreibungsklinik? Sie wollen wohl unseren Namen ruinieren, was?«

Nein, seinen Namen wollte ich bestimmt nicht ruinieren, ich kannte ihn ja nicht einmal. Aber ich war in Holland, soviel hatte ich inzwischen gemerkt. Das war damals die einzige naheliegende Anlaufstelle für einen legalen, professionellen Schwangerschaftsabbruch, ohne Bedingungen und ohne behördliche Genehmigung.

Die Schreie einer ganzen Lemurenfamilie drangen von Madagaskar her dicht an mein Ohr. Dann entfernten sie sich langsam, wurden leiser, immer leiser. Danach fehlen mir viele Tage meines Lebens. Und ich selbst fehlte für lange Zeit im Leben meiner Freunde und Kollegen.

Als ich nach München verlegt werden konnte, besuchte Rico mich jeden Tag. Er war liebevoll, fürsorglich und charmant. Auf meiner Station liebten ihn alle, ohne Ausnahme – ich auch.

Doch in mir war etwas zerbrochen. Ich fürchte, es war das Baby, unser vermeintliches Kind. Das Schlimmste aber war, sein Umbringen ging weiter. Nach meiner Entlassung aus der Klinik gestand mir die Regie zwar für eine gewisse Zeit ein paar leichtere Fälle zu, bei denen ich mich körperlich nicht so sehr anzustrengen brauchte. Aber es wurde auch wieder schwieriger.

Oft hatte ich das Gefühl, daß Rico mich erpressen wollte. Ich besprach das auch mit ihm, aber er meinte, ich könne genauso wenig dafür wie er. Das Umbringen komme aus heiterem Himmel. Und ich glaubte ihm sogar.

Wie hieß es doch in dem Buch der Madame Guex über das Verlassenheitssyndrom: *Es ist das Leiden dieser Patienten, die mit ihrem vom Todestrieb beherrschten Triebhaushalt im Streite liegen, die verzweifelt ihre Identität in der ›Rache an der Vergangenheit‹ suchen und die in der mitmenschlichen Beziehung unermüdlich den Test des ›Auf-die-Probe-Stellens‹ wiederholen, um die Richtigkeit ihres Verdachtes zu beweisen.*

Genau das war unser Problem: das ›Auf-die-Probe-Stellen‹. Immer wieder, immer ein bißchen härter und trickreicher. ›Bewährt sie sich auch, wenn ich es ihr besonders schwer mache? Erst dann weiß ich genau, daß ich mich wirklich auf sie verlassen kann.‹

»Ich strenge mich ja an, Rico, wirklich! Aber ich habe immer weniger Kraft. Bei jedem Selbstmordversuch verliere ich ein bißchen mehr von meinem Mut und meiner Hoffnung. Es wird ein Tag kommen, an dem ich eine einzige Probe nicht bestehe, einmal versage, dich nicht an der richtigen Stelle suche. Dann ist alles aus. – Dann ist alles aus ...«

Ich habe Angst.

Für diesen Tag, an dem ich versagen würde, erhielt ich schon seit Jahren detaillierte Instruktionen. Es fing bereits mit Ricos *friendly star* an, den wir gemeinsam am Himmel unserer ersten Verliebtheit gesucht hatten. Dann lag da mein Brautstrauß aus roten Rosen, selbst in seiner Mumifizierung noch wunderschön. Er wartete in einem Karton darauf, daß er eines Tages im Sarg meines Mannes mit ihm zur letzten Ruhe gebettet würde.

»Das ist makaber«, hatte Margret gesagt. Aber konnte ich ihm einen solchen Wunsch verwehren?

Auch seinen Grabstein hatten wir bereits ausgesucht. Ein gigantischer Findling mitten im Wald, gut versteckt. »Falls ich zu spät sterbe – also ich meine, daß der Stein vielleicht nicht mehr da ist –, dann bin ich böse und will gar keinen.«

Das Schlimmste jedoch würde seine Beerdigung werden. Bis hin zur Gästeliste der Unerwünschten stand alles fest. Diese Liste führten seine Eltern an. Ich hatte sie mit Schimpf und Schande aus der Kapelle zu jagen, falls sie es wagen sollten, dorthin zu kommen.

Nun, man würde sehen …

»Und meine Trauerrede …, also ich bestehe darauf, Sascha, daß du meine Trauerrede hältst. Die letzte Stimme, die ich auf dieser Erde höre, darf keine andere als deine sein. Das mußt du mir versprechen!«

Ich konnte ihm noch immer keinen Wunsch abschlagen. Außerdem – wenn ich ihm alles versprach, dann würde er vielleicht nicht mehr sterben wollen.

»Natürlich, schon versprochen«, sagte ich schnell, denn ich durfte nicht über die Konsequenzen nachdenken. Ich wollte ihn ja beruhigen, das Thema beenden. Welches unmenschliche Versprechen ich damit gegeben hatte, wurde mir erst später bewußt; zu spät.

»Und, Sascha, merke dir: bloß kein pastorales Geschwafel. ›Der liebe Verstorbene, wie war doch gleich sein Name? Ach ja, jetzt hab' ich's wieder: *Rico Peer Ortmund*. Das war's. Also er gehe hin in Frieden und sündige hinfort nicht mehr …‹ – Wenn du mir das antust, dann drehe ich mich im Sarge um. Du wirst es schon hören.«

Im Frühjahr sprießen nicht nur neue Blätter, es werden auch neue Anordnungen und Vorschriften ins Leben gerufen. Die Natur und das Auge des Gesetzes erwachen aus ihrem Winterschlaf. Eine dieser Innovationen besagte, daß ab 1. September dieses Jahres niemand mehr, männlich oder weiblich, steinalt oder blutjung, erfahren oder grünschnäblig, ein Boot auf unserem See führen dürfe – es sei denn, er/sie besitze einen Bootsführerschein.

»Nun aber los, Sascha. Jetzt heißt es hinsetzen und lernen!« Ich wollte keinen Bootsführerschein, denn ich brauchte keinen Bootsführerschein. Trotzdem ließ ich mich von Rico überreden und trabte mit zur ersten Unterrichtsstunde. Da wurde ein Film gezeigt, und bei Filmen konnte ich wunderbar schlafen, ohne daß mein schlechtes Gewissen pochte, weil ich mitten am Tag einnickte. Danach ging die Paukerei los, aber ohne mich. Vier Monate lang drei Abende pro Woche sowie etliche Wochenenden. Man traf sich im Segelclub und lernte sich in Stimmung. Meine Arbeit ließ solche Extravaganzen nicht zu. Rico schwärmte mir von den tollen Leuten vor, dem interessanten Unterricht und der lustigen Atmosphäre.

Dann kam ich eines Samstag abends nach Hause, hatte müde Füße und ein ausgeleiertes Gehirn. Rico rief aufgeregt: »Schnell, Sascha! Du mußt lernen, bis die Schwarte kracht! Morgen ist Prüfung.«

»Was für eine Prüfung?«

»Na auf dem See! Für den Bootsführerschein.«

»Sehr schön, aber ohne mich. Ich war ja nie da«, wehrte ich mich, denn ich konnte nicht, und ich wollte auch nicht mehr.

»Ich habe mich für dich erkundigt, die Prüfung kannst du trotzdem machen, auch wenn du nicht am Unterricht teilgenommen hast. Du mußt eben nur alles wissen. Ich hab deine Prüfungsgebühr schon bezahlt: Dreihundert Mark!« Er wußte, daß mich das schocken würde.

»Wo ist das Lehrbuch?« fragte ich, und dann fragte ich gar nichts mehr. Er ging beruhigt ins Bett.

Dreihundert Mark waren ein Haufen Geld. Also büffelte ich: In welchem Verhältnis steht die Wasserlinie eines

Schiffes zu seiner maximalen Rumpfgeschwindigkeit? Welche Knoten macht man, wenn man einen Fänder raushängt? An welcher Stelle hißt man den schwarzen Ball, wenn man vor Anker liegt? Wie groß ist der Druck pro Quadratzentimeter Segelfläche bei einer Windgeschwindigkeit von acht Knoten?

Das Buch hatte 460 Seiten, allerdings mit Bildern, Graphiken und Schemazeichnungen. Als Rico morgens aufstand, war ich fertig, vor allem mit den Nerven. »Ich gehe jetzt ins Bett und stehe nie mehr auf«, verkündete ich.

Da trat er wieder auf den teuren dreihundert Mark herum, die ich blindlings aus dem Fenster warf, obwohl ich doch sonst immer sagte, daß wir sparen müßten.

Auf allen Vieren kroch mein Kopf mit zum See. Behalten hatte ich nichts, bis auf die Tatsache, daß ein Schiff ein Schiff war. Das wußte ich noch ziemlich genau.

Alle waren aufgeregt – nur ich nicht. Ich war eingeschlafen. Von einer Schiffsglocke wurde ich stilgerecht geweckt. Neben meinem Mann trottete ich in einen Saal, dessen Bestuhlung mich verdächtig an vergangene Klausurängste erinnerte. Alles in doppelter Abguckweite voneinandergerückt.

›Morgen‹-sagen, Fragebögen austeilen, anfangen.

Ich hatte Mühe, meine Augen offen zu halten. Immer wenn ich vornüberkippte, wurde ich wieder wach.

»Wer fertig ist, kann rausgehen«, sagte einer der staatlichen Prüfer, die ihr wachsames Auge auf die Schummelnden scharfgestellt hatten. Ich wollte bitte schon fertig sein, damit ich endlich gehen konnte. Meine Blicke flogen über den Bogen. Ich kreuzte an und schrieb, kreuzte nochmal an und schrieb wieder. Dann stand ich auf und erklärte mich für fertig. »Das soll fertig sein?« schnauzte der Typ mich an, der die Bogen unter seine Fittiche nahm. »Da steht ja noch nicht mal Ihr Name drauf.«

»Ach, mein Name, stimmt. – Wissen Sie, den schreibt mein Mann drauf, der sitzt dort drüben.«

Das gefiel dem strengen Herrn Staatsdiener nicht. »Hören Sie, wenn Sie uns für dumm verkaufen wollen, dann sind Sie an der falschen Adresse. Also: Name drauf, oder Sie können Ihre Blätter gleich in den Abfallkorb werfen«, warnte er mich. Also schrieb ich Sascha Ortmund auf das Papier.

»Und das soll jetzt fertig sein?« hakte er noch mal nach.

»Ja doch. Ja«, versuchte ich ihn und mich zu überzeugen.

»Na, Sie müssen es ja wissen«, moserte er. »Alle anderen hier nehmen die Sache wenigstens ernst.«

Nun durfte ich endlich gehen. Auf dem ersten mir bekannten Segelboot streckte ich mich aus. Das Plätschern der Wellen an der Bootswand, der leichte Wind, das beruhigende Schaukeln, das ewige Schlagen der Leinen an die Schiffsmasten. Das war Lebensart. Alles andere war mir egal.

Nach und nach kamen die Bleichgesichter heraus. Ich hörte Diskussionen, die nach Angstschweiß rochen. In meinem Inneren machte sich ein Gefühl breit, das mich an meine erste Fahrprüfung erinnerte. Wenn ich nun durchgefallen war ...

Rico erzählte mir, daß er fast alles gewußt hätte. »Aber schwer war das vielleicht, Sascha! Hätte ich nie gedacht. Wie bist du denn zurechtgekommen?« Leider mußte ich ihm eine zufriedenstellende Antwort schuldig bleiben, weil ich mich an nichts mehr erinnern konnte.

Nach langem Zittern trat die Prüfungskommission endlich ins warme Sonnenlicht. Man verlas die Namen der erfolgreichen Kandidaten, die nun zur mündlichen Prüfung eintreten durften.

Mein Name war nicht dabei.

Plötzlich war ich hellwach. So ein Schwachsinn, mich zu dieser Blamage auch noch überreden zu lassen! Wie gerne hätte ich jetzt die dreihundert Mark zum Fenster hinausgeworfen, nur um meine Ehre wieder zusammenkratzen zu dürfen.

Ich fuhr nach Hause. Dort legte ich mich auf die Terrasse und würdigte den See keines Blickes. Nie wieder würde ich meinen Fuß auf einen Bootssteg dort unten setzen. Nie, nie wieder!

Ohne ein Wort zu sagen, hatte ich den See verlassen. War einfach auf und davon, als dieser Mensch es wagte, meinen Namen nicht von der Liste der Bestandenen abzulesen. Am Ende dachten die anderen jetzt vielleicht, daß ich mich ärgerte. Das fehlte mir gerade noch.

Ich holte mir eine Flasche Sekt – sowas hatte ich noch nie getan – und ließ genüßlich den Korken knallen. Es war allerdings nur ein Piccolo.

»Der Sekt danach«, sagte ich und prostete dem See zu. Ich wollte mir den Tag nicht verderben lassen. Wenigstens ich wußte, daß ich nicht so dumm war, wie ich jetzt in aller Augen aussah. Das genügte mir. Darauf trank ich.

Ich wollte mein Leben, die Sonne und meinen Sonntag genießen. Noch ein Prosit auf den See, und dann hatte ich wahrscheinlich einen Schwips.

Plötzlich stand ein Mensch neben mir. Männlich, zirka so um die …? Tja, das konnte man gar nicht so genau sagen, aber er hatte graue Schläfen. Bei ihm war das schick und machte ihn zu einem Mann in den besten Jahren, während die grauen Haare auf meinem Kopf als Desaster eingestuft wurden.

Er sah mich freundlich an, ein ganz klein bißchen verlegen vielleicht, und sagte: »Das ist aber eine freudige Überraschung!«

»Ganz meinerseits. Ganz meinerseits.« Ich mußte das wiederholen, weil mir beim ersten Durchgang meine Zunge noch ein bißchen schwer gewesen war. Ich konnte eben nichts vertragen.

»So hatte ich mir das wirklich nicht vorgestellt«, meinte der nette Herr mit den grauen Schläfen. Und ich antwortete: »Ich auch nicht.« Das brauchte ich nun nicht zweimal zu sagen. Meine Zunge war wieder flüssig. Nur mein Gehirn hakte noch ein wenig. Ich suchte sein Gesicht überall, fand es aber nicht. Ob er vielleicht vom See war oder von der Lotto-Zentrale? Ich meinte, ich sollte mal etwas sagen, Konversation machen oder so: »Konnten Sie uns gut finden?« fragte ich ihn, weil mir nichts Besseres einfiel.

»O ja, danke. Sehr gut. Aber ich muß sagen, wirklich schön haben Sie es hier.« Ich merkte schon, ihm fiel auch nichts ein.

»Möchten Sie vielleicht einen kleinen Schluck Sekt trinken?«

Und ob er mochte.

»Gläser und mehr Schampus stehen im Wohnzimmer. Bitte bedienen Sie sich.«

»Also Sie haben eine Art! Einfach wundervoll!« schwärmte er.

»Ja? – Na, dann sollten Sie mich erst mal sehen, wenn ich keinen Sekt getrunken habe«, gab ich mit mir an. Er ließ sich auf der Liege neben mir nieder.

»Sagen Sie mal, wie teuer ist das hier eigentlich?« Dabei stierte er mir neben die Pupille.

Was ging den Menschen unsere Miete an? Trotzdem, ich wollte mich nicht mit ihm streiten, jedenfalls nicht, bevor ich genau wußte, ob er nicht vielleicht doch von der Lotto-Stelle war. Ich hatte da vor Jahren mal einen Schein abgegeben und dann nie mehr von den Leuten gehört.

»Vierhundertfünfundzwanzig«, klärte ich ihn auf, aber das war eine zu schwere Hürde für meine Piccolo-Zunge.

Er staunte: »Ein stolzer Preis! Donnerwetter!«

»Ist's aber wert. Jede Mark. Das können Sie mir glauben.«

Er schluckte trotzdem und versuchte die Summe zu verdauen. Ich tröstete ihn und legte ihm die wundervolle Aussicht, die Ruhe, das Weitab von den Unbilden der Großstadt und unsere hauseigenen Häschen ans Herz.

Langsam erwärmte er sich wieder, lächelte freundlich und sagte: »Abgemacht.«

»Was heißt – abgemacht? – Hören Sie mal, wir wohnen hier und gedenken auch noch sehr lange zu bleiben.« Nun wurde der Typ mir aber doch ein bißchen unheimlich.

»Abgemacht heißt: Ich bezahle«, sagte er ruhig.

»Sie bezahlen? – Was?« Dabei richtete ich mich auf. Nie wieder würde ich Sekt trinken. Nie wieder!

Er sah mich mit seinen vier Augen schräg von der Seite an und fragte: »Sagen Sie mal, wie heißen Sie eigentlich?«

Na, wenn er weiter nichts wollte, dem Manne konnte geholfen werden. »Ortmund. Sascha Ortmund. Steht auch unten am Schild neben dem Bach.«

»Ach, dann sind Sie gar nicht die Frau Prelle?«

»Nie gewesen. Auch nicht, als ich noch keinen Sekt getrunken hatte. Immer Ortmund. Sascha Ortmund. Und wer sind Sie?«

Da fiel es mir plötzlich wie Schuppen von den Augen. Zur Frau Prelle wollte er. Du lieber Himmel! Und nun mußte ich leider lachen. So lachte ich sonst nie. Machte alles der Piccolo.

Es war mir richtig peinlich. Ich wollte ja gerne aufhören, aber ich konnte nicht. Schließlich hatte ich seit 32 Stunden nicht geschlafen, seit 24 Stunden nichts gegessen und dann angefangen zu trinken. Das mußte ja schiefgehen.

Ich versuchte ihm zu erklären, daß sein Orientierungssinn doch nicht so gut war wie wir angenommen hatten. »Zur Frau Prelle müßten Sie zwei Straßen später abbiegen, bitte.«

Er wußte natürlich nun, daß ich wußte. Und ich wußte, daß er wußte, daß ich wußte. – Also wenn das so war, dann würde ich mir jetzt doch öfter mal einen Piccolo gönnen. So etwas hatte ich im nüchternen Zustand noch nie erlebt.

In dem Moment kam Rico um die Ecke geflitzt. »Komm schnell, Sascha! Segeln!«

»Segeln? Ich? – In diesem Leben nicht. Im nächsten Leben nicht. Und im übernächsten Leben immer noch nicht. Habe mich gerade prostend vom See verabschiedet. Er sieht mich nie wieder. – Übrigens, das ist Herr … – Tja, das weiß man noch nicht so genau.«

»Guten Tag«, nickte Rico nebenbei zu ihm hinüber und wunderte sich noch nicht einmal.

Der Herr mit den grauen Schläfen nickte auch, aber er rückte seinen Namen immer noch nicht raus. Spielverderber! Von mir wollte er alles wissen, bis hin zum letzten Pfennig unserer monatlichen Mietzahlungen.

Ich war meinem Mann eine Erklärung schuldig, und zwar bevor er sein Gehirn einschalten konnte. Darum sagte ich: »Der Herr hat sich in der Straße geirrt. Er wollte eigentlich zu Frau Prelle. Nun ist er aus Versehen bei mir eingekehrt.«

»Prelleprelleprelle?« suchte Rico und hatte sie auch schon gefunden. »Ist das nicht die High-Society-Nutte drüben am Berg?«

Ach ja. Richtig herzerfrischend. Immer ehrlich. Immer frisch von der Leber weg. – Im Diplomatischen Corps hätte dieser Mann Weltkriege entfachen können, ohne selbst einen einzigen Schuß abgeben zu müssen.

Nun hatte er den Herrn mit den melierten Schläfen vergrault. Noch nicht mal seinen Champagner hatte er ausgetrunken. Dabei war es ein *Pommery*.

Zum Segeln ging ich trotzdem nicht. »Nach der Blamage zeige ich mein Gesicht nie wieder dort unten am See.«

»Sascha! Komm! Mach schnell! Ich erkläre dir alles unterwegs. Nun komm schon!« drängte Rico mich.

»Unterwegs erklärst du mir gar nichts, weil ich unterwegs nicht anwesend bin.« Ich ließ mich nicht mehr einwickeln, nie mehr.

»Sascha, jetzt hör mir doch mal zu! Du brauchtest nicht zur mündlichen Prüfung zu kommen, weil du die einzige warst, die keine Fehler hatte. Aber praktisch mußt du natürlich. Ist ja klar!«

Noch nie bin ich so toll praktisch gesegelt. Auf zwei Schiffen kreischten zwar die Damen, als sie meinen Bug haarscharf an ihrem vorbei durch das Wasser schneiden sahen. Aber gesegelt bin ich hervorragend. Rechte Hand an der Pinne. Kraftvoll aufgeblähte Segel. Was für ein Gefühl!

Nun waren wir eines der ganz, ganz wenigen Ehepaare auf dem See, die beiderseits fahrberechtigt waren.

Vom Dummchen zum Segelstar. Das war schon ein Tag!

Als ich meinen nagelneuen Führerschein aufschlug, stand dort: *Sascha Ortmund ist berechtigt, Boote bis zu einer Wasserverdrängung von 15 Tonnen unter Segel und unter Motor zu führen.*

Also suchten wir uns so einen Fünfzehntonner auf dem See aus, nur so für das Augenmaß. Da wurde mir mein neuer Führerschein doch sehr heiß zwischen den Fingern. Das war nämlich eine ganz schöne Menge Schiff. Wollen wir den lieben Gott bitten, daß er mich nie auf die Probe stellen würde.

»Sag mal, Sascha, was hat dieser Mann, der zur Prelle zum ... – na du weißt schon, wollte. Was hat der gesagt?«

»Er sagte, er zahlt mir 425 Mark.«

»Wofür?«

»Für ein Mal.«

»Ein Mal was?«

»Na das, was die Prelle eben so verkauft.«

»Oooch!« staunte Rico. »Das ist aber ne Menge Geld!«

Es ging bergab mit mir. Trotzdem glaubte ich immer noch, ich hätte unser Leben im Griff. Doch die *Umbringetage* schnitten mir jedes Mal ein kleines Stückchen mehr von meiner Kraft ab. Rico fühlte sich nach diesen Attacken besser, beinah wie befreit, und freute sich immer darüber, wie wunderbar und zuverlässig ich ihn doch wieder gerettet hatte.

Ich aber hatte Alpträume, 24 Stunden am Tag. Er starb, und ich konnte ihn nicht finden. Er starb, und ich war nicht in seiner Nähe. Er starb, und ich hatte eine Reifenpanne. – Er starb und war tot.

Damit er nicht starb, mußte ich etwas tun. Darum dachte ich mir, als ich auf eine Ampel zufuhr: »Schaffst du die jetzt noch bei Grün, dann ist er noch am Leben, wenn du nach Hause kommst.« Oder: »Wenn es auf der Heimfahrt nicht anfängt zu regnen, dann bringt er sich heute nicht um.« Oder: »Wenn du jetzt essen kannst, ohne daß du dich übergeben mußt, dann schaffst du auch die nächste Rettungsaktion.«

Natürlich suchte ich mir nur ausgesprochen knifflige Sachen aus. Bloß nichts Klares, wo meine Chancen vielleicht fünfzig zu fünfzig standen oder gar besser. Nein! Schwer mußte es sein, hart an der Grenze, immer scharf am Unmöglichen vorbei. Ich mußte mich ja bewähren. Das war ich meinem Mann schuldig.

So wählte ich natürlich nur eine Ampel als Prüfstein, die schon ziemlich lange grün war; einen dick verhangenen Regenhimmel für einen von mir als trocken vorhergesagten Heimweg und so weiter.

Aber wehe, ich verlor! Dann quietschten meine Bremsen vor der nächsten Telefonzelle, weil ich mich vergewissern mußte, daß Rico noch lebte. Manchmal rief ich zwei-, dreimal von unterwegs an. Doch selbst diese Bestätigungen, seine fröhliche Stimme, sein Lachen, bewiesen nichts. Ich hatte es ja oft genug erlebt, von einer Minute zur anderen. – Himmelhoch jauchzend, zu Tode betrübt.

Ich war auf dem besten Wege, mich in den Wahnsinn zu treiben. Als ich dieses Problem mit meiner Mutter am Telefon besprach, sagte sie nur: »Mein Gott, Kind! Du schaffst das nicht mehr lange«, und fing an zu weinen.

Margret wußte sofort Bescheid und machte das traurige Gesicht eines Kätzchens, das im Nieselregen stand. »Eine ausgewachsene Zwangsneurose. Na ja …«

Irgendwann besprach ich das Problem dann mit meinem Freund Tom. Der schlug mit der Faust auf seinen Schreibtisch. »Biste verrückt? Hastes denn nich schon schwer genug, sag mal?«

Er sah mich lange an. Dann stand er auf, kam an meinen Sessel und nahm mich in seine Arme. Ich versank darin wie ein Embryo. »Bitte Sascha, mach uns das Leben nicht noch schwerer«, sagte er, drückte mich fest an sich und ließ mich nicht mehr los.

Nie wieder habe ich so einen Mist gedacht.

Plötzlich zeigten sich ein paar Sonnenstrahlen am Horizont. Rico hatte sich wirklich dazu durchgerungen, wieder zu arbeiten. Nach acht Jahren! Vielleicht war das ja der Hoffnungsschimmer, den wir brauchten. Alles würde sich ändern. Alles würde wieder gut.

Eines unserer größten Probleme war, daß ich zu wenig zu Hause war. Zwölf Stunden arbeitete ich mindestens am

Tag, meistens mehr. Zwei Stunden und länger war ich mit dem Wagen unterwegs. Wenn ich dann endlich zu Hause eintrudelte, mehr tot als lebendig, rechnete Rico mir vor, daß er zu kurz kam.

»Nun hast du wieder einmal vierzehn Stunden eines Tages unserer Ehe vergeudet. Eigentlich müßte ich jetzt darauf bestehen, daß mir nun auch mindestens vierzehn Stunden zustehen. Du bist schließlich mit mir verheiratet und nicht mit deinem Beruf.«

Das Argument, daß ich keinen 28-Stunden-Tag hervorzaubern konnte, galt nicht. Es war unlogisch.

Dann versetzte er mir einen Rippenstoß, von dem ich mich lange nicht erholte.

Die von mir durchgeführten Wochenendseminare liefen wie ein Uhrwerk. Es klappte immer alles. Und auch Rico beschwerte sich nur darüber, daß ich zuviel arbeitete. Wenn er aber ein paar Tausender als Sonderwünsche anmeldete, sagte er oft: »Wenn wir nicht genug Geld haben, machst du einfach noch ein paar Wochenendkurse zusätzlich.« Doch ganz so einfach war das nun auch wieder nicht, denn ein Monat hat eben nur vier bis fünf Wochenenden.

Die Unterlagen für diese Seminare wurden mir jeweils mit der Post per Einschreiben nach Hause geschickt. Dieses Mal aber hatte mein Mann beschlossen, zuviel ist zuviel, und hatte den Umschlag mit allen Dokumenten und Teilnahmebestätigungen, so wie er angekommen war, ins Feuer gesteckt.

48 vielbeschäftigte Ärzte, die dringend etwas für ihre Fortbildung tun wollten, standen am Samstagmorgen wissensdurstig vor den verschlossenen Türen des Institutes, während ich ahnungslos zu Hause am Frühstückstisch saß. Das hätte mich fast den Kopf gekostet.

Viel schlimmer aber war, daß ich durch dieses Malheur beinahe meinen Freund Tom verlor. Natürlich hat er mich verteidigt – bis aufs Messer. Aber als der Kampf ausgefochten war, erklärte er mich zum hoffnungslosen Fall. Und gegen hoffnungslose Fälle gab es nur ein Mittel:

Saufen! Und zwar jeden Abend, ganz systematisch und bei vollem Bewußtsein.

Das hatte er mir zu verdanken.

Mein schlechtes Gewissen schmerzte nicht nur, es fraß mich auf. Zum Feierabend, wenn alles nach Hause schwärmte, setzte er sich hinter seinen Schreibtisch, eine Flasche Whisky vor sich – ein Glas brauchte er nicht –, warf den Schraubverschluß durchs Fenster in die Stiefmütterchenrabatten und trank drauflos.

Ein paar Stunden später rief er bei mir im Büro gegenüber an und verkündete: »Bin voll! Kannst mich – *Hick* – abschleppen, wenn de fertig bist.« Seine Gründerzeit-Villa lag in einem exclusiven Wohnviertel, einen Fünf-Minuten-Umweg von meinem Heimweg entfernt. Also fuhr ich ihn nach Hause, schloß die Tür auf, schob ihn rein und verschwand.

»Wehe du sagst einem Schwein ein Wort!«

Eher hätte ich mir die Zunge abgebissen. Morgens holte ich ihn dann wieder ab. Er fühlte sich hundeelend, war grüngesichtig, verfluchte die Welt und schimpfte auf das Scheißleben.

Es war nicht mit anzusehen, wie dieser großartige Mann sich zugrunderichtete – und ich war schuld. Er trank ebenso kompromißlos, wie er liebte. Sein Motto war: Alles oder Nichts.

Was sollte ich bloß tun?

Er wollte mich, sagte: »Nur ein einziges Mal, Sascha«, und meinte ›ein Mal, und dann für immer‹. Und was tat ich? Ich sah zu, wie mein Freund Tom sich um Zukunft, Karriere, Job, Verstand und Leben trank. Ich versuchte zwar, mit ihm zu reden, aber es war sinnlos.

»Da kannste nix dran machen. Is 'ne alte Familientradition, verstehste? Kennst doch den Spruch: ›Der säuft wie 'n Loch!‹ – Siehste! Bleibe also nur dem versoffenen Stammbaum der Löcher treu. Muß doch meinem Namen Ehre machen.«

Ich schrieb mir die Finger wund an den Bewerbungen. Jetzt, wo Rico fest entschlossen war, ließ sich kein Arbeitsplatz für ihn finden. Das heißt, finden ließen sie sich schon, sogar en masse. Aber dann kam immer die Frage: »Was haben Sie denn so in den letzten Jahren gemacht?« Worauf wir antworten mußten: »Krank. Hauptsächlich waren wir krank. – Ja.«

Schluckpause. »Ach so. Na ja, Sie hören von uns.«

Zwei Tage später lag der dicke Umschlag dann jeweils wieder in unserem Briefkasten: *... und tut es uns leid, daß wir im Moment leider keine Vakanz haben, die Ihren Erfahrungen angemessen wäre.*

Es war ein *Circulus vitiosus*, aus dem es keinen Ausweg gab. Natürlich stellte eine Firma, die einen zuverlässigen Mitarbeiter suchte, keinen Mann ein, der acht Jahre lang krank gewesen war. Die waren doch nicht verrückt. Aber wir wurden es fast. Rico fiel von einer Depression in die nächste. Er hörte kaum noch auf, sich umzubringen.

Dann ließ er mich mitten aus einem wichtigen Vortrag ans Telefon rufen, um mir zu sagen: »Leb wohl, meine kleine Sascha. Ich wünsche dir alles Gute.«

»Mein Gott, Rico, was ist denn passiert?«

»Nichts. Ich bringe mich jetzt um. Und zwar mit dem Brotmesser. Du weißt schon, das mit dem angeknabbelten Holzgriff, das ich letzte Woche geschliffen habe. Es liegt hier vor mir auf meinem Schreibtisch. Ich wollte dir nur Bescheid sagen. – Das Brotmesser! Sascha, du weißt doch, welches ich meine?«

O ja! Ich wußte – und ich dachte, ich würde wahnsinnig. Als Rico den Hörer aufgelegt hatte, ging ich an mein Rednerpult zurück. Ich war davon überzeugt, daß jeder im Auditorium mitbekam, daß ich gerade eben den Verstand verloren hatte. Bestimmt würde ich gleich von einem Weinkrampf geschüttelt zu Boden stürzen.

Doch dann hörte ich mich plötzlich reden; brillante Formulierung, perfekte Wortwahl, hevorragende Rhetorik, charmante Stimme.

Und ich stand daneben und hörte zu. Konnte weder eingreifen, noch nachdenken. Stand einfach nur da.

Irgendwo in meinem Gehirn hatte es wohl einen Kurzschluß gegeben. Sonst hätte mich doch die schrecklichste Panik geschüttelt, allein bei dem Gedanken: ›Was passiert, wenn deine Stimme aufhört zu reden? Was dann?‹

Aber meine Stimme hörte nicht auf. Sie war zuverlässig und stark. Sie hielt den Vortrag bis zu Ende durch. Dann beantwortete sie Fragen; sachlich, präzise, korrekt. Zum Schluß verabschiedete sie sich. Mein Gesicht strahlte unter der *standing ovation.* Jemand legte mir ein Blumenbouquet in den Arm.

Mir lief es eiskalt den Rücken herunter.

Dann fiel ich in einen tiefen Abgrund. Er hatte keinen Boden. Er verschlang mich. Ich weiß nicht mehr, was danach passierte. Ich bin nicht im Institut geblieben. Ich bin auch nicht nach Hause gefahren.

Als mein Denken wieder einsetzte, zwitscherten um mich herum die Vögel. Es war Morgen, und ich lag in meinem Auto mitten in einem tief verschneiten Winterland. Schön von innen abgeriegelt, hatte ich mich mit meiner Decke zugedeckt und die Notwasserflasche ausgetrunken.

»So Sascha, jetzt hast du es geschafft. Bist reif für die Klapsmühle«, sagte ich laut zu mir. Ich kannte mich ja aus in der erforderlichen Symptomatik. Rico hatten sie auch immer gefragt, ob er Stimmen hörte.

Dann fuhr ich nach Hause. Völlig entspannt und ohne Angst. Ich fühlte eigentlich überhaupt nichts mehr, noch nicht einmal die Kälte. Mir war alles egal. Ich war am Ende. Warum sollte ich mich jetzt noch aufregen?

Perikles hatte einmal gesagt: »Es ist ein Zwang, das, was man liebt, verteidigen zu müssen – auch mit dem Leben.«

Ja, das war es wohl. Auch ich hatte Rico mit meinem Leben verteidigt. Aber ich hätte dem Tod, der uns auseinanderriß, wenigstens gerne einmal ins Auge gesehen.

Dann hätte ich ihn fragen können: »Warum dieser Mann? Warum dieser wundervolle, intelligente, liebenswerte, zauberhafte, lebensfrohe Mensch? *Warum mein Mann?*«

Doch nun konnte ich nicht mehr. Der Kampf war aus. Ich hatte verloren.

Als ich zu Hause ankam, war Rico nicht da. Auch gut. Ich rief nicht nach ihm. Ich ging ihn nicht suchen. Ich zog mich aus und legte mich ins Bett.

Kaum hatte ich mir die Decke über die Ohren gezogen, klingelte neben mir das Telefon. Aber diese Welt war für mich gestorben. Sie hatte kein Recht mehr, mich zu stören.

Trotzdem hörte das Klingeln nicht auf. Schließlich nahm ich den Hörer ab. Es war wieder einer von denen, die wissen wollten, was mein Mann in den letzten Jahren denn wohl so gemacht hatte.

»Geklebt«, antwortete ich ihm.

»Ach nein?« staunte der andere. »Was denn?«

»Tüten natürlich, was denn sonst?«

»Und wo?«

»Na zu Hause bestimmt nicht.«

»Ja und warum, wenn ich fragen darf?« bohrte er weiter.

»Och, nichts Schlimmes. Kleiner Betrug, so in der Richtung.«

Da war am anderen Ende der Groschen gefallen, denn dafür hatten sie einen speziellen Fond von Väterchen Staat, von wegen der Rehabilitation, um den gestrauchelten Jungs wieder auf die Sprünge zu helfen. Und es paßte ganz ausgezeichnet, wegen ihres prozentualen Anteils von Krüppeln und ehemaligen Verbrechern in der Firma. Sie konnten gut und gerne noch ein paar schwere Jungs gebrauchen. Der Herr Ingenieur sollte doch bitte gleich morgen bei ihnen vorsprechen. Dann knackte es in der Leitung.

Nun, das würde sich finden. Falls Rico noch am Leben war, wollte ich ihn gerne hinschicken. Sonst nicht.

Ich zog den Telefonstecker heraus, damit ich nicht mehr gestört werden konnte, verkroch mich unter den Federn und war nicht mehr vorhanden.

Rico bekam den Job. Der Betrug war eine meiner besten Ideen gewesen. Er war mit Eifer und Elan bei der Sache, schwärmte von den Kollegen und vor allem von den Kolleginnen. Und die schwärmten bestimmt noch mehr von ihm. Er genoß seine beruflichen Aussichten und sein Geld.

Ein großes Problem gab es allerdings, eines das er schon früher als schlagendes Argument gegen seinen Einsatz in der Arbeitswelt angeführt hatte. Jahrelang hatten wir mit allen möglichen Mitteln versucht, dieser Unpäßlichkeit zuleibe zu rücken. Ohne Erfolg. Seit seiner russischen Vergiftung war er nämlich mit Sicherheit der beste Windproduzent in ganz Europa. Er litt unter *Flatulenz,* wie dieses Phänomen so schön heißt. Ich sagte ihm, daß ich stolz auf ihn sei, denn: »Mein Mann kann zaubern. Er kann machen, daß Luft riecht.« Aber ein Büro ist nun mal kein Segelschiff. »Mußt du einfach vorwurfsvoll in die Runde gucken, dann kommt keiner auf dich«, riet ich ihm. Aber es nützte nichts. Nach zweieinhalb Monaten kündigte er seine Stellung.

Trotzdem war es nun entschieden einfacher, etwas Neues zu finden. Und nach etlichen Wechseln innerhalb eines Jahres – die Segelsaison ausgenommen, denn während der Sommermonate hätte ihn die Arbeit nur vom eigentlichen Leben abgehalten – hatte er den Job seiner Wünsche gefunden. Ein eigenens Büro am Waldrand mit zwei Fenstern nach Süden und Weitblick. Dort wollte er bleiben – falls es ihm gefiel.

Er brachte sich zwar weiterhin um, doch hatte er gemerkt, daß er mir meine Rettungsaktionen erleichtern mußte; keine Extras, keine Tricks, keine Fallen. Nur noch glatte Selbstmordversuche.

Ansonsten genoß er sein Leben, freute sich über seine Segelyacht und verdrehte weiterhin allen weiblichen Zweibeinern die Köpfe.

Ich aber litt unsäglich. Ich brauchte ein Ventil. Vor Jahren schon hatte ich angefangen, meine Gefühlsausbrüche ins Auto zu verlegen. Kurz nachdem wir in unser

Traumhaus am See gezogen waren – das heißt, seitdem dort unsere *Umbringetage* wieder angefangen hatten –, widmete ich die Fahrzeit meiner Seelenpflege. Im Auto konnte ich mich ausweinen, ohne Rücksicht auf Verluste. Niemandem war ich Rechenschaft schuldig, und ich ging keinem anderen auf die Nerven. Meine alten Autos hatten Verständnis für meinen Kummer.

Mein System hatte ich inzwischen bis ins Detail perfektioniert. Der erste Teil meiner Fahrt war ausschließlich meinen Tränen vorbehalten. Ich weinte hemmungslos, bei Bedarf mit Fluchen, aufs Steuer einschlagen, Schluchzen und allem Drum und Dran. Meistens aber weinte ich nur still vor mich hin. Für diese Wegstrecke lag immer eine Familienpackung Tempotaschentücher auf dem Beifahrersitz und noch ein paar als Reserve im Kofferraum, falls ich mich mal verweinte. Mein Auto war ausgerüstet für eine Großfamilie mit akutem Heuschnupfen. 45 Kilometer sind eine ganze Menge Tränen.

Danach fühlte ich mich besser. An der Autobahnauffahrt drehte ich den Wasserhahn zu, gab Gas und konnte zum gemütlichen Teil übergehen. 40 Kilometer lang mümmelte ich mein Frühstücksbrot und füllte aus der Thermosflasche meinen Flüssigkeitshaushalt wieder auf. Reine Übungssache, auch bei 130 Stundenkilometern. Zwischendurch half ich im Radio beim Singen aus, wenn die mit ihrer Musik nicht so richtig über die Antenne kamen. Und während ich mich auf dem letzten Stückchen im Stadtverkehr staute, räumte ich auf, innen wie außen.

Erste Ampel: nasse Taschentücher in Plastikbeutel verstauen. Zweite Ampel: Frühstück abdecken. Dritte Ampel: Gesicht waschen. Und so weiter.

Wenn ich in der Tiefgarage des Instituts ausstieg, war meine Seele wieder gut verpackt und würde für die nächsten Stunden Ruhe geben. Abends jedoch jagte ich blindlings nach Hause. Die Angst hatte mich längst wieder eingeholt.

Leider machte ich mir mit meiner Seelenpflege auch Feinde. Ab und zu wurde ich von Nachbarn im Dorf gebeten, sie mit nach München zu nehmen. Die Busverbindung war miserabel und mein Auto war leer.

Ich nahm sie trotzdem nicht mit. Ich konnte nicht. Zweimal hatte ich es wegen eines Notfalls versucht. Aber es ging wirklich nicht. Und die Nachbarn ärgerten sich. Ich war ein hochnäsiges, eingebildetes, egoistisches Frauenzimmer.

Wie sollten sie mich auch verstehen? Ich brauchte meine Tränen. Ich brauchte sie mehr als essen, trinken und schlafen.

17

Dann wurde Rico vierzig. Das blühende Leben in Person; strahlend, charmant, bildhübsch, sportlich und unglaublich liebenswert. An guten Tagen konnte ich mich gar nicht an ihm sattsehen. Dieses Erlebnis wollte ich mit den Menschen teilen, die unser Leben durch Höhen und Tiefen begleitet hatten. Ich lud zu einem Geburtstagswochenende ein.

Rico ahnte nichts davon. Der würde Augen machen. Das Schicksal war von meiner Idee so begeistert, daß es ihn vorher für drei Tage auf eine Dienstreise schickte. Ich nahm ab Donnerstag Urlaub, um alles vorzubereiten; kalte Platten, heiße Musik, Bar, Spießbraten.

Als Rico am Freitagabend nach Hause kam, fand er auf unserem Grundstück kaum noch einen Parkplatz. Es sollte der Geburtstag seines Lebens werden.

Vierzig Gäste, vierzig Kerzen, vierzig Girlanden. Alles war auf seine Lebensjahre abgestimmt. – Und seine Eltern hatte ich auch eingeladen. Ein sehr gewagtes Unternehmen, das war mir klar. Aber irgendwann mußten wir schließlich einmal zusammenkommen. Warum dann nicht an einem Tag wie diesem? Und wer weiß; vielleicht war das die Chance unseres Lebens. Sie hatten sofort zugesagt.

Nun standen sie ihrem Sohn gegenüber. Schreckminute in allen Gesichtern. Sein Vater faßte sich als erster. Er ging auf seinen Sohn zu und versenkte ihn in seinen Armen. Schulterklopfen – genau wie bei unserer ersten Begegnung. Zwischen den beiden herrschte die gleiche Zuneigung wie damals, vor vierzehn Jahren. »Na, du? Mein oller Zigeuner!«

Den Rest der väterlichen Liebe streichelte er in meinen grauen Schopf. »Haste fein gemacht, mein Mädchen. Bist wirklich 'ne tolle Frau. Genau das, was mein Junge braucht.«

»Thhhü – thhhü – thhhü«, sagte seine Stiefmutter. Was sollte sie auch sonst sagen? Dann versuchte sie sich bei Rico einzuschmeicheln. »Du hast dich aber rausgemacht. Ein richtiger Adonis bist du geworden.«

Mit ihrem Adonis lag sie leider näher an der Wirklichkeit, als sie ahnte. Schließlich war Adonis ja nicht nur der junge, schöne und unwiderstehliche Geliebte der Aphrodite. Im Hellenismus stand er im Mittelpunkt eines Mysterienkultes, in dem sein Tod mit jährlich wiederkehrenden Ritualen bis zur Ekstase betrauert wurde. Nur damit man seine Rückkehr ins Leben in jedem Frühjahr mit der gleichen Begeisterung feiern konnte. Adonis war das Sinnbild für ewiges Sterben und Auferstehen – genau wie bei uns …

Alle waren von Rico hingerissen. Der Partner, den sich alle Frauen wünschten. Der Sohn, von dem alle Eltern träumten. Der Mann, mit dem die meisten Männer gerne getauscht hätten – bis auf diejenigen, die es besser wußten.

»Und so was hängt sich nun alle naselang auf. Da wird doch der Hund in der Pfanne verrückt.« – Otto.

»Man hält es einfach nicht für möglich, wenn man ihn so sieht …« – Margret.

»Man darf nicht darüber nachdenken, sonst bricht es einem das Herz.« – Sein Mütterlein.

»Er hat wirklich alles, was ein Mann sich nur wünschen kann. – Sogar dich …« – Tom.

»Raumfüllend wie immer. Einfach beneidenswert, dieser Mann.« Maria Stein.

Endlich lernten sich auch unsere Eltern kennen – nach vierzehn Jahren. Natürlich verstanden sie sich auf Anhieb! Das war wirklich nicht schwer. Unter anderen Bedingungen hätten Ricos Eltern zu unseren besten Freunden zählen können.

Als alle schon ein bißchen beschwipst waren, nahm ich meinen ersten Anlauf in Richtung Vergangenheitsbewältigung. Doch ich biß sofort auf Granit.

»Kein Thema.« – Sie.

»Ist alles schon zu lange her.« – Er.

Zweiter Anlauf, etwas später.

»So, wie der Mann aussieht, soll er Probleme haben? Daß ich nicht lache!« – Und dann lachte sie doch.

»Die uralte Geschichte ist vergangen und vergessen. Die wird nicht wieder aufgewärmt.« Vater wurde böse.

Trotzdem wurde es ein rauschendes Fest, zwei Tage und zwei Nächte lang. Geschlafen wurde umschichtig, je nachdem, wer gerade müde war. Nur Rico brauchte nicht zu schlafen. Er tanzte bis zum Umfallen, fiel dann doch nicht um und tanzte weiter. Noch nie hatte ich meinen Mann so fröhlich, so ausgelassen gesehen. Wäre ich ihm – nur einmal angenommen – auf diesem Fest zum ersten Mal begegnet, hätte ich mich sofort Hals über Kopf in ihn verliebt.

Selbstverständlich hätte ich ihn wieder geheiratet – trotz allem, was ich inzwischen von ihm wußte. Er war mein Leben, meine Liebe, mein Alles. Nur brauchte ich ein bißchen mehr Kraft, denn daran haperte es. Ich schaffte nicht mehr alles, was er von mir verlangte. Wenn ich jetzt noch die Energie und Ausdauer gehabt hätte, die vor vierzehn Jahren in mir steckte, als wir zum ersten Mal den Foxtrott tanzten, dazu meine Erfahrung und mein Wissen von heute … – ich bin sicher, ich hätte es schaffen können.

Tom war kurz zuvor aus dem Sanatorium zurückgekommen, in dem seine Leber sich vom Whisky erholen sollte.

Seitdem war ich ihm aus dem Weg gegangen. Mein schlechtes Gewissen hatte mir verboten, mich weiterhin an seiner Schulter auszuweinen. Insgeheim hoffte ich, daß er sich vielleicht wirklich irgendwann in die richtige Frau verlieben würde, wenn er mich nicht mehr ständig vor Augen hatte. Eine Frau, die seine Liebe und die ungeheure Intensität seiner Gefühle wirklich verdiente und die ihm all das geben konnte, wonach er sich bei mir nur sehnen durfte. Er hatte sein Verlangen nach mir im Whisky versenkt. Vielleicht würde es in dieser Versenkung bleiben.

Wegen meines Kurzurlaubes mußte ich natürlich bei ihm vorsprechen.

»Du gehst mir aus dem Weg, weil du Angst hast.« Tom Sawyer hockte lauernd hinter dem Schreibtisch des Herrn.

»Gehe ich nicht.«

»Gehste doch! Bin vielleicht ein Säufer, aber nicht doof.«

»Ehh – ein bißchen …«, gab ich zu.

»Was ›ein bißchen‹? Ein bißchen Säufer oder ein bißchen doof?« bohrte er.

»Ein bißchen aus dem Weg.«

»Na also. Das steht schon mal fest. Bleibt nur noch die Frage der Kausalität zu klären. Also bitte, ich höre.«

Wenn Tom seriös wurde, half kein Kneifen. Ich hatte die Wahl; erst lügen und dann die Wahrheit sagen, weil er wußte, daß ich log. Oder gleich mit der Wahrheit herausrücken.

Um Zeit zu sparen, entschied ich mich für spontane Ehrlichkeit.

»Du bist ganz schön bekloppt! Weißte das?« Aber er freute sich trotzdem. Lieber eine bekloppte Freundin als gar keine.

Nun mißbrauchte Tom die Geburtstagsfeier, um meiner Mutter Aufklärungsunterricht in Sachen ›Sascha, die geliebte Tochter‹ zu erteilen. Danach wußte sie Bescheid. Ich war dem Tode näher als dem Leben. »Gucken Sie sich Audrey Hepburn an. Sie sieht Ihrer Tochter zwar erschrekkend ähnlich, aber im Vergleich zu Sascha ist sie dick. Dreimal ist Ihre Tochter uns schon im Institut zusammengebrochen. Dreimal ist dreimal zu viel. Eines Tages ist sie tot – vor unseren Augen zerbrochen. Dann können wir es nicht fassen, weil wir ja etwas hätten tun müssen. Und was haben wir getan? – Nichts.«

Dann trank er mit meiner Mutter Bruderschaft.

»Ich bin der Tom, aber das weißt du bestimmt schon.«

Natürlich wußte sie. Und zwar seit dem Abend, an dem ich unser neues Haus mit ihm besichtigt hatte und … – Oder nein. Das stimmt nicht ganz. Sie wußte es schon viel früher. Sie war ja meine Mutter.

Damals, als ich ihr alles erzählte, hat sie nicht das gesagt, was alle Mütter gesagt hätten, die von ihrer Tochter erfuhren, daß sie mit dem Gedanken spielte, ihre Ehe zu brechen. Auch einen erhobenen Zeigefinger hatte sie nicht für mich übrig. Statt dessen nahm sie mich in ihre Arme und meinte: »Ich bin froh, daß du einen solchen Freund hast. Er ist ein Geschenk des Himmels, vielleicht dein Schutzengel.«

»Und was soll ich machen? Wie soll ich mich entscheiden?« wollte ich von ihr wissen.

»Gar nicht. Das Schicksal wird für dich entscheiden. Mach es euch nur nicht zu schwer.« Das hatte meine Mutter damals gesagt; eine Frau, in deren Vokabular das Wort Ehebruch überhaupt nicht existierte. Mehr als fünf Jahre war das nun her.

Das Schicksal hatte entschieden – gegen Tom und mich, gegen unsere Sehnsucht.

Die Geburtstagsfeier seines Lebens war vorüber. Der Alltag hatte Rico und mich wieder eingeholt.

Eine Woche danach kam ich abends spät nach Hause. Winterwetter. Zweimal mußte ich unterwegs dabei helfen, einen anderen Wagen aus einer Schneewehe freizuschaufeln, damit ich selbst weiterkam. Nach über drei Stunden mühsamer Fahrt hatte ich es endlich geschafft.

Rico hatte am Telefon gebettelt: »Komm bitte, bitte nach Hause. Ich brauche dich.«

Dabei hätte ich so gerne bei Anne und Otto in der Stadt übernachtet. Ich mußte ja früh wieder im Institut sein, und es sah nach sehr viel Schnee aus. Von unterwegs hatte ich noch zweimal bei Rico angerufen, damit er sich keine Sorgen machte.

Der erwartete Schnee war nicht gefallen, dafür aber die Quecksilbersäule des Thermometers neben unserer Haustür, minus 22°.

Drinnen war es dunkel und kalt. Die Heizung war abgeschaltet. Nirgends brannte Licht. Kein Lebenszeichen im ganzen Haus.

Oder doch? Da lag ein Kärtchen auf dem Wohnzimmertisch. Eine kleine Zeichnung von Rico, unserem Katerchen und mir auf der einen Seite. Ich wollte mich gerade freuen, doch dann drehte ich die Karte um. Dort stand: *Leb wohl, meine geliebte Sascha. Es ist das letzte Mal, daß Du Dich um mich sorgen mußt. – Falls Du mich noch einmal sehen willst, komm bitte zum See. In ewiger Treue Dein Mann, dessen Liebe weit über seinen Tod hinausgeht.*

Aber ich konnte nicht mehr. Wirklich nicht. Im Wintermantel, meine Aktentasche noch in der Hand, sank ich zwischen den Flügeln der offenen Wohnzimmertür auf den Fußboden und weinte. Ich war am Ende.

»Nicht können heißt nicht wollen. Du willst also nicht, wenn du sagst, du kannst nicht mehr«, hatte Rico mir immer wieder vorgehalten. Wenn ich nun genug wollte, vielleicht konnte ich dann ja doch noch.

Mein vor Erschöpfung zitternder Körper sehnte sich nach einem Schluck heißen Tee, meine eisigen Füße nach einer Wärmflasche, und mein Kopf wollte schlafen, nichts als schlafen.

Was passierte eigentlich, wenn ich jetzt schlafen ginge?

Wenn ich jetzt schlafen ginge, dann wachte ich als Witwe auf. Ich würde meinen Mann nicht mehr lebend wiedersehen, würde ihn zu Grabe tragen, würde um ihn trauern – und würde mir nie verzeihen.

›Mein Gott, Sascha, es wird doch wohl noch genug Mumm in deinen Knochen stecken, um dich ins Auto zu setzen und mal eben zum See hinunter zu fahren. In wenigen Minuten bist du da.‹ – Das war mein Gewissen.

›Und dann, wenn ich am See ankomme? Was ist dann, mein liebes Gewissen? Hängt er dann an einem Baum? Liegt er mit einem Bauch voller Tabletten unter einem Strauch an der steilen Uferböschung? Oder hat er sich einen neuen Schlauch besorgt, mit dem er die Autoabgase ins Fahrzeuginnere leiten kann – nachdem ich die anderen jeweils im See versenkt habe? – Was wird es dieses Mal sein?‹

Mein Gewissen sagte mir nur, daß ich endlich losfahren sollte. Tee, Wärmflasche und Bett waren gestrichen. Ich sollte mich gefälligst beeilen. Es war schließlich gleich Mitternacht.

Also ging ich hinuter an den Bach, um das Tor aufzumachen. Dabei schlug ich lang hin. Meine Knie bluteten, und mein Kopf auch. Aber in der Eiseskälte hielten die Blutungen nicht lange an. Irgend etwas stimmte auch mit meinem linken Arm nicht. Er wollte nicht mehr so, wie ich gern wollte, und brüllte vor Schmerzen.

Dann war ich auch noch umsonst gefallen. Ich hatte nämlich vergessen, daß ich das Tor noch gar nicht zugemacht hatte.

Endlich kam ich am See an. Mein Herz jubelte vor Freude. Da stand Ricos Wagen! Er war wirklich hier! Ich brauchte ihn nicht zu suchen, Gott sei Dank! Ich hatte doch das Gefühl, wenn sein Auto hier stand, mußte er am Leben sein. Ganz hier in der Nähe wartete er auf mich. Gleich würden wir gemeinsam nach Hause fahren.

Als ich ausstieg, hörte ich einen Schrei. Obwohl er von weit her kam, schnitt er mir mitten durch das Herz. Vielleicht, weil es um mich herum totenstill war. Vielleicht aber auch, weil der Schrei so viele Echos hatte.

Ich lehnte mich an Ricos Wagen und wollte den Schrei aus meinem Gedächtnis löschen. Mein Mann würde bestimmt gleich kommen. Dann konnten wir gemeinsam zurückfahren.

Aber er kam nicht.

Dafür kam der Schrei wieder, unten vom See, der in diesem Winter besonders tief lag. Mühsam kletterte ich die steile Böschung hinab und …

Im Eis war ein Loch. Daneben lag eine Axt. Und in dem Eisloch sah ich Ricos Kopf, hörte gellende Hilfeschreie und wünschte, ich wäre tot.

Das Eis war natürlich spiegelglatt. Ich robbte auf allen Vieren an das Loch heran. Rico schrie, ich solle ein Seil holen.

»Ich habe doch kein Seil!« schluchzte ich.

»Bei mir. – Im Kofferraum. – Ist offen!« keuchte er.

Ich hangelte mich am Steilhang nach oben. Die paar Meter waren schlimmer als eine Besteigung der Eiger Nordwand, vor allem einarmig. Ich zurrte das Seil an einem starken Baumstamm fest, mit Seemannsknoten kannte ich mich zum Glück aus. Das andere Ende warf ich auf das Eis hinunter. Einen dicken Balken, der auf dem Parkplatz lag, warf ich für alle Fälle noch hinterher.

Als ich wieder unten am Eisloch ankam, konnte Rico schon nicht mehr sprechen. Ich schob den Balken über das Loch, rutschte kniend drauf entlang und band seinen Arm an dem Seilende fest. Er konnte mir nicht mehr helfen. Mit dem einen Arm zog ich ihn zu mir heran. Dann konnte ich ihn soweit anheben, daß ich ihm die Schlinge unter die Achseln legen konnte.

Was mir jetzt fehlte, war ein zweiter Mann. Denn ich mußte das Seil an einer dicken Baumwurzel sichern, um Rico rauszuziehen. Gleichzeitig aber mußte ich bei ihm am Loch sein, um ihn hochzuhieven. Trotzdem fühlte ich kaum noch Panik in mir. Ich arbeitete konzentriert, koordiniert und einarmig. Dennoch schnitt ich Rico an den messerscharfen Eiskanten die ganze Seite auf, doch er blutete zum Glück nur wenig.

Ein durchweichter Körper, der sich nicht mehr bewegt, ist viel schwerer, als man denkt. Als ich ihn endlich auf das Eis gewuchtet hatte, zog ich ihn wie einen Schlitten hinter mir her. Das ging ganz leicht. Bevor ich ihn die Böschung hochziehen konnte, riß ich ihm alle Sachen von seinem Körper. Sie waren ihm bereits auf der Haut festgefroren. Ich mußte ihm unbedingt meinen trockenen, warmen Mantel anziehen.

Als er auf einmal nackend vor mir lag, fing ich an, hemmungslos zu weinen und konnte überhaupt nicht mehr aufhören.

Schluchzend zog und riß, wuchtete und hob ich weiter. Ich mußte ihn doch retten, – obwohl ich nicht einmal wußte, ob er überhaupt noch am Leben war.

Als ich ihn endlich in meinem Auto hatte, wickelte ich ihn in eine Decke und fing an, ihn zu rubbeln. Er rührte sich trotzdem nicht. Ich begann, ihn mit Schnee zu massieren. Es nützte nichts. In meiner Verzweiflung zog ich mich aus und legte mich auf seine Eiseskälte, versuchte, ihn mit meinem Körper zu wärmen.

Es wäre natürlich das Beste gewesen, ihn sofort nach Hause zu fahren. – Leider ging das nicht. Während meines Rettungsversuches hatte ich meinen Autoschlüssel verloren. Ich war auch noch so dumm gewesen, ihn abzuziehen und in meine Manteltasche zu stecken. Der Mensch ist eben ein Gewohnheitstier.

Als Rico langsam zu sich kam, schrie ich ihn an: »Du mußt dich bewegen! Immerzu schütteln! Immerzu! Bloß nicht einschlafen. – Und sag mir sofort, wo dein Autoschlüssel ist!«

Er sagte es, aber ich wollte es nicht glauben. So grausam konnte das Schicksal gar nicht sein. – Er hatte ihn in den See geworfen, wohl um die Ernsthaftigkeit seiner Absicht zu bezeugen.

Nackend wie ich war – ich hatte mir nur schnell eine Decke übergeworfen –, hangelte ich mich einarmig die Böschung hinunter und wieder hinauf. Irgendwo mußte wenigstens mein Schlüssel zu finden sein. Ich konnte Rico doch hier nicht sterben lassen. Zwei Wagen standen bereit, um diesen fast toten Mann zu retten. – Und trotzdem starb er hier in dieser Eiseskälte, weil ich keinen Schlüssel hatte.

Als ich jammernd, zähneklappernd und ohne Schlüssel zu ihm zurückkam, hauchte er: »Kurzschließen.«

Wenn ich nur gewußt hätte, wo und wie? Ich hatte ja schon vieles in meinem Leben gemacht, aber noch nie ein Auto geknackt. Trotzdem war ich gar nicht so dumm, wie ich dachte. Ich erinnerte mich nämlich an den Typen, der damals nach unserem Spanienurlaub unser Auto stehlen wollte. Von ihm wußte ich, daß ich unter dem Lenkrad zu arbeiten hatte. Es ging sogar ganz schnell. Der Motor heulte auf, und ich gab Gas.

Nur an den vereisten Schnee hatte ich in diesem Moment nicht gedacht – und schlug voll mit meiner Breitseite in Ricos Citroën.

Es war mir so egal. Bewegungsunfähig waren wir zum Glück nicht, nur ohne Fensterscheiben, und eine Tür war auch herausgefallen, aber die war unwichtig. Wir hatten es ja nicht weit.

Zu Hause fehlte mir die Kraft, Rico anzuheben. Ich warf ein paar Kissen in eine Decke, legte Rico darauf und schleifte ihn nackend wie er war über den hartgefrorenen Boden zur Haustür. Von dort aus wuchtete ich ihn in die Badewanne. Ein Glück, daß unser Bad unten lag. Einen steifen Grog von innen und heißes Wasser zum Wärmen von außen. Ich drehte die Heizung bis zum Anschlag hoch und hängte mir einen Mantel über meine nackte Gänsehaut, denn Zeit zum Anziehen blieb mir nicht. Dann suchte ich Zigaretten, die ich für ihn anzündete und ihm in den Mund steckte. Ich massierte seine steifgefrorenen Füße. Es gab viel zu tun.

Als ich gerade glaubte, seine Unterkühlung in den Griff zu bekommen, schoß plötzlich ein riesiger Blutschwall aus der tiefen Schnittwunde an seinem Bauch. In meiner Not hatte ich seine Verletzung von den scharfen Eiskanten ganz vergessen. Nun war sie durch die Wärme in ihrer ganzen Länge voll aufgebrochen. Rico lag in einem Blutbad. Er schrie, als wenn jemand mit einem Messer auf ihn einstäche und krallte sich an mir fest, als würde er ertrinken. Mit einem Ruck riß ich ihn aus dem blutigen Wasser. Dabei rutschte ich vor der Wanne aus. Als ich hinfiel, konnte ich ihn nicht mehr halten. Sein Kopf knallte hart auf den Boden.

Bewußtlos lag er auf den Fliesen. Das Blut schoß mit jedem Herzschlag aus seiner Bauchwunde. In panischer Hast legte ich ihm einen Druckverband an, der seinen Körper von den Achselhöhlen bis zum Hüftknochen einband. Dann schaffte ich eine Matratze, Kissen und Wärmflaschen heran, wickelte Rico in Decken und bettete ihn im Badezimmer auf den Fußboden.

Es dauerte eine Ewigkeit, bis er aus seiner Bewußtlosigkeit erwachte. Er fing an zu weinen und mußte sich übergeben.

»Mein Gott, Rico ... Warum? – Warum?«

Aber er wußte es auch nicht. Er wußte nur: »Ich glaubte schon, du kommst nicht mehr. In der Eiseskälte wäre ich fast gestorben.«

»Ich dachte, deswegen bist du hingegangen.«

»Nein! Dein Junge will nicht sterben! Bitte, bitte laß ihn nicht im Stich!« rief er verzweifelt und klammerte sich an meinen Arm.

Er tat mir entsetzlich leid – und trotzdem wußte ich in diesem Moment, daß ich ihn eines Tages im Stich lassen würde. Sogar sehr bald schon, denn es gab keine Rettung mehr für uns. Wir waren am Ende. Am Ende unserer Kraft, unserer Hoffnung, unserer Ehe.

›Du weißt, Rico, ich liebe dich über alles, und trotzdem werde ich dich verlassen. Vielleicht hörst du dann endlich auf, dich umzubringen, – wenn du ganz sicher bist, daß ich nicht mehr da bin, um dich zu retten. Ich weiß es nicht Vielleicht wirst du ja auch sterben. Ich weiß gar nichts mehr.‹ – Aber all das würde ich ihm erst morgen sagen können.

Heute fragte ich nur: »Sag mal, wie lange hast du denn schon in dem Eiswasser gelegen, als ich kam?«

»Gar nicht, Sascha. Hab mich ja nur auf den Rand gesetzt, als ich deine Scheinwerfer oben auf dem Parkplatz sah. Und gesprungen bin ich doch erst, als ich deine Autotür klappen hörte. Da wußte ich ja, daß du kommst um mich zu retten.«

Nun war mir alles klar. Ich mußte gehen. Ob ich wollte oder nicht.

Wir lagen auf unserem provisorischen Bett auf dem Fußboden des Badezimmers. Ich wärmte Rico mit meinem Körper und gab ihm immer wieder heiße Getränke. Er weinte bis zum Morgengrauen. Dann schlief er endlich ein.

Ich zog einen dicken Mantel über meine nackte Haut, ging vor die Haustür und hoffte, daß die klirrende Kälte mich aus meinem Alptraum wecken, die Erlebnisse der letzten Nacht einfach auslöschen würde.

Der Himmel war kristallklar. Die ersten Sonnenstrahlen spiegelten sich im glitzernden Weiß. Auf der Rasenfläche neben dem Bach froren die Kinder von *Crazy Bunny*. Aber zwischen den Häschen sah ich noch etwas. Ich stapfte näher, dann erkannte ich es. Rico hatte tags zuvor mit seinen Füßen eine Nachricht für mich in Riesenlettern in den Schnee getreten: *ICH LIEBE DICH*

Erst einmal wurde er natürlich schwer krank. Seine Lungenentzündung mit allen Komplikationen, die das Lehrbuch zuließ, plus einiger Extras wie Gehirnerschütterung, Muskelzerrungen und vereiterter Bauchwunde dauerte sieben Wochen. Ein paarmal wäre er mir beinahe unter der Hand gestorben, denn ich arbeitete nur einseitig. Mein linker Arm war durch ein ausgerenktes Schultergelenk außer Gefecht gesetzt. Aber wir zwei Invaliden schlugen uns durch.

Es waren in gewisser Weise sogar wunderbare, glückliche sieben Wochen. Rico war liebevoller und zärtlicher als jemals zuvor. Aus dem Blumengeschäft im Dorf ließ er jeden Tag 14 rote Rosen für mich anliefern – eine Rose für jedes Jahr unserer Liebe. Er bemühte sich so sehr, es brach mir fast das Herz. Trotzdem wußte ich, ich mußte gehen.

Natürlich versuchte ich, mit ihm zu reden, ein letztes Mal. Ich sagte ihm, daß ich ihn verlassen würde, daß ich am Ende sei. Die Szenen waren schlimm, denn auch ich wollte ja nicht weg. – Aber ich konnte auch nicht mehr bei ihm bleiben.

Schon früher hatte ich einige Male mit dem Gedanken gespielt, ihm zu sagen, daß ich gehen würde. – Wenn ich ihm nun damit drohte, daß ich ihn verließ, hörte er dann auf sich umzubringen? – Aber wenn ich das auch nur einmal ankündigen würde, müßte ich wirklich gehen. Sofort am nächsten *Umbringetag*. Und ob ich das schaffen würde? Die Antwort war ›nein‹. Also hatte ich nie gedroht, bis heute.

Unsere Gespräche drehten sich immer wieder um den Selbstmord. Im allgemeinen, im besonderen und seinen persönlichen im ganz speziellen. Immer noch stand der leidende *Werther* an einsamer Spitze. »Mein Gott, als wenn es nichts Wichtigeres gäbe, als hinter der Frau eines anderen herzuschmachten und sich dann über den Haufen zu schießen!« schimpfte ich.

Ein anderes, sehr ergiebiges Opfer war Vincent van Gogh. Er malte wundervolle Bilder – Rico auch. Er schnibbelte an sich herum – Rico auch. Er war in einer Nervenheilanstalt gewesen – Rico auch. Der Mann war überhaupt unschlagbar.

»Und? Was hat er nun davon? Er ist tot. Ein toller Erfolg! Mit siebenunddreißig Jahren ins Gras gebissen.« Ich war so böse – auf alle Selbstmörder.

Aber Rico hatte noch viele Trümpfe im Ärmel. Otto Weininger natürlich, der Philosoph und Frauenfeind. Auch Heinrich von Kleist durfte in keiner Diskussion fehlen, denn der hatte ja noch den Riesenvorteil, daß die Henriette Vogel gleich mitgemacht hat. Das war ja nun wirklich das Non-plus-ultra des Suizids. Dann wurden unter vielen, vielen anderen auch immer mal wieder der Maler Mark Rothko und die Schriftsteller Kurt Tucholsky und Jack London in die Diskussion geworfen. Man konnte sagen, was man wollte, Rico kannte sich aus unter seinen Kollegen, den Selbstmördern.

Auch der Komponist Robert Schumann durfte nicht fehlen, obwohl es bei dem allerdings nicht so ganz geklappt hatte. Oder: »Erinnerst du dich an das Bild von Otto Dix, der den Mann gemalt hat, der sich erhängte, Sascha?«

Und ob ich mich erinnerte.

Rico war immer noch fasziniert: »Da konntest du im Hintergrund den Geist des Toten sitzen sehen, von strahlender Helligkeit durchflutet. Er war von allen Sorgen befreit.«

Die ergiebigste Quelle war das Altertum. »Vor zweitausend Jahren wärst du stolz gewesen, wenn dein Mann Selbstmord begangen hätte.« Ich wollte aber nicht stolz sein. Ich wollte meinen Mann behalten! War das denn so schwer zu verstehen?

Rico konnte auch noch tiefer in die graue Vorzeit zurückgreifen. Da war zum Beispiel Empedokles, der sich in den brodelnden Vulkan Ätna stürzte, um wieder eins zu werden mit der Natur. Sokrates mit seinem Schierlingsbecher durfte auch nicht fehlen, obwohl man über seine Motive nun wirklich streiten konnte. Selbst die Mächtigsten von damals, wie Brutus, Mark Anton und Cassius, um nur einige zu nennen, brachten sich reihenweise um.

Für Diskussionsnotfälle blieben dann immer noch Leute wie Ernest Hemingway, obwohl der nicht besonders gut zu uns paßte, weil der doch so unmoralisch war, und weil er Tiere erschoß. Ab und zu mußte auch Ludwig II. ein bißchen herhalten, aber nur, wenn Rico wirklich kein Besserer mehr einfiel, weil man ja bei dem nicht so genau wußte, nicht wahr.

Ich war so böse: »Ist dir eigentlich schon mal aufgefallen, daß du immer nur auf dem Parkett der Schöngeister herumtanzt?

Du bist aber nur zu fünfzig Prozent einer von denen. Warum hältst du dich mit der Umbringerei nicht an die Ingenieure? Ich kenne keinen einzigen mit deiner beruflichen Qualifikation, der sich umgebracht hat.«

Aber Rico kannte einen: »Rudolf Diesel. Auch ein Maschinenbauer, genau wie ich. Herbst 1913 im Ärmelkanal. Hat sich ertränkt. Siehst du!« triumphierte er. »Statt mit mir zu schimpfen, solltest du lieber mal Jean Amérys *Hand an sich legen – Diskurs über den Freitod* lesen. Da würden dir die Augen aufgehen. Améry hat dieses Essay geschrieben, dann hat er sich umgebracht. An dem kannst du dir ein Beispiel nehmen!«

Als wenn ich versuchte, mich aus den Fängen eines Oktopus zu befreien. Von allen Seiten schlugen neue

Selbstmörder auf mich ein. Gab es denn gar keine Möglichkeit, ihn davon abzubringen?

»Sich zu ermorden ist kein Zeitvertreib, kein Hobby wie Segelfliegen oder Briefmarkensammeln. Selbstmord ist tödlich, wenn mal keiner guckt.«

Er hat mich nicht verstanden. – Und ich ihn auch nicht.

Als Rico wieder gesund war, packte ich mein Schuldenkonto, zwei Koffer, drei Kisten mit meinen wichtigsten Fachbüchern, unsere Photoalben und zog aus.

Rico war außer sich. Er fluchte, er weinte, er beschimpfte mich und versprach, mich umzubringen. Er konnte die Welt nicht mehr begreifen.

Und die Welt konnte natürlich mich nicht begreifen, denn Rico schimpfte und verfluchte mich ja nicht im stillen Kämmerlein. O nein! Seine Arbeitskollegen, der Tankwart, unsere Segelfreunde, die Putzfrauen in seiner Firma, unsere Nachbarn, die Bäckersfrau und das Blumenmädchen. Alle wußten jetzt, was für ein selbstsüchtiges, herzloses Geschöpf ich war, undankbar und dumm. Und was Rico ihnen nicht sagte, das dichteten sie sich selbst dazu. Sie hatten schließlich Augen im Kopf.

»Dabei hat dieser wundervolle Mann ihr während der letzten sieben Wochen jeden Tag rote Rosen geschenkt. Und was macht diese Person? – Die hat ihn überhaupt nicht verdient!«

»Wußten Sie übrigens, daß sie neulich nachts in einem Wutanfall sein Auto angefahren hat? – Ja, unten auf dem Parkplatz am See! – Mein Mann hat sie beobachtet, wie sie versucht hat, seinen kaputten Wagen abzuschleppen. Ihr eigener hat auch ganz schön was abbekommen.«

»Solche Elemente können wir in unserem Dorf weiß Gott nicht gebrauchen. Soll sie doch hingehen, wo der Pfeffer wächst. Bei uns braucht sie sich jedenfalls nicht mehr blicken zu lassen.«

Nein, das brauchte ich wirklich nicht. Eine Mauer des Abscheus wurde gegen mich errichtet. Aber das hatte auch sein Gutes, denn Rico sprach sämtliche verfügbaren

Muttertriebe unserer weiblichen Freunde und Nachbarn an, selbst die tief verschütteten der Geschäftsfrauen im Dorf. Er wurde verwöhnt, umsorgt, bekocht und beschenkt. Es ging ihm gut.

Dafür durften sie mich ruhig ein bißchen hassen. Ich war ja nicht da, und aus der Ferne war der Haß relativ gut zu verkraften. Ein paar boshafte Anrufe bei mir im Institut. Mehr bekam ich vorläufig nicht ab. Ich hatte mir ein Zimmer in einer kleinen Pension genommen. Aber dort blieb ich nur einen Tag, dann hatte Anne mich aufgespürt: »Hast du jetzt völlig den Verstand verloren? Weißt du nicht, wo du hingehörst? Pack gefälligst deine Sachen!«

Niemand schimpft länger als ein Streichholz brennt, außer Anne. Sie schimpfte, bis meine Sachen in ihrem Auto lagen und sie die Kofferklappe darüber zuknallen konnte. Dann ging's ihr besser.

Bei Anne und Otto lebte ich wie im Paradies. Ein schnuckeliges, warmes Gästezimmer im Bauernstil, sonnendurchflutet und mit karierten Gardinen. Dort konnte ich schlafen, wann immer ich müde war – ein ganz neues Gefühl für mich. Freunde zum Weinen, wenn ich weinen mußte, und zum Lachen, wenn ich lachen konnte. Und vor allem: drei kleine Kinder zum Liebhaben. Wenn ich morgens die Augen aufschlug, hüpften sie bereits vor meinem Bett auf und ab.

Es ging mir gut – äußerlich.

Innerlich starb ich vor Sehnsucht. Einmal in der Woche schlief ich bei Margret. Sie war mein heißer Draht zu Rico, denn sie telefonierte mehrmals täglich mit ihm und fuhr mindestens alle zwei bis drei Tage zum ihm an den See. Von ihr erfuhr ich alles, was ich wissen wollte.

»Hat er abgenommen?«

»Nein, ganz im Gegenteil. Er sieht prächtig aus.«

»Hat er überhaupt noch saubere Wäsche?«

»Was glaubst du wohl! Die Nachbarinnen reißen sich darum, für ihn zu waschen und zu bügeln.«

»Hat er auch die Heizung hoch genug eingestellt. Nicht daß er mir krank wird.«

»Mach dich bloß nicht verrückt. Es geht ihm besser als du denkst.«

»Wer soll ihm denn jetzt die Haare schneiden?«

»Nun hör aber auf! Er kann ja zum Friseur gehen. Außerdem kannst du dir deine Fürsorge ruhig sparen. Er widmet dir nämlich keinen einzigen Gedanken – außer wenn er auf dich schimpft.«

Trotzdem machte ich mir Sorgen. Ich fuhr sogar einmal zu ihm an den See, aber nur bis ans Gartentor. Vor unserem Haus parkten sechs Wagen. Der Brillanten-Porsche war auch dabei. Durch die geschlossenen Fenster drang Musik und Gelächter bis hinunter zu mir auf die Straße. Da bin ich wieder weggefahren.

Dann kam ein Brief von einem Rechtsanwalt Dr. Funke. Er teilte mir mit, daß mein Mann die Scheidung eingereicht hatte. Der Grund: Böswilliges Verlassen seitens der Ehefrau. Ich wurde zu einem Termin in seine Kanzlei bestellt, den ich einzuhalten hatte.

Ein paar Tage später lag wieder ein Brief auf meinem Schreibtisch im Institut. Dicker Umschlag, kein Absender, Ricos Schrift. Der Inhalt: Dutzende von Photos, die er von mir gemacht hatte. Jedes einzelne war zerrissen. – Das tat schon sehr weh.

Wenigstens die Post profitierte von unserer Trennung, denn zwei Wochen danach bekam ich eine Musikkassette zugeschickt. Dazu ein wunderschönes kleines Bild von mir, das Rico gemalt hatte. Alles liebevoll verpackt. Mein Mann kannte meine schwachen Stellen. Und erst die Kassette! Es war sorgfältig ausgesuchte Musik, ganz auf mein Herz abgestimmt. Kommentar überflüssig. Rico ließ singen.

Als erstes Vic Damone: *You're breaking my heart, 'cause you're leaving. You're falling for somebody new. It isn't too easy believing, you'd leave after all we've been through. It's breaking my heart to remember, the dreams we depended upon. You're leaving a slow dying amber. I'll miss you, my love when you're gone. I wish you joy, though teardrops burn, but if some day you should want to return; please hurry back and we'll make a new start, dear – 'till then you're breaking my heart.* – Und weil's so richtig schön an die Nieren ging, sang Vic Damone das Ganze dann gleich noch einmal auf Italienisch – und das mit *der* Stimme!

Danach versprach Pat Boone für Rico Ortmund: *I'll be home my darling, please wait for me. We'll stroll along in the moonlight. Once again our love will be free.*

Auch Roy Orbison durfte nicht fehlen mit seinem *Only the Lonely*, Gerry and the Pacemakers schworen im Namen meines Mannes: *I'll be there* – Rico wollte also immer da sein, wenn ich ihn brauchte ...

Dean Martin bat für Rico: *Return to me!* Und Sarah Vaughan erzählte mir von seiner Verlassenheit in ihrer *Broken Hearted Melody*. Auch René Kollo hatte mir etwas auszurichten: *Du bist die Welt für mich. Ich liebe dich, nur dich.*

Rico bemühte die Stimmen, die mitten ins Herz trafen, die gefühlsstärksten Texte, die wundervollsten Melodien – und das ganze neunzig Minuten lang. Ich hörte zu. Von Anfang bis Ende und wieder von vorne, weil es so schön weh tat. Dabei weinte ich mir die Augen aus.

Anne schimpfte: »Weichkochen will er dich! Weiß ja genau, auf welchen Knopf er bei dir drücken muß. Und du weinst ihm auch noch nach. Wein endlich mal um dich selbst, dann haste was zu tun!«

Margret kannte unseren Fall aus den Lehrbüchern der Psychologie: »Erst die unbändige Wut, weil du ihn verlassen hast. Alle Hebel werden in Bewegung gesetzt, auch die eingerosteten, um dieser Wut Luft zu machen. Bei Hinz und Kunz beklagt er sich über dich. Sogar bei deinen Eltern hat er angerufen, um sich über dich zu beschweren. Je mehr Publikum er hat, desto besser.

Dann wird umgeschaltet in den zweiten Gang; Schwachstellen bearbeiten. Das hat doch bisher immer so gut geklappt. Warum sollte es denn nun auf einmal nicht mehr wirken?«

Meine Mutter flehte mich an: »Komm endlich nach Hause, Kind, sonst bist du in ein paar Wochen tot.«

Sie mußte sich mit Tom abgesprochen haben, denn der sagte: »Wenn du mich nicht bald heiratest, bist du vorher gestorben«, obwohl ich ihm gar nichts von meinem Auszug erzählt hatte.

Dann kam unser Termin beim Anwalt.

Wir hatten uns sechs Wochen lang nicht gesehen. Ich stellte meinen Wagen im Parkhaus ab und ging das letzte Stückchen zu Fuß. Schon von weitem sah ich Rico. Das heißt, ich sah ihn nicht. Er war verschwunden. Hinter einem Meer von Rosen. Ich ging ganz dicht an ihn heran und fragte: »Ist das mein Brautstrauß für die Scheidung?«

»Nein, Sascha. Für jeden *Umbringetag* solltest du eine Rose bekommen, aber ich konnte leider nicht genug auftreiben und auch gar nicht mehr tragen. Es sind nur knapp zweihundert.« Dann etwas leiser: »Siehst du die Tautropfen an den Blütenblättern?«

Und ob ich sie sah! Ganz frisch angesprüht.

»Das sind deine Tränen, meine kleine Sascha.«

Das Geld für den Anwalt hätten wir sparen können. Der Mann hatte Erfahrung mit sich scheidenden Eheleuten. »Was wollen Sie eigentlich bei mir? – Ich habe noch nie ein so verliebtes Paar gesehen. Sie wollen sich ja gar nicht scheiden lassen. Ich rate Ihnen, gehen Sie nach Hause und vergessen Sie die ganze Sache.«

Wir fuhren nach Hause, vergaßen die ganze Sache und ließen uns nicht scheiden, genau wie der Anwalt es empfohlen hatte. Als Rico mich über die Schwelle unserer Eingangstür trug, traute ich meinen verweinten Augen nicht. Das Haus war für den Empfang einer Königin hergerichtet. Blumen, wohin ich blickte. Und neben meinem Schreibtisch stand eine riesige Orchideenschale auf dem Teppich, siebzig Rispen voller Blüten. Ich wußte gar nicht, daß es so etwas gab.

Um meine Liebe zurückzugewinnen, war ihm nichts zu teuer. Der Eßtisch war geschmückt wie ein Altar – für zwei. Unzählige Gestecke mit dunkelroten Rosen und farblich passenden Kerzen und Schleifen. Eine selbstgemalte Menükarte. Im ganzen Haus lagen liebevoll verpackte Geschenke verstreut. Sogar Katerchen trug eine Schleife mit Willkommensgruß für mich um den Hals.

In der Küche war alles sorgsam für ein Festessen vorbereitet. Pfannenschwingend strahlte Rico mich durch die offenen Küchentür an und sagte: »Leg dich hin, meine kleine Sascha, bis das Essen fertig ist. Hast noch ein Viertelstündchen. Auf der Couch habe ich die Heizdecke schon für dich angemacht.«

So fühlte man sich also im Himmel …

Ich setzte mich an mein uraltes Klavier, schloß die Augen und spielte meine Sascha-Variationen. Ehrlich gesagt, ich konnte gar nicht spielen. Das Klavier hatte ganze 40 Mark gekostet, und ich hatte es mir einmal aus Verzweiflung als Balsam für meine Seele angeschafft. Wenn ich traurig war, zog ich meinen langen Kaminrock an, setzte mich hin und spielte. Klangkombinationen, wie sie mir gerade unter die Finger kamen. Sonst nichts. Ohne Noten – aber mit Kerzen und voller Harmonie.

Ich mochte gar nicht mehr aufhören zu spielen. Es war, als wenn ich eben gerade aus einem jahrelangen Alptraum erwacht wäre. Dieser Duft von frischen Rosen, brennenden Kerzen und gebratenem Rinderfilet. Das Leuchten der vielen kleinen Flämmchen, das sich in den strahlenden Augen meines Mannes widerspiegelte. Die Liebe und Fürsorge, mit der er mich verwöhnte. So muß es wohl ihm Paradies gewesen sein.

Rico war sich meiner Gefühle so sicher. In dem Moment, in dem ich unser Heim von innen sah, wußte ich: Er hatte keinen Augenblick daran gezweifelt, daß ich vom Anwalt aus sofort mit ihm nach Hause kommen würde.

Als ich am nächsten Tag meine beiden Koffer und die Bücherkisten bei Anne abholte, fiel sie über mich her:

»Jetzt hast du völlig den Verstand verloren. Benimmst dich wie eine Gehirnamputierte. Hast du denn alles vergessen?«

»Rico hat mir versprochen, daß er sich nicht mehr umbringt. Er hat es mir schriftlich gegeben. Glaub mir doch, Anne, es wird alles gut.«

»Heb den Wisch bloß gut auf, damit du ihm das Papier unter die Nase halten kannst, wenn er das nächste Mal am Strick baumelt«, fauchte sie.

»Anne, so glaub mir doch. Er meint es ernst. Er bringt sich nicht mehr um. Er hat es versprochen.«

»Ach nein! Und was ist mit dem letzten Versprechen und dem davor und dem davor?«

»Anne, bitte ...«

»Hör auf! Als deine Freundin hätte ich jetzt die verdammte Pflicht, dich zu erwürgen. Das wäre human, weil immer noch besser, als wenn du langsam in der Hölle vergammelst. Guck bloß mal in den Spiegel!«

Sie konnte sich gar nicht wieder beruhigen. Zum Schluß warf sie mir noch an den Kopf: »Wenn du wieder mal ausziehst, brauchste hier nicht mehr herzukommen, merk dir das!«

»Quatsch!« mischte Otto sich ein. »Natürlich kommst du wieder zu uns. Am besten, du behältst gleich den Schlüssel.«

Und zu Anne: »Mensch, Mutter! Wenn sie wieder auszieht, braucht sie uns doch erst recht.«

Nichts und niemand auf der Welt hätte mich davon abhalten können, zu meinem Mann zurückzukehren. Zu der tiefen Liebe, die ich für ihn empfand, kam jetzt noch eine zauberhafte Verliebtheit. Wir flirteten, wir spielten miteinander. Er verwöhnte mich, denn er kannte ja die Punkte, an denen ich besonders empfänglich war. Ich genoß den Himmel auf Erden.

Aber nur, wenn wir zu Hause allein waren. Sowie ich meinen Fuß vor die Tür setzte, begann ein Spießrutenlaufen ohnegleichen. Ob im Dorf beim Einkaufen, am See oder am Telefon. Ich war die *Persona non grata* schlechthin.

Und jeder bemühte sich auf seine Art, mich das fühlen zu lassen. Am Telefon legten sie auf, wenn sie meine Stimme hörten. In den kleinen Dorfläden würdigten sie mich keines Blickes. Sie guckten einfach durch mich hindurch. Und erst am See!

Es war ja klar: »Ihrem Mann, dem armen Trottel, kann sie vormachen, was sie will. Der ist ja blind vor Liebe. Aber wir haben schließlich Augen im Kopf.«

Mein Glück war von kurzer Dauer. Zwei Wochen nach meiner himmlischen Rückkehr hing Rico wieder am Strick. Es war alles wie gehabt.

Dann bin ich während der Arbeit hinter dem Rednerpult zusammengeklappt wie ein Taschenmesser. Tom lieferte mich persönlich in der Klinik ab. »Sonst kommst du noch auf die Idee und hüpfst von der Trage, damit du deinen Vortrag zu Ende halten kannst«, schimpfte er auf mich herunter.

Als man den für meine Unpäßlichkeiten verantwortlichen Tumor entdeckt hatte, besorgte Tom mir einen Platz in einer Spezialklinik, in der ich neben der Therapie gleichzeitig arbeiten konnte.

Zu Hause log ich Rico an: »Ist ein Forschungsauftrag. Ich muß wahrscheinlich zwei, drei Monate dort bleiben. Aber ich denke schon, daß ich jedes zweite Wochenende nach Hause kommen kann.«

Ich kam an jedem zweiten Wochenende nach Hause. Jetzt im Sommer, während der Segelsaison, fiel meine Abwesenheit ohnehin nicht so schwer ins Gewicht. Aber anstatt daß es mir besser ging, wurde ich immer elender. Dazu kam, daß Rico sich seine Selbstmorde natürlich für meine Wochenendbesuche aufhob. Er konnte ja schließlich nicht damit anfangen, wenn er wußte, daß ich ein paar hundert Kilometer weit weg war.

Ich hatte Angst, ihm etwas von meiner Krankheit zu sagen. Aus Erfahrung wußte ich nur zu gut, daß er einer solchen Belastung nicht gewachsen war. Außerdem gab es, was meine Gesundheit betraf, nur ein Entweder-Oder.

Entweder ich war krank, dann gehörte ich ins Krankenhaus, bis ich wieder gesund war. Wenn ich nicht im Krankenhaus lag, dann war ich auch nicht krank. So einfach war das.

Also arbeitete ich vorübergehend auswärts.

18

Der Sonntag begann, wie sonnige, arbeitsfreie Sonntage am See seit vielen Jahren für uns begannen.

»Mach schnell, Sascha, sonst verpassen wir die erste Brise!«

Frühstück einpacken. Kater ins Auto. Mindestens fünf Bücher pro Nase. Telefonanrufe beantworten, denn sie wollten ja immer von uns wissen, ob das Wetter am See auch so schön war wie bei ihnen auf der Terrasse.

Nicht einmal ein winziger Fingerzeig des Schicksals deutete darauf hin, daß einer der folgenschwersten Tage unseres Lebens angebrochen war.

Unserem Kater war heute nicht nach Segeln zumute. Ihm war eigentlich nie danach zumute. Aber er wurde nicht gefragt. Er mußte mit. Wen Rico liebte, den nahm er mit auf seine Yacht. Katerchen und mich liebte er sehr.

Ich hatte gehört, daß Katzen tiefes Wasser nicht mögen. Ich hoffte nur, daß unser Kater das nicht gehört hatte. Denn er mußte segeln, bei Wind und Wetter. Wenn der Sturm ihm am Ufer schon kräftig um die Barthaare pfiff, dann hatte Katerchens Laune halbmast geflaggt. Meine übrigens auch. Ich war eine reine Schönwetterseglerin. Sowie der Wind in die Segel knallte und die Schoten bis an ihre Anwendungsgrenze gespannt waren, stieg ich am liebsten aus. Leider war natürlich in solchen Fällen das Ufer immer sehr weit entfernt. Also litt ich. Katerchen litt mit und wurde seekrank, meistens am Schwanzende.

»Reine Erziehungssache!« sagte Rico und schob mir damit den tierischen Durchfall in die Schuhe, weil ich nicht richtig erzogen hatte. Vorne zwischen den Schnurrbarthaaren war Katerchen ganz auf Vorwurf getrimmt. Und um den Bauch trug er einen aufgeblasenen Schwimmärmel für Kinder. Damit war er mir gegenüber im Vorteil. Außerdem, was wollte Katerchen überhaupt? Wir konnten doch gar nicht kentern.

»Wir haben eine Tonne Blei unterm Kiel. So viel Wind gibt es gar nicht, daß ein solches Gegengewicht nicht ausreicht.« Aber ich glaube, Katerchen hatte gar nicht richtig zugehört.

Nun kauerte er trotz dieser Information an der Uferböschung und wollte nicht mit. Sein Herrchen meinte: »Vielleicht sollten wir den verrückten Kerl an die Leine nehmen. Sonst kneift er noch aus und wetzt ab durch die Büsche nach Hause.«

Doch das war nicht nötig. Katerchen und ich wußten, was wir unserem Herrchen schuldig waren. So trotteten wir tapfer hinter ihm her auf das schwankende Boot. Als wir an Bord waren, kroch das arme Vieh sofort in seine Kummerecke. Ich nahm ihn noch mal hoch und legte ihm eine Plastikplane unter. Ich war nämlich sicher, daß Tiere einen siebenten Sinn für das Wetter haben. Katerchen auf jeden Fall.

Wir waren die ersten, die vom Steg ablegten. Ein Manöver, das immer wieder sehr spannend war. Knallten wir dem Nachbarn nun voll in den Bug oder nicht?

»Das war mal wieder haarscharf!« freute sich mein Kapitän. Seidiges Schleifen, als die Segel aus ihrer Schlaffheit erwachten und sich kraftvoll aufblähten. Das seichte Schäumen des Wassers, wenn wir hindurchglitten.

»Nun steht wieder alles. Du hast nicht aufgepaßt!« Rico hatte recht. Es war doch gerade so schön gewesen. Ich hatte es richtig genossen. Aber wir waren schließlich nicht zum Vergnügen hier, sondern zum Segeln. Ich hatte das leider einen winzigen, erholsamen Augenblick lang vergessen.

Meine Fockschot war zu straff. Damit hing das Tuch anstatt am Wind nun im Wind. Das kam einer Vollbremsung zu Wasser gleich. Und bis wir die riesige Yacht wieder in Gang gebracht hatten, das dauerte. Zum Glück war niemand da, über den Rico sich jetzt ärgern konnte, weil er uns überholte und meine Dummheit diese Blamage auch noch zugelassen hatte. Wir waren ganz allein auf dem tiefblauen See.

Ich hätte das Segeln manchmal gern als Erholung angesehen und meldete meine Wünsche an: »Was meinst du, wenn wir jetzt alles loslassen und uns einfach so dahintreiben lassen? Ohne Ziehen und Zurren, Wenden und Halsen, Kopf-weg-Schreien und Pobacken-Zusammenkneifen, damit wir nicht abrutschen?«

Ein strafender Blick traf mich. »Das ist unsportlich!«

»Aber es ist doch niemand da, der es sehen würde«, versuchte ich mein Glück noch einmal. Mir war elend, und alles tat mir weh. Ich wollte mich so gern ein bißchen ausruhen. Hier auf dem Wasser leise dahinzugleiten, ohne mich bewegen zu müssen, das wäre genau nach meinem Geschmack gewesen.

Aber nein: »Sportlich ist man nicht nur, wenn einer guckt. Entweder man ist sportlich, und dann benimmt man sich auch so. Oder man ist es nicht.«

Leider war ich es nicht. Ich wollte mich erholen dürfen. Aber nun tauchten am Ufer die ersten Wagenladungen mit Seglern auf. Jetzt konnte ich meinen Traum sowieso im tiefblauen Wasser ertränken.

Regatta war ja immer. Auch wenn gar keine Regatta war. »Geh ein bißchen mehr an den Wind, damit der nicht vorbeikommt. Der hat einen viel kürzeren Kiel und kann längst nicht so dicht unterm Wind segeln. So packen wir ihn!«

Zum Brunch warfen wir unseren Anker vor einer kleinen Insel aus. Rico mußte sich erst mal austoben und sprang vom Boot aus ins Wasser. Er war aber sofort wieder an der Oberfläche und rief aufgeregt: »Sascha, du mußt unbedingt helfen! Ich habe einen Mordsanker entdeckt. Den müssen wir bergen!«

Eine Stunde später erblickte der Mordsanker das Tageslicht. Nicht schön, aber sehr groß. Zusteigen durfte er natürlich nicht, weil er sich nicht mit unserem Teakdeck vertragen hätte. Also hing er wie eine Trophäe achtern an unserer schneidigen Yacht. So etwas hatte sie gar nicht gern. Sie ragte wie beim unvollendeten Klimmzug mit ihrem Bug aus dem Wasser.

Andere Boote legten neben uns an. Die Freizeitkapitäne bestaunten unseren frisch geborgenen Schatz und wollten wissen, wo wir denn bloß diesen Mordsanker her hatten. Für jeden neuen Skipper, der längsseits kam, wurde die gesamte Bergung in allen Einzelheiten nochmals wortreich dargestellt.

Inzwischen war Katerchen wieder ein bißchen menschenfreundlicher geworden. Die Bergungsgeräusche wurden ja im Resonanzboden eines Holzschiffes ungeheuer verstärkt. Und Katzen haben empfindliche Ohren. Nun lag er an Deck in der Sonne und versuchte, sein verschaukeltes Selbstbewußtsein wieder zurechtzulecken.

Plötzlich stand unser Kapitän auf. Ohne ein Wort zu sagen nahm er das Brotmesser mit dem angeknabbelten Griff und schlug damit sämtliche Leinen durch, die den Anker über Wasser hielten. Unser Schiff machte einen Satz nach vorne. Der Tee in den Tassen war nun nicht mehr in den Tassen. Und unser Katerchen spielte *Mann über Bord*. Das arme Ding.

Rico kam zufrieden zurück und informierte mich: »Ich hab's mir überlegt. Wir brauchen ihn nicht.«

Wenn nicht der Kater zu bergen, zu trocknen und seelisch geradezubiegen gewesen wäre, dann hätte ich in dem Moment bestimmt gelacht.

Inzwischen war das Wetter umgeschlagen. Der See war tückisch und wegen seiner Launen bekannt und noch mehr gefürchtet. Wilde Kommandos flogen durch die Luft. Ich sollte gleichzeitig hinten unseren eigenen Anker bergen, vorne die Leinen loswerfen, das Großsegel setzen, die Schotten dichtmachen, den Kocher sichern und Katerchen unter Deck verstauen, während der Kapitän selbst mit dem Ruder das Schiff stramm in den Wind halten wollte.

Ab Windstärke 3 wurde es für mich ungemütlich. Ab Windstärke 4 war Katerchen hinten seekrank. Wir hatten

5 bis 6, mit starken Fallböen. Die schlugen besonders bei voller Besegelung so richtig schön ins Rückgrat.

»Können wir nicht ein bißchen reffen?« Ich dachte immer, diese Vorrichtung war speziell für Tage wie diesen ins Großsegel eingenäht worden. Aber ich hatte mich geirrt.

»Laß alles voll stehen!« schrie Rico gegen den Wind zurück.

»Dann kannst du mal sehen, wie schnell wir sind.«

Ich sah es.

Ich sah aber auch, wie keine zwanzig Meter von uns entfernt eine Yacht, die unserer zum Verwechseln ähnlich sah, plötzlich zum Brummkreisel wurde. Ihr Mast splitterte, brach und riß das Großsegel, die Fock und damit die ganze Takelage nach backbord. Die Mannschaft rutschte nach, wie weiche Tortenstücke von einer zu schräg gehaltenen Kuchenplatte.

Ihr Boot war nicht umgekippt. Ach wo! Es hatte ja auch diesen phantastischen, tonnenschweren Bleikiel. Und trotzdem lagen sie alle im Wasser.

Nun durfte ich endlich reffen. Und nicht nur das, ich durfte das ganze Tuch runterholen. Es wurde plötzlich ruhig. Wir trieben angenehm aufrecht auf die Badenden zu und fingen an, sie aus dem Wasser zu fischen.

»Frauen und alte Männer zuerst!« befahl mein Kapitän, aber das hätte ich auch so gewußt.

Acht pitschnasse, schlotternde Kreaturen durchweichten nun die Polster in unserer Kajüte. Rico versuchte gemeinsam mit dem Unglückskapitän, dessen traurig im Wasser hängenden Stolz bei uns zu vertäuen. Ich kochte Tee, legte Decken um, schenkte Rum ein und freute mich. Nun setzten wir nämlich ganz kleine Segel. So kleine hatte ich bei uns überhaupt noch nicht gesehen. Und wir kamen trotzdem gut voran. Der Wind hatte sich inzwischen auch ein bißchen beruhigt. Er hatte sich ja seine Opfer geholt.

Leider waren die Aufgefischten nicht vom See. Sie hatten lange Anfahrtswege hinter sich, vor allem aber noch vor sich. Also trat der für diesen Fall zuständige Plan Nummer Eins in Kraft: Alle zu uns nach Hause und ins heiße Bad. Frauen und alte Männer zuerst – natürlich nacheinander.

Im offenen Kamin knisterte das trockene Holz. Inzwischen goß es draußen in Strömen. Der Grog, von dem mehr getrunken wurde, als medizinisch zu begründen war, tat sein übriges. Seemannslieder und »Prost Rico, ich bin der Herbert!« wechselten mit Geschichten aus dem Leben der Schiffbrüchigen.

Ein besonders lustiger Vogel war Georg, ein ›alter Bulle‹, wie er sich nannte. »Also, ich sollte mal einen Bus verfolgen, der geklaut worden war. ›Müssen richtige Stümper sein‹, dachte ich noch so, als ich die Spur aufnahm. Eierten um die Kurven, ohne zu schalten. ›Die hast du gleich‹, versprach ich mir. Die nächste Kurve war ihnen zu eng. Sie landeten in einer Hecke. Und was kam raus? – Zwei kleine Dötze, richtige Dreikäsehochs.

›Was macht ihr denn hier? Seid ihr verrückt geworden?‹ – Also, was man immer so sagt. Nee, verrückt geworden waren sie nicht. Sie wollten bloß mal Bus fahren. Aber der, der vorne fuhr, beklagte sich über den, der hinten drin saß. Es war nämlich ausgemacht, daß der ›Fahrgast‹ dem ›Fahrer‹ beim Schalten helfen sollte, weil seine Arme noch zu kurz waren.

›Und‹, fragte ich den, der nicht geschaltet hatte, ›warum hast du deinem Freund nicht geholfen?‹

›Ging nich‹, sagte der.

›Und warum nicht?‹ wollte ich wissen.

›Vorne im Bus war rauchen verboten‹, sagte der kleene Furz und pulte einen qualmenden Glimmstengel aus seinem Hosenlatz hervor.«

Der andere ›alte Bulle‹, Herbert, war ursprünglich aus Dresden, aber schon seit Kriegsende im Westen. Sie beide feierten an diesem Wochenende die gemeinsame Pensionierung vom Polizeidienst. Das Ausscheiden aus einem langen Berufsleben rief viele Erinnerungen wach.

»Ortmund – Ortmund?« kramte Herbert in seinen ungeschriebenen Memoiren nach. »Wann bist du denn aus Dresden weggegangen?«

Das wußte Rico gar nicht so genau. Er war sehr klein gewesen und konnte sich an nichts erinnern. Herbert forschte weiter: »Sag mal, kennst du in Dresden noch irgend jemand von deinen Verwandten?«

»Keine Menschenseele.«

»Also ich kannte da eine Familie ... Das heißt, richtig gekannt habe ich sie gar nicht, denn sie waren bereits tot, als ich sie kennenlernte. Sie waren meine ersten Leichen, sozusagen.«

Er schluckte schwer. Man merkte, daß diese Leichen immer noch sehr auf seine Seele drückten. Er mußte weitererzählen. Alle waren mucksmäuschenstill. Nur die Holzscheite prasselten im Feuer.

»Wißt ihr, man sagte uns ja gleich am Anfang auf der Polizeischule: ›Deine erste Leiche vergißt du nie.‹ Mein Gott, wie wahr! Wir wurden also in dieses Haus gerufen. Fünf Familien wohnten dort. Ich war ein ganz junger Spund von vielleicht neunzehn.

Die Nachbarn hatten sich über den Verwesungsgeruch beschwert. Als wir die Tür aufbrachen, sahen wir die Bescherung. Es war grauenvoll.

Eine zierliche junge Frau hatte sich erschossen – das ganze Gesicht weggeschossen. Dabei war sie über ein Kinderbettchen gefallen. Sie hatte langes, blondes Haar mit einem rötlichen Schimmer. Alles um sie herum war mit Blut verklebt. Ein entsetzlicher Anblick. Wie konnte ein so junger Mensch sich das Leben nehmen?

Wir hatten sie gerade zum Abtransport fertig gemacht, da sahen wir plötzlich, daß noch ein kleiner Junge in dem Kinderbettchen lag. Mochte gerade zwei Jahre alt sein. Er war ganz von Kissen bedeckt, die mit Blut durchtränkt waren.

Und er hatte schreckliche Würgemale an seinem kleinen, dünnen Hals. Sie hatte offensichtlich erst ihn und dann sich selbst umgebracht.

Einen Arzt brauchten wir nicht, denn sie waren beide schon seit geraumer Zeit tot.

Einer der Nachbarn erinnerte sich auch an einen Schuß. Aber er konnte nicht mehr sagen, in welcher Nacht er ihn gehört hatte. ›Ist aber schon ein paar Tage her‹, meinte er.

Keiner traute sich, den kleinen Jungen anzufassen. Es war so grauenvoll.

Dann habe ich ihn hochgenommen. Na ja, wir konnten ihn ja nicht dort liegen lassen. Als meine Hände sein Gesicht berührten, merkte ich, daß er nicht richtig kalt war. Nicht so kalt wie die Frauenleiche jedenfalls.

Ich bin wie von Sinnen mit dem kleinen Kerl auf meinem Arm ins nächste Krankenhaus gerannt. Aber die Schwester, die ihn mir dort abnahm, sagte, daß er tot sei und reichte den winzigen, leblosen Körper an einen Arzt weiter, der gerade vorbeikam.

– Und die Familie hieß auch Ortmund. – Ja ...«

Langes Schweigen.

»Ich werde diesen kleinen Jungen nie vergessen. Nie, solange ich lebe. Ich habe nicht erfahren, warum seine Mutter Selbstmord begangen hat, habe den üblichen Bericht geschrieben und konnte aufgrund der Aussagen der Nachbarn nur Vermutungen anstellen.

Das war ohnehin eine traurige Zeit, damals im Juli '42. Und es wurde immer schlimmer. Die Bomben im Februar '45 habe ich auch noch miterlebt. Aber dieser kleine Junge ... Könnt ihr das verstehen?«

Ich hatte Rico die ganze Zeit über nicht aus den Augen gelassen. Ihn hatte die Geschichte sehr berührt. Mehr nicht. Wirklich nicht? – Ich konnte es nicht fassen. Er kombinierte nicht, zog keine Schlüsse, rechnete nicht einmal nach.

Im Juli '42 war seine Mutter beerdigt worden. »Nach einem Skiunfall verstorben«, wie man uns immer so schön auf die Nase gebunden hatte. Ein Skiunfall! Im Juli! Mitten im Krieg! In Dresden!

Während alle versuchten, sich von der Leiche des kleinen Jungen zu erholen, ging Herbert auf die Terrasse. Er brauchte dringend frische Luft.

Dort peitschte ihm der Regen ins Gesicht. Den kleinen Jungen hatte er noch immer nicht verkraftet. Ich bat ihn, mit in mein Arbeitszimmer zu kommen. Dort zeigte ich ihm meinen geliebten kleinen Kopf mit den heruntergelaufenen Farbtränen.

Herbert sagte nur: »O Gott!« und wandte sein Gesicht ab.

Nach einer Weile sah er mich mit feuchten Augen an. »Der kleine Junge hieß Peer. Aber als ich mit der Geschichte anfing, hatte ich ja keine Ahnung! Wenn ich das gewußt hätte ... Ich hätte doch niemals ein Sterbenswörtchen gesagt. Ich hätte die Erinnerung an den kleinen Kerl, so wie er damals in meinen Armen lag, mit ins Grab genommen.«

Ich konnte Herbert gar nicht sagen, wie dankbar ich ihm war, daß er geredet hatte. 16 Jahre lang waren wir jeder noch so schwachen Spur nachgegangen. Und jetzt brachte uns ein Schiffbrüchiger, den wir vor ein paar Stunden aus dem See gefischt hatten, die grauenhafte Wahrheit an unser Kaminfeuer. Herbert erinnerte sich sogar noch an Ricos Geburtsdatum.

Er würde mir später die Todesanzeige von Ricos Mutter zuschicken. Auf vergilbtem, abgegriffenem Papier stand dort kaum noch lesbar: *Es starb die Schauspielerin Tanja Ortmund. Dresden, im Juli 1942.* – Sonst nichts.

Das Leben geht manchmal sehr seltsame Wege.

Auf einmal war alles so klar. Als wenn am Ende eines immer dunkler werdenden Tunnels endlich ein Licht zu sehen wäre. Nun wußten wir, wohin. Wir brauchten nur auf dieses Licht zuzugehen, und alles wurde gut.

Wie konnte man uns eine solche Tragödie verheimlichen? Mit welchem Recht? Sie haben doch gewußt, daß in dem grauenvollen Tod von Ricos Mutter – und *nur* darin – die Antwort auf all unsere Probleme zu finden war.

Sie konnten die Tat zwar verheimlichen, aber sie konnten sie doch dadurch nicht aus der Welt schaffen.

Vierzig Jahre lang hatte Rico dieses entsetzliche Erlebnis mit sich herumgetragen. Unbewußt zwar, doch in seinen Träumen und Taten hatte diese Frau ihn immer wieder eingeholt.

Sie hatte versucht, ihn umzubringen. Ihr eigenes Kind! Einen wundervollen kleinen Jungen mit blonden Locken. Das muß man sich einmal vorstellen: Sie hatte ihn erwürgen wollen! Nun mußte er vollenden, was sie begonnen hatte. Er mußte ihr endlich ihren Wunsch erfüllen. Es war seine Pflicht.

Ich hatte nie begreifen können, warum Rico sich nach seinen schrecklichen Selbstmordversuchen immer so schnell wieder wohl – ja richtig erlöst – gefühlt hatte.

Jetzt verstand ich es. Er konnte dieser Leiche einmal mehr sagen: ›Bitte. Ich habe dir den Gefallen getan. Ich wollte ja sterben. Ich habe alles versucht. Wirklich alles. – Aber was kann ich dafür, wenn ich gerettet werde?‹

War es ein Wunder, daß er den Anblick von Blut nicht ertragen konnte? Für ihn war es kein Symbol des Lebens, sondern des Todes.

Auch als er in seinen Träumen versuchte, mich zu erwürgen, hatte er eigentlich nur das vollenden wollen, was seine Mutter damals bei ihm nicht geschafft hatte. Sie sollte zur Ruhe kommen, damit ihr Sohn endlich seinen Frieden fand.

Ich konnte diese Frau nicht begreifen. Einen Menschen umzubringen ist Mord. Was sie angerichtet hatte, war schlimmer. Wie konnte eine Mutter ihren kleinen Sohn in einem solchen Zustand zurücklassen? Gerade zwei Jahre alt, lag er halb erwürgt da. Nun erstickte, verhungerte und verdurstete er unter blutgetränkten Kissen, auf denen ihre Leiche lag …

Nach dem zu urteilen, was Herbert mir sagte, konnte Rico die Leiche gar nicht gesehen haben. Trotzdem hatte sie in seinen Träumen kein Gesicht.

Was muß in jenen endlosen Tagen und Nächten in diesem Kind vorgegangen sein? Was ist zerstört worden? Was wurde für immer begraben? Er war sich nie einer Schuld bewußt und doch … er war schuldig. Er wußte es genau.

Mir fiel ein Satz von Pythagoras, dem großen Wissenschaftler und Philosophen ein: *Gegen die Schmerzen der Seele gibt es nur zwei Heilmittel, Hoffnung und Geduld.*

Jetzt hatte ich wieder Hoffnung. – Endlich! Und die Geduld würde ich gerne aufbringen. Ricos Seele sollte Zeit haben zum Heilen. Ich wollte alles tun, um die Fehler der Vergangenheit wieder gutzumachen.

Zu Hause war von den Schiffbrüchigen bis auf eine Eintragung im Gästebuch nichts mehr zu sehen. Nur Herbert lag noch im Bett. Kreideweiß, kalter Schweiß, zitternde Hände und flatternde Augenlider. Er war leidend.

Rico umsorgte ihn liebevoll. Er hatte ihm gerade ein Rührei serviert. Nun stöhnte Herbert über dem Eimer. Doch Herbert hatte ein anderes Leiden als die Nachwehen eines unfreiwilligen Bades, kombiniert mit einem ausgewachsenen Kater. Er sprach darüber nur, wenn Rico nicht dabei war. Es war für ihn unfaßbar, daß er diesem kleinen Jungen wiederbegegnet war.

»Er muß doch im Irrenhaus gelandet sein nach dem, was er durchgemacht hat. Allein das viele Blut und der Verwesungsgeruch! Es war überhaupt nicht auszuhalten. Deswegen hatten uns ja die Nachbarn geholt. Schließlich war Hochsommer.«

Herbert und ich weinten gemeinsam, während Rico seinen Waldlauf machte. Dann wollte Herbert von mir wissen: »Wie kommt er eigentlich mit seinem Leben zurecht?«

Ihm durfte ich die Wahrheit sagen: »Er hat ein gefährliches Hobby: Selbstmord. So wie andere Leute Schmetterlinge fangen, so bringt er sich um. Immer wieder, mit immer neuen Tricks. Ich habe es nie begreifen können.

Wir sind daran fast zerbrochen. Seit gestern verstehe ich alles.«

Abends nach der Praxis kam Margret. Ich hatte sie angerufen. Sie war übrigens die einzige gewesen, die verstanden hatte, warum ich zu meinem Mann zurückgegangen war. »Er ist dein *Karma.* Spar dir deine Versuche, dich dagegen zu wehren. Das schaffst du sowieso nicht. Rico ist nicht nur deine große Liebe, sondern auch deine Verantwortung in diesem und vielleicht auch im nächsten Leben.«

Noch nie hatte ich Margret wütend gesehen. Aber jetzt: »Und das haben sie ihm vorenthalten? So eine Verantwortungslosigkeit! Weißt du eigentlich, was man alles mit ihm hätte machen können, wenn man das vor zehn, fünfzehn Jahren gewußt hätte? Lieber Himmel! – Diese Frau hat ihm ihr zerschossenes Gesicht auf die kleine Seele geknallt und ihre Leiche obendrauf. Das mußt du dir mal vorstellen!«

Ich stellte es mir vor. Immerzu. Das war ja das Schlimme. Die Frage war nur: Wie sag ich's meinem Kinde? Ich hatte Angst. Ein falsches Wort an der falschen Stelle zur falschen Zeit – und wir hatten alles verloren.

Die ganze Woche über kam Margret jeden Abend zu uns. Sie ging mit Rico auf die Yacht oder machte lange Spaziergänge im Wald mit ihm.

Ich bekam aus zweiter Hand von ihm zu hören, was unterwegs besprochen worden war. Er fragte mich immer wieder: »Glaubst du das?« – »Kannst du dir das vorstellen?« – »Das ist doch gar nicht möglich!« – »Was meinst du?«

Doch ich arbeitete immer nur die Schritte auf, die er mit Margret gegangen war und traute mich nicht, selbst die Initiative zu ergreifen.

»Das dauert«, meinte Margret. »Es können Jahre ins Land gehen, bevor wir die Leiche endlich begraben werden. Weißt du, das ist inzwischen auch so eine Art Gewohnheit geworden. So etwas ist gar nicht so leicht auszumerzen.« Ich sah wieder in das traurige Gesicht eines Kätzchens, das man im Nieselregen draußen vergessen hatte.

Nach dem nächsten Wochenende mußte ich unbedingt zurück in die Klinik. Es war kein Aufschub mehr möglich. Mir ging es hundeelend. Margret würde schon auf Rico aufpassen.

Natürlich paßte sie auf. Sie rief morgens und abends bei ihm an und kam dreimal in der Woche zu ihm zum Übernachten, oder er fuhr zu ihr in die Stadt. Und sie arbeitete vorsichtig mit ihm an unserem Thema Nummer Eins. Er machte alle Phasen durch, die ein Mensch bei einem solchen Verlust durchmachen mußte.

Als ich am nächsten Wochenende nach Hause kam, war er mitten in der Trauerarbeit. Die Phase des Nicht-Wahrhaben-Wollens, der totalen Ablehnung war voll aufgebrochen.

»Das hätte meine Mutter mir nie angetan.« – »Das konnte sie gar nicht. Sie hatte doch mich!« – »Sie war kein schlechter Mensch. Sie war doch meine Mutter!«

Als die Phase der Depression begann, die sich mit Aggression und unbändiger Wut ablöste, blieb ich wieder bei ihm zu Hause. In der Klinik versprach man mir: »Sie unterschreiben Ihr eigenes Todesurteil.« Wäre ich nicht geblieben, hätte ich das meines Mannes unterschrieben.

Irgendwann gab es dann in der Verarbeitung seines Traumas einen Stillstand. Es ging nicht mehr vor und nicht zurück. Dafür hatte ich meinen Mann so wieder, wie ich ihn immer gehabt hatte: lebensfroh, unternehmungslustig und voller Ideen.

»Er braucht eine Pause. Vielleicht kann er dann besser akzeptieren. Wir lassen ihn einfach in Ruhe, bis er von selbst wieder davon anfängt«, meinte Margret.

Ich war erleichtert, denn nun wurde ich nicht mehr ständig mit neuen Aufschreien seiner Seele konfrontiert, denen ich so hilflos gegenüberstand. Dafür hatte ich das

Problemspektrum, in dem ich mich auskannte. 16 Jahre Erfahrung standen auf meiner Haben-Seite. Das mußte doch zu schaffen sein.

Schließlich kam das schicksalhafte Wochenende, an dem ich beim Haareschneiden die Würgemale an seinem Hals fand.

»... da hat dein Junge sich aufgehängt.«

Nein, das schaffte ich nicht mehr. Ich war am Ende. Ich wollte ja alles tun, aber er durfte sich jetzt nicht mehr umbringen!

Einen ganzen Tag und eine Nacht lang redeten wir; stritten darum, ob er sich umbringen dürfe oder nicht, weinten und redeten weiter. Wir verbrannten sogar das letzte Aufhängeseil als Symbol des Lebens und gegen den Tod. Dazu tranken wir Sekt.

Irgendwann in dieser Nacht gab er mir dann ein Schriftstück mit seinem Siegel. *Ich, Rico Peer Ortmund, verspreche meiner geliebten Frau Sascha, daß ich mich nicht mehr umbringen werde.* Datum, Unterschrift und – ich konnte es nicht glauben – ein Blutstropfen. Und das von ihm!

Bevor ich am nächsten Morgen in die Klinik zurückfuhr, hatte ich zwei Termine, einen davon gemeinsam mit Rico. Er wollte mit mir den Saal besichtigen, in dem unser großer Seglerball stattfinden sollte. Rico war natürlich der Häuptling des Ganzen. Von der künstlerischen Gestaltung der Einladungen bis hin zur Auswahl der Musik lag alles in seinen fähigen Händen.

Aber: »Ohne dich kann ich gar nichts machen, Sascha. Du mußt unbedingt mitkommen. Mindestens erst mal zum Ansehen.«

Danach mußte ich zu Tom. Er hatte beim Vatikan durchgesetzt, daß ich einen Sondervertrag für einen ›dezentralisierten Forschungsauftrag‹ und damit nicht nur mein volles Gehalt, sondern sogar Spesen und Kilometergeld bekam.

»Was ist das denn: Ein ›dezentralisierter Forschungsauftrag‹?« wollte ich von ihm am Telefon wissen.

»Frag nich. Hab' ich mir extra für dich ausgedacht. Komm her und unterschreib.«

Ich war elend und schlapp, konnte mich kaum noch auf den Beinen halten, als ich nach 24 Stunden intensiver Seelenmassage bei Rico am Montag morgen ins Bad ging. Eigentlich wollte ich mir die Haare waschen, aber im letzten Augenblick hatte ich einfach nicht mehr die Kraft dazu. Mit meiner Schwäche habe ich meinem Mann die letzten Tage seines Lebens geschenkt.

Das warme Wasser rann sanft über meinen Körper. Er tat mir überall weh. Ich wog gerade noch 42 Kilo und brauchte nicht einmal mehr in den Spiegel zu sehen, um zu erkennen, daß es mit mir bergab ging.

Als ich mich vom Bad nach oben schleppte, hörte ich auf der Treppe ein grauenvolles Geräusch, wie erstickte Schreie. ›So‹, dachte ich, ›jetzt ist es soweit. Das ist das Ende. Du hörst die grauenvollen Laute, die du immer gehört hast, wenn er sich aufgehängt hat.‹ Plötzlich packte mich eine panische Angst vor meinen Nerven. Sie spielten mir einen Streich, und ich konnte nichts dagegen tun. Ich hörte die Schreie, und ich war machtlos.

Jedesmal wenn wir während unserer hoffnungsvollen Phasen einen neuen Psychotherapeuten aufgesucht hatten, war die erste Frage gewesen: »Hören Sie Stimmen? – Sehen Sie Bilder?« – Nein, Rico hörte keine Stimmen. Er sah auch keine Bilder. Ein echter Nachteil, weil er doch mit dieser klassischen Symptomatik viel besser ins klinische Bild einer Schizophrenie gepaßt hätte.

Nun hörte ich Stimmen. Ich mußte mir die Ohren zuhalten. Mit gesenktem Kopf schlich ich ins Wohnzimmer und hoffte, Rico dort zu finden. Wenn ich ihn sah, meine Arme um ihn legen konnte, dann würden diese schrecklichen Schreie bestimmt aufhören.

Aber im Wohnzimmer war er nicht. Ich lief ins Schlafzimmer, in sein Arbeitszimmer, auf die Terrasse. In panischer Angst raste ich durch das ganze Haus. Dabei wußte ich doch vom ersten Augenblick an, daß die Schreie aus der Bodenluke kamen. Ich wagte es nur nicht, meinen Kopf zu heben und hinaufzusehen. Ich wollte es einfach nicht wahrhaben.

Als ich direkt unter ihm stand, hörte ich einen markerschütternden Schrei, der plötzlich abbrach. Ich riß meinen Kopf hoch. In der Bodenluke strampelten seine Füße.

Aus der Küche griff ich mir das Brotmesser. Die Leiter hatte er nach oben auf den Boden gezogen. Er durfte es mir ja nicht zu leicht machen, ihn zu retten. Das hätte seine Mutter ihm sicher nicht als ernsthaften Versuch durchgehen lassen.

Nur Justavs Schaukelstuhl und ein Bücherregal standen zwischen mir und seinen Füßen. Trotzdem war ich, mit dem Brotmesser zwischen den Zähnen, mit einem Satz oben auf dem Boden. Normalerweise schaffte ich es kaum noch die Treppenstufen hochzusteigen.

Mit einem Hieb schlug ich den Strick durch. Aber ich konnte Rico nicht halten. Wir fielen beide durch das Loch nach unten. Er übergab sich neben mir, und ich konnte ihm nicht einmal seinen Kopf stützen. Ich wollte auch nicht mehr.

Ich blieb so liegen, wie ich auf dem Parkett angekommen war. Mein Badetuch, in das ich mich nach dem Duschen eingewickelt hatte, war irgendwo verlorengegangen. Mein ganzer Körper begann sich zu schütteln, als ich splitternackt in der Diele lag. Ich konnte nichts dagegen tun. Meine Zähne klapperten. Ich biß mir dabei auf die Zunge. Es war mir alles so egal. Ich wartete nur darauf, daß ich nicht mehr weiterleben mußte.

Nach einer Weile bat Rico mich: »Kochst du mir einen Kaffee?«

Er und Kaffee. Das hatte es seit 13 Jahren nicht gegeben. »Kaffeebohnen sind reines Gift, wegen der krebserregenden Röststoffe.«, belehrte er mich sonst und lehnte diesen Satanstrunk als schwer gesundheitsschädigend ab.

Ich wußte nicht, wie es weitergehen sollte. Ob sich jetzt unter uns die Hölle auftat und wir darin versanken? Oder ob sich der Himmel über uns öffnete und wir für immer entschweben durften? Ich wußte überhaupt nichts mehr.

Ricos Hals war furchtbar zugerichtet, vor allem am Nacken, weil er den Strick nur vorne hatte halten können. Er hatte dieses Mal leider zu lange dort oben gehangen. Sein Unterkiefer war gefühllos, seine Augen blutunterlaufen und seine Zunge stark geschwollen. Er konnte kaum schlucken. Trotzdem erholte er sich irgendwann wieder, traf klare Entscheidungen, rief bei den Leuten an, die uns die Halle für den Seglerball zeigen wollten, und verschob unseren Termin dort auf den Nachmittag: »Mir ist leider heute morgen etwas dazwischengekommen. Ich hing hier ein bißchen fest, sozusagen«, erklärte er mit seinem betörenden Charme und einer ungewöhnlich rauhen Stimme.

In seiner Firma ließ er sich mit der Chefsekretärin verbinden und flirtete mit ihr: »Ich bummle gerade ein paar Überstunden von meiner letzten Reise ab. – Also, ehrlich gesagt, ich hatte heute morgen etwas Besseres vor. – Sie wissen schon.« Sie wußte, oder sie glaubte zumindest, daß sie wußte ... Er lachte sogar mit ihr am Telefon.

Dann brachte er mir eine Decke, wickelte mich liebevoll darin ein und trug mich ins Wohnzimmer auf die Couch. Ich hatte Schonzeit. Er ging baden. Als er in der Wanne plätscherte, hörte ich, daß er sang. Ich dachte, ich würde verrückt.

Nach dem Bad kam er an meine Couch und küßte mich. Wie wundervoll er duftete. Er strahlte wie der junge Frühling. Ich rieb ihm seinen wunden Hals dick mit Salbe ein. Danach preßte er frischen Orangensaft für mich und fragte, welche Musik er auflegen sollte, »... etwas zum Tanzen oder zum Träumen, meine kleine Sascha?«

Ich fühlte mich wie benommen; lehnte ab, was ich sah; ignorierte, was ich eben erlebt hatte; weigerte mich, an die nächsten Stunden zu denken. Ich lag unter einer Glocke, durch die kein Gefühl mehr hindurchdrang.

Irgendwann sagte er zu mir: »Es wird Zeit, Sascha. Zieh dich an.« Er wollte jetzt wirklich mit mir den Ballsaal besichtigen. Er war wild entschlossen, hatte es doch versprochen. »Was sollen die Damen denn von mir denken?«

›Mein Gott, Rico, du hast Sorgen! Was hätten die Damen erst von dir gedacht, wenn du dich umgebracht hättest?‹ Aber das sagte ich nicht. Ich konnte nichts sagen. Keinen zusammenhängenden Satz formulieren, keinen Gedankengang logisch verfolgen.

Als ich hinter dem Steuer meines Wagens saß, hatte ich plötzlich das Gefühl, daß ich nicht mehr in der Lage war, selbst zu lenken. Dabei war ich bisher in allen Lebenslagen gefahren, denn mein Auto war immer so etwas wie meine Zuflucht gewesen. Dennoch versuchte ich, all meine Kraft zusammenzunehmen und fuhr hinter Rico her. Durch sein offenes Fenster winkte er mir immer wieder vergnügt zu.

Auf dem Parkplatz vor dem Ballsaal half er mir liebevoll aus meinem Sitz. Ich schleppte mich durch das Portal. Rico begrüßte die beiden Damen, die für das Ganze zuständig waren. Ich blieb neben dem Eingang stehen, weil ich mich dort auf eine Fensterbank aufstützen konnte. Aus der Ferne wurde ich vorgestellt: »Meine Frau Sascha. Ist heute leider ein bißchen unpäßlich«, sagte Rico mit einem mitleidigen Blick in meine Richtung.

Ich sah ihn vor mir: ein Traum von einem Mann mit einem feschen Schal um den Hals und einer rauhen Stimme. Charmant, einfach zum Verlieben, flirtete er mit diesen Damen, zauberte aus seiner Tasche köstliche Rumkugeln hervor und war ganz und gar unwiderstehlich. Ich bekam auch eine Rumkugel. Aber sie blieb mir im Hals stecken.

Um das Parkett auszuprobieren, tanzte er ein paarmal allein im Kreis herum und dann auf mich zu.

Mit einem galanten Kniefall hielt er vor meinen Füßen und stubste mich an: »Sascha! Warum hast du denn bloß so schlechte Laune? Das paßt doch gar nicht zu dir. Komm, tanz mit mir!« Er war so lieb, so bezaubernd. Ich konnte es nicht fassen.

»Ich habe keine schlechte Laune«, sagte ich leise.

»Warum tanzt du dann nicht mit mir?«

»Ich kann nicht.«

»Sascha, komm, sei kein Frosch. Was ist denn los mit dir?«

»Mein Mann hat sich vorhin aufgehängt. Das ist los mit mir.«

»Aber Sascha, meine kleine Sascha! Das mußt du doch nicht so ernstnehmen. Ich bin ja gar nicht tot! Guck doch!« Und er tanzte wie ein junger Gott über das Parkett davon.

Es war das letzte Mal, daß ich ihn lebend sah.

19

Dann kam der Anruf.

Meine Mutter sagte nur: »Rico ist tot.«

Es wurde still.

Die Welt blieb einfach stehen.

Doch plötzlich wußte ich: »Das ist nicht wahr! Du irrst dich. Ich bin ja in der Klinik. Er bringt sich doch nicht um, wenn ich nicht bei ihm bin. Das tut er nicht!«

Ich sah sein Gesicht vor mir: strahlend, liebevoll, seine blonden Locken waren vom Sommerwind zerzaust. Er tanzte vor meinen Augen über das Parkett. Ganz allein drehte er sich um sich selbst ... und tanzte von mir weg.

Plötzlich schlug die Wahrheit zu.

Er tanzte allein – tanzte erst auf mich zu, bat mich, mit ihm zu tanzen. Und ich? – Ich konnte nicht. Da mußte er alleine tanzen – entfernte sich weiter und immer weiter von mir. Er tanzte in die Ewigkeit hinein. Alleine. Ohne mich! – Ohne mich ...

Jede Träne war eine Erinnerung. Und wir hatten viele Erinnerungen.

Er wollte doch so gerne leben, trotz allem. Wollte lachen, tanzen, laufen, schwimmen und mit mir um die Welt segeln. Er hatte unzählige Pläne. Sein enormes Wissen, seine überragende Intelligenz, sein großes Talent – und unsere Kinder ... – Alles war verloren.

Aber nein: Es war ja ein Irrtum! – Es mußte ein Irrtum sein!

»Er ist nicht tot! Ich weiß es genau. Ich hätte es doch gefühlt, wenn ihm etwas zugestoßen wäre!« rief ich ins Telefon.

»Doch, mein Kind. Er hat sich wieder aufgehängt. Eure Nachbarin hat uns angerufen. Der Wasserschlauch vor eurer Garage lief so lange. Rico war morgens dabei gewesen, seinen Wagen zu waschen. Doch dann verschwand er plötzlich im Haus. Alle Türen standen offen. Das Autoradio spielte.

Als das Wasser später immer noch aus dem Schlauch plätscherte und auch die Musik noch zu ihr hinüberklang, ist sie zu eurem Haus gegangen. – Aber es war zu spät.«

Ich saß auf meiner Bettkante. Eiseskälte kroch in mir hoch, begann mich einzufrieren. Nur die Tränen liefen weiter. Ich konnte mich nicht rühren. Ich konnte nicht mehr denken. Nur noch weinen.

Ich wollte keine Medikamente. Ich wollte keine tröstenden Worte. – Ich wollte meinen Mann wiederhaben!

»Rico ist tot.«

Warum? Wie konnte er das tun? Er war mein Leben, meine Liebe, er war alles für mich.

Meine Eltern holten mich zu sich nach Hause. Von dort aus versuchte ich die ganze Nacht über, ihn anzurufen. In unserem Häuschen am See, in seinem Büro. Immer wieder. Ich konnte es nicht fassen. Warum antwortete er nicht? Irgendwo mußte er doch sein. Ich mußte ihn noch so viel fragen. Er konnte mich doch nicht einfach alleinlassen. Er hatte es mir doch versprochen: *I'll be there.*

Als am nächsten Morgen die Sonne aufging, brach die Welt über mir zusammen. Mein Mann war tot, und trotzdem schob sich ein glühendroter Feuerball strahlend über den Horizont, als ob nichts gewesen wäre. Sogar die Vögel zwitscherten. Er würde ihre Stimmen nie mehr hören. Nie wieder würde die Sonne für ihn aufgehen.

Ich mußte seine Eltern anrufen. Sein Vater gab, ohne ein Wort zu sagen, den Hörer an Ricos Bruder Mario weiter. Und der hatte nichts Wichtigeres zu tun, als mich zu beschimpfen. Dann fiel ihm aber gerade noch rechtzeitig das Erbe ein. Darauf wollte er mich verklagen und zwar sofort. Er wüßte schon, wie er mich fertigmachen könnte, versprach mir mein Schwager.

Nicht eine Frage danach, was passiert war, wie sein Bruder gestorben war. Nichts. Nur erben wollten sie. Das war in diesem Augenblick das Wichtigste.

Nach einem Selbstmord wird das Leben der Hinterbliebenen plötzlich zum Allgemeingut. Ihre kleinen Geheimnisse werden auf der Bühne der Öffentlichkeit breitgetreten. Jeder noch so weit Außenstehende maßt sich an, zu be-, vor allem aber zu verurteilen. ›Wo war denn seine Frau überhaupt, als es passierte? Warum war sie nicht bei ihm, wo sie hingehörte?‹

Die Witwen von Unfallopfern und Krebspatienten überschüttet die Gesellschaft mit liebevoller Fürsorge. Der Witwe eines Selbstmörders steht diese Hilfe nicht zu. Sie hat sich vor aller Welt zu rechtfertigen. Vor dem Staatsanwalt, den Nachbarn, dem Briefträger, dem Arbeitgeber, dem Hausbesitzer. Vor allen. Schließlich trägt sie ja die Schuld am Tod ihres Mannes.

Diese Welt konnte nicht begreifen, daß mein Mann auch an einer schleichenden, zerstörerischen und tödlichen Krankheit gestorben war. Auch er hatte einen Tumor, allerdings in seiner Seele.

Meine Familie errichtete einen Schutzwall um mich herum. Niemand durfte zu mir, ich war für keinen Menschen zu sprechen, der nicht von meinen Eltern sorgfältig geprüft worden war. Sie waren bewundernswert.

Ich mußte Entscheidungen treffen: Wo sollte Rico seine letzte Ruhe finden? Wann würde seine Beerdigung stattfinden? Wie sollten seine Todesanzeigen aussehen? Wem würden sie zugeschickt? Und – wie sollte ich seine Trauerfeier gestalten? »Rico, bitte hilf mir! Du hast Pat Boone für dich singen lassen: *I'll be home my darling, please wait for me …* – Wo bist du jetzt? Ich warte auf dich. Warum bist du nicht hier? Du hast es doch versprochen!«

So viele Male hatte ich mir in meinen Todesängsten ausgemalt, wie es wohl sein würde, wenn er wirklich starb. Jedesmal, wenn ich ihn nicht finden konnte; immer wenn ich mir nicht sicher war, ob ich ihn überhaupt wieder ins Leben zurückholen konnte; aber auch dann, wenn es nur die Angst vor dem nächsten *Umbringetag* war.

Vor meinem geistigen Auge hatte ich ihn unzählige Male zu Grabe getragen. Ich hatte mich immer wieder gefragt: Was machst du? Wie verhältst du dich? Was wirst du fühlen? Wie wirst du seine Wünsche erfüllen?

Fragen. Fragen. Fragen. Und nun war alles ganz anders. Beinahe so, als wenn ich in tiefer Trance durch eine unwirkliche Welt wandelte und genau das tat, was er von mir erwartete. Ich wollte alles für ihn tun – alles. Es war sein letzter Wille, und ich mußte ihn erfüllen.

Auf dem Friedhof meiner Heimatstadt wollte ich eine Grabstelle für ihn aussuchen. Das heißt, eigentlich war das gar nicht mehr nötig, denn das hatte das Beerdigungsinstitut bereits für mich getan. Ganz hinten, in der letzten Reihe, neben den Abfallhaufen, wo ein Selbstmörder hingehört.

»Warum sind denn die Gräber hier so klein? Mein Mann ist doch viel größer.«

Da klärte mich der Herr im bekleckerten schwarzen Anzug auf: »Das wird ja nachher alles eingeebnet. Dann ist die Grabstelle nur noch halb so groß. Der Rest wird wieder zum Weg.«

Bei dem Gedanken, daß Menschen auf die Beine meines Mannes treten würden, kam ich dem Wahnsinn bedrohlich nahe.

Meine Eltern kauften eine große Familiengrabstelle am Hauptweg. »Damit unser Junge nicht so allein ist.«

Dann mußte ich meinen Mann abholen. Mein Vater fuhr mich zu unserem Haus am See. Er sprach kaum auf der langen Fahrt. Nur ab und zu fühlte ich seine Hand, die mich streichelte. Kurz bevor wir durch unser Tor fuhren, sagte er: »Ich weiß, daß du es schaffst. Und ich bin ja bei dir.«

Zu Hause. – Unser Zuhause. – Bloß nicht nachdenken!

Ricos Badetuch lag da, als wenn er es gleich benutzen würde. Seine Schuhe standen einstiegbereit da, immer noch mit verknubbelten Schnürsenkeln. Er hatte sich ein Hähnchen gebraten – um es dann nie mehr zu essen. Ich konnte es nicht begreifen. Ich wußte nur: Er hatte sich umbgebracht, und ich war nicht bei ihm gewesen.

Ich suchte nach einem Hinweis, einer Kleinigkeit, nach irgend etwas. Ich mußte doch wissen, warum. Warum hatte er es getan, als er wußte, daß ich Hunderte von Kilometern weit weg war? Warum hatte er sich dieses Mal nicht von mir retten lassen? Warum?

In unserem Geheimfach fand ich sein Testament. Er hatte es zwei Tage vor seinem Tod am See auf einem Blatt seines Zeichenblockes verfaßt und von zwei Segelkameraden gegenzeichnen lassen. Darin schrieb er: ... *vermache ich meinen gesamten irdischen Besitz in vollem Umfang und ausnahmslos meiner über alles geliebten Frau Sascha Ortmund.*

Später erfuhr ich, daß die anwesenden Segelfreunde alles Menschenmögliche versucht hatten, um Rico davon abzubringen, mich, diese karrierebesessene, selbstsüchtige und verantwortungslose Frau als Alleinerbin einzusetzen. – Auch bei seinem Testament lag kein Abschiedsgruß von ihm.

Der Tag meiner Ankunft war rot auf dem Wandkalender umrandet. Auf Ricos Schreibtisch lag ein Programm für unser gemeinsames Wochenende. Unter meinem Kopfkissen fand ich einen liebevoll bemalten Umschlag mit zwei Karten für die Oper. Samstag abend, Giacomo Puccinis *Turandot*, im Parkett, fünfte Reihe. Nie wieder würden wir gemeinsam in die Oper gehen und unsere Lieblingsarie hören: *Nessun dorma – Keiner Schlafe.*

Seine Einladungen für den Seglerball waren druckfertig. *Künstlerische, technische, musikalische und kulinarische Gestaltung: Rico Ortmund* stand im Programm. Nun war Rico Ortmund tot. Er hatte sich erhängt.

Die Bodenluke stand noch offen, aber ich wagte es nicht, nach oben zu sehen. Unser Haus war still – totenstill.

Systematisch packte ich alles ein, was er sich für seine letzte Reise gewünscht hatte. Meinen Brautstrauß, die Steine, meinen Schleier und seine Lieblingsbücher. Goethes *Werther* war auch dabei und der *Candide*, den Voltaire sagen läßt: »Die Liebe ist ein Stoff, den die Natur gewebt und die Phantasie bestickt hat.« – Candide und Candida, unsere Kinder …

Dann kam der Leichenwagen. Wir holten meinen Mann aus der kleinen Dorfkapelle ab. Zum ersten Mal sah ich seinen Sarg. Ich fuhr in Ricos Auto hinter dem Leichenwagen mit seinem Sarg her – vierhundert Kilometer. Mein Vater fuhr voran. Während der ganzen Reise hörte ich die Musikkassette, die Rico mir damals geschickt hatte. Es war das Schlimmste, was ich mir antun konnte – und trotzdem, ich mußte sie hören; jedes Wort aufsaugen, jeden Ton.

You're breaking my heart 'cause you're leaving …

Und unsere *Secret Love* war auch dabei. Damit hatte es damals angefangen. Damit hörte es heute auf. Das war unser Leben.

Wenn ich vor 16 Jahren im Mai gewußt hätte, was ich nun wußte, wie hätte ich mich dann wohl entschieden? – Gar keine Frage. Ich hätte ihn geheiratet – mit allen Konsequenzen, mit all den Qualen und mit all der Liebe. Wir waren füreinander bestimmt.

Nun saß ich genau wie früher im Auto und weinte. Heute hatte ich dafür ein paar hundert Kilometer mehr Zeit … Und durch das Rückfenster des Leichenwagens sah ich auf den Sarg, in dem mein Mann lag.

Dann hatte er die letzte Station seines Lebens erreicht. Ich blieb die ganze Nacht bei ihm in der Leichenhalle. Sein Sarg stand offen vor mir. Ich war Rico jetzt sehr nah. Ich sprach mit ihm. Ich weinte. Ich streichelte sein kaltes, bleiches Gesicht. Ich flehte ihn an. Ich fragte – und bekam keine Antwort. – Nie mehr …

Ein Selbstmord ist ein Tod, den die Gesellschaft nicht akzeptiert. Deshalb gibt es einen klar definierten Un-Ehren-Kodex, der einzuhalten ist. Es wäre ja noch schöner, wenn man einem Menschen, der sich das Leben selbst genommen hat, posthum die gleichen Rechte zugestehen würde wie einem makellosen Toten. Wozu hatte vor fast anderthalb Jahrtausenden das zweite Konzil von Berga und wenig später die 16. Synode von Toledo stattgefunden?

Dementsprechend darf eine Todesanzeige lediglich den Namen des Selbstmörders, seinen Geburtstag und das Datum seines unwürdigen Endes tragen. Darunter grüßen dann die für seinen Tod Verantwortlichen. Trauern ist ihnen selbstverständlich nicht gestattet. Auch darf dieser Verstorbene niemandes geliebter Mann, Schwiegersohn oder Schwager gewesen sein. Er hat auch kein Leben gehabt, aus dem er plötzlich und unerwartet, auf tragische Weise oder etwa nach einem langen, schweren Leiden geschieden ist.

Natürlich habe ich in allem, was ich tat, gegen sämtliche Regeln verstoßen. Der Tod meines Mannes war einzig und allein eine Sache zwischen ihm und mir. Wer war denn schon ›die Gesellschaft‹? Und vor allem – wo war sie, als wir in unserer höchsten Not um Hilfe gefleht hatten? Jetzt bestand ich darauf, daß man uns in Ruhe ließ.

Ich erfüllte jede einzelne Bitte, die Rico je geäußert hatte. Seine Beerdigung sollte genau so werden, wie er sie sich gewünscht hatte. – Bis auf einen Punkt: Seine Familie. Ich würde sie nicht mit Schimpf und Schande aus der Kapelle jagen.

Alle anderen Wünsche aber würde ich ihm erfüllen, selbst wenn ich dafür betrügen und bestechen mußte. Wer wollte sich anmaßen, mir ein Unrecht vorzuwerfen, wenn ich den Kirchendiener dafür bezahlte, daß er aus Versehen den Schlüssel zum Glockenturm unter dem Kondolenzbuch vergaß. Rico hatte sich Glockengeläut an seinem Grab gewünscht. Wenn sein Sarg zu seiner letzten Ruhestätte getragen würde, sollten die Glocken für ihn läuten. Selbst wenn man mich dafür hinterher einsperren würde. Das war mir egal.

Ich hatte die Wünsche meines verstorbenen Mannes zu erfüllen. Niemals würde ich ein Versprechen, das ich an diesem Tag nicht einlöste, nachholen können.

Mit meinen Eltern trat ich als Letzte ein. Die im Licht der Nachmittagssonne strahlende Kapelle war bis auf den letzten Platz besetzt. In meiner Nähe saß meine Familie mit unseren Freunden. Auf der anderen Seite Ricos Familie, umringt von ihren Nachbarn und Bekannten. Herr und Frau Ortmund senior hatten ihre eigenen Todesanzeigen verschickt, in denen sie erschüttert den Tod ihres Sohnes beklagten.

Auf ihren Anzeigen war für meinen Namen kein Platz gewesen.

Nun war jeder gekommen, um die Frau zu sehen, die ihren armen, verzweifelten Mann in den Tod getrieben hatte. Und jetzt wollte ausgerechnet diese Frau sich anmaßen, an seinem Sarg die trauernde Witwe zu spielen. Unverhohlen feindliche Blicke durchbohrten mich. Auf meinem Weg nach vorne ging ein Raunen durch die Reihen. »Das ist sie!«

Ja – das war ich.

An Ricos Sarg erwartete mich Professor Lambrecht. Er reichte mir eine weiße Orchidee und sagte mit leiser Stimme: »In dieser schweren Stunde kann ich nur versuchen, Sie mit einem Satz von Hebbel zu trösten: *Der Tod eines heißgeliebten Menschen ist die eigentliche Weihe für eine höhere Welt. Man muß auf Erden etwas verlieren, damit man in jenen Sphären etwas zu suchen hat.*«

Der Schock hatte im Laufe der letzten Tage meine Gefühle und Schmerzen eingekapselt. Sie lagen tief in meinem Inneren vergraben. Was war von meiner Trauer geblieben? – Ein dumpfer, tiefer Schrei, der nicht an die Oberfläche durfte.

Ich begann meine Abschiedsrede für meinen Mann mit unserem Trauspruch: »*Der Wind bläst, wo er will, und du hörst sein Sausen wohl; aber du weißt nicht, woher er kommt und wohin er fährt.*«

Ich hatte zu sprechen gelernt, hatte gelernt, Gedanken zu vermitteln und Menschen mit meinen Worten zu berühren, selbst unter schwierigsten Bedingungen. Genau das war wichtig, um Rico den Abschied von dieser Welt zu gewähren, den er verdiente; einen Abschied voller Liebe, Würde und Verständnis.

Ich verspürte noch einmal eine ähnliche Kraft wie zu den Zeiten, als ich ihn gerettet hatte; jetzt oder nie mußte ich seine Wünsche erfüllen. Jetzt oder nie …

Zum letzten Mal sang Placido Domingo das *Nessun dorma* für Rico. Die Kapelle bebte unter der ungeheueren Gewalt dieser Arie, die unser Leben begleitet hat.

»*Keiner Schlafe*. – Entweiche, o Nacht! Geht unter, Sterne!«

Nur noch dieses eine Mal.

Dann war es für immer vorbei.

… Dann war es für immer vorbei …

Epilog

Es ist mir nicht leicht gefallen, meine Erinnerungen mit Menschen zu teilen, die ich nicht kenne; mit Ihnen, die Sie beim Lesen zu meinen Vertrauten geworden sind.

Meine Entscheidung, die Lebensgeschichte meines Mannes dennoch wahrheitsgetreu zu erzählen – ich habe sie nur unwesentlich verändert, um unsere Anonymität zu wahren –, hat zwei Gründe.

Wenn ich zurückdenke, fühle ich heute noch die bedrückende Verlassenheit, die derartige seelische Probleme mit sich bringen. Sie führt die Betroffenen immer tiefer in ihre ungewollte Isolation. Damals suchte ich verzweifelt nach Parallelen, nach Büchern, in denen ähnliche Sorgen beschrieben wurden. – Ich suchte vergebens.

Heute hoffe ich von ganzem Herzen, daß verständnisvolle Menschen denjenigen ihre Hand reichen, die ein ähnliches Schicksal erleben wie wir.

Zum anderen weiß ich, daß sehr viel Mut dazu gehört, nach dem Selbstmord des Partners weiterzuleben. Dafür aber eröffnen sich dem Trauernden Dimensionen, die nur ihm vorbehalten sind und die ihm Kraft und Zuversicht geben.

Auch ich habe Jahre gebraucht, um den endgültigen Abschied zu akzeptieren. Heute jedoch, mehr als ein Jahrzehnt danach, habe ich die Erfüllung meines ›zweiten Lebens‹ gefunden. Ich führe eine harmonische Ehe, die auf Liebe, Verständnis und Vertrauen aufgebaut ist.

Niemand von uns kennt den Weg, den das Schicksal für uns bestimmt hat. Ich weiß nur, daß Rico mir – und Ihnen – ein besonderes Vermächtnis hinterlassen hat, denn auf die Rückseite seines Testamentes schrieb er:

Jedes Ende ist die Chance zu einem Neubeginn.

JOHANNA CARLANY
am Indischen Ozean, Weihnachten 1993